〔宋〕洪邁撰
何卓點校

夷堅志

第四册

中華書局

夷堅三志壬序

昌黎公《原鬼》一篇，備極幽明之故，首爲三説，以證必然之理。謂鬼無聲與形，其嘯於梁而燭之無睹，立於堂而視之無見，觸吾躬而執之無得者，皆非也。世固有怪而與民物接者，蓋忤於天、違於民、爽於物、逆於倫而感於氣，是以或託於形憑於聲而應之，其論通徹高深，無所底礙。又引「祭如在」及「祭神如神在」之語，以申《墨子·明鬼》之機，然則原始反終，灼見鬼神之情狀，斯盡之矣。《夷堅》諸志，所載鬼事，何啻五之一，千端萬態，不能出公所證之三非。竊自附於子墨子，不能避孟氏邪説淫辭之辨，其可笑哉！

時慶元四年九月初六日序。

夷堅三志壬卷第一 十四事

倪太傅金帶

淳熙十二年春，蘭溪范子由爲大理主簿，夢出坐門首，逢皇城快行卒，將金帶一條穿於臂間。范曰：「欲將賜誰？」曰：「此是倪太傅〔原作「傅」，改從周本〕者。」是時吴興倪正父思爲太學博士。范取觀之，九鍰爛然，而不暇審爲毬文御仙花，覆視其裹，乃非玳瑁非白角，而亦襯以金，甚異之。復加詳翫，每胯上皆刻兩字，夢中記之，歷歷不失。及覺，僅能憶前後四字，其前曰「天臺」，其後曰「文資」。明日，走告倪，且賀之曰：「表裏皆金，蓋示重黄之意兆也。天臺固佳，文資者，殆是觀文資政學士，君連中科目，到彼不難。」倪謙謝，約使勿廣。後數日，少遷太常，官稱尚仍舊。俄有召試館職之命，范益慶其塗轍不同。不五年，遂直翰林，自將作監擢中書舍人，再爲吏部侍郎，春秋才半百，前程未易量也。子由説。

吴仲權郎中

紹熙初，臨川董居厚醇父自靖州教授赴都改秩，未及調縣，病終於旅邸，無親故在傍。崇仁吴仲權鎰〔原作「鑑」，今改。〕時爲祕書正字，雖無雅契，特以同郡之故，醫療棺殮，寄攢遣報，皆一力任之。慶元二年，吴由尚書郎出持胡「胡」當作「湖」。南漕節。明年四月徙廣西，旋遭論罷。方還鄉建大第。吕本作「建義學」。平日嗜酒，膳食盡廢，清瘦柴立，而精明殊不衰。至冬感疾，即沉困，忽呼家人使備茶湯曰：「董教授來見我。」怪問之，曰：「醇父也。」俄與喏諾應答。次日復然，時時若與之言。人問何在，指其拄杖曰：「正坐於此，他報我後日午時當去，可造齋食一分先遣之。」家人知其與鬼從事，毛髮森卓，不勝憂怖。明日索浴，治具于房，婢以罘罳圍之，吴曰：「何用？」曰：「恐爲隙風所搏。」笑曰：「到此豈復怕風耶！」浴畢，著衣冠，扶入後堂，辭家廟，出命設酒，與妻李氏并子姪敍别。有數妾，猶令歌詞，仍隨聲應和。酒五行罷席，自書治命：首言不得廢本族義學，次經理家政，末乃嫁遣諸妾。遠近厚薄，粲然有倫。但每書及妾名，輒汪然長慟。凡盡數紙，放筆昏睡。迨醒，又若見董來尤數，訶之曰：「醇父先生且先去，莫要吵人。」且令先酌吕本作「著」。發了，展轉經夕，命僕探時辰，及午果卒。其壽不登六十，爲可惜也。

管瑊刺史

贛州寧都人管瑊，少年時祈夢於鬱孤臺神祠。夜有呼其名姓者，曰：「兩舉贛州，官至刺史。」是歲預計偕，次舉魁選，自以爲必高選，且云：「古之刺史，即今之郡守，寒儒至此足矣！」已乃下第，遂怏怏成心病。十年後因登廁墜而死。所謂刺史者，蓋廁死，若禿舌人語音云。

鄒狀元書夢

泰寧鄒景初應龍爲士人時，詣大乾廟焚香，其夕，夢到一處拾錢，錢堆撒滿地，而才得二十五文而止，意甚少之。傍人云：「邵武解額二十六名，若更得一錢，便爲厭脚矣。」慶元乙卯秋試，遂占第二，説者曰：「此居二十五人之上，夢已驗矣。」次年春，乃魁天下，或者賀曰：「錢上有元字，狀元之謂也。君以壬辰年恰二十五歲，尤爲的確可證，他人神告不如是之切也。」鄒自書其事，以告南城友人危微云。

賴山人水城

臨川羅彥章，酷信風水。有閩中賴先知山人者，長於水城之學，漂泊無家，一意嗜酒，羅敬愛而延館之。會喪妻，命卜地，得一處，其穴前小澗水三道平流，唯第三道不過身而徑入田。賴咤曰：「佳哉！此三級狀元城也，恨第三不長，若子孫它年策試，正可殿前榜眼耳。」其子邦俊，挾十三歲兒在傍立，拊其頂而顧賴曰：「足矣足矣，若得狀元身邊過也得，所謂兒者，春伯樞密也。」年二十六，廷唱爲第二人。賴竟没於羅氏，水城文字雖存，莫有得其訣者。

鄧生畏蘿蔔

南城鄧椿年，温伯左丞諸孫也。少時甚畏蘿蔔，見必呼啼，飣餖間有之，則怖而走，父母疑爲人所嚇〔原作「赫」，據周本改。〕致然。長而益甚，一堂之上，苟睹之，卽不能坐。或招之飯，於蔬茹間置之者，據捨而回。及歸老，田園亘阡陌，每出巡莊，好精意檢校。佃僕桀黠者，陽遺一二於地，若打併不能盡者，才望見，怒罵而去，雖值陰晦暮夜，亦不肯留。謂彼家多畜是物，慮再逢之爾。至今其家祭祀，不敢復用。其孫約娶黃日新女，故知之爲詳。

馮氏陰禍

撫民馮四，家貧不能活，逃於宜黃，攜妻及六子往投大姓。得田耕作，遂力農治園，經二十年，幼者亦娶婦，生涯僅給。諸子皆壯悍有力，縣人憚之。俄第五子姦盜事敗，捕因獄户，斷杖刺鐶，全家逐出境。第六子瘍發於股，積歲不愈。先是老馮訪災咎於郡中黃翁卜肆，黃曰：「嗟乎奈何，汝家前世湯火公事方作，兩鬼守伺門庭，雖謹之，不及矣。若犬生兩黑龍狗，是其禍時，它非吾所知也。」老馮自是戚戚無生意，密告人曰：「黃翁之卦，一何神耶！吾亡父存日，以陶冶爲生，嘗貸二客紗帛二十千，約日償值。及期不肯與，客詣窑所逼之，其處孤僻無人煙，因争忿之際，父率同役者共擊殺之。納尸於窑内而縱火焉，泯爲灰燼，外無知者。後父以壽終，不料報乃在此。」明年，所畜黑狗生兩雄，雖極惡之，然不敢殺。又半年，訟事起。醫以病瘍者爲鬼射，無治法。一日，閉户晝卧，見二人持竹筒擔籠入，極畏之，家人在遠不可救，二人登床，以籠置瘡上，痛貫心髓。未幾自縊，馮妻繼之。第二第四子復犯盜黥徒，一家狼狽星散。老馮行乞於路，求死不能，距其父戕客事四十年。論者謂凶德本於馮父，既獲善終，而其殃沴乃延諸孫，冥報亦爲迂徐委曲，而訖無善脱者。積不善之家，必有餘殃，信矣！

涂氏井龍

宜黄巨室涂氏，自其祖六秀才濟者，素稱善人，教訓五子一孫，家法整整。長子大經，次大節，鄉貢入京師，居上庠，其宅有大井在厨傍。一日，婢晨興汲水，桶墜於内，取它桶繼之，復然。至假諸鄰舍，迨於七八，若有物從中掣搦者。走白主母，母以爲妄惑，將杖之。濟止之曰：「未可，吾當自往觀。」卽往井欄探首，見一物頭角嶷然，乃龍也。中有重霧，出氣滃滃然，但微覺腥穢，急奔避之。一家危慄，幾無所容。遽施錦被覆井口，而邀旗昌觀道士醮謝，里閈稍知之，莫敢來視。有膽勇男子竊窺之，見其鱗爪，而水時時震動。次夜，乃潛跡不出，水平如初。後兩月，始命淘浚，入桶具存，悉已片裂，而井水竟無所增。又一年，二子皆及第，並終於朝奉郎。族吕本作「時」。人稱大經曰大朝奉，大節曰小朝奉。濟生受官封，四子大任，續亦登科第，但仕不通顯。

雷擊邱十六

慶元四年四月八日，建昌南城境内地名裏湖大安橋，農夫邱六、邱十六、黄五、黄六六按：上文只有四人，「六」字疑誤。輩人相同種稻。忽大雷雨作，黑暗不辨人。邱十六者爲黄衣長人擒去，就加打擊。黄六見之，不知爲雷神，向前救護，别一黄衣人縛其兩手，置之地，又有以椎揞其左股者。同行遭箠，或中其腰，或中其臂。少須，雷收煙散，邱十六已死，鬚髮燒盡，布衫袴皆破裂，獨裩不動，腦裏穿小穴，左脇有字。黄六縛痕十日外猶不没，餘人被箠處傷跡儼然。唯邱六〔吕本作「黄五」〕。平日癡鈍憨朴，未嘗有分毫惡跡，是時如夢，寂無所知，亦無所睹，歸家之後，亦無患苦云。

饒次魏后土詩

臨川饒次魏，居於彭原。乞夢於郡后土廟，得詩一聯云：「銅爐柏子香初爇，紙帳梅花夢易闌。」殊自負，以爲大吉也。轉告朋儔，多疑紙帳夢闌之言不得爲吉兆。慶元乙卯秋試罷，入市買得句容銅香爐一枚歸邸，適有僧餉以柏子香。至初冬早梅開，自折花一枝，置書室，與同志祝季明飲玩，且卽爐中焚香，微爲酒困，醉眠紙帳。次日，不疾而卒。

三井中竹木〔目録「竹木」作「木竹」〕

南城陂頭士人崔椿，慶元元年築宅，鑿石爲基，深數尺，於石中得一桃核，取視之，應手爲塵而散。及將開井，日者云：「宜就屋之角。」崔嫌與屋太近，欲遠之，日者持不可。至施工，不見泉源，過三丈，乃古井也。細驗之，蓋古昔田中之井，以竹爲籬，闌尚宛然，竹但微爛，而闌之堅不可拆，其内有破盌及飲水盞、污泥之類存焉。此邦向來初無洪水之變，而桑田改更如此。又建昌城内驛前，紹興間富家創旅店，其處無井，穿穴過四丈，得古陂牙木。牙木者，兩木鑿竅相受，以爲固也。臨川烏頓人，亦因掘井，有横木，枝葉猶存，上有小柿數顆，蓋柿樹也。三者均爲甚異，非復智慮所能測度云。

普明寺新井

南豐普明寺欲開新井，僧議就大殿前庭中，匠人能相地脈，堅執云：「當於東偏，東則水盛，西則少。」僧不聽，自用初說。才啓土丈許，匠疾呼令挽上。問之，戰怕甚久，始能言云：「直下有聲如數百面鼓，殆不可致力。」僧添賞幣復強之，匠曰：「茲平生所未睹，必有怪變，今不得已，宜以長繩束我腰，使四壯夫緊持，或有急，須速掣起。」僧從之。匠下，再運椎木，水涌出，僅脱死。俄水平井面，雜以它異，雖不盈溢，而動泛不常，時而覺微減，旋似奔湍不可禦。寺之人争走登山，唯一僧頑然弗怖，取盞汲飲，味與常泉不殊。測之以篙，凡三接不到底，其中接東皆空洞，獨向西似少礙。次日，僧衆見屋宇如故，乃敢還。井水常滿，不敢汲，又不敢塞。十年後漲沙，仍復塞合。故址尚存，其地名磚窟坪。邦之識者謂茲去大江絶遠，且無支港，得非下通海眼乎！若徇匠言就東偏，則寺淪於洪流矣！吁，可畏哉！

南城毛道人

南城毛道人者，不得其名，少年不娶，父母既終，翩然遠引。三十年後乃還鄉。時睟子炯然，往來寄宿它舍，全不事生業，亦無所長，每爲人慢易。蓋有信而師之者，其誨受之訣，不過熊經鳥伸之術而已。寡言笑，人待以飲膳，無論多少輒盡，飲酒至斗，略無宿酲。屢同客夜坐，一伸欠，則光自其口出。富家慕道者往造之，杳無一言，與之善者怪而問焉，應曰：「吾藜莧之腸，何能陪膏粱之腹，與讀書人掉書語哉！」其意乃深拒之耳。慶元四年正月九日，坐亡於南豐逆旅。迨焚化時，骨皆連鐶不斷。仍得一物，如錢大，色白如玉雪，堅而瑩，隱然通明，有人形跏趺而坐。旋窆於縣蟠龍岡。老吏余生，寶藏其骨，全類舍利，匾如棋子，而輝采鑠人。生時自言，因到濟北，遇異人，授製雄黄成汁之法，鍊爲丹，可療傳尸癆瘵。今郡人唯丘子安得之，子安之父六七十歲矣，云壯年固識之，顔狀只如此，今日殆過百歲云。

吴蔡棺異

吴篆，撫州士人也，少預鄉薦，而失意不偶。其父亡，既得吉卜，風水家謂年歲不利，姑就塋中別擇一方向佳處寄葬，越二年，乃克葬。柩尾正生芝草九莖，各長四五寸，色深黄，采下尚軟，才見風，則堅如木，色變紫，與世間所産者同。吴仲權爲作記，誇誦其瑞。然三年後蔡「蔡」字疑是「篆」之訛。用特恩拜命，卒於湖北總領所酒官，所蒙止此。南城蔡彦超妻徐氏以八月死，留三夕，面貌如生。及建二七齋，一婢報棺熱如火炙，蔡未信，走往視之，温温然如暴於日中，四隅及尾盡爾，唯槐頭則否，及驗之靈几前倚卓供祭，其冷自若。抵暮始，一切復常。此家夫婦，元未嘗學佛也。右十三事皆黄日新齊賢所傳。

夷堅三志壬卷第二〔十二事〕

楚州方夫子

楚州方夫子者，一僧也，只著布直裰，莫能知其紀年。人疑其少時嘗爲儒流，故稱夫子。不火食，亦不寄宿宫寺人煙之處，但往神墟社廟棲止。求見之者，不可蹤跡。凡人死生禍福，值其肯言，無不響應，然不可扣。未嘗從人覓錢，而腰間不乏。敬事者擬行親近，輒漠然不接。閒呼一人，揖而與語，不出一年，非死卽大病。或欣然邀客入酒壚對酌，客自喜奇遇，然被禍尤速，度其意，務與世俗絶而已。丁承信者，家富，買爵，倏於衆中挽之，招飲酒，解腰包出一物使食，形如脯，非魚非肉，莫可名狀。洎探錢償酒直，則皆市中日用者。臨出，拊其背曰："汝強。"丁歸過大澤，見巨魚困落淺沙間，其長數尺，不能運掉，丁乘醉投刃，揕之不動，乃呼少年多力者共斃之，凡三十五輩。剖其肉，曝而爲腊，其味蓋似酒壚所食者，幾重千斤，一肉節可作春臼。丁益自託〔「託」疑當作「詫」〕，使氣雄閭里，未半歲病死，彼三十五人者，相繼無遺。陳敏爲郡守，備禮迎請屢矣，掉首不顧。一日，據案决事，忽醉罵而入，閽卒不敢遏，陳問爲誰，典客以告，陳曰："吾好招之不至，今敢爾！"命捽至前，愈遭罵叱。陳大怒，卽枷項送獄，仍令虞兵尾其後，聽其所言，但云：「這賊收禁我，看天火燒了你屋！」候兵不敢隱，具以白，陳笑曰：「無傷也，狂子已落我手，候火燒吾居却放汝。」甫明日，家僕自石城來，問鄉里事，續曰：「平貼無他，只宅上少遺漏。」驚訪其詳，則云廬舍淨盡矣！乃嘆曰：「方夫子真神人乎！」爭釋械引上，具公服將展禮，又大罵而去。建寧劉子禮，朱元晦熹妻兄也，能傳其事，不知今存否如何，淮楚去來者未嘗言之，當更審實。

楚州陳道人

楚州又有陳道人者，其父仕至員外郎，當任子，陳年二「二」字疑誤。〔按：周本作「二十」〕多讀書，不肯受蔭。忽若發狂，棄家，顛癡不可拘束，遂乞丐道塗。經數年，日夕卧於堰岸牛泥中。或識其家世，捐金施之，一飽竟，即與人。當寒雪永夜，鼻息鳴雷，人雖異之，而莫能知之也。又數年，稍泄其機，頂顱常有氣騰上，或問之，曰：「勿問，但以未炊烝餬置吾頂，少頃，則通熟可食。」驗之而信。已而不復泥中卧，往來自如。建寧劉思恭舊見之。淳熙間再見，則在他所，扣其說，曰：「吾爲丹所惱，不居泥淖，是身殆無所容。」又扣爲何丹，不答而走。劉持云呂本作「劉將曰」，按：「持云」似「將去」之誤。與約明日更瞻禮，曰：「不須爾！茅山劉蓑衣來謁方夫子，吾爲引道。」顧劉曰：「子值老鼠則生矣！」恍不曉所謂。時正初夏，及六月，得下泄病，幾死者三四，緜延過冬至方瘳，始悟鼠生之證。然深自閉匿，唯恐姓名章徹於外。一淮漕獨敬之，漕無子，訪之作禮，命兩妾同拜，請曰：「某未有嗣續，二者孰可？」指小姬曰：「此是已。」將別，戒曰：「有子定矣，切莫使發性氣。」漕受教唯謹，官僚過失，曲意掩覆。踰歲果得一男，不勝喜。卽遣吏齎沉香一斤，并銀絹往謝，吏跪致漕意，陳嚬眉良久曰：「不濟事了。」悉却不納，吏強爇香而去，使寄聲曰：「吾向來所戒如何，而乃頑心不改。」吏曰：「運使至善人，那得性氣之失。」歸至真州，嬰孩已不育，吏以實告，漕動色拊几曰：「神哉先生之言也！神哉先生之言也！」僚屬聞而疑焉，漕曰：「某前守某郡，奏罷一縣宰不法，繼乃知不如是之甚，特幕官譖之爾。其人性剛，又家貧，無以歸，遂死於路。亡子生之夕，夢其就吾榻同寢，怒而逐之，擊以笏，遽起入後房。」夢覺，聆人語聲，則兒生矣，蓋寃魂示化也。嗚呼，神矣哉！今尚無恙。

聶伯茂錢鴿

臨川聶伯茂，樞密昌之姪也。爲人端良樸厚，善作詩，字畫亦工。家新修廁屋畢，加以茨墍，曉登之，忽一錢從上墜，正中其額。念泥飾堅密，何自致，心切異焉。錢表裏光新可愛，姑攜下以示家人。方傳翫擬議間，一白鴿自外飛入其懷，因撲得之，付兒童飼養，甚爲馴狎，然莫明其兆祥。未幾，病腹下氣蠱，病塊如覆盆，積日不差，僅餘年而卒。卒之夜，鬼環其居鳴呼，聶枕上聞之，屢喚婢明燈，迨其絶乃已。吉人遭此無妄之禍，天理安在哉！前十年，妾康奴生一子，而妾兄弟皆有瘵疾。一日，正擣帛，若有報者云：「汝弟已死。」回顧無人，但一物倏入咽喉間，須臾，吐鮮血數口而死。

劉氏柱吼

建昌城内食巷劉侁家，因慶元元年火災，燬其故廬。二年夏，悉力重創廳事，忽東主住一柱中作黄牛吼，連聲不絶者三日。侁招精於佛會者二十人，繞而誦《金光明經》，亦不止，又三日，乃寂然。俄而喪子，且無孫。雖居處僅成，僅伶俜一身而已。

懶愚道人

金谿女子何氏，名師韞。其父亡，母嫁邑士董天進之子。董登科，通判饒州。將就蓐，與其夫約：「已有四女，若復然，當溺諸水。」是夕董妻夢神人來，抱一玉天尊入兒婦房，爲犬所吠，至傷神人，極力訶叱，且拜謝，驚魘良久。董揭被推枕呼挽之，口中猶喋喋稱「不敢」，徐能道所見。望廊下有燈燭火，且人口嘈雜，董疑外間有警，足不及履，下床，知婦免身，問：「男耶女耶？」無應者。妻心訝焉，趣詣其室，則已在水盆内，用物覆其上矣。急取之，且責其子。子謝曰：「實以多女，恐爲大人累。」於是舉之。才十四歲，嫁臨川饒氏。祖母已歿，父至貧，奩裝單薄。晝躬爨滌，夜讀書史，仍勉夫以學。好作詩，未嘗自露。至五十寡居，端静不與人接。過六十以後，始見親姻。嘗自敍云韞道人，居室前有一木，盤跚婁落，每恨不識其名。訪諸梓人，曰：「此懶愚樹也。俗謂之懶由樹，外堅内虚，不中繩墨。」道人笑曰：「此真與我同。」遂榜其室曰「懶愚」，因以自表，仍賦《古風》一篇云：「君不見南嶽懶殘師，佯狂啖殘食，鼻涕任垂頤，懶爲俗人拭。又不見愚溪子柳子，堂堂古遺直，以愚名溪山，于今慕其德。二子真吾師，欲見不可得！唯有懶愚樹，終日對顏色。齊威勸讀書，輪扁巧斵輪，勤巧動心志，何如懶愚貞。衰年髮已皤，行少坐時多，亦欲傚勤巧，奈此懶愚何！」許深甫主撫學，道人孫婿黄日新，將赴席下，作序送之，訓以懷仁輔義，立身行道，報國榮親之説。凡著詩文四十卷。陳孺漢卿、葉伯益皆爲撰序。享壽八十六而終。

胡原仲白鷗詩

建安胡原仲憲，宣和中，赴省試於京都。留中塗，夜夢對白鷗而賦長篇。既覺，但能記四句云：「惟餘虚名在，長江與蒼山。不逢堯舜世，終此若鳥閑。」念之不樂，且起爲同塗士友言，以爲方從事進取而得此詩，前岐事不問可知，必老死布衣，無爲汲汲西笑也。諸友强挽之行，竟不第。紹興中，用趙簡公薦詔召之，辭以母老，乃補官，就教授本州。孝宗在御，復用大臣薦，拜大理司直祕書省正字，引老丐歸，特改京秩與祠禄。誥詞云：「朕聞堯舜之世，天下無窮人。」然後恍悟前語。後以壽終。

兩黄開登第

南城士人黄開，字夢高，因累舉免解，而以紹熙癸丑登科，調湖口主簿。次年九月病卒。同郡新城一士，亦姓黄，赴壬子秋舉，祈夢於大乾山，得詩兩句云：「一枝丹桂高高折，兩朶黄花瞱瞱開。」寤而大喜，欲改名瞱，謂與夢之所當名者不符；欲爲開，又惡犯南城夢高。他日慮將蹭蹬，沉思連夕，竟亦名開，遂同年唱第，銓調桂陽主簿。待次里居，聞夢高不禄，心大惡之，每書名只作闓字，至丁巳之冬，亦卒。有圓夢者，追繹神旨，所謂兩朶黄花曄曄開者，華而不實之義也，神其戲之耳。初，南昌李大異伯珍，與夢高爲契舊，時爲省闈參詳，見其預選，深爲之賀，及隨郡往謝，李遽出迎之，呼曰：「何爲有兩子張！」夢高應曰：「只緣有陳驚坐。」衆皆大噱。初拆封日，主司疑建昌兩黄開，且皆書義，欲去其一。已而閱家狀，見免舉初舉之異，乃止。支壬所書不詳。

項山雉

撫州金谿縣項山寺，去江不遠。六十年前，有野雉甚大，迥與同類別。人或見之，亦不疾走，疑爲神物，相戒勿得犯。覰翫之久，日以狎習，樵牧有貪者，復懷搏射之念。然才遇之，輒翔去，以是益異之。忽僵死叢草中，兒童亦不敢取食，隔宿就視，頭已化蛇，特未開眼，見者悚懼却退。漸并其身成全蛇，衆共逐之，入一穴，穴中泉出如涌。一年，穴浸大，歲歲增闊，每出遨戲於葛林中而食木葉。歷二年，吕本作「二十年」。其穴廣可容人，自是不復得見。一日，雷雨大作，山裂發洪，滔滔漫流，與寺前大江合。寺之人見驚波中一蛇，粗如梁柱，躍赴江畔，居民頗遭溺。吕本多一「死」字。水定之後，衆僧往視其穴，則摧塌矣。

呂仲及前程

呂仲及企中，少孤貧，漂轉建昌。雖已受蔭得官，而三十歲時患風淫末疾，久之小愈。適閩僧張聖者，編置到彼，別有張無無者從學焉，超然有所悟，能信口談人禍福。二張同寓太平寺，閒游天慶觀，無無自言：「嘗任州通判，棄而入道。」然莫可稽詰。士大夫多就謁，呂亦往，得其所書「鎮淮」兩字，曰：「君見此則發迹。」更無它言。呂四十五歲始改京官，作邑宰，會虜寇犯江，方軍興之際，幾以乏興「乏興」二字，原本作「之與」，黄校改，按呂本、周本均無「興」字。爲主帥所戮，已引立皂旗下，帥望其人物壯偉，問爲誰家人，知其文靖公後裔，遂釋之。虜退，論賞外貳邊郡，爲運使所知，檄攝盱眙。至治所，見官舍「鎮淮堂」，大喜自負。有屯駐軍與北鄙結約，期以後日四更作亂相應，呂密知之，而念日已逼，告急無及，於事又非郡兵可制，乃呼直更卒，故延更點，倍於常夕。甫三鼓，譙樓鳴角，北人疑屯兵畔己，遂解散厥謀。徐獲唱禍者兩輩，立斬之。諸司奏聞，給事中王日嚴薦達甚力，連加擢用，四持節，七典藩位，至秘閣修撰。張無無之先知爲有神也。

趙希哲司法

宗子希哲，字行之，居建昌，娶南城董宗安之女。獲漕試文解，旋該紹熙覃恩出官，初調某主簿，利心忽起，妄以他事離其妻，再娶富室周氏，大獲裝奩。爲興化軍司法，待闕未上，夢父奉議告曰：「汝當致位侍從，緣休妻非其罪，今望前程亦難矣！」寤而自悔，乃僦舍於董宅之側，挈周并三子居之。時宗安已亡，仍升堂拜母，曲意講歡如舊日，將以全姻好而消冥譴也，復通家往還。始與密友鄧景文説前夢。然業已如是，故妻又更適郴縣令韓範，無可奈何，常悒悒不樂。慶元戊午二月之任，才踰月而抱疾，以四月不起，方困頓時，遣呼其弟連城尉於鄉里，將付託後事。既行，其妻母於黄昏之際，見希哲著白道服，方琴頂巾，如平日結束，大駭，急報其女曰：「十七伯伯却在外。」奔出視之，無見矣！越數日，凶問至，壽止四十餘。

楊抽馬卦影

楊抽馬卦象，言人死生吉凶、貴賤壽夭，往往如神。予書已數見之，但志其大者。至於微細眇末，居止宴會，亦未嘗不前定於累年之外，茲不憚屢書，使人知萬事之固然，不必營鬬方寸也。北客郭大夫，爲四川制置司幹官，捐三十千問二十年休咎，最後一詩云：「第一莫忤邊德明，它時定與汝爲鄰。」郭晚得東南郡守，挈家待次於無錫縣，買屋於茆子橋，即詢四鄰姓氏，果有新建昌邊通判，捧刺謁之，扣其字，則德明也，愕然駭異。自是相與如兄弟，乃知數椽之室，邈在異方，亦不能逃定數如此。邊名察，常州人，梁榜登第，黄齊賢爲之館客，親聆其語。齊賢常至吉州，太守方松卿召飯，同會者臨江劉聞詩，劉以趙從善作守時在館舍，因言趙頃得楊生流年狀，至是歲詩云：「青原臺上好廬陵，更招館客是彭城。」可謂神異。觀此兩者之驗，況其大者乎！

夷堅三志壬卷第三七事

劉樞幹得法

衢州劉樞幹者，本一書生。少年游京師，曾處沈元用給事館第，遇異僧過而相之，識其功名無成，而眸子碧色，堪入鬼道，欣然授以卦影妙術，勉而受之。又一客爲傳天心正法，亦姑受之。其進取之氣方鋭，所懷蓋不在此。及離亂而呂本作「南」。還，蒱博飲酒，窮悴日甚，乃習持正法，治妖魅著聲。韓子師遭奇祟，撓聒彌年，巫覡百計弗效，召劉視之，曰：「易事爾！」語出宿書院，盡屏姬妾，約一夕即無恙。其家從其説。乘正狂肆中，以夜行法，戒童奴曰：「緊闔户，候聞鈴聲至則啓之。」而盡滅燈燭，既振鈴入户，復閉之。忽光景滿室，病者見五通神，著銷金黄袍，騎道而去。劉出，病者酣寢，及旦起，洒然如常人。即使反舍，一家喜敬不可言。排比宴席，挽留五日，乃備禮酌餞，遺貨幣直三百萬。臨别，令兩美人捧金鍾爲壽，飲訖，悉用爲贈。又餉一駿馬，劉醉中乘馬，而兩妾騎於前，懷其鍾，驅輜重數擔。道上聚觀，咨羡歎息，劉大過所望，深恨行法之晚，自取流落。行未十里，失轡顛墜，左臂跌折，呻吟不能進，欻然省悟，急遣告韓，易肩輿，歸其妾與馬。痛卧歲餘，囊金罄竭乃愈。此臂竟癱緩，因自咎傳法之旨，令勿得受財，今犯戒招譴，宜也。遂罷其術，而無以衣食，始售卦影，衢人識其本原，不肯從之。念無以致人之信，假故舊閑館朋游之地，不授錢米者，與之卜，然後所言日驗，踵門漸多，復還通逵置肆，奇中非一，遠近聳傳。邦人何汝聽，習《書》義，居上庠，暫歸鄉里。劉往見，自爲筮之，其詩曰：「中興天子大如日，詔書速下搜羣賢。重重稽古復稽古，總在唐虞第一篇。」時紹興壬午春月也。及秋薦送，孝宗已卽位，御名與第一句大如日符合，因用其兆，擬作首篇義題「若稽古帝堯」、「若稽古帝舜」，果登科。自此門庭如市，至納卦錢連日而不得入手。一官人赴吏部調選，來求筮，詩中云：「路上逢王大，鞭馬速走過。」略不可解。暨注擬西歸，行抵桐廬，石欄險絶，遽內迫峻嶺，外臨湍流，匹馬獨驅，行李在後。逢故僕王大拜於前，猛思影象之語，曰：「渠雖曾爲奴隸，御之無恩，以故辭去。茲無謂而來，又安知不乘不測以擠我。」不待其起，加鞭亟過，幾踐其首。僕既不獲成拜，復追及問曰：「官人是得何處差遣？」猶憂畏未暇對。白晝無雲，忽有聲如雷，起自山脊，墜於淵，蓋一方丈巨石，若碓磨而下，正恰在來僕拜處，使或少須臾，主僕皆爲泥矣！於是喚回王大，話其異，相向而泣。又士人某。有弟任處州教授。是歲大比，七月中，弟書報母病，急來占，畫一城開四門，中作一殿，殿上兩倚御坐，殿下一射垜。元不及所問大略。士人雖其安，按此句疑有脫誤，吕本周本均無「其安」二字。奔往處州，母已平復。而歸赴舉場，度已後期，計會赴轉運司試，乃《堯舜闢四門賦》、《虎侯詩》。郡人鄭元禮，以三十千占平生，內一年者云：「忽見池塘春草青，不軒訇處也軒訇。一重喜了一重喜，此際功名定有成。」鄭居城門下，門前一池，方廣二丈許，施板爲閣道數尺，然後可出入。積水所瀦，極爲污穢，盛春臭不可聞。一歲，忽清泚徹底，而其中藻荇葱葱然，染家至就以滌浴縑帛，皆云古未之有。是年秋，長子夢得與鄉薦，次子昉試上庠，用春秋首冠。明年南省，復爲經魁，衢經呂本作「涇」。榜第四甲擢第，池再濁如初，其淵妙如是。然或全年揲筮，無一應者。元禮疑而問焉，對曰：「此係一時神將靈否如何爾，一時之中，又每時換易，若值所直者明了，卽報事通神；值其昏昧，則妄言矣！乃云：呂本作「仍曰」，按：此句疑有脱誤。「若來報丁寧，輒現形於紙上、或案上、或衣袖上，吾亦不曉，第依而筆之，無所容已意。若神影不現，乃自據卦爻推演而晝之爾。」故宜有不驗。劉此段尋常不泄於人，玆其所秘也。黄齊賢與鄭氏父子至交，得聞其説。紹熙四年，劉下世，壽至九十。今厥子若孫尚襲其名，然不逮遠矣。

沈承務紫姑

紫姑仙之名，古所未有，至唐乃稍見之。近世但以箕插筆，使兩人扶之，或書字於沙中，不過如是。有以木手作黑字者，固已甚異，而衢人沈生之術，特爲驚聽。其法：從占者各自書心疏，仍自緘封，用印蠟亦可，沈漫不知。既至當門，焚楮鏹而禱。沈居武雄營門，無廳事，只直頭屋一間，逼街狹小，室僅容膝，供神九位，標曰侍御玉虛真人、太乙真人、南華真人之類。先焚疏畢，乃入室中，磨墨濡毫，展幅紙於案。來者又增拈白紙成卷而實緘之，多至四十幅。沈接置於硯傍而出，雖垂疎簾，不加糊飾，了然可睹。沈同客坐伺於外，少則聞放筆聲，共入視，才有數字，只是報真人名稱爲何神。又坐食頃，復放筆，然後取其書，上有訖字皆滿，墨迹未乾，凡所謁，無不報。但每問弗許過三事，錢止三百五十文，可謂奇奇怪怪矣！無用論其或中或否也。東陽陳亮同父，以殺人坐獄，鞫於衢。前者數翻成款，最後秀州一尉來，尉少年喜立事，逼取承服。其子懼甚，敬扣神，神大書曰：「無憂，當登第。然須經天獄始明。」子奔訴闕下，得移大理，訖以無罪釋放。後二年廷對，魁天下。黄齊賢求占，許以奮發，至問其父，則曰：「宜保六七之年，按「六七」之年，當作「七六」，方合下文己亥至甲寅之數。恐有大厄，盍佩吾符，再炷香進紙。」頃之，篆符四道，筆勢飛動，與世間議擬而畫者絶殊。黄父生於己亥，果終於甲寅，如其大厄之語。

建昌大寺塔

建昌大寺曰景德，在廛市中，有塔極壯聳，中置泗州僧伽像，甚著靈響。張彦文尚書與其子元晉初預鄉薦，皆禱之，同得籤曰「吉」，遂登第。去郭八十里，一村甿忽持萬錢踵寺門，欲修塔屋及僧伽身上衣，僧問何爲起此意，曰：「近承貴寺命道者張公相訪，具言屋摧敝，仍雨漏，損大聖臂膊，故願結緣。」僧相顧驚愕云：「元不曾遣人去。」徐思之，相傳塔基乃張公〔上三字原作「張公乃」，從周本改。〕所施，豈非猶主土地之職乎！方相率觀聖像，其臂果因雨漬傷，蓋幡幢蔽翳，而外間但朝夕瞻仰焚香，不及見也。慶元三年，監鎮江府和旨樓葉洪原本無「葉洪」二字，空一格，從呂本補。

迪功，自他處挈家來寓居。四年四月，以多雨，傍呂本多一「屋」字。兩簷壞，其女夢護法七郎告云：「汝儻自愛性命，宜速徙出，此塔非久將倒。」女覺，不俟旦，急以白父。葉乃亟去，塔果頹陷焉。

夜見光景

江西俗相傳，夜間有光景燁燁發見者，亦謂之鬼車。人偶聞之，須急以穢物蒙眼，近注視之，則見其或丈夫或婦人形，而非淮浙所謂九頭鳥者。臨川劉彦立兄弟二人，有母在堂。一夕，屋後松樹上圓光如日，高去地二丈餘，卽之則晦，共意其寶也，掘地深及泉，無所睹，乃止。鄰室亦見之，蒙眼而窺，光中有一婦人，冠裳可想像。後黄齊賢造劉氏，坐語夜深，值雨乃退。從僕奔告，言恰來幾被一物嚇殺，一個日頭忽起，從前山高出三丈，所照草木皆可辨，只比晝間色赤耳，雨至始没，劉甚以爲懼，未一幾而亡。黄鄰居蔡家之僕亦曾見，如日夜出，色炎如火，附於地，犬吠逐之，光擦地避隱，而止於其側曾氏之門，移時乃消滅。蔡氏明日掘之，正得一石，未半年，曾喪明。呂本作「母」。此光不祥之兆，見於此云。

童氏金鴨

南城童夢弼宗説教授，自其上祖，因浴於水濱，忽見一物如飛蛾，從空而下，試引手撲之而獲，形狀全似鴨，不能動。時已近暮，歸而燭之，黄金所爲也。大如人拇指，而羽翮纖悉畢備，神采逼真，混然天成，略無彫刻人力。亟緘于笥，寶藏之，置諸枕席之上。越三日啓視，其尻乃有金屑，蓋遺糞也。大異之，自是數日輒一掃取，積之益久，持貨於肆，皆紫磨上色，得價多於常品。家貲賴以衍盛，至錢流地上，傳之累代。及子孫分析，一位拈得之，偶子婦半夜生男，感熱疾，醫者急欲生金煎湯下藥，姑喜於得孫，謂釵釧金不潔，不可用，於是煮金鴨，挹其湯。既一經火，不復有糞，其家亦浸以衰削。今飲湯之兒猶在，貧無置錐矣！鴨失所在。

張三店女子

建昌南城坊羊馬城下民李七，舍故居徙寓丞廳後張三客邸樓房安止。慶元三年六月十日夜歸，見房門半掩，睹一女子，著單衣，穿翠鞋而不襪。李驚疑之際，女頩怒曰："汝若不相容，我便呼廂巡誣呂本作「證」。汝以誘引之罪。"李懼曰："敢不唯命是聽。"良久，笑語無間，始云："我只鄰近家女子，年二十九歲，良人遊宕不歸，聞死於降。呂本作「隆興」。父母知之，略不以爲意，不免自出，尋雇夫力，前去審訪。不慣識路途，邅回抵此，夜色既闌，故不可反舍，就此借宿，得乎？"李諾之，卽登牀並寢。過五鼓，穿牖而去。明夕復從屋而下，一瓦不損，李怪問："是何女婦所爲？"曰："我家本微薄，亦曾去從路岐爲踏索之技，所以習熟，對汝豈應復羞。"次夜攜七十錢與李，又次夜與絹一疋，李感其惠。第四夜，挈酒一瓶并脯腊，令李飲之，而自不濡吻。李強之曰："幸能對酌，不應獨醒。"乃亦盡一杯，且云："此是寡酒，極不易得。"命買菱角共食，遂皆大醉。困眠失曉，女惶惑無措，忽由窗隙中出，砉如裂帛聲。李震駭，方知必鬼魅，遽白主人。主人云：「我正訝樓上何爲此夜有婦人切切私語，正擬奉告，又恐做成官方，呂本作「又恐做官方」，按此句疑有脱誤。不料值此怪物，汝去矣，毋污我好店舍。」李辭往它處，取向所遺絹償僦金，乃芭蕉葉爾。李夢女戟手叱罵曰：「汝真負心漢，與我昵比而盡以告人，何也？吾且治汝！」覺而神思憒憒，不能飲啄。按「啄」字似「唊」字之誤。景德寺寓士趙十二官，愍其墮鬼計，適同寺有葉生，曾遇至人授神霄法籙，濟人頗多，趙率李往下拜投懇，葉令隨口供狀，餌以符，使納膳飲，仍牒城隍司拘捕孽祟。是夜四鼓，李夢黃衣吏領劊子十人，押女子荷枷，亦驅李同去，見女容服如前，而後有尾，尚指李大罵曰：「汝一何慘意！」劊子運鐵椎擊之，約行二十里，到城隍廟，衆趨入，及階下，傳呼曰：「李七、狐娘分左右立！」有刀斧手夾殿下，黃巾力士紫衣功曹等，人物甚盛。俄頃，紫袍金帶人升殿坐，蓬頭道者四輩侍直。李自陳如初。其上一人厲聲云：「李七是生人，先放還；野狐當死，送獄訊勘。」旋押李出，正行間，墜於岩石之下，悸而寤，的的能記説。自此漸甦，凡涉再旬，始平復。

洞霄龍供乳

餘杭洞霄宮，昔有主首道士，誠敬感神，誦度人經，極著奇驗。其側則龍潭所在，每就彼持念，倏一老人從潭出，跪白曰：「弟子即龍王也，每獲聽經文，無任瞻仰，但不敢輒前。今所以呈身，切有請爾。」道士曰：「其説云何？」對曰：「師才到潭上，則水府幽祇，皆當起敬，不退，殊不自安。玆願只宴坐宫中，不妨日課，庶幾百靈得以休息，若慈悲賜許，當日供鮮乳二斤，以充齋膳。」道士曰：「吾意豈在斯，謹奉王戒。」老人喜謝而隱，潭上之役遂罷。翌日，厨僕報几案間得乳兩斤，極新潔，莫測所從來，未審堪食否？道士云：「非汝所知，宜以餉我。」小師秤之，果重二斤，其後日日皆然。數年後，忽失約，深訝焉，復誦經水次，前老人再至曰：「乳乃世間物，弟子忝爲龍神，何以得之？但塵凡中有欺瞞取贏餘者，我則陰攝之。此去市户董七者，好舞秤權，用十四兩作斤，故即而掠取。今其人出外，厥人自主舖業，淳樸有守，未曾罔利，故無從可致乳。」道士嘆息不已，謂之曰：「吾欲知其端倪，恐身有以貽譴爾，然則欺心事那可妄爲！吾誦經以增之，亦亡益也。」遂周行郊關，一意道人於善，鄉宿至今尚能言之，而忘其姓名及歲年矣。前監鎮江和旨務率生説。

夷堅三志壬卷第四（十一事）

南山獨騎郎君

臨川村民張四，買芒掃帚一束，凡四柄，及開用之，於中得小鐮，蓋割禾所用者，知爲編帚人遺下，取掛壁間。迨夜，輒有聲，家人疑惡，欲棄之。張曰：「此不是殺人之具，必非寃魂，無乃鬼神憑託乎！姑置之。」徙頓神堂内，奉之唯謹。始也烏烏然，少則訇訇然，旬日則喃喃然，云云然，似可曉一二。又數日，悉能辨之，問爲誰，曰：「吾南山獨騎郎君也，山神憐我巧言語，又知人世事，故遣報禍福於人。」初言明日某客至，送某物來；鄰婦方孕，言何時得子，艱而不危，一切皆然。漸漸有持錢酒問事者，居半年，其門如市，乃繪卷軸以應之，益敬爲神。族弟天祐造而謁焉，持久不應，倦坐以待，忽聲出天井中，謝淹留之過，曰：「偶赴劉漢王飲席，是以歸遲。」漢王者，土人所祀小神，非高皇帝也。扣以訟事，曰：「得勝，仍有財。」又扣其二，則云：「不可，不若罷議，苟妄動必敗。」已而盡然。天祐置百錢而退，呼回之曰：「中有沙毛錢五，請易之。」天祐持去，白曰：「聞神善謳，願聽一唱。」先索錢，與之三文，乃謳，其曲則俗傳《刺梅花》者也。天祐曰：「能送我乎？」曰：「甚易。」作嚶嚶之聲，隨至半空一里許，祐回首謝之曰：「仙童還矣！」乃祝其徐行而反。

如是四年，忽告別，遂寂無聲。張氏賴以小康，用其鐮與常鐮等，考向所報答，不過村疃細瑣，不能知其它，亦已怪矣！

皮場護葉生

皮場廟在臨安西湖者，其威靈不減汴都。處州士人葉生，游國學，賦性若癡昏，而誠敬在心，事神竭力，每月朔望，必一往拜謁，無間於寒暑風雪也。因省試下第無聊，念歸而囊無一錢可動，謂同舍曰：「吾困窮無策，明日當禱皮場乞三萬錢。」衆相與嗤笑。及還，有喜色，曰：「卜之杯珓，既許我矣，明日當得之。」衆曰：「如何送來？」曰：「殆不可知也。」明日兀坐，薄晚，有近郡太守倩鄰齋指名以百千招一習書者充館客，其人亦以失利不肯行。葉亟往自獻，鄰齋將付所迎之資，但請借三十千，約自鄉里省母，便道赴之，遂符昨數，皆以爲偶然耳。又須一夫力荷擔，復齋戒謝神之賜而申此請，衆曰：「此豈難辦，所患無錢，既有之，何必薦瀆神祇。」拒不聽，復禱祠下，亦有喜色。臨束裝，杳無其人，迫於潮信，令齋僕齊行，衆曰：「此只可至江下，奈渡江乏便何！」葉曰：「吾所恃唯神，定非所慮。」長揖徑出。至午僕回，争扣之，僕云：「葉上舍將上船，恰一鄉夫自江西來，無回驛，正與之是鄰人，欣然隨去矣。」於是始異之。後數日，一同舍自越回，乃與葉同舟者，語士友曰：「神哉！皮場之靈，獨私於彼。是日，到中流，風雨驟作，吹仆帆檣，舟人窘束無措，同載百人，驚怖誦經，而葉熟睡不知也。俄而風定檣正，舟人云：『方危急時，見金甲巨神，伏劍坐於篷上，不審爲誰所事，實賴其陰助，獲免傾覆爾。』葉竦然改容曰：『即吾香火所奉皮場大王也，繪軸見在吾笥，適於夢寐中固睹之矣。』」臨川游祖武爲前廊學録，親語其異。

建昌寺塔影

寺塔現影之異，傳記多論之。唯建昌景德寺紹興元年者爲可怪。其始也，倒垂于地，不但日色所映之處而已，凡一寺之内，隨屋壁方隅闊狹、高低小大，無不悉具，不知其幾千萬也。大抵物之影仗日以成，是日雖偏室隱户僻陋之所，太陽未嘗及者亦然。至於瓶罌甕盎、杅鉢床几、衣衾什器，一切目所睹者，布現不殊。僧寺欣欣，以爲佛示大吉祥，幾於在谷滿谷，在坑滿坑，將必有興盛之兆。乃募人施財，作大佛事，辦大齋設。已而寂然，無福無禍。越三歲，翻羅叛卒之厄，城人死者什八九，獨通判逃難塔上，叛衆求之不得，而飢餓絶食。一老院子蒙其恩顧，密知所在，爲求飲食，賊踪跡獲焉，又殺之。因焚其塔，而不能仆，然則影魄之發露，其凶至此。識者云，倒影之沴，主下陵其上，信矣哉！

丘簡反魂

宜黄管下地名索富，士人丘簡，處邑中郭氏館舍。夢爲黄衣卒所追，即隨以行，入大官府。王者玉冠赭袍坐於正殿，卒聲喏庭中云：「丘簡見到。」傍一吏叱問曰：「當追丘圓，兹乃丘簡，姓同名異，如何妄追來，速押去！」遂墜深坑中，駭汗如濯，乃覺，爲郭君道之。蓋簡昔名圓，意爲幸脱鬼籍，絶以自喜。明夜，復夢到昨處，一獄官捧文牘升殿奏云：「丘簡卽故丘圓，今改名耳。」踰月抱病，舁以歸，不及至家而殁。其再夢也，見友人胡得一者在傍，聽呼名，寤而與人説。時得一固無恙，後百許日亦亡。

涂知縣夢龍

宜黄涂正勝，字士表，登第爲湘潭宰。夢祖居坪上有黄龍飛騰，過隔港地名鹿塘白茶乃止。涂氏，官族也，士表覺而不懌。舉夢示人曰：「坪上衣冠其絶乎，白茶之地興矣！」次年，四友策名，正白茶一派，終列大夫郡守，十知縣繼之。而坪上寂寂，至今四十二年，無人仕者。

涂朝奉毆疫

涂大經朝奉，初被鄉薦入京，行次半塗，寓宿一寬宅，舍館已定，聞内間呻吟者非一。應門者惟一老翁，執禮甚恭，凡供需之物，如屬縣之奉彼者，心切疑焉。問之，方云其家病疫。涂彷徨欲去，顧天色已昏暮，前塗旅邸有無、遠近皆未可知，而從僕横叨犒飫，深過所望，交口扼其行，勉强聽之，而悵然曰：「吾其病死於道路乎！」翁微聞之，遽拜於前，力挽留，不使去，仰而視曰：「秀才得非江西撫州人姓涂者乎？」答之曰：「然。」念向者未嘗此來，遠鄉之人，安能知吾姓氏，殆必得於諸僕而侒我爾。翁進曰：「吾官乃我家福星，我家六七十口，不幸一男自獄歸，染囚疾。今家衆已死三分之二，獨老夫先病而甦。昨夜忽夢數神道來，相將辭去，某試陽止之，神相顧曰：

『不可居此矣，明日有撫州涂朝奉來，當急引避。』故從早汎掃敝家以待，果蒙賜臨，幸爲我小駐。」涂雖略自釋，猶未之信。及釋褐回，再過之，盡室出迎謝，所供益勤。渠翁云：「從吾官宿此之後，病卧者不藥而愈，不敢忘。」涂始慰喜，及轉至此官，大加嫌惡，竟如其說。按末句與上文不相應，疑有脱誤。

陶氏疫鬼

宜黄詹慶者，初業伶倫，深村人也。貧甚，兄嫂稍贍足，不肯相容，乃謀往郡下，其居距城百五十里。臨去，乞米一升不獲，行丐而前。既抵城中，適一官族高宴〔原作「晏」，今改。〕，其夫婦皆善絲竹，且並坐聽慶吹笛，聆其過度一字，工妙之極，主婦至齧夫臂大叫曰：「奇哉！」自是以技得名，漸亦温飽。取陶氏女爲妻，而贅居其家。才一年，陶室病疫，慶晨興入厨，見竈上兩異物，狀如猢猻，而有衣裾，適舉目外視，慶立觀之甚詳，俄跳入竈而没。陶門多死，慶獨無恙。馴致富，教子讀書，且假儒衣冠，而用子餘爲字，只家衰矣。周本作「而用餘子爲嗣」，無「只家衰矣」四字。

楊五三鬼

詹慶所居在撫城委巷中，傍有剃剪工楊五三者，善爲儐相。一夕天寒，應奉大家姻席，歸已深夜，仍被酒半醉，炬滅暗行，心惕惕然。至兵馬司前，見門外坎上羣卒附火，亟往投之，相向炙手。因仰頭伸欠，顧羣卒皆無頭，駭而走，猶能提燈籠。雨忽作，又暗行，咫尺千里，遇負瓘胏擔子者方歸，猶有殘燈在簷，喜而即之，告以所睹。方取籠中燈盞就點，其人亦無頭，驚仆於地。良久稍醒，奔回家，衣裳沾裂，面目傷破，僅能道鬼魅之狀。旋復奄然，越三日而死。

湖北稜睁鬼

殺人祭祀之姦，湖北最甚，其鬼名曰稜睁神。得官員士秀，謂之聰明人，一可當三；師僧道士，謂之修行人，一可當二；此外婦人及小兒，則一而已。建安劉思恭云：「福州一士，少年登科，未娶。鄉人爲湖北憲使，多齎持金帛，就臨安聘爲壻。士之父以貨茶筅爲生，只有此子，聞之大喜，即從之。子歸拜親，而鼎卒八人，車乘已至，乃迎而西。入境之日，午炊於村店，忽語其家僕曰：『此處山水之美，吾鄉里安得有之！』因縱步游行，見古木陰森之下，元設片石，若以憩行人者，即坐其上。瞻觀咨嘆，喜其氣象殊絕，不忍捨去，又顧僕曰：『我在歇涼正愜適，爾且先反，候飯熟而來。』僕還至店，飯已熟，急趣之，已失所在，叫呼良久，無應者。走報轎兵，仍挽店主人以俱。主人變色搔首，急往冥搜，得諸深山灌莽之間，縻之以索，既剖其肝矣。八卒兼程報憲，憲驚痛，下令捕凶盜，杳無端由。自店主人及鄰里，皆送獄訊掠，多有至死者，獄不竟。未忍白其父母，累月後始知之，同日自縊死。」此風浸淫被于江西撫州，村居人遣妻歸寧，以所饋微薄，不欲偕行，而相去不過百步。道深山然後出田間，出則望見婦家矣，夫俟之久而不出，心疑其與男子姦。疾走物色，見岐徑鮮血點滴，新殺一婦人，斷其頭，去其肝，衣服皆非所著者。又趨而進，遇兩婦人，面色蒼惶，正著已妻之衣。執而索之，得妻頭於籠內，告於官。鞫之，其詞曰：「本欲得其肝爾，首非所用也，將棄之無人過之地而滅跡焉。」遂窮其黨，悉伏誅。此類不勝紀。今湖北鬼區官司盡已除蕩，不容有廟食。木陰石片，蓋其祀所也。

化州妖凶巫

邊寮德明終於化州守，其子嵊縣主簿沂，從黃齊賢學。嘗談化州之俗：妖民善呪生，逢人食肉而呪之，則滿腹皆成生肉；食果菜而呪之，則皆生果菜，徐徐腹呂本作「脹」。塞必死，雖守貳或不免。故一歲之中，公會絶少，動輒折送，然罹其禍者亦可解。及呪婦人生產，則無法可防。儻食牛肉而就蓐，則生牛兒。有持訟於州，指名某凶所爲，邊命捕逮禁鞫，凶子答款曰：「人不應生牛，是其家不積陰德，爲惡神所譴爾！」遂妄供數家，獄官知其爲而無可奈何。邊憤甚，會其病卒。周本作「尋亦病卒」。又墟落一巫，能禁人生魂，使之即病。適與鄉人争田，石龍縣宰知其名，將殺之。既嚴捕入獄，即覺頭痛甚，疑而思之。宰固健吏，不爲沮止，帕首坐獄户自鞫訊，不勝痛，始承伏云：「因來時已收係知縣生魂於法院，盛之以缶，煮之以湯，申之以符，見在法坐。」宰即押巫出城三十里，抵其居，視之而信。下著姓名、生年日月，因紿之曰：「汝速解之，吾釋汝。」巫禹步雷聲，俄頃，宰脱然，所患如失。就估其貲貨，了不以屑意。畢事將反，吏白言：「彼處一小室，婦人以死守之，意必有物。」宰翻然再入，破其鎖，中才容膝，秉燭四照，所畫鬼神怪絶，世所未睹，蓋所謂法院也。婦人又捐舟按「舟」字疑是「身」字之誤。遮障，爭一小篋，吏奪而取之，正其祕法，宰畀諸火。巫死於獄，一邑之人，更相喜賀云。前書荆南妖巫始末，頗相類。

漳士食蠱蟇

漳州一士人，負氣壯猛，謂天下無可畏之事，人自怯耳。每恨無鬼神干我以試其勇。嘗同數友出次村落，見精帛包物地上，皆莫敢正視，笑曰：「吾正貧，何得不取！」對衆啓之，於數匹絹內，貯白金三大笏，更一蠱蝦如蟇，祝之曰：「汝蠱呂本多一「毒」字。自去，吾所欲者銀絹耳。」既持歸，家人皆大哭曰：「禍至無日矣！」士曰：「吾自當之，不以累汝。」是夜升榻，有二青蟇，大如周歲兒，先據席上。士正念無以侑酒，連推敲殺之，家人又哭。士欣然割而煮食，乃就寢酣，竟晏然。明夜，又有蟇十餘，小於前，復烹之。又明夜，出三十枚，夕夕增多，而益以減小，最後遂滿屋充塞，不可勝食。至募工埋於野，膽氣益振，一月後乃絶。士笑曰：「蠱毒之靈，止於是乎！」妻請多買刺蝟防蟇，出則必搜啄，士曰：「我卽刺蝟也，尚何求哉！」其家竟亦妥帖，識者美之。右三卷亦黃齋賢所傳。

夷堅三志壬卷第五十二事(實有十三事)

黄子由魁夢

黄子由未第時，以淳熙二年六月一日夢至大廷下，手進文字一軸，須臾得旨云：「文氣不甚驕，可擢爲第一。」衞士在傍者摘之曰：「謝恩合要笏記，當卽爲之。」覺而悉能尋憶，密志於策，未嘗語人。後六年過省，與同舍生福唐潘涓赴廷對，始顧之曰：「此與向夢中所睹不小異。」潘趣就席答聖問，未暇質其詳，晚出，乃詢之，且曰：「子由平時得夢，無一不應，比曾(「曾」原作「當」，據周本改。)感兆否？」方答以二年所云。雖未知入何甲，竊料必忝甲首。潘賀曰：「要笏記敍謝，非大魁不足當之。」及唱名，果爲第一。倉卒間，卽用夢笏作記，不易一字。潘今爲銅陵宰，姪孫偲作丞，聞其說。

醉客賦詩

德興新營士人張得象，字德章。淳熙十一年，省場失利，就趨大學補試，少留旅邸，以待榜出。嘗與二友生夜詣市訪卜，因入肆沽酒三升，對月清飲。俄一客落拓跌宕，造前曰：「能以一杯惠我否？」張見其已大醉，答曰：「甚好。」取杯滿酌置几上，戲之曰：「觀吾人姿貌，定不庸俗，能賦一詩，然後盡此杯乎？」客披襟不辭，且請命韻。張正欲困以險韻，笑曰：「只用吞字。」隨即高吟一絶曰：「行盡蓬萊弱水源，今朝忍渴過崑崙。興來莫問酒中聖，且把金杯和月吞。」舉杯一吸而盡。方驚嘆其雄新，出迹之，無見矣。張悟爲神仙者流，恨交臂不能識也，爲之悵惘經日。德章以恩科得官，爲筠州新昌尉。臯之姪攝邑，得其語。

黄炎司法

金谿黄炎晦叔，嘗以盛夏詣族叔家。叔晝寢，夢人報云：「司法在書院。」寤而覿吕本作「視」。之，則炎亦假寐，俟其睡起，乃以告之。炎時爲布衣，進取碌碌，望一官稱甚難，私用自喜。已而預淳熙丙午鄉薦，丁未擢第，緣殿試在五甲，追銓中注安福尉。丁憂制，不克上，庚戌服除，再調南雄州法曹。叔聞之，悄然不樂，慮其前程但止於此。又四年，臨當赴官而卒。炎頃歲占卜於劉樞幹，劉畫一緑衣官人，傍錢有「錢有」二字當乙轉。兩垛，初莫能測。後因友生薦引達於江西運使林正甫，促俾攝新建尉，方兩月而真尉到，所獲俸金，正得吕本作「應」。兩垛之兆，可謂薄命矣。

范十五遇鬼

新城民范十五，常爲張暘叔提刑家僕。慶元二年二月，因事至縣境之石灘，與舊同列兩人遇，隔闊歷歲，問勞如平生。少焉悟其已死，語之曰：「爾輩去世已久，何爲尚在此？我白晝見鬼，得無不祥乎！」兩人同應曰：「烏有是事，我自浮泊外州，因循未還爾。奈何妄信人言，謗我已死。」遂從索酒，曰：「汝既有錢，合做小主人待我，可驗故人之情。」范探懷中，恰有錢二百，即就道邊歐茂村秀才店沽酒。歐與范相識，訝其獨來，而須三飲器，猶意必有所待。及杯行，范參酌三器，向空拱揖，歐始驚怪，正色叱之曰：「范十五豈非遭魑魅所惑耶？而乃狂蹶如此！」范瞿然猛省，恍如夢覺，兩客不知所在矣。歸舍，卧病彌月而愈。

續仙臺道人

三庚記仙臺觀道人事，阜之姪所傳猶有未盡者，云彼道人從知觀賴子儀假館，子儀領略，命治一室處之，問其鄉里姓氏，曰：「貧子是西川打底州縣人，姓回，自少放浪，幾半天下，今老矣！」問：「年今幾何？」曰：「八十一。」遂揖令就憩。日詣市乞錢，旋散與童兒，未嘗輒蓄，出則羣兒環繞。因與鄧道者定交，常倩鄧取湯洗面，至則滌濯浣沐，垢膩滿盆，使鄧飲之。鄧嫌不潔，覆於地，但聞盆與地皆郁然有異香。鄧，愚蒙人也，殊不少悟。及冬月，道衆赴人家夜醮，獨鄧守舍中。夕後，道人在隔房大叫：「鄧道童急來救我！一條大蜈蚣長可二丈，我已遭痛咬了！」鄧聽其説而不敢往。衆歸問訊，果爲所傷，以是歲「歲」字原無，據周本補。十二月十五日死，在彼恰滿六月。既於席下得所費錢，原註：語見三庚。共嘆其異。且計此日展丐，吕本作「展山」，按：二字疑有脱誤。不留一錢，那復有此，其人當是神仙高士，仍自通姓回，觀中人非仙才，故不值原本此下闕，據吕本補。遇。彼豈真死哉，殆尸解耳。因發其棺，上得白石三枚。初到時攜一杖一笠自隨，及其没也，人爲挂於壁間。經年半，別又一道人來，邀鄧童爲雲水之侶，辭以倦游，其人徑戴笠策杖，不告而去。鄧亦享壽八十四。南康丞吕伯固聞於賴希真。

葉熙續

昭州守葉大夫民極次子熙績，一生未嘗學問，其於場屋功名事，視如胡越然。紹熙五年春，忽夢就建昌軍學補試，中第一百名。覺而私怪焉，原本此上闕，據吕本補。以爲身不讀書，何由得此？又方料理故父致仕遺澤，爲姻戚道此夢，以資笑端。及秋，乃爲小吏雷宣刺刃而死。所居隸新城，尉來檢屍，正用提點刑獄司發下印本，格目實係第一百紙。人事休咎美惡，夫豈偶然！

錢妾端端

南豐寓客錢肅之，侍郎蓋之子也，任至南安守。侍妾端端，以美豔擅愛，不幸盛年夭歿，殯葬於郭外金繩寺側。久之，邑胥艾毅者，忽正晝值之於縣市，冶容像飾，笑揖問訊，而不知爲誰家人，漫邀與語，遂合焉。夜則同寢，情好諧洽，宛如伉儷。艾切自慶，謂生來無此福分也，但形軀日以枯槁，殆於骨立。父母憂之，扣其所由得病，具以實對。一日，正偶坐，家人排闥入其室，迫逐之。艾攬端手，急奔竄投金繩山中。端倏隱於墓，艾不能繼，衆共扶以反，即困卧，拯治兩月，始復常，自是不再遇。

大和劉尉

新城士人劉溥，將應紹興庚午秋舉，其父與鄰人陳七翁相好，來言：「吾昨夢看本軍解榜，其間有劉彦宏姓名，賢子似可用此名就試，儻契吾夢。」父呼溥告之，乃以彦宏應詔，而字曰先覺，果預薦送，然蹉跎至淳熙戊戌，始特奏補大學。初調大和尉，到任二年半，終於官。没後託夢於妻曰：「我生前合有三年禄食在大和，適以數盡，才得六個月而死，故今世補之，宿緣已足，是故歸耳。汝輩勿用悲憶也。」好事者以邑志爵里名籍考之，紹聖元年甲戌，本境石坡人劉丹字彦宏，登進士第，任大和尉，僅得六月下世，而後來者鄉里姓氏悉同，且以前人字爲名，筮仕之處又同，其末後之夢，彰著如此，則爲後身不疑。噫！兩劉彦宏，一登第，一特恩，共享三年微俸，首尾八十五歲，幽冥定命，不差毫髮，異哉！然則古往今來，蒙高爵厚禄，巍巍如山者，皆賦於造化，其棲遲厄窮，不怨天尤人可也。銅陵主簿劉注者，於先覺爲從弟，説此。

謝生靈柑

江州民謝生，母老病，不肯服藥，以夏月思生柑，不啻飢渴，謝揵手無策。家有小園種此果，乃夜拜樹下，膝爲之穿裂。詰旦，已纍纍結丹實數顆，跪摘以奉。母食之，痼疾遂瘳。聞者傳爲孝感，遠近士大夫争賦詩詞歌誦其美，目曰靈柑詩軸。郡守王溉巽澤詒書他邦，夸廣其事，惜不上諸朝，揭之史策，使繼姜詩孟宗之芳塵，以示不朽。時淳熙十四年也。

鄧氏紫姑詩

鄧端若，少時傳得召紫姑呪訣，而所致皆女仙，喜作詩。紹興甲子歲，科舉將開之前，在家塾與數密友會食，或請邀問試闈題目者，誦呪方畢，仙已至，乃盡誠扣之，答云：「經義賦論，吾悉知之，故「故」當作「顧」。天機嚴秘，不容輕泄。姑爲預言省詩題慰諸君意。」於是大書「秋風生桂枝」五字，客皆不信，已而果然。嘗爲鄧氏婦女賦衣領及裙帶三絶句，清婉可傳寫。《衣領篇》云：「小翦雲羅雪色明，香煤隨意作真行。新詩便是班昭戒，勝却閑書坐右銘。」其二云：「時樣新裁段色衣，不將綵線纈花枝。殷勤只要詩仙句，繡出分明一段奇。」《裙帶詩》云：「尺六腰圍柳樣輕，娉娉嫋嫋最傾城。羅裙新翦湘江水，緩步金蓮襪底生。」時庭前桃正華，或請賞詠，應聲落筆云：「武陵溪上舊時花，兩岸晴紅爛彩霞。試問劉郎緣底事，花開時節未還家。」其他所作聯句對，吕本作「其他所作長短句隔句對」。皆機警斂捷，了不抒思而成。一時失於記録，端若之子直清，僅能追憶此數語耳。

西天監門

新城姚中秀才，生於紹興己未。自幼不茹葷，爲人純厚信直。淳熙十二年乙巳歲，年四十有七矣。十二月五夜，夢人持勅牒來示，接而展讀之，其文云：「奉勅差西天監國門替蕭政年滿闕。」模式言詞，盡與朝制相類，來使言：「見任人到官已一年。」中驚覺，密計「計」當作「記」。於書册，深切憂之。至十四年十二月朔旦，起拜其父志新，白云：「初五日中當死，後事未免上累慈抱，願寬追憶。」父心不之信，付之一笑而已。中曰：「請取册中前年所書觀之。」庶表不妄。是日又作詩四句置枕内曰：「魚龍吹浪起雲烟，來向江湖駕鐵船。捲地黑風吹海立，直將波浪過西天。」竟至其日，不疾而卒。所謂天勑差注，豈亦須滿三考云。按：「云」字疑誤。志新始索遺札諦觀，方審其自紀夢證如此，爲鄧直清言。

道人相施逵

邵武吴郛説，其父頃當三舍時，居軍學，與郡士吴淑、黄鑄、施逵同舍。有明道人者，不知所從來，雅擅人倫風鑒之譽，有求相者，每人須百錢。四士共延致於齋閣，郛父首與答問，云：「君乃山林之人，無功名分。」次及吴淑，云：「雖然不得力，猶勝別勞心。」次及黄鑄，云：「君年二十六預貢，二十七登第，官至員外，壽幾八十。」末乃及施逵，曰：「異哉君之相法也！今未可宣言，俟翌日無人時，當來訪我。」如約而往，則坐上客滿矣。次日復然。第三日，天未明過之，道人執燭辨視，徐問曰：「君有父母妻子乎？」曰：「赤立一身耳。」又問：「有叔伯兄弟宗族乎？」曰：「只一叔在。」道人云：「君面有反相，須眉皆逆生，他時決背畔，不終臣節。」逵大笑，口占一詩贈之云：「休論道骨與仙風，自許平生義與忠。千古已嘗窺治亂，一身何足計窮通。仰天但覺心如鐵，覽鏡猶欣髮未蓬。塵世紛紛千百輩，只君雙眼識英雄。」味其辭意，峥嶸不律帖，頗似張元所賦。後以舍選登政和七年貢士第，爲第四人。又數年，貪以敗官。建炎末，陷范汝爲賊中，卒亡降金虜，躋顯秩。紹興二十九年，以侍讀學士來賀正旦，命吏部尚書張忠定公館伴，雖庠序舊識，無由敢發一言。浙江亭觀潮，乘引接使臣不在側，呂本多一「上」字。介注目欄外，僅能出微詞，有自爲備之語。郛父終老場屋。淑、魁鄉貢，常聚徒講學，束修之入甚厚，竟不第。鑄登科，仕爲柳州太守，享年七十八，盡如道人之言。

猴豹戲對

德興李氏三士，政和中皆負俊聲。伯爲人獰劣，每一坐數起走趨；仲捷於飲啖，且最滑稽善謔；季獨沉靜，以經學馳譽，爲鄉黨推許。與之游者各行標榜，謂其伯曰猴子，以譏其輕佻；謂其仲曰狗子，以譏其貪饕；季曰豹子，以表其文采。屢謁巨室余氏，余甚富有，數子皆吝嗇於財，與人無款曲意。因三季小聚，長子忽出大銀杯，滿酌酒置前曰：「吾有一句，能對者飲酒，并賞此杯。」卽唱云：「兄弟三人猴狗豹。」自謂已占三數，又下是獸畜名，必無從可答。伯應聲曰：「父子一羣蛇鼠牛。」里俗指儉不中禮者爲蛇鼠，而牛者，詬罵農甿之稱也，的切如此，遂飲酒。余子大慚服，亟持杯歸之，自是不敢復形侮慢。舊傳四六對云：「全文行忠信之四端，備正直剛柔之三德，正此類也。季登乙未科，仕至兩部轉運使者，徙居旁邑。安仁云。舊聞鄉老先生說。

夷堅三志壬卷第六十五事

羅山道人

信陽軍羅山縣，荒殘小邑也。有沈媪者，啓雜店於市，然亦甚微。三月三日，有道人扣門覓飯，媪曰：「别無好蔬菜伴食，少俟碾麪可乎？」即入就坐，麪飯畢，馴進茶，道人謝曰：「本非舊知聞，荷媪垂顧，無以爲報，惟有治酒一方，當以相付，如媪家有識字者，可令隨我尋藥。」媪曰：「女壻王甲舍居，却識幾個字。」唤出相見，即偕適野，大抵所采如蒼耳、馬蓼、青蒿之類，凡十二種，皆至賤易得。既還，使王生書其方，仍命綴一布囊貯之，戒曰：「善藏此方，雖他的親人亦不可傳，傳之則不靈矣！今年此日采藥，可終歲供用。明年三月三日，再换新者，遇酒或酸澀欲敗，以藥投之，則無有不美。以此終沈婆一世，表吾所以報也。」其後皆驗。武官劉舍人家春釀數十甕，色味已壞，或言王甲善醫酒，遣招致之，引入視，王暗糁刀圭於甕中，劉不知也。復出坐，佯〔「佯」原作「伴」，據周本改。〕若料理作法，少頃云：「請舍人看。」劉亟走其處，悉變爲香清滑辣矣！劉大喜，以半直謝之。媪家常乾儲此藥，遇乏酒之時，沽諸鄰里，不校好惡，有最薄者，得藥少許，皆化爲醇醪。媪死，壻繼亡，方書不傳。

胡蘆棗

光州七里外村媪家，植棗二株於門外，秋日棗熟，一道人過而求之，媪曰：「兒子出田間，無人打撲，任先生隨意啖食，我不較也。」道士摘食十餘枚，將所佩一胡蘆繫於木杪。臨去，顧語曰：「謝婆婆厚意，明年當生此樣棗，既是新品，可以三倍得錢。」遂去。後如其言。今光州尚有茲種，人懷核植於它處，則不然。

信陽孫青

信陽軍百姓孫青，久爲凶盜，事敗伏法，時當淳熙五六年間。至慶元二年上元夜，法司吏鄧思齊妻過其受戮處，頓覺迷罔，歸到家，若有物憑附。家人焚香禱之曰：「不知是何尊神降臨？」妻口作丈夫聲應曰：「我非神，乃十五年前死囚孫青耳。今欲見行刑人項興，幸爲一呼之。」及興至前，喜曰：「項節級來矣，向日感荷照顧，雖死不忘。」興問所欲得，將轉輪藏及薦金銀紙錢與之，皆不許，曰：「無益也，願請道士多轉生神章，燒黑紙錢送我，我便去。」興如其請。頃之，吏妻乃卧不言，病三日而愈。

黄陂紅衣婦

黄州黄陂縣太公村民李氏，門外有大栗木一本。初夏之日，其家男婦女子皆出蒔稻，惟一二少女守舍供饁。日正午，聞外有叫呼聲，曰：「宜哥在否？」不覺應之曰：「也在田所。」宜哥者，李氏十二歲兒也。出視之，見二美婦人在栗枝上，通身穿紅衣裳，知爲異類，乃抛柴杖瓦石擊之。婦從高跳下，入近池中。女走報父兄，共行追逐，婦脱所著衣，用黑蓋頭掩形，浮水適彼岸，捷登山，化作雙狐而去。此上四事，鄉人程濂游黄陂得於士人程思。

應武解元

樂平杭橋程進夫，紹熙三年，館於縣舒氏之迎薰堂。將投藝秋闈，既納家牒。父彭壽在鄉里，七月二十夜，夢過池上彎曲處，柳陰四垂，中數少兒用竹籃共舁一人，問何爲，曰今年新解元。又問是誰，曰應武也。及寤，念上庠有台州應武。淳熙丁未榜以《周禮》過省，唱名入三甲矣，而其子習經偶同，疑若神明示以魄兆，但命名固可更，若何改姓？良久，欣然曰：「當云應鄉貢進士舉程武，上取一字，下取一字，以答佳夢。」亟走介詣縣，囑進夫更名。暨九月揭榜，果占經魁。省試不利，明年之冬疾死。彭壽哭而對客曰：「向以爲吉祥，今思之，所謂今年新解元，及小兒擡舁，皆不永之兆耳。」

小原縣尉

樂平劉純仁，初爲弋陽東山人，後方徙籍。其幼子曰植。劉夢在齋居宅，坐一林上，或來報曰：「賢子得官矣！」劉曰：「誠然，當先有牌，可舉以示我。」俄卽捧至，視其題字曰「園州小原縣尉」。劉訝但有袁州，却作園，何也？諾之，植已服紫衣在傍立矣。時植留村墟新陂，夢後六日還家。

明年大病。又明年而死，葬於岑林黄椑園，乃悟惡夢。植字立之，頗俊爽，病中夢到一處，高堂邃宇，闃無人聲，因步入中堂，見婦人豔妝華飾，鋪席于地，席上列金玉酒器，光曜眩目。植舉以翫看，遲久乃出，婦人躡而逐之曰：「毋將此去也。」回頭應曰：「無。」經兩月，不起。

馬遂良口占

馬登遂良，居樂平夏陽，早著雋聲，氣吞餘子，而從事場屋，輒不利。中年罷舉，倘佯家庭，以詩酒自遣。作一堂，取王荆公「愛山直待老山間」之句，揭之曰「老山」。慶元三年秋，喪其長子，不勝悲愴，欲出門數步消憂，下階傷足。明年初春，方小甦，然不獲呂本作「復」。親筆硯。二月五日，忽呼語諸孫曰：「我此生只有二日在世，不久矣！」口占詩數篇授之。其《今日》一章云：「戴記編爲令，今朝是暮春。燕飛高隮塞，魚躍過龍門。雨大添泥濘，風清滅浪痕。鳥啼花濕濕，江日未騰輪。」雖句法尚存，而〔「而」原作「知」，據周本改。〕謂二月爲暮春，不祥語也。後二日，果終於寢。

右七事邑士程瀧説。

衞校尉見楊王

紹興庚午辛未之間，南北和好堅定，虜亮未萌搏噬之意，邊關機密去來，不甚苛急。有代班人衞校尉者，從襄漢來，時楊和王爲殿前帥，曩在行伍中，與結義爲兄弟，首往投謁。楊一見，歡如平生，仍事以兄禮，隨令夫人出拜，常招飲於堂，款曲殷勤，而不問其所向。兩月後，忽浸疎之，來則見於外室，不復話舊，僅得錢數百千。衛雅意以楊方得路，志在一官，故百舍間關赴之，至是大失望。栖泊過半年，疑爲人所嫉譖，乃告辭，又不得通。或教使伺其入朝回，遮道陳狀，楊亦略不與語，判狀尾云：「執就常州，於本府某莊内支錢一百貫。」衛愈不樂，念已無可奈何，儻得錢，尚可治歸裝，而一身從北來，何由訪識楊莊所在。正彷徨旅邸，適一客自云是程副將，謂之曰：「無庸憂，吾將往常潤，當陪君往，奉爲取之。」既得錢，相從累日，情好無間，遂密語之曰：「吾實欲游中原，君能扶我偕往呂本作「北」。否？」衛欣然許之，迤邐抵長安，入河東，以至代郡。倩衛買田，曰：「我欲作一窟於此。」衛使牙儈爲尋置，無何，得膏腴千畝。衛治具待程，程亦報席，久之，乃言曰：「吾本無意於斯，此行盡出楊相公處分，初慮公貪小利，輕捨鄉里。當今兵革不用，非展奮功名之秋，故遣我相追隨，爲辦生計。所買良田，已悉作衛氏名，敬以相付。」於是悉取契券與之，厥直萬緡，黯然而别。呂本作「一笑而别」。予頃聞此説於李次山，其事甚類蘇秦舍人之資給張儀也。

蔣二白衣社

鄱陽少年稍有慧性者，好相結誦經持懺，作僧家事業，率十人爲一社，遇人家吉凶福願，則偕往建道場，齋戒梵唄，鳴鐃擊鼓。起初夜，盡四更乃散，一切如僧儀，各務精誠，又無捐匄施與之費，雖非同社，而投書邀請者亦赴之。一邦之内，實繁有徒，多著皂衫，乃名爲白衣會。市居百姓蔣二，蓋其尤者，尋常裝造印香販售以贍生。淳熙十六年九月，往上巷汪氏應像歸，時值大雨，手自撐傘，行次錦標坊澹津湖北岸洪丞相府前，逢一人，隨踵相就，亦自有傘，近而即之，體冷硬如冰雪。正爾疑之，俄別有呼己者曰：「今歲是閏年否？」蔣察其非人之談，答之曰：「汝莫是鬼乎！」應聲大呼而滅。

隗伯山

饒州市民隗十三名伯山者，淳熙初年，來嬪州門呂本多一「裏」字。王小三家作入舍女婿。爲人無智慮，癡守坐食，王家不能容，常逼逐出外，不使與妻相見。卑詞瀝懇於其父母，不肯聽，竟成休離。隗計窮無以自處，十二年冬月，自刃於婦氏呂本多一「之」字。門。小三兒子小七，正爲郡吏，殊以切齒，唆啓其叔陳詞，乞行檢覆，以杜後日惡子脅持之患。自是隗厲按「厲」字疑誤。晝夜出撓，一門老稚，皆不敢過其所，出入懷懼。又三年正旦日，小七病宿酒，使妻詣厨內作菜羹解醉，將還房，望厥夫在床上拍席喝叫，吐唾噀被，即時絶命。妻至，救之無及矣！料必爲隗所禍也。

蕭七佛經

饒州細民蕭七，居於雙碑下，能批炙猪肉片脯行賈，以取分毫之利，贍育妻子。慶元三年十月十九日晚市罷，歸家吃飯，洗足而寢。至三更，忽厲聲叫喝，初無病疾，俄頃長逝。妻拊胸痛哭，不知所爲。後三日，鄰巷黄婆夢白髮老人曰：「蕭七因不合突犯殤神，致掇死禍。」黄婆曰：「然則今當如何？」老人曰：「教他妻去柴主簿宅借《佛頂心經》，請僧懺解乃可。」黄寤，次日拂曉，走告其妻。詢柴宅，只在城隍廟背，素有此經板，求而得之，顧工印造千本，請兩僧看讀。又三日，蕭妻夢夫交話，歷歷如存，云已沾功果，將遂超生，悲訣而去。右三事皆胡九齡說。

王于寨怪物〔「寨」原作「塞」，據目録改。〕

賈讜從義，紹興中爲歙縣王于寨〔原作「塞」，據周本改。〕巡檢，官廨在嶺下，衆卒所居據其上。到任半年，卒妻有入宅者，與讜妻及女言：「今早有一怪物，長二尺，渾身皆黄毛，諦觀之，乃人也，逐之不懼，但持手中杖，指四向而去，甚可駭！」是夜寨内火起，到屋一空，延及官舍。讜僅救得出身以來誥劄而已，所焚失甚多。讜女嫁王仲弓次子，談其事。

許生墜馬

鄱陽市民許二，與弟許三居於行春橋北，多釀酒沽，而日輸官課，稍致富足，遂買馬乘騎。慶元四年八月一日，許三往四十里，已到市尾，一僕在後，覺許若有所睹，持控不牢，四體戰悼，馬亦蓄縮不進，無故前足踏石蹶，遂墜。初亦不甚重，適刈馬草鐮刀先繫於當胸皮帶上，及其墜也，正與刀相值，右股皮裂血出，冥迷負痛，不獲〔吕本作「復」〕。與人言。問其所見，亦不能說。僕急雇兩力舆轎，扶之歸，呻吟徹旦，鄰里皆不得睡。外科黄裳與之拯療，雖被創處小差，而筋垂數寸於外，不可入。才起坐卽仆，但卧一榻上，展轉費力。裳乘其扶立，急於腰眼上施一針，驚而呼，如翻覆手間，筋已入矣！然後用藥，接補皮外，踰旬始平。

汪會之登科

新安汪義和會之，生於紹興辛酉，至於己卯，十有九歲矣。歙士赴舉者二千人，而解額才十二，制勝爲難，而會之得預計偕。族老來賀其祖彥及樞密曰：「幾郎必踐世科，吾夜夢省試別院報榜，云已榮中。」樞密答其意，而中心不懌。已而省闈失利，始以告之曰：「我自聞彼夢，固知事在他年，蓋今春無親可避也。」後蹉跎五薦，至淳熙辛丑，復到選，而弟義端充之爲文院點檢試卷官，牒詣別頭，乃奏名，以黃由榜登第。

滕王閣火

南昌章江門外，正臨川流，有小刹四五聯處其下，水陸院最富。一僧跨江建水閣三數重，邦人士女，遊遨無虛時，實爲姦淫翔集之便。慶元四年七月二十六日夜，細民家失火，延燒其處，俄頃，煙火不可向邇，一院片瓦不存。滕王閣外廡遂罹鬱攸之害。趙不迂晉臣以漕使兼府事，出次城頭，遥望西山，焚香禱於旌陽眞君。西風方熾，忽焉反東，火隨以息。常年八月十五日，所至以眞君生朝，自旦日卽相率詣玉隆宫，四遠畢集，未嘗不東風，蓋欲使獻送者舟船利達。凡半月，歲歲如是。靈仙威神，如在其上，其爲人作敬，宜矣。大孫赴試漕臺，正見其事。

夷堅三志壬卷第七十三事

張翼黃校：改「益」德廟〔目録「翼」作「益」〕

蜀車騎將軍張益德廟，元在遂寧之涪江。元豐三年，邑人任慶長始呂本多一「侈」字。大之。後五十歲，當建炎三年，榱棟仆落，榛棘蒙翳，任氏之孫乃揆復一新之。又三年，當紹興初元，北虜震搖關輔，張魏公宣撫處置秦蜀，移屯閬中。秋八月，死卒有更生者，轉呂本無「轉」字。傳神戒語，欲助順誅逆。已而虜酋兀朮婁室連犯漢中，皆折角而退。魏公即神安國乞齋爵，按：此句疑有脱誤，呂本作「魏公即神安國公禱爵」，亦不可解。用便宜進封爲忠顯王，而又有廟在長江縣長灘鎮大峰山之下，邦人張氏創爲之，至獻可者，老而無子，詣涪州樂温謁王別廟，再拜以禱。是夕夢神告曰：「汝實吾裔，當有名司子〔「司子」當爲「嗣」之誤〕。」呂本作「當有名孕」。明日，與婦飲，見五色光氣如綫投婦杯中，飲散而孕。明年，生男曰述，於是獻可捨己田以爲廟，移樂温之楓兩萌櫱以歸，植於門東西偏，示不忘本，且志異也。述長而擢進士第，終職方員外郎。其亡也，外人皆見車馬鼓吹，坌入廟中，聲達遠邇，祝史起視，無所睹。踰旬日訃至，考其時日當符合。其後旱乾、霖溢、螟蝗、疾癘，有請輒應。兩楓至高十餘丈，其大合抱，蔭芘數畝。及職方之孫義方，又增大廊宇，跨門爲樓，而屬王灼晦叔爲之記，此皆采記中語也。予憶王景文《夷堅志別序》云：雲安夢張益德其信按：此句疑有脱誤，「其信」二字，呂本作「甚白」，亦不可解。然則王之威神，經千載之後，猶昭揭如此，人那得不加敬乎！

王道成先生

王道成先生者，夔州人，舊射利江湖間爲賈客。政和六年，忽遇異人三傳内丹之妙，遂破家從王鼎學道，浮游東西二蜀。鼎亦時見荆南市中，不與人交一談，無能識其誰何者。身長七尺，廣目美須髯，狀貌如四十許人。荆南父老自兒童時蓋已見之。一日，與道成飲，自通姓名曰：「吾洛陽人，唐武德初事秦王爲御者，奔走兵間，後得仙法，隱華岳山中，以至於今。」酒酣別去，不知所往。道成本愚民，不能從其詢訪大業武德中事，且驗其是否。紹興六年，道成見王晦叔於金川，講宗盟之好，爲作《古風》一篇與之曰：「龍《頤堂集》作「隴」。種健兒須如棘，幼事秦府持鞭靮。戰塵撲面心已灰，徑上山《頤堂集》作「三」。峰弄泉石。乾坤變化五百年，人間未識地行仙。布裘落魄荆州市，丹經祕法爲君傳。散盡千金何所用，《頤堂集》作「有」。腹中氣作蛟龍吼。功成直欲投紫霄，上三字《頤堂集》作「凌紫虛」。尚愛岷峩山下酒。年來我亦厭樊籠，乞取微言爲指蹤。君不見葉縣雙鳧緱嶺鶴，古來度世多吾宗。」此篇見《頤堂集》中，不終言道成之究竟也。

郫縣銅馬

成都郫縣村民鑿古墓，遂《頤堂集》作「隧」。得一銅馬，高三尺餘，制作精妙。前簡池守景季淵取以歸，中宵風雨，輒聞嘶聲，怪而不敢留，移送佛寺。紹熙二十六年，王晦叔自小溪至成都，士人黃伯淵請作《銅馬歌》，其詞曰：「君不見武皇逸志役《頤堂集》作「凌」。九垓，追風躡影思龍媒。魯班門外立銅馬，天廐萬匹皆塵埃！又不見伏波將軍破交賊，歸來殿前獻馬式。據鞍習氣殊未衰，想見老子真矍鑠。兩京翻覆知幾秋，只有山河供客愁。孤煙落日蠶叢國，慣出上二字《頤堂集》作「出此」。神物與《頤堂集》作「於」。荒丘。千年黃壤誰作主，猶把歸心泣風雨。只恐一朝去無蹤，有似豐城寶劍化雙龍。」王此歌甚工，不知此馬今安在也。

長生蝸

開封宋柱光老家藏一物，類初生蝸殼，曰，此長生蝸也。其祖在元祐間得於相國寺道人處，常置諸篋笥，往往終歲一發視，亦無它異，但其性若喜酸，徙之醯中則旋轉而行。王晦叔驗而怪之，以爲身走四方，水陸之産，要不盡識，亦得其七八，若此蝸者，實未嘗見也，戲爲作贊云：「小蟲介族，自託伥伥，傚彼醯鷄，甕牖彷徉。豈不能飲醇而漱甘，奈鼻觀之或妨。問塗微生高之鄰，集百酸於中腸。幸陋質之收斂，税駕於不死之鄉。時無張茂先之多識，郭景純之窮搜。没世無聞，亦可傷哉！」此蝸留於宋氏且百年，而不知其前之歲月，矻矻腐殼中。物理不可曉測者如此。原注：疑只今之相思子云。

王彥齡舒氏詞

舊傳一官士在官，愛唱《望江南》詞，而爲上官所責者，不得其姓名。今知爲王齊叟字彥齡，元祐樞密彥霖之弟也，任俠有聲。初官太原，作此詞數十曲嘲郡縣僚佐，遂併及府帥，帥怒甚，因羣吏入謁，面數折之云：「君今恃爾兄，謂吾不能治爾邪！」彥齡斂板頓首謝，且請其過。帥告之，復趨進倚聲微吟白曰：「居下位，只恐被人讒。昨日但吟《青玉案》，幾時曾作《望江南》？」下句不屬，回顧適見兵官，乃曰：「請問馬都監。」帥不覺失笑，衆亦匿笑而退。今世所傳《別素質》一闋云：「此事憑誰知證，有樓前明月，窗外花影」者，其所作也。嘗鼎一臠，恨不多見。娶舒氏女，亦工篇翰。而婦翁出武列，事之素不謹，常醉酒嫚罵，翁不能堪，取女歸，竟至離絶。而夫婦之好元無乖張，女在父家，一日行池上，懷其夫而作《點絳唇》曲云：「獨自臨流，興來時把闌干凭。舊愁新恨，耗却來時興。鷺散魚潛，煙斂風初定。波心靜，照人如鏡，少個年時影。」後更適他族，彥齡訖浮沉不顯。

惠宗師盤石

遂寧縣鷄鳴山福勝寺，有唐惠宗禪師盤石，其姓氏鄉里皆不著。山有查公遺記，言近山之麓，盤石廣丈餘，四面鑿穴爲庵，師習定之所也。本傳存焉，傳今亡矣，寂寞數百載。紹興三十二年春，延陵吳光庭率二三友生肄業於寺上方，閏二月庚午夜，夢一僧紫服，長揖共語。辛未，吳討閱寺碑，覽其所事，問石所在，人無知者。偕長老行端搜北琅竹園，得之叢棘中，丈餘鑿穴，與査公言合。癸酉，郡士王晦叔偶遇焉，光庭以夢告，導之觀石讀碑，且求紀述。丁丑夜，夢如初。戊寅，寺衆始知狀，主事道生曰：「吾固不謂此地爲師庵基也。」後七日，將取以新右殿砌，光庭嘆曰：「前之夢，師其以囑我乎！」庚辰，往剪蕪穢，立表園門，命精巧石工鐫師像。癸巳，創亭於庵東十步，爲奉安地，仍使繪工於像上設色。丙申夜，又夢如初，徐曰：「磨衲金絞領，繪事過矣，當從吾紫。」於是光庭來督文，晦叔念師之靈異，至三見夢變，以護片石，欲人兀坐進修，推本所自，乃作碑銘七八百字，其文載於《頤堂集》中。

清平樂六詞

劉原甫於《清平樂》作詞詠木樨，其後陳去非、蘇養直、向伯共、朱希真、韓叔夏亦續賦一闋，王晦叔并紀於《碧鷄漫志》。原甫云：「小山叢桂，最有人留意。拂葉攀花無限思，雨濕濃香滿袂。別來過了秋光，翠簾昨夜新霜。多少月宮閑地，常娥借與微芳。」去非云：「黃衫相倚，翠帽層層底。八月江南風日美，弄影山腰水尾。楚人未識孤山，離騷遺恨千年。無住庵中新事，一枝喚起幽禪。」養直云：「斷崖流水，香度青林底。光配騷人蘭與芷，不數春風桃李。淮南叢桂小山，詩翁合得躋攀。身到十洲三島，心遊萬壑千巖。」伯共〔原作「供」，今改。〕云：「吳頭楚尾，踏破芒鞋底。萬壑千巖秋色裏，不奈惱人風味。如今老我薌〔原作「鄉」，今改。〕林，世間百不關心。獨喜愛香韓壽，能來同醉花陰。」希真云：「人間花少，菊小芙蓉老。冷淡仙人偏得道，買定西風一笑。前身元是江梅，黄姑點破冰肌。只有暗香猶在，飽參清似南枝。」叔夏云：「秋光如水，釀作鵝黄蟻。散入千巖佳樹裏，惟許修門人醉。輕鈿重上風簾，不禁月冷霜寒。步障深沉歸去，依然愁滿江山。」晦叔謂同一花一曲，賦者六人，必有第其高下者，予以爲皆佳句云。

紫姑白苧

《白苧詞》傳者至少，其正宫一闋，世以爲紫姑神所作也。方寫至「追昔，燕然畫角，寶輪呂本作「寶鑰」。珊瑚。是時丞相，虚作銀城換得。」或問出何書史，答曰：「天上文字，汝那得知！」末句云：「東君暗遣花神，先到南國。昨夜江梅，漏泄春消息。」殊爲騷雅。蜀人郝完父以春初邀請，既降，自稱蓬萊仙人玉英，書《浪淘沙》詞云：「塞上早春時，煖律猶微。柳舒金線拂回堤。料得江鄉應更好，開盡梅溪。晝漏漸遲遲，愁損仙呂本作「香」。肌，幾回無語斂雙眉。凭徧闌干十二曲，日下樓西。」亦冲澹有思致。

周美成楚雲詞

周美成頃在姑蘇，其營妓岳七楚雲者，追遊甚久。後從京師歸，過蘇省訪之，則已從人數年矣。明日，飲於太守蔡巒子高坐上，因見其妹，作《點絳唇》詞寄之云：「遼鶴西歸，故人多少傷心事。短書不寄，魚浪空千里。憑仗桃根，說與相思意。愁何際，舊時衣袂，猶有東風淚。」楚雲覽之，爲之累日感泣。

惠柔侍兒

何文縝丞相初登科，在館閣，飲于宗戚一貴人家，侍兒惠柔者，麗黠人也，慕公風標，密解手帕子爲贈，且約牡丹開時再集。何亦甚關抱，既歸，賦《虞美人》一曲，隱其小名，以寓惓惓結戀之意云：「分香帕子揉藍膩，欲去殷勤惠。重來直待牡丹時，只恐花枝知後故開遲。别來看盡閑桃李，日日闌干倚。催花無計問東風，夢作一雙蝴蝶繞芳叢。」何自書此詞示蜀人趙詠道，言其張本如此。

莫少虛詞

舊時《水調歌》一曲，其首章云：「瑶草一何碧，春入武陵溪。溪上桃花無數，花上有黄鸝。」以爲黄公魯直所作。蜀人石耆〔原作「青」，今改。〕翁言，此莫將少虛壯年詞也，能道其詳。少虛又有《浣溪沙》一闋云：「寶釧緗裙上玉梯，雲重應恨翠樓低，愁同芳草雨萋萋。」一詞云：「歸夢悠揚見未真，繡衾恰有暗香薰，五更分得楚臺春。」皆造語工新，但晚歲心醉富貴，不復事文筆。今人鮮有知其所作者。右十一事皆見王晦叔《頤堂集》。

李氏二銘文

鄉人李氏文中之子安行，登第爲江州德化主簿，迎親之官，以紹熙四年正月卒於彼邑。安行正奏名時，予典貢舉，因介此來求銘，既爲之製撰。安行之從父康時，見之咨嗟嘆息，謂其子中行曰：「吾他日身後，還復見此否！」後二年二月，康時亦亡。中行與兄應行，念前言，復來求銘，予未敢即辭。應行妻吴氏晝寢，夢文中、康時同坐堂上，踊躍歡笑相語曰：「今俱得内相之文矣。」吴氏睡覺，則外僕入報，内翰遣人送文字到了。慶元四年正月，中行入郡，爲黄裳言之，且自書其事以相示。

當塗朱道人

朱道人者，本當塗縣弓手。乾道初，因捕盜夜行，至青山市近一里許，望市心火起，急赴之。既至，則無所睹，但月下一貧士，布素百結，而顔貌清古，坐於店亭之外。少頃，里保十輩奔而至，亦言救火，怳然而退。朱疑此貧者必有道之士，否則未遇貴人，從傍稽首致敬而問：「先生緣何宿此？」答云：「店舍嫌我是乞兒，不肯著我歇，故不免露坐。」朱以夜久，揖而捨去。才曉，復來視之，邀入酒肆，益加禮，飲大杯。臨别，解腰破袋内藥一粒與朱，使之便服。朱頗嫌不潔，姑藏於懷。其人去，試探取之，但一青禽飛去，騰空而逝。朱方嘆其不遇，忘寢與食，狀如狂癡，歸家不認妻子，策杖浪遊，往來襄漢二十餘載。至淳熙丁未，乃還故鄉，有識者見其狂，無不侮辱，意若不堪，折之曰：「我坐於是，我死於是，鄉人何得見凌！」人或問：「汝何時死？」曰：「近也。」或又曰：

「若果爾，當來大街中心，如在背處，也只亂道。」朱點頭而過。一日，於街心掃地一片，人又云：「莫要坐化否？」復點頭。人云：「然則須當留頌。」卽索紙筆書曰：「我是殺心漢，從來無侶伴。塵土不沾身，坐地教人看。」書訖，瞑目長逝。邦人始信其異，裒錢火化於東門。

夷堅三志壬卷第八十一事

岳陽董風子

董風子者，不知其鄉里，事母至孝。以乾道元年暮冬過岳陽，夜宿黄花市，遇同居一叟，破巾單袍，而貌若嬰童，絶無飢寒之態。吟哦詩句，油然自適。董識其異，卽就坐於傍，問所從來，殊不酧答。良久，再扣之，始微笑云：「我待子多日矣！」遂挽手同出市西旗亭中，買酒三升，諭酒家僕，不用煖熱。董起白言：「某平日骨寒，雖當盛暑，亦去綿衣不得，况今臘月，若飲冷酒，定足喪命，惟先生亮之。」叟云：「無慮。」董不獲已，强進半盃，便覺四肢和暢。及再飲，盡脱其衣。移時，出到大樹下，授以至道之要。董整襟再拜曰：「敢問先生姓氏？」曰：「吾本東晉抱黄翁也，知君孝通於天，故來相見。」語罷，陰雲四合，迨於開豁，失叟所在矣。董還店，莞爾大笑。明日，留題於壁曰：「大乙元君遇虎龍，沉沉三洞鎖青風。自從九九明分了，白變黄金黑變紅。」擲筆於地，長吟而去。由是往來通城平江二縣，自稱董風子。人皆不識，稍爲書禍福於門首，方略知其有道。建康曹道人者，常犯罪黥面，跂慕聲光，千里而來，值其出外，炊飯將熟，遥見直入房中默坐，曹具飯邀請。飯罷，起拜之云：「某罪業深重，知先生道德清高，故特越江湖遠來，遂誓快，按上三字疑有脱誤，呂本作「踰越江湖，幸遂瞻快」。顧賜之一言，以洗塵習。」董睁目大叫，走往後牆下側卧，曹隨之，泣下不止。董罵之使出，乃絶不至。或從曹生問其故，對曰：「二十年前居建康，曾殺一人，恰睹先生卧牆下，儼與死者一般。信知負命難逃，是以泣悲。」曹今在茅山。楊昭然道人云：「曾游潭州嶽麓宫，見有『抱黄閣』及『抱黄洞』，因詢道士命名之自。道士曰：『東晉義熙年真人成道於此，乃用其名建閣，洞卽修行之所也。』」以是知黄花老叟蓋其人云。

孫十郎放生

信州鹽商范信之説，同輩孫十郎者，家世京師人，南徙信州。奉佛喜捨，日課誦觀世音名萬遍。每入市，逢人攜飛禽走獸，及生魚鱉蝦蛤，必買而放之。惟大風雨則不出，采捕者利於速售，且可復取，紛紛集其門，或一日費錢二三萬。老而病篤，見菩薩從空而下，孫力疾瞻敬，菩薩語之曰：「汝本一善人，未應至此，緣朝夕撓害生命，故重患臨身。」孫謝曰：「弟子戒殺，初未嘗損害衆生，但知贖放物命耳，若何反得罪？」菩薩云：「緣貪癡小輩，慕汝家錢，不應籠罩者亦皆致力，遂使羅網交絡於山澤，使鳥獸水族，不能暫安，茲所以爲罪。」孫驚而寤，冷汗浹背，所苦遂瘳。乃不敢循故習，弋者因亦少悛。

楊四鷄禍

信州玉虚觀道士徐真素説，石溪人楊四，工造酒，富家争用之，因是生理給足。好食鷄，每醉，輒縛取一兩隻，覆以竹籠，然後酌沸湯從上淋沃。鷄負痛奔跳，毛羽脱落無餘，乃施剖腹，去其糞污，隨意啖之。凡二三十年，所殺萬計。淳熙九年七月二日，爲饒氏蒸酒，困卧竈側。信人士俗，坊場及上户，多就地結竈，用大桶作甑，可容酒壜十餘，而焚稻稈以燒煮。是日甑崩壜破，沸湯數斛，盡傾於厥身，跳擲呼叫，與鷄正同，兩日方死。

華亭鄔道士

華亭鄔道士，自少出家，即有幽棲之志，從其師住茅山清真觀。師死，以紹興之末居於光州延真宫，奉上真香火，殫盡誠敬，誦《道德經》五千言不絶口。凡外間吉凶禍福，本處土地輒於夢中報知，無一不應。其後喜延方士，論鉛汞黄白之術，每日常有三五輩從事丹竈。即貪慕特甚，平時敬心，積以衰歇，土地亦不復以事來報。有豪民邀詣其家啓醮，鄔令道童鍾大宥先往鋪設，行次半道，爲虎所食。鄔知而大懼，疑必獲譴於神明，集衆繞殿堂諷經禳懺。夜夢一人，狀若靈官，告之云：「汝臨兹山，今焉一紀，吾所以惓惓護助，有所聞必言。緣近日妄想太重，聲通上天，虎食汝童，聊復示警，不亟改前過，大禍且及身矣！」驚謝而覺，坐待天明，悉焚爐毀竈，斥遣方士，還復其初。享壽至九十三，無疾而逝。

佛授羊肝圓

明州定海人徐道亨，善相法，父没之後，奉母同遊四方，事之盡孝。淳熙初，到泰州，宿於逆旅。

因患赤眼而食蟹，遂成内障，欲進路不能。素解誦《般若經》，出丐市里，所得錢米，仍持歸養，凡歷五年。忽夜夢一僧，長眉大鼻，托一鉢盂，盂中有水，令徐掬以洗眼，復告之曰：「汝此去當服羊肝圓一百日。」徐知爲佛羅漢，喜而下拜，願乞賜良方。僧曰：「用淨水洗夜明沙一兩，當歸一兩，蟬殼一兩，木賊去節一兩，共碾爲末，買羊肝四兩，白水熟煮，爛搗如泥，然後入前藥拌勻，圓如梧桐子大，每食後以温熟水下五十粒。」語畢，徐敬書於片紙，如不病者，欻然而寤，已似微有所睹。見夢中所書在側，即如方製藥服之，滿百日復舊。與母還鄉，母亡既葬，乃棄家入道。

集仙觀醮

德安府應城縣集仙觀，罹兵火之後，堂殿頽圮。乾道初元，南昌法録吴道士自淮南來領觀事，用符水治人疾，不擇貧富，不受餉謝。或持辦施常住，則一切椿籍，專充修造，十年之間，裏外一新。縣民無不信悦，相率詣之，請爲民建黄籙大醮。吴深怖罪福，堅拒弗許。明年再請，乃勉從之。醮中百役，加意檢勘，至六年甫就。徧訪它郡邑黄冠有道行者十四員，到觀清齋沐浴，課誦經文，兩月之間，備極誠慤，及入醮筵，七日七夜始罷。夜夢門外男女，且千餘人叢立，驟問爲何，答曰：「我輩皆是死而無主之鬼，聞有大功德，故不憚涉水登山，來聽法受戒，冀求超生，解脱苦海。及得到此，但霑齋食錢物，至於經文分俵，不過殆成虛設，不免再來告投，願爲補足欠缺，則受恩不淺。」吴曰：「吾數年辦集，擇道士十四人，六十日看經，各有分定之數，何緣却不足？」又答曰：「經卷數固多，奈姓傅姓王兩人，元不識字，以致於此。」吴驚愧而覺，憂惱至曉。次日，會衆告之，傅王謝起罪，「謝起罪」句疑有脱誤。乞以所得施利，納還庫司。吴卽時悚然，涕泣如雨，立退處淨室，一意焚修，酬答亡者，歷歲不輟。其後，傅道士溺死於團豐市水中，王生不知所往。楊昭然在大素山紫霞觀，親聆其説。

鍾匠斫木

趙善澄清臣都監，居於鉛山，乾道九年，於縣西别造宅。其後叢祠曰三聖廟。一樟樹大數圍，正臨宅畔，每風作摇動，必損屋瓦，不勝整葺之煩。命匠者芟除枝柯，衆相視不肯任責，趙甚怒。獨鍾四者，性粗愚，索酒一升飲，持斧奮升木杪，凡與牆鄰者悉斫去之。趙賞以錢二百文。是夜鍾歸，微覺右臂癢，俄生兩肉瘤，稍大，如鷄卵，積漸長如碗，雖無痛苦，然頗有妨礙。凡如此半年，因用力太過，瘤忽破裂，血出不止。外醫用藥不能療，至夜，情識蕩漾，所見皆鬼神，口中語言，亦不類常日聲音。人有問者，隨卽應曰：「趙都監福尚盛，我不能興禍。此匠身衰，故得甘心耳。」後五日而亡。

趙氏二佛

趙善澄有二佛，其一泥塑古佛，連座不滿二尺。澄言初在皮匠陳三家，凡人燒香作禮，有所祈祝，無不感應。聲彰中外，來者紛紛然，不能知其名。一遊僧過之，隨衆瞻仰，以詢諸人，皆莫能識。僧曰：「我聞昔有村漁，孝養父母，居於盤溝之上。因入水獲一片木，有五色霞光，持呂本作「挾」。之以歸，持示雙親，母曰：『汝但取魚，要此何用？』父怒，至欲取刀碎之。俄而木裂爲兩，其間或虛或實，有類佛像。漁者就溝聳空泥，叩呂本作「郎」，按似當作「印」。成七十尊，一起一倒，如人交拜，負出市求售，稱爲盤溝大聖。或問此有何異，曰：『隨人所問事吉凶，像自能禮拜。』人争買之，得錢數千爲養親之助。而不知盤溝在何處。」此佛今歸趙氏。其一水墨畫彌勒佛，標飾甚濟。遇逐月旦望，别開一室，羅陳香花，聽外人入拜。如其人平日呂本作「平直」。忠信，則立現圓光，大如茶甌，從頂心出，移時徧滿軸上；如輕薄惡子至，則淡然無所睹。其後來者頗坌雜，趙慮或爲所竊，乃祕之。非親暱求觀，不浪出示。淳熙四年，楊昭然（原脱，今補。）訪趙宅，皆得見之。

祝吏鴨報

鉛山縣吏祝六，每往親朋家飲酒半醉，必索活鴨一隻至前，解帶子繫定兩翼，次取爐灰雜鹽，撲入兩眼，乃放置地上。坐客鼓掌歌笑，鴨卽脚高脚低，其狀如舞，觀者無不喜笑。祝常自詫以爲能。席罷，鴨已不能見物，此家卽殺之，凡如此十年。晚病傷寒，先瞽目，旋覺脚軟，暫起行步，不復端正，全類鴨舞。人知其生受業報，展轉負痛，閱十年乃死。

光山雙塔鬼

葉真常道人者，湖州安吉人，幼有山水之樂。淳熙元年，雲遊淮上，至光山縣境，道塗索寞，不值旅店。天色昏晚，始得一剎，標曰雙塔寺，樓閣高聳，松檜干霄，不勝其喜。趨而進，悄無人焉，姑立於門左。且閉關，一老僧出，咄曰：「汝是道人，來此何幹？」葉前作禮問訊，具述行止，僧怒罵而去。俄兩童行提籠燈，喚葉往鐘樓後，啓小房，使入歇。塵埃如積，僅存故牀一張。童行退，葉欲湯飲，亦不可得。即就卧，似睡不睡，見兩僧自地踊出，又一少年，丰儀爽秀，若仕宦家子弟，續奔出，並立於房中。葉料其非人，亟起坐，存神定息，叩齒數通，良久，三人俱入地。過三更，復如前，葉叱之曰：「汝輩想是達理耿介之士，或枉死不明，或伏尸不化，愚愚相守，無解脱期。今當聽我言，捨故時形骸，反自己真性，再歸人道，何所往而不可。」語才畢，覺冷風颯然，三鬼皆失所在。葉寢至鐘動，聞户外人聲，起開門，見僧行三四輩來問：「夜中無異境界否？」葉以實告之，皆有慚色。一僧引手指床下云：「二十年前麻城王主簿喪一子年二十四歲，寄攢於此，更不來取，寺中不敢輒舉化，每夕必出爲怪。乾道間，行脚兩僧且過，止于房，不信有鬼，一夜魘殺，因是同爲人害。昨暮山主怒道人之來，故令就宿耳。」葉厲聲叱罵，不顧而行。自後聞三鬼果絶迹。楊昭然游灊山，遇葉親話其事。

徐咬耳

池州人徐忠者，雖出市井間，而好勇尚氣節，赴人患難，急於己私。閭里有争鬩不平之事，横身勸解，必使曲直得其情然後已，以故與之處者，無不心服。一日，有少年來云：「昨夜泄水橋畔，厲鬼迷殺一丈夫漢，汝何不爲斷理！」徐不能答，悶而歸。至晚，徑詣橋上默坐，往來者詢其何所營幹，而暮夜單獨在此，曰：「我尋鬼打。」人皆傳笑，以爲癡絶。鄰右惡子差有膽者，相與伏於隱處，觀其所爲，亦慮或逢鬼困，當共救護也。約三更後，望見鬼物三四輩出水中，勃窣而來，徐陽睡不顧，內一鬼云：「徐忠粗人在此，是落它便宜，切不可與鬬。」又一鬼云：「且去看它如何！」衆皆留駐不動，此鬼孑孑前進。漸逼徐側，不覺遭搦捕，痛毆數十拳，如擊腐草。鬼亦伸臂相持，不能勝，遂斃於地。徐才脱手，失其所在矣。此橋素爲怪區，從此寧貼。後渡淮省親，過崇陽，道中值一屠，執箠一客索錢。徐知曲在屠，責之曰：「他是遠鄉小客，汝是當地屠户，豈得躭嗜村酒，欺凌取財！」呂本作「欺凌孤客」。客得脱去。而兩人争忿不息，自朝至午，面血淋漓，屠左眼爲徐所枯，屠亦嚙下徐右耳，各以倦極分散。徐自是不復還鄉，慮以缺耳取笑，人呼爲徐咬耳。乾道二年，過和州白望市，忽際異人，遂能談量禍福，往往多應。今往來真楊之間，異事甚多，未暇紀録。此卷皆楊昭然道人説。

夷堅三志壬卷第九十二事

和州僧瓶

新昌寓居熊祖顯巡檢，淳熙中，有所善爲和州太守，往謁之。授館僧寺，主僧甚好客，每夕必邀至山房，共按「共」字似「供」之誤。具茶果款語，或置酒三杯，熊亦感其意。遇赴郡宴，得餘饌，必分以遺之，相與益密。僧案頭有銅瓶，雖微有損蝕處，然形製高古可愛，坐則摩拊不已，遂從僧求之。僧云：「此元不直錢，但本院係甲乙住持，物無巨細，悉書於常住曆。凡交割寺事，轉相批領，若以與君，他日後人尋索，吾將何辭以對？」熊度不可强，止不言。或謂：「僧師與此官人游，從人所求，但爾，按此句疑有脱誤，吕本同，周本無「但爾」二字。顧何足惜！且又太守之客，安知不落它人之手，付之何傷！但明記於籍可也。」僧從其戒，竟以送熊歸。「歸」字疑誤。僧既庸淺，視爲無用。熊雖武官，而知書，頗負識鑒，無「無」字疑是「然」之訛。不能判别爲何時物及有無款識也。後擕過建康，骨董牙儈孫廿二者，識其異，以告轉運使趙師揆，立遣借觀，不復可出。伺熊臨去，餉以錢五百千。

復州謝𪊺

荆湖兩路，大抵皆𪊺卒，率皆凶盜貸命者。每一郡兵士，居土人十之七八。皐之姪簽書復州判官，其閽人曰謝四，凡三以盜敗，幸而不死，𪊺文滿面，亦頗知悔前過。猶藏大北珠三顆，各可值千緡，乃刼得之巨室者，至是不敢出售。皐去二年，會稽李知言來，養一鹿，不甚大。一日，忽睨謝旁，怒目而視。謝度其不足畏，持杖箠逐，鹿卓呂本作「掉」。角還鬭，隱處遭觸，卽時腎囊裂破而死。鹿蹲踞不動，李命屠家殺之以祭死者，而盡犒廳衆飽食。人以爲必冤家呂本多一「鬼」字。所託云。右二事皐之說。

開州銅銚

天台陳達善，淳熙中自監左藏庫出知開州。得一銅銚，不知其爲異物，闊徑剛三寸，下列三足，上有蓋，其薄如紙。或告之曰：「投食物於中，然紙炬燎之，少頃卽熟。」陳試取猪石一雙，使庖人如常法批切，漬以鹽酒，仍注水焉。自持一炬燎其腹，俄聞銚中汩汩〔原作泪泪，據周本改。〕有聲，及炬盡舉蓋，石子已糜熟。自是每夙興，必用此法，食畢，乃出視事。後爲湖北轉運。大兒過鄂渚，聞其說。

劉經絡神針

禁衞幕士盛皐，乾道元年驟得疾，胸膈噎塞刺痛，飲食不向口，以六尺堂堂之軀，日漸瘦削。招醫診療，皆不能辨其名狀，多指爲傷積。涉歷二百許日，聞殿前司外科曰劉經絡者，有奇技，亦出班直，乃邀之。劉一見卽言：「此病甚異，衆人固不識，非我莫能治也。然病根深固，是爲肺癰，艾炷湯劑，力所不及，須當施火針以攻之。」於是取兩針，其長僅尺，尾如著表，煨火中，按：此句疑有訛字。妻子争言不可，皐曰：「我度日如年，受盡痛惱，苟生何益！寧決意一針，雖死無憾。」劉曰：「然則吾當任此責。」把筆點左右臂上兩穴，隔以當三大錢，先針其左，入數寸。傍觀者縮頭不忍視，皐元無所覺，後針其右。既畢，皐殊自如，全不見膿血。劉使略倒身，從背微搦之，俄血液傾出如涌泉。劉舍去，謂其妻曰：「但一聽其然，切勿遮遏，凡兩日不止，唯時時灌餵清粥飲。」第三日，劉始至，喜曰：「毒已去盡，行卽平安矣！」敷大膏藥兩枚，貼於瘡口而告退，曰：「吾不復更來，三數日間，便當履地，無所患苦也。」果如其言。劉之術簡妙如此。皐後十五年乃終，疾不復作，有女爲大兒侍妾，能道其詳。予案《聖惠方》云：肺癰者，由寒傷於肺，其氣結聚所成也。肺主氣候之皮毛，若勞傷血氣，則腠理開而受風寒。其氣虛者傷肺，寒搏於氣血，蘊結成癰，寒極生熱，壅積不散，血敗爲膿。肺處胸間，肺傷於寒則微欬。故肺癰之疾，其人欬而胸内滿，隱隱痛則兩脚腫，咽乾口燥而渴，時出濁唾腥臭，久久吐膿如粳米粥者，難治也。又有膿而嘔者，不可治。其嘔膿而止者自愈。蓋風中於衞，舍於肺，風傷皮毛，熱傷血脈，寒熱之所過，血爲凝滯，積血成癰，始萌可救，膿成卽死。針烙取差，實爲從容，疑而受斃，亦豈容易，此爲必死之患。或隱諱此疾，或懼痛不針，此神奪之識，死期將至，諸可知也。其所敘證候，可謂不輕，以是而驗，劉生之見效成功於頃刻間，殆非口耳之學可及。故備書源委，以貽後人。右二事大兒說。

傅太常治祟

餘干許氏，以富甲里中。淳熙初，忽爲妖祟所惱，並致羣巫，略無一効。聞旁縣進賢有傅太常者，法力孤高，能攝制神鬼，延至其家，命設九幽醮祈禳之。降神之夕，植小黄旛數十于中庭，於燈燭熒煌間，有異物循旛上下，互相擊搏，傅嘆曰：「此祟未易除也。在上帝列真之前，尚爾敢肆，其無所忌憚可見。雖然，亦將有以驗吾術焉。」使主家治小室，極其周密，置窨瓶於中，選四健僕，各立一偶，傅作法户外。良久，聞瓶内索索之聲，取視之，有蟲類螳螂蜈蚣者且百數，帖伏不動。悉投之溪流，由是怪變漸息，到今無他。

古步王屠

餘干古步，有墟市數百家，爲商賈往來通道，屠宰者甚衆。王生擅其利數世，每將殺一豖，必先注水沃灌，使若充肥，因可剩獲利，人食其肉者，痼疾輒發動。王有七子，積貲不勝多，至於買田作室。晚年得異疾，右手掌内生竅，血水從中流出，日殆數斗，更無藥可療，刮席叫呼，晝夜不得合眼，但求速死，踰月乃亡。諸子知戒懼者，卽謀改業。今之屠兒用此法者，比户皆然，至於鷄鵝魚鴨亦爾。

俞傑孝感

俞傑者，浮梁横路人，自幼讀書，其父曰逵。當紹興之初，巨盜張花項寇暴鄉里，爲所執縛，就之索財貨。貧儒無所從得，盗挺刃斫其右臂，且斷矣。傑時方十四歲，自竄山林間，知父被害，涕泣奔出，奮身哀拜，願代父死，詞語痛惻不忍聞。羣盗亦爲感動，遂釋逵。但令傑荷擔相隨。即行伍里許，力乏，不能進，步到一龍王廟前，偶左右無人，急棄所負，走赴後山。顧大松樹一本，枝葉蔽空，上有鶴巢，極高廣可蔽隱，即延緣而上，匿於巢中。盗追躡欲殺之，四顧無所見，乃捨去，得脱身歸。人以爲誠孝感格，故神明陰爲之助。傑字仲才，從事科舉，無所成名而終。右三事余模説。

諸葛賁致語

永嘉諸葛賁，字文之，在太學，預淳熙庚子秋薦。辛丑正月，來試南宫，以十四日謁夢於學士地祠，是夜，裹巾著衣，偕數友卽爐亭宿。夢到一大庭下，見環聚者二三百輩，若赴宴集，賁就中間一位坐。俄頃，黄衣偉丈夫别引一士至，乃同舍生潘景憲叔昌也。賁揖使居前，黄衣不可，曰：「此人合列汝後。」既坐定，聞若讀致語者，隱約見一木板在下，長數尺，書字滿盈，而略不可曉，僅憶其兩句云：「金牛雜劇仍逢斗，芍藥花開偶至明。」及旦，以告人，皆賀曰：「今歲君必作大魁。金牛，蓋辛丑也。斗者，魁也。芍藥三月花開，是時廷試矣。」賁卽深謂爲然，意必高掇科舉，已乃失利。後連兩發舉，迨丁未赴省，偶展試日，當二月初，試畢東還。二十五日揭榜，後三日，其叔祖母戴氏生辰，相招慶會，門首内用優伶雜劇。過四更，報捷者至，其日爲辛丑，下直斗宿，方悟夢中上句之驗。友生爲言，芍藥開時，正當集注，必得明州差遣，果注奉化尉。又一榜，潘叔昌始登科。慶元四年，賁爲樂平丞，自說此事。

癸丑春榜

陳正，字誠甫，湖州長興人。居太學篤信齋，取紹興壬子舉。後累夕原本空兩格，今從呂本補「累夕」二字。夢與數人出行，抵一殿上，堂宇華峻，掛黃紙長榜於梁間，皆書人姓名，約以數百。顧同行者曰：「此何榜邪？」曰：「明年春榜也。」正仰首諦觀，而爲風搖飄，不容一見，但彷彿認得己名，及同齋宜興惠純夫耳，已在前而惠居後。覺而明燭書之策。及省試罷，各還鄉邑，因與惠談昨夢，且與約云：「頻年宜興人報榜，必由長興去了，然後吾邦捷音始至，今若報吾兄，我無慮矣！」已而宜興人過縣，往扣之曰：「爾縣湖洑有誰得？」其人附耳語曰：「兩個惠官人，一名純夫，一名䲔。」陳躍然自喜，抵暮，榜到，如所言。

楊母事真武

閩人楊翼之元禮，登隆興癸未科，調清流主簿，未赴官而感寒熱之疾，彌日轉甚。母郭氏絕憂之，平生敬事真武，愁坐其床，積誦呪數百卷。元禮迷困中見一人，身軀長大，被髮仗劍，猛從高而下，以劍斫其腦，不暇遮避，便覺頭痛漸減，以水沃其身，則汗出如漿，俄頃不見。明日，還復如前，乃具以告母。母曰：「是佑聖真君救汝也！」經數日，果愈。母自此益加肅敬，至盡日禮拜，幾忘寢食，八十四而終。弟元禮不肯深信，靈報亦從而泯歇焉。

霍秀才歸土

長興霍秀才，爲人誠實，素不雜交。紹興二年，得傷風之疾，初猶未爲深害。忽一日，不曉人事，達旦方甦，語其妻曰：「恰來一夢甚異，吾必死矣！昨被黄衫承局捽挽而去，行四五十里，見當面突兀一山，其上有窟，僅可容一人之身。黄衫牽我入其内，復同行，又數十里，值宫殿甚壯，問爲何處，全不答。俄庭下人物甚衆，見去歲亡過所生媽媽在傍，拍我肩曰：『此是陰府，爾何爲亦來！』正相語間，吕本作「正相酬應」。黄衫遽引我進前，望著紅袍大官，端坐殿上。吏持一紙示我，言當以某年某月某日時歸土，使我著押，計其期日，近在朝暮。我默念歸土則死矣，力拒不從，遂泣拜仰而訴哀，吾母繼來曰：『此老婆之子霍某，兒女尚幼，一旦淪没，將無以自存，乞賜容一紀。』有緑袍人立殿上，唱言此已奏天帝矣！我又伸懇云：『只乞延半紀，使嫁遣一女子。』緑袍對如初。至於乞三年、一年，其語亦然，仍作色曰：『與你七日限，便來。』於是簽書押字。先具追上三字吕本作「先見進」，周本作「見先引」。黄衣者再挽我手出，纔行數步，陷於深泥中。驚覺之次，方知此身在床，一死何疑！但當急辦後事耳。」凡錢帛書帙之屬，或與人，皆自區處，殊有條理。而疾勢有加，果七日而卒。右四事，陳誠甫說。

楊廿一入冥

饒州和衆坊板橋下居民楊廿一，以慶元四年七月四日白晝在家，忽悶絶不省。妻子以爲急中風，疾招醫灌救，而咽喉爲痰閉塞，藥不能下。唯心胸尚温，雖正暑，不敢遽殮。家人更迭揮扇沃水灑之，閱兩日，欻然起坐，初無患苦，言：「前日爲黄衣吏持文省呂本作「持一符」。追，我卽隨以去，到一官府，心知爲冥塗，恐懼無計。見一人著黄，王者衣冠，坐於堂上。未引問間，見同巷新橋上徐志道秀才者，與其妹皆帶枷跪伏庭中。俄兩獄卒持荆杖拷訊甚酷，問云：『汝父存日，有官會一百七十道，今在何處？』兩人雖受苦毒，堅相推托，不肯招，王指令引過。須臾，又見德化橋上開磁器鋪張小五者，逮押至前，令決臀杖訖領過，數卒隨後捽拽如覓索錢賄之狀。然後喚我出，王者據案問：『汝是甚麽生？』對以亥生，王顧追吏叱曰：『錯了錯了，此是係追中生人，可速遣還。』復由故道行，擠墮至深池中乃寤。我幾入鬼籍，念之可怖！」後數日，往訪徐志道兄立道説所見，立道流涕曰：「正疑去歲弟及妹相繼而亡，緣吾父生前所失楮幣，恰是此數。尋覓之際，二人嚴説呂本作「設」。呪誓，固云不曾收得，宜其蒙此譴也。」已而聞張小五以疽發于臀而死，蓋決杖之罰云。周少隆說。

夷堅三志壬卷第十十一事

鄒九妻甘氏

岳州民鄒曾九，以紹興五年春首往舒州太湖作商，留其妻甘氏於兄甘百九家，約之曰：「此行不過三兩月，幸耐静待我。」已而至秋未歸，甘氏逢人自淮南來，必詢夫消息，皆云已客死，甘不以爲信。又守之踰年，弗聞的耗，曉夕不自安。不告其兄，潛竄而東，欲尋訪存亡。既抵江夏縣，不能前，爲市倡譚瑞誘留，遂流落失節，其心緒悒快，僅半歲而死。慶元四年正月，鄒方自太湖回程，過鄂州城下，泊船於柳林頭，登岸憩旅店。一婦人邀之啜茶，鄒疑全似其妻，直造彼室，共牀而坐，問曰：「娘子何姓氏？」曰：「姓甘，行第百十，本非風塵中人，緣父喪夫亡，流落於此。」鄒曰：「故夫爲誰？」曰：「巴陵鄒曾九也。初去舒州時，期一季卽反，後來無一音信，往來客程多説他死了。于今恰四周年，孤單無倚，不免靠枕席度日。」鄒大怒曰：「汝渾不認得我！」婦曰：「我亦覺十分相似，只是面色黧黑耳。」鄒益怒曰：「我身便是汝夫，元不曾死，遭病患磨折，以故久不得歸，汝亦何至入此般行户，故意辱我！叵耐百九舅，更無兄弟之情，縱汝如此，目今與誰同活？」婦曰：「孑然。」鄒卽算還店家房錢，挈之回岳。是日就見百九，作色責問，百九曰：「爾去之後，妹子一向私走，近日却在江夏譚瑞家，正欲經官，且得爾到。」明日，即同詣州陳狀，郡守追逐人赴司來質究問，甘氏於衆中出，倒退數步，化爲黑氣而散，訟事遂止。

石門羊屠

鄱陽石門屠者羊六，以宰羊爲生累世矣。慶元二年二月，一道人過門，伸扇覓錢，屠謂曰：「爾形軀偉然，且無殘患，世上有千行百户，不尋一般做經紀，只是懶惰，我平昔不將一錢與乞道人，伏請穩便。」道人怒，指手罵曰：「汝也是難教化，汝家子殺父，父殺翁，三代輪回作畜類，何得了期！汝今晚殺一羊，又係汝父，却教姓蔡人得吃。」屠聞言憒吕本作「嗔」。甚，攜柴杖出擊之，倏已不見。是日將暮，市户蔡五遣僕齎錢來買羊一脾，并須肝肺。適盤上肉已盡，但有老雄羊一口，欲殺而售與之。執刀臨圈，方擬曳出，羊忽作人聲叫云「兒殺爺」，隨即仆地死。屠始大悔懼，爲之改業，而傾竭家資，廣修佛事，以懺宿惡。

顏邦直二郎

弋陽丫頭巖農夫何一，自小受顧於漆公鎮作奴，伏事顏二郎名邦直者，凡三歲，辭歸父家，兩處相去一程，彼此聲跡不相知聞。慶元二年四月，在田插稻，驀見顏當前立，何一識爲故主人，升壠上唱喏，顏曰：「可伴吾行！」何語同役者知，即隨以去。經半月不反，其妻齊氏，使兄齊五詢於顏宅，見其子孫出曰：「吾家二郎，下世一十九年，如何却要何一使喚！」齊五遂歸，然何一杳然不復可求訪。四年正月，忽還家，妻初猶疑怕，久乃問其因依，曰：「二郎帶我去游廬山，偏歷諸寺，冬間直至夔州巫山廟。去歲四月到蘄州蘄水武三郎家，武點茶相待，二郎謂之曰：『君宅一女妾是生身活鬼，兼拾得一子在左側七個月，亦是鬼魅。』武曰：『家間有妾五六，何者是鬼？』曰：『針線人桂奴是也。』武命喚至前，扣審其事，桂奴顧二郎曰：『道我非人，爾是何物！爾乃無身之鬼，脫賺力人何一，往來五千里，不得見妻兒，爾大段損害人命。』二郎答言：『吾雖無身，然賴生前看《度人經》有功，故呂本多一「得」字。逍遥自在。吾欲拔度何一，超生離苦，豈是損他！』桂奴無以對，大罵武生云：『吾處汝家，殷勤數年，並無違過。今日被顏二泄了，全不會與我做主。』抱拾得之子，走向厨中，遂不見。二郎尚要挾我游大孤山，我不肯從，私竄至此。」妻大驚，自是一切如常。二月間，因在田中，竟爲顏所呼而死。

韓羽建墓

泰州人韓羽，置壙山於近郊，擇慶元二年三月課工斬草，建造生墓。正晝間，見一紅裳婦人，一皂衣髯翁，從山内奔出，極異之。晚歸，與其妻徐氏説，徐氏夢所見二人，跪於牀下，婦曰：「妾與翁在山五百年矣，今日方遇主人，無以效勤，敢持微物上獻。」即捧出紫袋，不知其中所盛者何名色也。徐接之而寤，覺手内有所執，呼婢點燭視之，果是紫袋，而中包一瓢，摇之有聲，頗響，訝而藏之。明日，韓復入山，迨夜半，徐又夢二人跪，獨婦言曰：「昨與娘子一瓢，七棗在内，可鑽開取食，續當生七子，它時爲國家棟梁。如至耄年，尚可與媳婦服，亦主生七孫榮顯。聞來日開金井，如見妾等，切不可怕，亦不可殺。」婦曰：「汝二人形像，各在何所！」曰：「盡在穴裏，一人長一尺八寸，一人高三寸。」語畢，騰空而去。徐驚覺，不敢復睡，以告其夫。明日，於土内得一赤蛇，長一尺八寸，身紅如金；一龜，高三寸，身緑色，韓以銀盆貯之，捧歸。翌日啟視，無所見，而七棗至今存。

解七五姐

房州人解三師，所居與寧秀才書館爲鄰。一女七五姐，自小好書，每日竊聽諸生所讀，皆能暗誦。其父素嗜道教行持法書，女遇父不在家時，輒亦私習。年二十三歲，當淳熙十三年九月，招歸州民施華爲贅壻。華留未久，即出外作商，至十五年四月，通三師書，因寓密信告其妻曰：「我在汝家，日爲丈人丈母凌辱百端，況於經紀不遂，今浪跡汝寧府。汝獨處耐静，勿萌改適之心，容我稍遂意時，自歸取汝。」女觀畢掩泣，即日不食，奄奄如勞瘵，以八月死。華不知也。後兩月，正在遂寧旅舍，忽見女來，驚起扣之曰：「自房陵抵此，千里之遥，汝單弱婦人，何以能至？」答曰：「緣接得汝書後，愁思成疾，父母不相憐，呂本多一「惜」字。反行責罵，已寫一帖子置室中，託言投水，切莫相尋。由是脱身行乞，受盡辛苦，兩脚皆穿，僅得見爾。」華視其經行霜雪中，衣履破碎，拊之而哭，攜手入房，飽以肉食及買衣與之，遂同處於彼。華資囊頗贍，至紹熙二年冬，欲與妻還三師家，堅不可，乃還歸州。明年冬月，解三師鄰人田乙，作客抵歸州，遇施華，華延至其居，女出相見，田乙驚言："七五姐亡去三載，何由得生身却在此！"女曰："我詐父母云赴水，而潛來訪施郎，非真死也！"田大惑訝，仍不欲盡言。反房陵，爲三師道所見，三師不信，但舉女柩火化，尸朽腐矣。四年，華遷居荆南。明年，解三師始聞之，遣男持書信驗視，見華與妹，情甚好洽，住數月，相率來房州。解氏喜，置酒召會諸親，諸親共云："七五姐不幸夭逝，於今七年，且又焚化了，此殆精魅假託，將必爲施郎不利，宜思其策。"三師心爲動。明日，招法師來考治，女怡然自若。法師書符未成，女別書一符破之；法師再書靈官捉鬼符，女作九天玄女符破之。法師不復施它伎，撫劍顧之曰："汝的是何精靈耶？"女曰："我在生時，盡讀父法書。又於夢中，蒙九宫玄女傳教吾返生還魂之法，遂得再爲人，永遠住浮世。吾常存濟物之心，亦不曾犯天地禁忌。爾過愆甚多矣，有何威神，能治於我乎！"法師不能答而退。女見父母親戚如初。慶元元年，解氏盡室游翫郊野，到女葬處，漫指示之，女大笑，疾走入山，怪乃絶。

汪一酒肆客

德興南市鄉民汪一，啓酒肆於村中。慶元三年盛夏，三客入肆沽酒，飲之至醉。復有二客來，相與攀揖，言曰："數歲不相會，今日何爲到此？"客云："因往台州幹事，一住十五年，擬欲再行，且謁五通行宫。"語畢，不復索酒飲，計償酒直即去。汪一訪問後至者曰："彼三人姓氏云何？"曰：

「一姓陳，一姓孔，一姓吴，皆已於淳熙八年死了，不意乃見之！」汪聞而大駭，收坐上所留錢，試投水桶内，俄悉化爲灰埃。二客不旋踵亦退。

羅仲寅逢故兄

饒州使院吏羅仲寅，於慶元四年正月，送通判婁彦發往權南康守。出東關行三十里，婁使諭送者令回州，行將到路口，逢其已死兄羅三，邀入近街楊家酒壚内對飲，敍隔闊，詢家間事節，骨肉安否，甚爲詳悉。仲寅猛悟曰：「兄已亡，何由得在人世？」兄曰：「且休説著，大抵只是修養之法耳！」數杯後，兩人各醉，兄剩一杯，飲不盡，遂與仲寅分之。仲寅飲罷，血隨吐不止，舉目而視，不見其兄，歸家而病。至于八月，在中庭困坐，又見其兄自外來，持一物，如小錢大，强塞其口而没。仲寅僅能唤妻，既更不復作聲，抵暮而卒。

汪三宰牛

鄱陽石頭鎮汪三，常以宰牛爲務，多與其侣陳二者共本。慶元元年十一月，買得水牯甚大，牽歸殺之，將如常日煮肉與肚臟，就門上掇出售，而掛頭蹄於房内。二人方往來廚舍鑊邊，以候肉熟，忽聞房内有聲云：「枉屈殺了吾！」汪趨入視之，無人焉，以爲耳妄聞，閉户再出廚，其聲如初，而愈加寃厲。復視之，亦無所睹。俄至於三，識其爲怪，提屠刀駡而入，乃見牛頭張口言：「汪三哥，吾與汝無怨惡，今日却殺我！」汪大怒，提刀直前，欲斬其嘴。不料爲所掛牛蹄趯其右脅，卽掩肋大叫，痛不堪忍，陳二扶之付厥妻，漸覺腫焮，遂成大疽，七日而死。

彭六還魂

鳳州民彭六、周三、李二十一三人者，同年同月同日，皆以紹興甲戌歲生，惟時不同。其居甚密邇，結義相歡，爲同年呂本無「同年」二字。兄弟。慶元景辰九月八日，周、李俱已正晝死，彭未知也，黄昏後如夢寐中，爲兩吏唤去，到一大府，見罪囚無數，一王者居上判押。須臾，駛卒領周三至前，王者云：「渠合壽八十七歲，何來之速？」語未了，一緑衣從内出，自言：「此人緣在生性急傷物，折除半壽，只得四十三歲。」王曰：「如此則難赦。」命押送獄。俄唤李二十一，王又曰：「渠合七十一歲，命未盡而追，何也？」緑衣者復白言：「緣在生妬賢嫉能，欺孤凌寡，造罪百端，致亦受罰。」王曰：「既心懷惡毒，令赴都案。」彭細視兩人，方悟身在泉路，驚戰不已。俄聞朱衣人在上呼云：「押出彭六，既立庭下。」王曰：「此人壽數已盡，可隨業受生。」緑衣者云：「其壽雖不永，緣他平生好提攜失所，陰功甚多，自可推延。」王曰：「審如汝言，與增一紀。」朱衣唱令還，彭跪謝。出行數里，過一衙庭，一派啓六門，彭欲就觀，鬼使遮第一、第二、第三門，不容入。正踟躕次，殿上緑衣人忽至，曰：「汝識吾乎！乃汝伯伯彭子明，今作都案判官。恰來朱衣，是汝家司命，所以相護。幸獲反生，更宜廣修陰隲，切記切記！可從此第四門入。」又行數里，得一山，其下有枯井，失脚而墜，蘇則已死一宿。明日，走訪周、李，二人皆卒矣。右九事徐□説。

娑羅樹子

吳中人每於秋夜得虛空所墜木實，以爲娑羅樹子，曰是月中桂子也，天竺山尤多，然莫能明爲何品樹。林子長云：「其苕溪所居，一夕間，屋瓦歷鹿有聲，若一種物，從高而雨者。俄紛紛不止，呼童持箒升梯掃之，得成顆者數百計，全類皂角莢中所生，但一一堅重，無損蠹者。而屋四畔，元不曾有此樹，姑藏之。明日，取而審視，益信不疑。試以十餘顆付園吏，依種植法窨於菜畦內，及春發芽，盡爲真皂莢子，枝幹與世間者亡以異，其理殆不可曉。」唐李邕所作《楚州娑羅樹碑》予既載之《容齋四筆》，所云特奇崛，蓋非此也。

漢卿丹桂

齊三傑爲士人時，習業於靈芝門東桂林野圃，淳熙十六年，當科舉之歲，數朋輩相約結課於中。有張宗臣者，夢異人持一花瓶貯丹桂三枝從外入，張首見之，趨迎至前曰：「漢卿求一朵。」異人取以付之，曰：「若餘子，則未可。」張覺而喜甚，以告諸友，滿意有折桂之望。及秋試揭榜，齊獨預薦，明年登科。蓋張之名齊之字，同爲漢卿，造物故寓意以戲張也。少陸說。

夷堅志補卷第一（十二事）

續鄷都使

林乂爲鄷都使，已載冥官門。後十餘歲，當宣和七年，其所親段敏明鈔本多一「正」字。病傷寒未解，昏困間見錦衣花帽吏卒數十輩，皆長丈餘，直入臥内。方驚顧，而林君來，呼段字曰：「彥舉，汝勿恐，明日得汗矣！」因留坐款語曰：「吾非久當受代。」段問其故，曰：「有内臣黄某者，觀時事不佳，知必兆亂。每起一葉本無「一」字，從明鈔本補。念曰，卽不幸有變，吾必死之，上以報國家，下以表忠節。明年，京師破，黄遂赴火死，上帝嘉其節，故預除爲吾代。」少頃告去，敏明鈔本多一「正」字。覺少蘇。明日，果得汗而愈，方問答次，不暇詢黄之名。紹興十三年，錢知原觀復爲廣德守，中使黄彥節經過，從容語及先世，曰：「先人諱經臣，於京城受圍時，不忍見失守之辱，積薪於庭，自焚而卒。」乃證前事。惟忠臣孝子，動天地，感鬼神。經臣未死之前，穹蒼已知其心矣，夫豈偶然哉！

吴氏父子二夢

吴信，字正之，洛陽人。紹興初爲武岡尉。劇賊曹成蹂躪湖湘間，勢甚張。明鈔本作「勢張甚」。郡聞寇至，守將黃君輿與諸曹悉引避山谷。信獨慨然以死自誓，留城內，集丁壯捍禦。居二日，寇明鈔本多一「衆」字。壓境，先遣一騎將來偵城中虛實，信偶識其人，登陴呼曰：「郝大夫亦爲此耶！」郝泣曰：「吾以母故，陷於此，不能自還，羞見故人。」信爲言城中無豪户大家，正使擄掠，懼得不償勞，郝曰：「聞黃使君橐中之藏甚厚，故來取。」信曰：「去已久矣！」郝曰：「然則爲君全一城。」卽舉鞭麾衆去。黃歸，冒爲己功，受陞明鈔本多一「官」字。賞，信幾獲罪。後數年丁巳歲，爲全州清湘尉，夢人告曰：「君有陰功，生子當及第，起自東南第一州。」覺而弗解，姑志諸牘。又二十年丙子歲，官於建康，因出郊，見驛壁有詩，首句云「建節東南第一州」，始悟前夢。是歲其子仁傑薦名鄉書，明鈔本作「試」。竟用此舉免解登科。淳熙十二年，仁傑調官明州慈谿令，當詣部銓量，前兩夕夢入大叢林，見禪衲數百輩葉本無「輩」字，從明鈔本補。膜拜，山門上一僧欣然獨出。傑問爲誰，或曰四祖也，卽炷香致敬。行經西廡，復見一僧，亦長身異衆，又問，人曰五祖也，如上禮瞻謁，乃寤。明日，至相府，遇同年生趙善鐻，訪知所授，曰：「慈谿不可爲也！」於是更蘄之羅田。及赴官，乃知兩祖道場，皆在蘄境。

妙心行者

福州西禪寺行者名妙心，無父兄弟姪，獨母存，患瘋疾，累年不能步履。妙心葉本有「不」字，從明鈔本删。日饋以葉本無「以」字，從明鈔本補。粥飯。妙心上二字從明鈔本補。受本寺差監作碓坊，嘗用紙糊一毬，實以紙錢，一夕，焚香告天曰：「妙心母老而苦瘋疾，聞世人取肝割股以行孝者，今願破腦出髓，救母餘年，望三界神明賜祐。妙心今貯火毬內，上五字明鈔本作「今貯炭火於樹毬內」。若使紙錢成灰而外毬不損，當即償答。」已而果然，遂對空再拜，以左手持斧置顱門，右手執木椎擊之，應手頭裂，暈倒在地，不明鈔本多一「能」字。自知。忽有神人呼之曰：「汝適所禱爲何事，而乃不起耶！」始覺少甦，明鈔本作「蘇」。摸其頂，則髓已出，如鴨卵大，殊不痛楚，漫覆以刀鎗藥。碓坊去家五里，急走歸。母云：「吾兒將何藥來，吾已聞馨香矣！」對曰：「昨晚遇道人，與我此藥，今煮粥和服。」粥成，一明鈔本作「滿」。室皆香，母一啜而盡，便覺手足輕快，呼曰：「試扶我行。」比下床，若初無疾者，母子俱喜。妙心還碓明鈔本無「碓」字。坊，掌事者欲糾其夜出，上五字明鈔本作「以其夜出欲糾之」。不敢隱，乃以實告。監寺僧從皎驗之，不誣，具明鈔本作「以」。白長老，達於州。時王與道師心尚書作牧，賜錢上二字明鈔本作「與之錢」。五十千，絹二十疋，以爲孝養之勸。士大夫上三字明鈔本作「郡士」。多作詩贊詠，上四字明鈔本作「作歌贊美」。時紹興三十年九月也。

龔明之孝感

龔明之，字熙仲，崑山人。幼孤，鞠於祖母李氏。李嘗語之曰：「吾年三明鈔本作「二」。十歲時，得寒疾，困卧三日，夢綠袍判官告曰：『與汝葉本作「吾」，從明鈔本改。七十七。』豈吾壽數至此邪！」崇寧葉本作「熙寧」，依下文年數計算，明鈔本較合，故從改。中，李行年適滿所夢之數，遂病。病已革，龔愁窘不聊生，中夕，炷香於頂者七日，葉本無「日」字，從明鈔本補。泣禱上帝，願減己壽明鈔本作「算」。五年以延李命。上四字明鈔本作「以益李壽」。香未盡，聞腦中有明鈔本無「有」字。爆烈聲，不爲動，哀懇益切。明日，李病尋明鈔本無「尋」字。愈，壽至八十三而終。龔游舉場蹭蹬，僅領鄉舉，晚以特恩殿試，上二字明鈔本作「試殿廷」。策名前列。時已八十二歲，法不應任官。吳人在朝者列其行義，合詞薦之，得監南岳廟。淳熙五年，丐致仕，鄉人自葉本作「與」，從明鈔本改。趙再思左史以下二十人，又爲請於朝，覬增秩。參知政事錢師魏謂其無例，上二字明鈔本作「無吏考」。以爲難，吳仁傑曰：「公試與丞相敷陳，必能動上聽。」錢問其故，仁傑曰：「龔君頂以至行動上帝，是以知今日必能動人主。」因言其故，錢悚然敬聽。果得旨，遷宣教，即賜服緋。又四年乃卒。

詹惠明

婺源小民詹直，紹興九年，因醉毆殺鄰人妻姚氏，法當死。其子惠明，時不在家，既明鈔本作「聞」。知，乃詣里正及縣，乞以身代，不聽。獄既具，持牒訴郡，上四字明鈔本作「惠明隨至郡守處書牒」。言無以報罔極之恩，幸有兩弟，可以養母，乞代父受極刑，齧指出血，詞甚哀切。太守曾天游侍郎告以無此法，哭拜不止，明鈔本多「掩面而出」四字。凡五訴，不見省。方盛夏，坐府門外，以火艾灼頂至數十，曾公適禱雨自外歸，見之惻然，使以狀來白，無爲自苦。明日，立庭下，曾閱狀未竟，忽割左耳擲廳事之上，葉本無「之上」二字，從明鈔本補。灑血淋漓，一府大驚。曾爲草奏而繫之獄，以誒報。父見而罵曰：「我年已老，殺人償命，自是本分，汝明鈔本多一「自」字。有妻子，何得如是！」及報下，詔減父罪一等而釋惠明。斷勑之至，官吏欲驗誠僞，上二字明鈔本作「其情實」。給以得請，擁之入市，惠明色無悔怖，呼曰：「養子待老，積穀防饑，代父償命，留名萬世。」至市曹，始宣恩旨，人咸嘆其孝誠，時年二十有二。曾又案具赦文，以孝子順孫事狀上，爲丐錫鄉社美名，仍乞量加恩賜。於是改所居葉本有「曰」字，從明鈔本删。「嘉福里」曰「孝悌里」，葉本無「里」字，從明鈔本補。賜錢三萬、帛二匹、米二斛。後父母相繼卒，既葬，棄妻子出遊，專以修治橋道爲務，至今猶存。

謝小吏

南城縣小吏謝某，事父甚孝。父年老，須酒肉。吏家貧，度一日資用可了，則致養不少乏；稍有餘，即益市佳饌以進，亦不敢爲葉本無「爲」字，從明鈔本補。過舉，以貽親憂。凡二十年間，始終一致。父且死，持其手泣曰：「爾竭力孝我，上二字明鈔本作「盡孝於我」。神天實鑒臨之，我無以報，死後願爲爾子。」時婦方姙，臨蓐，夢翁入房，寤而生子，狀貌宛肖翁。甫數歲，家每祀先，兒輒據父位，飲啗自如。既長，事親之孝，一如其父。

蕪湖孝女

蕪湖詹氏女，姿貌甚美，母早亡，父老而貧，以六經教授鄉里，上二字明鈔本作「小兒」。稱爲詹先生。女與兄事之慎謹，間售女工以取給。手鈔《列女傳》，每暮夜，必熟讀數四而後寢，雖大寒暑不廢。淮寇一窠蜂張遇，自池陽來犯縣，縣人皆竄，其父泣謂女曰：「吾老矣，死固無恨，奈爾何！」女曰：「葉本有「我」字，從明鈔本刪。父獨何憂？我計久已決，今日豈得父子俱生邪！」頃之賊至，欲殺其父兄，刃將下，女趨而前，拜曰：「吾父貧且老，殺之何爲！明鈔本作「益」。觀將軍意不在金帛，妾雖醜陋，願奉巾櫛，以贖父兄之命。不然，將併命於此，上十三字明鈔本作「以事將軍，請放父兄，不然父子併命」。無益也。」賊卽舍之，父明鈔本作「并」。兄皆明鈔本作「亦」。得脱。女麾令上二字明鈔本作「麾手使」。急去，曰：「無相念，善自保，我得爲將軍妻，無憾矣！」遂隨賊行數里，過東市橋，卽躍入水而死。賊嘆愕不已。上二字明鈔本作「而去」女時年十七，後數日，其兄夜夢女來别，曰：「幸活吾父兄，吾已死，故與兄訣。」既旦，兄慘慘不懌，妻怪問之，具以夢告，大驚曰：「我亦夢小姑來，如平生，亟相别去。」明日，始知其果死。周少隱曰：「女子以柔静之姿，當白刃在前，於倉卒危殆之際，乃能雍容説賊，以活其父兄；又能歸潔其身，以死其節，可謂全德矣！」其鄉人謂此女平日好讀《列女傳》，胸中包括古今，故能作此大丈夫事。竊謂不然，蓋其天資之美，非學而能。今世士大夫，口誦聖賢上二字明鈔本作「古人」。之言，委身從賊，儌倖以偷生者，不可勝數，曾一女子之不若！故備録之，異日用補國史也。

都昌吴孝婦

都昌婦吴氏，爲王乙妻，上四字明鈔本作「嫁夫王乙」。無子寡居，而事姑盡孝。姑老且病目，憐吴孤貧，欲爲招壻接脚，因以爲義兒。吳泣告曰：「女不事二夫，新婦自能明鈔本多竭「力」二字。供奉，勿爲上二字明鈔本作「乞罷」。此說。」姑知其志不可奪，勉從之。吳爲鄉鄰紡緝、澣濯、縫補、炊爨、掃除之役，日獲數十百錢，悉以付姑，爲薪米費。或得肉饌，卽包藏持歸。賦性質實，不與人妄交一言。雖他人財物，紛雜在前，不擧目一視，其所取唯稱其直。故鄉人交相邀喚，是以婦姑介處，略無饑寒之患。嘗炊飯未饋餾，葉本作「饋」，從明鈔本改。有外人相呼與語，上四字明鈔本作「呼之出」。姑恐飯過熟，將取置盆中，以目不能見，誤置明鈔本作「傾」。桶內，其中甚垢汚不潔。吳還視之，不發一言，葉本無上二字，從明鈔本補。亟於鄰家上三字明鈔本作「往比鄰」。借飯饋姑，而取所汚飯，洗滌蒸熟食之。一日正晝，里人皆見祥雲五色從空下，吳氏躡之而升，冉冉際天，驚報其姑，明鈔本多「曰婆婆汝媳婦白日昇天了」十一字。姑曰：「莫胡說，恰纔與人舂米回家，方倦卧在床，爾諦視之。」上四字明鈔本作「如不相信，往驗之」。衆詣房前窺之，果熟睡未寤，皆駭然而退。及寤，姑語之故，吳曰：「適夢二青衣童駕雲而來，執符牒，牽我衣，明鈔本多一「裾」字。言天帝有召，令我步空，上四字明鈔本作「便同躋虛空」。直抵天門。引入朝謁，帝御坐臨軒勞問曰：『汝一下愚村婦，乃能誠事老姑，勤苦盡力，實爲可重。』明鈔本多一「遂」字。賜酒一盃，馨香徹鼻，又與錢一貫，曰：『將歸供贍，自今不須傭作。』拜謝而返，二童仍前送歸，恍忽而醒。」果有千錢在床，滿房香氣。始悟衆所睹者，乃神遊爾！自是傭喚愈多，吳亦不拒，而賜錢專留姑用，用盡復生一千，綿綿不匱，姑雙目尋亦再明。

褚大震死

湖州去城三十里，地名毗村，有舟師褚大者，葉本無「者」字，從明鈔本補。兇愎不孝，鄉里明鈔本多一「皆」字。惡之。母嘗墮水中，坐視不救，有他人援之，反加詬駡而毆之。上三字明鈔本作「以致毆擊」。淳熙元年七月，棹船載客出南門，方離岸，一人追呼附舟，褚利其直，載與俱至釣臺下，其人忽言曰：「我乃神，明鈔本多一「爾」字。非人也，以葉本無「以」字，從明鈔本補。汝不孝，上天命我擊汝。」褚殊不懼，猶應之曰：「便是天神，也還錢乃可去。」語纔訖，震明鈔本作「迅」。雷一聲明鈔本多一「震」字。而死，神即不見。同舟人驚怖，告於烏程尉木明鈔本作「朱」。昺，來驗其事。

陳曾惡子

南城鄉民陳念三，悖逆其父，父不能堪，每賫楮鏹明鈔本多「詛之」二字。於神祠，云：「不孝之子，願明鈔本多一「令」字。遭蛇傷虎咬。」如是累年。父没，惡子因入山伐木，爲虎所食，家人尋得，負尸而還。及夜，舉家悲哭，聞鬼聲自山而下，初如咳噫不快聲，已復爲羊鳴，又變他獸聲，絶可怖。家人戰悚，其嫂叱，疑有脱字。乃稍引去，連日擾擾不已，乃明鈔本作「遂」。急葬之，而徙居焉，時淳熙元年二月也。族黨皆恨其父不及見焉。明鈔本作「云」。又同鄉曾賤狗，不孝於母，嘗具食粗菲，母詈之，曾怒明鈔本多一「目」字。叱云：「晚當食汝以糞。」母泣而呼天，須臾，雷電陡作，上二字明鈔本作「鬱興」。拽其子，擊死於田中。

陳婆家狗

淳熙十四年三月，江州人趙二出市，過南門之外，陳婆家一狗前迎，摇尾拜跪。趙驚明鈔本多「問之」二字。曰：「我尋常不曾到此，你自不識面，因何如此作怪？」狗忽作人語曰：「我是趙二郎密友，要知得時，乃市上茶店小五郎者也。不合生前時時毁罵親母作葉本無「作」字，從明鈔本補。老狗，以此受罰，墮畜生道。所以自明其事，奉勸世人，以爲戒爾。」趙嗟嘆，欲再與言，呴哮去矣。

程烈女

方臘作亂，轉寇新安。歙人程叔清家葉本無「家」字，從明鈔本補。避地城南，一女年十七，父母計曰：「吾家居此，不幸則死，女年色方盛，萬一辱於賊，何顔復上一字明鈔本作「以歸」。見宗黨！」乃呼語之曰：「吾州以淫爲諱，汝良家子也，足不上一字明鈔本作「未嘗」。及門外，倘爲兵刃所刼，明鈔本多一「將」字。奈何？」女曰：「兒豈從賊者，脱有不可，唯死而已！」此句明鈔本作「當以死拒之」。因取明鈔本多「所擕」二字。衣裳，戲負以趨，葉本無此句，從明鈔本補。試明鈔本作「且」。爲見執拒明鈔本作「罵」。賊之狀。父母喜曰：「能如是，真吾女也！」明日賊至，逃散山中，女適遇賊，被執。賊曰：「持爾歸聖公，何憂不富貴！」女罵曰：「汝狗輩，欺天害人，獸類不若，何聖公也！」賊脅以白刃曰：「不從則殺爾！」女愈罵，賊怒，明鈔本無「怒」字。先斷其髻，知不可屈，碎其尸而去。時有兩童匿其旁大石下，備見始末，歸與其家言之，遂收葬山下。羅頌端視爲作傳云。

夷堅志補卷第二（七事）

喬郭兩賢

紹興初，喬貴妃弟某，官於袁州。有郭主簿者，居於是邦，亦汴人也。喬以鄉里之故，憐其羈窮，拉居官舍旁，解衣推食，待之若兄弟。凡歲餘，喬秩滿還臨安，將行，盡所餘俸米二百三十斛、錢四百千與之。又治碓坊於開元寺，日可得上二字明鈔本作「有」。千錢之入，併付郭生。其所居近尼寺，得屋十許間，白於郡守，亦留爲寓舍。郭因其資，復加葉本無「加」字，從明鈔本補。葺理。後一年，於廳事側發土，獲一缶，中葉本無「中」字，從明鈔本補。藏金銀數百兩，郭仍封閉之，遣一介往報喬曰：「土中所窖，當是公家物，煩遣親信明鈔本多一「者」字。來取之。」喬報明鈔本多一「之」字。曰：「向者安得有閑錢明鈔本作「金」。可明鈔本多「以埋」二字。瘞，又忘明鈔本作「棄」而不取哉！此殆天以賜君者，何爲不受？」郭於是焚香拜賜，遂爲富室。宜春人至今以兩賢爲美談。明鈔本作「至今兩賢之以爲美談」。

陳俞治巫

陳俞，字信仲，臨川人。豪俠好義，自京師下第歸，過謁伯姊，值其家病疫，閉門待盡，不許人來，人亦無肯至者。俞欲入，婦明鈔本作「姊」。止之曰：「吾家不幸，罹此大疫，明鈔本作「厄」。付之於命，無可奈何，何葉本脱一「何」字，從明鈔本補。爲甘心召禍！」俞不聽，推户徑前，見門内所奉神像，香火甚肅，乃明鈔本作「皆」。巫者所設。明鈔本多一「也」字。俞爲姊言：「凡疫癘所起，本以蒸鬱熏染而得之，安可復加閉塞，不通内外！」即取所攜蘇合香丸十明鈔本多一「餘」字。枚，煎湯一大鍋，先自飲一杯，然後請姊及一家 上二字明鈔本作「家人」。長少各飲之。上三字明鈔本作「繼飲」。以餘湯遍 明鈔本作「沃」。灑房壁，明鈔本多「上下」二字。撤去巫具，端坐以俟之。巫入，訝門開而具撤，作色甚明鈔本作「譙」。怒。俞奮身出，掀髯瞪視，叱之曰：「汝何物人，敢至此！此家子弟皆幼，病者滿屋，汝以邪術衒惑，使之明鈔本無「之」字。彌旬弗愈，用意安在？是直欲爲盜爾！」顧僕縛之，巫猶嘵嘵辯析，將致之官，明鈔本作「縣」。始引伏明鈔本作「咎」。請罪。俞釋其縛，使自狀其過，乞從私葉本有「受」字，從明鈔本删。責，於是鞭之三十，盡焚其器具上三字明鈔本作「諸器仗螺角之屬」。而逐之。鄰里駭懾，争前非誚，俞笑不答。上一字明鈔本作「與校」。翌日，姊一家脱然，誚者乃服。又嘗適縣，遇兇人凌弱者，氣蓋一市，爲之不平，運拳捶之死此句明鈔本作「運鐵箠擊殺之」。而遁。會建炎初元大赦，獲免。葉本無上二字，從明鈔本補。後明鈔本多「府縣」二字。累舉恩，得縉雲主簿以卒，終身不娶妻上一字明鈔作「不畜」。妾，亦奇士也。

義倡傳

義倡者，長沙人也，不知其姓氏。家世倡籍，善謳，尤喜秦少游樂府，得一篇，輒手筆口詠不置。

久之，少游坐鉤黨南遷，道長沙，訪潭士風俗妓籍中可與言者，或言倡，遂往焉。少游初以潭去京數千里，其俗山獠夷陋，雖聞倡名，意甚易之。及見，觀其明鈔本「觀」作「倡」，無「其」字。姿容既美，而所居復瀟灑可人意，以爲非唯自湖外來所未有，明鈔本作「見」。雖京洛間亦不易得。坐語間，顧見几上文一編，就視之，目曰《秦學士詞》，因取竟閱，皆己平日所作者，環視明鈔本無上二字。無他文。少游竊怪之，故問曰：「秦學士何人也？若何自得其詞之多？」倡不知其少游也，即具道所以，少游曰：「能歌乎？」曰：「素所習也。」少游愈益怪，曰：「樂府名家，毋慮數百，若何獨愛此乎？不惟愛之，而又習之歌之，上十六字，明鈔本作「若何獨能此而愛之又習焉」。若素明鈔本作「誠」。愛秦學士者，明鈔本多一「耶」字。彼秦學士亦嘗遇若乎？」曰：「妾僻陋在此，彼秦學士，京師明鈔本作「邑」。貴人也，焉得至此！藉令至明鈔本作「來」。此，豈顧妾哉！」少游乃明鈔本作「復」。戲曰：「若愛秦學士，徒悦其詞爾，若使親見容貌，未必然也。」倡嘆曰：「嗟乎！使明鈔本多一「妾」字。得見秦學士，雖爲之妾御，死復何恨！」少游察其語誠，因謂曰：「若欲見秦學士，卽我是也，以朝命貶黜，因道而來此爾。」倡大驚，色若不懌者，稍稍引退，入謂母媪。有頃媪出，設位，坐少游於堂，倡冠帔立階下，北面拜。少游起且避，媪掖之坐以受。拜已，張具筵按「筵」字似當作「延」。飲，虛左席，示不敢抗。母子左右侍觴，酒一行，率歌少游一闋以侑之，卒飲甚懽，比夜乃罷。止少游宿，衾枕席褥，必躬設，夜分寢定，倡乃寢。先平明起，飾冠帔，奉沃匜，立帳外以待。少游感其意，爲留數日，倡不敢以燕惰見，愈加敬禮。將別，囑曰：「妾不肖之身，幸得侍左右，今學士以王命不可久明鈔本作「淹」。留，妾又不敢從行，明鈔本無「行」字。恐重以爲累，唯誓潔明鈔本多一「此」字。身以報，他日北歸，幸一過妾，妾願畢矣！」少游許之。明鈔本作「諾」。一別數年，少游竟死於藤。倡雖處風塵中，爲人婉娩有氣節，既與少游約，因閉門謝客，獨與媪處。官府有召，辭不獲，然後往。誓不以此身負少游也。一日，晝寢寤，驚泣曰：「自吾與秦學士別，未嘗見夢，今夢來別，非吉兆也，秦其死乎！」亟遣僕順途覘之。數日得報，秦果死矣！乃謂媪曰：「吾昔以此身許秦學士，今不可以死故背之。」遂衰服以赴，行數百里，遇於旅館，將入，門者禦焉，告之故而後入。臨其喪，拊棺繞之三週，舉聲一慟而絶。左右驚救，已死矣！湖南人至今傳之，以爲奇事。京口人鍾明，葉本空一字，從明鈔本補。將之常州校官，以聞於郡守李次山結，既爲作傳，又系贊曰：「倡慕少游之才，而卒踐其言，以身事之，而歸死焉，不以存亡間，可謂義倡矣！世之言倡者，徒曰下流不足道，嗚呼！今夫士之潔其身以許人，能不負其死而不愧於倡者，幾人哉！倡雖處賤而節義若此，然其處朝廷處鄉里處親識僚友之際，而士君子其稱者，乃有愧焉！則倡之義，豈可薄邪！詩曰：『采葑采菲，無以下體。』余聞李使君結言，其先大父往持節湖湘間，至長沙，聞倡之事而嘆異之，惜其姓氏之不傳云。」復書長句於後曰：「洞庭之南瀟湘浦，佳人娟娟隔秋渚。門前冠蓋但如雲，玉貌當年誰爲主？風流學士淮海英，解作多情斷腸句。流傳往往過湖嶺，未見誰知心已赴。舉首却在天一方，直明鈔本作

「南」。北中原數千里。自憐容華能幾時，相見河清不可俟。北來遷客古藤州，度湘獨弔長沙傅。天涯流落行路難，暫解征鞍聊一顧。橫波不作常人看，邂逅乃慰平生慕。蘭堂置酒羅饈珍，明燭燒膏爲延佇。清歌宛轉遶梁塵，博山空濛散烟霧。雕床斗帳芙蓉褥，上有鴛鴦合懽被。紅顏深夜承燕娱，玉笋清晨奉巾屨。匆匆不盡新知樂，惟有此身爲君許。但説恩情有重來，何期一别歲將暮。午枕孤眠魂夢驚，夢君來别如平生。與君已别復何别，此别無乃非吉徵！萬里海風掀雪浪，魂招不歸竟長往。效死君前君不知，向來宿約無期爽。君不見二妃追舜號蒼梧，恨染湘竹終不枯。無情湘水自東注，至今斑笋盈江隅。屈原《九歌》豈不好，煎膠續絃千古無。我今試作《義倡傳》，尚使風期後來見！」

吴任鈞

政和間，學校方盛，諸州士子坌集泮宫，出必冠帶。餘干縣帽匠吴翁，徙居饒城，謂之「吴紗帽」，日與諸生接，覩其濟濟，心慕焉。教子任鈞使讀書，鈞少而警拔，於經學穎悟有得。上四字明鈔本作「有悟入處」。其明鈔本無「其」字。比鄰史老，與吴翁相好，雖爲市賈，亦重儒術，欲以女歸鈞。結約既定，鈞被貢入京，因適市，遇道人，戴碧綸巾，着寬白布裘，衣冠甚偉，持大扇，書善相字，迎謂曰：「秀才勉旃，行作官人矣！」鈞心喜之，自念如其言，豈不能於京華貴家及鄉里富室擇佳婚，此句明鈔本作「精擇昏對」。奉二親甘旨，顧惓惓一民女哉！但以父所約，又畏義，弗能決。他日，復遇其人，語之曰：「君得無有負心事乎？吾前相有變上三字明鈔本作「說不然」。矣！」鈞抵言無之，道人曰：「吾非能知人心，大抵觀人骨法神氣，要以陰德紋爲先。今已散漫，不復可觀，前程豈有亨理。」語畢，鈞歸館，明鈔本「館」字作「寓舍」。痛自悔責。逮夜，捧香於庭下，控首告天曰：「任鈞向起妄念，宜受罪罰，願洗心改過，上二字明鈔本作「自新」。幸得名成，當走馬爲史氏壻，不渝舊約。」九頓首謝過，乃就寢。經旬，又見道人於衆中，喜而言曰：「君必登科無疑，前者之色隱起不少變，由此得志矣！」從而叩其他，不告而去。是歲鈞果以貢士起家，仕至提舉江西常平，史氏遂偕老。鈞每爲人言，使知一念之間不宜欺心者如此。

英州太守

劉器之謫英州，宰相章子厚必欲置諸死地。福唐人林某，以書生晚得官，用縣尉捕盜賞格改秩，入京，往謁章曰：「嶺外小郡，於銓法注知縣資敍，今英州見闕，計資可擬，願得從堂除，冀爲相公了公事。」章悟其意，答曰：「君能舉職，當遂以轉運判官奉處。」林生甚喜，兼程南去，不兩月，及境，郡僚出迎。劉公不攜妻孥，但從明鈔本作「挾」。一道人寓近郊五里山寺。道人與孔目吏善，是日，垂泣告劉曰：「適孔目密報，新使君葉本無「君」字，從明鈔本補。舉措殊不佳，未交印，已諭都監使葉本作「吏」，從明鈔本改。引軍圍寺，約三更鳴鐘，將加害。命我速引避，我不忍也。公必不免，乞自爲計，不可坐待迫辱。」明鈔本多「語訖」二字。執手大慟。劉咄之曰：「人之生死前定，何用懼？汝出家學道，見識乃爾！」劉好食雞粥，率以二更食，然後睡，至是謂之曰：「吾當卽就寢，安神定志以俟之，汝爲吾作粥。」俄頃，鼻息栩栩然。道人泣不止，淚落粥中，忽聞鐘聲，急撼劉覺。雞猶未熟，强盡一器。明燭作家書，已而寂無所聞，遣僕視外間，不見一人危坐待旦。始知林生纔到，徑詣郡齋，自謂得策，趨上堂，不覺蹴户限仆地，立死。鐘聲者，乃無常所擊云。宣和中，吳傳〔原作「傳」，今改。〕朋見劉公於宋都，親聆其説，云使此人遲半日死，則必墮危計矣！

鼎州兵妻

紹興初，湖湘多盜。程平國待制守鼎州數年，政以猛聞，其治軍理民，不拘法制，令行禁止。營兵周祐妻，告夫死無以自存，乞改嫁。程與之錢，使殮死者，而從其請。此婦已先與同營李平姦，視祐如路人，祐病，不侍粥明鈔本作「湯」。藥，明鈔本多一「追」字。病困，氣猶葉本無「猶」字，從明鈔本補。未絶，卽委之而去。後旬餘，程奉詔赴闕，行之日，祐適少愈，自力扶杖來訴。程使伏於屏，命召婦。婦整容易服，抱所乳嬰兒至，程扣之曰：「汝前夫安在？」曰：「亡矣。」曰：「曾葬否？」此句明鈔本作「曾埋葬乎」。曰：「卽日掩棺，瘞之近郊矣！」程嘻笑呼祐出，婦矍然低首，無所措。程問祐：「今以還汝，欲之乎？」曰：「渠已相背負，復明鈔本作「雖」。歸無益，不願也。」程顧軍吏，斬其首，上馬而馳。婦尸在地，嬰兒猶食其乳不輟。少頃，祐亦死。蓋此婦當誅，故委曲如是，使周祐先半日死，則婦倖免矣！程之子禧説。

何隆拾券

饒州市老何隆，乾道二年在兵籍。嘗行至茶邸，見桌上有官券一沓，不知其數，略無守者，乃取之。持歸置木匣内，候來訪者，將審實以還，自午至暮悄然。隆只一壻鄭郎，及出街，忘與之言，正逢人執券博錢，心疑之，到家視匣，封閉如初，爲之終夕不敢寐。明日，遇市民董三云：「我妹明鈔本作「姊」，下同。夫在提刑衙，交領官會子三百道，纔出門，更不記得頓放何處，今愁惱欲投死。」妹夫者，掌錢庫子明鈔本作「典」。包興也。遂詣包氏，見其夫婦相對顰蹙，問其故，所言與董合。隆引包往張山人鋪占卜，已而言：「汝放下憂心，此物恰是我收得。」拉還舍，悉以授之，三百道一無所欠。包拜謝，願分獻之，隆辭不納。久之得病，從其貸錢三百文，包弗與。此下，明鈔本多「後包因他事遠戍而隆病霍然家亦温飽於是」十八字。鄱陽人共嘆隆獲無望之財，捨而不取爲可嘉；包負恩不義，雖已罹黥配，未必保厥終也！隆今八十餘歲矣。

夷堅志補卷第三(十五事)

袁仲誠

袁仲誠，紹興十五年赴省試罷，還丹陽，夜夢人叩户，袁叱之曰：「汝何人？安得葉本無上二字，從明鈔本補。夜半敲我門！」答曰：「來報省榜耳！」猶未信，自隙中窺之，乃一黄衣人持文書而立，欣然啓門，葉本作「閱」，從明鈔本改。取其書展讀，見己姓名在第二，自餘間三四名，或五六名，輒缺其一，復詰之曰：「汝所報若此，非全榜也！」曰：「不然，君知士人中第，非細事否，要須有陰德，然後得之。大抵祖先所積爲上，己有德次之，此所缺姓名，蓋往東嶽會陰德司未圓故爾。」既覺，歷歷記其語，甚異之。後奏名，果居亞列。

曾魯公

曾宣靖魯公，布衣時游京師，舍於市。夜聞鄰人泣聲甚悲，朝過而問焉，曰：「君家有喪乎？何悲泣如此！」曰：「非也。」其人甚悽慘，欲言有慚色。公曰：「憂憤感於心，至於泣下，亦良苦矣！第言之，或遇仁心者，可以救解。上九字明鈔本作「或遇仁人動心」。不然，徒泣繼以血，無益也。」其人左右盼明鈔本作「顧」。視，欷歔久之，曰：「僕不能諱，頃者因某事負官錢若干，吏督迫，上二字明鈔本作「見督已急」。不償且獲罪，環視吾家，無所從出。謀於妻，以笄女鬻明鈔本多一「於」字。商人，得錢四十萬，今行有日矣！與父母訣而不忍焉，是以悲耳。」公曰：「幸勿與商人。吾欲取之。商人轉徙不常，又無義，將若女浪游江湖間，必無還理，一旦色衰愛弛，將視爲賤婢。吾江西士人也，讀書知義，倘得君女，當撫之如己出，視棄與商人相萬矣，可熟計之。」其人跪謝曰：「某平生未嘗有一日之雅，不意厚貺若此，雖不得一錢，亦願奉君子。然已書券受直，奈何？」上二字明鈔本作「不可追」。公曰：「但還其直，索券而焚之。彼不可，則曰訴於官，彼畏，必見聽矣！」遂出白金約四十萬，置其家，曰：「吾且登舟矣，後三日中以女來，吾待於水門之外。」公去而商至，葉本作「人」，從明鈔本改。用前説卻之，商果不敢葉本無「敢」字，從明鈔本補。争。及期，父母載女來訪所謂曾秀才者舟，不見，詢之旁舟人，言其已去三日矣！女後嫁爲士人妻。公行狀碑銘，皆載此事。公至宰相，年八十，及見其子入樞府，其曾孫又至宰相，蓋遺德所致云。

七星橋

衢人之俗，送死者皆火化於西溪沙洲上。道過一溝，溝上有橋，夏則爲潦水所漂，冬則丐者竊板去，積歲爲行者患苦。仵作蘇長，常與明鈔本作「爲」。人明鈔本多「負柩」二字。經行，熟其故，因率諸子入山，擇堅石可踐踏者七片，布置於溝上，於是行者無滯。後數年，蘇得暴疾死，殮而未葬，三日復生，家人揭棺扶出卽活。言初被兩卒追去，約行百里，到官府，縲囚甚多，獄具盈塞，皆巨石刀劍之類，因按「因」字，似當作「囚」。被治呼叫，聲不忍聞。須臾，至吏舍，一吏亦郡人，見之喜曰：「蘇公，汝有陰德，合延壽，吾當爲呈覆。」蘇曰：「身執役下里，平生衣食無盈餘，安能作陰德事！」吏取簿示之，題細字一行曰：「蘇長明鈔本多一「於」字。某年月日在本州城西造七星橋一座。」遂持以上，稟主者，批曰：「明鈔本多「特與」二字。延壽一紀。」即令先兩卒送還，至中途，同聲賀曰：「追人到此，萬無一回，汝獨明鈔本多一「得」字。再生，當以利市及功德酬我。」蘇問其目，曰：「功德乃《金剛經》，利市則紙錢是也。」又曰：「我兩人豹皮褌已敝，葉本作「故」，從明鈔本改。併爲我換之。」蘇曰：「家非獵徒，安得此！」曰：「以布帛畫之足矣！」又問：「今誦經當召何僧？」蘇曰：「欲請祥符寺圓闍梨。」曰：「寺有二圓師，汝所召者何人是？」曰：「在彌陀閣後者。」皆喜曰：「此僧甚至誠，真得人矣！」行到一池邊，荷花正開，卒喚蘇立觀，俄推墮水，乃寤。蘇時年六十，果七十二歲而亡。

雪香失釵

樂平東關民張五郎，淳熙七年，明鈔本多一「有」字。姻戚從假質物，付以一金釵，過期不反，張自出錢往贖，輸息未足，還家，遣婢雪香持所欠取之。既得釵，半途登廁，慮其墮也，插於壁間，溷畢而忘之。行百步始覺，亟回，適一弓兵往來其外，即就索焉，拒曰未嘗見。婢泣告曰：「我娘子性嚴急，此度係陪錢取典，已自忿躁，更將元物失了，必謂我與人奸通，把釵與他，將痛打而致死地，未可知。與其受杖而死，不若先討個去處。」遂徑趨水濱。弓手望見，懼其赴水，遽呼曰：「我實獲釵，本喜爲横財，今乃令汝就死，我不忍也。」以還之。婢歸，言其故，張歎息，語其妻曰：「雪香服事三十年，無分毫罪過，若因此自盡，可謂至寃。不如分付與人，做一段好事。」妻以爲然，併與釵以嫁十里外結竹渡邊民王二。婦懷弓手恩，恨不問姓名，尚能略記其形狀。經四年，因往溪頭挈水，渡船人已滿載，中一人絶類弓手者。近扣之，信也，邀還家。其人辭以文書有限，若遲一渡，便是阻了五里路，不可相從。婦力墾請，乃俱行。船即離岸，婦及家告其夫，方相與啜茶，聞渡呼噪喧，出視之，船到中流而覆，溪正水漲，不容奔救，溺者凡三十六人，弓手獨免。一茶之頃，端爲此故，陰德之報，豈不昭然。楊仲淵説。

黄汝楫

越人黄汝楫，家頗富。宣和中，聞方臘犯境，以素所積金銀緡錢，計值二萬貫，瘞於居室，而避地於深山。上三字明鈔本作「深山間」。忽有賊執白旗遊弈者來，且揖且拜，黄驚懼答拜，認其人，蓋舊僕也。且言：「吾主將拘掠士民女，閉之空室，從索上二字明鈔本作「須持」。金帛，取贖則放，否則殺之。」黄惻然曰：「所囚人幾何。」曰：「無慮千數。」黄曰：「我藏物於家，約值二萬緡，欲盡舉以贖千人之命，此句明鈔本作「欲盡舉以獻而代千人贖命」。可乎？」僕曰：「足矣！」令歸白之，明日當奉報，遂去。而旦至，如其請，乃悉發所瘞，輦輸其營，千人皆得歸。詣黄謝，爲其念佛祈福，懽聲如雷。亂平後，夢金甲神人長丈許，從天而下，呼謂曰：「玉帝有敕，以汝活人甚多，賜五子登科。」至紹興中，黄爲浦江令，明鈔本多「其子」二字。開、闔、閎同登乙科，次舉又二子中選，如神所告。

鄭庚賞牘

建炎中，鄭庚爲吉州泰和丞，時虜寇曾無敵，易當世各聚衆擾郡邑。朱丞相爲江西安撫大使，避李成兵，自九江移治廬陵，庚薦叛將楊勍可收用，使立功贖罪，丞相聽之。勍遂破賊奏凱，感庚之恩，縛男子二十輩，衣以緋巾，遣部詣庚所，使作親獲以邀賞。庚驗其皆平民也，解放之。時有他功可遷秩，既列上吏部，而審會留阻，經年未回。適六部大火，案牘皆空，庚轉丞蕭山，未知也。西興寨卒攜文書數幅來，言曰：「隔江望臨安火，有大風吹此文書墜沙上，聊取觀之，見公姓名在焉，敢以獻。」取而閱視，乃吏部甲庫案行遣賞典也。令此卒持以白縣，縣以白府，府爲申送省部，遂獲進一階。人以爲不殺二十男子之報也。

高南壽捕盜

高南壽，福州人。赴省試，道出衢州境，憩大木下，聞有人聲喀喀出於後，回首覘之，一男子方投繯，氣猶未絶，急葉本無「急」字，從明鈔本補。爲解索，酌水灌救，移時而甦。明鈔本作「蘇」。云：「身葉本無「身」字，從明鈔本補。是開化弓手，尉逸一妾，遣跡捕盜，知其在豪子家，爲他郡牙儈轉貼數十千，欲辦取贖，尚欠錢三萬，家素窮空，無由足明鈔本作「滿」。其數，而子姪婿皆充役，若徒步歸報，必遭譴怒，計無所出，寧以身就死，庶不貽家禍也。」高惻然，傾囊貲三十千與之，遂行。是歲登科，適調開化尉。既到官，詢問所救之人，則亡已久矣明鈔本多「久之」二字。邑有兇盜刼巨室，州督捕甚峻，至閫尉門不啓，期以必得。高大窘，獨步小亭上！葉本無「上」字，從明鈔本補。旋繞百匝，未有計。忽有拜於階下者，驚問何人，明鈔本多一「對」字。曰：「官人無怖，某乃昔年蒙明鈔本作「受」。恩再生者。今雖死，念無以報德，偶知寇所在，故來告。其人方醉臥郭外神廟中，宜亟往擒之。」高即集部曲出門，鬼導於前，至一大廟，羣盜正葉本無「正」字，從明鈔本補。祀神飲福，醺然醉寢，兩輩差不醉，方收拾器皿，遂悉縛之，不遺一人。高用賞格改京官。淳熙六年，知隆興奉新縣，卒於官。

林景度

淳熙初，王浚明曉爲司農少卿。嘗以平旦出訪林景度給事，值其在省。林之妻，浚明姪女也，垂淚而訴之曰：「林氏滅矣！」驚問之，對曰：「天向明鈔本作「將」。曉，有朱衣人持天符來，言上帝有勅，林機論事害民，特令滅門。怖而寤，猶彷彿在目明鈔本多一「前」字。也。」浚明因不知何事，姑慰安之曰：「果如是，林家將獲譴，吾族何與焉！無爲自戚戚也。」因留食。俟林歸，從容叩近日所論奏，林曰：「蜀郡以部內旱災，奏乞撥米十萬石賑贍，卽有旨如其請。機以爲米數太多，蜀道不易得，當實審斟酌而後與，故封還勅黃。上諭宰相曰：『西川往返萬里，更復待報，於事無及，姑以半與之可也。』只此一事耳！」浚明顰蹙而去。未幾，林以病丐歸，到福州捐館。有二明鈔本作「三」。子，繼踵而亡。王氏求諸林族子以爲嗣，亦輒不終，竟絶嗣。季炎山說。

閭丘十五

黄州村民閭丘十五者，富於田畝，明鈔本作「疇」多積米穀，每幸凶年，即閉廩騰價，細民苦之。既老且病，不復能飲食，獨嗜羊矢。家人憐痛，明鈔本多一「爲」字。刻木爲明鈔本作「作」。模，置粉餌如羊矢狀，使食之。上二字明鈔本作「之食」，下句首多一「才」字。入手即投於地，須真矢乃肯咽之，如此上九字明鈔本作「須真者乃下咽」。數月方死。當未病之初，心常畏禍，唯一意佞佛，布施廬山僧，無所愛，終不知自改也。

菊花仙

嘉州明鈔本作「定」。士人黄棠，能爲文，謂取科名如拾地芥，肄業成都府學。學有神祠曰菊花仙，相傳爲漢宮女，諸生求名祈者，影響答之。上六字明鈔本作「往祈影響，神必明告之」。棠嘗夜讀，忽見美女立燈下，驚問曰：「汝何氏，明鈔本作「人」。輒至此？」女笑曰：「吾乃菊花仙，以君今舉當高明鈔本作「擢」。第，故來報喜。君初任爲葉本無「爲」字，從明鈔本補。郫縣主簿，宜勉之。」遂不見。是歲棠獲鄉薦，往赴類試，適秋旱，行至郫縣境，憩逆旅。有負水至者，棠酌飲之，又傾其餘以濯足，居者曰：「村疃乏水，汲處明鈔本多一「在」字。數里，明鈔本多一「外」字。得至此，飲尚不敷，忍用濯足。」明鈔本作「忍以濯耶」。棠怒語之曰：「候我爲主簿，當治爾。」及試罷失利，復入學，逢所見女于廊下，詰其前言不驗，女曰：「汝不謹「謹」字明鈔本作「能修」。己，輕以告人，且欲逞私憾，天理葉本無上二字，從明鈔本補。豈汝容乎！必欲成名，須修德乃可。」棠自明鈔本作「始」。追悔，省咎克責，此句明鈔本作「深自咎責」。後一舉登科。

趙善弌夢警

宗室善弌，居池州，貧無置錐，以酤酒爲生，亦復閒椎牛供客饌。嘗夢被追到冥府，庭中兵衛甚肅，明鈔本作「飭」。過之凛然。主者端服踞几，氣象艴然，呼善弌駡曰：「牛之爲物，有大功於世，汝何忍屠剥不少貸？上三字明鈔本作「覓小利」。今令汝試嘗此苦！」舉手指獄卒，即持巨釘尺餘，銛利可吹毛，釘其首，血流灑地，痛楚切骨，善弌仰呼乞命，請改過。主者色少霽，命去釘，曰：「審爾，則大善，吾陰相爾生理，使爾不困乏。」方拜謝欲去間，有婦人著褐衫，挽嬰兒奔來，意緒窘怖，望殿上明鈔本多一「連」字。拜不已，主者曰：「吾正切戒之，勿憂也。」還退而覺，上四字明鈔本作「遂俱退覺時」。則雞唱矣！喘汗被體，明鈔本多「未得語」三字。小婢報僕將殺牛，强葉本作「可」，從明鈔本改。起視之，一水牸蒼色，腹有胎，恍然警悟，立命牽付僧寺，捨爲長生牛。但啓酒壚，凡平日所爲，迹涉葉本無「涉」字，從明鈔本補。不謹者，皆掃去，恂恂爲善人。先是其家歲病疫，自爾無之，衣食稍豐裕。上三字明鈔本作「亦沛然豐餘」。後用量試恩補官。淳熙九年，爲隆興府兵馬監押，嘗以其事勸人。予長子適監府倉，故傳之。

盛道密

盛章尹開封，以威黠著，徽宗賜以宮嬪，國色也。性亦嗜殺，大率以下原缺，明鈔本無此條。

虎丘鵲

平江城內憩橋巷民郁大，好養鷹鶻之屬，以捕鳥雀。一黃鶻尤鷙，每出，所遇無得免者。乾道初，嘗拉其友葉生等數輩擎鶻出郊，至虎丘道中，見羣鵲啄食陌上，潛解絛，明鈔本多一「鏇」字。將縱取之。鵲明鈔本多一「忽」字。作人言曰：「饒我！饒我！」衆愕然佇立之次，鵲飛起，自空中墮三卵于地，蓋驚怖之極，隕其胎也。郁本明鈔本作「雎」。無賴，亦爲之痛自悔恨，亟還家盡放所畜，終身不復業。

余三乙

鹽官縣黃天蕩民余三乙，世以屠狗爲業。因娶妻得資裝數十千。嘗取銀釵一隻，貨明鈔本作「鬻」。於市，就路旁人家買狗，議價二千五百餘。余只與二千三百，欠二百錢，他日當攜還，遂牽明鈔本作「縻」。以歸。到家，不解縛，置壁下，令妻燒湯，余急如廁。聞人喚三乙嫂，不知所從來，葉本無「來」字，從明鈔本補。聲至再，明鈔本作「至於再」。審聽之，乃狗也。問曰：「是汝言乎？」應曰：「是我，乃汝翁，但汝不識我。我在生時造業多，負累上二字明鈔本作「且屢負」。人錢物，已七死吾兒手中。今幸只欠二千五百，而有二百在，宜速償之，不然，更須再葉本無「再」字，從明鈔本補。來。汝勿語夫，恐聞此言，不肯見殺，則又不能脱離耳！」叮嚀諄切。言訖余至，妻云：「湯已熱，適鄰家請我吃茶，須略去。」及回，則狗已支解機上矣！妻顰蹙窘懼，余不知也，攜肉出貨，歸而喜曰：「今日甚利市，得錢多，止餘一半。」割以上二字明鈔本作「乃割數臠」。啖妻，妻以食素辭。明日，攜餘肉出，既歸，復取所剩與妻，妻仍不食。余怒曰：「當時煮肉未熟，汝便取食，今若此，何也？」妻未答，不覺墮淚。力問之，始具以告。余驚痛失措，以口向明鈔本作「控」。地，出而哇之，良久就寢，三日方醒。妻泣曰：「事已如此，慮業報牽纏，相與行乞於市。」余曰：「得無貽笑鄰里？」妻曰：「我籠中猶有布數疋，可資以爲生理。」余從之，徙居臨安外沙，撲賣頭𦈡篦上二字明鈔本作「繻編」。掠，日誦阿彌陀佛萬聲，祈懺宿罪，至今尚存。

檀源唐屠

樂平縣檀源民唐富，本農家子，而亦時時與人屠宰。慶元元年三月，白晝在家，有持文引一紙來者，言是縣司公吏，拒之曰：「我小民，無罪過，又不曾與人搆訟，何緣追喚？」語未了，身已隨驅出門，回顧則身仰卧地上，妻兒環哭，始知是死。葉本作「始是死矣」，從明鈔本改。卽懇吏曰：「不審何事見攝，還可再生否？」略不答。泣告再三，方言照殺蟢子公事，富答云：「自念平生不妄踐踏蟲蟻，只記屠牛十三頭，猪二十口，若得放還，誓願改過。」吏云：「此非我可主張，到愛河橋，明鈔本作「奈河橋頭」。汝自告判官乞檢簿。」遂偕進。至一河邊，再拜，明鈔本無上二字。高橋跨空，有緋衣官人執簿立，吏附耳語曰：「此判官也！」兩犬極獰惡，迎吠河津，不容人過。於是再拜致禱。緋衣爲閱簿，上二字葉本作「閣筆」，從明鈔本改。曰：「幾乎錯了，殺蟢子者乃彭富，與汝不相干，兼汝壽數未盡，更當復生。」明鈔本作「法當使還」。富拜謝之次，牛猪如所屠之數，各啣一紙，浮河而來，緋衣叱之去，仍命數卒遮護，戒之云：「今再履人世，宜便改業，做善事，誦佛經，如不識字，但稱念佛名亦可。」遂合掌朗念阿彌陀佛，不覺被人推倒而寤，死已經夕矣！從此不復鼓刀，專治田業。源居人楊彥明說。

夷堅志補卷第四（二十事）

村叟夢鼈

崑山縣東近海村中一老叟，夢門前河内泊一大舟，舟中罪人充滿，皆繩索纏縛。「縛」字明鈔本作「絆其身」。見叟來，各哀呼求救。繼而舟師攜錢詣門糴米，寤而怪焉。迨旦啓户，岸下果有一舟，舟子市米，與所夢合。亟趨視，滿艙皆鼈也，垜疊縲縛，莫知其數！詢其所之，曰：「將葉本無「將」字，從明鈔本補。販往臨安鬻之。」上二字明鈔本作「貨鬻」。叟悚悟此夢，問所直若干，爲錢三萬，叟家頗富贍，如數買明鈔本作「償」。之，盡解縛放諸水。是夜，夢數百人被甲，於門外唱連珠喏，驚出視之，相率列拜，謝再生之恩，且云：明鈔本多一「當」字。「令君家五世大富，一生無疾，壽終生天。」明鈔本多「受諸快樂」四字。自是叟日康寧，生計日益。乾道中事也，方明鈔本作「萬」。可從說。

湯七娘

紹興初，建州甌寧縣婦人湯七娘，本屠家女，亦善宰牛，平生所害以百數。嘗買一牛於野外，相去稍遠，乃跨之以歸，擬至家屠殺。將葉本無「將」字，從明鈔本補。下，忽臀髀牢縶，不可動，蓋已聯於牛背，與皮合爲一體，竟不能脱。經數日死。未死前，其家猶牽往野中，與明鈔本作「使」。人遍視，明鈔本作「覩」。冀得滅罪。子孫自是改業。

程立禽報

饒州効勇營兵程立，人物懦怯，專好彈射飛禽以供食啖。目之所值，必思得之而後已。雖棲於簷間，巢於林木，亦升梯攫拏，并雛卵悉取之，弩矢彈丸，未嘗停手。儕輩皆惡少，葉本作「之」，從明鈔本改。然睹其暴殄已甚，每勸止之，恬弗爲改。慶元初春，病赤目，蒙蒙無所見，厥身如坐湯火中，白晝居家，覺羣鳥無數，飛鳴於前，繚繞交啄，楚痛悲嘶，頃刻不堪忍，呼家人驅逐，皆云無之。臨死踰月，朝夕受苦，飲膳不能入口，形骸羸削，全如禽鳥已燖剥之狀。瘡孔遍體，轉側艱難，呻吟之聲，四鄰亦爲撓聒。至秋乃死。

程氏諸孫

德興縣上鄉新建村居民程氏，累世以弋獵爲業，家業明鈔本作「貲」。頗豐。因輸租入郡，適逢廛市有摇小鼓而售戲面具者，買六枚以歸，分與諸小孫。諸孫喜，明鈔本多一「甚」字。正各戴之，羣戲堂下。程畜猛犬十數，皆常日放獵所用者，望見之，吠聲狺狺，争趨前搏噬，杖明鈔本作「叱」。之不退，孫即死者六人。犬吠所怪，蓋其理也，亦世獵膺明鈔本作「應」。報云。

李氏父子登科

李田者，台州仙居人。其子某，夢人推一車過門，滿載皆書卷，問何等文書，曰：「他年南省及第人姓名也。」揖而求借觀，許之，徧閱無己名，獨有李遂夫者。車人指曰：「是爾姓名乎？」漫應曰：「然。」其人曰：「此一鄉皆食牛，而爾家三世獨不食，當父子皆登科。」既覺，亟更名遂夫，果與父相繼擢第。

顧待問

隆興癸未，禮部試進士，葛楚輔在場屋，並案有江陰顧待問者，硯壓其姓之左，但見右旁，葛意其顏氏也，凡三日，皆呼爲顏丈。試後旬餘，葛寢未起，有客持刺字求見，僕者辭之。顧曰：「我即與汝主公場中鄰坐，誤呼爲顏丈者也。適得一好夢，故急來言。」僕入報，葛披衣起延接。顧曰：「吾見春榜矣！」葛驚問故，曰：「昨夕夢到仙府，正見放榜，末甲有顧待問字，而墨塗去之，扣所以，一真官曰：『以汝愛食牛肉，姑示罰耳！』方窘撓無以爲計，友人曰：『盍禱之。』即謝過曰：『自今已後，不葉本有「復」字，從明鈔本刪。敢再食。』真官者又曰：『汝果自此不食邪！』應曰：『然。』遂取筆復注姓名。因借榜細觀，見親朋中選，歷歷能記者三十二名。覺而忘去，獨能記君名，蓋又處吾下也。」洎揭榜，果然。顧自是不食牛，後爲邵武軍教授，缺薦牘一，葛時以中書舍人兼禮部侍郎，乃援昔夢爲辭，致明鈔本作「裁」。書以請葛。葛薦之，得改京秩。

麻家鸜鵒

荆南居客麻成忠，淳熙十五年四月，有外寺長老壽普來相見，良久，麻入書明鈔本無「書」字。室取

《圓覺經》，一鸜鵒在雕籠中，忽鳴曰：「告禪師，望賜慈悲救拔。」普曰：「爾有何事？」曰：「因閉樊籠三年，無緣解脱。」普曰：「小明鈔本作「業」。畜，誰教爾能言！」鸜鵒頓悟，自後不復作聲，類爲物所梗者。若是數月，麻嫌其不語，放使自如。徑走赴普老坐傍，啾啁致謝，普戒之曰：「宜高飛深林，免再墮羅網之厄。」又求指教，普令誦阿彌陀佛，少頃卽去。經八年餘，慶元二年十一月，普遊行至桃源縣，爲王家住庵，夢一小兒來謝，問爲誰，曰：「昔是麻成忠鸜鵒，荷師方便，遂得爲人，今在西巷蕭二家作男子矣！」曰：「以何爲驗，我往視汝！」曰：「弟子左脇下尚有翅毫存。」明日，普訪蕭氏審訂，盡符其説。

李姥告虎

婺州根溪李姥，年六十，有數子，相繼疫死。諸婦悉更嫁，但餘一孫，七八歲。姥爲人家紡績，使兒守舍，至暮歸，裹飯哺之，相與爲命。方春時，姥與兒偕里中數人擷茶，一虎躍出林間，衆懼駭，登木沉溪以避。虎徑搏兒，舉足簸弄，宛轉未食，姥挺身直前，拊虎大慟，具述平生孤苦之狀，且曰：「不如食我，則兒猶可以生，爲香火主。兒死，則我嗣絶矣！虎如有知，乞垂慈憫！」虎聞言，瞑目弭耳，若慚悔然，疾走去。兩人皆得免。

楊一公犬

鄱陽縣北二十里席坊，陶甓者所聚，處勢迴僻。居民楊一公，欲買犬防盜，因入城。遇客攜一籃，中貯五稚犬，其一稍大，而狀貌甚俊，楊方酬價，爲傍人所先，殊不樂，漫評其次，未竟，前人復來曰：「我才抱行數步，便咬我手指血流，小尚如此，大必傷人。慮爲所害，今不願買，宜以元錢見歸。」楊喜其符己所欲得，卽以二百錢買去。甫半載，高大勝於羣畜，每出外，必搏雞鴨以還。妻極不自安，曰：「是且爲吾家起爭鬧，不若轉與人。」楊不可，但呼至前，責諭戒飭，自是不復虐鄰里。唯登岡原，獵逐狐兔，一日或獲十。後因去家遠，幾爲虎噬，乃縻以鐵索，善飼啖之，不放出。遇外人至，尚奮吼欲齧，如姻戚賓友，不以識與未識，輒掉尾乞憐。家有猝客相過，無肉食可恃，則語之故，解縛，縱上山，良久，必啣一物畀主，復就縛。歷五六年，楊謂人曰：「此犬已屬他人，而無事遭齧。自入吾家，略計所致，須二三百千，豈宿世負債相償乎！」好事者欲以馬易之，楊不忍也。

李大夫庵犬

無錫李大夫家墳庵，名曰華麗，邀惠山僧法暠主之。暠爲人柔和，好接納，凡布衣緇黄至，必待以粥飯，其與同堂，雖或過時，亦特爲具饌，了不慳嗇，如是三十年，往來稱誦。已嘗盛冬苦寒，而一客游謁，暠延之入坐，日已下，是客指腹告餒，云：「自旦到今未得食。」暠憐之。適庖人及僕使數輩俱不在，乃自取米淘澤，作糜滿器。客食畢，雪忽作，暠語之曰：「天色甚惡，秀才宜少駐。」卽啓西房，使宿一榻上，并授以布衾。迨昏暮，暠閉門，入東室擁爐，視客冷臥，喚之附火。

逾時客起，取衾烘炙，將就寢，忽萌惡念，謂此僧住庵，必當富有衣鉢，今旁無一人，若乘勢戕殺，席卷其囊以行，誰能禦我。是時鬲方暖，按此句疑有脱誤。因遂舉衾蒙其頭，拆爐側大甎，打數十下，仆地未絶，繼傾瓶內沸湯沃注，鬲叫呼久之乃死。於是執燈發篋，皆敝衣敗絮，僅得一銀香爐，重二兩許。客悔恨欲去，而雪深夜永，道黑不可行，復返宿舍，坐而須明，從後牆越遁。庵中一犬，隨而悲吠，至三四里，過山嶺，猶獰怒弗舍。遇兩村民從山北來，犬鳴聲益悲，伸前足伏地，如控訴狀。民疑焉，謂客曰：「此李大夫庵犬也，凌晨雪逐汝而來，兼山間窄徑，葉本無上二字，從明鈔本補。非通葉本無「通」字，從明鈔本補。行大路，尋常不曾有人及早經過者。觀犬聲殊哀憤，吾曹當相與詣彼察其故，幸而無他，則奉送出山，無傷也。」客强爲辯説，不欲還，而度不可免，遂偕返。及庵外，門尚扃，民亟集近居者入驗，僧尸正在地爐邊，流血凝注。客無可辯，自吐實本末，受執詣縣，竟服大刑。是日非義犬報恩復讎，必里保僮奴之累矣！

顔氏義犬

湖州烏程鎮義車溪居民顔氏，畜一犬，警而馴。顔氏夫婦業傭，留小女守舍。並舍有瀦池，女戲其側，跌而溺，父母不知也。忽見犬至前，鳴吠異於他日，行且顧，若將有所導者，顔怪之。又其首脊皆苔萍纏繞，憂疑心動，乃從而還家，則女子在地，奄奄僅存餘息。叩之四鄰，無應者。攜歸灌救，半日始醒，問所以然，曰：「頗記初墮時，犬從岸跳躑，既淪溺就死，不能復知其何以得免也！」視其足踝有齒痕，隱而不傷，於是知爲犬所拯云。時紹興十九年六月也。

龜山孝犬

龜山村民趙五家，犬生數子，兩月後皆爲人求去。獨存其一，方欲隨母行，而母忽爲虎所食，趙呼邀鄰里，數壯者持矛逐之，虎舉步捷馳不可及。稚犬悲鳴，往趨虎後，齧其尾，左右旋轉。虎回頭明鈔本作「顧」。搏噬，不能傷，帶之以走。犬爲棘刺掛罥，皮毛殆盡，流血灑明鈔本作「污」。地，終不肯脱口。虎由此亦係累，奔逸稍遲，已遭追及，死於刃下。

孫犬

長老知策，住持山陰能仁，寺畜一猴甚馴，名之曰孫犬。嘗以遺總管夏侯恪，置諸馬廐。策每訪恪，孫犬認轎乘僮奴，則跳躑掣頓不已，恪憐之，復以歸策。策住山六年，辭去不得，一日拂早而遁，時淳熙十一年八月中秋日也。孫犬覺境象不類常時，即泣下絶食，未午而死。剡人唐大，時寓寺中，親見其事，嗟異之。

李氏貓

大庾嶺民李氏，畜二牝貓，各産四子，更出迭入，交相爲哺。家人始怪之，久以爲常。旬日後一牝爲犬所噬，其一啣死者之子置己窠，與其子合。死者明鈔本多一「之」字。子貓明鈔本作「猶」。含怒作聲，有不相安之意，貓母徧舐環拊，繾綣先後，若欲安而全之，不忍捨也。久之，乳力不能周，民以羸瘠，而奔走遮護如初時，終其離哺能自食乃已。

李大夫莊牛

李彦威大夫買田上饒，春務正急，莊農來告，所得牛喜觝觸而不肯耕，請鬻之，別市堪使者。乃售于沙溪屠家，既成券，約三明鈔本作「翌」。日來取。於是痛加鞭撻，極力驅以耕。及屠人至，方解縻欲分付間，牛弭耳斜睨，若忿恨然，伺便奮力觸農腹，挑其腸於角上，低首就執也。

張氏燕

張子韶南安所居堂東廡短簷下，二燕各營巢，其一羣雛皆長，已飛去；一巢數子待哺，終日而母不來，蓋爲物所搏也。張公憐其悲鳴，爲徙置空巢，意其同類認爲己子而飼之。已而一燕至，徘徊不入，去之。須臾，復啣一物如乳哺者，孤雛争接食，張望見頗喜。後二日至其所，則巢中寂然，視地上，皆折翅挺足，張口閉目，偃仆不動，細視之，皆有棘刺梗其喉舌，張嘆息久之。《玉堂閑話》中亦有一事相類。

廣府大蛇

南海地多蛇，而廣府治尤甚。建炎中，某侍郎爲帥，聞雄黄能禁此毒，乃買數百兩，分貯絹囊，掛于寢室四隅。經月餘日，卧榻外常有黑汁，從上滴下，臭且腥，久而不可嚮邇。使人穿承塵窺之，則巨蟒横其上死，腐矣！於是盡令撤去障蔽。死者長丈許，大如柱，旁又得十數條，皆蟠糾

見之。成窠穴。他屋内所驅放者合數百，或奇形異狀，自是官舍爲清。鄉人徐叔義時爲轉運使，親

趙乳醫

資州去城五十里曰三山村，地産茅香絶佳，草木參天，豺虎縱横，人莫敢近。乳醫趙十五嫂者，所居相距三十里。一夕黄昏後，聞人扣門請收生，遽從以行。趙步稍遲，其人負之而去，語曰：「只閉眼，聽我所之，切勿問。」登高涉險，奔馳如風，趙不勝驚顫。至石崖下，謂趙曰：「吾乃虎也，汝不須怖。吾平生不傷人，遇神仙，授以至法，在山修持，已三百年，今能變化不測。緣吾妻臨蓐危困，叫號累日，知媪善此伎，所以相邀。儻能保全母子，當以黄金五兩謝。」便引入洞中，具酒食，見牝虎委頓，且跪，趙慰勉之。於洞外摘嫩藥數葉，揉碎窒其鼻，牝噴嚏數聲，旋産三子。其夫卽負趙歸。明夜，户外有人云：「謝你救我妻，出此一里，他虎傷一僧，便袋内有金五兩，可往取之。」黎明而往，如言得金。

九頭鳥

九頭鳥，謂之鬼車，人多聞其聲而鮮睹形狀，戊志所書明州海上出者，只云如大蘆蓆耳。淳熙初年，李壽翁守長沙，此禽時以中夜鳴噪，深惡之。揭榜募能捕者，每獲一，與錢十千。飛虎營兵用手弩射之，中其腹而墜，持詣府，身圓如箕，十脰環簇，其九有頭，其一獨缺，而鮮血點滴，如世

所傳。一脰各生兩翅，當飛時，十八翼霍霍而動，亦有所向不同，更相爭拗，用力競進而翅翮傷折者，其異如是。姪婦吴氏，乃李公外孫女也，幼時亦見之。唐陸長源《辯疑志》云：「應洛間，春三二月寒食之際，夜陰微雨，天色晦冥，即有鳥聲軋軋然。度於庭下，家人更相惶怖，呼爲九頭鳥載鬼過。兼以此鳥曾經閉門碾斷一頭，至今血滴，若落人家，皆爲災咎，遞擁門作犬吠以恐之，責其速過。有水北張岸者，家事弋獵，常聞此鳥過聲，去堂不遠，遂以竹竿於屋上三五丈張羅以伺之。一枚爲所得，把火照之，類野狐而黑，嘴長，洛中呼爲渠逸鳥。」蓋述其大略爾。

荆南虎

唐小説多載虎將食人，而皮爲人所奪，不能去，或作道士僧與言語。南城鄧秉，見故山陰宰李巨源説一事，大與古類，而微有不同者。建炎間，荆南虎暴甚，白晝搏人，城外民家，多遷入以避。張四者，徙居甫畢，未及閉門，而虎突然遽至，急登梁喘伏，虎未之見也。升堂脱其皮，變爲男子，長吁而呼曰：「吾奉天符取汝，汝安所逃死邪！」遍歷室内及居側林莽間尋之。張度其已遠，乃下取所留皮，縛置梁上。日暮虎還，視皮，失之矣！意緒窘擾，大叱曰：「汝既避匿，又竊我皮，吾奉取十七人，今已得十有六，獨汝未耳。儻不信吾，看我懷中丹書。」遂探出，陳於地，曰：「此天符也，十六人姓名已勾了，正餘汝在，善還我皮，當捨汝，能指示我筆墨處乎？」張念久不使去，患將益生，應之曰：「還皮易耳，汝即食我，奈何？」曰：「我雖異類，不忍負信，豈有相誤理！」張指示之，則徑往拈筆，勾其名，張乃擲皮下。虎蒙於體，復故形，哮吼奮迅，幾及于梁。張戰栗膽落，欲墜明鈔本作「墮」。再三，虎忽跳出，不反顧。明日，聞六十里外耆長報縣，言昨日夜大雷，震死一虎。

夷堅志補卷第五（十二事）

王大夫莊僕

紹興初，有王大夫者，寓居揚州邵伯埭。嘗自城中還，令田僕王大前行。中途值夜，月色微明，僕忽紛拏跟蹡，欲仆復起。問其故不答，强進十餘步，又復然。王意爲被酒，亟馳歸喚其婦，令扶夫卧牛屋中。迨旦，已奄奄就盡，抉口灌藥，兩時頃方甦。王扣之，但長吁俯首，久乃云：「曩歲此地兵亂，實以私憾殺兩人，瘞于穴，今所卧正其處也。昨晚在馬前逢之，相持不捨，便昏昏如夢。與俱至官府，望緋衣人坐正位，上三字，明鈔本作「據正位坐」。兩緑衣坐其側，兩人捽某至前，曰：『寃對在此！』緋衣顧吏檢案，案至，覽閱再三，謂兩人曰：『汝前世曾共殺王大，今之殺汝，適足相償。汝猶欠渠十千錢在，尚何訴爲！』悉遣出，用是得生。」王大夫諭之曰：「汝宿寃既釋，盍葬其骸骨，資資字明鈔本作「且助」。以浮屠冥福，不爲他生累也。」僕即日發瘞取尸，尚有金在腰下，售爲葬資薦費外，餘十千。

趙興宿寃

信州小兵趙興，紹興初爲民家贅壻，纔入門拜妻之母，即忿形于色。日月既久，觸事生怨，彼家不知所由。一夕被酒，遂挾刃殺之，端坐俟捕。訊之，上二字明鈔本作「州訊鞫」。但以本心要見爲詞以對，服辜論死。經兩歲，數示變怪，妻曉夜哀禱，不少衰止，忽無疾暴亡。以肌體尚温，家未忍殮。越五日復生，説正坐房中把針，被兩個公人將文批勾追，到官司，見故夫荷鐵枷鎖縛手脚，母亦帶小枷旁立，謂我曰：「兒來與娘索命！」便領向一處，衆吏據案，問曰：「汝丈夫當來如何行兇？」我依實供對，凡三次换文字，乃得放還。後半夜，再被追去，數刻卽醒。云：「已審問結録，緣我母前世爲男子，故夫却是妻，爲母殺了。故夫今生翻作男子，母爲女身，使爲眷屬，以償寃債。陽間地府，皆已斷遣，各隨緣托化了。」冥吏言：「汝不須更來。」從此怪厲斷絶。

婺州富家犬

婺州富人，原注，失其姓名。居金華義烏之間。有散樂倡女來，方入謁下拜，其家一騶犬至前，主人叱之不退，遽扼主而齧其喉，次齧倡，皆卽死。家人起於不料，驚痛束手。有老婢自廚出，行步舉措，絶類主人，作其聲音與妻子言曰：「汝勿怨嘆，此生前寃業也！我前世在湖州爲男子，嘗買一妾，不爲妻所容，不得已蓄於别舍，一僕往來受使令。久而妻聞之，屢肆争鬩，我以爲漏泄，痛箠之，諱不肯伏。我益怒，加箠百數，殞於杖下。當時畏彰露，明鈔本多一「夜」字。拽赴湖岸，縋以石，投水中，自謂獲免矣。今我復爲人，而此倡卽妻也。此句明鈔本作「而妾卽爲此倡」。僕以無他善緣，故墮異類，展轉爲犬。渠本性已昏迷，不復省記。會此倡至，遂驀憶宿寃。幽冥定數，畢竟難脱，命之所遭，尚何可悔！」垂泣而別，婢仆地卽斃，其家遂殺犬而後治喪。

張客浮漚

鄂岳之間居民張客，以步販紗絹爲業。其僕李二者，勤謹習事，且賦性忠朴。張年五十，而少妻不登其半，美而且蕩，李健壯，每與私通。淳熙中，主僕行商，過巴陵之西湖灣，壤地荒寂，旅邸絶少。正當曠野長岡，白晝急雨，望路左有叢祠，趨入少憩。李四顧無人，遽生凶念，持大磚擊張首，卽悶仆，連呼乞命，視檐溜處，浮漚起滅，自料不可活，因言：「我被僕害命，只靠你它時做主，爲我伸寃。」李失笑，張遂死。李歸紿厥妻曰：「使主病明鈔本作「使主猝抱病」。死於村廟中，臨終遺囑，教你嫁我。」妻亦以遂己願，從之。凡三年，生二子，伉儷之情甚篤。嘗同食，値雨下，見水漚而笑，妻問之：「何笑也？」曰：「張公甚癡，被我打殺，卻指浮漚作證，不亦可笑乎！」上五字明鈔本作「不知如何解與人報寃」。妻聞愕然，陽若不介意，伺李出，奔告里保，捕赴官。訪尋埋骸，驗得實，不復敢拒。但云鬼擘我口，使自説出。竟伏重刑。

蓮花櫟

邵武軍村僧，因箠殺行童，官府雖不知，而其心甚懼。屢見死童立其旁，於是盡捐貲槖，潔身入懺室，修持自悔，日月浸久，鬼亦稍稍退步，只處門外。凡三年，相去幾百步，遥拱手曰：「且辭和尚去，它時於蓮花櫟上相見。」僧默喜，以爲蒙懺力得解脱，所謂相見者，得非龍華會上乎！遂杖錫上二字明鈔本作「打包」。遊方。經十年之久，過淮北潁亳間，買飯到店，適一茶商被酒，憩於鄰坐，置砧於外，切羊肝作膾。僧謝曰：「貧僧久不食肉，爲葷腥所觸，則發明鈔本作「欲」。嘔吐，乞少徙他處可乎？」商卽怒罵曰：「十字街頭客店，如何上二字葉本原闕，從明鈔本補。不許我喫肉？老禿奴無道理！」僧初猶不校，商愈罵不已，鼓刀自若，僧取錫杖擊其背，商踉蹡仆庭下，立死。店人報里正，共執僧，僧曰：「少寬明鈔本作「俟」。之，此宿生寃債，法無所逃，只當令自盡，不煩見執。」因備述曩事。店主驚曰：「此地名正是蓮花櫟也。」僧卽閉户自縊。主者方具狀詣尉曹，請驗兩尸。商明鈔本多一「忽」字。矍然起，體初無傷，問其故，曰：「適醉中遭跌，不覺昏睡，但見一行者穰穰往來耳。」亦不記争時事也。僧長逝矣！予頃在無錫外氏庵居時見僧明說，亦邵武人。

王運使僕

廬江王運使之僕，因入市，逢富家少年正醉騁馬，爲所觸仆地，呼痛怨罵。富子與王氏往還，識此僕，怒其罵辱，舉鞭連擊之，遂死鞭下。始皇怖，亟走謁王公，以情告，曰：「非欲故傷之，偶相值致命，願辦棺殮之具，并賙給其家，以贖過誤之罪，唯公調護之。」王乃招僕妻語之曰：「汝夫非命，死於不幸，上三字明鈔本作「蓋出不幸」。若果聞于官，便當露尸檢視，愈爲亡者羞苦。彼既無殺心，度必不至償命，今勉從其請，汝夫得早入土，一家獲小富，似亦爲便。」妻垂泣曰：「主公之旨豈敢違？但恐親里以爲夫死不訴，受財私和，上四字明鈔本作「而受仇人財交相責言」。反難解免耳。」王見其意堅，不敢強。妻歸，卽欲陳牒，會日暮，哭而須明。夢其夫來言：「我爲王家僕二三十年，今以死故，而使主人失懽於富室，於義不可！汝宜從其命葬我，我自於幽冥伸寃。」妻於是往白王公，諭富子如約。後二年，子復乘馬到曩處，覺神思迷謬，背若負芒，幸而無他苦，乃戒御者，它日切勿再經此路。又歲餘過市，值郡官聯騎出，勢須引避，偶趨入其地，卽墜馬死。孫正之鼎臣說。

聞人邦華

信州貴溪聞人氏有二子，長曰邦榮，次明鈔本作「季」。曰邦華。父在時預爲區處生理，於縣啓茶肆以與邦華，於州啓藥肆以與邦榮。及父歿數歲間，華縱遊蕩明鈔本作「妄」。費，破壞明鈔本作「蕩」。幾盡；而榮獨能立身節用，衣食豐餘。母愛季子，密助之，且導使興訟，以爲母在堂，不應分析。榮不服，訴于有司。臺府官僚，定奪至五六，最後監贍軍庫張振之子理承其事。時厥母已亡，張議令悉籍遺貲中分，各受若干，其先爲華所壞者，理爲所得之數，華不伏，至于獄。明鈔本多一「治」字。華使所善買生砒霜置羹中，賂門卒傳與榮，榮接食，下嚥卽嘔吐，遍身腫赤。吏以告理官，遣還家，半日明鈔本作「夜」。死。其子廉夫，雖知父被毒，而無證佐可發其寃，隱忍殯葬。事經歲，華入理院對狀，廉夫一僕獻計，請仍用前策，別擕一人，偕詣食店，買麵四椀，各食其一，而竇其一送華，細切砒於中，華食不盡而止。有大辟囚在旁，餕其餘，覆汁地上，犬舐之。俄頃，囚犬皆嘔，華遂得疾，宛如兄狀，明旦死。司理參軍王昌祖深疑焉，曰：「昨者一健漢原無病，何故遽至是？」將行究詰。使獄卒物色鬻麵處，言有三人來，一著皂背子，兩白衣，亟遣呼逮，已竄矣！所謂皂衣者，葉本無「者」字，從明鈔本補。乃廉夫，兩白衣者，僕也。言於郡，發卒追之，得於貴溪之西十里。既至獄，一問即承，郡請于朝，首謀之僕坐死，廉夫但決配，命未下而亡。此事首尾三年，邦榮以紹興辛亥，邦華以壬子，廉夫以癸丑，同是六月八日凶終，可謂異矣！砒固有毒，然服之者何必盡死！聞人氏之禍，實葉本無「實」字，從明鈔本補。寃業致然！人或不幸而值死者，唯飲生油，以吐爲度，則毒自消，不爲害也。

雙流壯丁

淳熙九年五月未盡之二日，一老媪獨行雙流縣田間，挈青囊，攜竹杖，龍鍾不克行，困坐道側。行人問之，答曰：「老婆是關西人，年七十矣！欲往峨眉山禮普賢，不幸抱病。」有少年爲壯丁，慮其死，于其地有累，逼之使去。媪曰：「我亦無大病，只心神苦煩燥，若得水一盞飲之，便可行。」少年不可，牽其臂疾趨，投諸橋下。見者甚衆，皆慘惻不忍而莫敢言。六月一日，天大雷雨，江水怒漲，斷木順流而下，瀰望極目。少子善泅浮，且負其勇，解衣赴水，視木可爲薪者，拽以登岸。已又再往，至于三四，旁觀咨羡，以爲不可及。移時，湍濤益暴，少年力竭不支，遂沉而死。水退，家人求其尸，乃葉本作「及」，從明鈔本改。與向所投媪尸合而爲一，竹杖青囊，尚在其手。明鈔本多一傳聞「衆」字。始說三日前殺媼之事，與前成都宋固事，若合符節，且同出一縣，豈明鈔本多一「非」字。異辭，或自是一段因緣乎！吾將大警世之惡子，不嫌屢書云。

西江渡子

路當可來江西，過宜春渡，舟子先見其僕，知其爲真官，拱手泣拜。問其故，對曰：「小人老矣，有二子同操舟，恃以爲命。比日相繼不以正死，豈壽止此邪？抑邪祟所爲邪？願真官考校其實，少舒寃痛。」路憫之，爲少駐。旋作牒叩之東嶽司，焚燼纔息，已有一申狀在案，印硃猶濕，回文云：「往日過往一秀才登其舟，此老次子卧板上，稱頭痛不可忍，秀才曰：『吾行李有藥可治。』上二句明鈔本作「不須慮吾隨行有藥可服」。乃發篋取之，其內貯銀一鋌，是時父子生心，泊岸登舟，陰隨以行，次荒榛間，四顧無人，搤其口而殺諸林中。繼縋石投之江，盡取囊篋歸。頃者上訴聖帝，判令先取二子，獨留此老，未卽加誅。更五年使之雙瞽，孤窮凍餓，備受人間之苦。又五年始盡命，然後治之於地下爾。」路宣以示之，俯首無言，拊膺痛恨而已。

楚將亡金

隆興元年，鎭江軍將吳超守楚州。魏勝在東海，方與虜抗，遣統領官盛彥來索資貨。它將袁彥忠者，主押金帛，從丹陽來，盛謁之，見舟內白金盈載，語袁曰：「銀置屢按「屢」字似「簍」字之誤。中甚易負，吾今夕當攜壯士共取之，可乎？」袁笑曰：「無傷也。」是夕有二十盜，挾刀登舟刼縛袁，掠銀四百錠以去。明日，袁詣府泣告吴，備道盛語。吴捕盛及其親校訊治，不勝慘酷，皆自誣。追贓無所有，妄云：「即時付一姻舊，賫往湖湘販魚米矣。」吴不俟獄成，將先誅盛。前一日，市人王林者，素亡賴，其妻治容年少，當壚于肆，與鄰惡子通。適争言相詈，林妻持杖擊其七歲兒，兒曰：「爾家昨日拆竈修治，必是偷官銀埋窖耳！」邏卒聞之，相議曰：「小兒忽有此言，出於無意，而王生固穿窬之雄也，盍往察之！」乃率五六輩，往肆沽酒，且乞魚肉，妻曰無有。羣卒佯醉毆，突入廚，推竈磚落，妻大駡，卒謝曰：「此細事，當爲整之。」妻遽遮止，卒故毁之，見白鋌滿中，即執王及妻赴府，並儔黨皆棄市。盛彦幾死而得生矣！

湖州䕅客

湖州小客，貨䕅於永嘉，富人王生，酬直未定，强秤之。客語侵生，生怒，毆其背，仆户限死。生大窘，禱祈拯救，良久復蘇。飲以酒，仍具食，謝前過，取絹一疋遺之。還次渡口，舟子問何處得絹，具道所以，且曰：「使我一跌不起，今作他鄉鬼矣！」時數里間有流尸，無主名，舟子因生心，從客買其絹，併丐筠籃。客既去，卽運篙撑尸至其居，脱衫袴衣之，走叩王生門，倉皇告曰：「午後有湖州客人過渡，云爲君家捶擊垂死，云有父母妻子在鄉里，浼我告官，呼骨肉直其寃，留絹與籃爲證，不旋踵氣絶。絹今在是，不敢不奉報。」王生震怖，盡室泣告，賂以錢二百千，舟子若不得已者，勉從其請，相與瘞尸深林中，翌日徙居，不知何所居。黠僕聞其故，數數干求，與者倦矣，而求者未厭，竟詣縣訴生。下獄，不勝拷掠，以病死。明年，舊客又至，訪其家，以爲鬼也，罵之曰：「向者汝邂逅仆絶，繼而無他，却使我家主死於非命，今尚來作祟邪！」客引袖怪嘆曰：「我去歲幾死，賴君家救活，蒙賜絹，賣與渡子，徑歸矣。今方賫少土儀，以報大德，何謂我死爲鬼乎！」王子哀慟，留客止泊，而執故僕訴寃，索捕舟子，得於天台窮壑中，遂皆斃於獄矣！乃吴子南説。

張允蹈二獄

張允蹈爲信州永豐令，嘗治夏税籍，命主吏拘鄉胥二十輩于縣舍，整對文書。吏察録過嚴，自曉徹暮，不少息。一胥夜走廁，小史籠燈隨之，胥使先還，曰：「我即返，那用爾候！」既而久弗至，吏以爲逃云。按「云」字似「去」字之誤。迨旦白張，張適聽訟，望見白衣婦人，執素紙涕泣立衆前，呼問之，曰：「夫爲鄉胥，累日不還家，今早開門，有人報云，浮橋柱上挂衣巾履襪及繫書一紙，云爲押録苦督，不容展轉，生不如死，已投江中。急往驗，皆夫物也。」張詰主吏。吏出袖中糾牒呈，亟集津丁里保，撈尸弗得，念其事可疑，緩不即治。胥妻訴于臺，臺符移甚峻。歷三月久，客從長沙來，見此胥在彼，爲攬納人書抄。主吏捐家貲，雇健步持檄往捕之，遂擒以歸。胥坐逋逃受杖。張後復宰它邑，一鄉胥亦爲拘係，越牆挂衣於河梁而赴水。妻來訟，張怒責之曰：「猾胥玩侮人，所在如此，吾固知之矣！」立撻其妻。明日，三十里外里正言，灘邊有死尸，張矍然遣視之，則胥果死。張自興軍從武陵守按：此句疑有脱誤。不赴，寓居吉州，每爲賓客話此事，以爲斷獄聽訟，不可執一端云。

夷堅志補卷第六〔九事〕

細類輕故獄

許顔，字彦回，弟顗，字彦周，襄邑人，皆登科。紹興初，顔知汀州上杭縣，到官歲餘，遣書入浙西招顗。時調官未遂，仍以所在多盜賊，憚不欲行，顔屢促之曰：「汝若不來，吾骨無人收矣！」顗惻然，殊不曉其旨，徒步而南。既至見顔，則氣宇悦澤，精神開朗，且喜且疑。數月明鈔本作「日」。後，從容詢趣來之故，顔慘怛俯首，乃言曰：「數月前得夢惡甚，度處世不能久，故煩弟來。」顗曰：「夢何足憑！」顔曰：「所夢絶異，初見兩黄衣相招，約行百餘步，明鈔本作「里」。過深山大谷，風沙空曠，抵一城，居民閭巷，寂寂無聲。到王者宫府，從側户進，立墀下，黄衣入報。頃之，唤升殿，見廡間一人，偃息斑竹榻上，兄再拜起，熟視之，乃先君也，不覺墮淚，白曰：『此豈非冥司乎？』曰：『然。』且加慰勞。予明鈔本作「兄」，下「予」字皆同。曰：『顔死不敢辭，明鈔本作「怨」。但念遠宦于兹，一子年纔弱冠，未能成立，不無抱恨耳。』曰：『汝數亦未盡，無恐。吾爲冥司主者，今召汝來，欲語汝前程數事。』予因以地獄有無爲問，曰：『有之，汝欲見乎？』即顧侍者云：『令兩吏同知縣往觀。』遂行。經長廊數十間，遥望一獄，數卒守門，獰惡怪狀，問何人，吏曰：『奉大王命，使來看獄。』須臾門開，既入，陰風悽楚，無所睹視，唯熾炭烈焰，有物如羊者，環而食之。箱籠在架，所盛皆僧衣，而衣冠數十襲，毀裂擲地，意怖欲還。二吏邀往第二獄，門卒悍猛尤甚，露刃怒立，予凜然若兵臨頸，大悔其來。所見皆列行馬鐵網，數重覆罩，禽鳥飛鳴。予顧二吏曰：『吾不欲觀矣！』吏曰：『大王之命不可違。』須臾，至第三獄，不得已復進。未至，鬼卒彎弓奮劍，欲相擒捽，吏叱曰：『此大王之親，令觀獄。』一緋袍人諭羣鬼使審實，自導而前。甫啟門，黑氣衝突，陰闇如夜，緋袍命持火來照，中皆列柵，灰厚數寸，蜈蚣蛇虺之屬，互相搏噬，火光熒熒如螢，閃爍眩目，予急趨出。緋袍追送而別，頗似戀戀。吏尚請他之，予明鈔本無「予」字。力拒，乃返。先君問：『汝盡觀諸獄乎？』具言怖畏，止於三所，先君曰：『第一第二，名爲輕故獄，第三爲細類獄。緋袍者，吾故人彭汝礪也，周旋渠久，必能致勤拳。此公在世剛介廉直，但性太刻，故罰主此五百刧，汝將與爲代矣！』兄愈不樂，曰：『顏生于世，初不敢爲惡，何以致是？』先君曰：『憶汝作深州教官時事否？何得用張某充學職？』予對曰：『采其程文。』先君命取案牘至，曰：『張固試中，奈受通判之囑，爲有私意，此人後盜用官錢，幾致累汝。幸汝不受賂，聊薄譴爲陰官。我亦無罪，只緣轉葉本無「轉」字，從明鈔本補。運江東日，怒執蓋卒誤拂幞頭，杖其背，遂罰此二十刧。雖獲免受罪，但與鬼神均苦饑，若子孫歲時享祀精潔，則可一飽，否則不得食，如僧道齋醮亦然。倘修設志誠，主持不苟簡，不唯得旬月飽，又罪業隨輕重減省，明鈔本「省」作「貸」。幽冥職掌，亦皆轉遷。近報沂州王長者家設黄籙大齋，其人平昔積善，福利當及三界，汝來值此，亦可沾餘波。』語未竟，空中二鶴啣幡飛舞，殿下具香案，傳呼赦至，先君被冠服，如王者儀，下迎拜。一使持文書，附耳語，繼兩人亦然。先君率鬼神再拜稱謝，登殿，顧予曰：『汝悉見明鈔本多一「之」字。否？王長者一家虔誠，而主醮道士乃曾斬解池龍者，行持精專，道衆嚴肅，仍不受乳藥之贈，功德無邊，天赦普赦諸受苦罪。三使乃天、地、水府三官所遣傳上帝命，一應鬼神，並與陞轉，吾將脱此，汝亦免主細類，而遷輕故一等，此兩級相望校五百刼。大赦雖時有，惟不忠不孝之人不沾恩宥，如朱温輩尚在第十七獄中。』予問：『世人受罪，何等最多？』曰：『吏舞文、僧破戒爲多。』又問：『公裳擲地而僧衣在架，何也？』上二字明鈔本作「之異」。曰：『僧衣乃如來衣，鬼道所敬，僧雖獲譴，不敢輕也。汝且還世，汝子當先亡，其月有盜入縣境，汝徙治村寺，旋得疾終矣！可明鈔本多一「豫」字。呼顗來，使收汝骨。』予泣謝而别，遂寤。憶夢境的的如是，焉得不預防乎！」顗亦泣，未幾，果如所言。顗葬之訖，始歸吴。顔之父名安石。顗之子執中傳其事，輕故細類之名，佛經及傳記皆未之有。

金源洞

青溪寇未作前一歲，歙州生麟死。後十日，州人葉世寧夢乘麟登山，山東北有洞，捨麟而入。二武士執問之，以實對，且言：「幸得放還，當有重報。」一士笑曰：「吾卽州橋賣紙朱慶也，頗識君面，此洞有三堂四室，試觀之。」遂引而前。中堂垂簾，曰：「此堂是《墨莊漫録》作「待」。陳公文，帳帷堆壅，不敢登。」左堂簾捲其半，慶曰：「天符已差羅浮天王居此，諸司往迓矣！」右堂無簾，有人衣冠葉本空一格，《墨莊漫録》作「有人衣紫袍」。曳杖行，世寧熟視，蓋尚書彭公汝礪也，遽拜之。公曰：「近到饒州否？」曰：「去年曾一往，公宅無恙。敢問公何以在此？」曰：「吾位高，不當治獄，以最知本末，故受命至此。汝何能來？」對曰：「乘洞前石馬。」公曰：「獸今葉本空一格，據《墨莊漫録》補。安在？」二武士趨出曰：「介獸誤取至。」公曰：「杖之百。」朱慶者唯而出。一士領世寧欲回，世寧請曰：「願一觀四室，不敢泄於人。」公逡巡首肯。一吏持鑰下，引往開東室，見十餘人露首愁坐，竹器數十，封鑰甚固，旁堆金帶千明鈔本作「十」。條。次開一室，户楹間架大木，宦者九人，亦露首蹲踞其上，見人皆泣下，持鑰者不少竚。世寧請入西室，《墨莊漫録》多「持鑰者曰」四字。彼有貴臣巨閹，及前唐後唐未具獄囚，不可輒近。言未既，有聲如震雷，大蛇自屋東垂頭下，火舌電目，口鼻氣出如煙，世寧懼而走。持葉本無「持」字，從明鈔本補。鑰者曰：「是將入西室矣，此類甚多，豈可近邪！」問何以至是，曰：「吁！吾姓嚴氏，爲前唐宦者，親見當時吾徒勢盛，士大夫知有北司，不知有朝廷。吾私切笑而薄之，聞近代亦然，皆業力所招也。」世寧不能盡記，復還謝彭公，堂已虚矣！不敢問，覺心動，求出，嚴生曰：「吾生前無過，下世後，凡三領江淮要職，此事竟，則爲地下主者。汝到人間，爲吾誦《金光明經》，具疏燒與嚴直事，吾能報汝。」世寧拜辭出洞，見朱慶騎麟自山頂上來，下揖世寧，寧拊麟，乃石也。慶曰：「山高不可升，循河甚徑，煩語吾家人，宜徙居蘄黄間。鄉中當大亂，余亦自以夢報于家，《墨莊漫録》多「得子言當」四字。信而不疑。」一武士曰：「《金光明經》亦望垂賜，得免追取之勞，幸矣！」世寧曰：「吾當爲二君設醮及水陸齋。」明鈔本無「齋」字。皆以手加額。世寧問洞名，慶曰：「金源洞也。」司名某，凡四字，不復記。明鈔本作「不能曉」，《墨莊漫録》作「世寧不曉」。復問之，失足墜河而寤，汗流浹背，病瘖三日始愈。

安仁佚獄

紹興八年，臨川王大夫瑊爲饒州安仁宰。一吏老而解事，因受差治獄，因乘間白云：「獄訟實公家要務，蓋有不辜蒙寃者，有罪戾幸脱者。某昔少年不謹，親手殺人，幸用詐得免，既經兩三次覃恩，言之無傷。某舊與一巨室女淫通，久而外間藉藉，女父母痛加箠責，遂斷往還。嘗竊往訪，逆相拒絶，當時不勝忿，戕之而歸。故父在縣作押録，與某言：『汝姦狀著聞，豈應逃竄，貽二親之禍！且密藏汝刀，吾執汝告官，但隨問便伏，切勿抵諱，空招楚辱，無益也。』乃共埋刀於床下。某既坐獄，父求長假出外，謂家人云：『我不明鈔本多一「忍」字。見此子受刑，今浪跡他郡，須已論決始還耳。』即日登途，到南康軍，適司理勘一大辟，其事將結正。父詢推司所居及平日嗜好，都明鈔本作「鄰」。人言：『夫婦皆愛賭博，每患無對手。』父使同行一客，委曲達意，以多貲善戲誘之。喜而延入室，自昏達旦，主人敗二百千，先償其半，約明日取餘。及期索逋，無以應，父笑曰：『本欲博塞爲懽，錢何足校！』悉返昨所得。推司感悦致謝。俄反餽以百千，不知所爲，疑未敢受。父曰：『有一事浼君，吾一子不殺人，而横罹囹圄，緣兇身不獲，無由自明。聞此獄有囚當死，願以此項加之，是於囚罪無所增，而吾兒受再生之恩，爲賜不淺。』推曰：『此易事耳，如其教。』某初困訊鞫時，供刀所在，而索之不見，不知父已徙瘞于社壇下，由是獄不可成。已而南康移文會本縣，縣具以報，某遂得釋以出。今將四十年，追咎往愆，殊用震竦。以是觀之，可以照他獄之枉濫不一而足也。」

周翁父子

南康船師陳太，慶元二年從建康來，云近者知府張尚書處置一公事，極爲奇異。初，本府絲帛主人周翁，長子不孝，常常酗酒凶悖，每操刀宣言，會須殺死老畜生，父不勝憂懼。鄰里慮事或成，不惟玷辱鄉風，且將貽累，相「相」字明鈔本作「數人」。結約共訴于府。張引問甚悉，遣喚周，初不告以何事。周至叩之，對曰：「誠然。」即使偕諸鄰詣案供狀，末乃呼悖子，子至，先以好言問其居家委曲，對曰：「父年老，身供子職。」張以狀明鈔本作「張出諸狀」。示之，懼而亟拜曰：「實爲狂藥所使，不覺忘形，惡言遽發耳。」張釋它人，獨下子于獄，而敕推吏勿猛施桎梏。自命駕謁城隍祠，焚香明鈔本多一「白」字。曰：「部内百姓，至於子謀殺父，非天理所容，郡守固不逃失教之愆，神亦何顔安享廟食，坐視弗聞明鈔本作「問」。乎！」禱畢還府。是夕夢神至，曰：「尚書責誚如此，吾豈不知？彼家父子，原非天性骨肉，蓋宿寃取債爾！其子本外州商賈，三十年前挾貲到周家，周見少年獨行，心利其財，因與泛江出郭，陽爲舟覆，溺殺之，而隱没所齎。故生計日進，更無人知。少年前詣上二字明鈔本作「詥諸」。冥司，乞注生爲子，見世索報，尚書宜鑑此因緣也。」遂退。明日，張呼周至，「至」字明鈔本作「就屏處」。語之曰：「汝自揣一生曾做何等不義事？」始拒言：「雖爲細民，粗守行止，未嘗與人有一詞紊煩官府，初不省作小惡。」張曰：「記得三十年前殺某客於江中明鈔本多「之事」二字。乎！今已經大赦，無人作對，無尸可驗，言之何傷？」周流汗至足，叩頭謝過。張曰：「我不復推究前事，汝之子，乃客後身也。」周計其生年正合，愈益駭怖。張曰：「我欲爲汝究竟此段惡事，汝能捐錢千貫，買度牒一道，使之出家爲僧，永絶寃業，汝意如何？」又謝曰：「民尚有二子，正所願，但恐渠不從爾！」張曰：「汝且去，我自諭曉之。」旋謂子曰：「據汝所犯，便當伏刑市曹，緣不是一府美事，已與汝父約，使汝爲僧，汝意云何？」子欣然曰：「某幸未娶，得棲身空門，亦所幸願！」乃命周即日持錢，買官庫祠部牒，當廳削子髮，别給道費，使出遊四方。張子温爲南康户曹，識陳船師，聞其説。

王蘭玉童

某州商人王蘭，以賈販起家，積資頗厚。其居去城數十里，性靳嗇多疑，只收蓄金珠，出則自隨。酷好冶遊，每入郡，不攜親僕，畏其泄語於妻也。雖館逆旅，亦不報所在。因至村店留駐，遣負擔人去，忽苦暴下，一夕竟卒。主人見篋中之物甚富，與妻議，欲報官而輸之。妻初以爲然，既而言曰：「官府未必公道，萬一翻謂有隱匿，以我爲謀，必受刑責。且此人更無骨肉明鈔本多「可以」二字。證明，明鈔本多一「或」字。置我於獄，何時得出？今此孤身，神鬼不知，殆天賜我也！盍若隱之，可免禍。」上二十字明鈔本作「今神不知鬼不覺，殆天賜我爾。不得已而爲負心事，亦所以免禍也」。遂舁尸埋山壑中。掩有所齎，徐徐斥賣，買田置產，上二字明鈔本作「築室」。而粗衣糲食如初。初未有子，明年，生一男，長而俊慧，容如琢玉，名曰玉童。生十七年，一意放蕩，嘯集輕薄少年，吹笙擊毬，鬬鷄走馬，爲閑遊公子之態，竟死於酒色。時其父所得不義之財，已耗太半。既没之後，悲痛不勝，罄力以奉僧道，無日不設齋醮。及修百日供，際葉本作「祭」，從明鈔本改。午，有一僧求食於五里外小民家，一女出曰：「我家無飯可施，西去上八字明鈔本作「我家人口少，造飯有數，今無餘可施，自此而西」。一長者家，正設齋醮，和尚宜往彼乞食。」僧曰：「娘子何以知之？」曰：「我前身是姓王名蘭，將財本數萬貫，到他店，不幸病亡。他家拋棄我尸，掩我財物。我訴陰司，冥官以不曾害我性命，未可追攝。我乞做他兒子以取之，又分一身在此。今彼費蕩已盡，尚有紅羅十疋，可指數求之。」僧如言，至長者門。主人謝曰：「午齋已過，不能復辦。」僧丐錢買衣，曰：「亦無矣！」僧曰：「十疋紅羅尚在，豈不可捨？」主人大駭，詢其所來，僧以女子告之，亟奔往問，女子生纔十七歲矣！其夫婦以不忍厥子之故，相繼而死，其家遂絶。予記《逸史》所載盧叔倫女，《續玄怪録》党氏女事，大略相似，但同時生於兩處，一爲男，一爲女，乃未之前聞。明州人王夷説此，不能記其鄉里與何年事也。

徐輝仲

永嘉徐輝仲，往丹陽，詣大駔貸錢千緡。未及償而駔死，既無契券，徐不告其家而歸。後生一子，極俊敏，八歲而病，父母憂之，召醫市藥，所費不可勝計。病子忽語其所親尼温師曰：「我欲歸去！」尼怪問之曰：「父母憐汝如此，汝復何歸？」曰：「我乃丹陽人，昔徐公貸我錢百萬，幸我死不償，故自來取之。今已償足，我當歸矣！」言畢而逝。輝仲孫女爲朱亨甫子婦言之。

張本頭

金虜據中原，每胡人臨州縣，必擇黠民通知土俗能譯語者爲主，大目曰本頭，一府之權，皆於此乎出。壽州下蔡縣，並淮置榷場，大駔吴五郎主之，幹南北行商之貨，所得不貲，而受制於本頭張政，屢被貪虐，吴抱恨雖切，無所赴愬。既而政病死，死之二年，其女嫁郭秀才，夢父來言：「我以宿業之故，墮落畜身，昨夜生於吴五郎家爲騾馬，汝急往懇贖，無惜厚價，必可得。」女覺而悲痛，即奔詣吴氏，吴已出榷場。廄下適生一駒。其妻問曰：「小娘子如許早來，有何事？」女以夢告，妻延入，留飯以俟。至暮吴歸，女未及言，妻先爲道所以，吴勃然曰：「若他人如是，吾便以送與之，不取一錢。唯張本頭則不可，我爲渠故，前後受鞭杖明鈔本多一「困」字。枷杻，不可勝説。今受生吾家爲畜類，是天使我甘心焉，豈可釋！」女泣拜不已，竟不從。豢養踰歲，加以銜勒，每出必乘之，稍緩，則加鞭策不少貸。歷五年，因行淮邊，失足溺而斃，吴剥其皮而投諸水中。

人鷄墓

紹興初，河南之地陷，虜以封劉豫，州郡猶爲朝廷固守。會稽馮長寧知陳州，豫攻之不能下，遣招山東劇賊王瓜角，起宿亳之民，併力進攻。踰年，城中糧盡而降，瓜角建三幟於通逵，下令二州之民：欲從軍者立赤幟，欲爲官立黄幟，欲還鄉者立黑幟。民畏死，盡趨赤幟下。獨亳人王、魏兩翁，自顧年老，不能官，從軍必死，而立黑幟則拂其意，均之一死，乃相與詣黑幟下。衆皆愕然。明鈔本作「眙」。瓜角重失信，謝遣之，於是得歸。王翁入陳城，取瘞埋物，不復來，聲跡亦絶。魏以十年後營産日盛，遂爲大家。素畜二鷄，皆充腯。一日，邑尉出別村，過其里，捕雌者烹食之。它日尉還，又欲殺其雄。雄已覺，竄伏黍地，擲之以竿，始就獲。魏嘻笑曰：「爾善走如此，胡不冲天！」鷄忽作人言，仰首太息曰：「噫！何毒害至此，略無故舊情邪！」魏駭曰：「爾爲誰？」曰：「我王翁也，豈不記宛丘從軍時事乎？」魏曰：「爾前捨我去，竟何之？且死於何所？」曰：「我向者結伴時，實利君之財貨，別貯蓄以待事平後來，入城索得之，負以兩布囊，是夜宿道次野店，燈下開囊，算計數目，不料爲主人所窺。明日見留，飲我以酒，既醉，遭殺焉！掩有裝金，孤魂無依，念鄉里親戚不一存，獨君在耳，故決意相從。及到君家，殊不相領攝，更成大悶。適鄰人賈四娘子亦來，值君家鷄乳，共投胎爲鷄。前日所殺一雌，則賈家娘子也。玆復害我，一何忍心如是！」尉悉聆其說，深悔昨非，立釋之。歸白於郡守，守命呼魏翁，與鷄俱至，民從以入，庭户駢肩如織。鷄對守不怖，誦言如初，已而曰：「我禽畜輒泄陰事，當死。」引頸插在翅下，卽僵縮而斃。守嗟異移時，使葬之于老子廟後，揭之曰「人鷄之墓」。原王之在生設謀本極不善，倘見魏，必起不肖之心，死而作鷄於其家，冥報昭矣，可不畏哉！

葉司法妻

台州司法葉薦妻，天性殘妒，婢妾稍似人者，必痛撻之，或至於死，葉莫能制。嘗以誠告之曰：「吾年且六十，豈復求聲色之奉，但老而無子，只欲買一妾爲嗣續計，可乎？」妻曰：「更以數年爲期，恐吾自有子。」至期，不得已勉徇其請。然常生嫉恨，與之約曰：「爲我別築室，我將修道。」葉喜，卽於山後創一室，使處焉。家人輩曉夕問訊，間致酒食，葉以爲無復故態，使新妾往省之。抵暮不返，乃策杖自詣其處，見門户扃鑰甚固，若無人居。命僕發關，則妻已化明鈔本作「則其妻已死」。爲虎，食妾明鈔本無「妾」字。心腹皆盡，僅餘頭足。急走山下，率衆秉炬視之，無所睹。時紹興十明鈔本無「十」字。九年。

夷堅志補卷第七（九事）

直塘風雹

平江常熟縣之東南，地名直塘，去城百里餘。富民張三八翁，用機械起家。其長子以乾道元年先亡。有鹽商從鄂州來，見村人家牛生白犢，脅間隱起十四字，曰「蘇州直塘廣安寺前張（此處疑脫「三」字）八郎之子。」以告翁，翁悲愴不釋。因商復西，托持錢三十（葉本作「千」，從明鈔本改。）萬，并買犢母歸，善飼之。後八年翁死，次子曰五三將仕，不以父兄爲戒，尤稔惡黷貨，見利輒取。淳熙元年，有（葉本無「有」字，從明鈔本補。）一客立約，糴米五百斛，價已定，又欲斗增二十錢，客不可，遂没其定議之值。客抑鬱不得伸，但舉手加額告天而已。時五月十三日，天清無雲，午後大風忽從西北起，陰霾蔽空，雨雹傾注，風聲吼怒，甚於雷霆。張氏倉廩帑庫，所貯錢米萬計，掃蕩無一存。所居大屋，揭去數里外，合抱之木盡拔。典質金帛在匱，隨風宛轉於半空，不知所屆。常所用斗，大小各不同，凡十有三等，悉列門外，若明以告人者。將仕君驚怖之際，一木墮於旁，折其臂。相近項氏，亦失台衣千緡。是日黃昏，縣中風雷繼作，王氏失錢八千緡，杜氏失千緡，人聞錢飛空有聲，已而散落於地上及軍營者甚多。此以匹夫之寃，逢天威怒，致禍延同類，可不畏哉！

沈二八主管

湖州村民沈二八，明鈔本多一「方」字。在園鉏菜畦，有二皂隸持帖至，呼之曰：「汝非沈二八乎？」曰：「然。」曰：「陰府追汝，可同去！」即執而枷明鈔本作「鎖」。縛。沈曰：「去不敢辭，敢問何罪？」曰：「汝坐用大斗量租米。」沈曰：「然則使者誤矣！小人以種作爲生，家無寸土，元不識斗斛面，何由有此？但相去數步間，有沈主管者，與我同排行，其人乃豪家幹者，素有此惡，爲人積怨，目前牆内是其家也。」二皂隸遽推謝，釋其縛。俄頃沈蘇，還舍爲妻子道曩事，且云：「吾今往二八主管宅親明鈔本作「視」。察消耗。」纔出門，復遇二皂隸，已擒搦而去。及其家，則聞哭聲，言主人暴死矣！吳興鄉俗，每租一斗爲百有十二合，田主取百有十，而幹僕得其二，唯沈生所用斗爲百二十合，是以鬼誅之。時淳熙十五年三月也。

祝家潭

衢州江山縣峽口市山下祝大郎，富而不仁，其用斛斗權衡，巨細不一。乾道八年七月，有道人過其門而戒之葉本無「之」字，從明鈔本補。曰：「汝宜用心平等，不可如是，或夢葉本作「與」，從明鈔本改。人來取，家必有災。」是夕，夢二青衣來言：「汝家所用斗秤安在？」夢中與之，二人各執其一。既覺，急尋之，已失矣！因憶正晝道人之語，謂災者火也，即盡徙室中之藏於山上質庫。方稍定，庫地忽迸裂，洪水涌出如奔，屋宇錢帛，隨流而下。其所居浸没丈餘，明鈔本作「許」。居傍大樟樹約數十圍，摧折壓屋，爲風水所漂，旋轉其上。頃刻間衝漩爲深潭，家人盡死，獨存一小兒與一婢在山巔僅免。土人今呼爲祝家潭。

葉三郎

樂平南原富室劉氏，與邑駔葉三郎者，再世往來。劉兄弟二人，稅畝甚廣，每歲所輸官賦，悉以委葉，於出納之間，頗獲贏潤，蓋市井薄徒，俗目爲攬户者是已。紹興三年，市民胡鑰匠以藝游劉門，與一蘇氏子游説，攘葉之利，且曰：「蘇資業不薄，君家邂逅或緩期，則能先出己財以代急。」劉信爲然，即舉門户有按「有」字疑誤。役轉而之蘇，遣從葉生收索簿籍。葉老矣，肩輿亟謁二劉曰：「自先父迨我，充君幹力五十年，無一闕事，顧乃用閑言相棄捐也？」二劉曰：「誠知其誤，但業已許之矣！」葉塞默而退。還次白楊岡，謂其僕曰：「胡鑰匠奪我衣食活路，死不放他。」長吁而卒。及尸輿到家治喪，胡猶以里巷故會弔，方跪於柩前，忽心動氣沮，如背負芒，不成弔而返。越三日，正就食，遽捨匕箸趨出，頃之即回，告妻梁氏曰：「適有喚我者，認得是葉三郎聲音，走赴之，杳無所見，吾甚惡焉！」是夕魘而死。妻夢其夫與葉髮相結，一黄衣卒持杖驅之去。蘇子聞之懼，不復依劉。葉之子遂仍其故矣。

齊生冒占田

德興齊村，皆齊氏葉本作「民」，從明鈔本改。雜居，武義君之子以豪彊擅鄉曲，凡他人田疇或與接畛者，必以計傾奪，資産益饒。嘗置地數畝種竹，歷年久，根鞭延蔓于民田。慮其爲禾稼之害，開渠斷之。齊生好諭之曰：「吾細校種竹之利，既省明鈔本作「無」。灌溉耕耨，而所獲息，視田不侔。何如聽其自如，是於我無所損也！」民信之。經數歲，遂削平耕塹，繚以篠牆，民不復可作主，乃訴於縣。縣逮齊對，齊曰：「吾自地，彼自田，地有竹，田有禾，等色各殊，何詞之有辨！」吏雖知其然，而受賕畏勢，特具決。俄而齊死，其子終訟不置。一日，忽遣客諭民，願解仇釋憾，盡以所侵歸之，此外或典或賣，或以債准，凡十數端，皆呼元主退故券還之。知識聞者無不嘆訝，曰：「不謂齊氏子，一旦翻然改行，此何理也？」未幾，又命僧修水陸明鈔本多一「大」字。供，備其槩於心詞中云：「某日之夜，夢亡父形軀骨立，桎梏枷械，泣告之曰：『我坐竹林之訟，明鈔本作「罪」。因係陰獄，冥司歷舉生時抑勒交易文字不明者甚衆，當受無量劫苦，何由得脱！向來元不知幽冥中此罪最重，有人教我云：急須令子弟盡從實改正，各復其初，而召僧作大緣事，誦佛經，燒尊勝幡，化紙錢，差可少贖。汝輩勿違吾言，仍視以爲戒，若親戚集會，但一一宣説毋諱，使知果報章灼如此。』其後又夢曰：『憑藉功德，遂寬獄禍，猶拘管隨司，未即信緣托生也。』」

豐樂樓

臨安市民沈一，酒拍户也。居官巷，自開酒爐，又撲買錢塘門外豐樂樓庫，日往監沽，逼暮則還家。淳熙初，明鈔本多一「年」字。當春夏之交，來飲者多。一日，不克歸，就宿於庫。將明鈔本作「時」。二鼓，忽有大舫泊湖岸，貴公子五人，挾姬妾十數輩，徑詣樓下，喚酒僕，問何人在此，僕以沈告，客甚喜，招相見，多索酒，沈接續侍奉之。縱飲樓上，歌童舞女，絲管喧沸，不覺罄百樽。飲罷，夜已葉本作「以」，從明鈔本改。闌，償酒直，鄭重致謝。沈生貪而黠，見其各頂花帽，錦袍玉帶，容止飄然，不與世大夫類，知其爲五通神，即拱手前拜曰：「小人平生經紀，逐錐刀之末，僅足餬口。不謂天與之幸，尊神賜臨，真是夙生遭際，願乞小富貴，以榮終身。」客笑曰：「此殊不難，但不曉汝意問所欲何事？」對曰：「市井下劣，不過欲冀錢帛之賜爾！」客笑而領首，呼一騶卒至，耳邊與語良久。卒去，少頃負一布囊來，以授沈，沈又拜而受。摸索其中，皆銀酒器也，慮持入城，或爲人詰問，不暇解囊，悉槌擊蹴踏，使不聞聲。俄耳鷄鳴，客領妾上馬，籠燭夾道，其去如飛。沈不復就枕，待旦，負持歸，妻尚未起，連聲夸語之曰：「速尋等秤來，我獲横財矣！」妻驚曰：「昨夜聞櫃中奇響，起視無所見，心方疑之，必此也！」啓鑰往視，則空空然。蓋逐日兩處所用，皆聚此中。神以其貪癡，故侮之耳。沈唤匠再團打，費工直數十千，且羞於徒輩，經旬不敢出，聞者傳以爲笑耳。

顯氏飛錢

太原顯氏，世世業農，非因輸送税時，足不歷城市。嘗有飛錢入居室，充滿庭户，顯翁焚香祝曰：「小人以力農致養，但知稼穡爲生，今無故獲非望之財，懼難負荷！雖神天所賜，實弗敢當，願還此寶，以安愚分。」乃閉户封鐍而出。須臾，錢復起，蔽空行，聲如風雨，有大蛇夭矯隨之，繞林麓去。後五年，田僕在山崦荷鋤獨耕，將歸，忽一神人當前，莫知所從來，告之曰：「天賜顓氏錢十萬緡。」言訖，卽隱不見，而積錢坡陀，彌望不盡。僕走白翁，翁策杖至錢所致，禱如前，再拜，徐起行弗顧。還家，亦不與子知。後孫祐以武勇從軍，紹興十九年，以大夫統制殿前司軍馬。曹功顯、何晉之皆紀其事。祐之子舉，今爲武翼郎軍器所幹官。大舉說。

趙富翁

撫州趙富翁，家饒於財，常以名不掛仕版爲慊。因歲饑，官委振濟，當受賞，躬往臨安經營。將至之前夕，夢詣旅邸，將就室，主媪言：「下面房都占盡，無可歇，試上樓看。」遂引而登，一房扃避，按「避」字似當作「閉」。媪云：「莫要開。」趙視其外頗雅潔，疑其所靳，謂曰：「我只住此。」乃啓之，則一美婦人獨處，方就葉本無「就」字，從明鈔本補。蓐産子，急回足而寤。追繹其詳，欲訴諸占夢者。行次江上，過一邸，絶類夜所睹，下車寓目，亦一媪在門，心異之。時雖未暮，卽弛擔入泊，媪以下室無虚位，邀上樓，一房亦閉，問之曰：「此爲何人所據？」曰：「無人焉！我家貓夜來生四兒於中，卽損其一，不欲更驚他。」趙益怪訝。偶見同邸一僧，似可與語，具以夢告。僧曰：「官人急回足極是，若踏脚入了，則四貓不損矣！吁！可畏哉！」趙悚悟曰：「我方干求官榮，豈非不應得，故神人特用相警邪！」明日，返旆西歸，自稱散人，絕意不復干祿。

劉洞主

劉允爲開元宮主，其事已書於甲。劉長子昉守處明鈔本作「虔」。州，民李甲暴死，經夕復蘇，先被黄衣人追去疑有脱誤。一所，若今獄院然。朱衣踞坐，詰問所爲善惡事件，且引詣主洞受符。行數十里，見五六人坐殿上，皆頂冠，衣淡黄或青碧，侍立十餘輩，内碧衣者執筆視李云：「爾祖不貪不妬，嘗施捨明鈔本作「財」。修金精山觀宇，又嫁孤女之無歸者，以此陰功，放爾還世。」李拜謝，密詢其爲誰，同立人曰：「是劉洞主，汝郡太守之父也。」李既愈，具告所知。昉聞而呼至府，雜設畫像數軸，質以所見，李指允像曰：「此是也。」郡士著爲《李氏還魂録》。初，允嘗夢游一境，非人間世，夢中作詩云：「劉郎平昔上二字明鈔本作「終日」。志煙霞，時到雲山隱士家。除卻松篁芝朮外，川源遠近遍桃花。盡日看山不厭山，白雲飛去又飛還。傍人莫指雲相似，雲自無心我自閑。」又五言絕句云：「武陵源上雪，片片雜雲霞。惟有雪中桃，長開三尺花。」蓋其歸趣夙已不凡矣！

夷堅志補卷第八〔八事〕

吴約知縣

士大夫旅游都城，爲女色所惑，率墮姦惡計中。宣教郎吴約，字叔惠，道州人。以父左朝奉郎民瞻遺澤補官，再仕廣右，自韶州録曹赴吏部磨勘。家故饒財，葉本作「則」，從明鈔本改。且久在南方，多蓄珠翠香象奇貨，駿馬及鞍勒，可直千緡，悉携以自隨。待引見留滯，數出遨嬉，服御麗好，又與鄰近寓館諸客相習熟。有宗室趙監廟，挈家居百步間，志同道合，數以酒饌果蔬來致餉，吴亦答以南中珍異。趙邀至居舍，情均骨肉，時取其衣衾洗濯縫紉，細意熨帖，曲盡精致。周旋益久，令妻衛氏出相見，美色妙年，吴爲之心醉，遂同飲席，酒酣以往，笑狎謔浪，目成雲雨，忘形無間。趙殊不動容，唯恐賓之不我顧，如是者屢矣。一日，趙從吴假僕馬，欲往婺，吴立遣之。衛密使蒼頭持簡來，約未申前後詣彼，云機不可失！吴欣然而行，至，延入邃閤，張筵偶坐，極其歡適。衛葉本無「衛」字，從明鈔本補。善謳，且慧黠，唱酬應和，出人意表。及暮，遂留宿。將就枕，忽聞扣扉甚急，乃趙生歸。衛悚汗變色，命侍妾收撤觴豆，掃除殽核。方畢，趙從外來，吴欲竄去，而不得其門，衛目之，俾趨伏床下。衛見趙，問何以遽還，曰：「大風激浪如山，渡江不得，暫歸，拂曉即束矣！」索湯濯足，置盆於前，且洗且澆，須臾間，水流滿地。吴衣裳濟楚，慮爲所污，數展轉移避，窸窣有聲，趙秉燭照見之，叱使出，曰：「與君本非親舊，但念羈旅中，故相暖熱，今交游累月，何意所爲若是？吾妻係宗婦，豈得輒犯？明當執以告官。此釁由淫婦始，且先痛箠，然後斷之以法。」吴頓首謝愆。遂與衛併施束縛，坐于地上，鞭衛背數十。趙取酒獨酌，且飲且罵，以賤畜醜詆，衛不敢對，但悲泣咽，趙撫劍疾視，如將揮擊。夜過半，方熟睡，衛語吴曰：「今日之事，固我誤官人，亦是官人先有意向我，不謂隨手事敗！我前者用宗蔭，刑責所不加，儻坐奸論，只同常人。我委身受杖，不足道，將來猶可嫁與市井細民妻，疑有脱誤。奈官人何？」吴曰：「汝夫利吾財耳！」衛曰：「實然。」趙睡起，訶詈愈切，吴請輸金贖罪，嘻笑曰：「我忝爲天胄，願葉本無「願」字，從明鈔本補。以妻子易賄邪？」吴乞憐不已，願納百萬，弗應。增至三倍，仍並鞍馬服玩盡賂之，始肯解縛。使自狀其過，乃放歸。於是葉本無上二字，從明鈔本補。壯夫數輩，盡掇資裝去，同邸多爲不平。或謂曰：「彼豈真宗婦哉！蓋猾惡之徒，結娼女誘餌君，而君不悟也！」吴大悁悒，擬訟諸府縣。往視昨處，空無一迹，怨恨欲死，囊中枵然，幾無餬口之費。迨改秩，再任葉本作「往」，從明鈔本改。連州陽山縣歸，所喪既多，心志罔罔，而且貽里社姻友譏議，常如醉夢中，遂感疾沉綿，未赴官而卒。

李將仕

李生將仕者，吉州人。入粟得官，赴調臨安，舍于清河坊旅館。其相對小宅，有婦人常立簾下閱市，每聞其語音，見其雙足，着意窺覼，特未嘗一覿面貌。婦好歌「柳絲只解風前舞，誚繫惹那人不住」之詞，生擊節賞詠，以爲妙絶。會有持永嘉黄柑過門者，生呼而撲之，輸萬錢，愠形于色，曰：「壞了十千，而一葉本無「一」字，從明鈔本補。柑不得到口。」正嗟恨不釋，青衣童從外捧小盒至，云趙縣君奉獻。啓之，則黄柑也。生曰：「素不相識，何爲如是，且縣君何人？」曰：「卽街南所居趙大夫妻，適在簾間，聞官人有葉本多一「所」字，從明鈔本删。不得柑之嘆，偶藏此數顆，故以見意，愧不能多矣！」因扣趙君所在，曰：「往建康謁親舊，兩月未還。」生不覺情動，返室發篋，取色綵兩端致答。辭不受，至于再，始勉留之。由是數以佳饌爲餽，生輒倍酬土宜，且數飲此童，聲跡益洽。繼密賄童，欲一見，童曰：「是非所得專，當歸白之。」既而返命，約只於廳上相見。生欣躍而前，此造其居者四五。婦人姿態既佳，而持身甚正，了無一語及於鄙媟。生注戀不捨旦暮，向雖游娼家，亦止不往。一夕，童來告：「明日吾主母生朝，若致香幣爲壽，則於人情尤美。」生固非所惜，亟買縑帛果實，官壺遣送。及旦往賀，乃升堂會飲，晡時席罷，然於心終不慊。後日薄晚，童忽來邀致，前此所未得也，承命卽行，似有繾綣之興。少頃登床，未安席，驀聞門外馬嘶，從者雜沓，一妾奔入曰：「官人歸也！」婦失色惴惴，引生匿于内室。趙君已入房，詬罵曰：「我去能幾時，汝已辱門户如此！」揮鞭箠其妾。妾指示李生處，擒出縛之，而具牒將押赴廂。生泣告曰：「儻到公府，定爲一官累，荏苒雖久，幸不及亂，願納錢五百千自贖。」趙陽怒不可，又增至千緡。妻在傍立，勸曰：「此過自我，不敢飾辭，今此子就逮，必追我對鞫，我將不免，且重貽君羞，幸寛我！」諸僕皆受生餌，亦羅拜爲言。卒捐二千緡，乃解縛，使手書謝拜，而押回邸取賂，然後呼逆旅主人付之。生得脱自喜，獨酌數杯就睡，明望其店，空無人矣！予邑子徐正封亦參選，與生鄰室，目擊其事，所賫既罄，亟垂翅西歸。

臨安武將

向巨源爲大理正，其子士肅，因出謁，呼寺隸兩人相隨，俗所謂院長者也。到軍將橋，遇婦人，蓬髮垂泣而來，一武士着青紵絲袍，如將官狀，執劍牽葉本作「率」，從明鈔本改。驢衛其後，唾駡切齒，時以鞭痛擊，怒色不可犯。又有健卒十輩，負挈葉本作「繫」，從明鈔本改。箱篋，行路争駐足以觀。士肅訝其事，院長曰：「只是做一場經紀耳！」肅殊不曉，使蹤跡其由，徐而來言：「浙西一後生官人，赴銓試，寓於三橋黄家客店樓上。每出入下樓，常見小房青簾下婦人往來，姿態頗美，心慕之，詢茶僕曰：『彼何人？』僕蹙額對曰：『一店中爲此婦所苦三年矣！』問何爲，曰：『頃歲某將官攜妻居此房十許日，云欲往近郡，留妻守舍，初約不過旬時，既乃杳無信。婦無以食，主人不免供其二膳，久而不能供，然又率在邸者輪供焉，未知何日可了此業債也！』生喜曰：『可得一見乎？』曰：『彼乃良人妻，夫又出外，豈宜如是！』曰：『然則少致飲饌爲禮，可乎？』曰：『若此則可。』於是買合食送之。明日，婦人却以勸酒一盤答謝生，生愈注意，信宿復致餉，婦亦如前以報。生買酒自酌，使茶僕捧一杯下爲壽，饋至於三，彊僕必盡力邀請，婦固辭不獲，勉明鈔本作「免」。登樓一釂，亟趨下。生覺可動，厚賂此僕，使游說。他日再至，遂留坐從容，久而不復自匿，浸淫及亂。相從兩月許，婦人與生曰：『我日日自下而升，十目所視，終爲人所疑。君若從而相就，似兩便也。』生滿意過望，立携橐囊，下置鄰室，而身與婦人明鈔本無「人」字。處。甫兩夕，平旦，未櫛洗，望見偉葉本作「常」，從明鈔本改。丈夫，長六尺餘，自外至，婦變色顫悸曰：『吾夫也！』生遽走避。彼丈夫直入室叱詈，捽妻髮亂箠，生委身從後門竄，凡所賫皆遺席卷。方戀迷明鈔本作「迷戀」。時，足跡不出户庭，元未嘗赴試，蓋少年多資，且不解事，故爲惡子所誘陷。」士肅說。

鄭主簿

浙西人鄭主簿赴調，館於清河明鈔本作「湖」。旅舍。繼有前衡州通判孫朝請者，宣城人，來同邸，鄭居樓上，孫居下，晨夕數相會。孫君容狀灑秀，携秀按：上二字疑誤，明鈔本同。送還，數兵皆謹飭，遍投五府呼召劄，數日間，皆得見，不旋踵。大程官持省中貼子來，詢索闕次，孫先具名郡，换易至三，遂除建昌軍，既受命，顛日陛對。嘗以黄昏時邀鄭小飲，語之曰：「此來欲買兩妾，正以干扣小累，未敢輒爲。今雖以冒除書，然自度出入里陌亦不便。恰聞吴知閤宅同出三人，只在近處牙儈家，欲乘夜往觀之，吾友能同此行否？」鄭欣然承命，即俱出到儈處。其一少艾有樂藝，而價才八十千，其二差不及，而爲錢皆四五十萬，扣其故，曰：「少者受雇垂滿，但可補半年，故價值不多。彼二人則在吴宅未久，當立三年券，今須評品議直耳。」孫於是以六百千併買之。鄭以八十千不多，且又美色，姑欲如其説。候相處及期，别與爲市。探囊取楮幣付儈，而懷吴氏券與妾歸。孫以萬錢爲定，候明成約，竟得之，皆喜其圓就之速，更置酒款昵，幾如姻舊。經三日，鄭詣部前書鋪家，囑孫君爲莅察房舍，到晚還邸，登樓不見妾，葉本無「妾」字，從明鈔本補。遽趨下欲與孫言，其室空無人，不勝駭窘。檢視行篋，篋内貯白金及楮帛甚富，悉無一存。元置牀上，乃從壁背一房，穴破其後而取之，是以倉卒不能覺。旋訪元儈家，其曩昔買妾處，蓋一酒肆耳！洎訪孫君蹤跡，所謂官稱及省吏堂帖之屬，皆惡子共爲之。彼知鄭生厚藏，故設謀宛轉如此。棹姪時在臨安，親見之，淳熙末年事也，但孫、鄭姓名鄉里未審。

王朝議

宣和中，吴人沈將仕調官京師。方壯年，携金千萬，肆意歡適。近邸鄭、李二生與之游，一飲一食，三子者必參會，周旋且半年，歌樓酒場，所之既倦，頗思逍遥野外。一日，約偕行，過一池，見數圉人浴馬，望三子之來，迎喏頗肅，沈驚異，以爲非所應得。鄭、李曰：「此吾故人王朝議使君之隸也。」去之而行，又數百步，李謂沈曰：「與其信步浪游，棲棲然無所歸宿，曷若跨王公之馬就謁之乎！翁常爲大郡，家資絶明鈔本作「甚」。豐，多姬侍，喜賓客，今老而抱疾，諸姬悉有離心，而防禁苛密，幸吾曹至，必傾倒承迎，一夕之懽可立得，君有意否乎？」鄭又侈言動之，沈大喜，即回池邊。李、鄭唤馬，圉人謹奉令，既乘，請所往，曰：「到汝使君宅。」遂聯鑣鞍轡，轉兩坊曲，得車門，門内宅宇華邃，李先入報，出曰：「主人聞有客，喜甚，但久病倦懶，不能具冠帶，願許便服相延。」已而翁出，容止固如士大夫，而衰態堪掬，揖坐東軒，命設席，杯柈果饌，咄嗟而辦，雖不腆飫，皆雅潔適口。小童酌酒過三行，翁嗽且喘，喉間痰聲如曳鋸，不可枝梧，起謝曰：「體中不佳，而上客倉卒惠顧，不獲盡主禮，奈何！」顧鄭生代居東道，曰：「幸隨意劇飲，僕姑小歇，煮藥併服，少定復出矣。」沈大失望，興緒亦闌珊，散步於外，將捨去，又未忍。忽聞堂中歡笑擲骰子聲，穴屏隙窺之，明燭高張，中置巨桉，美女七八人，環立聚博。李徑入攘袂。衆女曰：「李秀才，汝又來厮攪！」遂廁其間，且擲且笑。沈神志明鈔本作「魂」。摇蕩，頓足曰：「真神仙境界也，何由使我預此勝會乎？」鄭曰：「諸人皆王翁侍兒，翁方在寢，恐難與接對，非若我曹與之無間也。」沈禱曰：「吾隨身篋中，適有茶券子，善爲吾辭，倘得一餉樂，願畢矣！」鄭逡巡乃入，睢盱偵伺良久，介沈至局前，衆女咄曰：「何處兒郎，突然到此！」鄭曰：「吾友也，知今宵良會，故顧拭目。」女曰：「汝得無與松子良誘我乎！」一姬取酒，滿酌與葉本作「爲」，從明鈔本改。沈，飲釂無餘，姬詫曰：「俊人也。」戒小鬟伺朝議睡覺亟報，乃共博。沈志得意逞，每采輒勝，須臾得千緡，諸姬釵珥首飾，爲之一空。

鄭引其肘曰：「可止矣！」沈心不在賄，索酒無算，有姬最少艾，敗最多，愠而起，挾空樽至前曰：「只作孤注一決，此主人物也，幸而勝，固善，脫有不如意，明日當遭鞭箠，勢不得不然。」同席爭勸止，或責之，皆不聽。沈撚一擲，敗焉，傾樽倒物，蓋實以金釵珠琲，評其直三千緡。沈反其所贏，又去探腰間券，盡償之，尚有餘鏹。方擬再角勝負，葉本無「負」字，從明鈔本補。俄聞朝議大嗽，卧索唾壺急，衆女推客出，奔入房。三人趨詣元飲處，翁使人追謝，約後數日復相過。沈歸邸，卧不交睫，雞鳴而起，欲尋盟。拂旦，遣召二子，云已出，候至午，杳不至。遽走王氏宅審之，屋空無人，詢旁側居者，云素無王朝議。疇昔之夜，但惡少年數輩，偕平康諸妓飲博於此耳！始悟墮奸計，是時囊裝垂罄，鄭、李不復再見云。

鮑八承務

紹興十年，鄱陽程汝楫與同郡徐、高、潘、李四人偕入都，每夕舍館定，必計膳飲僕馬之費，相與博賽，使負者輸之，明鈔本作「使輸者承之」。因以遣日。在道逾半月，不遑子聞之者，意以爲皆富家兒，密迹其後。將次龍山下，日猶未晡，潘生有舊所歡在白壁營，欲往游，强衆留止，乃弛擔。歇未定，明鈔本作「則」。一健丁持黑漆牌掛于對房，題曰「鮑朝請宅八承務占。」少選，一少年下車至，迭相過，室內列行明鈔本作「竹」。榻紗廚，象盤棋局，藥奩茶甌，胡床湯鼎，種種雅潔，其人白皙美髯，善詼笑。五子退就食竟，復取博具曰：「明日離郡，不復如此戲，宜各盡萬錢。」戰方酣，鮑、徐來立觀，連稱好則劇，遽反室，繫金釵于葉本作「手」，從明鈔本改。帕，擲几上曰：「我素嗜此戲，願容預盟。」遂同席，於伎故爲不長，即敗十之九。潘屢邀程出，程識鮑非佳子，摘語諸人曰：「可以止則止，不宜已甚。」三子者猶與之周旋。程與潘飲至夜半，欻起曰：「三君必墮鮑生計，當急往援之。」暨還邸，閉户甚堅，方馮陵大叫，程厲聲扣户，乃得入。鮑已勝徐生三十五萬，正賽徐采，隨呼衄焉，失四萬，笑謂程曰：「約以五百千爲率，因君一呼，敗乃公事。」徐有鹽直寄霸頭大駔家，鮑固已知之，遂使書券付己而散。明旦入城，程館於叔父諸軍糧料官舍。又二日，臨安吏持符逮赴府，了不知所犯，吏引立于廷，所謂鮑八承務及其朋儔，并徐、高、潘、李皆集。蓋鮑與惡子迭爲主僕，以詐欺葉本無「欺」字，從明鈔本補。立計，既得錢，而分張不平，自相毆擊，詣廂鋪，故其事彰顯。方聚博時，天正熱，衆皆袒裼，獨鮑生不脱衲衣，曰：「平生不畏暑。」是日始知其嘗犯徒刑，慮人窺見背瘢故也。於是受杖，而没所得錢入官。

真珠族姬

宣和六年正月望日，京師宣德門張燈，貴近家皆設幄於門外，兩廡觀者億萬。一宗王家在東偏，有姻族居西，遣青衣邀其女真珠族姬者，曰：「若肯來，當遣兜轎至。」女年十七八歲，未適人，顔色明豔，服御麗好，聞呼喜甚，請母欲行，時日猶未暮。少頃，轎從西幄來，舁以去。又食頃，青衣復與一轎至，王家人語之曰：「族姬已去矣！」青衣駭曰：「方來相迎，安得有先我者。」於是知爲奸黠所欺，亟告於開封，散遣賊曹迹捕，其家立賞揭二百萬求訪，杳不可得。明年三月，都人春游，見破轎在野，有女子哭聲，無人肩輿，扣窗詢之，乃真珠也。走報其家，取以歸，霧鬢䰄鬙，不施朱粉，望父母，擲身大哭，久乃能言：「初上車按「車」字疑誤。時，不復由正路，其行如飛。俄入一狹徑，漸進漸暗，車按「車」字疑誤。止而出，乃是古神堂。鬼卒十餘輩，執兵杖夾立，坐者髯如戟，面闊尺餘，目光如炬，我懼而泣拜，而卽叱曰：『汝何人，敢奸吾靈宇！』便使明鈔本作「令」。人捽拽裸衣，用大杖撻二十，杖畢，痛不可忍，昏昏不知人。稍甦，乃在密室内，一媪拊我甚勤，爲洗瘡敷藥，將護一明鈔本作「三」。月，甫能起。先遭奸污，然後售於某家爲之妾，主人以色見寵。同列皆妬嫉，因同浴窺見瘢痕，語主人云，我爲女時，嘗與人奸受杖矣。主人元知我行止，至是乃曰：『若果近上宗室女，何由犯官刑！』遂相棄，還付元牙儈家，猶念舊愛，不督餘雇直。儈家既先得金多，且畏終敗露，不敢再鬻，故乘未晚送于野，亦幸不死耳。」乃知向來神堂所見，皆葉本無「皆」字，從明鈔本補。羣賊詐爲之，前後爲惡如是者多矣。趙德莊說。

京師浴堂

宣和初，有官人參選，將詣吏部陳狀，而起時太早，道上行人尚希，省門未開，姑往茶邸少憩。邸之中則浴堂也，厮役兩三人，見其來失期，度其葉本有「謂」字，從明鈔本删。必村野官員乍游京華者。時方冬月，此客着褐裘，容體肥腯，遂設計圖之。密擲皮條套其項，曳之入簾裏，頓于地，氣息垂絶，羣惡誇葉本無「誇」字，從明鈔本補。指曰：「休論衣服，只這身肉，直幾文錢。」以去曉尚遥，未即殺。少定，客以皮縛稍緩頓蘇，欲竄，恐致明鈔本無「致」字。迷路，遲疑間，忽聞大尹傳呼，乃急趨而出，連稱殺人」。羣惡出不意，殊荒窘，然猶矯情自若，曰：「官人害心風耶！」俄而大尹至，訴于馬前，立遣賊曹收執，且悉發浴室之板驗視，得三尸，猶未冷，蓋昨夕所戕者。於是盡捕一家置于法，其膾人之肉，皆惡少年買去云。宣公説，（明鈔本作先公）。

夷堅志補卷第九 十三事

苦竹郎君

潭州善化縣苦竹村，所事神曰「苦竹郎君」。里中余生妻唐氏，微有姿色，乾道二年，邀鄰婦郊行，至小溪茅店飲酒，店傍則廟也。酒罷，衆婦人皆入觀，唐氏素淫冶，見土偶素衣美容，悦慕之，瞻視葉本作「翫」，從明鈔本改。不能已，衆已出，猶戀戀遲留。還家數日，思念不少置，因如廁，望一好少年，張青蓋而來，絶類廟中像，徑相就語，即與歸房共寢，久乃去。自是數日一至，家人無知者。遂有娠，過期不產，夫怪之，召巫祝治禳弗效。唐氏浸苦腹漲，楚痛不葉本有「可」字，從明鈔本删。堪忍。始自述其本末，疾益困，腹裂而死，出黄水數斗。

奉先寺

京師城南奉先寺，宫人葬處也。嘗因寒食祠事，庖人夜切肉，或自幕外引入手，攫食大臠者，舉刀砍之，即疾走，踰垣而去。取火燭視，瀝血滿道，驚告同輩，相率白太官令章生云：「去歲亦以此時爲物攘祭肉，至密買以償，今又復然。以爲人耶，其去甚輕疾；以爲鬼耶，乃有血，深可怪，請物色追訪之。」乃盡呼集吏卒，秉炬尋血蹤以行，去寺後，入叢塚荒草中，一徑甚微，略有人迹，内一穴極蕪穢，至此絶迹。遂止，記識而返。明日祀畢，竟往究其實，鉏穴三四尺，則漸廣如窟室，傍穿地道，有裸而據案者，肌理粗惡，若異物然。細視乃婦人，正食庖中之肉，臂上傷痕猶濕。初疑鬼，未敢近，少定，知其無他，牽以出。室中列床几衣被，皆破敗無一堅好。詢其爲誰，曰：「我人也，姓某氏，家去寺遠。未嫁時，僧誘我至此室，夜由地道過其房，與僧共寢，曉則復還。凡十餘年，明鈔本多一「矣」字。僧忽絶不來，地道又塞，我念以按「以」字似當作「已」。離家，且不識路，無從可歸。既久，自能穴土而出，遍往比葉本作「此」，從明鈔本改。近人家竊食餬口，浸昏昧不省身世，夜則不覺身之去來，隨意便到；晝則伏藏，不復知如明鈔本無「如」字。幾何歲月也！」章以所言諭廂吏，求得其家，父母皆在，云失女二十年，定無存理，不欲來。家人彊之至，則相視慟哭。與之入寺時姦僧死已久，房爲其徒居，尚可憶。女家亦不復質究云。章族孫椿説。

童蘄州

童蒙，明鈔本作「學」。字敏求，南城人。未第時，居城北郭外曰塔步，貧甚，聚小兒學以自給。童壯年偉貌，鄰室處女素慕之，久不能自抑。一夕，排闥來奔，徑前抱持之，語曰：葉本無「曰」字，從明鈔本補。「我某家女，慕君久矣！常恨不得近，今夕父母俱出，故潛來就君，必勿棄我。」卽引手強挽，使就寢。童力拒之曰：「汝尚未適人，若我如此，則壞汝處子之身，誰肯娶汝！若終與爲夫婦，則貧窶無以相活，脱或彰敗，彼此獲罪，深不可使也。宜速歸！我亦不語，仍不可令他人得知。」女不肯去，曰：「苟不見容，當死于此耳！」童大以爲撓，百方譬解，終不及亂。女度事不諧，始嘆惋涕泣而退。童堅坐待旦，不復居其地，託故徙焉。雖未嘗自言，鄉人稍亦聞之。童後登政和五年進士第，官至承議郎知蘄州事。葉本無「事」字，從明鈔本補。識者謂童不欺暗室，當置古人中，天報施矣！廖鼎說。

饑民食子

自古凶年饑歲，兵革亂離之時，易子而食者有之矣！予所聞二事，抑又甚焉。滕彦智居宋都，聞其父兄言，近郭朱氏，有男女五人，長子曰陳僧，年十六七，能強力耕桑，最爲父母所愛。值宣和旱歉，麻菽粟麥皆不登，無所謀食，盡鬻四子，而易他人子食之。獨陳僧在，每爲人言：「此兒葉本作「人」，從明鈔本改。有勞於家，恃以爲命，不可滅。」他日，諸滕過之，但二翁媪存，不見所謂陳僧者，詢所在，翁泣曰：「饑困不可忍，乃與某家約，紿此子使往問訊，既至，執而烹之矣！」建炎中，荆襄寇盜充斥，荆南小民居城中，一妻一子，家在村野，頗贍足。常載錢米餉給，偶失期不繼，民欲食其子，使妻結繩爲繯，誘兒入室，置首其中，送繩出壁隙，而已從外掣絞。兒方數歲，妻知不可止，強聽之，自引首入繯，而報夫云已竟，夫力掣繩，覺氣絶，來視，則死者乃妻也。是日餉車至，已無及，兒幸存矣！

建昌賑濟碑

紹興五明鈔本作「某」。年，建昌軍旱饑，曹掾柳約、王迪，俱掌賑給事，同夢至一所，見明鈔本無「見」字。巨碑屹立，刻云「建昌軍賑濟碑」，而其陰云：「柳約、王迪，設心不廣，賑濟不多，各決臀杖二十。」卽有吏卒數輩來，捽拽決罰而去。二人覺，捫其尻，眞同受杖者，痛不可忍，趦趄連月乃愈。柳自以語諸曁郭謙朝請，郭後見迪問之，其言同。二人不隱其事，蓋欲因以申警戒，亦賢矣哉！

董助教

黄州董助教亦富，大觀己丑葉本作「己巳」，按大觀三年爲己丑，從明鈔本改。歲旱荒，爲飯以飼饑者，又設餅餈與小兒。正羅列俵散，人來如牆不可遏，至擁仆於地，頗遭毆踏。一家怨咎，欲罷議，董略不介懷。翌日復爲之，但施闌楯以節進退，然或紛紛，訖百餘日無倦色。後至九十歲，康寧而終。

寺僧治猴

徽州休寧縣西十里外有小溪流水甚淺，正鄱江發源之處。溪之北有寺，其南大山，林木蔚然。予嘗從其處登舟還鄉，因與僧語，僧云：「山間舊多猴，蓋以千數，每成羣涉水，白晝相暴，炊飯纔熟，輒連臂入廚，舁甑著地攫食之，且抛棄蹂踐，必盡乃止。寺衆不勝厭苦，至堅閉門，擕盌盛貯，藏諸袖中，歸房内，良久，然後敢食。後一遊僧來，見其害，謂衆曰：『吾有一計，當使永斷蹤跡，今夕試爲之！』乃設罥網於廚，而置棗栗。俄頃，二猴罥中明鈔本作「墮中」，按似當作「墮罥中」。不能出。別磨墨煙斗許，拌以水漿灌沃之，自頭至足，通身成黑獸，始縱之。猴自視毛色浸異，急奔窠穴尋其類，其類望見，良以爲他惡物也，悉力竄走，不敢回顧。黑者逐之愈切，羣猴去益遠，不三日，滿山皆空。」予記舊小説亦有一事，又讀《列子》，楊朱之弟布，素衣而出，天雨，解素衣，衣緇而返。其狗迎而吠之，布怒，將撲之，朱曰：「子無撲矣！使狗白而往，黑而歸，豈能無怪哉！此理殊相似也。」

胡乞買

燕北人胡乞買，爲北壽州下蔡令，以能政稱。有村民來訴其家瓜園五畝，瓜且成熟，昨夜被人葉本無「人」字，從明鈔本補。鋤壞根藤，遂不可鬻。胡詢所居去縣遠近，曰二十里，即索馬親往，凡胥吏僮奴，皆騎從于後。既至，盡喚左右居民七八家，亦種瓜者也，命各擕常用鍬鍤來。一一舔鐵，獨一鍬味苦，又顧從吏使舔之，亦然，呼謂其人曰：「此是汝所壞，那得爾！」叩頭伏罪曰：「某與彼爲同業，而彼瓜明鈔本多一「獨」字。先五日熟，乘新入市，必獲上價，心實葉本有「獨」字，從明鈔本删。憤之，是以爲此。」胡使兩家即日對換其地，而此人之園財三畝，念翻爲其利，乃與約，姑只换易今年，瓜時畢則還本處。對衆鞭之一百，不復立案牘，亦無文書，即反邑。

宜州溪洞長人

德興士人李扶，字助國，以恩科得官，調宜州司理參軍。慶元初，滿秩還鄉，云宜州溪洞，近歲產一怪物，狀如人，長一丈許，遍體生鱗甲，但以布帛纏絞，獨據野廟寢處，莫測所由來。初惟搏食畜獸，浸浸及人，皆從頭至足生啖之。洞丁不勝困苦，屢聚黨數百往攻鬭，怪望人至，輒遁升山巔，運巨石而下擊，衆走避不暇，雖操強弩傅藥箭，四面亂射之，莫能入。姑聞按「聞」字似當作「閉」。其所居，且設穽於往來之處，而爲惡益甚。洞丁出入，須什什五五，持矛鳴鑼，以自防衛。不與相值則已，儻人徒稍弱，必遭追逐，步既闊而行又捷，或遲鈍在後，立爲所獲。壯有膽者，敵以利刃，如刺堅石，殊不能傷。在田疇耕穫，少失瞻顧，定有性命之虞。闔洞千口，罹戕賊者殆半，不聊厥生，悉徙避城郭，赴訴於郡，丐發兵圍捕之。聞其不畏鋒鏑，更無策可治。獄有重囚曰馬超巡檢者，武鷙悍勇，坐殺人久繫囚，自獻其技曰：「願取此怪以贖罪，只得一大鐵椎，重三十斤，當獨往。」官守欲聽之，或疑其設詭計求脫，乃質其妻子，旋鍛銅鐵大椎遣之，别選五十兵助詣洞。追至，杳無形影，信步到一寺，明鈔本多一「内」字。見微徑髣髴似有大足跡，知必在彼。將入門，厲聲叱呼明鈔本作「喝」。示威，且警使出，復寂然。直進次方丈，睨傍室野獸毛骨，縱橫塞路，無床榻几席，惟編蓬上堆疊敗絮碎帛，全如犬窠，蓋其宿卧處也。馬潛伏室内以候，料晚歸必由三門，於是側身出，掩諸扉，獨留一扇，施拐撑拄之，傾耳審聽。俄聞山下砉然有聲，乃此物負雙鹿穿林而來。馬亟起發扉，陷其一足，痛箠以椎，仆于地。舉頭見人，搖牙憤憤欲作敵，而爲鹿所壓，不能興，猶翻手搦馬生脚，撮其股肉一大片。馬連運椎椿其腦，遂死之，拔劍斷頸，流血數斗。呼集隨行，葉本空一格。舁尸獻於郡。洞蠻踊躍歡謝，各返故棲。郡以事上諸朝，詔貸馬罪，還元官。李掾及見怪尸，言之尚怖慄。馬超之勇而有智，蓋暗合唐韋自東殺二夜叉之法也。李司理說。

徐汪二僕

王時亨嘗言，其外祖父徐公，被薦入京師，有客過邸中，留共飯。徐好食東華門外魏氏所造鮓鮓，將往買，而所使舊僕出，別一僕生梗而狠，又罕入市，漫問云：「汝識魏家鮓鋪否？」厲聲言：「東華門外誰人不識！」乃遣去。僕蓋耳聞之，元未嘗識也，賓主停酌以須，久而不至。既食，始蒼忙而還，有愠色。方誚責次，忽叫怒曰：「秀才如此不聰明，敢望要官做，豈有一個人家如許大門樓，却剛道他買鮓！」徐命舊僕迹其事，乃此僕徑趨東華，爲衞士訶止，即探懷取錢曰：「饒州徐官人，使我來買鮓。」士怒，欲執之，其一人笑曰：「必外方赴省試秀才村僕耳，何足治，杖其背而縱之！」

汪仲嘉云，族人之僕出幹，抵暮趦趄呻吟而來，問何爲，曰：「恰在市橋上，有保正引繩縛二十人過，亦執我入其中，我號呼不伏，則以錢五千置我肩上曰：『以是倩汝替我吃縣棒。』我度不可免，又念經年傭直，不曾頓得五千錢，不可失此，遂勉從之。到明鈔本多一「鄞」字，《賓退録》同。縣，與同縛者皆決杖，乃得脱。」汪曰：「所得錢何在？」曰：「以謝公吏及杖直之屬，僅能給用，向使無此，將更受楚毒，豈能便出哉！」汪笑曰：「憨畜産，可謂癡人！」僕猶愠曰：「官人是何言，同行二十人，豈皆癡耶！」竟不悟。此節亦見《賓退録》注見《戊志》。

衢州郡廳疑冢

衢州廳事下，土勢隆起，篠木叢生，相傳以爲古冢。舊有碑，其文云：「五百年刺史，爲吾守墓，前後相承，莫敢慢視。」紹聖元年，齊安孫賁公素爲守，問於左右，以是對，命毁焉。闔府官吏大恐，叩頭諫止。孫曰：「藉令土中有賢者骨，亦當以禮法遷之。」乃自爲文以祭，而唤卒剗除，斸明鈔本多一「深」字。丈餘，了無他異，但二石峰，長五六尺，堅瘦紺潤，大木根盤踞其下，羣疑涣釋，石上刻云：「乾符五年五月安於此，押衙徐諷龍山起砦處得二石。刺史李其明鈔本作「季」某。題。」又刻云：「開寶七年十月二日，重疊峨眉山於廳事前郡齋文會閤，《墨莊漫録》作「閣」。移李明鈔本作「季」。公之石安置於此。刺史慎知禮題。」孫徙石置南園清泠堂下。蓋自李明鈔本作「季」。公得石，至慎公之移石，凡九十七年；自慎公至孫公之出石，又百二十有一年，不知冒稱古冢自何年也！孫咄嗟爲之，以破無窮之惑。張芸叟賦詩曰：「芝蘭雖好忌當門，何況庭前惡土墩！畚鍤纔葉本作「絶」，從《墨莊漫録》改。興雙劍出，狐狸盡去老松蹲。百年守冢真堪笑，一日開軒亦可尊。安得擲從天外去，城都石筍至今存。」

徐喆

大學生徐喆，性昏鈍，尤嗜晝寢。每早飯畢，必解衣就被，逼暮乃覺，未少時，已復困卧。同舍伺其熟寢，更合計撓明鈔本作「擾」。之，喆殊以爲苦。一日，正晝卧，衆就其床前設亡者靈几，陳列觴豆，取其衣袍明鈔本作「包」。紙錢，大書姓名，共結白襴爲素幕，聚立而哭。喆睡中聞哭聲，驚覺，葉本無「覺」字，從明鈔本補。倏起，欲扣衆人，衆不領略，哭如故，喆亦長號曰：「吾真死耶！」復卧不動。衆笑而呼之，死矣！其後家人訟于官，一齋人皆坐獄，而情狀止此，無以爲罪，但行學規屏出而已。

錢真卿

江陰簽判廳，舊嘗有童奴病瘵，死後時時嘯引他妖出爲祟魅。錢元直黨明鈔本作「讜」。居官，其姪真卿自臨安往省，留處外舍。一夕，醉卧而醒，似爲物纏繞四體，不容伸縮。視之，則所掛帳也，帳外嘈雜有聲。錢素負膽氣，知其鬼物，略不爲動，但以言語笑而諭之曰：「我只是一個客，住三朝兩日便去，共爾明鈔本作「你」。們不相干，何消得無些巴鼻，故相惱弄！」葉本無「弄」字，從明鈔本補。羣鬼殊不止，俄舁床赴庭下，又復入室。錢怒曰：「既不聽我言語，一任作怪，我自睡。」遂就枕鼾卧，舁者往復至于四五，竟不能施其奸。捨床叢立，約二十餘輩，同聲一喏，葉本作「諾」，從明鈔本改。羞縮而退。錢安寢達旦，凡住旬餘，不復有所睹。錢享壽八十，其子博聞以吏職得官。景裴說。

夷堅志補卷第十十一事

湖口主簿

南城黄開，乾道乙酉獲鄉薦，夢人告曰："君欲及第，須兩朶黄花開則可。"既寤，自意兩舉方成名。然辛卯丁酉，凡三薦，輒赴省不利。蹭蹬至紹熙癸丑，乃用免舉正奏，與同郡新城黄開偕登科，明鈔本多一「第」字。並列末甲。而南城之開，以恩升等，卽調湖口主簿，當待闕五年。甲寅夏，夢到一處，朱門素壁，若今官廨，傍人云："此湖口主簿廳也。"言未絶，屋割然傾摧，驚而覺。語其妻曰："我新任廨舍必損壞！"妻曰："君未赴任，何以知之？"因述所見，相與一笑而已。及秋而卒。原未曾得一日食禄，夢其不祥矣乎！

花不如

曹人林聰，字審禮，在太學。晝寢夢美女子告曰："我西京孟檢法女，小名花不如，君異日登科，當仕洛中，願毋他聘。"林覺而志之。同舍生交笑其妄。大觀三年擢第，果調河南尉。嘗以事至天女寺，與老尼語，問："此有孟檢法乎？"曰："有。""有女乎？"曰："一女，號花不如，近嫁某人矣！"上十五字明鈔本作「有女號花不如乎！曰有，曰曾適人乎？曰近嫁某氏矣」。林驚異，默茹後時之恨。女在夫家，亦夢男子曰：「我林審禮也，願婚之約如何？」女覺，密訪得林姓名，竟不曉約婚之語，明鈔本多一「女」字。固不知林之有夢也。纔數日，女夫死，林通媒結信，俟女除服即成禮。他日，各言所夢，皆駭其無因而然。女歸林三年，故夫來爲祟，遂卒。林後爲西京宗學博士，每與人言，明鈔本多一「猶」字。惻楚不已。

崇仁吳四娘

臨川貢士張擧赴省試，行次玉山道中，暮宿旅店。揭薦治榻，得絹畫一幅，展視之，乃一美人寫真，其傍題「四娘」二字。以問主者，答曰：「非吾家物，比來士子應詔東下，每夕有寓客，殆好事少年所攜而遺之者。」擧旅懷淫蕩，注目不釋，援筆書曰：「捏土爲香，禱告四娘，四娘有靈，今夕同床。」因挂之于壁。酤酒獨酌，持杯接其吻曰：「能爲我飲否？」燈下恍惚覺軸上應聲莞爾微笑，醉而就枕。俄有女子卧其側，撼之使醒曰：「我是卷中人，感爾多情，故來相伴。」於是撫接盡懽，將曉告去，曰：「先詣前途侍候。」自是夜夜必來，暨到臨安亦然，但不肯説鄉里姓氏。擧嘗謂之曰：「汝既通靈，能入貢院探題目乎？」曰：「不可。彼處神人守衞，巡察周備，無路可入。」此句明鈔本作「詎容輒入」。試罷西歸，明鈔本多一「復」字。追隨如初。將至玉山，慘然曰：「明當抵向來邂逅之地，正使未晚，盍弛擔，吾當與子決别。」及期，擧執其手曰：「我未曾娶，願與汝同歸，白母以禮婚聘。」女曰：「我宿緣合伉儷，今則未也。君今舉失利，明年授室，爲别不久，他時當自知。」瞥然而去。

擽果下第，尋約婚于崇仁吴氏，來春好合。妻之容貌，絶類卷中人，而排行亦第四。一日，戲語妻曰："方媒妁評議時，吾私遣畫工圖爾貌。"妻未之信。開笥出示，吴門長幼見之，合詞贊嘆，以爲無分毫不似，可謂異矣！

王宣宅借兵

王左丞家在姑蘇，值建炎胡暴，奔泊近村。宣借兵施榮不及追隨，竄出城。虜逢人輒殺，有數百尸聚一處，榮入伏其間，陽爲死者。至夜，望車馬隔河來，明燭照道，以爲虜也。俄浮水而過，審爲鬼神，須臾，悉集其所，官人踞床坐，吏從傍持簿，指姓名叫呼，尸輒起應。迨呼竟，獨己不預，官人曰："有婦人阿李，係合死之數，何得不見？"吏對曰："他腹中帶一人來，未應同死，姓名乃四字番語，李明日辰時方命盡。"點訖，呵道去。榮自知可免，冥行小徑，入竹林小憩。逢一婦人，皤其腹，以帕裹首，先在焉，蓋已受撾而未死者。天甫明，謂榮曰："我姓李，懷身八月，遭此禍難，今將産矣！"榮乃扶持之。未食頃，聞兒啼聲，已生男子。婦了無痛楚，抱之滌於河。既畢登路，明鈔本多一「傍」字。解裹首之帛拭之，指顧之次，爲風所中，暈死。一胡媪乘馬適過，明鈔本多一「前」字。喜曰："何處得個孩兒，我未有子，此天賜也。"顧從騎下馬挾以去。榮望其去遠，方敢出林。

謝侍御屋

邵武軍城内謝侍御家有别宅三間，極寛潔，爲邸舍，僦直纔百二十千，人言中有物怪，多不敢居。乾道三年八月，武翼郎孫肇赴添監酒税，以無官廨，欲居之。先與三少年往宿，相語曰：「屋如是而賃費不及半，豈可失？吾何畏鬼哉！」時猶未黄昏，忽青光一道從後起，揮之以刃，即散去。俄頃，婦女七八輩，歌笑而出，撼堂上二空轎，出没其間。肇心動，捨而之他。明年，陝西人李統領，解鄂州軍職來，自言無所怖，挈家徑入。坐甫定，而十婦人已出，李仗劍逐之，至廁，入于溺瓮而滅，李斫瓮咄駡。待旦，命僕掘其處，乃白金數百錠充塞于中。李邀謝氏子弟，訪上世有無窖藏，曰無之，賂以三百千。子弟曰：「此非我家物，義不當受，但請就鬻此宅，增爲七百千立券。」李遂成富室。乃知無望之物，固冥冥之中有主張者。孫肇非其有，故遇怪而懼。謝氏子弟，臨財不苟，明鈔本多一「得」字。亦可謂賢矣！

田畝定限

温州瑞安縣木匠王俊，自少爲藝，工製精巧如老成。年十七八時，夢入明鈔本多一「官」字。府，見吏抱案牘而過，俊問之，答曰：「吾所部内生人禄壽籍。」明鈔本多一「也」字。問其郡邑，則瑞安在焉，俊拜祈再四，願知已「已」字明鈔本作「將來」。身所享。檢示之曰：「田不過六十畝，壽不過八十歲。」俊時有田三十畝，自謂己技藝之精，既享上壽，何得不富，不以此夢爲然。後數歲，田至六十畝，又被縣帖爲都匠，所入甚厚，然纔得錢，即有他事，隨手費之，如是四五十年，其産竟不復進。方悟神人所告，乃止不復營業，年至七十九卒。温人朱焕叟說。

魏十二嫂

睢陽劉槳夫婦，年皆四十餘，屢得子不育，唯一幼女。劉調官京師，女在家亦死。將出瘞，母望送之，哭甚苦，倦憩椅上，遂昏睡。及醒，見高髻婦人立于側曰：「無庸過悲惱，便毓貴子矣！官人已得差遣，朝夕歸。但往城西魏十二嫂處，覓一故衣，俟生子，假大銀合，藉以衣，置子於中，合之少時而出，命之爲合住或蒙住可也。」語畢，忽不見。後五日，劉調滁州法曹掾歸，妻告之故。次日，既出西門尋魏氏，行二里，無此姓者。還及門，偶駐茶肆，與主人語，明鈔本多一「詢」字。其行第則魏十一也，問其弟，曰：「正爲十二弟，所娶弟婦生十子，皆不損折，共居同食，殊非貧舍所宜。」劉聞言喜甚，以情語之。魏入告其弟，持婦所衣絹中單與客，劉酬以錢二千，不肯受。既而妻娠。越五月赴官，時宣和庚子歲也。夫婦因對食，相與語：「生男似有證，顧何處得銀合？」適被郡檄兼委公帑，閱器皿，乃有大銀合二。滁固荒州蕭索，他物不相副，當明鈔本作「蓋」。巨璫譚稹使浙西，所過州必薦土物，盛以合而併歸之，滁亦爲備，稹從他道去，故留庫中。至六月生男，如婦所教而字之曰蒙住。方在南京語時，合猶未製，一何神也！男後名孝韙，字正甫，位至兵部侍郎。正甫於淳熙庚子守當塗，爲通判吳敏叔說。

朱天錫

朱景先銓，淳熙丙申，主管四川茶馬。男遜，買成都張氏女爲妾，曰福娘。明年，娶于范氏，以新婚不欲留妾，妾已娠，不肯去，強遣之。又明年，朱被召，以十明鈔本作「六」。月旦離成都，福娘欲隨東歸，不果。後四十日，生一子，小名爲寄兒。朱居姑蘇，吴蜀杳隔，彼此不相知聞。庚子歲，遜亡，范婦無出，朱又無他兒，悲痛殊甚。乙巳歲，朱持母喪，後茶馬使者王渥少卿遣駛卒賫書致唁，卒乃舊服役左右者。方買福娘時，其妻實爲牙儈，因從容言：「福娘自得子之後，甘貧守節，誓不嫁人，其子今已七八歲，從學讀書，眉目疎秀，每自稱官人，非里巷羣兒比也。」朱雖喜而未深信，其與卒偕來者巡檢鄒圭，亦故吏，呼扣之，盡得其實。即令圭達書王卿及制帥留尚書，祈致其母子。會蜀士馮震武舟東下，遂附以行。未至，而朱遇南郊恩，當延賞，乃以此孫剡奏，朱以爲得之於乖離絕望之中，實天所賜，名之曰天錫。及其至也，首問其曾命名與否，母曰：「從師發蒙日，命爲天錫。」吁！萬里之遥，脗合若此，何其異哉！景先說。

二呂丞相

呂正愍公大防，紹聖初南遷循州，道出虔之信豐縣，感疾，語其子景山曰：「吾不復南矣！」遂薨。公身長七尺，縣吏爲訪棺具，皆不中式。或言近村富民家有之，乃往叩焉，明鈔本作「乃往叩請」，以下多「俄有老翁出曰，得非呂相公欲壽木耶，吾願奉命，吏問其故」二十三字。翁云：「昨夜夢偉丈夫來，通爲呂相公，急著衫出迎，則一貴人，昂昂而前，稱欲暫借宅子居止。吾矍然驚寤，念嘗辦周身之具甚大，必是物也，今而果然。」遂遣僕舁至驛舍，訖用以殮云。紹興九年，呂忠穆公薨於天台，陳國佐侍郎爲經營棺具，得於海上一富家，木極堅緻，有朱漆三字曰「呂安浩」，題於蓋上，蓋其主人姓名，與公名纔差一字。兩呂公皆名宰相，其終也魄兆如此，異哉！呂公逢辰記載後一事。

周瑞娘

撫州霞山民周十四郎，女瑞娘年二十一，未嫁。慶元二年中夏抱疾，伏枕五六旬，至七月二日不起。至十三日正午，忽從門外入，遇家人，皆含笑相呼揖，父母見而唾之曰：「爾不幸夭歿，天之命也！乃敢白晝爲怪，當明鈔本作「曷」。明以告我。」對曰：「不須怕，十一娘之死，盡是爺娘做得。」問其故，曰：「去歲九月，林百七哥過門，見我而喜，歸白百五郎，欲求婚聘。及媒人來議，父母不從，林郎因此悒怏成病，五月十九日身亡，憑訴陰司，取我爲妻，今相隨在門首。記我生時，自織小紗三明鈔本作「六」。十三疋，絹七十疋，紬一百五十六疋，速取還我。」父母憫然，如其言搬置堂上，貯以兩大籠。女出呼林郎，洋洋自如，無所畏怯，然後拜別二親曰：「便與林郎入西川作商，莫要尋憶。」隨語而没。明鈔本作「隱」。周父邀林百五郎道其事，林云：「理屬幽冥，何由窮究！」約至初冬，各舉柩一處火化，啟木之次，二柩俱空。

楊三娘子

青州人韋高，避靖康亂，南徙居明州。紹興初，詣臨安赴銓試，因事出崇新門，逢青衣前揖問曰：

「君得非韋五官人字尚臣者乎？」高明鈔本多一「驚」字。曰：「是也，何以知吾字？」曰：「楊三娘子欲相見，憑達家書，適在簾間望見君，亟使我相邀，願移玉一往。」上七字明鈔本作「來領勿惜一往」。高之舅氏楊僉判，時寓新安，知其女三娘嫁李縣尉，而彼此流落，久不相聞，乃先叩其故。曰：「李尉死已三年，楊家原未知也，娘子用是欲寄聲甚切。」高惻然愍之，遂同往。至一小宅，三娘出拜，具訴孀居孤苦之狀，且言所以獨處自守，不爲骨肉羞者，東隣桑大夫與西隣王老娘之力也。二人皆山東人，拊我如父母，今當邀致之。俄頃偕來，遂具酒共坐。桑翁兗州人，王媪單父人，皆年七十餘。日暮，高辭退，曰：「吾今出江下，訪新安客旅報舅家。」後日又過此，王媪詢高妻族，曰：「吾妻鄭氏，亡已久，家唯二老婢，見謀婚配，以貧未辦耳。」媪喜曰：「姑舅兄弟，通婚甚多，三娘子勢須適人，與其倩行媒，淹歲月，孰若就此成夫婦哉！今日之會，殆非偶然者。」高曰：「雖然，吾當白舅氏以俟命。」三娘慍曰：「五哥以妹爲醜惡，則在所不言。不然，則吾父母經年無音信，吾朝夕不能活，正使歸他人，亦無可奈，況於邂逅相遇得外兄乎！」桑翁亦贊襄，以爲不可失。高遂許諾。三娘自明鈔本多一「起」字。取縑帛之屬付王媪，備禮納采，是夕成嘉好。留六七日，高入市，遇有荷先牌過者，曰楊僉判宅二承務，視之，乃舅子也。相攜入酒肆，具以事告，具述不告而娶之罪。楊生駭曰：「三妹同李尉赴官，到此暴卒，李恐違限，急之任，姑藁葬崇新之野，以書報吾家。吾父使我來挈其柩，安得有此！」高猶疑未判，率楊詣其處，不見居室，但叢塚間傑然一木，標曰「李縣尉妻楊三娘子墓」，左曰「兖州桑大夫」，右曰「單州王老娘」，三子泣嘆良久。高曰：「諺云：『一日共事，千明鈔本作「百」。日相思。』吾七日之好，義均伉儷，豈以人鬼爲間哉！」爲之素服哭奠，與楊生同護其喪，行過嚴州，夢三娘立岸上相呼，高招使登舟，不肯，曰：「生平無過惡，便得託生，感君恩意之勤，今懇祈陰官，乞復女身，與君爲來生妻，以答大貺。」泣而别。高調定海尉、衡陽丞、容州普寧令，歷十七八年，謀娶婦，輒不偶。既至普寧二年，每見縣治側一民家女，及笄矣，貌絶妍，非流俗比，數數窺之，女亦出入無所避。遂遣人求婚，女家力拒之曰：「我細民，以賣酒爲活，女又野陋，不堪備妾侍，豈敢望此。」高意不自愜，宛轉開諭，且以語脅之，竟諧其約。洎解印，乃聘之以歸，女步趨容止，絶似三娘，初不以爲異也。後詢其年命，蓋嚴州得夢之次日，其爲楊氏後身無疑矣！高年長於妻幾三十歲。

夷堅志補卷第十一 八事

姑蘇顛僧

沈端叔，姑蘇人也。年過三十，明鈔本作「年高五十」。未有子，其家頗豐腴，求嗣之意彌切。數招道士設醮禱于天帝，明鈔本作「市」。有僧以顛得名，癡狂亡賴，飲酒食肉，每見，必笑曰：「此家要子嗣，何不求我？是豈泛泛道流明鈔本多一「所」字。能辦耶！」他日，別命梵侶齋供，其語亦然。或勸之試邀致求之，上二字明鈔本作「謀於」。族黨皆云怪妄不足信。而其婦意尤急，鋭意召之，方縱步外廡，值其過門，延以入，叩請殷勤。僧曰：「一子不難得，當使孺人月内便成孕，然須夫婦下階禮拜乃可。」婦如其言。又令遍拉姻戚，畢集幕巕，正堂當中設榻，不挂帳，請夫且避舍，而約諸親共觀，相爲證明，看我施法，但不可笑，笑必誤事。使婦卸冠釵脱上服仰卧，僧相去丈許，咄咄持念，忽踊身而起，翻背一躍，若優人所謂打筋斗者，徑跳登婦榻，跨腹而過之，四坐不覺失笑。僧嘆曰：「幸好一個男兒，可惜笑害了，不得全具，然尚可整理。」遂去。婦果有娠生男，而上脣缺，始悟僧前説。復延致敬禮如仙佛。僧曰：「君家只合招一兒，俟缺者夭折，然後可再求。」不數月兒亡，僧至曰：「如前法式可也。」時觀者滿坐，皆屏息注視，事畢，出賀主人曰：「極喜極喜！」及期，婦生子，了無破相。今已二十餘歲，其生時蓋淳熙初也。

黄鐵匠女

袁州城内鐵匠黄念四一女，以慶元三年春入市買鹽，逢道人在鋪，伸扇乞錢，其容止殊倨傲，鋪人怪之，不與。女先繫兩錢於衣帶，乃解以贈之，卽去。是夕夢此道人來謝日間之惠，付之藥一粒，曰：「亟服之，令爾化作男子。」女遂服之而寤，小明鈔本作「覺」字。腹痛甚，已而無恙，時正年十六歲。經月後有來議婚者，女始告母曰：「兒今非女身也！」視之果然。父母挾往天慶觀，設齋禱謝。鄱陽趙學古爲宜春宰，聞其事，呼至庭下，見其眉目秀整，勸以讀書。因數從趙求市書錢，趙給之不靳，數月間卽能誦《孟子》，性識通敏。趙導使從師學舍，料異日或有成立。上七字葉本作「科冀其成立」，從明鈔本改。此饒士董禮説。明鈔本作「饒吉重祝説」。

盧忻悟前生

代州崞縣有盧氏子忻者，生三歲能言，告其母曰：「我前生乃回北村趙氏子，年十九，牧牛于山下，明鈔本作「上」。因秋雨草滑墜崖下，奮身而起，但見一人卧于傍，意謂同牧者，大呼之，不應，久而視之，乃自身也。欲投之無從入，欲捨之又不忍，盤旋於左右。翌日，父母來慟哭，我投身告之，略不答，遂舉火焚之。我告之曰：『不可燒我。』又不應。父母大慟，我亦哭，焚畢，收骨而去。我欲隨之，見父母身皆丈餘，遂懼不敢往，徬徨無歸。月餘，忽見一老人曰：『趙小大，我引爾歸。』

遂隨行。至一家，老人指曰：『此汝家也。』方以爲非是，已爲老人推赴，上二字明鈔本作「擊昏」。卽生於此。今身是也。我昨夜夢中往告前身父母，明日當來看我。我家有一白馬，必須騎來。」盧氏母異之。明日候于門，果有馳白馬來者，兒望見欣躍曰：「吾父來矣！」既見大哭，詢其舊事，無不知者。趙父以樂迎歸，自是二家共養其子云。孫九鼎說。

錢生見前世母

乾道二年，豫章錢某赴省試，館于貢院前姚氏店。試罷卽歸，臨出門，姚媪忽持其手而泣，錢不勝驚訝。須臾，隣里上二字明鈔本作「往來者」。聚觀塞途，至數十百人。媪曰：「非有他也，此官形貌絕似吾亡兒，故不覺慟哭耳！吾兒亦讀書，曾補國學，不幸以某年月日去世，今十八年矣！有遺文一册尚在。」錢時正年十八，問其亡日，又與己生日同，悚然而歎。請媪入取書，乃《周禮》義六篇，展讀之，蓋已發解及省闈程文，不差一字，相對感愴，爲留數日始歸。約曰：「若獲科第，當再來。」是歲登科，調官後，迎姚媪至家，事之如母。建陽劉懋亦同時待試在彼店，親見之。

宣城葛女

成忠郎王貴，寓居宣城，與娼葛秀家相近。貴妻出入，必過秀門，秀妹年五歲，每見必曰：「吾母也。」秀家以爲兒語，不經意。一日，戲門外，王媪適來，女挽其衣，秀望見，延之入。女隨拜曰：「母不憶兒邪！乃建康朱家鐵郎也。」媪淚下如雨，爲秀言：「吾元嫁朱氏，生一子，長而放蕩，本以販糴爲業，貲力稍贍，皆爲此子蕩析，年三十一而死。死後貧益甚，吾不能自存，挈其女以嫁王氏，今所言良是。」女問：「我女何在？」命呼以來，既至，迎而拊惜之。王女時年十一歲矣，怒之。葛女笑曰：「汝不得無禮，我乃汝父也。」又問嫗曰：「此兒幼時，嘗倩舅家女相伴，今在否？」雖貓犬之屬，亦歷歷咨訪。且言舊愛一磬，曾書數十字於中，今復何如？取至，洗視，果然。平生嗜畫，自頗能爲之。嫗悉取所存者，並雜他軸以示，皆擲于地，遇故物，則留玩不已。生前凡兩娶婦，後妻狡獪，密說朱盜金帛葉本無上二字，從明鈔本補。爲私藏，夫死，盡攜以去。嫗雖知之，而不能舉其名也，故不克訟，乃問曰：「兒昔爲新婦所誘，多竊家中物以行，尚能憶乎？」卽面發赤，不肯對。嫗曰：「汝已隔世，而了了若此，能復回我家乎？」曰：「心中戀戀，正所願也。」嫗歸舍，搜篋中得金六兩，持與葛氏討之，葛不可，曰：「自此女之生，我家日以稱遂，嫗意雖甚，明鈔本作「苦」。不能從也。」嫗慟哭而歸，悲心益明鈔本作「更」。切明鈔本多一「益」字。感愴，不數月而死。朱生存日，好以諢語標榜，建康諸娼皆畏而惡之，其後身竟墮娼類。但朱死纔三年，而葛女已五歲，人以爲疑。蓋朱之未死，卧疾再歲，而葛女襁褓間亦多病，過二歲始無恙，然則朱病時精魂已受生矣！時乾道元年，王宣子爲郡守，家人呼葛氏婦及王嫗一一扣之，得其詳如此。女至十餘歲，漸忘前事，不復能說。明鈔本作「不復爲人言矣」。宣子說。

李員外女

忻州定襄縣李員外家生女，三歲能言，曰：「我秀容縣牧兒村張二老也，死後在五臺縣劉家作男，年十六身回，今復來此，可遣人至張村，呼吾兒來相見。」李使人至張氏，有張資者，年已六十四，聞之卽往。方及門，衆訝其貌相似，既見，詢其家事，無一不答者。資欲迎歸，李不可。資既歸，李欲令女出家，女曰：「我不能作小猪兒女。」明鈔本作「母」。問其故，曰：「今之女尼，戒行不精，死罰爲猪，使食不潔。」且曰：「我年十四卽歸矣！」後不復言，李氏亦祕其事。孫九鼎説，有書明鈔本作「普」。記。

滿少卿

滿生少卿者，失其名，世爲淮南望族，生獨跅弛不羈，浪遊四方。至鄭圃依豪家，久之，覺主人倦客，聞知舊出鎮長安，往投謁，則已罷去。歸次中牟，適故人爲主簿，賙之不能足，又轉而西抵鳳翔，窮冬雪寒，饑卧寓舍，鄰叟焦大郎見而惻然，飯之，旬日不厭。生感幸過望，往拜之，大郎曰：「吾非有餘，哀君逆旅披猖，故量力相濟，非有他意也。」生又拜誓，異時或有進，不敢忘報。自是日詣其家，親昵無間，杯酒流宕，輒通其室女，既而事露，慚愧無所容。大郎叱責之曰：「吾與汝本不相知，過爲拯拔，何期所爲不義若此？豈士君子之行哉！業已爾，雖悔無及，吾女亦不爲無過，若能遂爲婚，吾亦不復言。」生叩頭謝罪，願從命。暨成婚，夫婦相得懽甚。居二年，中進士第，甫唱名，卽歸，綠袍槐簡，跪於外舅前，鄰里爭持羊酒往賀，歆豔誇詫。生連夕燕飲，然後調官，將戒行，謂妻曰：「我得美官，便來取汝，并迎丈人俱東。」焦氏本市井人，謂生富貴可俯拾，便明鈔本作「浸」。不事生理，且厚贐厥壻，貲産半空。生至京，得東海尉，會宗人有在京者，與相遇，喜其成名，拉之還鄉。生深所不欲，託辭以拒，宗人駡曰：「書生登科名，可不歸展墳墓乎！」命僕負其囊裝先赴舟，生不得已而行。到家逾月，其叔父曰：「汝父母俱亡，壯而未娶，宜爲嗣續計，吾爲汝求宋都朱從簡大夫次女，今事諧矣。汝需次尚歲餘，先須畢姻，徐爲赴官計。」叔性嚴毅，歷顯官，且爲族長，生素敬畏，不敢違抗，但唯唯而已，心殊窘懼。數日，忽幡然改曰：「彼焦氏非以禮合，況門户寒微，豈真吾偶哉！異時來通消息，以理遣之足矣。」遂娶于朱。朱女美好，而裝奩甚富，生大愜適。凡焦氏女所遺香囊巾帕，悉焚棄之，常慮其來，而杳不聞問，如是幾二十年。累官鴻臚少卿，出知齊州，視印三日，偶攜家人子散步後堂，有兩青衣自別院右舍出，逢生輒趨避，生追視之，一婦人着冠帔褰幃出，乃焦氏也。生惶懼失措，焦泣泫然曰：「一別二十年，向來婉孌之情，略不相念，汝真忍人也！」生不暇扣其所從來，具以實告。焦氏曰：「吾知之久矣！吾父已死，兄弟不肖，鄉里無所依，千里相投，前一日方至此，爲閽者所拒，懇祈再三，僅得托足。今一身孤單，茫無棲泊，汝既有嘉耦，吾得備側室，竟此餘生，以奉事君子及尊夫人足矣！前事不復校也。」語畢長慟，生軟語慰藉之，且畏彰聞于外，乃以語朱氏。朱素賢淑，欣然迎歸，待之如妹。越兩旬，生微醉，詣其室寢，明日，門不啟，家人趣起視事，則反扃其户，寂若無人。朱氏聞之，喚僕破壁而入，生已死牖下，口鼻流血，焦與青衣皆不見。是夕朱氏夢焦曰：「滿生受我家厚恩，而負心若此，自其去後，吾抱恨而死，我父相繼淪没，年移歲遷，方獲報怨，此已按此疑有脱誤。幽府伸訴逮證矣！」朱未及問而寤，但護喪柩南還。此事略類王魁，至今百餘年，人罕有知者。

徐信妻

建炎三年，車駕駐建康，軍校徐信與妻子夜出明鈔本作「閲」。市，少憩茶肆傍。一人竊睨其妻，目不暫釋，若向有所囑者。信怪之，乃捨去，其人踵相躡，及門，依依不忍去。信問其故，拱手巽謝曰：「心有情實，將吐露于君，君不怒，乃敢言。願略移步至前坊静處，庶可傾竭。」信從之。始言曰：「君妻非某州某縣某姓氏邪！」信愕然曰：「是也。」其人掩泣曰：「此吾妻也。吾家于鄭州，方娶二年，而值金戎之亂，流離奔竄，遂成乖張，豈意今在君室！」信亦爲之感愴，曰：「信，陳州人也，遭亂失妻，正與君等。偶至淮南一村店，逢婦人，敝衣蓬首，露坐地上，自言爲潰兵所掠，到此不能行，明鈔本作「以不能行見棄」。吾乃解衣饋食，留一二日，乃與之俱。初不知爲君故婦，今將奈何？」其人曰：「吾今已别娶，藉其貲以自給，勢無由復尋舊盟。倘使暫會一面，敍述悲苦，然後訣别，雖死不恨。」信固慷慨義士，卽許之，約明日爲期，令偕新妻同至，庶於鄰里無嫌，其人懽拜而去。明日，上二字明鈔本作「如期」。夫婦登信門，信出迎，望見長慟，則客所攜，乃信妻也。四人相對悽明鈔本作「驚」。惋，拊心號咷，是日各復其故，明鈔本多一「後」字。通家往來如婚姻云。

夷堅志補卷第十二（十三事）

回道人

江州太平宮，道士十餘輩集于庫堂。有客自稱回道人，掉臂徑入，傲睨四座。衆怒相謂曰：「妄人紛紛多竊此名以自衒，特可給明鈔本多一「庸」字。俗耳，吾曹何取焉！」皆去弗顧。唯胡用宗明鈔本作「琛」，下多一「拱」字。揖入，坐小軒，雍容款接，奇其風骨，待遇加敬。既而索酒飲，徐顧左右，覓刀刮土，瀝酒漱液，就掌搏和，吹噓上二字明鈔本作「噓呵」。成墨錠，擲之案上，鏗然有聲，語胡曰：「善藏之，餌此亦能去病。」取視，香氣四發，郁然襲人，殆非蘭麝可比。復邀胡登樓飲酒，辭以日暮，笑而去。明日，胡趨郡，未旦，抵城門，逢其自城中出，笑而顧。旋聞閽吏言，半夜時，回道人已在此候門矣！胡益異之，歸驗所假刀，半明鈔本多一「刃」字。已化金色。稍服所遺之墨，累年後，貌不少改，而酒量日增。異日，道人又至，敝衫破帽，麻鞋草帶，自挑二壺。胡問壺中明鈔本多一「何」字。所有，傾視之，皆藥銀也，始悟爲真呂翁，明鈔本作「呂先生」。拜以師禮，虔扣長生之術，密有所付，不以告人。衆道知之，因建遇真室於其處，皆悵恨不遇，追悔無及。胡亦不知所終。

文思親事官

趙應道監文思院日，有親事官患瘰癧，度不可療，來辭院官，且謂其徒曰：「吾旦夕死矣，老母無托，明鈔本多「如之」二字。奈何！」衆強慰勉之，或爲泣下。纔出外，即有道人隨之行，行未遠，語之曰：「瘡易愈。」明鈔本多一「耳」字。令買紙二幅，以爪掐其中爲二方竅，徑可三寸許，以授之，謂曰：「俟夜，明鈔本多一「即」字。燒一幅爲灰，調乳香湯塗傅，留其一劑明鈔本多一「以」字。濟後人。」其人既歸，如言貼藥畢就枕。及寤，已覺上四字，明鈔本作「而寢及曉」。瘡痕蕩盡，痂亦不見，徑走謁院官，談其異。衆悟曰：「兩方竅，呂字也，得非以瀕死念明鈔本作「戀」。母，一言明鈔本作「念」。起孝，故仙翁救之邪！」

真仙堂小兒

常州天慶觀真仙堂，塑呂葉本無「呂」字，從明鈔本補。洞賓象，有小兒賣豆，日過其前，見其儀狀，敬仰之，每盤旋明鈔本多「至暮」二字。不忍去。一日，瞻視歎息間，象忽微動，引手招之，持一錢買豆，兒不取錢，悉以畚中豆與之。上七字明鈔本作「且盡畚中所貯之豆悉付之」。象有喜色，以紅藥一粒授焉，使吞服，即覺恍惚如醉。明鈔本多「兒遂」二字。還家，索紙筆作文章，詞翰皆美，至于天文地理，無所不通，不茹煙火食，唯飲酒啖棗，如是歲餘。聞市曹決死囚，急往觀，正行刑之際，忽空中有人批其左頰，一小鶴從口吻角飛出，捫其頰，已半枯矣，遂愚俗如初。

吕元圭

江夏有道人吕元圭，多游楊氏書院中，爲人言事多驗。一日，忽告曰：「惡人將至矣，須急避之。」瞥然渡江去，人不知其所指何人也。是日提點刑獄喻陟自武陵至，鄂人皆不前知，蓋巨舟乘便風徑抵州岸。纔至，卽遣吏訪吕，云已行，但得其往還者岑文秀，詰其所得，岑曰無有，喻加以葉本無「以」字，從明鈔本補。聲色，將笞之，其言如初。喻命搜其家，乃於神堂壁中見所明鈔本多一「遺」字。與岑長歌一篇，言内丹事，岑方言吕實付此詩，云：「汝今未曉，異日當詳玩之。」喻曰：「此卽吕先生也，其名元圭，蓋拆先生二字耳。」衆始悟惡人之説，是恐喻逼迫求之云。張邦基子賢説。

傅道人

江陵傅氏，家貧，以鬻紙爲業。性喜雲水士，見必邀迎，隨其豐儉款接，里巷呼爲傅道人。舍後小閣，塑吕明鈔本多一「仙」字。翁像，坐磐石上，旁置墨籃，以泥裹葉本無「裹」字，從明鈔本補。竹片作墨數笏，朝暮焚香敬事，拜畢，明鈔本多一「則」字。扃户去梯，雖妻子不許至。乾道元年正旦，明鈔本多一「日」字。獨坐鋪中，一客方巾布袍入，共語良久，起曰：「吾適有百錢，能過酒罏飲明鈔本多「一杯」二字。否？」傅從之。自是數日一來，或留飲，或與明鈔本多一「之」字。飯。傅目昏多淚，客葉本無「客」字，從明鈔本補。教取明鈔本作「使」。生熟地黄切焙，取椒去目及閉口者微炒，三物等分，煉蜜爲丸，每五十丸空心葉本無「心」字，從明鈔本補。服，以鹽米湯飲下之。傅如方治藥，明鈔本多一「不」字。一月目明，夜能視物。往還半歲，忽別云：「三兩日外將往襄陽，能與我偕西乎？」辭以累重不可出。客笑曰：「吾知汝不肯去。」取筆書「利市和合」四字付之，曰：「貼于鋪壁，獲息當百倍。」復拉詣酒肆酌別，袖出紙包，有墨數片，曰：「欲携去襄陽做人事，暫寄君所，臨行來取之。」酒罷傅歸，置墨架上，踰兩月，客不至，試啓視之，乃吕翁像前竹片所作者，探閤内篋中，無有矣！始悟客爲吕翁，深悔不遇，乃貼四字于壁，明鈔本多「自是」二字。生意明鈔本作「計」。日豐。享壽八十九，耳聰目明，精力如少年，今尚存。明鈔本作「聞今尚存云」。〔按：江瓘《名醫類案》卷七引作辛志〕

華亭道人

紹興二十八年，華亭客商販蘆蓆萬領往臨安，巍然滿船。晚出西栅，一道人呼于岸，欲附載。商曰：「船已塞滿，上二字明鈔本作「盈塞」。全無宿卧處，我自露立，豈能容爾！」爾字明鈔本作「外人」。道人曰：「與汝千錢，但輟一席地足矣！」商曰：「遇雨明鈔本多一「將」字。柰何！」道人曰：「更與汝葉本無「汝」字，從明鈔本補。百錢，買蘆蓆一領，遇雨自覆。」此句明鈔本作「遇雨作則用以自覆」。商利其錢，使登舟，坐於席上，僅容膝，不見其飲食便溺，在途亦無雨，到北關，乃辭去，曰：「謝汝載我，使汝多得二十千以相報。」商殊不曉。適是年郊祀大禮，青城用蘆蓆甚廣，上二字明鈔本作「不勝多」。臨安府懼乏，凡販此物至者，每領額外葉本無上二字，從明鈔本補。增價錢二文，盡買之，遂贏二萬。搬卸既畢，最下一領有墨書六大字，曰「吕洞賓曾附舟」，字畫遒勁，好事者争來觀視，知爲仙翁。明日，商入城，過衆安橋，逢此道人賣薑于市，揖之曰：「你原來是吕先生，想能化黄金，可多與我。」道人笑曰：「爲我守薑，今還店取金來。」痴守至暮，不復來，乃盡輂薑歸。商庸人也，不復懊明鈔本作「悔」。恨，聞者爲之太息。末句明鈔本作「聞者爲太息而已」。

仙居牧兒

台州仙居民王三入市，逢乞子賣泥塑吕先生像，「像」字明鈔本作「小像者」。買歸供事之，香火甚肅。小兒年十歲許，亦每日敬拜。嘗牧牛山坡，見白衣道人過前，亟從牛背躍下，挽其袍，明鈔本作「裙」。呼爲吕先生。道人曰：「汝安得以此見稱，且何爲識我？」兒云：「你便是我家供養的，面目衣裳一般，只是身體明鈔本作「軀」。長大不同耳！」道人笑，將一錢置兒手，戒之曰：「汝要買物喫時，但用此，儘取儘有，惟不得向人説。」兒喜，歸家，密白其父，開手示之，纔用一錢畢，又有一錢在手。經月餘，父忽起無厭之心，施竹畚於傍，命兒伸手拂之不已，錢隨而墜下，至三日，所得十餘千。明日，不復有矣！

杜家園道人

紹興十六年，王寅祖爲湖北提刑司指使，僦舍于張四官人店。武陵杜昌言家有小圃，雜花正開，以三月六日邀王、張並外兩三客聚飲，半酣，各摘荼蘼插巾上。俄一道人，著青衣道服，披簑背笠，袖中若有物，揖衆曰：「諸君高會，能容我預席乎！」杜延之坐，酌酒巨杯，一飲而盡，大嚼肉戯，不留遺餘，放箸微笑，精神可掬，請借酒爲諸人壽。杜令少待，道人曰：「吾亦有酒在此，便當奉償。」乃付以一觴，聽其滿勸，坐客不敢辭，獨謂王曰：「君氣宇軒昂，有學道之質，但恨世事未除耳，且飲我酒。」即探袖取一錫瓶，度可容二升，遍斟客酒，原未嘗煖而明鈔本多一「自」字。熱，味亦清醇。杜異之，視瓶内尚有盞許，道人曰：「能再飲一杯乎？」曰：「正欲之。」杜飲罷，戲言：「此瓶有上一字明鈔本作「能貯」。酒幾何，而斟之未竭？公莫是呂洞賓先生否？」道人曰：「君又不曾見呂翁，云云何也？」復笑曰：「諸君欲見之乎？」遂解背上箬笠擲起，騰身丈餘，跨一白鶴躡雲而去。尋錫瓶，亦亡矣。客主驚嘆如痴，惘然而散。後三十年，王赴辰州守，過武陵，訪杜氏，見昌言之子云：「父享年至八十五，張四者八十三，與一時同席，皆終身無疾病。」王亦至七十五，蓋享仙醪之所致也。

蓑衣先生

何蓑衣先生，淮陽朐山人。祖執禮，官朝議大夫。家素富盛，爲鼎族，遭亂南來，寓姑蘇。紹興初，其父主簿爲近郭翁通判館客，既亡，何與母及乳媪入城中僦居。一日，自外歸，倏若狂疾，久而益甚。家人知不可療，且畏其生事累人，潛避他邑。何游行暮返，則室廬已空，亦不問，但求丐度日。衣裾漫漫不整，只以簑笠蔽身，處葑門城隅土窟中，人竊窺之，唯見大蟒踞坐。繼還于社壇，又爲守兵斥逐，自是無定跡。上三字明鈔本作「迹無定所」。人與之錢，或受或擲。半歲後，漸出語明鈔本作「談」字。說災祥，吳人傳其得道，云因在妙嚴寺臨池，見影豁然有悟。又云昨劉拐子作無礙大齋，何捨緣在會，負水供衆，遇二道人，引至黃山授道。然何未嘗自言，竟不測信否也。歷三四十年，一簑一笠，不披寸縷，夏不驅蚊，春不除蚤，冬寒敲冰滌簑，披之以出，歸則解挂于樹，氣出如蒸，露坐之處，雪不凝積。士俗來焚香請問，略不接納，往往穢駡，且發其隱慝，人以是益敬畏之。辛巳歲，於天慶觀東亭後小軒，明鈔本多「就插小室」四字，下無「以」字。以稻稈藉地，寢處其中。每日不以炎涼陰晴，必一出市中，此句明鈔本作「必出廛市間」。或縱步野外，未嘗登人家門。有慕向者，但明鈔本作「時」。夢見之，或明鈔本作「得」。一二語。李縣丞母病，來致禱，夢之云：「人謂吾爲茅君，非也，汝不必畫我像，但畫世間呂真人即是已。」李奉所戒，母病遂瘳。葉學文林苦耳聵噎塞，肢節煩痛，奉事累歲，夢之云：「授汝一吹火法。」即以手捻其左耳，按于桌，明鈔本多一「上」字。吹氣入耳，戰慄不自持，明旦，宿恙如洗。王道運幹妻胡氏病，夢何來，手擘面皮，瑩白如玉，面部方正，碧眼丹脣，著白衣，宛類北斗相。胡氏病篤，何遺之藥，才捧盞，見立于前，使改名德真。詢之傍人，莫見也。亟遣王生往謝，已書二字于壁。其後德真夢何與灼艾，寤而聞帳中艾香，視灸處，黑瘢赤腫，傅以膏藥，亦膿潰，未幾，氣血復初。松江蛟龍壞舟，藍叔成往謁，明鈔本多「之欲」二字。請爲人除害。既至，未及言，已大書「龍盡入江湖」五字于壁矣！江行自此安帖。都道籙劉能真自臨安往京口，舟還次無錫，默禱云：「若簑衣先生有靈，當出相見。」洎至許墅，望見何從南來，劉登岸迎揖，何云：「小道不易出。」出山果十枚贈別。及平江，則何在庵，初未嘗出也。壽皇賜名通神先生，爲造一庵，御扁「通神」二字，並賜蓑笠十事，道俗强邀迎入庵，大笑而出，復棲於故處。結草爲衣，掩蔽下體，蓬頭跣足，略無受用。時以竹杖擊地，謳唱道情，或夜誦仙經，達旦未已；或自念歌詩，皆勸世脱塵語。尚方賜沉香銀燭，香霧盈室，終日不散。日啜賜茶兩甌，不飲酒，時以便溺煉泥，捻成孩兒，人求得者，持歸供養，明鈔本作「事」。必獲靈異。上二字明鈔本作「異感」。有病者乞坐處草煎湯，或易草衣焚灰，令撚作丸服之，其病卽愈。竊取則不驗。有姓左人以煎湯草療病，明鈔本多一「訖」字，下「復」字作「或」。復緘于合，一日開視，忽葉本無「忽」字，從明鈔本補。生粉紅花兩朵。己酉歲正月晦，出城外太和宫，於空野間望東南一拜，稱皇帝萬歲。二月二日未曉，遍呼道侶，令亟起燒香，念長生保命護身天尊。次日，主上登寶位報至。其所作明鈔本作「哦」。歌詩，今録可傳者于後，其一曰：「不梳頭，不澡浴，免得堂前妻兒哭。或吟詩，或唱曲，富貴榮華無所欲。身貧道不貧，六根常具足。」其二曰：「活得三千歲，仍饒八百年。若交縫合眼，别是一山川。」其三曰：「爲問先生意若何，不論寒夏只披蓑。若人會得蓑衣意，一路相將入大羅。」其四曰：「白雲山下去，山下强人多。强人難説話，拍手笑呵呵。」其五曰：「五雲樓閣在烟霞，萬里嵯峨是我家。莫道太平無一事，自然平地有丹砂。」其六曰：「水緑山青好去遊，花紅酒醉幾時休！轉頭不覺無常到，萬古惟存一土丘。」其七曰：「寥寥香散緑沉風，野地清閑到處逢。買得四窗今夜月，這回認取主人翁。」其八曰：「夜來斗轉與星移，日出扶桑又落西。自有金丹光落落，千人萬處有誰知。」其九曰：「此寺何年造？問僧僧不知。下馬聞香草，拂塵看古詩。」其十曰：「滿眼紅雲明鈔本作「塵」。花又新，年年香散玉樓春。時人笑我顛狂漢，我更顛狂笑殺人。」其餘語句可書者尚多。今年八十餘矣，勇健如昔。孝宗將立謝妃爲后，聖意未決，遣藍内侍詣何，不告所問，止令説一兩句來。藍駐留數日，凡所言悉泛濫無根柢，藍敬禱云：「皇帝使某來，必有所謂，不得一語，何以復命！」何大怒，振衣出，直入天慶觀。藍隨之，至門，始回首曰：「爲天下母。」藍卽日歸奏，妃遂正位中宫。郭雲大夫之女，擬嫁王氏之子，訪於何，何曰：「君女非王家婦，乃翁主簿妻耳。」既而王議不諧，求所謂翁主簿不可得。後三歲，於銓試榜，見蘇人翁璘姓名，且聞未有伉儷，與家人語，以爲喜。翁果調溧水主簿，竟成婚。王季德爲府守，屏騎衆明鈔本多一「潛」字。入謁，左右明鈔本多一「或」字。走報，意必出迎，但厲聲云：「擡棺材來也。」王進前炷香，略不交一談，後五日，王下世。何先有衣寄于郭氏，云：「吾死，則以殮。」慶元三年五月二十二日，忽來索衣，明日，趺坐而化。太皇太后先兩夜夢其求衣，亟命侍臣持賜，以二十四日至，遂易之以殮云。

梁野人

梁野人名戴，長沙人。父兄皆業儒，明鈔本作「父兄皆以儒傳家」。戴獨不事業，慕尚逍遥，得鉛汞修煉之術，自稱野人。所居近天慶觀，嘗明鈔本多一「以」字。盛暑晝寢於三清殿後銅像之側，夢金人長丈餘，提其左手於掌中，以一金錢痛按之，戒曰：「汝欲錢時，但縮左手袖中振迅，則錢隨所須多寡而足。然勿妄用，勿漏言。若妄用漏言，則不復出矣！設用以養生，明鈔本多「舍施」二字。周人之急，取十百則十百應，取千萬則千萬應，無有窮矣！」戴拜明鈔本多「曰謹」二字。受命，怳然而寤，覺左掌心猶微痛，視皮膚中，隱隱有錢文，頂謝訖，試之果然。自是數年間，雖所親不以告，益放曠，歌酒自娛，咸以爲狂。其母責之曰：「吾生平育二子，冀以終身，況兄弱冠登科，汝乃落魄如此，上二字明鈔本作「爲游手」。吾何所望乎！明鈔本無「乎」字。今雨寒彌旬，薪粒告罄，佃僕皆遠不可喚，汝將奈何！」戴曰：「敢問所需若干？」母曰：「多多益善。」黎明，出津次，引柴米數十擔歸。母訝曰：「狂哉此兒，多得固好，安所爲償！」曰：「母幸無慮。」振其袖，錢出如涌，一一隨直付之，無欠無餘。母大駭異，未暇扣所以。俄白母，欲遊方外，留之不可，遂去，十二年無消息。兄顔守廬州，戴過謁之，投刺于典客曰「梁野人」。兄一見，且悲且喜，曰：「吾弟辭家一紀，意謂流落江湖，久在鬼録。今之相見，實更生也。」友愛如初。飲之酒，酒數行，謂之曰：「吾爲此邦伯，而弟藍縷若此，上二字明鈔本作「如乞丐」。得無羞辱乎！」爲具沐浴，令換衣冠。明鈔本作「且令換新衣冠」。正色言曰：「弟山林風致，唯事内觀，兄何索我於形骸之外！」拒不肯受，亦不入室，奮袂而起曰：「暫出卽來。」不審用錢否？」兄笑曰：「汝狂態尚爾！」忽不見。使人四出上二字明鈔本作「交馳」。於市求之不得。迨晚，乃泊旅邸醉卧，館人夜半聞穿明鈔本多一「排」字。錢聲，驚起曰：「此道人必偷兒也，何錢聲之多！」穴隙窺之，一無所睹。此句明鈔本作「室暗無睹」。旦而伺其出，至午寂然無人，望錢緡堆垛半壁，走告郡。郡遣官監涖，啓户見錢，上有書貽太守曰：「弟野人，以烟蘿侶久俟，不奉辭，唯冀珍重。有少錢，煩賙卹貧乏。」仍遺下所著敝衣，異香襲人，殆非世所嘗聞。驗其去蹤，撥屋瓦少偏，乘虚而升，後不知所往。

保和真人

潼州王藻，不知何時人。爲府獄吏，每日暮歸，必持金錢與妻，多至數十貫。妻頗賢，疑其鬻獄所得。上二字明鈔本作「受賄」。嘗遣婢往餽食，藻歸，妻迎問曰：「適饌猪蹄甚美，故悉送十三臠，能盡食否？」藻曰：「止得十臠耳！」妻怒曰：「必此婢竊食，或與他人，不可不鞫！」明鈔本多「治」字。藻喚一獄卒，縛婢訊掠，不勝痛引伏，遂杖逐之。明鈔本作「遂逐去之」，下多「將出門」三字。妻始言曰：「君爲推司久，日日持錢歸，我固疑鍛錬成獄，姑以婢事試汝，安有是哉！自今以往，願勿以一錢來，不義之物，死後必招罪咎。」藻瞿然大悟，汗出如洗，取筆題詩於壁曰：「枷栲追求只爲金，轉增寃債幾何深？從今不復顧刀筆，放下歸來游翠林。」即罄所儲散施，辭役棄衆學道。後飛昇，賜號保和真人。

赤松觀丹

婺州金華赤松觀，相傳爲九天玄女煉丹之所。云丹始成時，凡三粒，以一祭天，一祭地，皆瘞於隱所，一以自餌，蓋不知幾何世矣！宣和間，某道士獨坐竹軒，見所養善鳴雞，啄龍眼於竹根下，甚大而有光彩，明鈔本多「異焉」二字。急起奪得之，香氣襲人，重於明鈔本作「如」。鐵石，意其所謂神丹也，未敢服。密貯以器，置三清殿前，顧見者則焚香啓鑰以示之，既期年矣！後爲遊士攫取，以像前供水吞之，奪不可得，亟呼衆擒之，已飄飄然行池水上，運步如飛。明日，或見其坐水底，水皆涌沸，旬日方去，莫知爲何人，何所之也！道士悵然自悔，猶汲水滌盛丹器飲之，自是面如童顏，脣赤如硃，右手軟如綿，年九十，尚強健無恙。雞亦活三十年。南城丞浦江何叔達說。

新鄉酒務道人

鄧州新鄉縣，宣和中，嘗有一道人求買酒，監務趙某，每見輒喜之，必勑酒吏倍數給與，或喚入坐，命之飲，道人積感其意。趙夙苦羸疾，時證候方危，累日不明鈔本多一「能」字。食，道人入，語之曰：「君病狀殊不佳，遠不過一年，近則半歲，恐無生理。」趙應曰：「吾固甚苦此，自念無策，唯厭厭待盡而已。先生既言之，當有神術能生我！」曰：「是事非吾所能辦也，感君相愛，非不願効力，知復柰何！」趙懇明鈔本多一「請」字。再三，乃笑曰：「姑爲君謀之，後數日，試邀一髯道人同至此，君宜多設精果妙香，連沃以酒，以大醉爲期，則吾計得施矣！」遂去。越五日，果與一客來，長六尺餘，丫髻美髯，氣貌偉甚，見酒席，俱有喜色。三人同坐，每一舉杯，前道人必令多酌髯，曰：「爾素善飲，今幸勿惜量。」度至斗許，覺跌宕不可支，道人曰：「爾已醉，少憩可也。」令掃地鋪簟，髯徑就枕，鼻息如雷。道人密引趙卧于傍，令聳背緊相挨，且熟睡。少頃，來坐其前，俯身就髯項，吸其氣滿口，卽噓著趙頂上，又吸胸腹及臂股，亦如之，僕僕十餘及，趨而出。髯忽寤，見人在側，若有所失，大怒躍起，呼叫曰：「畜生無狀，敢誤我。」持杖將擊道人，道人迎笑曰：「何用如是，只費得爾一年工夫，而救得一個性命，乃是好事。」髯怒稍息，但極口叱罵，良久，不揖主人而行。趙卽時氣宇油油然，明日卽嗜食，甫十旬，明鈔本作「不一旬」。膚革充盈，肌理如玉，略無病態。趙彥文子游與之有舊，常憐其疾，及是適見之，驚問所以。始盡道本末。二客皆不復再見，丫髻者，疑爲鍾離先生葉本無「先生」二字，從明鈔本補。云。

夷堅志補卷第十三十二事

曹三香

元祐末，安豐縣娼女曹三香得惡疾，拯療不痊，貧甚，爲客邸以自給。嘗有寒士來託明鈔本作「寄」。宿，欲得第一房，主事僕見其藍縷甚，明鈔本無「甚」字。拒之，三香曰：「貧富何擇焉！」便延入。少頃，士聞呻痛聲甚苦，問其故，僕以告，士曰：「我能治此症。」明鈔本無「症」字。三香大喜。士以箸明鈔本校刪「以箸」二字。鍼其股，曰：「回心，回心。」三香問先生高姓，亦曰：「回心、回心。」是時殊未曉。門外有皂莢樹甚大，久枯死，士以藥粒置樹竅中，明鈔本多「命僕」二字。以泥封之。俄失士所在。是夕樹生枝葉，旦而蔚然，三香疾頓愈，始悟回之爲呂，遂棄家尋師。邑人於其地建呂真人祠。明鈔本作「廟」。紹興十四年，三香忽還鄉，顔貌韶秀，邑老人猶有識之者。武翼大夫于澤爲郡守，召問之，不肯深言，後不知所之。上二句明鈔本作「不肯深言去後事，未幾，不知所之」。

劉女白鵝

汀州寧化縣攀龍鄉豪家劉安上之女，生不茹葷，性慧，喜文墨。年九歲，即能隨明鈔本作「陪」。羽人談道，姿美而豔，其光可鑑，以不嫁自誓。及笄，父母奪其志，許嫁處州石城何氏子。卜吉成婚，辭不獲已，乃勉治奩合，首飾簪珥，悉務素潔，玉顏丹臉，不施朱粉。上二字明鈔本作「鉛華脂澤」。將行，聚族往送之門，導從越境，忽一白鵝從空而下，女出車乘之，飛昇而去。衆駭愕失措，父母痛哭悲悼，莫知所爲。里以告縣白于州，州聞之朝，土人置祠於其地，詔賜祠名曰「蓬萊」。地據僻左，士大夫枉道訪求遺迹，題詠甚多。陳元輿侍郎詩云：「蓬萊觀下瑞烟飄，劉女曾從此地超。桃圖昔諧王母約，雲霄自赴玉皇朝。白鵝乘去人何在，青鳥飛來信已遥。若使何郎有仙骨，也應同引鳳凰簫。」其觀介于寧化、石城兩境之間。

台州蛇姑

台州後嶺，忻解元所居，山林深邃，人跡罕及。嘗有樵者，採薪到山巔，見小草庵，明鈔本作「見草結小舍」。一道姑坐其中，不知從何來，疑其爲異物也，以告所主。忻即策杖訪焉，佇立良久，俟出定開目，乃前作禮，問：「先生何處人？何年至此？」不答。又曰：「欲葢小屋，與先生蔽風雨，可乎？」亦不答。忻自召匠，剪薙榛莽，就舊舍作屋三間，且築土臺，以供宴坐，並薪水之具明鈔本作「屬」。皆備。既流傳四遠，好事者瞻敬不絶。遂穴地爲爐，儲宿火，擬爲來者爇香之用。或持錢米布施，則置土臺前地窟内。庵畔常有一蛇蟠踞護守，善人至，蛇隱不出；不善人至，葉本無「至」字，從明鈔本補。必逐之。偷兒知有物，乘葉本無「乘」字，從明鈔本補。夜來盜，蛇纏糾至旦，幾死，姑爲灑明鈔本作「灌」。水布氣，始甦。郡士張得一，年方弱冠，欲棄家學道，齋香拜謁，啓云：「得一妄意修真，未知前程，可以達道否？」欣然應之曰：「汝當逢至訣，宜速離此，吾授汝數語，能寶持受行之，不可勝用矣！」語云：「心湛湛而無動，氣綿綿而徘徊。精涓涓而運轉，神混混而往來。開崑崙於七竅，散元氣於九垓。鑿破玉關，神光方顯，寂然圓廓，明鈔本作「朗」。一任去來。」張矍然有悟，歸告家人，捨去遠遊，不復還故里。道姑無姓字，士俗以蛇護之異，因目爲「蛇姑」，後不知所終。明鈔本多一「惟」字。每歲八月，祥光見焉，亦間有仙鶴飛鳴，明鈔本多「其上」二字。遠近甚敬事云。

鄭明之

鄭明之，字晦道，彭城人，修敏公僅之仲子。少時有神降於室，白晝接膝，相與如伉儷，笑語不避人。時元符季年，修敏爲大府卿，懼其爲妖所累，令其兄顧道侍郎切責之曰：「汝少年不自愛，以淫泆妄想，而迷惑天常之性，爲鬼物所誘，豈唯性命是憂，使父母何所望！明鈔本作「將若父母何」。且汝所接者何人？」明鈔本多一「也」字。對曰：「世俗所謂紫姑仙也，但常人唯能箕召之來，而我則真見之。乃娟然一美女子，容儀端秀，衣碧霞之衣，綰堆雲之髻，貫白玉搔頭，光豔照人，殆不可正視，異類中安能有此！」又出李廷珪墨一餅，云是所遺。顧道試使召之，既至，戲云：「何故與吾弟綢繆，而某不得見！」即書曰：「顧道是心硬人，不可入。」時宰相章申公欲去位，試問他日代者爲誰，乃大書「布」字，已而曾子宣名布果相。又書曰：「更數日，天有大號令，可仰瞻之。」如期而星文示變。凡所詢休咎，無不奇驗。問大卿何似，曰：「貴人。」問顧道，曰：「貴而壽考。」明之歎叩己所至，輒不答。後二十五年通判武州，北虜陷燕地，全家皆没於賊。顧道之子如宗說。

新城縣賊

陳昌言爲臨安新城尉，邑境惡少殺一人傷一人，逋逃未獲，保伍坐繫者十數。陳禱於縣松溪神，又訴于天曰：「某明鈔本作「臣」。平生不敢私禱，唯父母之疾，則或刲股，或灼臂，於請禱之私，無所不盡，捨是，雖自身及妻子事，亦未嘗敢瀆神！今兇賊手刃兩人，一傷一死，累其鄉黨族姻，故爲百里齊民請命，願上天鑑之。」未幾，弓手有因捕盜而死者，陳語妻曰：「弓兵死於路，吾其可明鈔本多一「以」字。安寢！」明鈔本多「官舍耶」三字。即束裝出郊外，宿於野外道觀。觀有寓客，能召紫姑仙者。陳往，敬問叩曰：「在法，尉不獲大囚五人，止罰一月俸，無甚罪也。吾所以控請，爲民故耳！」仙書曰：「在秀州海鹽縣澉浦鎮。」陳立遣壯兵行。旬日，又請問，仙曰：「已得原惡矣！但我輩力小，不能與公成事，不免轉告上神，今之獲賊，松溪之力也，近已拘至富陽境中矣！」又書一「梓」字，且云：「公只以舟行，見差神兵監護，俟公至取之。」後數日，人從澉浦還報曰：「始到鎮日，賊已登海船，方嘆恨次，閘外問明鈔本無「外問」二字。人聲喧噪，言富陽縣東梓徐大夫，揭榜欲取賊，自緑渚一夜至彼，果得之。」他日，問因所之，曰：「先在澉浦，知追吏到，亟欲航海，因思父母妻子，乃回東梓關，明鈔本無「關」字。入禹王廟，遂迷不能出，但見皂衣守門明鈔本多一「者」字。甚衆，次日即成擒。」陳既歸，首白邑宰，盡釋諸繫，而械囚上府。

鳳翔開元寺僧

蘇東坡爲鳳翔僉判日，好往開元寺觀壁畫。有二老僧出，揖之曰：「小院在近，能一明鈔本多「行相」二字。訪否？」坡欣然過之。僧曰：「吾平生好藥術，得一奇方，以朱砂化淡金爲精金，當傳人，而明鈔本多一「患」字。無可授者。知公可傳，故願奉。」明鈔本作「故願一見」。坡曰：「吾好此術，雖得之，恐明鈔本作「將」。不能爲！」僧曰：「此方知而不可爲，公若不爲，正可傳也。」時陳希亮少卿守鳳翔，平生溺於黃白，屢從此僧求之，僧不與。坡曰：「陳公求而師不與，吾不求而得，何也？」僧曰：「正以陳公不能不爲，故不與也。昔吾嘗以授人，有爲之卽死者、有失官者、有遭喪者，以是不敢輕與以害人。」卽出一書曰：「此中皆名方，其一則化金者，知公不肯輕作，亦明鈔本作「但」。勿輕以傳，如陳卿尤不可也。」坡許諾。歸視其方，每淡金一兩，隨其分數，如不足一分，輒以丹砂一錢，益雜諸藥，入乾鍋中煅鎔，卽傾出金砂，俱不耗，但其色深淺斑斑相雜，當再烹之，須色勻乃止。坡後與陳語，偶及之，曰：「近已得其方矣。」陳驚扣所自，固請焉，不得已與之，試之良驗。坡悔曰：「軾非惜方，惜負僧耳，願公勿復爲。」陳漫明鈔本作「強」。應曰：「諾。」未幾，坐受鄰郡酒罷去，旋捐館。後十五年，坡謫居黃州，見其子慥曰：「先人既失官居洛，無以買宅，遂大作此金，竟病指癰而殁。」乃知僧言不妄云。

蔡司空遇道人

蔡元長以司空作相，一日大雪自省中歸，明鈔本多「私第」二字。道見丐者偃卧雪裏，氣出如蒸，明鈔本作「炊」。心竊奇之。遣侍吏賜以千錢，笑曰：「無用此，正欲一相見爾！」即召至府中，從容訪問，明鈔本作「道」。遂及黃白之術，曰：「此何足言！」探囊出少藥，塗爐間鐵箸，持入火，須臾成銀，又塗藥其上，俄成黃金。飲酒至斗，索去，留之不可，顧謂蔡曰：「無多貪，明鈔本作「談」。享取十五年太師了去。」靖康初，胡騎犯闕退，蔡自雍州還都，欲陳禦戎策，爲諫官御史所攻，謫官分司。隨行十餘舟，泊於瞻雲館下，悉爲排岸司録奪，長物充牣，莫能主持。女妓尚百人，已各有父母輩伺於側，相呼徑去，頃刻明鈔本多一「間」字。各鳥飛獸散，蔡不能止。慕容夫人在城內，遣招之，以帝姬牽戀爲解，左右惟六七老婢而已。京尹聶山促其行甚峻，從隸僮奴，十去八九，亦無車輿，僅顧一舊竹轎，載往城西。適膝繫中絶，仆於地，主僕相視慟哭，真釋氏所謂五衰相現者。使此老葉本無「老」字，從明鈔本補。早入鬼録一年，無此苦辱矣！蓋天實誅之。開封使臣申彦臣時護其貶，能言所見，爲之惻然！

復州王道人

淳熙五六年間，有王道人者來復州，僦店賣卜。荒郡少售，每日所得不及百錢。纔十日半月，輒持麩金半錢或一錢鬻于肆，專明鈔本作「得」。以供酒炙之費。留止半年，鋪匠訝而扣之，對曰：「頃歲卜於西蜀中，定一貴人前程，以此相酬，今用之垂盡矣！」疑弗信，陰約儕輩，密覘其所爲。郡城南有河，浮橋過之，又少西而南，卽往江陵大路。王生一日度橋，直西行十四五里，平常人跡罕至處，穿蘆林，坐岸滸，探懷取絳囊，可三指闊，類醫家貯屠蘇者，縛鈎輪上，擲水中，若垂釣然。少焉舉綸，則碎金屑已粘著囊外，遠望如星。旋以鵝翎掃置幅紙上，如是十餘返，乃歸。羣匠匿身叢薄，相視驚訝，明鈔本作「羨」。躡踵詣旅店，復問王，對如初。始以向所見告，於是微笑曰：「吾非挾此技，此蓋吸金藥也。大抵水非得金不能渟滀，故有水處必有金在，於五行子母生旺之理，誠不可誣，但患無術挹取之耳！世之燒煉藥金者，必仗水銀，先結砂子，爐火伏養，積月累歲，然後能成。既真方難值，又坐摩按似「糜」字之誤。日月，其摻製之法，以鐵銚或磁盞盛水銀，頓微火上，投刀圭藥末，頃刻卽成，固爲神妙。然非伏火硫黃朱砂之屬，與神仙大丹，亦不能辦。如我孑孑一身，孤雲野鶴，窮無置錐，安得輕議如許事。唯此段簡而要，所獲雖不多，不啻足矣！然昔年際遇道侶，只以見成藥相付，不曾傳方，今篋中所餘猶數兩，明日清旦，當分遺諸君，但如我法試之，仍勿爲婦人雞犬所敗，則愈久愈佳也。」羣匠大喜，買酒共醉。拂明到門，闃其無人，店主曰：「道人五更起，算還葉本無「還」字，從明鈔本補。儻直，策杖去矣！」

燕道人

燕道人者，靜海縣人。幼入州城，被酒宿望仙橋下，恍若有遇，自是率意狂言，浪遊江淮，上四字明鈔本作「浪跡江淮間，多好游池陽」。麻衣椎髻，不事修飾。後歸故鄉，有好事者與之寸帛尺布，必明鈔本作「悉」。聯綴之，明鈔本無「之」字。衣上重疊鬅鬙，雖盛暑不易。一日，忽鮮潔若新浣濯然，市人怪而問之，答曰：「我前月去池州洗衣來也。」皆不之信。已而有客自彼至，見而驚曰：「此道人比在池州自濯衣，何以得遽來！」由是頗知其異。狼山之軍山，下臨曠野，彌望皆荻葦，蛇虎怪魅，略無人迹，獨燕往結庵。明鈔本多一「廬」字。久而還城南旅店，靜默不語。或與之錢，苟喜其人，雖少必受；所不喜，多亦不視。得錢，但買紙百番，箕坐地上，以次焚之，餘則貫以繩，常常持行。偶不携以出，二少年戲就其室，將欲取之，未及啓户，望燕凝然坐於床，大愧而返。居累歲，再如豫章，告同行者曰：「某日吾當去矣！」果不疾而逝。州人共爲焚其柩，舁者覺漸輕，發之，惟存二草履，乃悟其尸解也。

皇城役卒

元豐中，大璫宋用臣監修皇城，有役卒犯令，戮之。俄於其所用旃竿柄明鈔本多「見細」二字。書四十字云：「百年前無我，百年後無我，生我明鈔本作「我生」。百年間，百年不可過。風寒暑濕殃，饑飽勞逸禍，我今金解去，人人始知我。」其字皆入木，削明鈔本作「滌」。之愈明，用臣悼悔無及，乃厚葬之。

高安趙生

高安丐者趙生，敝衣蓬鬢，未嘗沐浴。好飲酒，醉輒毆罵市人，斥其過惡，人皆謂之狂，不敢輒近。然其與人遇，雖未相識，皆能道其宿疾及平生善否，故或指爲有道。元豐三年，蘇文定公謫官於筠時，見之於途，畏其狂，不敢與語。是歲歲暮，忽來見蘇，蘇曰：「生未嘗求人而見我，何也？」生曰：「吾意欲見爾，吾知君好道而不得其要，陽不降，陰不升，故肉多而浮，面赤而瘡，吾將教君用碗水灌溉百骸，經旬，諸疾可去，經歲不怠，雖度世可也。」蘇用其說，信然，而怠不能久。又嘗約會宿，既而不至，問其故，曰：「將與君出遊，度君不能無驚，驚則傷神，故不果明鈔本作「故不敢」。來。」蘇曰：「所遊何處？」曰：「吾嘗至泰山下，所見與世說地獄同，君若見之，歸當不願仕矣！」蘇問何故，曰：「彼多僧與官吏，僧踰分，吏壞物故耳。」蘇曰：「生能到彼，彼亦相敬乎！」曰：「不然，吾則見彼，彼不見我也。譬如鬼入人家，鬼能見人，人不見鬼爾！」因自嘆曰：「此亦邪術，非正法也！君能自養，使氣與性俱全，則出入之際，不學而能，然後爲正。」蘇曰：「養氣如生說可矣！養性柰何？」生不答。他日，遽問曰：「君亦嘗夢乎？」曰：「然。」「嘗夢先公乎？」曰：「然。」「方其夢時，亦知明鈔本作「有」。存没憂樂明鈔本多「之知」二字。乎？」曰：「是不可知明鈔本作「常」。也。」生笑曰：「嘗問我養性，今有夢覺之異，則性不全矣！」蘇矍然異其言。生自言生於周甲寅，今百二十七歲，家本代州，名吉，少事五臺僧不終，棄之游四方，與揚州蔣生俱學，爲蔣所忌，毒以藥，其目遂視不明。此句明鈔本作「目遂翳視物不能明」。然時能脫翳見瞳子碧色。自臍以上，骨如龜殼，自心以下，骨如鋒刀，兩骨植其間，不合如指。久之，從蘇求書，往黄州謁東坡，遂留之明鈔本無「之」字。不去。坡北歸，從行至興國軍，知軍楊元素遂明鈔本作「邀」。留之。生喜禽畜，常以一物自隨，與同寢食。至是畜一駿騾，爲所踶而死。楊具棺葬諸野。元祐元年，二蘇公皆召還京師，蜀僧法震來見，言：「震至雲安酒家，逢一丐者，曰：『吾姓趙，頃在黄州，識蘇學士，爲我寄聲。』」聞其狀良是。時興國守朱彦博之子在坐，歸告其父，亟發瘞視之，唯一杖及兩脛骨在，蓋尸解云。見蘇文定《龍川略志》。

韓小五郎

韓小五郎，撫州市人也。淳熙十五年正月某日午間偃息于榻，至晚而亡。明年二月，有客從岳州來，附其書至家，妻捧玩怖泣，書中云：「聞家中失一銀瓶，不必寃明鈔本多一「滯」字。他人，正在我處。至秋深，我自歸看妻子。」妻久以失瓶爲念，乃啓瘞發棺，將火化，果得瓶，而中空無尸。及九月，忽還家，云元不曾死，即日起居如常。紹熙元年正月，又謀出外，妻勸使且寧居。至夜半潛起，於廳前自縊，復殮葬之。六月，又在荆南寄信，但言我今番帶去松文劍一口，其家以近怪，慮是妖妄附托，決計火其尸，迨啓棺，惟有劍存。

夷堅志補卷第十四（十三事）

解洵娶婦

解潛與其弟洵，素相友愛。靖康建炎之際，潛積軍功帥荆南，洵獨陷北境，其妻歸母家，又爲潰兵所掠。數年後，洵間關得歸，見潛，相持悲慟。潛置酒勞苦而語之曰：「吾弟雖不幸流落，而兄蒙國恩，握兵權，每與虜及羣盜戰，奏功於朝，必爲弟竄名籍中，已至正使，告命皆在此。」即出畀之，洵再拜謝過望。因言頃自汴都過河朔，孤單羈困，或見憐，爲娶婦，奩裝豐厚，不暇深詳其出處，正無以爲活，殊用自慰。偶以重陽日把盞，起故妻之思，不覺墜淚，婦惻然曰：「君豈非欲歸本朝乎？茲事易辦也。」經旬日，來告曰：「川陸之計已具，惟命是從，我亦俱行，倘君夫人固存，自當改嫁，而分囊橐之半；明鈔本多「相與」二字。萬一捐館，當爲偕老。」遂登途，水宿山行，防閑營護，皆此婦力也。今在舟中，未敢輒參謁。潛嗟異，遽命車招迎，見其眉宇秀整，言詞明慧，益加敬重。明鈔本作「愛」。時荆楚爲盜區，潛屯枝江縣，以天氣尚暑，別創一廬，令洵居止。且贈以四妾。洵始慮婦不容，欲辭之，婦明鈔本多「甚喜」二字。曰：「此正所需，得之誠大幸，當撫視如兒女，君何辭！」然洵武夫，壯年明鈔本多一「驟」字。獲媵妾，浸與婦少疎，明鈔本作「恩」。怏怏形於詞色。一夕，因酒閒責洵曰："汝不記昔年乞食趙魏時事乎？非我之力，已爲餓莩矣！一旦得志，便爾忘恩，明鈔本多「背德」二字。大丈夫如此，獨不愧於心邪！"洵方被酒，忽發怒，連奮拳毆其腦，婦嘻不動；又唾罵之，至詆爲死老魅，婦翩然起，燈燭陡暗，冷氣襲明鈔本作「拂」。人有聲，四妾怖而仆。少焉燈復明，洵已横尸地上，喪其首，婦人並囊橐明鈔本多「中物」二字。皆不見。從卒走報潛，潛率明鈔本作「令」。壯勇三千按「千」字疑「十」字之誤。人出追捕，無所獲。此蓋古劍俠，事甚與董國度相類云。

郭倫觀燈

京師人郭倫，元夕攜家觀燈，歸差晚，過委巷，值惡少年十輩，行歌而前，聯袂喧笑，睢盱窺伺，將遮侮之。倫度力不能勝，窘甚，忽有青衣角巾道人來，責衆曰："彼家眷夜歸，若輩那得無禮！"上六字明鈔本作「汝輩那得爾」。衆怒曰："我輩作戲，何預爾狂道事！"哄起攻之。婦女得乘間引去，倫獨留，道人勃然曰："果欲肆狂暴邪？吾今治汝矣！"揮臂縱擊，如搏嬰兒。頃之，皆顛仆哀叫，相率而遁。道人徐徐行，倫追步拜謝曰："與先生素昧平生，忽蒙救護，脱妻子於危難，先生異人乎！不勝感戴之私，念有以報德，敢問何所欲？"曰："吾本無心，偶見不平事，義不容已，吾於世了無所欲，豈望報哉！能爲一醉足矣。"倫喜，邀至家，買酒痛飲。明鈔本多「幾百杯」三字。辭去，倫曰："先生何之？"曰："吾乃劍俠，非世人也。"擲杯長揖，出門數步，耳中鏗然有聲，一劍躍出明鈔本多「叱之」二字。墜地，躡之騰空而去。上二句明鈔本作「足躡而起，掩冉騰空而去」。

眉州異僧

紹興間，眉州一異僧，不知其名。狀貌古怪，長七尺，好以污穢自晦。衣黃袈裟，執錫持鉢，蓬頭跣足行於市，誦彌勒佛三字，行住坐卧不絕口。每出，羣兒擁隨之。郡人王稱年十三，獨識爲非常人，見而問之曰：「鄉里何處？」曰：「金州人，不滌面，不濯足，今六年矣！」又曰：「師常誦彌勒佛，明鈔本多「不少置」三字。登廁亦誦否？」曰：「我雖不誦，心則然也。」眉有楊畫師，明鈔本「多一「者」字。工畫普賢像，鄉人目爲楊普賢，僧館于其家。楊嘗往成都，僧一日行化暮歸，持紅紙兩幅，呼楊家人，令具湯濯足，以紙爲蓮花狀，置兩足下，羣兒譟觀。須臾，僧躍然伸兩指，呼曰：「彌勒下生。」遂兀坐而逝。明日，官驗其尸，頭顱若爲鼠穴者，穴中舍利溢出，觀者異焉。攝郡楊次臯命闔城僧具威儀引入，荼毗于西郊之外，灰燼之餘，齒牙紺碧，目睛煒然不變，所謂舍利，愈取愈無窮。楊普賢還自成都，見之於新津道上，問何所往，曰：「久叨君家，今化緣已就，且歸矣！」既還，方知其已逝，疑爲彌勒化身云。眉山王稱季舉所傳。

梅州異僧

宋貺益謙，當塗人。少居村野，門外有湍溪，嘗散步溪畔，遇野僧相明鈔本多一「與」字。語，不通名字，問其所來，曰：「結庵梅州有年矣！」俄舉目注視曰：「君他日遭逢貴人，極力成就，富貴功名，可談笑拾取。雖中年受災厄，明鈔本多一「然」字。終不爲禍。」因留坐款語。移時告別，曰：「到梅州，明鈔本多「觀經秉炬以須如期果」九字，疑尚有脱誤。幸相訪，老僧亦當陰助也。」紹興甲子以後，宋爲秦丞相委用爲金部右司郎官，提舉贍軍諸庫，一歲得賞不勝多，遂與秦運轉表勳庫酒，每納課息，必以精金。七八年間，至户部侍郎，兼吏部尚書樞密都承旨，知臨安府，累階正奉大夫。旋坐小失意，謫居新安。甫再歲起，家鎮江金陵。秦亡，言者論擊，貶團練副使，安置梅州。追憶僧言，至郎訪之，彼人云：「未嘗有。」或曰：「此邦崇事定光佛，庵明鈔本多一「舍」字。在城外，有籤告人，極靈感。」欣然往謁。再拜，明鈔本多一「起」字。仰瞻貌像，乃一化僧真身，與昔溪上所睹明鈔本多一「者」字。無少異。自是日往焚香致敬。既而因母老，故恩許自便，作木像僧真，輿以歸。到新安，於宅傍建庵，名曰「慈報」。晝設蓮座，夜置禪床，寒暑更衣，嚴奉絶謹。每吉凶憂疑，隨禱輒應，竟盡復故官職，終敷文閣葉本無「閣」字，從明鈔本補。直學士，壽逾八十，贈開府儀同三司。

龍虎康禪師

信州貴溪龍虎山福地，有僧康師築庵其下，年八十九明鈔本作「八九十」。矣。尋常游歷村落，明鈔本作「樊」。唯杖策獨往。嘗赴齋供於縣市，相去八十里，乃倩二僕肩輿以行。既至，從主人求一密室，閉僕其内，扃户加鑰，戒勿得與食。齋主念僕遠來倦乏，豈應使之忍饑，殊不曉其意。俄聞哮吼騰擲之聲，走視之，皆虎也，驚悸毛竦，争來言，僧但微笑不答。迨罷坐，自啓鑰喚出，依然爲人，復執轎僕之役而去。蓋始者以法攝制山中猛虎耳。僧至紹興末年示化，滿百二十歲云。然則伏虎禪師，未足異也。

寶峰張屠

豫章靖安縣寶峰山下屠者張生，素無賴而貧。每入寺，長老景祥必善視之，親飼以食，或令左右烹茶，待之若上官。上七字明鈔本作「烹茶而進，待之若上客然」。侍僧怪笑，白曰：「此亡賴小人，常以盜狗爲生，何待之過！」祥曰：「非爾曹所解，此人異日必富貴，乃山門大檀越，藉其外護，故我先施恩結之。」僧問故，祥曰：「張生蓋真餓鬼形，他日打破世界，却是餓鬼出來做事，張定不作碌碌人也。」及建炎末，金虜寇江西，張率里人捍禦，獲七俘，盡得其所掠金寶，因致富。府奏爲上功，得官。後家累鉅萬，豪於一鄉。享年八十。果盡力於寶峰，衆始服祥師之先見。祥南城人，姓傅氏，道行高潔，爲叢林名宿云。

村先生李晟

鄱陽千秋鄉壽山里人李晟，讀書不多，年過五十，猶爲人訓蒙，兩目浸昏，夜不能視一物。嘗晝坐學堂，有僧手持文書，謂曰：「君之厄不止於目，命數亦不永，大期將近，明鈔本多一「我」字。教君誦此經，不惟眼明，更可延壽三紀，凡事如意，至明鈔本多一「老」字。不費力。」晟拱謝。於是展卷示之，乃《金光明經》也，誨之明鈔本多一「句」字。讀一再，然後去。晟至誠襲藏，每清旦明鈔本多一「必」

字。誦一卷，久之，目光如初。書館明鈔本多一「前」字。臨溪，其長子能入水捕小鮮以給膳。偶抄細沙一箕出，覺光彩閃爍，謾汲水淘汰之，得生金屑，可直五百錢，以爲適然耳。自是日日得之，他人聞而争效，絶無分毫之獲。晟子累獲利，每四五月尤多，其積遂豐，遂築室買田，貲力漸比中户。四子服儒衣冠。慶元三年，壽八十九矣，强健如壯夫，逮上六字明鈔本作「强健聰明少壯或不逮」。距神僧三紀之兆已及，尚可支持也！

主夜神呪

予爲禮部郎日，齋宿祠宫，與宋才成、裴侍郎夜語及神異事。宋云：「吾舊苦畏，夢人授一偈，纔數字，覺而憶之，每獨處臨卧，輒誦百過，覺心志自然，明鈔本作「壯」。不復恐。」予曰：「非所謂婆珊婆演底乎？」宋驚曰：「未嘗言君，何以知之？」予言：「不唯知其名，且能究明鈔本多一「其」字。所出。」宋請予道本末，予曰：「始讀段成式《酉陽雜俎》，載主夜神呪，曰婆珊婆演底，持之夜行及寐，可却恐怖惡夢，而莫曉其故。後讀《華嚴經》，乃得其説。」宋卽求經於近寺檢視，經之言曰：「善才童子參善知識，至閻浮提摩竭提國伽毗羅城，見主夜神，名曰婆珊婆演底，神言：『我得菩薩破一切衆生痴暗法，光明解脱，我於夜暗人静，鬼神盜賊諸惡衆生所遊行時，密雲重霧，惡風暴雨，日月星辰，並皆昏蔽，不見色時，見諸衆生若入於海，若行於陸，山林曠野，諸險難處，或遭盜賊，或乏資糧，迷惑方隅，或忘道路，慞惶憂怖，不能自出，我時卽以種種方便而救濟之。爲海難者求作船師魚王馬王龜王象王阿修羅王，及以海神爲彼衆生止大風雨，息大波浪，引其道路，示其洲岸，令免怖畏，悉得安穩。一切衆生，於夜暗中，遭恐怖者，現作日月及諸星辰晨霞夕電，種種光明。或作屋宅，或爲人衆，令其得脱恐怖之厄。爲行曠野稠林險道藤蘿所罥，雲霧所暗，而恐怖者，令得出離云云。』其神力如此，蓋不止夜眠一事也。」予每見人多疑懼怯魘，於是勸使誦持，多有驗。

觀音洗眼呪

台州僧處瑫，中年病目，常持誦大悲呪。夢觀音傳授法偈，令每旦呪水七遍，或四十九遍，用以洗眼，凡積年障翳，近患赤腫，無不痊愈。處瑫跪受而寤，悉能記憶，如説誦持，不踰時平愈，壽至八十八。其偈曰：「救苦觀世音，施我大安樂，賜我大方便，滅我愚痴暗。除却諸障礙，無明諸罪惡，出我眼識中，使我視物光。我今説是偈，洗懺眼識罪，普放淨光明，願睹微妙相。」

辟兵呪

姑蘇盧彦仁，龍圖閣直學士秉之孫也。宣和中居鄉，夢與外「外」字從明鈔本補。兄張元英游行後圃，方冬摇落，而花卉秀茂，風景不類常日。道左一臺極峻，有男子在傍，持幅紙，大書佛呪語九字爲三行，曰「唵阿遊阿嗟利野婆訶」，以授彦仁，曰：「能持此呪，可免兵難。」是時天下大寧，殊不以介意，男子作色曰：「此事甚迫，獨不懼邪！」彦仁異之，即跪受，連誦十數遍。既覺，筆蹤歷歷在目，自爾日誦百二十遍。後數歲，中原大亂，胡馬飲江，姑蘇禍最酷。盧氏親黨鄰里，死亡略盡，獨彦仁一家，周旋踰年，雖僮僕婢媪，上二字明鈔本作「姨嫗」。無一傷者。紹興二十九年，呂丞相孫大年來臨安，與之同邸，日聞其誦呪，問之，具言其事。

范礪無佛論

通直郎范礪，建陽人。寓居樂平，與其友魏康侯著《無佛論》，以排釋氏。已而魏得惡疾，范始悔懼，然終病瘟而死。建炎三年閏八月，縣人吴翁在村墅，厥子在家，皆夢范以客禮來謁，入于子婦蕭氏房。子覺，聞鐘聲，詢之，則范殂矣！蕭遂有孕。明年將産，吴翁父子又同夢如初。蕭自夢紫蛇蟠腹上，未曉生男子。纔數日發癇，召巫禳治，巫見兒耳旁有疣，曰：「此兒可類范通直也。」及三歲，通身皆瘡，初則其身如粉傅，漸癢不可奈，爬搔至流血不止，一日再易衣，無日不然。吴念其夢之異，知其謗佛獲罪，雖他生亦爾。爲召高僧懺謝，竟不得免，病三年而死。范無子，一女名德静，頗知書，能詩文，嫁爲邑中程氏婦。邑士吴梓識范，説其事尤詳。

蜀士白傘蓋

范東叔説，蜀士有登科者，因赴調，投宿失道，至暮不遇店，一僕一馬，棲遲怖恐。忽野望次燈燭甚盛，羅列几案，五六客據案，酒肉狼籍。士往前揖，皆相顧有喜色，曰：「我曹相會，正恨冷落，得官人貺臨，可謂大幸！」遂邀駐鞍同飲。仍請居東向，士辭不敢，往復良久，竟處主席，且使著公服拜神，酌數杯後，一髯者起曰：「敢問尊官所能？」士曰：「本書生，幸明鈔本作「竊」。科第，只解作詩賦，他無所長。」固問之，曰：「實然，與諸公昧平生，遽蒙延款，苟有薄伎，尚敢靳之。」髯者發怒，上二字明鈔本乙轉。語詆突，意若不善狀。士陽爲便溺，明鈔本作「旋」。跨上馬，疾馳而去。彼亦不追，行三四十里，漸明鈔本作「且」。五更，見孤寺，叩門，僧出問故，即推之出，曰：「切勿相累，事既至此，無可奈何！」士垂淚乞救，僧云：「君於釋道二典中有所習否？」曰：「粗記白傘蓋真言。」僧曰：「足矣！但堅坐金剛背後，僕馬莫相遠，若見異境，但誦此文。」士如其戒。俄頃，刀劍鏗然，飛集無數，士閉目默誦真言。又聞兵器戛擊，甲騎縱橫，而皆不能相近。迨天明愈劇，逼暮方止。士饑渴憂畏，忽見僧來招入寺，謂曰：「此輩皆習南法，害人極多，每歲必擇日具禮祭神，而餕其胙，然後較藝，或得新法，即彼此傳授。渠見君至，以爲同業，故相待如此。既不如所欲，致謀加害。昨夕吾所以不敢留君者，畏其遷怒也。今不得有所施，彼諸人行且自促釁咎，他日當知之。」留至次日登途，沿路兵甲矛劍，以千萬計，悉剪紙所爲者。白傘蓋呪三千一百三十字，在諸呪中最爲難讀，頗與《孔雀明王經》相似。僧徒亦罕誦習，故妖魔外道敬畏之，白傘蓋真言，云卽楞嚴呪。

莆田處子

紹興二十九年，建州政和縣人往莆田買一處子，初云以爲妾。既得，爲湯沐塗膏澤，鮮衣艷裝，置諸别室，不敢犯。在途旬日，飲食供承，反若事主。此句明鈔本作「有若事主人翁者」。所擕唯一籠，扃鑰甚固，每日暮，必焚香啓鑰，拜跪惟謹。女頗慧黠，竊異之，意其有詭謀，禍且不測，遂絶不茹葷，冥心誦《大悲呪》不少輟。既至縣，其人不歸家，但别僦空屋，納女並囊篋于室中。過數日，用明鈔本作「忽」。黄昏時至籠前，陳設酒果，禱祀畢，明燈鎖户而去。女危坐床上，誦呪愈力。甫夜半，籠中磔磔有聲，劃然自開。女知死在漏刻，恐慄萬狀，無可奈何！但默祈神力，願寃家解免，諸佛護持而已。良久，一大蟒自内出，蜿蜒遲回望，明鈔本有「女不敢進」四字。若有所畏，既而不見。女度已脱，始下床，視籠中所貯，獨紙錢在。天未明，破壁走告鄰里。鄰里素知其所爲，相與伺其人至，執以赴縣。時長溪劉少慶季裴爲令，窮治其姦，蓋傳嶺南妖法採生明鈔本多一「以」字。祭鬼者，前已殺數人矣！獄成坐死，而遣女還明鈔本多一「其」字。鄉。後三年，劉入都，至玉山，與宜黄人李郭同途，言此事。予恨不及質諸劉也。

夷堅志補卷第十五（九事）

百花大王

韓子師彦古鎮平江，夜聞鼓笛喧闐，問其故。上二字明鈔本作「何處作樂」。老兵言：明鈔本多「後園」二字。「百花大王生日，府民循年例獻壽。」韓意非祀典之神，僭明鈔本作「妄」。處郡治，議毁之，雖萌此念，而未下令也。兵馬都監某人，夕夢重客，衣金紫，僕馬上五字明鈔本作「著紫腰金騎馬」。入謁。都監曰：「某冗職小吏，不敢與貴人接，尊官何故辱臨？」客曰：「吾非世人，乃所謂百花大王明鈔本多一「者」字。也。久獲血食於府園，非有朝廷爵秩，然自來亦能隨力量爲人致福捍患，未嘗敢作過。此句明鈔本作「未嘗作分毫過罪」。今府主將毁吾居，使血屬老幼，暴露無依，實爲深害，願急賜一言勸止。」都監曰：「何不自明鈔本多一「往」字。告？」曰：「吾難輕冒也。」遂寤，疑慮不寐。明日欲言，又恐憚韓之威，不敢啓齒。乃取珓杯禱之，擲得吉兆，乃趨府稟曰：「尚書欲拆百花廟乎？」韓驚曰：「何以知之？」具以告。韓異之，曰：「吾夜起念，未嘗言，而響應如此。」遂寢其議。自「吾難輕冒」至此，明鈔本作「我近他面前不得，俄而醒寤，疑其茫昧，未足憑，且憚韓之威，難以輕發，命取杯珓於室中禱而決之，所擲吉，明日，趨詣府稟曰：『尚書欲拆百花廟乎？』韓驚曰：『夜來蓋有此念，初不形言，君何由知之？』具以夢告，韓嘆其英響，遂寢昨議」。至夜，都監夢神來謝，又語之曰：「大王莫須謝尚書否？」曰：「吾今可見矣。渠乃上界天狗星之精，下土小神，所當敬畏，前者事未定，故不敢。」明日，都監又白韓曰：「百花大王葉本無「大王」二字，從明鈔本補。來謝否？」具以所言告，而隱天狗之説，改稱星宿。韓曰：「吾夢治事際，有客呈刺云：上五字明鈔本作「客將一刺曰」。『百花大王立於庭下。』衣冠甚偉，卽揖之升廳，不記有何酬答而覺。」兩人相顧嗟異。自是稍爲整葺祠宇，以時祀之。韓爲人嚴毅有風，所至令行禁止，故神物亦敬之上二字明鈔本作「知敬」。云。

鎭江都務土地

鎭江三酒庫，陳季霊知府日，合於贍軍，每月官課二萬二千緡，數歲後，其入不登。淳熙三年，黃仲秉爲守，別出錢萬緡，付節度推官王正邦，使之更張。於是舊都務料理，以土地祠先在務後柏明鈔本作「邪」。徑中，屋久崩明鈔本無「崩」字。圮，乃建一堂於大門側。廡間一室，內有泥像十數，摧折仆地，蓋故時所奉事者。命明鈔本作「喚」。塑工整治，就置明鈔本作「奉」。于新堂，且一葉本作「十」，從明鈔本改。歲矣。嘗詣務監王佐者，容色倉惶，趨白云：「醅庫近釀酒五十缸，用糯米明鈔本多一「一」字。百五十石，昨日三十缸忽作臭氣。」邦入視之，皆稠起黃沫，明鈔本作「埃」，下多一「其」字。穢不可向。疑酒匠洗米不潔之過。佐曰：「若然，當舉庫皆然，今五而壞三，疑必有異。」邦乃「乃」字明鈔本作「卽具」。袍笏詣神堂，焚香再拜，正色言曰：「頃以神祠朽敗，故鼎新之，崇奉香火，所冀明靈垂福。今反見怪如此，得非他方不正鬼神上五字明鈔本作「處不正之鬼」。嫉吾務事，「事」字明鈔本作「成就」。故示斯孽？神當出威力駈攘，爲人捍患。上二字明鈔本作「作主」。不然，則是神自爲妖，陰有所覬，非吾所以敬事本意也。今與神約，三日爲期，返酒如初，當虔賽祀。否則撤屋毀像，舉而投諸江，二者惟命。」既禱，佐以下多竊笑，或悚慮，謂必無益，而反速禍。邦入都廳未幾，攢司吳琛來告：「酒臭稍息，願往視之。」邦不聽而歸官舍。已而王佐與匠陸新拜於庭下，十數不止，曰：「昨以酒變之葉本無「變之」二字，從明鈔本補。故，自分必死，已與妻子訣別。今早掛索梁間以俟責治，上四字明鈔本作「俟吾官責治」。便就無常，葉本無「無常」二字，從明鈔本補。不意有脫理，是以感泣來謝。」明鈔本多「明日」二字。邦始至務，視缸中所釀，相蕩作聲，若有人以手掬轉者。少焉，一切與未臭者等，於是具羊豕鵝三牲致奠，仍召僧誦經，以答神貺。正邦說。

陳煥廣祐王

陳煥宣教，建陽人，秉心剛正，處事明敏，爲鄉里推重。乾道三年，待南城丞闕。十二月十九日，夢謁邵武明鈔本多一「大」字。乾山廣祐王廟，王迎見之，謂曰：「香火久寂，符印當交與公。」陳辭曰：「煥官期不遠，子幼累衆，不願就此職。」王曰：「冥數詎可辭？」上句明鈔本作「冥數既定，詎可辭乎？」既寤，竊憂之，自知不久於世，不敢爲人說。明年正月二日，索酒獨酌三杯，始告家人以夢，談笑而逝。其日有二丐者自邵武北樂村來，至其門，聞哭聲，問曰：「此非陳宣教居乎？昨日在驛前方臥，見甲士數百輩，蹴我亟去，云：明鈔本無「亟去」二字，多一「云」字，今從補「云」字。『吾迎新廣祐王陳宣教，汝那敢在此！』驚起，不能曉，今乃知之。」於是益驗其爲神。明鈔本多一「云」字。後歲餘，陳之友王翁夢陳招飲，到一所，荼蘼盛開，延待盡禮，且有旦晚相聚之語。及春時，偕鄉人詣其廟，過東廊，恍憶前飲處，不樂而出。是夜聞外人誦詩兩句云：「無可奈何，無可奈何。不如歸去，不如歸去。」纔還家卽死。

榷貨務土地

王傳，慶長之弟也，好學，工文辭。紹興末，監行在榷貨務。時劉正夫孝題明鈔本作「學韙」。任臨安排岸司，亦攝職榷務。兩人每從遊論文，相得甚驩。一日，傳訪劉於官舍，意色殊不樂。曰：「昨日夢如常日入局，有皂衣吏邀於路曰：『土地請相見。』卽隨詣祠所，覺室宇葉本作「中」，從明鈔本改。寬敞，不類晝所見。堂上設果餚三明鈔本作「二」。桌，揖吾對席，曰：『平時賴庇潤久，某今別有所之，天敕已下，除公爲代，遂託交承之契，殊以自幸也。』吾力拒之。主人曰：『天符已臨，安可拒？此職亦不易得。』俄有美人從中出，左右姬妾捧從圍繞，指曰：『此山妻也，當與交代。』講禮再拜，起，徑就中席。上二字明鈔本作「坐」。主人徐曰：『某今去此，不復攜妻孥，亦悉以奉贈。』酒數行，遂寤。此夢不祥，傳其死矣。」明鈔本作「乎」。明日，務吏報傳以暴疾謁告，劉愕然，驅車奔視，云黃昏後忽頭痛不可忍，日中而卒。正夫爲葛楚甫說。

嵊縣神

淇水李邦直〔此句疑有脫文〕，寓居會稽嵊縣。春日，家人相從出野，女子忽若有睹，茫洋無所知，歸而昏惰困卧，明日始能言。云：「昨在田間，見黄衫老媪從地中出，語我曰：『某廟大王當娶小娘子爲夫人，遣吾作媒，車馬在門矣。王先欲相見，請卽行。』方致詞拒却，已瞢騰若醉，行至門首，吏卒滿前，欲唤家人告語，噤不得宣。媪挾我出，跨馬而騎從於後，取青羃羅蒙我首，曰：『方爲新婦，詎可令人見？』俄頃，造一大宅，廳事供張華楚，尊俎羅列，絳衣人高明鈔本作「修」。帽玉帶，年可三十許，容狀上二字明鈔本作「狀極」。怪醜，褰幕細視我面，甚喜。命酒張樂，勸酬至十數行，顧媪曰：『擇定七夕日成昏，汝善護葉本有「之」字，從明鈔本刪。夫人暫歸，徐當厚謝。』復導我上馬，將跨鞍，王猶眷眷注目。到家，乃蹶然而寤。」李氏先以女許人，良用爲憂，然自是起居飲食如常，時及七夕，果暴亡。自午至酉，遍體尚温，時時微喘息，夜半，方明鈔本作「始」。省人事。云：「適又逢老媪來告，報吉夕已至，請夫人赴期。方號哭次，媪笑且駡曰：『豈有處子終明鈔本多一「身」字。不嫁人者乎！』抱我登花轎，明鈔本多「珠翠」二字。奇巧勝於人間，導哄喧盛，悉如貴族迎婦禮。明鈔本多「徐徐」二字。行至通衢，觀者環列。俄有健步數輩，皆黄衣，持文牒明鈔本作「符」。示媪曰：『城隍具牒上吾王，稱李氏女不當爲汝王妻，昨日天曹敕下，令别尋訪大限盡者。見呼城隍在殿下，亦當邀汝王告之，女亦宜一往。』媪與迎者皆不悦。健步呵叱，遂疾驅去。至一處，殿廡肅然，儀明鈔本作「翼」。衞尤盛。媪隨我入，至庭，一人金紫，先秉笏立階所，有頃簾捲，大神冠服正坐，招金紫者坐于旁，蓋城隍也。健步聲喏云：『追到李氏女并媒人。』神令速請某王。欻乘馬至殿，主人降座迎接，明鈔本作「揖」。我竊窺之，乃向欲娶我者，顧盼不止。主人云：『王所娶女乃本朝名臣李清臣之孫。城隍被天敕，以清臣有訴，令王別訪良偶。』王勃然曰：『吾奉帝命許娶妻，君何爲意外作難？』主人曰：『此非可強辯也！』王怒，亟索馬，不揖而去。主人微笑，呼媪切責曰：『汝何敢妄致生人？本欲遽加罪，速送女歸家，緩則殺汝。』葉本有「矣」字，從明鈔本删。媪惶懼再拜，揮吏送我還，於是而免。」女竟嫁元夫。章騆仲駿言，李氏居邑中僧寺，乃文定公家，女之夫爲楊推官，女之兄名宋大，所見略同，其所約則言正月十六日云。

雍氏女

建康酒庫專知官雍璋妻女，以上巳日遊真武廟，明鈔本作「祠」。焚香畢，循東廊觀壁畫，葉本作「畫壁」，從明鈔本改。逢少年子，着淡黄衫，繫紅勒帛，儀狀華楚，不知誰氏子。立女旁，凝目注視。母怪，亟「亟」字明鈔本作「舍而」。趨西廊。俄亦隨至。母誚之曰：「良家處女，郎君安得如是？」乃從後門出。少年亦尾葉本無「尾」字，從明鈔本補。隨不捨，遠行雜沓，始不見。是夜女揭帳就寢，少年已先在床，笑曰：「汝美好如此，不幸生胥吏家，極不過嫁一市賈爾。吾乃貴家兒，來與汝偶，真可爲汝賀，毋疑我。」遂握手留宿。至旦而母知之，絶以爲憂。經旬日，謂女曰：「我既爲門壻，當謁葉本作「拜」，從明鈔本改。丈人丈母。」於是正衣冠出拜，舉止敍述如士人。他日又言：「吾當有所補助汝家，上二字明鈔本作「丈母」。遇給米付廚時，當諦視。」此句明鈔本作「願加審視」。明日視之，米中得北珠數顆。自是每日皆然，轉盼成富人，建第宅，且別起樓與女居。凡有所需，如言輒至，若會宴親戚，則椅桌杯盤，悉如有人持携，從胡梯而下。荏苒數歲，或謂雍生曰：「一女如此，而甘心付之邪鬼乎？且所得財物，未必皆真，久必將爲禍。」雍生心固不樂，即呼道士行法逐治。甫入門，已倒懸於樑。又呼僧誦穢迹咒，正趺坐擊磬，不覺身懸明鈔本作「躡」。空，行室中數十匝，懼而趨出。少年蓋自若，時時自稱秉靈王招飲，或言嘉應侯招飲，歸必大醉。人又教雍生，使嫁女以絶之。得一將官子，既納采，少年謂女曰：「知汝將適人，固難阻拒，當爲汝辦資裝。成禮時却施小戲術，聊奉一笑。」於是縑帛器皿日葉本無「日」字，從明鈔補本。致於前。及壻登床，倏葉本無「倏」字，從明鈔本補。若爲人舁于地，壻竊怪之。灑濯整齊，復登焉，旋復墜地，此句明鈔本作「旋一再墜」。亟奔去。雍氏自此不敢復言攘却事。少年待女如初，但言：「汝父母本明鈔本作「大」，疑當作「太」。無誼，吾將加以殃禍，不過三年必使衰替。汝命本不永，然念汝無過，已爲禱冥司延一紀矣。」久之，有道人楊高尚者，法力甚著，雍氏議延請。少年已前知之，顰蹙顧女云：「此却是真法師，非吾所能抗，將遠引葉本有「且」字，從明鈔本刪。避之耳。亦緣分有限，知復奈何？」命酌酒話別。徘徊間楊已至，少年舉足欲竄，楊曰：「吾已設通天網罩汝，豈容越佚！」家人皆見少年立籠中。楊厲色責數之曰：「人神路殊，汝安得故違天律！今盡法治汝，又懼爲尊公累。苟爲不然，上奏天曹，明鈔本作「但奏上帝」，下無「令」字。令汝獲譴，入無閒獄矣。」少年泣拜謝過，乃與之約，攜手同葉本無「同」字，從明鈔本補。出而縱之。雍生詢爲何神，楊曰：「北陰天王之子也。」自是絶不至。女在家，亦無人敢議親，父母繼亡，獨當罏賣酒。每憶疇昔少年之樂，至潸然隕涕。建康南門外十里有陰山，其下乃北陰天王廟，蓋其神云。

李五七事神

池州建德縣白麪渡莊户李五七，生計温裕，好事神，里人呼爲郎。慶元二年四月，謁婺源五侯廟，拈八日香，十五日還家。是晚門外金鼓喧訇，旌旗焕赫，繡衫花帽者明鈔本作「凡」。百餘輩，呵導繼來。最後一貴人，服王者之衣，執紫絲鞭，跨馬直入，至廳階而下，坐於正席。一家良賤悉見之，知其爲神，列拜拱問曰：「敢問大王爲何處靈祇？」笑曰：「汝乃不識邪？吾即婺源靈順廟五顯宫太尉也。嘉汝香火至誠，明鈔本作「嘉汝香火致敬出於誠心」。自汝回程，便相衞明鈔本作「隨」。至此，擬借汝宅暫駐。」且言已往之事，悉如目睹。李慰喜滿望，况治一室，淨潔几案奉安，神時時現形，祭饌唯用素蔬麪食。語之曰：「吾在本宫爲四方信士瞻仰，不得不自齋心報答耳。上二字明鈔本作「達其意」。今此既非當境，稀接檀信，但隨食葷腥無礙。」於是烹羊炰豕，嘉酒鮮食，婦女歌唱侑飲，夜以繼日，備盡歡昵。李不復治生業，財力漸削。至八月終，明鈔本作「中」。妻與一女暴疾而死。方以爲疑，九月末，躬詣婺源祖殿，投牒訴理，焚獻既畢，徘徊大門下，不兩時頃，葉本無「頃」字，從明鈔本補。見黄衣兩承局擒一人，服王者衣，李視其狀貌，卽家中所供奉飲宴者。遂上鐵枷，付一司鞫治。李拜謝，兼程奔歸。羣婢妾言：「自郎之行，神雖起居飲食如常，而奄奄有愁色，果有兩使來追去。」其後斷治曲折，無從可知矣。

奉化三堂神

奉化縣明鈔本作「鄉」，下多一「俗」字。大姓家，率於所居旁治小室事神，謂之三堂，云祀之精誠，則能使人順利。上二字明鈔本作「饒益」。然歲久多能作禍。上四字明鈔本作「亦多爲害」。縣之下郝村富民錢丙，奉之尤謹，每三歲必殺牛羊豕三牲，盛具祭享，享畢，大集親鄰，飲福受胙，若類姻禮。丙以壯歲死，當除服之月，適與祭神同時，侍妾阿全者，忽爲物所憑附，作主公聲謂其子曰：「我本未應死，蓋三堂無狀，録我去，强爲奴僕。晝則臂鷹出原野，夜則涉歷市井，造妖作怪，經二年，略無一霎休息。不堪其苦，宛轉告假，得訴於東嶽。適岳帝出遊，過一小殿，呼侍郎召我升殿，我具以告。「告」字明鈔本作爲「請」。侍郎曰：『不須在此理會，但駈邪院葉本無「院」字，從明鈔本補。可矣。』我拜懇云：『身是下鬼，安知駈邪院所在？』明鈔本多「願遣一使偕行」六字，下句「侍郎遣」三字作「卽令」。侍郎遣青衣導我，冉冉騰空，約百餘里，到大門闕，金光亘天，二甲士甚偉，立於門。我以情明鈔本多一「控」字。白，引入長廊，迥邃無人，遂詣殿下再拜。望簾幕内五色炫耀，不可注目，唯時時聞環珮聲。俄捲簾，有人傳呼云：『錢丙何事到此？』乃具告三堂困害事。如食頃，片紙從内飛出，轉盼間神已攝至庭下，不見有縶縛者，而神跼蹐屏氣，求哀甚切。復有片紙飛出，旋繞神身數匝，化爲烈火爇之，立成灰燼。我拜謝而出。汝可遍告鄉人，自今宜罷此淫祀。」語漸微，阿全方蘇。明鈔本作「阿全蹶然而蘇」。

南安窮神

張子韶謫居南安，多蔬食，間遇一肉，必薦家廟。一日，將享客，作蒸羊，戒庖人必修潔，遂去故釜，創於庭木之陰。薪火既然，芳香暢達，望庖人舉手加額，若有禱然。此句明鈔本作「若默禱者」。須臾，鼎作聲，有巨鷹從空俯首一鳴，鼎汁四溢，流注於地，肉皆狼藉。羣鷹翻飛上下，攫搏不已，其狀猛怪。庖人有怒色，囁嚅誚罵，就扣之，乃云：「此地有窮神，適因禱之，旋即致害，意欲先薦也。」張笑曰：「俚諺鄙陋者爲窮鬼，今乃有窮神耶！」嶺下風俗逼於蠻陬，故神怪如此。明鈔本作「故怪神所爲如此」。

夷堅志補卷第十六（十事）

賣魚吳翁

臨安中瓦市賣凍魚吳翁，與一子并婦同居，晚得孫女醜兒，愛之甚。適周晬，翁死。淳熙二年三月，婦在門洗衣，聞人呼聲，舉頭則翁也，死已九年矣。婦昏昏如醉，全不省記。明鈔本多「與之語」三字。翁問：「小乙何在？」曰：「出市賣魚矣。」翁曰：「我今在湖州市第三閘邊做經紀，將汝治魚刀來。」婦取與之。問醜兒所在，指示之。翁呼其名，隨仆不省，翁亦不見矣。急喚夫歸，醜兒已死。翁元葬於德壽門外，遂舁女柩葬翁墓下。明鈔本作「左」。吳生欲驗翁明鈔本作「父」。踪跡，後三日，往北關訪之，入茶肆，問一媪曰：「有吳翁否？」曰：上二字葉本作「賣魚」，從明鈔本改。「今日不來。」指涼棚下大紙傘曰：「是其坐處也，逐日極賣得。此老數日前却抱得十歲一個女兒來，央我與他梳掠。」吳云：「其所居何處？此句明鈔本作「媪倘知其居」，下句「望」作「幸」。望告我。我與有親，明鈔本作「舊」。欲見之。」媪曰：「不曾詢他住址，明鈔本作「不曾詢其寓止處」。但每日拂曉來，過午即去。」吳悵然而返。及北關，門已閉，乃往同行鄭二家，告之故，不覺淚下。鄭曰：「世間安有是理？汝且寬省，莫成狂癡。」留之宿。明旦，復詣茶肆，少焉，望見翁，首戴一盔，左手攜醜兒。醜兒挾三脚木架明鈔本作「床」。來。吴趨出叫爺，翁不答，即攜女去。吴起逐之，行急則翁亦急，行緩則翁亦緩，常相隔十步許。値軍人負草來，隊伍塞塗，遂相失。吴又還茶肆，肆媪云：「吴翁元來是汝爺，適怒告我，云極怪汝，不喜相見，上二句明鈔本作「適對我忿怒極多，以不喜見汝面」。所以走去。」吴還家與妻言，欲與偕往，幸得再遇，一守一逐，當可及。鄰里止之曰：「汝只爲一女故如此，安得死人能出賣物？宜一切割斷，勿復爲念。」吴乃止。越兩日，別有軍卒款門語其妻曰：「吾營寨在龍山白明鈔本作「雙」。塔畔，寨前賣凍魚吴翁倩我來説，令索女孩兒衣服明鈔本作「段」。青羅衫紅絹中衣并紅鞋之屬。」妻記明鈔本作「念」。亡女實有之，喜其消息真實，挽卒少駐，俟夫歸。辭曰：「吾身隸兵籍，今日當請糧，不敢留汝家，上二字明鈔本作「他日」。自送往可也。」上二字明鈔本作「足矣」。卒去而夫歸。迨旦，夫婦詣龍山，逢昨卒，邀與訪翁，於所館張木明鈔本作「弓」。匠家尋之。張指小室曰：「在此宿。今日恰北出，似聞欲入城取孫女衣服。」吴問其翁女狀貌，張言其狀，儼是，明鈔本作「然」，下無「乃」字。乃亟由赤山埠尾逐之。過淨慈寺，遇鬻紙盔葉本空一格，從明鈔本補「盔」字。者，適相熟，試問之，曰：「一老翁領一小女來，女要紙盔，僕與之，去未半里。」吴亟奔逐望前，竟不見，拊膺而歸。鄰人相勞苦之，又勸焚其骨以絶妖妄。是時寒食，因上冢，啟瘞視之，唯存兩空棺，翁女之尸皆無「無」字明鈔本作「烏有」。矣。其後影響遂滅，明鈔本作「寂」。或以爲尸解云。林之才説。

王武功山童

河北人王武功，寓居郢州。乾道六年九月間，雇一小僕，方十餘歲，名山童。王於七年四月初一生一子，以賈氏妻爲乳母。未幾，山童忽去，尋訪無迹。是年冬，王赴調臨安，忽遇之於明鈔本無「於」字。江上。童見王至，邀入茶肆致拜，王好言謂之曰：「汝服事我十個月，備認勤謹，我亦撫息，何爲不告而去？」謝曰：「山童今日不敢有隱。身是鬼，上八字葉本作「不敢隱也，我身鬼也」從明鈔本改。恰恨後來乳母亦是鬼，怕山童漏泄，百般捃摭相排陷，此二句明鈔本作「百端摭拾欲陷害」。所以只得上二字明鈔本作「不免」。避之。明鈔本多一「耳」字。武功到宅時，千萬起居宜人，自管上二字明鈔本作「加」。護小官人爲上。」語訖辭去。王深憂其子，不俟注擬，遽還家。與妻言其事，即呼乳母抱兒出。嫗意態自若，猶以兒肥腴誇爲己功。王取兒付妻撫惜之，笑謂嫗曰：「山童說汝是鬼，如何？」嫗拍掌喊忿，急趨入廚，連稱「官人明鈔本多一「却」字。信山童說我是鬼」，衆葉本無「衆」字，從明鈔本補。或欲答言，奄然而没。

蔡五十三姐

徽州歙縣士人李生，惰於講習，淳熙乙巳，年二十六矣，不勝父母之責，捨家浪遊。至宣之寧國，行役倦悶，值一笄女於茅岡桑林邊，含笑相迎，自言是蔡承務家小娘子五十三姐，父偏室所生，遭嫡母逼逐，却葉本無「却」字從明鈔本補。帶得金銀數十兩隨身，願陪一男苟逃性命。不謂邂逅得明鈔本作「相」。遇秀才，倘不曾娶妻，願求匹偶，何如？李既單身明鈔本作「才」。徒行，慕其財色，即握手登途。西留漢川縣，開米鋪，歷七年，生一男一女，貿運積明鈔本作「溢」。數千緡，漸成富室。忽有道人過門，自稱何法師，望見此女在門內，上二字明鈔本作「户限內立」。去而復還，探袖中幅紙，磨朱砂，濡筆書一符，又以水精珠照太陽，取火焚符，抛入門內。明鈔本作「抛於女身」。女大叫一聲，寂滅無跡。李生悉收貲貨，攜兒歸，經寧國境，訪所謂蔡氏，無有也。泣而回家，「家」字明鈔本作「鄉里」。至今皆存。

任迥春遊

宣和三年，京師富子任迥，因遊明鈔本作「尋」。春獨行，至葉本作「出」從明鈔本改。近郊酒肆少憩，樂其幽雅，明鈔本作「寂」。未即去。店姥從中出，回顧呼語曰：「吾夜分乃還，宜謹視家舍。」即去。明鈔本作「行」。迥窺望幕明鈔本作「梱」。內，一女子絶妖冶，心明鈔本作「意」。殊慕悦，而難於言。女忽整容出，盼客微笑，服飾雖不華麗，而潔素可愛。迥招與坐，以言挑慰。上二句明鈔本作「迥與接膝坐，慰藉往返」。女曰：「吾母赴村中親舍宴席，家無一明鈔本作「他」。人，止妾獨身耳。」明鈔本作「獨我居此耳」。迥心神流蕩不禁，遂縱言調謔，命酒同飲，相攜繾綣。薄暮而姥歸，入門，見迥在內，忿然作色曰：「吾女良家處子，汝何敢無禮相污？」上四字明鈔本作「爲非義事」。迥無辭以答，上四字作「不能飾辭」。但泣拜引罪。久之，姥忽易怒爲笑曰：「汝既犯吾女，無奈矣，上句明鈔本作「如未有室家」。當遂爲吾壻，則可解，上二字明鈔本作「大好」。不爾，則縛送官矣。」此句明鈔本作「必訴於官」。迥思己未娶，又畏成訟，唯而從之。姥曰：「若爾，無庸歸，少留旬日，吾自遣信報爾父母。」於是遂明鈔本無「遂」字。諧伉儷。夫婦問殊愜適，惟防禁甚密，母子更迭守視，不許出中門，但兀坐飽食而已。一夕未寢，連聞扣户聲，姥啟扉，明鈔本作「徹扃」。有男子婦女二三十輩，扶携而來，有得色，言曰：「城内某坊某家，今夜設大筵，宜往赴約。」姥呼女同行，而指迥告衆曰：「奈此郎何？」或曰：「偕往何害？」乃空室而出。迥深憂疑之，而弗敢問。俄頃，到城門，門閉已久，衆藉藉謀所以入。姥聳身穿隙而進，衆與迥隨之，皆無礙。及至市，燈燭販鬻與平日不殊。到所謂某家，方命僧施法食三大斛，衆拱立環繞，争摶取恣食，至於攘奪。迥駭曰：「吾許時乃爲鬼壻耶！」始大悟，挺身走入佛座下，跧伏不動。望明鈔本作「回」。視同來者，詭形怪狀，皆鬼也。競前挽使回，迥不應。姥與女眷眷不忍釋，至互相詆悔，流涕唾駡，乃去。天將曉，此家屏當供明鈔本作「什」。器，見而驚曰：「有奇鬼在此。」取火照之，迥出，具道本末。迨旦，送之歸家。家人相視號泣曰：「一去半年，無處尋訪，以爲客死矣。」調治數日，乃復人形。徐驗故處，但荒榛蔓草明鈔本多「了不可識」四字。耳。

横源老翁

紹熙二年十一月九日，予遣饒卒温青往信州，使兼程而進。是日行百里，抵横源，已四更，困倦殊葉本無「殊」字，從明鈔本補。甚，顧道旁一空屋，姑少入憩。須臾，有一老翁，褐布道服，立門外呼曰：「夜深矣，料汝當饑渴，吾恰葉本無「恰」字，從明鈔本補。攜酒食過此，與爾上二字明鈔本作「能出」。同一飽。」明鈔本多一「乎」字。青愧拜，卽出上三字明鈔本作「謝其意」，下句多一「起」字。隨以行。且行明鈔本無「且行」二字。且語云：「汝往信州通判廳下書邪？」曰：「然。」俄至道左明鈔本作「右」。下田坎，就地偶坐，置酒設肉。葉本作「出酒肉來」，從明鈔本改。未及舉杯，兩村民過之，望見，初疑爲鬼，欲毆逐，聞其腰有鈴聲，謂是郡鋪駛卒，大呼曰：「是非人所行處，何爲在此？」老翁遂明鈔本作「卽」。不見。青矍然明鈔本多一「如」字。醒，急登岸。此兩民乃欲往明鈔本作「詣」。樂平陳狀者，勞葉本作「詢」，從明鈔本改。之曰：「汝必爲鬼所迷，非遇我二人，必陷明鈔本作當「墮」。其計，危哉！」遂與偕至縣。別一卒曰胡顯，亦自郡來，以食時到彼，値民還，話所見。詢於土人，乃頃年此屋內一男子縊死，數口相繼疫亡，翁蓋家長也。視昨夕溫青坐處，唯牛糞一堆耳。共語里正，亟毀其廬。青雖獲免，後月餘，得大病幾喪明鈔本作「死」字。云。

處州山寺

處州縉雲縣近村一山寺，處勢幽僻，有闍僧行脚到彼，憩於且過堂。經數日，當齋時，不展鉢開單，寺僧邀茶，語之曰：「堂中獨卧，無恐怖乎？且何以不索食？」曰：「身老矣，不能免食肉，苟小行哥勤，疑有脱誤。渠初非舊識，而每夜攜酒炙果實見過。此必諸尊宿相憐，遣來存慰。明鈔本作「勞」。既得酒饌飽足，何必又叨齋食？」上二句明鈔本作「既得飽足，故不欲又叨齋饌耳」。寺僧曰：「非也。二三年前，有小童名阿伴，自縊於此堂，常常出惑人。有雲水高人寓此，必出煎湯煮茗，供侍謹飭。前夕，本寺一房內有壺酒合食忽不見，疑師所享，必此也。懼爲彼所禍，今夜倘再來，願斥之曰：『汝非阿伴乎？何得造妖作怪，不求超脫？』徐察其色相如何。」客僧受教。夕復至，即如所言責之。童面發赤色，明鈔本無「色」字。無以對，吐舌長尺餘而滅。後來宿者，明鈔本無「來宿者」三字。不復有影響矣。僧孚峨說。

鬼小娘

福州黄閭人劉監稅之子四九秀才，取鄭明仲司業孫女。淳熙初，女卒，越三月，葬於鄭氏先壠之旁。既掩壙，劉生邀送客飲於庵中，明鈔本作「舍」。忽一蝶大可三寸，又似蟬，飛舞盤旋於左右十數匝。劉異之，戲言：「得非吾妻乎？倘冥途有知，當集吾掌上。」蝶應聲而下，集明鈔本作「駐」。于右手間，移刻乃去，遺二卵。坐客争起觀，劉呼一婢使藏之，且嘆且泣。少頃，一婢來，此句明鈔本作「婢復來」。舉止聲音全類鄭氏。衆初以爲狂，至晚還家，亟發鄭篋，取冠裳釵珥被服，如所素有。仍歷數其夫，某事爲非是，某妾有何過，某僕有何失，皆的的不誣。夜則登主榻，如鄭生時。明旦區理家事，而檢校莊租簿書尤力，親黨目爲鬼小娘。其父蓋田僕也，嘗來視女，女不復待以父禮，呼罵之曰：「汝去年負穀若干斛，何爲不明鈔本多一「肯」字。償？」令他僕執而撻之。如是五年，劉生卒，婢卽時洗然如舊。詢所見，皆莫知。黄彝卿婚于劉，方鄭氏之葬，彝卿妻爲客，目睹其事。婢今尚存。

城隍赴會

淳熙初，饒州兵家子張五，持刀入皂角巷劉家，殺其母并二女。先是，張與劉小女通，每爲其母及長女所見，忿而行兇。所通者叫呼，故併罹禍。邏卒將執之，望其刀猶在手，恐拒捕或自戕，明鈔本多「或從而」三字。哂之曰：「大丈夫殺人償命，是本分事，今懼怕如此，豈不爲人嗤笑？」乃擲刀於井，束手就擒。獄成，斬明鈔本作「臠」。於市。張無父母，唯一兄爲詹氏贅婿。有妹未嫁，忽染祟，嚼啖陶器，拈弄炭火，無所不至，大率如病狂。詹招法師張成乙考葉本無「考」字，從明鈔本補。召，其鬼乃作張五聲音，舉止與之絶類，曰：「我既伏法，魂魄無歸，明鈔本多「著處」二字。若能供我，則明鈔本作「即」。當屏跡矣。」法師釋其罪，但牒城隍司收管，兄以時節祀之。後二年四月，詹葉本無「詹」字，從明鈔本補。女復病如故，又考治之。云：「三月十六日城隍出永寧寺赴會，廟中守者明鈔本多一「稍」字。疎怠，我得逸出。」此句明鈔本作「所以得逃出」。蓋是日郡人迎諸神設會於永寧寺山門上也。於是再牒往，女即洒然，後嫁一卒。鬼不復至。

嵊縣山庵

會稽嵊縣某山，有僧結庵其間。上二字明鈔本作「於上」。山下人家有喪，將出殯，前一夕，請僧作明鈔本作「修」。佛事。明鈔本作「供」。僧與一行一僕上四字明鈔本作行者一人僕一人。赴之。日暮，下山半，遇日常所與交某客來，問僧何之，以送喪告。客曰：「從縣至此，正擬投宿，奈何？」僧言：「事不可已。」乃取匙鑰付客，使自往啟户，遂别。時月明如晝，客獨步詣庵，徘徊將二更，甫就枕，未寐，上二字明鈔本作「睡未熟」。聞扣扉聲。客膽力素勇，無怖畏，知其爲鬼，叱之曰：「汝何物，敢來作怪？」曰：「我乃某甲也。」審聽之，蓋舊知，久聞其死矣，此句明鈔本作「聞已死數年矣」。乃不上二字明鈔本作「不肯」。爲起。鬼曰：「如不延我，上二字明鈔本作「相延」。我自能入。」覺門矻矻明鈔本作「軋軋」。有聲，逕入踞禪椅而坐，呼客相揖。客曰：「汝死矣，胡爲來此？」對曰：「與君從游久，我元不亡，安得以死見戲？」客曰：「吾猶憶某年某月日，至汝家明鈔本多「視汝喪」三字。送汝葬，今若此，謂吾畏鬼邪！」乃笑曰：「毋庸多言，我實已死，所以冒夜相尋者，將有禱於君，幸見聽。我不幸去世，未期年，葉本無「年」字，從明鈔本補。妻即改嫁，凡箱篋貨明鈔本作貲。財，田廬契券，席捲而去。此句明鈔本作「悉以自隨」，下句首多一「惟」字。一九歲兒，棄之不顧，使飢寒伶仃，流於丐乞。幽冥悠悠，無所愬質，願君不忘平生，明鈔本多「之故」二字。爲我言於官。使此子得以自存，吾瞑目九泉無恨矣。」客瞿然憐納之。因歷歷誦言，家有錢粟若干，布帛若干在妻所，田若干畝在某鄉，屋若干間在某里。客一一傾聽，語話酬答。且四更，心頗動，語之曰：「所托既畢，可以去矣，毋妨吾睡。」忽默默不答，連呼之不應。客暫寐微鼾，鬼亦鼾，客倦而倚壁，鬼亦偃蹇；客揭帳咳唾，鬼亦唾，始大恐，下床疾走。鬼起葉本作「亦」，從明鈔本改。逐之，及于堂。客素諳鬼物行步，但直前，不能曲折。乃環繞而走。

鬼踉蹌值前，抱一柱不捨，客僅得出門。奔下山麓，天已明，遇僧，告以所見，且誚之曰：「師捨我而赴檀越，終夕飽食，豈知我窘怖如此？」僧曰：「我所遣者，尤爲大奇。昨佛事既終，彼家將舉棺，而輕虛若無所貯，驗之，則棺蓋葉本無「蓋」字，從明鈔本補。已揭動，不見其尸。滿室驚惶，莫測其故。送者懼而去，吾亦奔走明鈔本作「波」。至此。」明鈔本多一「耳」字。遂俱還。望庵中一人抱柱自如，彷彿類新死者，亟遣呼其子，并集鄰里同視之。子認是父，拊膺慟哭。前取其尸，抱柱牢不可脱，上六字明鈔本作「而抱持緊甚不可擘脱」。至用木支屋，截破半柱，乃得解。蓋舊鬼欲有所憑，借新尸以來，語竟，魂魄却還，新鬼倀倀無依，故致此怪。里正白其事於縣，爲究實，於是所囑之事由此獲伸。淳熙十四年九月，張定叟説。

太清宮試論

張勛，字子功，紹興十八年爲浙東安撫司參議官，寓越之大喜寺。夙興趨府，未半道，亟促從者令還，至家明鈔本多一「則」字。已卒。及百日，命道士設黃籙醮，幼子忽索沐浴，着衣冠，其聲乃勛也。妻孥環泣曰：「君平生多陰功，何爲壯年而夭，且臨終時不以一語分明鈔本作相。訣，使人啣恨無窮！」勛曰：「爲我召知觀。」知觀適主持醮事，聞之亟來。勛曰：「正在太清宮，承師召請，故暫來相見。曩日之行，蓋急奉上帝詔，不暇與家人訣别，非夭也。」顧語其妻：「汝但強爲善，凡欺人之事，一毫不可爲。倘一善堪録，徑登仙籍。今無問名山洞府，只蓬萊宮自缺三千人，非曰難升，恨世人造惡者多耳。」旋令取几案筆硯，書數百字，皆神仙家語。道士曰：「公今居仙中何官？」曰：「吾掌四時風雨，他非所當知。」坐至中夜，覩行科儀，問何時，報已四鼓，欲去。道士請少留，享斛食，怒曰：「吾非鬼，安用此爲？」道士悚然曰：「固知非所以瀆明鈔本作「浼」。公，須公證明，憑仗法力，庶俾鬼神大霑福利。」曰：「如是則可，願促其期。」取筆於案上畫圓圈，而缺其前，書「達真之路」四字，又書「龍車鳳輦」字，舉手揖衆曰：「努力爲善，今秋再相見矣。」其子遂假寐。既覺，問之，明鈔本多一「了」字。不知所言。自是其家揭牌於几筵前，葉本無「前」字，從明鈔本補。以「達真堂」爲名。或見兩小青衣出入其間，是秋果復至。將至時，大風拔木，雨傾如注。幼子者，揮手勑空中，令先行。妻孥泣問所從來，曰：「奉帝命詣東嶽，查刷世間善惡人姓名簿書。」繼而顰蹙曰：「世人造業者何其多耶！惡簿滿數百萬車，善者纔九百車，深可哀也！」又據案大書頌偈，且去，曰：「葉本無「曰」字，從明鈔本補。下句「候」作「俟」。候周祥，吾當復來。」如期亦然，而聲音與之不類。妻曰：「何爲如是？」曰：「吾非參議，乃某「某」字明鈔本作「忘此二字」四字，疑是注。真人也。去秋八月，太上老君集羣仙試，虛中有實，論於太清宮，公中高等，職位已遷，不復可到人間，故遣我來。」迨大祥日，此真人當又來，自後遂絕。其所書今皆藏於家。

夷堅志補卷第十七〔十一事〕

季元衡妾

季元衡，南壽縉雲人。既登科，調台州教授，將往建康詣府尹，家有侍妾，忿主母不能容，常懷絶命之意。及是行，季以情告明鈔本作「禱」。妻曰：「吾去後，切勿加楚撻，明鈔本作「虐」。倘或不測，恐費經護，必不可蓄，俟歸日去之不難也。」妻曰：「君但安心而行，吾不爲此事。」時方僑寓他處，忘其地名。上四字明鈔本旁寫作「不記其地」。數日到建康，已解擔，聞耳畔啾唧聲，似其妾音，而不見形。問之，泣曰：「君纔出門，即遭箠。勢迫不可生，已自經而死。」上二句明鈔本作「勢不可復生，自經死矣」。季爲之怨泣解謝。欲回車，念業已至；欲弗信，又不忍，姑遣僕兼程歸，扣其事，且爲家人作牒，經營上二字明鈔本作「經邑」，下句多「仍略疏」三字。葬埋之費。自是繼夕來，信宿，僕還云：「宅中全無事，某到時，侍人自持飯與我。」季曰：「然則妾鬼假托以惑爾？」是夕復至，季正色責之曰：「汝是何等妖厲，敢詐妄？此句明鈔本作「顧敢然」。不亟去，吾將命道法繩汝矣！」此句明鈔本作「吾將精集道流，繩汝以法」。答曰：「我實非君妾，緣君初戒行日，疑心横生，故我因乘間造僞。今但從君丐佛經數卷，薄奠楮幣明鈔本作「鏹」。之屬，當即去也。」季許之曰：「若爾，當云與誰，且置之何所。」曰：「俟他日歸途到某處，設之道旁足矣，姓名不必問也。」遂别去。後旬日，府僚十餘人招季遊蔣山，季先至，坐三門外，又聞耳畔語。季怒曰：「吾不汝治罪，又許汝經饌，於汝厚矣，安得復來？」對曰：「感君恩厚，心不忘報。聞今日羣賢畢集，其中兩客，貴人也，故告君，君宜識之，異日當蒙其力。」問何人，曰：「江寧葉知縣及某官也。」曰：「汝何自知之？」曰：「庸賤下鬼，非能測造化，但逐日遊行，鬼與人雜，相逢車馬皆憧憧不相顧，唯此兩官人至，則神鬼皆趨避，上六字明鈔本作「則趨下田間避之」。見之數矣，是以卜其必貴也。」季頷之。復謝去，終不肯泄姓名。葉宰者，審言樞密也。其一失其名。張仲固堅云，得之於郡士張逢辰，與季爲友，聞季自述其詳如此。逢辰以淳熙辛丑擢第，當再扣之，庶不爽上二字明鈔本作「可概」。其實也。

青州都監

宣和間，陝西一武官爲京東路分都監，官舍在青州。到任逾歲，忽見照壁後一大青面鬼踞坐，其頭高拄屋棟。葉本作「頭高柱屋」，從明鈔本改。武人膽勇不懼，取弓矢射之，中其腹。笑曰：「着。」又射之，曰：「射得好！」連二十發，矢集其軀如蝟毛，鬼殊不動。俄二小鬼挾都監母從房出，畏或傷害，乃捨弓箭上二字明鈔本作「去」。奪救之，呼諸子僕妾上二字明鈔本作「與婢妾」。爲助，了無一應。回視照壁葉本作「屋」，從明鈔本改。下，則一家人盡死，疊尸地上，每身帶一箭，皆適所射明鈔本作「用」。者。老幼二十口，唯母子二人存，驚痛幾絶。廳吏走報府，府帥遣僚屬來視，咸怪愕無策，但爲買棺收殮。留一宿，將出殯，偶啓便室取物，見一家聚坐其中，元不死，渾如夢寐。上二句明鈔本作「全如夢裏，元不死」。扣其始末，昧無知覺。於是揭棺，乃葉本無「乃」字，從明鈔本補。各貯箕帚桶杓之類耳。急徙他所，而空厥居。

劉崇班

政和初，殿中崇班劉良士赴河北將官，挈家至村驛。驛舍荒涼，無一人供薪水，呼問亭長，乃在他所居，久之始至。劉叱責之，叩頭對曰：「驛爲怪物所据，不復容人跡，前後過客亦葉本無「亦」字，從明鈔本補。無敢居者。」劉笑曰：「吾平生無怖畏，當此炎暑，捨大屋弗居，而棲泊旅邸邪？」使即撤扃。見明鈔本無「見」字。庭階蔓草盈尺，詢怪物所止，曰：「多在西廂小廳下。」劉戒從卒環列中堂，設寢處，使妻孥居之，自置一榻坐西邊，以弓箭爲衞。葉本作「隨之」，從明鈔本改。二更後，有白衣老叟荷杖至，曰：「吾爲土地神，每恨妖魅害人，而力不能制，坐視歎息而已。聞崇班素負膽氣，明鈔本作「勇」。今夕適羣鬼皆醉卧，欲乘此時盡執縛以來，請君殺之，以清一方之孽，爲萬人之利。」劉欣然曰：「幸甚。」叟即去。頃之，擒一物至，不甚了了，曰：「請崇班下刀，毋待其覺。」即揮刀斬之，有聲呦然。已而連續擒至，次第斬首。約四更時，斬三十餘級，横尸流血，腥氣逼人。叟再拜遜謝曰：「盡矣！」趨下廊廡間，拊掌大笑而没。葉本無上二字，從明鈔本補。劉始疑焉，呼燭入視，則全家大小，盡上三字明鈔本作「無小無大」。皆身首異處，不遺一人。劉驚悔，哭明鈔本作「大」。叫發狂，越日而死。亭長言於官，焚拆此驛，其怪亦絶云。

泌陽人殺鬼

唐州泌陽縣早明鈔本作「平」。市鎮田氏之僕，漁於河，白晝有鬼自水中出，挽之入水。同漁者奔赴明鈔本作「集」。救之，以刀殺數鬼，迎刃而解，如切瓜瓠然。明日，報其主人田穀，穀往視，則數鬼積卧水濱，面色黑髮獰然，遍體有毛，色如藍靛，皆長三尺許，逾數日始不見。

鬼巴

臨川王行之爲處州龍泉尉。表弟季生，郡人也，來訪之，泊船月明中。夜半，有鬼長二尺，靛身朱髮，倏然而入，漸逼卧席，冉冉騰上其身，行于腹上。季生素有膽氣，引手執之，喚僕共擊，叫呼之聲甚異，頃刻死，而形不滅。明旦，剖其腸胃，以鹽腊之，上二字明鈔本作「漬爲腊」。藏篋中。或與談及神怪事，則出示之。明鈔本作「則出以示焉」。

崔伯陽

崔公度，字伯陽，自少施食，常以尊勝黃幡遍插地上，率夜半爲節，雖寒暑不廢。此句明鈔本作「非大故未嘗廢」。爲館職日，飲於親故家，中夕方歸。道沿蔡河，馬觸酒家帘，驚而逸，崔墜地，迷不知之。夢上五字明鈔本作「迷不知人，醉夢間」。一婦人至，曰：「崔學士也。」急解帕巾幕其首，又招其徒曰：「此乃施食崔學士，今遭難，不可不救。」俄十餘婦應聲而來，爲之按摩掖扶，似覺稍甦，馭卒亦至，勉扶上馬。迨歸，家人方知明鈔本作「聞」。之，但怪暮夜安得有人裹首。崔彷佛能道向來事，數日創葉本作「方」，從明鈔本改。愈，解帕視之，乃二紅纈，有血滲色，中實碎紙甚多，皆所插黄幡也。應手灰飛，方知爲鬼耳。葉本作「方知鬼也」，從明鈔本改。

湖田陳曾二

饒州景德鎮湖田市，乃燒造陶器處也。有宋二者，以淳熙十六年十月建水陸道場。民董生，操舟在河下，出觀闍黎明鈔本多一「僧」字。攝召，見兩鬼立於岸，共説張婆家女子因吃糍糕被噎而死，氣尚未斷，可去救他性命。其一曰：「誰向前？」一曰：「只我兩個同去。」張婆者，與宋二鄰居，女名婆兒，噎死未久，須明日殮送。方守尸悲哭，忽聞擊户聲，問爲誰，曰：「我是河裏住人陳曾二也。」張曰：「何故以深夜相過？」曰：「知道婆兒不幸，但扶策起坐，將笤箒拍打背三下，糕便落腹，可活矣！」張謝曰：「荷爾教我。」乃啓門，欲邀入飲以酒，葉本無「以酒」二字，從明鈔本補。了無所見。試用其法，不食頃，女腹如雷鳴，即時安好。迨曉，尋訪陳曾二，蓋七年前溺河而死者。鬼未受生，猶惻隱存心如是。張婆乃命僧爲薦拔之。

王夑薦橋宅

邢太尉孝陽，初南渡，寓家湖州德清縣。明鈔本作「驛」。室湫隘不足容，謀居臨安甚切。得薦橋門内王夑太尉宅，纔爲錢三千緡。或曰：「都城中如此第宅，當直伍萬緡，今不能什一，亦知其説乎？是宅久爲妖物明鈔本作「厲」。所占，人不堪處，故以相付耳。」邢之内子及姑慶國夫人者，皆唱言不可用。邢患之，稍稍語内子曰：「人言是否未足信，我將自驗之。然我或云無，汝終不信，盍擇謹厚二婢子偕行，庶可證實。」遂往。凡留半月，中外奥僻，無不臨視，夜則寢於葉本無「於」字，從明鈔本補。正堂，寂無所怖。歸家言之，上二字明鈔本作「具言」，下句首有「且」字。力詆前言之妄，二妾亦深贊居室明鈔本作「室廬」。之美，始盡室徙居明鈔本無「居」字。焉。徙之日，怪物畢出，家人閨房上二字明鈔本作「閨闈間」。密語，輒應於屋上，嬉侮譁褻，無所間斷，至蠱惑姬妾，明鈔本作「嬙」。恬不避人。於是甚悔其來。時宋安國在德清，亟遣招致，爲作法考攝。獲一鬼，械而囚諸北陰，已而有十上三字明鈔本作「復一」。鬼出，又復治之，俄而復然。其明鈔本無「其」字。鬼自述曰：「明鈔無「曰」字。兄弟四人，又有宗族眷屬，并同儕極多。」宋施術已窮，亦厭倦，乃告邢氏曰：「兹地經兵虜之變，殺人無算，今不可勝治，不若建黄籙大醮拔度之。吾當主行，使超脱受生，不與鬼爲怨府，亦上計也。」邢如其言，明鈔本作「戒」。捐錢三明鈔本作「二」。百萬辦醮筵。鍊度之夕，置瓮架上，羃以布，悉召滯魄入于中。宋約邢親昇至前，罄葉本無「罄」字，從明鈔本補。力不能舉，但覺瓮中索索如蟹行聲。訖事，用八健卒負出門，皆云壓肩甚重，若各荷百斤者。瘞之竹園深坎下，宅至今平寧。趙彦澤說。

西津渡船

紹興明鈔本作「熙」。元年三月，鎮江西津發渡船，已載四十四人，太半是茅山道人赴鶴會而回者。此外一丈夫，攜小兒，年十二三歲，不肯登舟，強拽明鈔本多一「之」字。使上，亦不聽。父怒擊其首，兒不得已，乃云：「待我説。」忽隨聲仆地，手足厥冷。父窮明鈔本作「窘」。急，扶掖叫呼。衆不肯俟，遂離岸。未到金山，大風作，舟沉洪波中，葉本作「平沈洪波」，從明鈔本改。并篙工凡四十六人皆死。兒奮身起，若睡覺，父喜，始問其故。曰：「恰見一船人盡是鬼，形狀可怖，所以不敢往。方欲説時，一鬼掩我口，便昏昏如夢，元無他也。」

會稽學生

會稽張國弼在郡庠，有同席某士，好浪遊，率以夜分踰垣出，五更復入，以爲常。一夕，明當釋奠時，子夜卽歸，中途聞撝呵聲，退避簷廡。見四人，衣紫窄衫，卷脚幞頭，秉紅紗燭籠，夾列一婦人，着朱衣，無首，乘馬而來。生驚甚，望其去路，蓋同途也，隨至學前落斜數十步，馳入荒園。秉燭者立四旁，乘馬人居中央，作舞挽勢，良久而滅。歸以語同舍生，皆莫之信。明日，訪諸園，有一大井，問園夫：「此井有何異？」曰：「數日前，外間民女嫁人，歸母家，至井上浣衣，忽悶絶不省。舁歸壻家，喚巫者治之，曰犯井中伏尸女傷鬼。其法用紙畫紫衣四人，持燭明鈔本作「炬」。籠，剪乾紅紙作背子一領，具酒明鈔本作「肴」。飯燒祭之。聞昨夕事畢，三明鈔本作「五」。更後，女病良愈。」問女家所居，云蕙蘭橋，正生所行路也。

段氏疫癘

都昌薦壇段氏，素爲富室。慶元二年，全家染疫，二子繼亡，婢僕多死，夫婦危篤上二字明鈔本作「皆困篤」。不能起。鄰里來視及供承湯粥者，亦皆明鈔本無「皆」字。傳染以死，雖至親莫敢窺其門。有明鈔本多一「幼」字。子年甫二十，在鄱陽蓮山院爲行者，新買度牒爲沙彌，上七字葉本作「新買祠部牒，披剃往」，從明鈔本改。聞家禍之酷，往省問。方至廳下，黑霧明鈔本多「四塞」二字。如明鈔本多一「類」字。山，未敢即入，退憩近寺。念父母危殆如此，爲人子明鈔本作「既爲之子」。豈可坐視，即邀僧衆誦楞嚴呪而行。沙彌一步一拜，纔及門，妖霧如掃，進至中堂，坐少定，一巨蛇自病房出，羣僧驚懼，亟登高，斂足跏趺，朗誦經卷。未畢，蛇自舉首擊户限數十，流血而斃。病人登時悉愈。人以爲孝心所感。沙彌復歸蓮葉本無「蓮」字，從明鈔本補。山。去饒州八十里太陽埠明鈔本作「步」。地藏院行童方如海能爲巫，見其事也。

夷堅志補卷第十八〔十五事〕

段承務

宜興段承務，醫術精妙，然甚貪財賄，非大勢力者不能屈致。翟忠惠公居常熟，欲招接，不可，委平江守梁尚書邀之，始一來。既回，至吴明鈔本作「平」。江，適一富人病來請，段至，視之曰：「此病不過湯藥數劑，然非五百千爲謝不可。」其家許其半，上三字明鈔本作「止許半酬」。遂拂衣去，竟從其請，别奉銀五明鈔本作「三」。十兩爲藥資，段益索至百兩，乃出藥爲治，數日愈。載所獲西歸，至中塗，夜夢一朱衣曰：「上帝以汝爲醫而專貪財賄，上句明鈔本作「厚取賄賂」。無濟人利物之心，命杖脊二十。」遂叱左右捽而鞭之。既明鈔本多一「寤」字。覺脊痛，呼僕視之，箠痕宛然，還家即死。

服瘧丹誤

范師厚右司，因晚食麪過飽，呼其姪索食藥，未即至。范性褊急，拊案連趣之，適有他缶在旁，漫撮百粒以進。下咽未久，覺噪惡嘔吐，旋又下潟，明鈔本作「瀉」。疑所服爲非，取缶視之，乃瘧丹也。倉忙磨解毒丸，無及矣，迨夜而殂。趙祖壽者，善治藥，常自矜其方，好與人服，每自詫瘧丹之妙，以爲他方皆不及。後爲分寧丞，邑宰吴君求其方，祕弗傳，而授以成藥一小合，别以八味丸一合送之。吴置室中，嘗正晝治事，天氣不爽，遣小吏入宅，云：「取趙縣丞所送藥一百粒，并温酒來。」家人不識何品，但聞取趙縣丞所送藥，誤以瘧丹百粒授之。吴方理文書，不暇審視，遽接吞之，未離座，吐暈欲仆，至夕暴下，詰旦而亡。二人之不幸正同。乃知人儲藥有毒者，當緘封別貯之，勿使致誤，視此可爲鑒戒。

醫僧瞽報

温州醫僧法程，字無枉，少瞽，百端治之不愈，但晝夜誦觀世音菩薩名字。如是十五年，夢菩薩呼之使前，若有物縶其足，不可動。葉本無上九字，從明鈔本補。告曰：明鈔本作「菩薩歎曰」。「汝前生爲灸師，誤灸損人目，今生當受此報難免。吾憐汝誠心，當使汝衣食豐足。」探懷中，掬珠寶滿手與之。既寤，醫道大行，衣鉢甚富，壽七十餘。

屠光遠

屠光遠者，舒蘄間人也，以醫術遊江南，嗜酒落魄。明鈔本作「拓」。晚寓饒州樂平縣，每赴人邀請，唯飲酒，絶不計財，上二句明鈔本作「唯酒是議，寧不得一錢不問也」。人呼爲屠醉。縣酒官吕生妻臨蓐，五日弗產。或曰：明鈔本多「此證」二字。「非屠醉不可。」吕亟召之，至則醉矣。上二字明鈔本作「已爛醉」。徑入室，隔衣略捫撫即出曰：「且扶坐，少頃免身矣。」俄聞嬰啼聲，謂屠不曾施技，上二字明鈔本作「診脈用藥」。偶值其生爾，無足奇者。屠語吕曰：「君細視兒左手虎口，必有小瘢。」視之果然。問其故，曰：「此非佳兒也，必有宿寃，欲取君夫人葉本無上三字，據明鈔本補。命，故在胎執母腸不放，明鈔本作「捨」。無由得生。吾用龐安常法鍼之，故得脱。」呂拜謝，兒亦尋死。又二歲，妻孕如前，仍以前法治之。既愈，乃告之曰：「事已至再，夫人從此當清居獨處，倘不知悔，上句明鈔本作「倘就著袵席不知悔悟」。他日不幸，復值此，將奈何？吾或不在，必非他人可治。上句明鈔本作「度非餘人可辦」。吾自料年運亦垂盡，不久於世。夫人宜爲性命計，勿忘吾言。」明年，屠果卒。又一年，呂妻竟因產喪命。呂狃於俗説，謂婦懷胎死者，沉淪幽趣，永無出明鈔本作「脱」。期，至自持刀剖其腹，取敗胎棄之。呂貌陋而頭偏，號呂匾頭，妻甚美，賦性温柔。族黨相與嗟異，深悼其不幸云。

吴少師

吴少師在關外，嘗得疾，數月間肌肉消瘦，飲食下咽少時，腹中如萬蟲攢攻，且痒且痛，皆以爲癆瘵也。有張鋭者，名醫，時在成都，吴遣驛召之。上二字明鈔本作「騎招致」。既至切脈，戒云：「明旦且忍饑，勿啖一物，俟鋭來爲之計。」旦而往，天方劇暑，白請選一健卒趣往十里外行路中黄土取一盤來。上九字明鈔本作「取行路黄土一銀盆」。令廚人旋治麵，時將午，乃得食。纔放箸，取土者適至，於是温酒二升，投土攪於内，出藥百粒，進飲之。明鈔本作「進於吴，吴飲之」。覺腸胃掣痛，幾不堪忍，亟登溷。鋭先密使别坎一穴，掖吴登之，暴下如注，穢惡斗許，有馬蝗千餘，宛轉蟠結，其半已死矣。吴亦憊甚，扶憩榻上，移時進粥一器，三日平復。始憶明鈔本作「言」。去年正以夏夜出師，中塗燥渴，命候兵持馬盂取水，上二字明鈔本作「挹澗水」。甫入口，似有物，未及吐，已入喉矣，自此遂得疾。鋭曰：葉本無上二字，據明鈔本補。「蟲入人肝脾，勢須孳生，常日遇食時，則聚丹田間，吮咂精血，卽散遊四肢。苟知殺之而不能掃盡，亦無益也，故先請枵腹以誘之。此蟲喜酒，又久不得土味，乘饑畢集，故一藥而空之耳。」吴大喜，厚賜金帛而送之歸。張外舅説。

真州病人

宣和間，真州天慶觀一法師，考召極精嚴。有婦人投天樞院，狀稱家病者爲祟所憑。須臾追至，附語云：「非我爲禍，別是一鬼，亦因病人命衰所致。渠今已成形爲蟲，在病者肺中，食其肺系，故令吐血聲嘶。」師訊鞫之曰：「此蟲畏何物？」上三字明鈔本作「還有畏忌否」。久而不答，再掠之，始云：「唯畏獺爪爲末，以酒服之，則去矣。」如其言而愈。《肘後方》載治五尸鬼疰變動至九十九種者，取獺肝一具，陰乾杵末，水服方寸七，日三服，蓋與此説相類。許叔微家一婦人，夢二蒼頭，一在前，一在後，手中持一物，前者云：「到也未？」後者應云：「到也。」擊一下，爆然有聲，遂魘而覺，後心一點，痛不可忍，昏悶移時。叔微憶所合神精丹能治此證，取三粒令吞之，不數刻痛止，神醒如初。其方載《千金》中，與晉君景公夢二豎子之比也。

張中書

張中書慤，壯歲時無日不服丹砂。暮歸福州，身體充腯，飲啖加人十倍。家人困於供億，獨一姪與婦竭力祇事。張命以官按：此疑有脱誤。每中夜苦飢，但擊床屏，亟以饅頭至，非五十杖不飽，茹蔬必十盤，常食羊肉必五觔。經年之後，姪家爲之枵空。後忽髮際生瘍，浸淫及頂，巍然若高阜，結爲三十六瘡。旬餘，爆裂有聲，瘡番而外向，如人口反脣，遂卒。

食掛

朱師古時敏，眉州丹稜人。年二十歲時得疾，浸不能食，聞葷羶之氣輒嘔。唯用一鐺，旋煎湯沃淡飯數七，明鈔本無「數七」二字。每用鐺，又須先滌十餘過，不然，則覺腥穢不可近。食已，鼻中必滴血一點，厭厭瘦削，醫莫能愈，乃趨郡謁史載之。史曰：「俗輩不讀醫經，而妄欲療人病，可嘆也。君之疾，只在《素問》正經中，其名曰食掛。凡人之肺六葉，當舒張如蓋，下覆於脾，則子母氣和，飲食甘美。一或有戾，則肺不能舒，脾爲之敝，故令不嗜食。是以《素問》云：『肺葉焦熱，名曰食掛。』言食不下脾，瘀而成疾耳。」遂授一方，使買藥爲劑。服之三日，聞人食肉，已覺香美，葉本無「美」字，從明鈔本補。試取啖之，無所苦，自此益嗜食，宿恙頓除。上二字明鈔本作「如洗」。史君名堪，最善醫，登進士第，爲郡守。

侯郎中

魏郡侯栖筠，童幼時值歲大旱，盡室流徙，中塗父子相失，獨與母依村民翟翁家。已而母死，身無所歸。翟翁見其姿性聰悟，遂養爲子，教之讀書。大觀元年，擢貢士第三人及第，始請歸宗。

宣和中爲省郎，以未知父存亡，請還鄉。朝廷爲降榜尋訪，棲筠遺所親詣相國寺卜卦影，畫二馬相追逐，一翁一媪一官人拜。卜者云：「恐地名或姓氏有馬字，或歲月在午，皆不可知。」既茫無所向，姑用其言。纔渡河，先次白馬縣。縣人讀所出榜，適有二卜明鈔本作「人」。者相遇，其一姓馬，其一瞽目，曰：「此處喧閬，何也？」馬生曰：「大名府侯郎中，少年失其父，揭榜求之。」曰：「父年幾何？」曰：「七十餘矣。」瞽者曰：「我適到某州某處，有來卜卦者，自云侯先生，恰七十歲。我許以今年方得運，便當橫發，莫明鈔本作「豈」。非此人乎？」馬曰：「聞其人久已亡，今求其死所耳，安得尚在耶！」乃相揖而別。瞽者去，馬生往彼處訪侯老，且詢失子曲折，亟回縣，收榜懷之。入白縣宰，偕造驛舍報棲筠，遣鞍馬迎取。時侯老已更娶一村媪久矣，與之謀曰：「我家有兩園棗，儘自可過日，好事不如無，又安知其果吾子否也！」辭不至。宰率丞尉同往，强拉至驛中，未有以辯。宰扣此老：「汝所失子，有何明鈔本無「何」字。瘢痕之屬可識乎？」曰：「五六歲時，因弄刀傷中指。」棲筠矍然起拜，相持慟哭，即并媪迎歸京師。徽宗亦甚喜，贈官錫服，皆辭焉。於是賜以兩字處士誥，就養閲歲而終。

張邦昌卦影

張邦昌以靖康元年爲少宰，奉使虜營。留頗久，夢一術士爲作卦影，而書十六字於後曰：「六六三十六，陽數自然足。二二二一，不墜地。」明年南歸京師，受虜命爲楚帝，僭居宮闕明鈔本多「稱制」二字。者三十六日。及謫長沙，賜自盡，正建炎二年，而月日又有兩二字。縊於梁間，所謂不墜地也。

章楫娶妻

金華士人章楫，因至衢州，問卜於劉肆，得一詩，其末句云：「也須再唱新郎曲，王婆開口笑未明鈔本作「禾」。熟。」茫不可曉。問劉，劉曰：「吾但據占書如此，亦不可妄解，他日當自驗。」時楫妻在室無恙，頗惡再唱之語。未幾，妻病卒。同郡陳秀才娶程衡女兄，陳忽殂，程氏服終，改嫁於楫。嘗拜掃先壟，拉衡兄弟出郊，從容談及婚姻事誠非偶然，取向者卦影告之。衡嘆曰：「豈特如是，家姊姓氏皆見此矣。」蓋程字之右畔乃王上一口，所謂王婆開口也。左畔從禾，豈非米未熟乎！上句明鈔本作「所謂笑禾熟也」。其義昭然。

樂先生

契丹季年，常勝軍校龐太保妻耶律氏，詣燕山樂先生卜肆問命。卦成，樂驚曰：「平生所閱人，無如夫人之貴，非后妃不足以當之。今服飾若此，何也？」耶律笑曰：「吾夫一營卒耳，近以微功，方遷隊首，猶未免饑寒，安望王侯！」上二句明鈔本作「饑寒之不免，安得封王事乎」。樂曰：「夫人不大貴，吾當焚五行之書。」既而金人滅契丹，首領上二字明鈔本作「其酋領」。兀朮至燕，見耶律氏美，納之而殺其夫，後封越國王妃。妃方頤修頷，明眸華髮，權略過男子，兀朮敬畏之。先公在燕時，熟識其狀。

予奉使日，接伴使曰工部侍郎龐顯忠，蓋耶律在龐氏時所生也。

何清源丞相，因改秩入都，暑月憩汴河，買瓜欲食，失手墜於水。方獨立徘徊，明鈔本作「獨立自歎」。適術士過前，共坐旅舍，詢其技，曰：「能論三命。」乃書年月日時示之。驚起揖曰：「自此便得路，明鈔本無「路」字。至宰相封王。」何深以爲過許，上二字明鈔本作「不然」。付之一笑。俄有市井少年繼至，亦問命，術者云：「汝命甚惡，法當明鈔本多一「刑」字。死。」少年大怒，揮明鈔本作「奮」。拳毆之，中其脅，即時殞絕，不可救。邸人執以送官，遂棄市。何貴達悉如其言。術士可謂靈於人而不靈於己矣。

汴岸術士

孫生沙卦

臨安人孫自虛，好談陰陽星術，上二字明鈔本作「之説」。於軍將橋明鈔本多「之東」二字。瓦市僦屋設卜肆自給。初無奇術，俗謂之沙卦是也。最善鉤致客言，然後訣語。有道士年四十餘，來占命，視其顏狀，似與歲數合，又恐爲他人假手，先試探之曰：「此是入格好命，若時辰正當，今已通顯，未作侍從，亦須持使節，典大藩。如只沾時初，氣數尚淺；至於時末，則又迥然不同。且年齡將半百，子息不遂，定飄飄如孤雲野鶴，始可安身。更有一説，其人固碌碌，却在公侯將相之前，亦可亢禮，殊非閭閻細民所能及也。」道士諦聽首肯，拱而言曰：「此是貧道上二字明鈔本作「泠然」。賤命。

平生不娶，無由有子，棲遁道門二十載矣。」孫曰：「既是尊師庚甲，請畢其愚。不出今年，當隨分奮發，在常流中，便居道職。不爾，則就近主持宫觀，其應不遠，宜早圖之。」道士曰：「吾乃平江天慶觀朱令明鈔本作「泠」。然也，適知宫虚席，欲經營住持耳。」孫賀其必獲，明鈔本作「濟」。曰：「如此，則是角音姓人占事，百發百中，吾言不誣。」道士喜謝而去。又一婦人入拜求卜，少艾而獨行，料其所占必以厥夫之故。探之曰：「娘子得非占行人乎？」曰：「然。」孫曰：「夫官爻動，如問出行消息，不過五日，其身隨後亦至。道塗平安，多獲財利，上卦也。」此句明鈔本作「十分好卦象也」。婦人曰：「丈夫出外販江，明鈔本作「姜」。一年無信，若道中時，專當相謝。」後經旬日，夫果歸，妻具以告，遂與萬錢。

曹仁傑卜術

閩士曹仁傑，淳熙末預秋榜待補，明年入都，貧無裝資，假賣卜自給。在市售卦，一人來卜，爲畫一官人發怒，一「事」字甚大，而無挑脚，「憂」字半缺，一「喜」字下畫不滿。解之曰：「君恐當官事，其禍大如天，然憂不成，出此月，翻有獲財之喜。」客請其説，曰：「官既怒爲可憂，而事不圓，故知無害。憂去則喜至，以下畫缺，須候改月乃吉。」客曰：「誠如所言，吾必奉謝。」欣然而去。後旬日，持二萬錢來饋，不談曲折，但云：「足下之術通神，都城卦肆滿街，無如公者，明鈔本作「真所未見」。當廣揚盛名，少効寸力耳。」曹之友叩之，笑曰：「我本不能卜筮，而粗曉相法，認彼是公吏，非有公事不求卜，視其面色，不見有災厄，以是言之。」後訪其人，果是府吏，因治獄受賕，怨家將告之，懼甚。府尹置不理，遂得錢三百千。又一官人發課，數與鄰坐言春班日期，知必改秩者，乃大書升之革，謂曰：「自此當升遷，詳卦名可見矣。」一少年求卜，葉本無上二字，從明鈔本補。自云占和合事，畫一枷一匙，其下有喜，曰：「卦中唯昏姻事最吉。」少年滿意而去。曹留數月，藉此以濟旅塗，直可付一笑也。

夷堅志補卷第十九〔九事〕

謝石拆字

蜀人謝石，紹興八年來臨安，一時占驗尤異。文惠公方赴調，目擊兩事：士人樊將仕妻失真珠冠，書失字，命厥夫明鈔本多一「持」字。諧肆。石曰：「盛門姻戚豈有朱氏乎？」樊曰：「吾妻，朱女也。」「有第二十八者乎？」曰：「妻兄也。」曰：「然則從此明鈔本多一「郎」字。取之。」樊曰：「此人素持行檢，家貲豐富，豈肯爲竊盜事？」曰：「不然，必因與之交關誤持去，其物固在，可得也。倘得之，當以十千錢謝我。」樊歸語妻，妻怒曰：「何爲妄議！吾兄豈若人也！」明鈔本無上四字。詢之侍婢，云：「數日前二十八舅到此，曾借物否？」婢云：「但昨欲出謁，曾借帽子，既而不用就還，原未嘗開匣也。」謾啟視之，冠在帽下，蓋囊因晒帽，誤置其中，久而忘之矣。同邸一選人病，書「申」字以問，中帶燥筆，石對之伸舌，但云：「亦好。」客退，謂坐者云：「丹田既燥，其人必死。」或曰：「應在幾日？」曰：「不過明日申時。」果然。

蓬州樵夫

謝石既以相著名，嘗遊丹陽，見道姑行市中，執巨扇，其上大書「拆字如神」。石笑曰：「此術豈有勝我者？何物老媪敢爾！」呼之入室，書「石」字示之。姑曰：「爲名不成，得召却退，逢皮則破，遇卒則碎。」石視之不樂，然心服其言。明日，訪所在，無識之者，蓋異人也。建炎中，石爲利路一尉，武將王進邀之飲，使拆其名，石曰：「家欲走，若圖事必敗。」時進以謀叛結黨欲發，不以其語爲然。將起亂之夕，乳媪踰垣告官，逮捕下獄，始嘆息曰：「悔不用謝石之言。」郡守疑石同謀，而知反不告，亦逮治，坐削籍黥配蓬州。後詢王進鄉里，乃滄州南皮，且起於卒伍，悉如道姑言。洎至蓬，因過天慶觀，逢樵夫負薪憩門左，石兼能相術，熟視之曰：「神清、骨清、氣清，得非神仙乎？」樵徑前，挽髮上二字明鈔本作「其鬚」。罵曰：「汝正緣口多壞了，今日尚敢妄説？」批其頰至再，乃去。旁人相驚，争拂石面，石問何爲，則黥文已滅矣。郡即給據俾自便。《春渚紀聞》録云：「石初入京師，以拆朝字明鈔本多一「爲」字。十月十日大貴人之故得官。」別一説云：徽宗書「問」字，命一隸持往，石密批葉本無「批」字，從明鈔本補。于側，緘封明鈔本作「付」。之，戒其到家方可發封。隸歸奏，上啓讀，乃曰：「左爲君，右爲君，聖人萬歲。」遂補承信郎。有道士聞其事，亦以「問」字占，石曰：「門雖大，只有一口。」道士愕然。蓋所住觀，無他黄冠，唯童僕數輩。猶未以爲奇，復書「器」字，倩俗人往占，曰：「人口空多，皆在户外。」於是大服之。

朱安國相字

新安術士朱安國，善相字，其源亦出於謝石。紹興三十二年六月至鄱陽，是歲壬午，當舉場開。

士人多在州學，從之占問，巧發奇中，聽者忘疲。段縠夫示以「飛」字，朱書其側曰「二九而升」。扣其説，對曰：「飛之爲字，從二從九從升，但據筆畫言之，不能知其義，未可便決禍福。」及秋試，以第十九名薦送。朋友賀之曰：「十九者，第二九也，君必正遇。」已而省試失利。乾道元年乙酉再舉，復中十九名，遂登第。始悟二九而升者，兩次九方成耳。是時有老齋僕王明者，少日亦讀書，爲貧所苦，棄業爲隷，試書「慶」字示之。笑曰：「此雖小人，中心作文而不遂，又恨其必字勢偏左，主左脚跛躄之疾，旦夕却招婚姻之喜。」坐者云：「所説極切當，其人三十歲中風涇，故左脚不良。但今已上二字明鈔本作「春秋」。七十，自有妻，安得如後一轉語。」後旬日，明鈔本多一「妻」字。爲人家作媒嫁女，頗獲禮謝。趙哲彦通以《周易》應乙酉舉，遭黜，謀改習賦，朱適再來，因書「易」字求相。朱曰：「得非有更易之意乎？此字從且從勿，當且勿易，終必得。」遂仍舊經，獲預貢。此三事聞之焦書有。文惠公爲參知政事，上章丐去未諧，朱訪予，予曰：「用書信中字可占否？」曰：「可。」即指書中「去」字使觀之。其體帶草，朱捧玩咨嘆曰：「此尊官已是貴人，今所占何事？」予曰：「見任兩府，方力求去。」朱曰：「正鑽頭出天上，將位冠百僚，無庸詢休逸之請也。」後兩月拜相。

李侍郎龜精

李椿年仲永爲士人時，於浮梁縣學值善相者，曰：「君容狀真龜形，非直明鈔本作「只」。肖似而已，蓋龜精也。在相法得其真者極貴。然有一説，最忌爲人窺見，萬一如是，則未來福禄一切消滅矣。」李異而志之。平時不好潔淨，或經歲不沐浴，衣裳垢膩，面目黧黑，常若在泥塗中。爲左司郎中，忽命具浴。一小妾隨直，令伺於外，不許入室。越兩時許，全不聞水聲，妾疑焉，揭簾窺視，不見主人。徐入索之，乃一龜蟠姍桶内，妾驚走，徧告家人。李旋出浴，怒其掩己不備，又妄誕惑衆，遂斥還鄉。猶畏其語泄，隕諸中道。後自户部侍郎罷歸，繼守宣城，所用小吏方澤者，本邑廳之隸，李以爲幹僕，從往宣。及奉祠返故里，過縣，縣令永嘉薛季益治具延款，因如廁頗久，澤候望之，與向來小妾所見同。李極不樂，呼之前，告以區處家務，至纖至悉，始道相者之語，未幾而卒。張子理説。

皇甫世通

皇甫世通，衢州人。言與王廷親昆弟也，其相術略等，予識之久，未嘗親睹其驗。而劉共甫、尤延之、王齊賢稱其絶倫。隆興元年，予家文惠公以司農少卿總餉鎮江，世通往謁，一再見，即反衢。劉公爲守，每延入書院，留坐從容。適邸報湯岐公拜左揆，張魏公右揆，劉曰：「二公歸舊廳，從此福禄應未艾。」世通曰：「近屢於馬上覘之，色枯而促，豈宜進步，未必能一年，必明鈔本作「懼」。有不可諱者。」劉曰：「陳魯公何如？」曰：「亦數短，正使再入，仍不佳。」劉曰：「若是，則誰可爲？」曰：「有一官員必爲之，但地位尚遠，言之公當弗信。然觀之已熟，公欲知乎？今鎮江洪總領是也。」劉大不以爲然，力詆其妄，曰：「執政侍從甚衆，寧無一人作相，顧反在外一使者邪！」世通拱手曰：「與公立約，自今日以往，捨故相之外，或他貴人先洪公明鈔本作「卿」。登庸，吾不復相士。」既而岐魏皆以次年去位，不旋踵云亡，魯公再當國。纔二月，文惠以乾道乙酉季冬大用，距其説恰二年。張安國帥潭，劉公以書薦明鈔本作「俾」。往見，張待之尤厚，數餽緡錢，留累月。世通不能謹語，輒議其府州事，致掇盛怒，逮繫獄。王齊賢爲長沙宰，因訪獄保，明鈔本作□□入唁之，且加寬譬，曰：「府主特相苦爾，毋深憂。」世通借鏡自照，喟然曰：「視此形色，如何少得面上五大字。」未幾，張徙鎮荆渚，行有日，齊賢又造囚室，告之故。世通喜，再求鏡以驗，一覽即擲于地，曰：「鏖糟如故，吾定不免。」明日，張呼入府，杖脊黥隸青州，畢，乃解印。尤延之提舉江東時，陳彦存損爲轉運副使，陳希顔待次鄱陽守，楊子静再臨江陵，延之詢諸人休咨，皆言其將入鬼録，悉如其言。

蔡州小道人

蔡州有村童，能棋，里中無敵。父母將爲娶婦，力辭曰：「吾門户卑微，所取不過農家女，非所願也。兒當挾藝出遊，庶幾有美遇，以償平生之志。」遂著野人服，自稱小道人，適汴京。過太原真定，每密行棋覘視，自知無出其右者，奮然至燕。燕爲虜都，而棋國手乃一女子妙觀道人，童連日訪其肆，見有誤處，必指示。妙觀懼爲衆哂，戒他少年遮闌于外，不使入視。童憤憤，即彼肆相對僦屋，標一牌曰「汝南小道人手談，奉饒天下最高手一先。」妙觀益不平，然揣其能出己上，未敢與校勝負。擇葉本無「擇」字，從明鈔本補。弟子之最者張生往試之，張受童一子，不可敵。連增至三，歸語妙觀曰：「客藝甚高，恐師亦須避席。」未幾，好事者聞之，欲鬭兩人，共率錢二百千，約某日會戰於僧舍。妙觀陰使人禱童曰：「法當三局兩勝，幸少下我，自約外奉五十千以酬。」童曰：「吾行囊元不乏錢，非所望，然切慕其顏色，能容我通袵席之歡乃可。」女不得已許之。及對局，童果兩敗，妙觀但酬錢而不從其請。上四字明鈔本作「不肯從寢」。適虜之宗王貴公子宴集，呼童弈戲，詢其與妙觀優劣。上二字明鈔本作「品格低昂」。童曰：「此女棋本劣，向者故下之耳。」於是亦呼至前，令賭百千。童探懷出金五兩曰：「可賭此。」妙觀以無金辭，童拱白座上曰：「如彼勝則得金，某勝乞得妻。」上二句明鈔本作「如此女勝，則得金與錢，某若幸勝，則欲乞此女爲妻」。坐客皆大笑，同聲贊之曰：「好！」妙觀慚窘失措，明鈔本多「色如死灰」四字。遂連敗。既退，復背約。童以詞訴于燕府，引諸王爲證，卒得女爲妻，竟如初志。

劉幻接花

宣和初，京師大興園圃，蜀道進一接花人曰劉幻，言其術與常人異。徽宗召赴御苑，居數月，中使詣苑檢校，則花木枝幹，十已截去七八。驚詰之，劉所爲也。呼而詰責，將加杖，笑曰：「官無憂，今十一月矣，少須明鈔本「須」作「頃」。正月，奇花當盛開。苟不然，甘當極典。」中使入奏，上曰：

「遠方伎藝，必有過人者，姑少待之。」至正月十二日，劉白中使，請觀花，則已半開，枝萼晶熒，品色迥絶。上八字明鈔本作「枝間小雪晶熒，花品色目悉與常科迥絶」。酴醿一本五色，芍藥牡丹，變態百明鈔本作「千」。種，一叢數品花，一花數品色。池冰未消，而金蓮重臺，繁香芬郁，光景粲絢，不可勝述。事聞，詔用上元節張燈花下，召戚里宗王連夕宴賞。歎其人術「術」字明鈔本作「力能」。奪造化，厚賜而遣之。

李鼻涕

紹興初，劉延仲寓居秀州香華橋下，常見道人過門，丫髻垢衣，或從求藥，則以鼻涕和垢膩爲丸與之，因目爲李鼻涕。劉疑其異人，明鈔本無「人」字。延明鈔本多一「與」字。坐良久，曰：「今日適無酒可以爲樂，明鈔本作「禮」。奈何？」道人笑曰：「床頭真珠泉一尊，何吝也？」上三字明鈔本作「何不出待客」。劉大笑，呼童開尊。道人曰：「不必，但將一空瓶來。」明鈔本多「亦得瓶至」四字。索紙覆之，少頃，香溢于外，成美酒矣。坐者皆醉。明日，劉有他客，乃出所謂真珠泉者，啓之，印泥儼然，而中空無滴矣。上三字明鈔本作「無涓滴」。劉氏諸妾每見其來，各與錢，悉納于肘後皮篋中，伸手拍十下，更無一錢。得市人錢，即掘土窟，瘞之路旁。小兒伺其去，發土探之，無有矣。一日，詣劉言別，明鈔本多「問所需祇」四字。覓鞋一雙，云：「後二十年某月某日，當於真州相會。」至期，劉死於真州。

猪嘴道人

洛陽李巘，少年豪邁，以財雄一鄉。常薄遊阡陌間，遇心愜目適，雖買一笑，擲錢百萬不靳。上二句明鈔本作「雖銷錢百萬，爲一笑費，非所靳」。宣和間，某太守自南郡解印還洛，家富明鈔本多一「盛」字。聲樂，列屋一寵姬，最姝秀夭麗。西都人家，伎妾以百數，名倡千人，莫能出其右。嘗以暮春明鈔本多「佳時」二字。遊名園，玩賞牡丹，偕侶相攜穿花徑。巘望見，兀兀如癡，寄目不暫瞬。姬亦窺其容狀，口雖笑叱，而心頗慕之。兩人遥相注意，俱不能上三字明鈔本作「懼不敢」。出言，悵恨而去。明日，又邂逅於別圃，度無由得狎，明鈔本多「歸而」二字。方寸憒亂，摇摇若風中懸旌。思得暫促膝，成須臾懽，罄百計不就。時有猪嘴道人者，售異術于廛市，能顛倒四時生物，人莫能識，巘獨厚遇。忽造門求醉，巘欣然接納，深思扣以其事，按：此句疑有脱誤。或能副所欲，乃設盛饌延款，具以誠告。客初難之，請至再四，乃笑曰：「姑試爲之。」巘拜曰：「果遂願，明鈔本作「果蒙公恩」。不敢忘報。」明日，招往城外社壇，明鈔本多「亭上」二字。四顧無人，拈一片瓦，呵祝移時，以付巘曰：「吾去矣，爾持此於庭明鈔本作「亭」。壁間上下劃之，當如願矣。善藏此瓦，每念至則懷以來。」巘謹受教劃壁，未幾，劃然中開，竦身而入，徑趨曲室內，斗帳畫屏，極爲華美。婦臥其中，宿酲未醒，見人驚起，矐顔微怒曰：「誰家兒郎，强暴至此？輒入明鈔本多一「人」字。房院，誰引汝來？」巘卻立凝笑，不敢言，熟視良久，蓋真所願慕者。婦人亦悟而笑。略道曩事，卽登榻共臥，相與極懽，既而曰：「太守且至，郎宜引避疾回，後會可期上二字明鈔本作「不難」。也。」遂循故道而出，壁合如初。瓦故在手，攜還家，珍祕于櫝。過三日，率一遊，每見愈款昵。經累月，杳無人知。會其密友賈生者，訝巘久不相過，意其有奇遇，潛伺所向，迹至社壇側。巘覺而捨去，賈隨詰問，不能隱，具以始末告之。明鈔本無「之」字。賈不信，曰：「果爾，吾豈不可往邪？如不吾同，當發其上二字明鈔本作「以」字。妖幻，首于官，且白某太守。」巘甚懼，曰：「今日已暮矣，明鈔本作「今已日暮，去亦不濟」。俟明日，同詣道人謀之。」拂旦往，道人不悅曰：「機已泄，恐不能神，當作別計。城西某家有園池之勝，能從吾飲乎？」皆曰：「幸甚！」卽具酒殽，偕往小飲。一亭前有大假山，道人酒酣，振衣起，舉手指劃山石，一峰中分。兩人就視，見樓臺山水，花木靚麗，漁舟從溪上來，碧桃紅杏明鈔本無「紅杏」二字。繽紛。明鈔本多「飄拂縈棹」四字。方注目間，道人登舟，其去如飛。賈引袖力挽，石縫遽合，傷其指。道人杳無蹤矣。它日，兩人復至社壇，用原瓦施之，已無所効，惘然怨悔而歸。後訪乳醫嘗出入太守家者，使密扣姬，云夢中恍惚與一男子燕私，今久不復然矣。

夷堅志補卷第二十〔八事〕

桂林秀才

樂平向十郎者，爲商，往來明鈔本多「貿易」二字。湖廣諸郡。嘗販茜柸數十篋之桂林，值久雨，憩僧寺中。天乍晴，悉出茜上二字明鈔本作「發篋」。曝于庭。明鈔本多一「下」字。俄一人儒衣入門，相揖問勞，委曲如舊交。良久，率爾言曰：「尊客上二字葉本作「君之」，從明鈔本改。此物能捐十之一見贈乎？」向笑曰：「鄙人不遠數千里來貿易，以覬錙銖之息，歸養妻孥，不幸困於雨，進退無計，君何爲出此言？且素昧平生，何緣上七字明鈔本作「且平生未嘗半面，有何因緣便令」。損己以相餽，豈故相戲邪？」其人卑躬下氣，求之不已。向大怒，極口詆之，則熟視微笑而去。少頃，所曝茜皆變白色，欲腐。向驚疑莫測，一僧在旁，密語之曰：「此子精於南法，非特能變幻百物，亦能害人。」向愁慘明鈔本多一「啜」字。泣曰：「爲之奈何？」僧曰：「吾知之久矣，見之熟矣，彼固不敢犯我，然以其挾妖，欺天害人以自利，心惡之。今知客反掌受禍，詎宜忍不言！此子技至精，儕輩莫及。獨此東去十里外有老僧能制之，而其居隱邃，人所不識。客誠能虔心求訪，盡力哀祈，當轉禍爲福。不然，無濟也。」向拜謝，如教亟往訪之，則荒榛蔽目，絶無人跡，蕭然一草舍，不蔽風雨。老僧瞢騰獨坐，向趨拜致敬，跪以情白。拒之甚堅，曰：「吾厭苦世紛，屏跡待盡，安有所謂道術哉！且何人饒舌爲汝道？」向洒涕悲鳴，拜以百數，乃頷葉本作「肯」，從明鈔本改。首。呼入室，取丹書小符一紙，付之曰：「汝歸，就曝明鈔本多一「茜」字。處，以大釘釘之，勿令盡。彼若來悔伏，則取而縱之。」向歸，用其說，未瞬息間，茜色如故。秀才者復來，遍體腫脹，氣息纔屬，令二僕扶持，蹣跚悔謝曰：「昨聊與客戲爾，何至是？所攜貨既無傷，幸舍我。」向爲去釘，其人漸平復如初，鄭重而出。別有告者曰：葉本無「曰」字，從明鈔本補。「彼非真感君賜也，業已相負，釁隙既成，必謀報怨，將何以待之！」向益懼，又奔詣老僧。僧曰：「若果爾，宜重釘此符，令没入地，除妖以寧一方，吾之志也。」向謹奉教，符纔没地，外間争相傳告云：「秀才暴卒矣。」是事本吾邑向元伯侍郎族黨所致，而鄉人皆不知，後聞何德揚始言之。

潘成擊烏

廣州人潘成，販香藥如成都，弛擔村邸，遇一道人謂曰：「君每食時，倘有烏鵲及異物登几案剥啄時，切不可食其餘，仍須尾逐之，俟其落處急擊，將有所獲。」越三日，潘方食，有大烏自外飛入，見人不懼，舒上三字明鈔本作「無懼意」。徐就器中攫食。潘憶道人語，急擊之。烏突起，潘攜梃奔逐，烏翔飛而去，離地只數尺，終不能高舉。約二十里，力乏墜地，化爲老嫗。又擊之，嫗悲鳴求納金贖命，乃相隨行。又十許里，到江岸小山下，有茆廬，嫗叩門，一女子年可十五六出迎，置酒相款。其家雖觸事野寂，而酒饌精潔，器用雅素，俱用白金爲之。酒罷，女奉黄金十兩與客，潘甚喜，忘其爲異物也，遽受而辭歸。告其逆旅主人，且將同訪，黎明復往，一無所見，蓋此嫗習幻術者云。

沈子與僕

沈黠，字子與，臨安人。徙居會稽，以進取不利，入蜀謁親，因留十年。雇一僕使令，喜其解事，挈之東行。道經巴東，過村市，詣店買麵，坐良久，店傭供他客食竟，而故不及沈。其僕怒，且慮其有他志，白沈作計捨去。行數里，腹忽微脹，僕曰：「已墮他術中，當且住，作計解禳。」乃買錢索十餘條，使沈緊繫其腰，僕亦如之。明鈔本多「脹不已」三字。久焉，索皆斷，脹亦隨消。僕賀曰：「我無事矣，彼賊即當奔來告我矣。」復前進，可二十里，果有男女相續汗喘而至，呼拜乞命，曰：「恰不合妄觸尊官，乞恩垂慈赦罪。」沈固不知也，無以答。僕語之曰：「爾家竈已是壞了，不可用。」其衆葉本無上二十六字，從明鈔本補。復哀祈，乃就地捻土一塊與之。上二字明鈔本作「揉碎付之」。皆巽謝而去。旋以問僕，僕云：「彼家習妖法，不謂我亦能之。既不獲害我，當自上二字明鈔本作「則反」。受其殃。蓋自索斷之後，彼竈不復可然火，雖終日加薪，不能爇。一竈之費，須三四明鈔本多一「十」字。千錢，聊以困之。其家正被病，竈復不然，唯有死耳。得吾土屑服之，乃可定耳。」沈屢以語人，道路之難，有如此夫。上八字明鈔本作「言道途之艱難如此」。

梁僕毛公

福唐梁緄，居城中。嘗往其鄉永福縣視田，一僕毛公操舟，半途值暮，望遠岸民家男女雜沓，若有所營。毛語梁曰：「彼方賽神，當往求酒肉來獻。」即爇茅抛之，微作叱咤，良久，寂無應者。毛窘怖失措，亟入舟中，舉一盆覆其首。俄，風雲晦冥，異響葉本無上三字，從明鈔本補。嘈囋，小舟搖趕如舞，一物鏗然有聲，墜盆上，若刀劍之臨。已而響止風息，盆碎爲四五片，但有半破蘆管在焉。毛喜而出曰：「彼伎倆極矣，本只是寄個消息去，戲覓祭餘酒食，葉本無上三字，從明鈔本補。不料他便起惡意，反要相害。今殺之不難，不欲爲官人作業，且當小報之。」乃拈亂稈一把，置煴火焉。其居應時烟起焰合，轉盼間，焚室廬幾半。主人率徒侣十餘輩，擕酒一壺，豚蹄一雙，奔造水次，見毛遜謝曰：「若早知是毛公，自當祗奉，何意却成激觸，願恕其罪，納此微物。」毛爲撲滅稈烟，彼家炎炎方熾，隨手頓息，但已焚者不可救耳。永福人大約好奉妖術，而毛技最高，故勝之也。兩下皆洞曉，若外人遇之，危矣。緄乃吾族外孫壻，爲大兒説。

董氏子學法

信州貴溪龍虎山，世爲張天師傳正一教籙之地，而後山巫祝所習，謂之南法，乃邪術也。能使平地成川，瓦石飛擊，敗壞酒稼，鼓扇疾疫，其餘小伎作戲，更多有之。吾鄉樂平白石村董氏子，年少輕浮，往求侮惑婦女之術，得一呪訣，能使婦人自脱衣裳，喜而歸。欲驗其信否，先呼妻試之。

便覺遍身奇癢，又若蜂蠆入懷，爬搔拂撮，無可奈何，亟脱上衣，已而袴履皆自墮，遂登榻仰卧。此句明鈔本作「閉户登牀，引被自覆」。此子詫所學已成，旋取衣使再著，不復可著體，皆滑撻如油，蓋向來貪於亟還家試法，不暇問明鈔本作「竟」。其返服之法。窘撓經日，告妻，將再往盡其術，上二字明鈔本作「訪之」。妻不勝羞愧，自縊而死。

神霄宮醮

林靈素於神霄宮夜醮，垂簾殿上，設神霄王青華帝君及九華安妃韓君丈人位。至三鼓，命幕士撤燭立簾外，初聞風雷繞簷，若有巡索，繼見火光中數輪離地丈許翔走，明鈔本多「於內」二字。空中仙靈跨躡龍鸞。環珮之聲鏗然可聽。俄聞雲間傳呼內侍姓名者，全類至尊玉音，擲下所書符篆，墨色猶濕，已而寂然如初。始復張燭，先列酒滿大銀盌，至是罄無餘瀝，果盤殼核滿地。是時都人相傳靈素神異，雖至尊亦敬嘆，不知明鈔本多一「其」字。所以然。葛楚輔丞相云：「紹興末年，湖州旌村曹巡檢，京師人，故隸名宿衛，能談宣和舊事。嘗言鄭太師家命道士章醮，別有道人來，哂其無術，請鄭掃潔廷宇，先期齋戒，盛具鋪列。明日初夜，家人肅立廷下，內外謦欬不聞。忽仙樂玲玲，從空而來，乘明鈔本無「而來」二字，「乘」作「垂」。綵雲下至明鈔本作「顧」。祠所，伶官執笙簫合樂于前，女童七八人，履虛而行，歌舞自若，而神官仙衆逍遥于明鈔本作「居」。後。頃之，雲烟蔽覆，對面不相見。一大聲如淨鞭鳴蹕，隨即寂然，道人不復見，供器皆用金銀，並無一存。鄭氏知墮術士計中，又畏禁中傳說，謂其夜祭神，不敢葉本無上二字，從明鈔本補。誦言。蓋此夕爲奸詐者，盡散樂也。烟雲五色者，以葉本無上二字，從明鈔本補。焰硝硫黄所爲，上二字葉本作「之屬」，從明鈔本改。如戲場弄獅象口中所吐氣。女童皆踏索踢弄小倡，先繫索於屋角獸頭上，踐之以行，故望見者以爲履空。其他神仙，悉老伶爲之，巡檢亦個中人也。然則神霄之事，疑若此云！

章仲駿遊仙夢

章駉仲駿，舊居無錫縣之斗城，年二十五歲時，病傷寒旬餘，口鼻中如墨，眼陷舌枯，四肢不能伸屈，湯飲俱絕。醫謂必死，家人明鈔本多「莫敢近」三字。置棺以俟，上二字明鈔本作「於傍」。命僧候之，此句明鈔本作「使僧智通伺之」。肌冷卽殮。是夕夢皂衣明鈔本多一「吏」字。卒二十餘人來，大略如迎新官，甚謹畏。一吏前揖請行，卽隨以往。自所居至前橋，登大黑舫，月明如晝，章憑舷觀玩，迤邐出九曲盤龍港，經獨山門，入太湖，望向北諸山，詢爲何處，吏曰：「宜興張公洞也。」章云：「久聞此洞佳勝，每欲遊未暇，今試一往。」從者皆不可，曰：「彼中候官人甚急，豈宜他之。」章怒曰：「那由汝輩！」叱使行，遂遡山而往。抵岸，已有籠燭火炬數道士前迎，問觀主爲誰，曰：「趙繼章也。」繼章向住無錫明陽觀，與章善，遂相引入洞下瞰。闌楯詰曲，石岩兩壁，衣冠儼明鈔本作「森」。列，如仙人狀。石燕時時飛舞，俯視水一泓，明澈可鑑。一仙人招章云：「與汝兩仙栗，當對我食之。」章止食一枚，欲留一以遺母及兄弟。仙人再迫之，僅留其半。挽仙所着衣，皆軟如泥。又念取此泥作丸，必能益人壽考，遂竊而握之。行數步，回視岩頂有光，一穴如井口，旁人曰：「此乃出洞處。」遂出。趨舟次，羣吏皆喜，既登，又叱回棹，操篙者不從，復怒罵之，不得已而返。及家，大門中門皆閉，以足踢開，徑至房就寢。少頃睡覺，窗户明亮，呼婢取衣，智通驚走，報其兄弟皆來，猶疑其發狂，熟視面色，儼然如常時。兩手猶握拳，即日履地，飲食起居平復。時紹興癸酉二月。後有從張公洞來者，告以夢，與所見皆同，無少差，知觀果繼章也。仲駿自説。

大乾廟

邵武惠應廟，在軍西五十里大乾山，闔士多往祈禱。郡人張鳳以紹興甲子冠鄉薦，既下第，丁卯再試，欲改賦爲經義。夢僧持鉢，中有詩曰：「賦中千里極歸依，衣鉢成章露翠微。」乃止，用賦得魁薦。上五字明鈔本作「仍用賦遂復魁薦」。千里者，重字也。高中得詩曰：「碧瓦朱簷天外聳，黃花六葉掌中開。」纔及第，娶黃司業女六娘者爲妻。碧瓦朱簷，高字也。建安詹必勝兄弟三人得詩曰：「萬里無雲天一色，秋風吹起鴈行高。」紙上倒書之。紹興己卯秋闈同預薦，季弟名居上，仲次之，兄在最後。葉堯明鈔本作「克」。明得詩曰：「十日陰泥雨，皇都喜乍晴。浪平龍角穩，風細馬蹄輕。」遂登科。延平鄭良臣赴舉，其父祈焉，夢明鈔本多「判官送」三字。詩曰：「筆頭掃落三千士，賜與君家一二名。」良臣是年以第三名薦。鄧似愷乾道戊子祈明鈔本作「歲」。得詩曰：「戊月年逢鼠，水邊少人武。雙劍鬬高飛，萬人看遠舉。」乃更名遠舉，即獲解，遂策名。鄧生沙縣人，季明鈔本作

「李」。友直兄弟，夢攜手同行，有人荷鎗連呼曰：「得了，得了！」果同預計偕。又占省試，夢廊下人出相揖曰：「不用問，兄弟連標，皆如其言。」曹薦與弟惠赴試，夢殿上人持榜下，問之，曰：「解榜也。」薦乞觀，有曹利用、曹利建姓名，乃皆易名以應之，果中選。獨李子和者，將赴太學補試，臨行祈夢，得詩云：「瓊奴耳畔低低語，争乞釵頭利市花。」覺而與親朋言，良以爲吉。然入太學半年，不幸死，瘞於臨安漏澤園。旁一塚標云「弟子瓊奴葬此」。

夷堅志補卷第二十一〔十四事〕

鬼國母

建康巨商楊二郎，本以牙儈起家，數販南海，往來十有餘年，累貲千萬。淳熙中，遇盜於鯨波中，一行盡遭害。楊偶先墜水得免，逢一木，抱之沉明鈔本作「汎」。浮，自分必死，經兩日，漂至一島，捨而登岸，信脚行。俄入一洞，其中男女雜沓，争來聚觀，大抵多裸形，而聲音可辨認。一婦人若最尊者，稱爲鬼國母，侍衞頗衆，駭曰：「此間似有生人氣。」遣小鴉鬟出探，則見楊，遽明鈔本作「還」。走報。母令引當前，問之曰：「汝願住此否？」楊自念無計可脫，姑委命逃生，應曰：「願住。」母即分付鬟爲治一室，而使爲夫婦。約僅二年久，飲食起居與世間不明鈔本作「無」。異。嘗有駛卒持書至，曰：「真仙邀迎國母，請赴瓊室。」即命駕葉本無「駕」字，從明鈔本補。而出。自此旬日或一月必往，其衆悉從。楊獨處洞中，他日言於母：「乞侍行。」母曰：「汝是凡人，欲去不得。」如是者累累致懇，忽許之。飄然履虛，如躡煙雲，至一館宇，優樂盤殽，極爲豐潔。至葉本作「主」，從明鈔本改。者占位而坐，鬼母導楊伏於桌幃，戒以屏息勿動。移時宴罷，乃焚燒楮鏹，漸次聞人哭聲，審聽之，蓋其妻子與姻戚也。楊從桌下出，唤家人名，皆以爲鬼物，交口唾罵。唯妻泣曰：「汝没於大海，杳無消息，當時發喪行服，招魂卜葬。今夕除靈，故設水陸做道場追明鈔本作「資」。薦，何得在此？莫是别明鈔本無「别」字。有强魂附託邪！」楊曰：「我真是人，元不曾死。」具道所值遇曲折，方信爲然。鬼母在外招唤，繼以怒駡，然不能相近。少頃寂然。楊氏呼醫用明鈔本無「用」字。藥調補幾歲，顔狀始復故，乃知佛力廣大，委曲爲之地。楊至紹熙中猶存。

猩猩八郎

猩猩之名見於《爾雅》、《禮記》、《荀子》、《吕氏春秋》、《淮南子》，又唐小説載焦封孫夫人事。建炎中，李捧太尉獲一牝，自海島攜歸爲妾，生子，不復有遇之者。金陵商客富小二，以紹興間泛海，至大洋，覺暴風且起，唤舟人下矴石整帆檣以爲備，未訖而舟溺。富生方立篷頂，與之俱墜，急持之，漂蕩抵絶岸。行數十步，滿目皆山巒，全無居室，饑困之甚，值一林，桃李纍纍垂實，亟採食之。俄有披髮而人形者，接踵而至，遍身生毛，略以木葉自蔽。逢人皆喜，挾以歸，言語極啁啾，亦可曉解。每日不火食，唯啖生果。環島百千穴，悉一種類，雖在岩谷，亦秩秩有倫，各爲匹偶，不相揉雜。衆共擇一少艾女子以配富，旋誕一男。富夙聞諸舶上老人，知爲猩猩國，生兒上二字明鈔本作「男兒」。全肖父，但微有長毫如毛。時慮富竄伏，才出輒運巨石窒其竇，或倩它人守視。既誕此男，乃聽其自如。時時偕往深山，摘採果實。自料此生無由返故鄉，而妻以韶秀，按此句疑有脱誤。頗安之，凡三歲。因攜男獨縱步，望林杪高桅，趨而下，爲主人道其故，請得附行，許之，卽抱男明鈔本作「兒」。以登。無來追者，遂得歸。男既長大，父啓茶肆於市，使之主持，賦性極馴，傍明鈔本作「飭」。人目之爲猩猩八郎，至今經紀稱遂。葉本作「遂稱」，從明鈔本改。小二至慶元時尚存，安國長老了祥識之。

利路知縣女

淳熙五六年間，有官人赴利州路縣宰，自房陵金州西上，到洋川界，地名石玉子。一女墜轎，墮於棧道崖中，知不復可救，舉家拊膺頓足，慟哭而去，詣傍近隔塘寺招魂追修。後一日，僧早入佛殿，見仙花一瓶在几上，念無所從來，尚未深訝。明日復然，旋着意窺覘，乃笄年女子也。素非檀信，又孑孑獨來，明鈔本多一「極」字。疑之，遍詢左右數十百家，皆無此女，因隨其所之，抵棧崖而隱。證以爲鬼，而旦旦葉本只一「旦」字，從明鈔本增。供花之勤，未嘗少輟。後三年，厥父官滿，還次其處，寺僧以告。宰垂泣言：「如何使我得一見！」僧曰：「明日伺明鈔本作「俟」。於佛殿，恐可值遇。」如期，女果來，置花畢，葉本無「畢」字，從明鈔本補。徑出，其行如飛。宰急步逐之，望其下崖，不可得語。明鈔本作「女」。於是留信宿，雇漁人布網崖口，遂得之。父母抱拊悲痛，未敢喜，徐扣其生死，曰：「初墮落時，不在石，不在水，適處藤盤上，略無所傷，攀緣下草中睡。每日但食花草，數旬以往，不覺寒饑，衣裳漸斷明鈔本無「斷」字。壞，唯聯木葉自蔽，而身體絕明鈔本作「漸」。輕，可飄飄明鈔本「飄」字不重。然升崖上。睹仙花滿棧谷，因采以供佛。今再履人世，蓋冥祐也。父母與之歸鄉里，及嫁，如常人。葉本無「人」字，從明鈔本補。

海外怪洋

大觀中，廣南有海賈使帆，風逆，飄至一所。舟中一客，老於海道，起，明鈔本多一「望」字。四顧變色，語衆曰：「此海外怪洋，我昔年飄泛至此，百怪出没，幾喪厥生。今不幸再來，性命未可知也！」至日没，天水皆黄濁，有獨山峙水中央，山巔大石崩，巨聲振厲，激水高丈餘，黑雲亙山，横起雲中。兩朱塔，隱隱然有光。老者趣移舟，曰：「是龍怪也。」令衆持弓矢滿引，鳴鉦鼓，叫譟而行。巨人長丈餘，出水面，持金剛杵，稍逼舟次。衆齊聲誦觀音救苦葉本上二字作「投」字，從明鈔本改。經文，乃没。老者曰：「此不宜夜泊，盍入怪港。」指示篙師，水迅急，轉盼卽到。夜深，矴泊港心，風止月明，老者令摶飯數百塊，以待需索。或問之，曰：「第爲備，勿問也。」二更時，葉本無「時」字，從明鈔本補。有大舟峨然來，欲相並，亟擲飯與之，且唾且罵。彼人争奪而食。頃刻舟益多，或出或没，擲飯如前時。約四更，始散去。老者曰：「是皆覆舟鬼也，視舟行月中無影。若無以充其饑，害吾人必矣。」天將曉，張帆盲進，水氣腥穢，大蟒千百，出没波間。又漂至一高岸，隆然如山，多荆棘。少壯三數人登岸問途，行四五里，見長城横亙，不知藝極，高可葉本無「可」字，從明鈔本補。百尺。明鈔本作「丈」。到一門，兩巨人坐門下，各以一手持衆髻，挂於大木杪，入門攜火盆出，取一人投火中，炙至焦黑，分食之。既攜盆復入，衆悉畏駭，共議曰：「若再來，葉本無「來」字，從明鈔本補。吾屬無噍類矣。」斷髮沿水疾馳至舟中，急解維，雖老者亦不知爲何處。幸風便，猶數月到家。

二十夜月圜

慶元二年十月二十夜，三更後，月初出，時臨安嘉興兩邦按：「邦」字疑誤。人未寢者，皆見其團圓如望夕。太史奏是爲上瑞，其明鈔本作「吳」。地當十歲大稔。其冬不雪，明春無雨，民極以爲憂，下詔惻怛懇祈，中夏雨足，繼此必有望也。婁彥發說。

鬼太保

京師省吏侯都事一妾懷姙，未及産而死，葬於城外二年。旁近居人，數見一婦人往來，每歸必攜一餅，久而共疑其事，蹤跡所由，知爲侯氏妾，往告侯生。侯從省中歸，適與相遇，妾闊步而走，侯逐之，相去十餘步，不能及。出城訪瘞所，略無隙罅，惘惘然，因爲守冢僧言之。僧曰：「此爲業緊牽纏，未能解脫，當舉焚其骨，使得受生。」會寒食拜掃，遂啟其藏，見白骨已朽，一嬰兒坐於足上食餅。衆大駭，視此兒蓋真生人，眉目可愛，姨媼輩抱出撫翫，便能呼父母爲爹爹媽媽。侯無子，以爲神貺，鞠養之甚至。年二十時，遭建炎亂離，隨明鈔本作「從」。駕南渡，與親故相失，不復可歸。入省隸兵籍，於御廚爲庖者，後以隨龍恩，得祗事德壽宮。識之者目爲鬼太保。淳熙五年方卒。

童貫咎證

童貫將敗之一年，庖人方治膳，忽鼎釜礫礫有聲。頃之，所烹肉悉化爲蝴蝶，殆且萬數，飛舞自如，直至堂中。貫心怪之，命僮使執撲，皆莫能得。俄兩犬著婦人衣持梃，人立而語曰：「此易治耳。」各揮梃縱擊，蝶紛紛墮地，盡成鮮血，犬亦不見。已而貫伏誅。

鄱陽六臂兒

鄱陽南鄉民妻，淳熙十年生男子，從頂至足皆與人無異，而兩肘各有三臂，軒軒可畏，母惡其怪，即漬諸水盆中。俄翻身起坐，又搨入水，加一木欖壓之。復推欖而起。祖母在旁，惻然曰：「此恐是神部中來，且試養育，看長大後如何。」遂沐浴施襁褓，日以益壯，及八九歲時，放牛於野，他家童稚或與争忿，則六臂齊舉奮擊，莫能抗敵。今十五歲矣。

玉獅子

呂彦升少卿擢生於戊子，以鼠爲相屬，故不畜貓。乾道三年爲鎮江總領，當晝坐偶葉本作「隅」，從明鈔本改。坌壤狼藉，掃去又然，累數日。家人言使素畜一貓，鼠害必不至是。呂亦爲信，明鈔本作「苦」。親督役夫鋤治焉。糞土既盡，一穴甚大，其中冏然若有物。探取之，葉本無「之」字，從明鈔本補。乃白玉雙獅子，高三寸許，共抱一毬，小臺承之，製作精巧，色雪如也。始悟羣鼠爲報呂卿寶藏也。

石中龜

桂陽軍書吏温恭爲小吏時，受差詣潭府，因暫祗役於轉運主管廳。一日數客來，主人留與飲，話及奇物，自入室發笥取之，既出示，乃一青石，高六七寸，廣半之，清潤光瑩，如試金石。衆争傳觀，未睹其異也。旋命注水滿一盆，置石於中，俄有小龜從石腹緩行而上，時時矯首顧盼。主人戒客勿逼近，恐爲人氣所襲。教授獨不信，趨而前，龜即隱伏不見。覆水尋覓，石原無穴罅，莫竟所以然。主管者忘其姓名，亦不言得於明鈔本作「之」。何處也。何子楚《春渚紀聞》載：丁晉公屬端守求佳硯，硯工見有飛鷺翹注潭心，意非立鷺之所，因令没水視之。下有圓石，大如米斛，塊處潭中，疑有異，即白守，集漁户維舟出之。石登岸轉側，有涵水聲，叢手攻剖，果得一石於泓中。又云：徐州護戎陳皐，於田間得瑪瑙硯盂，以貯水注硯，因閒視之，中有一鯽，長三明鈔本無「三」字。寸許，游泳可愛，意謂偶汲池水得之，不爲異也。後取置缶中，盡出餘水驗之，魚不復見。後酌水滿中，須臾，一魚泛然而起，及取之，終無形體可拘，不知爲何寶也。二者與石龜正同。

鐵鼎甑

乾道三年，北人東路總管李邦也遣閒僕持異物數種至楚州，託統領陳涉貨易，一鐵鼎，容一斗，口廣七寸，狀甚粗拙，一鐵甑，形類瓦鼎，葉本作「器」，從明鈔本改。其底廣與鼎口等，口廣一尺七寸。二物之高皆尺有五寸，甑底有竅，以透濕氣。需錢五千緡。涉問其所以異，曰：「三伏内炊物於中，經一月不餿腐。」命蒸飯二斗試之，信然，莫知爲何代物。然於用不甚急，無肯售者，復攜歸。朱從龍說。

鳳翔道上石

趙頒之朝散，自京師挈家赴鳳翔通判，子弟皆乘馬，女妾皆明鈔本無「皆」字。乘車，獨一婦以妊身，用四兵荷轎。秦卒不慣此役，明鈔本多「臨入境」三字。前者爲石所躓失肩，轎仆地，婦墜于外。有乳媼跨驢而從，急下扶掖，就石拊摩，少焉稍定。四兵懇拜，乞勿言。婦適愛此石，欲攜去爲擣衣砧，則諭之曰：「能爲明鈔本多一「我」字。負此，當捨汝。」欣然聽命，共雇兩村民，舁以行。趙還京日始見之，亦以石體細膩，取置書室。它日，玉工來售緌環，偶見之，諦翫不釋手。石之闊一尺，厚寸餘，長尺有半。工曰：「是可解爲兩屏，能以一見與則可。」許之。喚匠攜鋸，攻治幾月，中分焉。玉質瑩潔，卓然可寶也。雲林泉石，飛鴉翹鷺，漁翁披簑棹舟，境象天成，絶類王右丞、李將軍畫山水妙處。工取一歸，又陰析爲二，先持外邊者示貴璫。璫包裹入獻徽宗，大喜，命闞爲硯屏，答賜甚厚。工復言所從來，詔索之於趙，趙不敢隱，亦獻之。兩屏相對，列于便殿燕几，他珍器百種皆避席。居數月，工徐出其所祕，詣璫曰：「向兩者固盡美矣，奈不過各得一偏，若反覆施之，則爲不類。今吾此物面背如一，略無鑱削點注之功，非歸之天上不可也。」璫具奏所以，賞賚巨萬，而頒之用此得明鈔本作「轉」。提舉常平官。趙永裔真長說。

蟻穴小亭

淳熙元年，浙江石岸頹圮數百丈，壞民居甚多。詔殿前步軍轉運司臨安府修築，工役迫急，畚臿不停朝暮。殿司偏校湯公輔取土于擂馬嶺，正搬運之際，土忽陷，其下正空，有蟻穴焉，廣幾半畝，聚蟻數斛，明鈔本作「斗」。皆赤腰，與常異。一最大者可數寸，中間宫室樓閣，花木池臺，行列可愛。又有小橋長二三尺，兩旁細草蔚然。公輔取數亭獻於轉運司明鈔本無「司」字。判官吕搢，細視之，皆疊土摶成，其椽瓦窗牖如斲削然，即命掩覆之，而徙工徒於他處。亭至今藏吕家。乃知唐人記南柯太守事，雖爲寓言，亦固有之也。

藍氏雙梅

藍公佐良輔，紹興二十年奉祠居平江。所居圃中梅一本，結實皆雙，謂爲嘉祥。未幾，妻王夫人生鬟數莖，長寸許，又以爲壽證，然是歲兩人皆亡，相去纔七十日。予姻家臧德材明鈔本作「林」，下同。愷之爲徽州祁門宰，紹興二十七年初夏，縣圃有桃，著葉本作「實」，從明鈔本改。子矣，一巨枝忽粲然再花，德材嘉之，上二字明鈔本作「喜」字。繪畫刻石，邀往來文士作詩紀之。三子未有孫，採桃花之瑞，預爲立名。然至次年，乃以非罪爲部民所訟，下憲臺驗治，不能堪，怏怏而卒。地反物爲妖，兹可信矣。

夷堅志補卷第二十二八事

侯將軍

天台市吳醫有女，年及笄方擇壻。忽於中庭見故嫂，恍惚間忘其死，與敍間闊。嫂曰：「當春光澹蕩，鶯花可人，景物如此，姑獨無念乎？」女不答。又曰：「必待媒妁之言，不過得一書生，或一小吏，或富商，葉本作「室」，從明鈔本改。或豪子，如是極矣。有侯將軍者，富貴名族，仕御馬院，蒙天子眷寵得大官，風標態度，魁梧磊落，過餘子百倍。如苟有意，吾當爲平章。」女曰：「唯父母命，我安得專！」嫂曰：「汝謂之可即可爾，何庸待二親！」言畢而没。女自是精爽迷罔，頓如癡人，正晝昏睡，暮則華裝靚飾，伺夜若有所之，殆一年許，形悴質葉本有「消」字，從明鈔本删。變。其家莫之測，巫師禳解萬端不效。忽語曰：「我將軍明日當至，宜明鈔本多一「具」字。延接，不然，將降大禍。」父母不敢拒，强爲設盛饌，呼倡樂，羅陳於堂。至期，聞外傳呼甚雄，已而高牙大纛，騶從戈戟，絳燭前列，後騎歌吹，軒蓋陸續而來。十餘輩衣巾各殊，或被戎服，或絳綃而冠，或赭黄而帽，大抵皆美丈夫也。吳叟拜之，皆答拜。揖遜就席，觴行酬勸，謔浪盡歡，敬酒，按此句疑有脱誤。與女同載而出。繼此時一來，吳氏不勝擾費。郡人言：「此地葉本無「地」字，從明鈔本補。有寧先生，道法通神，盍往告！」吳卽日持牒奔謁。寧書符籙，使置於門首。妖見之曰：「吾非鬼，何畏此哉！」笑而出。寧聞之，大怒，亟訪吳。建壇置獄，皆見騰龍驟虎，神物亂雜，環繞其居。妖正明鈔本無「正」字。在女室，頗窘懼，呼卒索馬，欲趨小樓而上，既出復入者數四。明日，寧謂吳氏明鈔本無「氏」字。曰：「但見物如飛鳥者，急擊勿失。」吳伏明鈔本作「使」。壯僕持梃候門。夜有黃雀入，急捻之，應手化爲鶯，再擊之，已如鷹，少選大如車輪，見者怖走。寧敕神將擒撲，始仆地死，乃巨猴也，兩翅如蝙蝠。凡三夕，獲三物，其一首若熊。復畫地爲牢，命力士搜捕妖黨，得狐狸、蛇虺、木石、鳥獸之怪，不可計，皆輂致鐵臼內，杵碎之。詰其嫂導誘之狀，卽引伏，以親故不治。焚猴尸，揚灰江上，竄其魄於海陬，女遂如初。寧辭去，凡賂謝錢帛，分毫不受。女益蘇，白父母曰：「向者明知爲妖類，方肆虐時，正欲上訴於天，亦不可得。蓋其徒千百成羣，往來太空間，縱有章奏，必爲所邀奪，雖城隍里域之神，尚不能制，況於人乎！」寧先生名全真，字立之，京師人。紹興二十一年七月也，赤城趙彥成親見其事，作《飛猴傳》記之。

懶堂女子

舒信道中丞宅在明州，負城瀕湖，繞屋皆古木茂竹，蕭森如山麓間。其中便坐曰「懶堂」，背有大池，子弟羣處講習，外客不得至。方盛秋佳月，一舒明鈔本作「生」。呼燈讀書，忽見女子揭簾入，素衣淡裝，舉動嫵媚，而微有悲葉本有「泣」字，從明鈔本刪。涕容，緩步而前曰：「竊慕君子少年高致，葉本作「志」，從明鈔本改。欲冥行相奔，願容駐片時，使奉款曲。」舒明鈔本作「生」。迷蒙恍恍，不疑爲異物，卽與語，扣明鈔本作「詰」。其姓氏所居，曰：葉本無「曰」字，從明鈔本補。「妾本丘氏，父作商賈，死於湖南，但與繼母居茅茨小屋，明鈔本作「室」。相去只一二里。母殘忍猛暴，不能見存，又不使媒妁議婚姻，無故捶擊，以刀相嚇，急走逃命，勢難復歸，倘得留葉本作「蓄」，從明鈔本改。爲婢子，固所大願。」舒明鈔本作「生」。甚喜曰：「留汝固吾所樂，或事泄奈何？」女曰：「姑置此慮，續爲之圖。」俄一小青衣攜酒餚來，卽促膝共飲，三行，女斂袂起，致辭曰：「奴雖小家女，頗能綴詞。」輒作一闋，敍茲夕邂逅相遇之意。顧青衣舉手代拍而歌曰：「綠淨湖光，淺寒先到芙蓉島。謝池幽夢屬才郎，幾度生春草。塵世多情易老，更那堪秋風嫋嫋。晚來羞對，香明鈔本作「白」。芷汀洲，枯荷池沼。恨鎖橫波，遠山淺黛無心掃。湘江人去歎無依，此意從誰表！喜趁良宵月皎，況難逢人間兩好。莫辭沉醉，醉入屏山，只愁天曉。」蓋寓聲燭影搖紅也。舒明鈔本作「生」。愈愛惑。女令青衣歸，遂留共寢，宛然處子爾。將曉別去，間一夕復來，珍果異饌，亦時時致前，明鈔本無「前」字。及懷縑帛之屬，親爲舒明鈔本作「生」。造衣，工製敏妙。相從月餘疑有脱字。日，守宿僮隸聞其與人言，謂必挾倡優淫昵，它時且累己，密以告老姨媪。展轉漏泄，家人悉知之，掩其不備，遣弟妹乘夜佯爲問訊，排户直前。女奔忙斜竄，投室傍空轎中。秉燭索之，轉入它轎，垂手於外，潔白如玉，度事急，穿竹躍赴池，葉本無「池」字，從明鈔本補。紞然而沒。舒明鈔本作「生」。悵然掩泣，謂無復有再會期。衆散門扃，女蓬首喘顫，舉體淋漓，足無履襪，奄至室中。言墮處得孤嶼，且水不甚深，踐濘而出，免葬魚腹，亦云天幸。舒明鈔本作「生」。憐而拊之，自爲燃湯洗濯，夜分始就枕，自是情好愈密。而意緒常恍忽如癡，或對食不舉箸，家人驗其妖怪，潛具狀請符於小溪朱彦誠法師。朱讀狀大駭曰：「是鱗介之精邪，毒入肝脾裏，病深矣，非符水可療，當躬往治之。」朱未及門，女慘戚嗟喟，爲悃悃可憐之色。舒明鈔本作「生」。問之，不對，久乃云：「朱法師明日來，壞我好事矣。因緣竟止於是乎！」嗚咽告去，力挽不肯留。旦而朱至，舒明鈔本作「生」。父母再拜炷香，祈救子命。朱曰：「請假僧寺一巨鑊，煎油二十斤，吾當施法攝其祟，令君闔族見之。」乃即池邊，焚符檄數通召將吏，彈訣噀水，叱曰：「速驅來。」俄頃，水面濆湧一物，露背突兀如簑衣，浮游中央，闖首四顧，乃大白鼈也。若爲物所鉤致，跂曳至庭下，頓足呀口，猶若向人作乞命態。鑊油正沸，自匍匐投其中，糜潰而死。觀者駭懼流汗。舒子上三字明鈔本作「生」。獨號呼追惜曰：「烹我麗人。」朱戒其家，俟油冷，以斧破鼈，剖骨并肉暴日中，須極乾，入人參、茯苓、龍骨末成丸，託爲補藥，命病者晨夕餌之，勿使知，知葉本只一「知」字，從明鈔本增補。之將不肯服。如其言，丸盡病愈。後遇陰雨，於沮洳聞哭聲云：「殺了我大姐，苦事苦事！」蓋尚遺種類云。

姜五郎二女子

建昌新城縣人姜五，居邑五里外。淳明鈔本作「紹」。熙四年中秋夜，在書室翫月軋箏，疑是「箏」字。

遥聞婦人悲泣，穴窗窺之，素衣女挈衣包，正扣其户。姜問何人，曰：「我只是鄆葉本作「軍」，從明鈔本改。城董二娘，隨夫作商他處，不幸夫死，又無父母兄弟可依，今將還鄉乞食，趕路不上，望許寄明鈔本無「寄」字。留一宿。」姜納之，使别榻而卧。明日，不肯去，願充妾御，姜復從之，遂荏苒兩月。方夜謳室中，又有女子至，云縣市典庫户趙家婢進奴，爲主公見私，被娘子箠打，信步逃竄，亦丐少留。其人容貌端秀，自言善彈琴弈棋，及葉本作「仍」，從明鈔本改。能畫。姜甚喜。兩女同處如一家，相與無間。董氏嗜食雞，進奴密告姜云：「彼乃野狐精，積久非便。他説喪夫事，盡僞也。」姜深以爲疑。董婦已覺，愠曰：「五郎今日陡頓不喜歡，莫是聽進奴妄談否？我知渠是蛇妖，切勿墮其計。」姜曰：「何以驗其真相？」曰：「但買雄黄、香白芷各一兩，搗成末，兼用九塌草、神離草各一把，生大蜈蚣一條，共修治爲餅，以半作丸與服，并焚於書院，渠必頭痛，更將半藥置鼻上，立可見矣。」家有大雄雞報曉者，董欲烹之，進奴使姜給稱出外，潛於暗壁守視，果見董變狐身，攫雞而食，急取刀明鈔本作「刃」。刺殺。是夕，進奴服藥，竟亦死，尸化蛇矣。

王千一姐

隆興府樵舍鎮富人周生，頗能捐貲財以歌酒自娱樂。紹興四年六月，有經過路歧老父，自言爲王七公，挾一女曰千一姐來展謁。女容色美明鈔本作「姝」。麗，善鼓琴弈棋，書葉本無「書」字，從明鈔本補。大字，畫梅竹。命之歌詞，妙合音律。周悦其貌，且兼負技藝過絶人。謂其老「老」下似脱

「父」字。云：「我自有妻室，能降意爲側室乎？」對曰：「女子年二十二歲，更無他眷屬，如君家欲得備使令，老身之幸也。」周謝其聽許，議酬以官券千緡，老父曰：「本不較此，但得吾女有所歸，足矣！」呼牙儈立契約，卽留女而受券去，明日告別。女爲妾踰歲，五年八月，有行客如道人狀，過門言曰：明鈔本作「造門而言」。「是家怪氣露現，吾當爲去之。」閽僕入報，周遽明鈔本作「遂」。出，將百錢與之，不肯接，與之酒，亦不飲，問曰：「君家有若干人口？無論老少男女，盡教來當前，上五字明鈔本作「盡數來前，當」。爲相何人合貴。」周一門二十七口，悉至廳上，道人熟視一女，只引手掐訣，吹氣喝曰：「速疾！」俄雷火從袖出，霹靂震響，煙氛蔽面，頃之豁然。千一姐化爲白面狐狸，已仆地而隕。道人不見矣。

錢炎書生

錢炎者，廣州書生也。居城南薦福寺，好學苦志，每夜分始就寢。一夕，有美女絳裙翠袖，自外秉燭而入，笑揖曰：「我本生於貴戚，不幸流落風塵中，慕君久矣，故作意相就。」炎窮單獨處，乍睹佳麗，以爲天授神與，卽留共宿，且有伉儷之約。迨且乃去，不敢從以出，莫能知其所如。女雅善謳歌，娱悦性靈，惟日不足，自是炎宿業殆廢，若病心葉本有「多」字，從明鈔本刪。失惑。然歲月頗久，女懷孕。郡日者周子中，與炎善，過門見之，訝其尫羸，問所以，炎語之故。子中曰：「以理度之，必妖祟耳。正一宫法師劉守真，奉行太上天心五雷正法，扶危濟厄，功驗彰著，吾挾子往謁求符水，以全此生，不然，死在朝夕，將不可悔。」炎悚然，不暇復坐，亟詣劉室。劉急索盆水，施符術照之，一巨蟒盤旋於內，似若畏縮者。劉研朱書符付炎曰：「俟其物至則示之。」炎歸，至二更方睡，而女來情態如初。炎曰：「汝原是蛇精，我知之矣。」示以符。女默默不語，俄化爲二蛇，一甚大，一尚小，逡巡而出。炎惶怖，俟曉走白劉，仍卜寓徙舍，怪亦絶跡。

武當劉先生

均州武當山王道士，行五雷法，效驗彰著。其師劉先生，道業頗高。一日昏暮間，雲霧擁門，幢幡旌節，相望踵至，一仙童持上天詔，召劉上昇。劉大喜，王道士白言：「常聞升天者多在白晝，今已曛黑，正恐陰魔作奇祟，葉本空一字，今從明鈔本補。切宜審諦。」劉不聽，叱之使去，曰：「吾平生積功累行，時節因緣至此而集，無多言！」乃沐浴更衣，趺坐磻石上，與衆訣別，將卽騰太空，王密反室，敕呼雷部神將。忽霹靂一明鈔本無「一」字。聲震起，仙童與幡節明鈔本作「幢」。俱不見。俄頃再震，有黑氣一道，長數十百丈，直下岩谷中，道衆遂散。明旦出視，一路血跡斑斑，窮其所之，有巨蟒死明鈔本多一「於」字。岩下。

紫極街怪

饒州紫極觀外街，其東南爲天寧寺後園，其西北爲華、趙兩家園，地勢荒寂，稍陰晦或日將晏則無人敢獨行。紹興元年三月，趙監廟者遣僕元成添茅蓋牆，至晡時，見一男子，背倚牆而坐，一人負空籃，從効勇營外相遇，交互毆擊，皆不作聲。元成顧其争鬪差明鈔本作「良」。久，趨下勸解，男子捨去，負籃者困卧不能語。成掖起之，其口耳鼻悉爲爛泥窒塞，扶至觀前人家，覓湯與飲，問所争何事，再求湯一杯，飲畢始蘇，曰：「我是汪有三，居在雙巷，早間擔瓷器出市變賣，葉本作「轉」，從明鈔本改。還穿軍營欲歸，買得油酥雪糕，準擬與娘喫，被男子不相識，須要強討，嗔我不肯，便打我一頓，摶泥塞口，以故做聲不得。」成視其籃，二物俱不見。汪知爲鬼，致謝而歸。明日，成復理茅，偶望路邊大皂角樹突出葉本作「兀」，從明鈔本改。一瘤癤，頗似鬼面，有面有眉目，口中猶含糕酥，悟爲昨怪，持刀斫之四五，損處汁流清明鈔本作「青」。血。暮抵家，昏昏感疾。越三日，妻出行卜，曰：「西北方邪神作禍，宜禱求之。」但令買五鐵釘，起詣故處，至樹下，以釘貫其節，血迸如傾，成即愈。樹至今猶存。

鳴鶴山

明州慈谿縣鳴鶴村一山寺，既結夏，有老人約年七八十矣，來寓食，貨藥頗能愈病，有明鈔本作「得」。錢不計多寡，必盡買酒，醉狂則歌舞終日，頗類有道者。與新戒一僧遊甚密，朝出暮歸，莫知所由。同房老宿訝之，屢詰，僧乃曰：「兄非厚善我，我不告。此老神仙也，我有他生契，常招我訪其師。師隱處巖穴間，旦夕偕羽化矣。」同房益訝焉，戲言曰：「能許我同遊乎？」曰：「須同語老人，若無仙分，固不可也。」明旦，備禮扣請，老人曰：「只汝兩人可耳，更勿廣引人，明當同往，至期呼換。」按：「換」字似當作「喚」。僧襖短衣製，行深山，隨峭壁捫蘿而上，足躡飛鳥，目眩神怖，幾不可登。半日許，升碧崖，崖頂大松十餘株，偃蹇如龍蛇。仙〔「仙」字當作「僧」〕曰：「仙師所居近矣。」老人先至松下，持片石扣崖扉，琤然如振金鐵。同房望松杪，見兩大鸛雀，長丈餘，掀舞直下，至崖間，則成羽衣道士形。風動林葉，乍離乍合，老人亦爲鸛雀，久之復故。心驚而不敢言。有頃，傳呼曰：「先生召進。」抵崖扉前，有巨石屹立，二道士坐石上，鬚眉皓然。老人目二僧致敬訖，乃命坐，注視移時，曰：「皆可爲仙人，便當來服丹砂，且命暫歸寺沐浴，毋令人知也。」二僧稽謝而還，老人與同途，到寺已暮。同房欲驗情狀，乃邀坐寮中，置酒並席，潛起取匕首揕老人胸，曰：「汝精怪也，吾向觀汝輩在山中皆露真形爲羽族，而反以上仙見紿，謂吾不識邪！」老人驚悖，明鈔本作「愕」。不能對，遂被數刃，號呼仆地死，果大鸛雀也。新戒僧猶哀號曰：「毋傷老先生！」久而方悟，衆聚觀嗟異。明日，率壯健者遍山訪覓故處，踪跡宛然，但不復見二道士。

夷堅志補卷第二十三八事

禮斗僧

閩僧道著云："有同參兄弟二人，共寓一寺。兄出游，數歲而歸，見其弟顏狀尫瘦，怪問之。笑而言曰："吾比者夜禮北斗，若有感遇，今葉本作「令」，從明鈔本改。神識所游，蓋鈞天紫府中，至所受用，乃天漿甘露，其去璇霄丹闕不遠矣。"兄曰："審如是，汝當容色敷腴，肌體強健。今乃爾，得非墮妖魔境界乎？"弟曰："明日當謁，兄盍來《榕陰新檢》作「面」。觀之。"兄甚喜，如期而往。弟設香華几席，拜於庭，至數十。俄有大毛手從空中下，摑其首不已。夜半醒，詢以所見，云與昔日同。兄已證其異，祕而不言。他日再往，預買犬肉，恣食之，而置其汁於缶，挈以入。正拜時，毛手復現，兄自室中挈汁出澆之，倉忙縮去。弟俄頃而覺，謂兄曰："適將至斗宮，忽爲微雨沾身，故不克進。"兄大笑，始告以實，自是不復有所見，越半歲乃復初。」道著今住持建康草堂寺。

天元鄧將軍

宗室趙善蹈，少時遇九華周先生傳靈寶大法，行持多顯効。奉化士人董松妻王氏，美而蕩，爲祟所憑。初於黄昏間，見少婦盛飾，從女僕張青蓋自外來，稍近，則變爲好少年，著皂背子，便出語相嘲戲。王氏傾挹之，自以爲適我願，與之同寢。頃之，松入室，登榻如常夕然，睡覺，率榻按：「榻」字疑誤。牀下，如是幾月。王夢中與此郎同乘寶車，登複嶺，入朱門，華屋苑囿，皆名花節物，長如熙春，是時淳熙八年暮冬也。其家良以爲苦，人教之備禮邀致趙君。趙至，王葉本無「王」字，從明鈔本補。略無懼色，乃以法印印其胸。俄若醉醒，言方與少年共飲，忽赤衣使者持明鈔本作「仗」。劍直前來，少年斂避，遂從使者歸。是夜祟不至。越三日復來，趙始築壇行法，焚香禹步，令董家子弟於香煙起葉本無「起」字，從明鈔本補。處熟視物象。蓋其術能於葉本無「於」字，從明鈔本補。煙中攝光景如鏡，漸闊如箕，至極大如桌，鬼神器物悉現，可與通言語。甥郭氏子，年十一歲，見神人火焰繞身，踞胡牀而坐，旁列吏卒，威容凜凜。郭拜請神名位，神曰：「吾天元考召鄧將軍也。」郭啟曰：「此祟已三夕不來，今忽又至，願將軍速治之。」神笑曰：「此非鬼非祟，特一獸爾。吾爲至靈之神，彼乃至穢之物，大抵畜産之死，不當葬埋，況葬之日辰相符，合爲精怪，茲復何疑？」諸董相視失色，趙扣其故，云：「昔有親戚宦游邕州還鄉，以一黑明鈔本作「烏」。犬見贈，質狀異於常犬，豢養十餘歲而殂。不忍置諸刀机，用古人蔽蓋不棄之説，裹以青繖，埋於屋後，豈其是歟！今已三明鈔本多一「四」字。年矣。」試發土驗視，與初死時不異，皮毛儼然。因白將軍，乞取而爨于壇前。將軍曰：「君是儒流，曾讀《易》否？豈不知精氣爲物，遊魂爲變。既已通靈，戮其尸何益！」董又請滅鬼爽，將軍曰：「此物穢氣觸人，不可近，盍稟法師解穢。」董請於趙，爲之破穢。迨暮，郭甥見武士捽皂衣少年至，將軍叱速復本形，逡巡成大黑犬。將軍又語郭：「祈法師奏之上帝。」明日拜章，過夜半，黄衣道士騎白鶴冉冉從空下，手執文牘若奏章，後書四字，郭甥見之，問所書謂何，將軍曰：「照條處斬。」旁劍卒卽斷犬爲三，董氏乃取原尸剉割，投諸水，婦人頓甦。明鈔本作「蘇」。善蹈居於奉化，嘗預薦名，用己酉霈澤得將仕郎。

比干墓玉

政和間，朝廷訪求三代彝器，陝西轉運使李朝孺、提點茶馬程唐使人於鳳翔發商比干墓，得大銅盤鏡按：「鏡」字疑誤。二尺，及白玉四十三片，其長三寸，厚一半指，上圓而鋭，下方而闊，玉色明瑩。程、李留玉於秦州軍資庫，而以其盤獻。徽宗曰：「前代忠賢之墓，安得發掘？」罷朝孺而反其盤。真州六合縣境有山曰方山，四面平直，左右多古垗。紹興十二年，村民明鈔本多一「因」字。耕田穿一墓，得玉百餘枚，皆長二寸，闊一指，上有小竅，大抵與比干墓物同。爲運司一屬官所得，攜過天長，以示縣尉魏生。魏求其一，屬官不可，識者謂此古王公殮尸玉押也。

黄谷蠱毒

福建諸州大抵皆有蠱毒，而福之古田、長溪爲最。其種有四：一曰蛇蠱，二曰金蠶蠱，三曰蜈蚣蠱，四曰蝦蟆蠱，皆能變化，隱見不常。皆明鈔本作「各」。有雌雄，其交合皆有定日，近者數月，遠者二年。至期，主家備禮迎降，設盆水於前，雌雄遂明鈔本作「隨」。出於水中，交明鈔本作「交於水中」。

則毒浮其明鈔本作「於」。上，乃以針眼刺取，必於是日毒一人，蓋陰陽化生之氣，納諸人腹，而託以孕育，越宿則不能生。故當日客至，不暇恤親戚宗黨，必施之，凡飲食藥餌皆可入，特不置熱羹中，過熱則消爛。或無外人至，則推本家一人承之。藥初入腹，若無所覺。積久則蠱生，藉人氣血以活。益久則滋長，乃食五臟，曉夕痛楚不可忍，惟啜百沸湯，可暫息須臾。甚則叫呼宛轉，爬刮牀席。臨絶之日，眼耳鼻口涌出蟲數百，形狀如一。漬於水暴乾，久而得水復活。人魂爲蟲葉本無「蟲」字，從明鈔本補。祟所拘，不能託化，翻受驅役於家，如虎食倀鬼然。死者之尸雖火化，而心肺獨存，殆若蜂窠。淳熙二年，古田人林紹先母黄氏遭毒，垂盡，《榕陰新檢》作「患蠱垂絶」。其家人曰：「若是中蠱，當燒牀簀照之，必能自言。」黄氏遂云：「某年月日，爲黄谷妻賴氏於某物内用按此句疑誤，《榕陰新檢》作「置毒食我」。其所事之神，今尚在谷房裏廚中。」紹先即告集都保，入谷家開廚，得銀珂鎖子、五色線環珓及小木棋子，兩面書「五逆五順」四字，盛以七孔合，又針兩包，各五十枚，而十一枚無眼，率非尋常人家所用物。既告官，捕谷，訊鞫則佯死，釋之則蘇，類有鬼相助。會稽余靖爲主簿，府帖委治此獄，其奸態如在縣時。靖無以爲計，懼其幸免，不勝憤訶，係于庭下，礪刃斷其首，貯以竹籃，持詣府自劾。府帥陳魏公具以狀聞，詔提點刑獄謝師稷究實，謝與丞尉親到谷家，《榕陰新檢》多「詰之少頃」四字。蜈蚣甚大，出現，上二字《榕陰新檢》作「從穴中出」。謝曰：「此明證也，攝賴氏還司自臨考之。」三日獄具，亦論死。所謂順逆棋子者，降蠱之時所用以卜也，得順者客當之，逆者家當之。針之無眼者，以眼承藥，既用則去之，上十四字《榕陰新檢》作「針以眼承毒，既用則絶去其眼」。蓋所殺十一人矣。五色綫，凡蠱喜食錦，錦不可得，乃以此代。銀珂鎖者，欲嫁禍移諸他處，置道傍，冀見者取之也。上十六字《榕陰新檢》作「將分毒他家，則故棄之，見者利而拾去，鬼物憑之矣」。谷之罪惡，上通於天，余靖爲民去一凶，士大夫作詩歌者甚衆。嘉祐中，范兵部師道爲福州守日，揭一方於石云：「凡中蠱毒，無論年代遠近，但煮一雞卵，插銀釵於內，併含之，約一食頃取視，釵卵俱黑，卽中毒也。其方用五倍子二兩，硫黄末一錢，甘草三寸，一半炮出火毒，一半生，丁香、木香、麝香各十文，輕粉三文，糯米二十粒，共八味，入小沙瓶内，水十分煎，取其七，候藥面生皺皮爲熟，絹濾去滓，通口按上二字疑誤。服。病人平正仰卧，令頭高，覺腹間有物衝心者三，卽不得動，若吐出，以桶盛之，如魚鰾之類，乃是惡物。吐罷飲茶一盞，瀉亦無妨，旋煮白粥補。疑有脱字。忌生冷油膩酢醬。十日後，復服解毒丸三兩丸，又經旬日平復。予所載黄谷事，孫墢又以此方來示，故併録之。丁、木、麝三香之價，嘉祐時十文，以今言之，須數倍乃可耳。

林巡檢

泉州城内一空宅，數家分僦居。有林巡檢者，秦人也。晚出市，穿小巷中，見當街横置一竹籠，頗敝，戲蹴之，微露花衾。發視，乃銀酒器之屬二百餘兩，時旁無行人，卽負之以歸，不曉所謂，良以爲天賜耳。既返室，與衆鄰詫其事，主人愕然曰：「此乃閩俗所奉金蠶也，彼家厭足，將嫁禍於他人。葉本無「人」字，從明鈔本補。君既取其餌，不可悔，今夕定有異物至，宜迎奉敬事之，不然，且獲大咎。」林唯唯。至一更，果有蛇從外來，長丈許，蜿蜒徑入户，如喜悦狀，林執而語之曰：「汝乃金蠶之精耶，吾不能徇汝意害人以自豐，必爲汝所啖食，均一死，寧我先食汝。」即生嚼而吞之，自首至尾，并骨不遺餘。又喚酒痛飲，徐就睡，明旦晏然。林方待興化海口場闕，因是小康，衆服其勇。

解蠱毒呪方

蔡人李樞，避建炎之難，同數鄉人入蜀。紹興乙卯，自夔之涪，過上岩，買一大魚，其狀如鯉，命僕治其半爲羹，以半爲鮓。初啜羹，其汁甚苦，意謂膽破，復葉本作「彼」，從明鈔本改。嘗肉臠，則一甘一苦，心疑焉。憶其父所書解毒呪，因急誦之，而屏去羹弗食。後三日，至武甯，市無屠肆，僕欲以鮓進，乃洗滌令淨，沸油煎之，至盤桉間猶盛熱，又誦呪數遍。一小青蜘蛛出鮓上，蹉踔自如，即殺而屑之，盡投鮓於江。樞乃道父書云：頃有朝官，與一高僧西遊，道由歸峽，程鎮荒遠，日過中，餒甚。抵小村舍，聞其家畜蠱，而勢必就食，去住未剖。僧曰：「吾有神呪，可無憂也。」食至，僧閉目誦持，俄見小蜘蛛延緣盌吻。僧曰：「速殺之。」於是竟食，無所損。其呪曰：「姑蘇啄，磨耶啄，吾知蠱毒生四角，父是穹窿窮，母是舍耶女，眷屬百千萬，吾今悉知汝，摩訶。」明鈔本多「薩摩訶」三字。是時同行者競傳其本，所至皆無恙。別傳解毒方，用荳豉七顆，巴豆去皮兩明鈔本作「四」。粒，入百草霜，一處研細，滴水圓如荳大，以茅香湯吞下七圓。又泉州一僧，能治金蠶毒，云：「纔覺中毒，先含明鈔本多一「吮」字。白礬，味甘而不澀，次嚼黑豆，不腥者是已。但取石榴根皮，煎汁飲之，即吐出活蟲。無不立愈。」李晦之云：「以白礬芽茶搗爲末，冷水調服，凡一切毒皆可治。」併載於此，以貽後人。

奎宿奏事

崇寧大觀間，蔡京當國，設元祐正人黨籍之禁，蘇文忠公文辭字畫存者，悉毁之。王銘以重刻《醉翁亭記》，至於削籍，由是人莫敢讀其文。政和中，令稍弛其禁，且陰訪求墨蹟，皆以爲大璫梁師成自言爲公出妾之子，故主張是，而實不然也。時方建上清寶籙宮，齋醮之儀備極誠敬，徽廟每躬造焉。一夕，命道士拜章伏地，踰數刻乃起，扣其故，對曰：「適至帝所，值奎宿奏事，良久方畢，臣始能達章。」上頗嘆異，問奎宿何如人，其所奏何事，曰：「所奏不可得聞，然此星宿者，故端明殿學士蘇軾也。」上爲之改容，遂一變前事。時婺葉本空一格。陳子象名省之，父爲温州掾曹，傳其說如此，子象說。

趙滎陽禱雨

淳熙元年夏六月，湖州旱，在城寓公，相率作醮禱雨。滎陽郡王趙禹錫少保爲之主盟，道士談靈悟伏章。趙盛服端坐，不覺如夢寐間，竦身行青碧雲氣中，路明鈔本多「益上」二字。氣益清，一金甲神人持節引至殿闕門外，止令少候，神人獨入。俄復出，導詣廷下。遥望上帝服黄袍，坐龍椅，儀衛如王者，趙再拜而上，秉笏當前，歷奏下方閔雨之意。皆不答，而首肯數四。乃趍下，再拜而出。神人亦導前，覺青氣繳繞，身輕躡空，不能駐履，内悸不自定。神人語曰：「但亟舉足，無苦也。」逡巡與伏章道士遇，交臂而語，道士曰：「適中途得言，已宣旨，不須到三天門。」繼乃入黑雲中，導者舍去，心絶窘怖，漸睹山川明秀，頗類徑山之陽，又復前進，若抵道場中，驚而寤。見一炬窅然，少頃，燈燭熒煌，始知身立醮席。左右侍者但見嶢屼逾時，瞑目而不跌，無敢唤醒。神爽氣定，乃顧同列曰：「髣髴有所感，俟至壇前，焚香默謝，方敢說。」於是具以告衆。翌日亭午，膏雨如傾，周匝郡境，過宿而後止。滎陽說。

夷堅志補卷第二十四十事

李見鬼

李去僞知通州静海縣，至夜，即入一室判冥，外人皆聞訊問枷鎖聲，因目爲李見鬼。臨受代，與寮佐宴集，呼二子儔、僖出拜縣尉陳䃼，䃼不敢當。李云：「去僞老矣，不及見君之貴。儔自成立，不能遠大。僖異日與君有恩契，當令今日先識面耳。」坐皆罔測，時紹聖中也。政和初，䃼以司勳員外郎主銓試，僖中選，又三年，爲之壻，果符恩契言。儔登科未及禄而卒。䃼終徽猷閣待制。

何侍郎

何侍郎慤，資州人，居心正直剛介，凡在官有暗昧隱匿事，卒能探究其實而平理之。後爲瀘南安撫使，正盛服臨聽事，若有冥司使者來迎之，急入告妻子曰：「陰府請吾斷獄，獄竟當還，無殮我。」遂瞑目而坐。三日乃醒，曰：「有婦人壞胞胎者，前後積數百口，冥官久不能決，故委吾治之。已委令托生畜類爲狏猪矣。猶記判云：『汝等能懷不能産，壞他性命太癡愚，而今罪業無容著，可向人間作母猪。』」遂書本末，遍揭於邑里，以示懲戒世人也。趙有光説。

龍陽王丞

王渙明鈔本多一「彥」字。字季光，乾道末年爲武陵宰，郡邑蕭條，唯王東鄉運使居宅當官道邊，旁有圃，爲士民遨嬉地。季光嘗與教授邢正夫約同遊未果，夢出迎使客，如常時所行路，至王氏後門而止。及下輿，不見從卒，獨一節級行前，而面長二尺餘，極可怖。又一人負胡床徑入園，由便門過其家，到廳後柱廊。柱廊上列水盆帨巾，堂壁皆金漆涼槅，頗華濟。一吏前揖，衣皂衫，紅帕首。季光問：「汝爲胥吏，何裝束詭異如此？」對曰：「方呈稟公事，於禮當然。」即探懷出一牘，鉗其左，請書案云：「准條令決脊杖二十。」如言書畢，將退，吏白：「須監斷乃可竟。」俄而東偏門開，一少年可四十許歲，囚首而出，顏色紫堂，鬚髯挓抄，自袒其背。四旁無人，而杖從空下，少年號呼痛楚。季光惻然曰：「此是大夫，不應爾。」吏曰：「天旨已定，但當奉行。」曰：「然則稍減杖數，可乎？」曰：「若決行，則唯命。」於是杖至十三而止。出就輿，輿從城上行，若無肩舁者，殊臬兀不安。遥望官府如郡治，審視之，則蘄州也。拊式欲下，長面持節者曰：「此處無路可下，望之雖近，其實甚遠。」已而前吏復至，白曰：「更請斷高朝請案。」季光辭焉，曰：「吾與之有中外，不應治獄。」吏曰：「若是，則引嫌可也。」以所持文書插于腰，季光欲取視之，曰：「既已引嫌，自不當問。」遂循城，輿下跌而寤，意緒絶不樂，時七月間也。後兩月，邢君始相率尋前約，入王園，儼然盡夢中境趣。邢曰：「君識其子弟，當令具酒。」拉過其宅，及柱廊水盆帨巾，亦歷歷舊所見。邢入其內，季光彷徨東廂，有小室垂箔，謾啟視之，乃一綠衣人影像，香燈羅陳，蓋受杖少年也。季光凜然，覺如數斛水沃身。少頃，邢攜酒殽來，王氏婦女隨窺客，皆發聲哭，季光益罔測，問邢曰：「少年者何人？」曰：「此運使之子龍陽丞也，下世二年矣。」扣其何如人，曰：「亦謹愨無他過，但暮年一事累德。方在龍陽時，將嫁女，會已受代，從邑令假小吏辦集，怒其遲鈍，箠之至死。小吏臨絕，語其妻曰：『我抱冤以死，汝宜告于官，不可受賂，使我無所憩。如我冤未白，汝勿得嫁，嫁則殺汝。』妻泣應曰：『諾。』既乃受丞錢百千，置不理，未幾改嫁。成婚之夕，筵上果皆騰起尺餘，不傾倒，不一月，妻無疾而死。冥冥之中，負此冤對，聞其家人頃者同夢君受吏訟，故適望見而悲也。」季光始告以所夢，急趨出，不復再游。季光說。

賈廉訪

寶文閣學士賈讜之弟某，以勇爵入官。宣和間爲諸路廉訪使者，後避地入嶺南，寓居德慶府。濟南商侍郎之孫知縣者亦寓焉。商無妻，一女笄，二兒絕幼，唯侍妾主家政。商死，其女嫁廉訪之子成之。率旬日頃，女輒歸家拊視二弟，且檢校橐鑰，以爲常。他日，歸啓篋笥，凡黃白器皿皆不見，但公牒一紙存，驚扣妾。妾曰：「比者府牒以赴天申節，盡數闗借，當時遣僕馳白姐姐及賈郎，回云：『府命不可不與。』遂悉以付之，望其持還而未可得。」女拊膺大哭，走問其夫，夫亦愕然，曰：「無此事。」乃詣府投牒，立賞捕盜，竟失之。計直踰萬緡，商氏由此貧匱。而廉訪者數使僕以竹節銀鬻於肆，肆主問何處用竹筩鑄銀，僕曰：「廉訪手自坯銷者。」於是人疑商氏亡金，必其所爲也。後二十年，成之通判横州，商徙居臨賀，長已亡，幼子曰懋，每往謁成之，必得錢十餘萬。未幾，成之終於官，懋挈嫠姊，挾二孤甥，偕至臨賀卜葬，遂相依以居。甥非商出，懋經紀其家，掩有財物過半。後病傷寒，惛不知人者數日，忽蘇而言曰：「憶初入冥，只覺此身飄浮，直出帳頂，又升屋，恣行曠野，更無侶伴。俄爲人録至官府，見一囚荷鐵枷，戴黑帽，絣於獄門，兩人執大扇，對立其側。囚忽舉目呼曰：『商六十五哥，識我否？』懋未應。又曰：『我賈廉訪也，諸事殊未辦，得爾來且可了。其一，我昔年取爾家財，所償略盡，猶有未竟者，幸爲我供狀結絶。』懋視執扇者一揮，則囚血肉糜潰滿地，不見人，唯存空枷。須臾，復如初。懋睹其楚毒，不忍視，頓憶曩事，爲供狀而出。囚大哭曰：『今便相别，我猝未脱。』其執扇驅入，按：上二句疑有脱誤。懋至門外，一吏持符，引卒徒數百，若迎新官者，自云：『泰山府君以君剛正好義，抵陰府不應空回，可暫充賀江巡按使者。』吏導行江上空中，所至廟神參謁，主者呈文簿，懋一一詰責，據案剖判。别一主者前進曰：『某神奉法不謹，誤溺死人。』懋卽判領至原地頭誅戮。迤邐到封州大江口，吏曰：『事已畢，福神來迎，公可歸矣。』」懋還賀州所居，從屋飛下，汗浹背而寤。其妻方掛真武畫像於床頭，焚香禱請，蓋福神之應云。

姚錫冥官

姚錫，字與善，筠州新昌人。祖當時奏名第一，錫登科爲均州判官。時有監京西水寨者，因扞虜立功，并其子及壻四人皆得官，部曲至千餘。會所親告其停藏北人，欲謀叛，朝廷命置獄推鞫，隨問卽承，至録問卽翻異，最後遣錫按治於隨州。錫盡閱案牘，窮究端本，了無反叛之狀，遂以身證其不然。朝旨付刑寺看詳，悉從釋放，因家人百數與部曲懽呼感涕，争送錫歸筠，後再調汀州判官。淳熙十一年，攝武平宰，夢黄衣卒持牒言，奉差充某所冥官，錫以不可去爲辭。明夜夢如初。錫曰：「吾家皆在郡城，獨居此邑，相去頗遠，幸爲我展限。」黄衣去，明日白晝立于前曰：「此太山府君奉上帝命，豈容固違？」錫懇云：「必欲我去，容我區理縣事，分付錢粟，然後歸別妻孥，得乎？」黄衣許之，與期二十日。乃具公牘申郡，乞稟議執事，且移書同僚道所以。郡守聽其來，未至一程，忽索沐浴，趺坐而去，距所約之日恰兩旬云。

趙季父進童

趙季父嘗爲湖南路都監，居臨安衆安橋下。有蒼頭曰進童，患疫疾而死。乾道五年春，季父出城往赤山，過興教寺，見紫袍人行前，面如琢玉，風采照人。一小童相隨，全與進童類，使僕沈貴問之，誠是也。童遽回拜曰：「向來抱病，久荷公照恤及賜之棺殮，至今不忘。」季父曰：「汝今在何處？」曰：「服侍這官人耳。」偕至淨慈寺門，密扣之曰：「此人任何官？」摇手曰：「莫問！冥官也。」迤邐入暗門，到清河坊，逢皂衣人交肩過，紫袍者挽其後裾，出剪刀，去尺餘，置諸袖，其人殊弗覺。季父細視之，衣原無傷，復問童，答曰：「此乃剪福不剪衣也。」隨於大門稠人中，始不見。

賀觀音

海州朐山賀氏，世畫觀音像，全家不茹葷。每一本之直率五六十千，而又經涉歲時方可得，蓋精巧費日致然。傳至六待詔者，於藝尤工。正據案施丹青，一丐者及門，遍體瘡癩，膿血潰出，臭氣明鈔本作「穢」。不可近，攜鯉魚一籃，遺之求畫。賀曰：「吾家絶葷累世矣，何以相污？」其人曰：「君所畫不逼真，我雖貧行乞，卻收得一好本，君欲之乎？」賀喜，洒掃淨室，延之入。至即反拒戶，良久呼主人，賀往視，則已化爲觀音真相，金光繚繞，百寶莊嚴。賀喚子弟焚香敬禮，遽疑有脱誤。所在室中異香芬馥，歷數月不散，由是畫名愈益彰。

沈烏盆

豫章民埏埴爲器，勝於他州。而沈生者藝最精，所售最多，家業甚裕，土人因其實，目曰沈烏盆。平日好善樂施，而奉佛尤謹。上藍寺殿室隳壞，像設不整，沈獨捐錢塑佛三軀，費數十萬弗靳。其後年齒浸高，生計日削，妻子皆先淪亡，姻戚莫顧。因大雪出外，死於城東，僵尸在地無殮。明日雪霽，天宇開明，城人李氏子乘馬過其處而見之，問知爲沈老。李素輕儇好譏弄，指而言曰：「奉佛果報，乃如是乎！」下馬索筆，題詩於其左股云：「洪州沈烏盆，塑佛捨三尊。一朝饑凍死，衣不庇其臀。」觀者皆笑，或誚其淺薄。李卽還家與妻言，妻適懷妊及期，遂就蓐，不移時，生一男子。乳醫見左股間書字甚多，不能識，以告李。李視之，乃早來所譏沈老之詞也，喟然悔嘆，且驗其爲己子，亟令爲治棺，殮尸瘞埋。兒至滿月抱浴，字始不現。李氏撫育鍾愛，數歲後發蒙入學，性識穎悟，年纔弱冠請鄉舉，或云已登第，但不得其名，蓋受宿世善報也。董埜說。

隆報寺

湖州弁山西南隆報寺，故中書侍郎林彥振功德院也。林没於姑蘇，一子偉繼亡，其後遂絕。族人擅其利，明鈔本作「剎」。至于拆屋伐木，及隆興之初，蕩無一椽。有達官方卜築，獨以賤直取寺基之半。主僧法瓊，清修持戒行，屢談因果之說，勸止之，恬不以介意。他日，瓊夢遊冥府，主者據案執筆，指壁間一圖示之曰：「見此圖否？其上所書，皆賤買隆報寺木人姓名，朱勾者，已死者也。」瓊卽而視之，皆素所往還檀信，亦有已朱勾而尚亡恙者。俄獄卒擁達官至，備受慘毒，顧瓊有祈哀之色，而不得言。瓊覺，急詣其家，則聞以疾服藥數日不起。是時寺既無孑遺，偶像一切暴露，風日淋爍，或爲人徙去。善神一軀仆地上，圬者吳大爲和泥補葺，且舁施圓證寺。久之，吳大受顧結屋，墜梯折腰，傷勢殊亟，夢神來云：「汝昔嘗救我，我不敢忘。」授以乳香飲方，其法用酒浸虎骨、敗龜、黃芪、牛膝、萆薢、續斷、乳香七品。覺而悉能記，卽喚子買藥，敬服之，一旬而愈。

張二十四郎

臨江軍曲水橋富室張二十四郎者，兄弟四人，事母以孝謹著。四人相友愛，每夕迭置酒燕樂，又能施德於鄉閭里中。嘗有水患，道路阻絶，張氏具舟載薪米，沿門救餉，賴以存者八十家。乾道七年旱，米價騰踊，盜賊四發，它處暴客四十餘輩，聞其富，謀刼。近鄰屠酤兒徐八，亦盜也，羣兇夜召之飲，賂以錢帛，使爲道地，徐心以爲不可。明日，烹豚釃酒報其禮，乃白之曰："彼家行孝施仁，吾一鄉徧受其惠久矣。今若害之，吾人失所依，必塡溝壑，願諸君勿以經意。"因歷數張之陰德善事，皆驚悚曰："信如爾言，我曹豈可輕發！"遂別去。後二年，徐所使攜豚酒者始告張，張邀徐入室問故，謝其全護之恩，爲買田築屋，贈遺甚厚，徐由是亦成家，乃知人無不善。徐屠固可嘉，羣兇於一話一言之頃，便能回心自悔，是難能也。

夷堅志補卷第二十五十三事

李二婆

鄂州民媼李二婆，居於南草市，老而無子，以鬻鹽自給。淳熙乙巳，市中大火，自北而南凡五里，延燒屋廬數千間，雖樓居土庫亦不免。媼之四鄰已焚，媼屋獨存。門外鹽兩席，凡所挂葦薦，緣以青布，略無少損，一郡嘆異。郡守趙善俊、軍帥郭杲呼問之曰：「天災如此，汝屋何以得免，亦有說乎？」對曰：「無所長，但每日所貨鹽，來買一斤，以十八兩與之。所憑以活殘年者，一秤而已。」趙、郭聞而加敬，厚遺錢帛而遣之。

楊長者

無錫東鄉楊翁，家饒於財，而尚禮好義，一意周人之急，得鄉井歡心，稱爲長者。暮歲躭嗜内典，每焚香立誓，但願考終命時不在暑月，雖一寢一食，必致此禱。年且八十，無疾而殂，適以季夏。棺衾送死之具，固已宿辦，然親姻隣里，皆戚戚相與言：「翁平昔積善如此，而其没正在三伏中，大違素志。天道冥茫，真所弗曉。」及葬日，舉殯，柩重不堪舁，而負荷者倍常數，猶不能轉移。力人以爲疑，請于子弟，唤匠啓視。才發，闔室芬香襲人，窺其中，水銀盈溢，殆與尸等。見者驚嘆致敬，家人且悲且喜，復掩之，用十輩扶舉，安然以行。乃知所以重者，似故欲示人云。

桂林走卒

吕愿忠〔「忠」丁志卷二「小孤廟」條作「中」〕帥桂林，遣走卒王超入都，與之約，某日當還。過期三日乃至，吕怒，命斬之，一府莫敢言。汪聖錫通判府事，持不可，往見之曰：「超罪不至死，若加極刑，它日使人或愆期，必亡命不返，脱有急明鈔本作「緊」。切奏請，將不得聞之，其害大矣。」吕慢然悟謝曰：「業已爾，難遽改，明日姑引疾，君自爲之地。」明日，吕不出，汪呼超至，但杖而釋之。超感再生恩，誓以死報。録事參軍周生者，與時相秦益公有學校之舊，倚借聲勢，跌宕同僚中。嘗於國忌日命妓侑酒，汪素惡其人，將糾其事，既而中止。然周啣恨不置，遣一獄典持書與秦。超聞而疑之曰：「録曹通太師書，必以吾恩公之故。」乃往獄典家訪所以。典愀然曰：「我平生未嘗遠出，況於適京師乎！且吾屬受差，非若州兵，可以貸倩，今行齎索然，方舉室憂之，未知所出。」超曰：「吾力能爲汝辦萬錢，宜少待。」時吕令問攝陽朔令，超嘗爲之役，明鈔本作「使」。即往謁，得錢，持與典。典喜，買酒共飲，示以書。典先醉卧，超急就火鎔書蠟，密啓覩，果譖汪者。復緘之，典不覺也。後二日，超復往，謂之曰：「吾忽被命如臨安，行甚遽，汝果憚此役，當以書并錢授我，我代爲持去，汝但伏藏勿出可也。」典大喜，如其言。越三月，超歸，以秦府報帖與典，汪既受代還玉山。明年，超詣其居，出周生書示〔「示」字疑「云」字誤〕：「汪常遣信過海，餉遺趙元鎮丞相、李泰〔原作「秦」，今改。〕發參政。」是時秦方開告許之路，數興大獄，使此謗得行，汪必不免。超以一卒能報恩，固已可尚，而用智委曲，終於集事，士大夫蓋有所不若云。

李宗言馬

吉州防禦使李宗言，監樞密院五房門，得省馬棗騮乘騎。嘗至省前驚蹶，李墜地，歸責圉者，以爲餇之不至，故無力而蹶，笞之。圉入廨下，鞭其馬曰：「我日具芻秣，豢汝甚謹，乃反爲我累邪！」是夜李夢一男子，禿首衣赤衣，來辭曰：「我前生爲人，作蜀邑宰，不能自愛，以貪虐濟其私，雖幸逃憲網，而死被陰譴，遂爲公馬。昨因病肺失足，非圉人之罪。既累渠受笞，我亦難處此矣，今與公別。」拜而去。李寤，外報馬死，法當赴官估剥，以夢故愍之，爲輸錢有司，埋之城外，時紹興二十年。

符端禮

慶元乙卯夏，淮浙疫癘大作，嘉興城内，至浹日斃百餘人。民蘇軫者，好善樂施，平時惟以莊嚴佛疑有脱字。刊印經呪爲務，值此惡歲，推不忍之心，擇招老醫，與詣病者家，逐一診視。書其姓名，著所患陰陽二證於其下，歸取藥餌、薑棗、薪炭之屬，持以贈之。甚貧不能自存，則濟之以錢米，賴以安者極衆。郡守糜師旦周卿聞而喜曰：「此亦不易得，未知其人爲誰？」扣之左右，命一吏往詢詳細，將捐官鏹助之。孔目吏符端禮在傍，遽言曰：「其人爲蘇軫，故在縣作典押，醵坊巷衆財作此役，不唯有意乾没，正欲形迹州府耳。」糜納其語。洎所遣吏還，方誦軫之博施，卽應聲曰：「渠要形迹我也。」軫聞之懼，立謝醫棄藥，閉户不出，縱有就求藥者，亦不敢與。慮符之造謗，常惴惴焉。旬日符病，未幾而死，一邦之人咸謂天實誅之云。婁彦發説。

陳唐兄弟

南城人陳唐與其弟霆皆以不善著於鄉里。慶元二年秋，其姪子損夢爲官所逮，及至，則城隍廟也。王冠服正坐，追者抗聲白曰：「追到陳唐子損。」知爲誤，卽仰訴曰：「子損是陳唐之姪，恐非合來。」王令説平生蹤跡，且言父祖名字及今歲書館之處，辯數甚至。王顧左右曰：「此豈細事，誤矣！誤矣！」命放還。子損寤，與友生鄧景文説，爲唐憂。已而唐亦夢到城隍廟，其問略同，就令原追吏押赴張大王廟。唐隨以往，卽夢覺，以告妻子，極惡之。張王者，非廣德祠山之神，蓋主瘟部者。越數日，闔門大疫，唐、霆同時七竅流血死。唐母、妻、霆子及家人婢僕，姻戚往來，治平寺二尼、巫閻生爲治病者，凡二十輩牽致率死。

鄱陽雷震

慶元三年六月二十二日晚，饒城大雷震。城下一客舟載米三百石，客子貪惡無狀，皆以水拌濕，仍雜糠殼夾和，將載往下江取厚息。是日震其篷頂，透于艎版，悉穿決，葉本無「決」字，從明鈔本補。米沉江中，顆粒不存。客幸脱死，哭而歸湖。又沙棠庵一僧，正據案閲算簿書，雷挾下而誅之，腰斷爲二，背上朱刻痕如小斗者十數。此庵素富，度僧七八員，一意牟利，所震者尤貪，專用升斗爲輕重，大入小出，故嬰天誅。其徒祕不許泄，而里落徧知之矣。玉仙觀陳道士，俗家居鐵爐步，羣從家二女子，年十八九歲，雨霽失所在。當時訪得少女於隔岸，舉體無傷處，但蒙蒙如癡耳。長女不見凡三宿，始得之山上。能談所見，云：「被人從空拖起百餘丈，到一山，其中宮殿、屋廬、花竹、園沼，一切如世間。上五字葉本闕，從明鈔本補。別一處倉廩甚多，主人啓廠使視，或米粟、或麥豆、或布帛、或錢寶，語之曰：『此物皆有所待，隨世人所爲好事惡事，好則撥以付之，惡則掠取以來，分明不錯。今令汝歸，可一一告語鄉俗也。』恍然而寤。」

蒙僧首

婺州武義縣了蒙，爲一邑僧首，誦經精專，不飲酒食肉。邑人欲薦福追遠者，不問數十里，必屬蒙僧首焉。坐是不勝應接，獨力不可給，至虛受人施者，反多於所誦。既死十年，同縣人徐師死而復生，云過陰府，廊廡間見蒙在大鐵柵中，四面熾炭五層，明鈔本作「積」。烈焰洞然，不可嚮邇。蒙手捧經立，見徐大驚，問知當還，懇祝云：「俾告弟子竭橐貲請僧多誦經，爲己償債。且言在柵九年矣，初入時有炭九層，明鈔本作「積」。每填經及一分，則去其一，今尚餘五也。」徐又見其側有坑穽，四囚居中，一鬼卒執長箒蘸染糞穢塗其首面身體，因問蒙，蒙曰：「此事魔不祀祖先者。」他所見甚多，徐不能記耳。

犁泥獄

衢僧覺闍黎，紹興丙寅歲病困入冥，見大池百畝，穢泥滿中，浸僧不知其數，自頸以下皆没於泥，獨露其首，出兩手捧經若閱讀狀。吏引覺見王，王乃故人陳世則秀才也，謂覺曰："此獄名犁泥，專治僧之負經債者，若宿世能成誦，則誦足可脱。不然，目無所見，唯時遇電光，能讀十數字，永淪此苦，無有脱期。吾與師厚善，故以相語。"乃縱使回。

儲祥知宫

豐相之，崇寧中居建州，有道士來謁，熟視之，蓋京師上清儲祥宫主也。問何以至此，曰："我已非人，兹竊有所禱，明日將托身爲犬，實在尚書宅，願戒家人善視我。"豐公驚曰："君平生有道行，何爲爾？"對曰："某初修道戒，本無隱惡，奈一事獲罪於天何！"豐問其故，慘容而言："某以朝廷方黜蘇氏學，因建請磨去儲祥宫碑文，坐是受譴。"豐曰："上帝亦愛重蘇公文乎？"曰："不專在是，正以迎合時相風指耳。"言訖，失所在。旦而犬生十子，其一首明鈔本作「四」。足黑而身黄，疑爲黄冠云。

韓蘄王

紹興二十五「五」當作「一」年，韓蘄王病篤，詔王繼先往診視，至則已亡，迨暮復甦，言："爲四卒追去，定知死矣。中塗忽有所思，吾心中三事未了，不料死期遽至，啣恨無窮。行抵大官曹，金釘朱户，監門者冠裳嚴潔，類星官容狀，邀坐飲湯，二卒不得入。別有兩陰吏導立庭下，聞其中贊引之聲，如世間呵殿下者。指揮卷簾，主者盛服據案，威貌肅然，揖吾升廳相見，敍寒温禮，坐定，始認爲晏景初尚書。晏云：『適遣人相迎，時在道有所思，何也？』吾起拱白曰：『正謂三事未了而之死地，是以不能忘。一者，世忠久叨將帥，殺人至多，雖王事當然，顧安得無枉濫！擬欲建黄籙大齋醮拔濟之，且解寃釋結。二者，侍妾頗多，未辦分付，欲令有父母歸之，無者嫁之。三者，外間舉債負錢，非慮身没之後，子孫追索，不無擾人，欲悉焚契券，免爲後害。今皆不復可爲矣。』晏公云：『若郡王不起此念，冥間亦不以客禮奉待也。當令郡王且還，不知幾日可了？』吾曰：『一月足矣。』晏云：『容爲奏請，如期却來。』乃得活。」亟命營所願，一月皆畢，遂薨矣。

程朝散捕盜

景德鎮程皐朝散，宣和初爲高郵尉。境内多兇盜，雖間捕獲，輒爲其黨篡取以去，皐用是屢遭上官薄責。他日，擒四渠魁於湖草間，即命弓兵當馬前梟首，其徒因此逃散。皐滿秩還鄉，舉室染疫疾。一夕，昏昏如逝，旦而豁然，爲家人説：「昨正熟寐，夢兩朱衣吏乘馬至門，直入室，取文書置案上，追我甚急，遂隨以去。到官府，殿宇華焕，金碧奪目，吏押詣庭下，見四人斷首被血在傍。蓋斬首疑有脱誤。也。仰望殿上，三人正面而坐，羽服道冠，中衣黄，左右衣青，右坐者叱問：『汝只是一縣尉，何得同日擅斬四人？』對曰：『此等作大惡，殺人至多，才成擒，率被奪去，況於馬前抵拒，固宜殺之。皐手獲四囚，若生致正刑，格當得賞，亦所不暇恤也。』左坐者大呼曰：「此王法也，程皐無罪，可速押回。」兩吏復導出門，陟峻嶺，足力疲困，擬欲少休，遽顛仆而醒。汗浹如流，從此平安，家人以此悉愈。

郭權入冥

郭權任金部郎中，因久病入冥府。科首披公服，立於庭下，庭前對設大秤兩架，一吏齎文書數沓至，主者令先就東邊秤，秤尾稍高，云：「是平日所作善事也。」次就西邊秤，秤尾低，云：「是罪惡。」郭拱立候命。旋聞堂上厲聲云：「郎官上應列宿，豈可露頭！」不覺已戴幞頭，了不知何自而來，遂放還。一緑衣吏稱録事，引之游獄，大率如世間所畫變相。聞一囚呼己字曰：「子鈞救我。」又至一大屋，門楣金字，榜曰宰相獄，其間烈焰熾然。一人荷鐵枷，問爲誰，吏不答。旋引詣道院，供三清聖位及諸仙官，須臾，若墮井中而甦。蓋不知死已數日，其家方以斯夕建醮也。

夷堅志再補凡三十四事

種園翁

《夷堅己志》云：「陳元忠少魏，漳州龍溪人，客居南海。嘗赴省試，過南安，會日暮，趨城尚遠，投宿野人家。茅茨數椽，竹樹茂密可愛。主翁雖麻衫草屨，而舉止談對，宛若士人。几案間有文籍散亂，視之，皆經子也。陳叩之曰：「翁訓子讀書乎？」曰：「種園爲生耳。」「亦入城市乎？」曰：「十五年不出矣。」問藏書何用，曰：「偶有之。」因雜以它語。少焉，暴風雨作，其二子荷蓑負鋤歸，大兒可十八九，小兒十四五，倚鋤前揖，人物可觀，絶不類農家子。翁進豆羹享客，不復共談。遲明，陳別去，至城，以事留。一日，偶適市，見翁倉黄而行，陳追詰之曰：「翁云十五年不入城，何爲到此？」曰：「吾以急事，不容不出。」問其故，不肯言，固問之，乃大兒於關外粥果失稅，爲關吏所拘。陳爲謁監征，至則已捕送郡。翁與小兒偕詣庭下，長子當杖，翁懇白郡守曰：「某老鈍無能，全藉其子贍給，渠不勝杖，則翼日乏食矣，願以身代之。」小兒曰：「大人豈可受杖，某願代兄。」兄又以罪在己，甘心焉，三人爭不決。小兒來父耳旁語，若將有所請，翁叱之，兒必欲前。郡守頗疑之，呼問所以，對曰：「大人元係帶職正郎，宣和間累典州郡。」翁急拽其衣使退，曰：「兒狂妄言。」守詢諸敕尚在否,兒曰:「見作一束,置甕中,埋於山下。」守立遣吏,隨兒發取,果得之。即延翁上座,謝而釋其子。次日,枉駕訪之,室已虛矣。見《賓退録》卷第四。

裴老智數

《夷堅戊志》載裴老智數,謂紹興十年七月,臨安大火,延燒城内外室屋數萬區。裴方寓居,有質庫及金珠肆在通衢,皆不顧,遽命紀綱僕,分往江下及徐村,而身出北關,遇竹木塼瓦蘆葦椽桷之屬,無論多寡大小,盡評價買之。明日有旨,竹木材料免征税,抽解城中,人作屋者皆取之。裴獲利數倍,過於所焚。見《賓退録》卷第九。

蔡真人詞〔此條據目録移甲志卷七〕

人中白

人中白者,漩盆内積起白垢也,亦秋石之類。刮取置新瓦上,火逼令乾,温湯調服,治鼻衄如神。《夷堅志》。

天童護命經

《夷堅志》一卷載韓椿年於父枕中得《天童護命經》一卷,題云梁先生所授,凡二百九十二字,校今所行多一百七字,且無言六破句。疑有訛字。傳之者以禦魑魅,極爲靈驗。其文曰:「太上曰:『皇天生我,皇地載我。日月照我,星辰榮我。諸仙舉我,司命與我。太一任我,玉皇詔我。三宫保我，五帝衛我，北辰相我，南極祐我。北斗輔我，三台護我。金童侍我，玉女從我。六甲直我，六丁進我。天門開我，地户通我。山澤容我，江湖渡我。風雨送我，雷電隨我。八卦尊我，九宫遁我。陰陽宗我，五行符我。四時成我，我命著粵雅堂本作「者」。我。太清玄籍，三宫升降。上下往來，無窮不息。金飯玉漿，所求皆至。虚梵日月，與天爲誓。魌魒魊魁，䰠粵雅堂本作「魒」。魁魖魒。粵雅堂本此作「星」字，而移「魁」字於上。所求者得，所向者亨。所願者合，所爲者成。種種變化，與道合真。何神不使？何令不行？前有朱雀，後有玄武。左有青龍，右有白虎。上有華蓋，下有魁罡。神光通上二字粵雅堂本作「通光」。嚴，威鎮十方。愛我者生，惡我者殃。謀我者死，憎我者亡。靈童神女，破邪金剛。三千六百，常在我傍。執節捧符，與我同流。太上二字粵雅堂本作「游」。上攝大京，天粵雅堂本作「皆」。大吉昌。金籙玉書，二十四符。與星曆俱，急急如律令。』以上二則見舊抄本《志雅堂雜鈔》。

姑蘇二異人

姑蘇有二異人，曰何蓑衣，曰獃道僧，蹤跡皆奇詭。淳熙間，名聞一時，士大夫維舟者率往訪之，至今吴人猶能言其大略。何本淮陽朐山人，書生也，祖執禮，仕至朝議大夫，世爲鼎族。遭亂南來，寓于郡。嘗受業于父，已能文，一旦焚書，裂衣遁去，人莫之知。既乃歸，被草結廬于天慶觀之龍王堂，佯狂妄談，久而皆有驗。卧草中，不垢不穢，晨必一至吴江渡焉。郡至吴江五十里，往反不數刻，人固訝之。會有一瘵者，拜謁乞醫，何命持一草去，旬而愈，始翕然傳蓑可瘉病。亦有求而不得，隨輒不起者，於是遠近稍敬異之。孝宗在位，忽夢有蓑而跣，哭而來弔，問之，曰：「臣蘇人也。」詰其故，則不肯言，竊以語左璫，時上意頗崇緇抑黄，弗深信也。居月餘，成恭后上仙，莊文繼即世，璫因進勉釋而及之意，欲以驗前定，寬上心，上瞿然憶昨夢，輟泣而歎。璫進曰：「臣微聞蘇有何姓者，類其人，它日固未敢言。」因道其所爲。上大驚，有詔諭遣，不至。上嘗燕居深念，以規恢大計，累年未有所屬，且坤儀虚位，圖所以膺佐餕承顔之重者，焚香殿中，默言曰：「何誠能仙，顧必知朕意。」遂授璫以香茗，曰：「汝見何則致贄而已，問所以來，則曰：『陛下自禱，我不及知。』視其何以復命。」璫承命惟謹。何忽掉首吴音曰：「有中國人即有蕃人，有日即有月，不須問。」趣之去，既復呼還，曰：「所問者姓，我猶忘之，但言朱家例子，不可用也。」使者歸奏，上曰：「是能知我心。」遂賜號通神先生，築通神庵于觀之内，親御寶跗書扁以寵之。已而成肅正中宫，歸謝氏。蓋本朝故事，惟欽成本姓崔，後育任氏朱氏，既而惟從朱姓，不復歸，上意嘗欲以爲比而未決也。北代之議，亦少息焉。先是，觀中諸黄冠以殿宇既燬，欲試其驗，羣造其廬拜，且白之。何從求疏軸，主者謾以與，何笑曰：「來日自有施者。」至午而使者果來，既答，則曰：「我不能入覲，以此累使者。」上聞而益奇之，會浙西趙憲伯驌亦爲之請，遂肆筆金闕寥陽殿額，出内帑緡錢萬，繪事一新，以答其意。上每歲以璫將命，即其居設千道齋，合雲水之士，施予優普。

一歲，偶踰朔，咸訝而請，亟起于卧，摇手瞬目而招之曰：「亟來，亟來！」璫是日舟至平望，乃見何在岸滸招而呼，踵廬言之，衆曰：「何固未嘗出也！」因言所以，其狀良是。猷道僧者，實本郡人，爲兵家子，□有所遇。何舊與之友狎，不知幾何時，髠而鬒，曰似道似僧，故曰道僧。狀不慧，而言發奇中，與何頡頏。好蕩游市井間，見人必求錢，止於三，隨郎與之貧者。何既不趨召，它日，璫或薦道僧，上欲見之，何挽呼不使去，曰：「是將捉汝、縛汝、監汝，不容汝來矣。」道僧竟來，見于内殿，不拜，所言不倫，上狎之，使出入勿禁，且命隨龍人元居實總管者館之。元懼其逃，猝無以應上命，果日使十人從之，所至不舍。踰年歸，見何，何以杖詬逐之，至死，訖不與接一談。重華倦勤，復使召之，不肯就。邀守萬端，三年而致之。紹熙甲寅春，道僧入北内，坐榻前曰：「今日六月也好大雪。」侍璫咸笑，顧曰：「爾滿身皆雪，而笑我狂耶！」相與罔測，亦莫以爲意。至季夏八日，而至尊厭代矣，縞素如言焉。二人勇於啗肉，食至十數斤，獨皆不飲酒，心不言其所以然也。何又能奈寒暑。余兄周伯言：有元某者，丙午歲七十矣，嘗言自丱角見之，顔色無少異。蘇有妄道士，日從之游，將傚其爲。何不怒，獨冒雪馳至垂虹而浴，道士不能偕，慚而去。余兄往見之，頗能言宦歷所至。酷不喜韓子師，方爲守，千騎每來，則提擊而駡之，亦有人所不堪者。子師素嚴厲，於此不以爲忤也。道僧先數年卒，何慶元間猶在，相傳百餘歲矣。洪文敏《夷堅辛志乙三志亦雜載其事，雖微不同，要皆履奇行怪，有不可致詰者，故著之。見岳珂《桯史》卷三。

謝石拆字

謝石潤夫，成都人。宣和間至京師，以拆字言人禍福，求相者但隨意書一字，即就其字離拆，而言無不奇中者。名聞九重，上皇因書一「朝」字，令中貴人持往試之。石見字，即端視中貴人曰：「此非觀察所書也。然謝石賤術，據字而言，今日遭遇，即因此字，黥配遠行，亦此字也，但未敢遽言之耳。」中貴人愕然曰：「但有所據，盡言無懼也。」石曰：「朝字，離之爲十月十日字，非此月此日所生之天人，當誰書也！」一坐盡驚，中貴馳奏。翌日，召至後苑，令左右及宮嬪書字示之，皆據字論說禍福，俱有精理，補承信郎。四方求相者其門如市。有朝士妻，懷妊過月，手書一「也」字，令夫持問。石曰：「此閣中所書否？」曰：「何以言之？」曰：「謂語助者焉哉乎也，固知是公内助所書。尊閫盛年三十一否？」曰：「是也。」「以也字上爲三十，下爲一字。然吾官寄此，當力謀遷動而不可得否？」曰：「正以此爲撓耳。」「蓋也字着水則爲池，有馬則爲馳，今池運則無水，陸馳則無馬，是安可動也？又尊閫父母兄弟，近身親人，無一存者，以也字着人則一他字，今獨見也而不見人故也。又尊閫其家物産亦當蕩盡否？以也字着土則爲地字，今又不見土也。」曰：「然。但此皆非所問者，賤室以懷妊過月，憂而問耳。」曰：「是必十三個月也，以也字中有十字，并兩傍二豎下一畫爲十三也。有一事涉奇怪，欲不言，則公所問正決此事，可盡言否？」朝士請其說，曰：「也字着虫爲蛇字，今尊閫所妊，殆蛇妖也。然不見虫蠱，則不能爲害，石亦有藥，可爲公驗之。」朝士異其説，因請至家，以藥投之，果下百數小蛇而體平。都人盡共神之，而不知其竟挾何術也。洪邁《夷堅志》見唐順之《荆川稗編》卷六十四。

治痰喘方

《夷堅志》云：洪輯幼子佛護病痰喘，醫不能治，凡五晝夜不乳食，危甚。夢一婦人告之曰：「何不服人參胡桃方！」覺而依其言，煎湯灌兒一蜆殼許，喘定，再進遂得睡，三進而愈。此藥不載於方書，蓋人參定喘，而帶皮胡桃則斂肺也。予素痰疾，因晚對，孝宗諭以胡桃肉三顆、生薑三片，臨卧服之畢，即飲湯三兩呷，又再嚼桃薑如前數，且飲湯，勿行動即就枕。既還玉堂，如旨服之，申旦而嗽止，痰不復作。輯之事亦類此。見焦竑《焦氏筆乘》卷五。

朱肱治傷寒

朱肱，吴興人，尤深於傷寒。在南陽，太守盛次仲疾作，召肱視之。曰：「小柴胡湯證也，請併進三服。」至晚，覺胸滿，又視之，問所服藥安在，取視，乃小柴胡散也。肱曰：「古人製㕮咀，剉如麻豆大，煮清汁飲之，名曰湯，所以入經絡，攻病取快。今乃爲散，滯在膈上，所以胸滿而病自如也。」因旋製自煮以進，兩服遂安。《夷堅志》。

神告傷寒方

袁州天慶觀主首王自正，病傷寒旬餘，四肢乍冷乍熱，頭重氣塞，脣寒面青，累日不能食，勢甚危。袁唯一醫徐生，能治此疾，診之曰：「脈極虚，是爲陰證，必服桂枝湯乃可。」徐留藥而歸，未及煮，若有語之曰：「當服竹葉石膏湯。」王回顧不見，寮中但有一老道士，適入市，只小童在，呼問之曰：「恰何人至此？」曰：「無人。」自正惑之，急遣邀徐醫還視，曰：「或教我服此，如何？」徐曰：「寒燠如冰炭，君之疾狀已危，果餌前藥，自見委頓，他日殺人之謗，非吾所能任也。」自爲煮桂枝湯一碗曰：「姑飲之，正使不對病，猶未至傷生，萬一發躁狂眩，旋用師所言，未爲晚。」方語次，復聞耳傍人云：「何故不肯服竹葉石膏湯？」自正益悚，俟徐去，即買見成藥兩貼，付童使煎，又聞所告如初。於是斷然曰：「神明三告我，殆是賜以更生，安得不敬聽！」即盡其半。先是頭不得舉，若載物千觔。倏爾輕清，脣亦漸暖，咽膈通暢無所礙，悉服之。少頃，汗出如洗，徑就睡，及平旦，脱然如常。自正爲人謹飭，常茹素，爲人祈禱盡誠，故爲神所祐如此。庚志。

仙傳治疫方

靖康二年春，京師大疫，有異人書一方於齋舍，凡因疫發腫者，服之無不效。其方黑豆二合，炒令香熟，甘草二寸，炙黄，以水二盞煎其半，時時呷之。《解毒方》。庚志。以上三則見江瓘《名醫類案》卷一。

許道人治傷寒

劉錫鎮襄陽日，寵妾病傷寒暴亡。衆醫云：「脈絶不可治。」或言市上賣藥許道人有奇術，可用。召之。曰：「是寒厥爾，不死也。」乃請健卒三十人，作速掘坑，熾炭百斤，雜薪燒之，俟極熱，施薦覆坑，昇病人卧其上，蓋以氈褥。少頃，氣騰上如蒸炊，遍體流汗，衣被透溼，已而頓蘇如，取藥數種調治，卽日愈。《夷堅志》。

生薑治嗽

一人事佛甚謹，適苦嗽逾月，夜夢老僧呼謂之曰：「汝嗽只是感寒，吾有方授汝，但用生薑一物，切作薄片，焙乾爲末，糯米糊丸芥子大，空心米飲下三十丸。」覺如其言，數服而愈。癸志。以上兩則見《名醫類案》卷三。

腎神出舍

無錫游氏子，少年躭於酒色，旋得疾，久而勿愈，勢危甚。忽語其家人曰：「常見兩女子，服飾華麗，其長才三四寸，每緣吾足而行，冉冉在腰而没。」家人以爲祟。一日，名醫自遠而至，家人扣之，醫曰：「此腎神也，腎氣絶則神不守舍，故病者見之。」癸志。

桑葉止汗

嚴州山寺有旦過僧，形體羸瘦，飲食甚少，夜卧，遍身出汗，迨旦，衾衣皆溼透。如此二十年，無復可療，惟待斃耳。監寺僧曰：「吾有藥絶驗，爲汝治之。」三日，宿疾頓愈，遂併以方授之，乃桑葉一味，乘露採摘，烘焙乾爲末，二錢，空腹温米飲調，或值桑落，用乾者，但力不及新耳。按《本草》亦載桑葉止汗，其説可證。辛志。以上兩則見《名醫類案》卷五。

灸艾愈脚氣

蔡元長知開封，正據案治事，忽如有蟲自足心行至腰間，即墜筆暈絶，久之方甦。掾屬云：「此病非俞山人不能療。」趣使召之。俞曰：「此真脚氣也，法當灸風市。」風市在奇腧經絡，在膝上七寸外側兩筋間。爲灸一壯，蔡晏然復常。明日，病如初，再召，俞曰：「除病根，非千艾不可。」從其言，灸五百壯，自此遂愈。

仲兄文安公守姑蘇，以鑾輿巡幸，虚府舍，暫徙吴縣。縣治卑溼，旋感足痺，痛掣不堪，服藥弗效，乃用所聞，灼風市、肩髃、大腸穴二穴同。曲池三穴，終身不復作。

僧普清，苦此二十年，每發率兩月，用此灸三七壯，即時痛止。其他驗者益衆。《夷堅志》。見《名醫類案》卷六。

治目疾方

江陵傅氏，家貧，鬻紙爲業，性喜雲水，見必邀迎，小閣塑吕仙翁像，奉事甚謹，雖妻子不許輒至。一日，有客方巾布袍，入，共語曰適有百金，邀傅飲，傅目昏多淚，客教用生熟地黄切焙，椒去目及閉口者，微炒，三物等分爲末，蜜丸桐子大五十丸，鹽米飲，空心下。傅如方治藥，不一月，目明，夜能視物，年八九十，耳目聰明，精力如壯。辛志。

治寸白蟲方

趙子山寓居邵武軍天王寺，苦寸白蟲爲撓，醫者戒云：「是疾當止酒。」而以素所躭嗜，欲罷不能。一夕，醉於外舍，歸已夜半，口乾咽燥，倉卒無湯飲，適廊廡間有甕水，月映瑩然可掬，即酌而飲之，其甘如飴，連飲數酌，乃就寢。迨曉，蟲出盈席，覺心腹頓寬，宿疾遂愈。驗其所由，蓋寺僕日織草屨，浸紅藤根水也。庚志。

賣藥媼治眼蟲

潭州宗室趙太尉家乳母，苦爛緣風眼近二十年。有賣藥老媼過門云：「此眼有蟲，其細如絲，色赤而長，久則滋生不已。吾能談笑除之，入山取藥，晚下當爲治療。」趙使人陰尾之，見媼沿道掇叢蔓木葉，以手挼碎，入口中咀嚼，而留汁滓於小竹筒内。俄復還，索皂紗蒙乳母眼，取筆畫雙眸於紗上，然後滴藥汁漬眼下緣，轉盼間蟲從紗中出，其數十七，狀如前所云。數日再至，下緣内乾如常人，復用前法滴上緣，又得蟲十數。家人大喜。後傳與醫者上官彦誠，遍呼鄰婦病此者驗試，皆差。其藥乃覆盆子葉一味，著於《本草》。陳藏器云：「治眼暗不見物，冷淚浸淫不止，及青盲等，取此草日曝乾，搗極爛，薄綿裹之，以人乳汁浸，如人行八九里久。用點目中，即仰面卧，不過三四日，視物如少年，但禁酒、麪、油，蓋治眼妙品也。」癸志。

硼砂治骨哽

鄱陽汪友良，因食火肉，誤吞一骨，如小指大，哽於咽喉間，隱然見於膚革，引手可揣摸，百計不下，凡累日，雖咳嗽亦痛，僅能略通湯飲。舉家憂懼。昏睡中，見一人衣朱衣者告曰：「欲脱骨哽，惟南硼砂妙。」恍惚驚寤，謂非夢也，殆神明陰受以方，欲全其命。索笥得砂一塊，汲水滌洗，取而含化，終食間，脱然如失。壬志。以上四則見《名醫類案》卷七。

治鉛毒方

唐與正治吴巡檢病不得前溲，卧則微通，立則不能涓滴。醫遍用通小腸藥，不效。唐因問吴：「常日服何藥？」曰：「常服黑錫丹。」問：「何人結砂？」曰：「自爲之。」唐洒然悟曰：「是必結砂時鉛不死，硫黄飛去，鉛砂入膀胱。卧則偏重，猶可溲，立則正塞水道，以故不能通。」令取金液丹三百粒，分爲十服，煎瞿麥湯下之。膀胱得硫黄，積鉛成灰，從水道下，猶累累如細砂，病遂愈。《夷堅志》。

治酒毒方

唐與正治姪女，年數歲，得風癉疾。先發於臆，迤邐延上，赤腫痛痒，醫以上膈風熱治之，不效。唐診之曰：「是肝肺風熱盛極耳。」以升麻、羌活、荆芥、鼠黏子、赤芍藥、淡竹葉、桔梗、乾葛八物治之。自下漸退，而腫聚於頂，其高數寸，雖飲食寢處無妨，而疾未去也。唐母吴夫人曰：「此女乳母好飲熱酒，至并歠其糟，疾殆因是歟？」唐方悟所以至頂不消之由，思之，惟乾葛消酒，且能療火毒，乃以先方加葛三倍，使服之。二日，腫盡去。《夷堅志》。以上兩則見《名醫類案》卷九。

薑附治癰

時康祖爲廣德宰，事張王甚謹，後授温倅，左乳生癰，繼又胸臆間結核，大如拳，堅如石，荏苒半載，百療莫效，已而牽掣臂腋，徹於肩，痛楚特甚。亟禱王祠下，夢聞語曰：「若要安，但用薑自然汁，製香附服之。」覺，呼其子，檢《本草》視之，二物治證相符。訪醫者，亦云有理，遂用香附去毛，薑汁浸一宿爲末，二錢米飲調。才數服，瘡膿流出，腫硬漸消，自是獲愈。庚志。

鹿茸治心漏

時康祖大夫患心漏二十年，當胸數竅，血液長流，醫皆莫能治。或云：「竅多則愈損，閉則慮穴他歧，當存其一二，猶爲上策。」坐此形神困瘁，又積苦腰痛，行則傴僂。不飲酒，雖雞魚蟹蛤之屬，皆不入口。淳熙間，通判温州，郡守韓子温見而憐之，爲檢《聖惠方》載腰痛一門冷熱二症示之，使自擇。康祖曰：「某年老久羸，安敢以爲熱！」始按：此字似「姑」字之誤。作寒症治療，取一方，用鹿茸者服之。逾旬痛減，更覺氣宇和暢，遂一意專服，悉屏他藥。洎月餘，腰屈復伸，無復呼痛，心漏亦愈。以告醫者，皆莫能測其所以然。後九年，康祖自鎮江通判滿秩造朝，訪子温，則精力倍昔，飲啖無所忌。云漏愈之後，日勝一日。子温書吏吴弼亦苦是疾，照方服之，浹旬而愈。其方本治腰痛，用鹿茸去毛，酥炙微黄，附子炮去皮臍，皆二兩，鹽花三分，爲末，棗肉丸三十丸，空心酒下。己志。

乳香飲

一人因結屋，墜梯折傷腰，勢殊亟。夢神授以乳香飲，其方用酒浸虎骨、敗龜、黄芪、牛膝、萆薢、續斷、乳香七品，覺而能記，服之，二旬愈。己志。

朱道人治脚攣

道人詹志永，信州人。初應募爲卒，隸鎮江馬軍，二十二歲，因習騎墜馬，右脛折爲三段，困頓且絶。軍帥命舁歸，營醫救鑿，出敗骨數寸，半年稍愈，扶杖緩行，骨空處骨皆再生，獨脚筋攣縮不能伸。既落軍籍，淪於乞丐。經三年，遇朱道人，亦舊在轅門，問曰：「汝傷未復，初何不求醫？」曰：「窮無一文，豈堪辦此？」朱曰：「實不費一文，但得大竹管長尺許，鑽一竅，繫以繩，掛腰間，每坐，則置地上，舉足搓衮之，勿計時日，久當有效。」如其言，兩日便覺骨髓寬暢，試猛伸之，與常日差遠，不兩月，筋悉舒，與未墜時等。予頃見丁子章，以病足故，作轉軸踏脚用之，其理正同，不若此爲簡便。癸志。以上四則見《名醫類案》卷十。

金銀花解蕈毒

崇寧間，蘇州天平山白雲寺五僧行山間，得蕈一叢甚大，摘而煮食之，至夜發吐，三人急採鴛鴦草生啖，遂愈。二人不肯啖，吐至死。此草藤蔓而生，對開黄白花，傍水處多有之，治癰疽腫毒有奇功，或服或敷或洗，皆可。今人謂之金銀花，又曰老翁鬚。己志。見《名醫類案》卷十二。

義婦復仇

宋福州趙某作江夏簿，任滿，寓邑寺。日久，僧厭之。簿每旦詣殿炷香，僧僞信與其妻，置爐下，簿見詰，妻不能明，訟離之。僧受杖歸俗爲商。簿赴臨安知録。妻與婢寓鄂州，賣酒自給。僧託媒問姻，越數年，生二子矣。值中秋對月飲樂，僧偶言故，妻伺其醉，并二子殺之，赴官首焉。官義之，免其罪。時簿再任和州知録，聞其事，復合焉。時理宗朝淳祐戊申年也。《夷堅志》。見徐𤊹《榕陰新檢》卷十二。按：《宋史》，洪文敏卒於淳熙初年，錢大昕已正其誤，並考訂當爲寧宗嘉泰二年，此爲理宗淳祐年事，必是刊本傳訛，或徐𤊹誤引亦未可知，存疑待考。

對簿哦詩

張任國，福州人，自太學謁告，館於無錫馮氏家。時省試下第，道出平江，入市樓買酒，就呼一妓佐樽。偶與惡少年數人鄰席，顧一秀才獨坐，奪妓同飲。張有膂力，不勝憤，起毆之，爲廂卒録送府，詣曹供對。張取紙大書一詩曰：「扁舟一葉下姑蘇，正值春風賣酒壚。欲買一杯澆旺㬠，不甘羣小恣揶揄。青衫有分終須著，紅粉無身不受呼。聞得使君明似鏡，不知照得此情無。」府守讀詩激賞，餉以十尊，而盡杖諸惡子。《夷堅三志》。見《榕陰新檢》卷十六。

鼠怪

山中王周南，正始中爲襄邑長，有鼠從穴出，在廳上語曰：「周南，爾以某月某日當死。」周南不應，鼠還穴。至期復出，更冠幘皂衣而語曰：「周南，汝日中當死。」周南復不應，鼠復入穴。斯須復出，出復入，轉行數語如前。日適中，鼠復曰：「周南，汝不應我，復何道！」言訖，顛蹶而死，即失衣冠。周南使卒取視，乃常鼠也。《夷堅志》。見《稗史彙編》卷一百七十四。

岳珂除妖

岳侍郎珂，武穆王之孫，知嘉興府，譙樓數夜更鼓不鳴，責問直更者，曰：「每夜一更時分，有五人到樓飲酒，皆金銀器皿，羅列珍味，稱係侍郎親眷，所以不敢打更。」太守謂：「今晚若再來，當密通報。」是夜太守坐清香樓，命提振官兩人攜府印來前，擇精兵二十人，各執器械，在樓下伺候。中夜，直更者果來報。守令提振攜印而前，曰：「知嘉興府岳侍郎請相見。」其五人者，即爲驚散。守據中坐取視，器皿皆真金銀，公使人庫公用，邪魅遂息。《夷堅志》。

道人符誅蟒精

南中有選仙道場，在一峭崕石壁之下，其絶頂石洞穴，相傳以爲神仙之窟宅，時有雲氣蒙靄。常有學道之人，築室於下，見一神人現前曰：「每年中元日，宜推選有德行之人祭壇，當得上昇爲仙。」于是學道慕仙之人咸萃於彼。至期，遠近之人，賫香赴壇下，遥望洞門祝禱，而後衆推道德高者一人，嚴潔衣冠，竚立壇上，以候上昇，餘皆慘然訣别而退。于時有五色祥雲，油然自洞門而至壇場，其道高者，衣冠不動，躡雲而昇。時至洞門，則有大紅紗燈籠引導，觀者靡不涕泗健羨，遥望作禮。如是者數年，人皆以道緣德薄，未得應選爲恨。至次年，衆又推舉一道高者，方上昇間，忽一道人，云自武當山來挂搭，問所以。具以實對。道人亦嗟羨之曰：「上昇爲仙，豈容易得？但虚空之人，有罡風浩氣，必能遏截。吾有一符能禦之，請置于懷，慎勿遺失。」道高者懷之，喜甚。至時果有五色祥雲捧足，冉冉而昇。踰日，道人遣衆登視洞穴，見飛昇之人，形容枯槁，横掛于上，若重病者，奄奄氣息，久方能言。問之，則曰：「初至洞門，見一巨蟒，吐氣成雲，兩眼如火，方開口欲吞啗間，忽風雷大震，霹死於洞畔。」視之，蟒大數圍，長數十丈，又有骸骨積于巖穴之間，乃前後上昇者骨也。蓋五色雲者，乃蟒之毒氣，紅紗燈籠者，蟒之眼光也。《夷堅志》。

以上兩則見《稗史彙編》卷一百七十五。

汪忠得道

池州人汪忠者，乾道二年，過和州白望市，忽際異人，遂能談量禍福，往往多應，今往來真揚之間。《夷堅志》。見《歷陽典録》卷二十三。

聖像暴露，取所餘三門屋蔽之，而覆以茅，未幾，又摧敗。路人至買篛笠繫於像頂，以遮雨日。堯卿忽得病，凡半年，四體臭腐，血液交流，痛苦萬狀。親朋問訊者，莫敢窺其户。且死，見黄衣人來追，明言理會拆觀事。李守及象求之彰亦相繼亡，獨堯卿受禍最酷。李蓋爲所誤云。村墟民賭咎證如此，共率錢粟，作屋三間，移像事之如故。時紹興二十七年也。後五年，予聞之於知軍向仲德士俊云。見陸心源刻本丁志卷端，按：此則前半已佚。

夷堅志三補凡二十八事

崔春娘

南城士人張臨，壯歲未受室，與郡倡崔春娘甚昵，約爲夫婦，偕詣城隍廟詛盟。居數年，嘗宿其家，崔亦堅意合好，不復納他客。已而臨連獲鄉舉，有媒妁來爲議，娶富家嫠婦。臨深念半世困於書生，苦貧爲祟，若更聘一倡，兩窮相守，何時可蘇？今幸會此姻，當不終否。彼要盟無質，何足恤哉！乃備禮納采，不令崔知。將成昏，或以告崔，崔走僕邀臨至，責其負約。臨猶諱云：「焉有是事，讒者妬我二人耳，忽輕聽妄言。」崔曰：「君嘉期已定，卜用某日，謂我真不知邪？不然，可同謁城隍以驗之。」臨既慊於心，不願行，而辭不得免，強往焉。崔拜泣而訴曰：「春娘昔與張臨立誓於大神，有渝盟者明神殛之。不意臨見利忘義，欺人罔神，神如有靈，乞垂警治。」臨即股栗仆地，禁不能言。但悔懼搏頰。舁還家，數日而卒。此卷皆鄧直清說。《永樂大典》卷二千七百四十二。

紅梅

宜興縣齋前紅梅一樹，交陰半畝。有趙令者，花時飲客，酒散月明，見紅裳女子，自此恍若有遇。

老卒曰：「某令之女死葬於此，植樹識之。」令發視，棺正聯絡根下，兩和微蝕一竅如錢。啓視，貌如玉，真國色也。遂舁置密室，加以茵藉，而四體和柔，於是每夕與之接焉。已而惙然疲瘵，其家穴壁取焚之，令亦殂。《永樂大典》卷二千八百九。

道術通神

江州天慶觀道士楊德一，戒行端飭，持法精專。嘗晝夢到一大宮室，掛朱書巨牌曰「報應所」，寂無一人守門，遂入。見東廊揭榜云：「江州太守來日詣本觀燒香，被猖神迷祟。」次一牌云：「德化知縣以明日遭邪祟，可付楊德一治之。」及寤，自以姓字通於神明爲喜。是夕江州守、德化宰皆同此夢。明日守以朝拜拈香歸府，即得魘疾。其家人既聞所夢，立遣駛卒邀楊師至，則守已悶。楊書符三道，次第使灌服，隨手而甦。方出儀門，縣宰之使亦至，挾車奔行，望見縣宰罔罔如狂癡。與一符吞之，亦愈。楊歸觀復夢抵昨處，又掛一牌云：「知州知縣兩祟皆伏辜。」楊嘆道術之感格，始爲其徒言之。予謂郡守縣令，職有民社，乃因謁觀宇而受侮，神能預疏其故，明以告得一，何不袪斥邪祟，顧令肆虐，豈冥冥之中固欲世間知所敬奉，委曲以示人耶？殆不可測度也。

《永樂大典》卷二千九百四十九。

花果五郎

保義郎趙師熾，慶元二年八月調監封州嶽祠歸。其父爲肇慶兵官，往省之，過建昌軍少留。在臨安時買一妾，殊以嬖寵，忽感心疾，常譫語不倫，時時作市廛小輩叫唱果子。師𢸘窘甚，招巫者道流行法驗治，皆弗效。將半月久，一日醒然如夢覺，言：「昨到一處，大門巍峩，樓閣翬赫，簾幕器具全似戚里王侯之家。稍進至庭下，望其上有美丈夫五人，或坐或立，姬侍甚衆，皆姝麗英妙。被服珠翠，璀粲溢目，絲竹鼓吹雜沓並奏，不覺身在其中。少頃登樓，見欄干外揭巨牌，金書『花果五郎』四字。其一人指我云：『此女子爲誰，何得至此？』亦令歌舞勸酒，復使唱賣果子。辭以不能，相強再三，已而輒遣下。又顧一姬，送出門遂寤，意謂頃刻間耳，不知許日也。」花果五郎者，里巷叢祠蓋有之，非正神也。疑女居家時或染着云。師𢸘之弟師堪說。《永樂大典》卷七千三百二十八。

護界五郎

揚州僧士慧，素持戒律，出外雲游。未至江州一程，值日暮，不逢寺舍，適在孤村林薄間，無郵舍可投歇。棲棲逮暗，得路左小廟，乃入宿。過夜半，見惡少年數輩舁一人來，就殺之以祭，旋捨去。僧惴恐不敢喘息。才曉卽行，甫數里，望一廟甚雄，榜曰護界五郎。引首視其中，堆積白骨無數，蓋非往來所屆通道也。僧知爲妖鬼，持錫拄杖擊偶像，碎其頭。是夕，遂爲五人索命，捉衣甚急，默誦大悲呪自衛，雖不敢相逼，而未嘗時刻捨置。到江州，寓普賢寺，見五物並立於門楣下，高與楣齊。以杖量度之，正滿二丈，因爲監寺言所睹。監寺使持念火輪呪，其呪才七字，每念百十遍，神輒露現形狀，比初時小低一寸許。自是日削，至於僅盈一寸，泣而瀝懇曰：「更復諷誦不已，弟子當化爲灰塵，願慈悲如釋，他日永不敢據祠宇，及與人爲禍祟。」僧不答，閉目默誦愈精苦。俄旋風欻起，吹成灰炲，掃空無遺。趙子春說。《永樂大典》卷七千三百二十八。

楊樹精

濮州臨濮縣徐村農民鮑六，貧甚，爲富家傭耕，嘗遣往東阿，兩月未返。妻年少，雖在窮閻，頗有容色。方獨處室中，兩客忽至，一肥一瘠，皆白衣皂帶，如河朔三禮學究之狀。謂妻曰：「我欲賭錢作戲，暫借此處得乎？」妻許之。乃出市酒炙共食，留其餘而去。明日復來，凡累日，遂挑謔鮑妻，且賄以錢，妻甚悅。客相與言曰：「吾二人難以並宿，但視博勝負，負者退而勝者止，可也。」自是一勝一負，常更迭駐留。妻貪財及飲饌，不復顧他事。一夕正與瘠客寢，聞鮑歸，客懼而竄，鮑逐之至楊樹下不見。鮑窮詰妻，妻不敢隱。鮑曰：「此必妖也。」時里中有張德禮者，善行法，卽具狀投訴。張發符追至訊鞫，瘠者乃楊樹精，肥者狐精也。於是伐樹，鉏其根，汁出如血。掘羣狐之丘，平其窟穴。鮑妻亦無恙。《永樂大典》八千五百二十七。

負御容赴水死

宋靖康元年，王稟爲宣撫司統制守太原，太原守禦，稟功爲多。及至城陷，稟引疲乏之兵欲出西門，無何，西門插板索斷，不能出。軍已入城，倉皇之間，士卒勸稟降。稟歎曰：「城陷，士無鬭志，又且門阻，天亡禀也。禀豈惜死，違天命而負朝廷哉？」遂負原廟太宗御容赴汾水而死。轉運韓總以下死者三十六人。圍城凡二百六十日，城中軍民餓死者十之八九，固守不下，至是始破。後粘罕得其屍，令張孝純驗之，既實，向屍大罵，率諸酋執兵同踐之而暴於野。《永樂大典》卷一萬零三百零九。

願代母死

可從世居温之北鄉清源。宋建炎間，大盜羣起，遇人必殺，清源皆逃於蒙山。未幾盜至，衆多被害。間有不殺，而執而掠問珍寶所藏之處，從世母亦爲所執。從世哀痛，不忍母死於盜之手，乃往盜所長揖曰：「鄉人所藏珍寶，惟我可尋，母實不知，願以身代母，共汝尋之。」盜乃釋其母而執從世，引導數處，皆無所得，始知其紿己，因聚箭射之，俱不中體。賊問其故，且言恐母死於非命，故設是計以代母死。賊憐其孝，遂釋之。《永樂大典》卷一萬零三百十。

夢天子

清泰中，晉高祖潛龍於并部也。嘗一日從容謂賓佐云：「近因晝寢，忽夢若頃年在洛京時，與天子連鑣於路。過舊第，天子請某入某第，其遜請者數四，不得已即促轡而入。至廳事下馬，昇自阼階，西向而坐，天子已馳車而去矣。」其夢如此，羣僚莫敢有所答。是年冬，果有鼎革之事。《永樂大典》卷一萬三千一百三十五。

夢見王者

南城士人利𢝳，字處厚。紹熙癸丑歲，爲南豐嚴氏館客。夢入宮庭，望殿上王者赭袍玉帶，容貌甚少。一金紫人導之升殿，自言𦐄顏，覺而喜爲吉夢。試數近時朝士顏氏之達者幾聖尚書已逝，魯中侍郎又久外且老，更無他顏可屈指。而少年之主莫敢測言，但意其兆應尚遠，姑大書顏字於壁間，不以告人。至慶元丙辰，禮部奏名，其程文乃在著作郎顏棫能甫房中。是年適無廷對，而集英引見賜第，蓋主上臨軒也。《永樂大典》卷一萬三千一百三十五。

夢得富妻

南城鄧倚初娶臨川黄氏女，不及偕老，屢謀再娶，輒不成。淳熙二年，從郭光化見義赴官，過鄂渚，遇兵官龐統制欲議昏，既受幣，夢人告曰：「是非汝配，他日當得富妻。」倚問所獲幾何，曰：「萬緡。」倚時貧無置錐，又素不業儒，自料何由可致厚貲，殊弗信。俄龐女之約不諧。及還鄉，故彭藤州端之女以病風爲夫所棄，不可歸士流，倚兄以半千與之平章。彭無子，其女盡挾田産改嫁與倚，箱直果滿千萬。甫數歲，彭氏亡，倚又別娶，終身爲富人。《永樂大典》卷一萬三千一百三十五。

夢妻肩青黶

丹陽李拱應辰初約娶同郡金壇邵瑊女，方遣信納采，夢接回書，乃朝散大夫知德慶府王繫銜，獨名與邵同。俄夢成婚，視妻左肩上有青點，覺而不測所謂，亦頗惡之。迨邵女入室，與夢中所見不似。後數歲，邵亡。李在建康，其友周洎子及，德慶弟剛夫壻也，爲李平章，妻之從女兄先嫁薛氏者。及定書回，官階姓名，皆協昨夢。合巹之夕，妻左肩一青誌宛然。周初赴嘉禮時，道出嵊縣，夢揭帳見妻，乃八九歲小女，垂髻坐牀，殊不悦，以爲何得以孺弱爲吾婦。至親迎，則女年既過笄矣，自哂其夢爲不然。又十餘歲，周爲國子正，喪其室，剛夫念外孫之幼，白德慶兄以季女續之。計初作王家壻時，正八九歲，始驗兆朕之先見。周李皆起進士擢第，旋中博學宏詞科，同娶王氏，而俱不得壽。妻皆嫠居，其兄順伯并諸甥收育之。《永樂大典》卷一萬三千一百三十五。

夢前妻相責

樂平流槎金伯虎，與所親余暉攜紗如襄陽販售，其家染疫癘，妻及一子死焉。金聞耗東還，適里中王氏有妾議出嫁，資裝三百千金，貪其財即納爲繼室。妻柩在房，但施竹箔遮隔，燕婉其中。未幾，妾夢妻來責言曰：「此吾故室也，汝何人而敢輒據。」妾謝曰：「實爲媒者所誤，奈事已至此，夫人兒女孤露，願盡拊育如無存時，乞勿相怨。」妻曰：「然則我自與金理會。」明日金遂病，是時新婚方二十五日。遣信往九林市招醫士吳景華，吳之僕許四七，先夕夢從主人出道中，涉溪到某家，值一神立門外訶之不使入。旦而金信至，許以夢告吳，請勿行。吳曰：「我以醫爲名，今人以急相投，豈可坐視！」立命駕，許隨之，凡所經歷盡昨夢境界。又白吳，吳頗以爲慮。至彼處，令僕寄他館，獨詣金氏，造其房，病者起坐，叱使去。且哦詩曰：「野鳥同林宿，天明各自飛。」吳知不可致療，趨而出。翌日而殂。《永樂大典》卷一萬三千一百三十五。

夢亡夫置宅

宗室趙師篇自英州岳祠滿罷還臨江軍故居，將息駕一兩月束裝赴調，而抱疾不起。才過信宿，妻石氏夢之如平生，從外間緩步入，座于堂上，呼與共談曰：「我皆置得俞家宅子一所，極寬潔，要與汝并小姐搬向那裏住，千萬便打併來。」石氏不寤其已亡，漫應曰：「好。」覺以語諸子，絕惡之。未幾，少女暴亡。長子希戚謀卜父葬地，一術士來獻圖曰：「此去十餘里有山甚佳，主人需價不高，不可失也。」希戚即往，環視龍虎向背，一切合意，亟立契承買。地主實俞姓，念與夢協，切憂之。而業已交易，不復捨，亦頗有物主張其間。是時石氏已病，經數日而卒。戚鑿壙作雙穴，擬合祔二親而旁結小塋瘞其妹，又夢父母偕來，告曰：「大姐孀居，未久有丈夫，不教他看汝兄弟眉面，今但取來身畔住。」既覺，懼牽連無已，尤以爲憂。方與諸弟言之，而希皐者曰：「我亦夢如是，爲之奈何！」大姐旋發病，不二日奄然，遂俱葬其處。石氏者，故饒州推官士志女也。《永樂大典》卷一萬三千一百三十六。

夢五人列坐

長沙土俗率以歲五月迎南北兩廟瘟神之像，設長杠輿幾三丈，奉土偶於中。惡少年奇容異服，各執其物，簇列環繞，巡行街市。竟則分布坊陌，日嚴香火之薦，謂之大伯子。至於中秋，則裝飾鬼社送之還，爲首者持疏詣人家裒錢給費。士子楊仲字居之者，處夜市橋側。淳熙戊申之秋，與親友酌酒小集書室，聞外間大呼扣門甚急，驚起詢之，乃社首耳。仲平生不篤信鬼神之說，且怒其非急務而暮夜相恐，拒而不對。是夕，夢有客通刺來謁，整衣出迎，見五人列坐於廳上，視其狀，則廟中神也，亦未以爲怪。趨與之揖，展叙寒暄，與世人無異。就席款語，劇談文章，貫引經史，皆亹亹有理致。適仲常時胸次所欲剖決者，不覺悚聽，方默念其所以爲神聰明過人蓋如此，恍然而寤。且唤妻子言：「疇昔之夜，吾有阻抄疏之意，故示夢以見警，神明其可欺哉！」冠櫛之次，社首復來，亟爲助力集錢，自是始知加敬。仲嘗與癸卯舉籍。《永樂大典》卷一萬三千一百三十六。

夢同年友

鄱陽詹林宗少時以隆興壬午赴鄉舉，夢人告曰：「君它日過省，須與蔣佑同年。」及預計偕，來春入都詣貢院看混榜，無所謂蔣生者，意悶不樂。是歲下第。乾道乙酉，魁薦於鄉，仍不利。至於再免舉。當淳熙辛丑，已五到省矣，始見別院混榜有常州蔣佑，竊喜焉。未幾，別榜先揭，蔣中選，詹又益喜，果奏名。於是往訪蔣，道昨夢，叙同年相親之意。訝其春秋鼎盛，徐扣甲庚，乃生於壬午，蓋初得夢之歲。《永樂大典》卷一萬三千一百三十六。

夢龍拏空

政和末，張魏公與同舍二人，自漢州從鄉先生入京赴省試，詣一廟求夢。禱罷，皆寂無所感。先生者年長於諸人三十許歲，甚怒，曰：「緣汝三小子無敬心，累我不得夢。」齋戒三日復往申禱，遂獨夢入殿庭，見大龍長百丈，夭矯拏空，一人奮而登其背。傍立者語之曰：「此張天師也。」寤而甚喜，誇言於衆，有得色。魏公曰：「既云姓張，安知此夢不爲浚設。」先生愠曰：「汝之好盛一至於是耶！」是歲，公擢第，後位極宰輔，終于少師。說者謂乃天子之師臣也。公之母冀夫人姪孫師孟親聞公言，今爲殿前司諫官。《永樂大典》卷一萬三千一百三十九。

夢芝山寺熊

沙隨程可久之子詢，居鄱陽城中安國寺。紹熙二年二月一日，夢田僕王乙入室爲盜，起擒之，命婢以索絢擊之於長黑凳上，俄化成一熊，牙爪銛利可畏。繼有趙常道、陳約父、程季常三友來訪云：「此是芝山寺熊也，能搏野獸而食。」言畢，各揖退。復報芝山長老來，延入坐，苦祈懇乞憐之。熊且曰：「願供狀。」程付以紙筆，即書數百字，就行童手內取三寶印之，記其末云：「甘伏在宅趨侍不辭，謹狀。年月日。前住持芝山寺僧某押。」童去，長老獨留搭所，衣直裰於肘間，頂伽帽，兀坐倚上，不發一談。適寺樓鳴鐘，驚而覺，灼知其意，念芝山主僧祖昱不聞病苦，走介詢之，則中夜亡矣。遽詣龕前焚香致謝，扣其侍者德紹以昱平日所爲。曰：「師俗姓陳氏，安仁人。生於紹興己未，爲僧二十七年，壽止五十三。前此行脚遍參，晚建懶庵，顓意誦經，未嘗犯酒肉戒。」此其大略也。明年，程妻誕子，在襁褓時，見僧必合掌作問訊之儀。今五六歲，絶不茹葷，其爲昰後身不疑也。夢熊者，蓋示男子維熊之祥。程自作記述其事。《永樂大典》卷一萬三千一百三十九。

夢怪物鍼口

宋瀚，字叔海，洪州分寧人。紹興十七年，自夔漕罷歸，夢一物，若龍非龍，若蛇非蛇，化爲數道士，鍼其口眼鼻舌。一人曰：「與汝二十五。」其一曰：「與他二十六。」既覺，意他日享壽當如是。以其年十一月十九日至家，爲邑人余因言，亦莫測。至十二月十五日，宋卒。因思之，乃自宋還家迨卒，凡二十六日也。《永樂大典》卷一萬三千一百四十。

夢五色胡蘆

詹林宗登科後，留都城調選，夢到一處，見遍空皆胡蘆，摩戛下上，幾數百枚，青紅黄白，五色雜糅。凝竚諦觀，目不暫釋。俄有一道人褒衣侈袂，立於前，謂曰：「此皆今年新及第人所得者。」詹曰：「林宗既策名矣，不審個中尚可得其一乎？」曰：「固有之，恐亦不定，且須去向陽處求之，乃佳爾。」寤而怳然。時趙子直爲吏部侍郎，閲窠闕中有某州監當待次不遠，勸使受之。詹曰：「夢如是，若意外覓官，殆必不吉。」於是赴集注。適有信州弋陽主簿喜陽字爲夢吉，即拜擬而歸，不及之任而卒。始知尚恐不定之語，嘉祥也。《永樂大典》卷一萬三千一百四十。

廟神周貧士

衡州安仁縣新渡石公廟素靈。至元庚寅秋，有士人趁旅邸下及寓宿于石公祠下，遂禱於神云：「旅中困乏，冀神指迷。」神予之夢曰：「湖北有巨商，見在本縣城中，足瘡苦甚，已出五百千求醫，而醫者盡其伎不能效，汝往與醫。」士人云：「某素不善醫，奈何！」神曰：「此商嘗乘船，在吾廟前對吾廟尿，吾怒之，令小鬼以針刺其脛故爾。汝以吾殿上香爐灰與擦其瘡，卽愈。若如所酬，儘可爲旅費。却望隱吾言，不然，汝所得隨喪，而吾之香火亦不隆矣。」士人俟天明前往彼處，如其言用之，巨商之瘡隨愈，而士人所得如數。巨商因此與士人爲刎頸交。一日，叩其得醫藥之因，士人遂直言其所以。巨商不平，遂於城隍廟拜許水陸齋十筵以訟石公。至四筵，石公又託夢與士人言：「當初憫汝之貧，故以見告而周急。已嘗戒祝毋泄，今又言之。我亦遭禍，而汝所得亦喪。」設齋至第五筵，雷轟其廟而焚之，而士人亦病喪焉。《永樂大典》卷一萬三千四百五十三。

興文杖士

南昌李知縣，遷先聖殿於縣南，舁夫子像而不能動，縱人多亦如之。有一士人在側曰：「夫是之謂仲尼。」李宰怒，正色責之。至夜，士人忽夢被二黄衣使攝至一所，有小殿廡，扁額曰興文。少頃，一人坐中曰：「汝爲士人，讀先聖之書，豈當戲言侮慢先聖！」命左右決杖二十，勒罷爲儒。及覺，如癡，自後不識一字。今世之人好引聖語之言爲戲，亦當以爲戒。《永樂大典》卷一萬三千四百五十三。

猿請醫士

商州醫者負篋行醫，一日昏黑，爲數人擒去如飛。醫者大呼求援，鄉人羣聚而不可奪所擒之人。懸厓絶險，醫者捫其身皆毛。行數里，到石室中。見一老猿卧於石榻之上，侍立數婦人，皆有姿色。一婦謂醫曰：「將軍腹痛。」醫者覺其傷食，遂以消食藥一服與之以服。老猿即能起坐，且囑婦人以一帕與之，令數人送其回歸。抵家視之，盡黄白也。次日持賣，有人認爲其家之物，欲置之官。醫官直述其由，盡以其物還之，其事方釋。忽一夕，數人又來請其去，見猿有愧色。其婦人又與一帕，且謂：「得之頗遠，賣之無妨。」醫者持歸。遂至大富。《永樂大典》卷一萬三千四百五十三。

張婢神像

紹興三十年，張壽彭在鄉居，赴近村燕集，囑家婦輩守舍，至夜未還。庖婢多喜者，忽自經於屋後。是日，適嘗以過受撻，疑其不忍一朝之忿。舉室驚撓，救治弗得。乃遍禱里社叢祠，三更而甦。問其故，曰：「始者實以怨懼，妄爲此舉。旋則昏眩，蒙蒙然似大夢中，見兩個官員，各裹幞頭，一人著紫公服，一人著緑公服，同語曰：『放去放去，他家既相禱，如何不周旋。』因遂得活。」

明日，張氏爲具酒饌，召巫賽謝諸神。婢睹其像云：「並與所見不同。」别一妾初入張門時，笥中帶一卷軸，置于神堂側，元未嘗取視。漫展觀之，一紫一緑相對，正侔昨夕示現者。見婢微覺笑容，蓋其靈感也。乃信幽冥間無問尊卑小大，皆能隨力自表以享祭供，殊非偶然。《永樂大典》卷一萬八千二百二十四。

祠山像

曹耘季本，功顯太尉第三子也。居台州巾子山下。嘗夢到大宫室，入自西廂，迤邐過東北角，望塑神一軀甚大，瞻仰而行。長松巨柏，陰森滿庭，肅然起敬。傍有兩櫈，將就坐少憩，神摇手止之曰：「不可。」知爲祠廟，亟從東趨出。所經履處，屋以間計者踰數百，覺而恍然。其壻趙亮夫茂德爲廣德太守，遣信來，其女寄祠山圖一軸，展翫之，宛是宵夢所睹，始萌奉事張王之意。俄有攜三畫詣其質庫求十千，掌事者靳之。客曰：「吾買時用錢三十萬，此名筆也。特以急闕之故，暫行權質，勿慮不來贖也。」閱其一，乃壽星像，以白曹，曹命如數付與，旋又求益至三，凡滿二萬而去。徐視其二，蓋祠山像貌，丹青燁如。其人後不復來。於是決意香火，即都監趙訓武之子，唤工摹寫，捲納竹筩中，置於佛堂，久而忘加標飾。都監忽若爲物擊，暈仆不醒，遂作神語曰：「汝兒子奈何拋我於污穢處？」家人莫知其旨，或曰：「三哥多雜好，必其所爲。」問之果然，急使取之，已失所在。一小兒言：「前日見某婢擲一個竹筩入後園枯井了。」試令下取，乃像卷也，污泥滿外，而絹素不濕。都監少頃卽復常，而婢疾作，符療不效，夜卧叫呼徹曉，頭髮爲鼠嚙盡。經三日稍愈，全如癡迷，遂遣之出，聽其自如。曹氏舉家迨今不食豬肉。慶元二年，季本爲福建副總管，與大兒說。《永樂大典》卷一萬八千二百二十四。

臨川倡女

臨川倡女儀二十二名珏，賦性兇横，御其下尤酷。嘗怒小鬟失指，鞭之百，又燒鐵灼之至死，爲鄰人所告。倡家無蓄婢法，珏行賂獄吏，置辭云：「車駕且日過德壽宮，鬟熾炭不謹，故約飭之，因其抗對加箠撻，偶火筯在側，取而杖其背，誤中要害致然。」遂以情理奏讞，減死杖脊編隸鄱陽。中塗竄歸，復授杖錮遣。既至鄱，使預樂部。顔狀絶粗疎，頗慧悟，能立成詩詞。予嘗於席間與紙筆，卽賦詞，大略美吾兄弟，有鄱江英氣鍾三秀之語。鹽商太游其家，以錢買關節爲脱籍，爲置于舟中以爲妻，悍心不悛。太先有妾，珏日夜捶罵，竟殺之，投尸於江。是夕，卽有物騰蹋船舷，往來枕席間，點燭視之，無所睹。珏宛轉不得寐，告其良曰：「境象甚惡，眼見極非人趣，將必不免。我再入牢獄，訊掠慘苦，今豈復可堪。」太恐其自戕，以好言寬釋。明日，防察備至。偶登蓬直欲取水，珏大叫求哀，若有曳其頭者，遥赴水。篙工下救之，則已死，仍與先妾相抱持。太自言於官，檢尸不傷，自捐費數百千乃已。《異聞總録》卷四。據《四庫全書總目》卷一四四《異聞總録》提要考證，此則本出《夷堅志》。

附録

宋史藝文志第一百五十九

洪邁《夷堅志》六十卷。甲乙丙志。《夷堅志》八十卷。丁戊己庚志。

何異容齋隨筆序

僕又嘗風陳日華，盡得《夷堅》十志與支志、三志及四志之二，共三按：「三」字疑誤。百二十卷。就摘其間詩詞、雜著、藥餌、符呪之屬，以類相從，編刻于湖陰之計臺，疏爲十卷，覽者便之。僕因此搜索志中，欲取其不涉神怪，近於人事，資鑒戒而佐辯博，非《夷堅》所宜收者，别爲一書，亦可得十卷。俟其成也，規以附刻于章貢，可乎！

按右爲《容齋隨筆》序中段文字，前後皆述鋟刻《隨筆》始末，暨朂勉文敏後人續刊文敏家集之語，與《夷堅志》無涉，故不備録。

趙與旹賓退録卷第八

洪文敏著《夷堅志》，積三十二編，凡三十一序，各出新意，不相複重，昔人所無也。今撮其意書之，觀者當知其不可及。甲志序所以爲作者之意。乙志謂前代志怪之書皆不無寓言，獨是書遠不過一甲子，爲有據依。丙志謂始萃此書，顓以鴆異祟怪，本無意於述人事及稱人之惡。然得於容易，或急於滿卷帙，故頗違初心，其究乃至於誣善。蓋以告者過，或聽焉不審。既删削是正，而可爲第三書者，又已襞積。懲前過，止不欲爲，然習氣所溺，欲罷不能。而好事君子，復縱臾之，輒私自恕曰："但談鬼神之事足矣，毋庸及其他。"於是取爲丙志。丁志設或人之辭，謂不能玩心聖經，勞勤心口，從事於神奇荒怪，索墨費紙，殆半太史公書，爲可笑。從而爲之辨。戊志謂在閩泮時，葉晦叔頗搜索奇聞，來助紀録。嘗言近有估客航海，不覺入巨魚腹中，腹正寬，經日未死。適木工數輩在，取斧斤斫魚脅，魚覺痛，躍入大洋，舉船人及魚皆死。予戲難之曰："一舟盡没，何人談此事於世乎！"晦叔大笑，不知所答。予固懼未能免此也。己志謂昔以「夷堅」志吾書，謂與前人諸書不相襲，後得唐華原尉張愼素《夷堅録》，亦取《列子》之説，喜其與己合。庚志謂假守當塗，地偏少事，濟南吕義卿，洛陽吴斗南適以舊聞寄，似度可半編帙，於是輯爲庚志。初甲志之成，歷十八年，自乙至己，或七年，或五六年，今不過數閲月，閑之爲助如此。然平生居閑之日多，豈不趣成書，亦欠此巨編相傳益耳。末又載章德懋使虜，掌迓者問："《夷堅》自丁志後，曾更續否？"而引樂天、東坡之事以自況。辛志記初著書時，欲倣段成式《諾皋記》，名以《容齋諾皋》，後惡其沿襲，且不堪讀者輒問，乃更今名，因載向巨原答問之語。壬志全取王景文《夷堅别志序》表以數語。癸志謂九志成，年七十有一，擬綴輯癸編，稚子槐復云：「更須從子至亥接續之，乃成書。」予拊之曰：「天假吾年，雖倍此可也。人生未可料，惡知吾不能及是乎！」支甲謂或疑所載頗有與昔人傳記相似處，殆好事者飾説剽掠，借爲談助。證以蒙莊之語，辨其不然。又云：「初欲從稚子請，續以十二辰，又以段柯古支諾皋支動、支植尤崛奇，於是名曰支甲。支乙則云紹熙庚戌臘，從會稽西歸，至甲寅之夏季，《夷堅》之書緒成辛、壬、癸三志，合六十卷，及支甲十卷。財八改月，又成支乙一編，殊自喜也。支景則云曾大父諱與甲乙下一字同音，而左畔從火，故再世以來，用唐人所借，但稱爲景。當《夷堅》第三書出，或見驚曰：「禮不諱嫌名。」乃直名之。今是書萌芽，稚兒謂稗官説與他所論著及通官文書不侔，避之宜矣。遂目以支景。支丁則自摭此帙中不可信者數事，謂苟以其説至，斯受之而已矣。聱牙畔奐，蓋自知之，愛奇之過，一至於此。讀者勿以辭害意可也。支戊載《吕覽》賓卑聚之夢，謂《夷堅》記夢，亡慮百餘事，未有若此之可怪者。支己謂神奇詭異之事，無時不有，姑即《夷堅》諸志考之，上焉假諸正夢，騰薄穹霄，次焉猶涉蓬壺，期汗漫，不幸而死，死矣幸而復生，見九地之下，溟漲之海，以至島鬼淵祇，蛇妖牛彪之類，何翅累千萬百。所遇非一人，所更非一事，所歷非一境，而莫有同者焉。支庚謂四十四日書成，自詫其速，且敍其所以速之由。支辛謂《東坡志林》，李方叔《師友談記》，錢丕《行年雜記》之類四五書，皆偶附著異事，不顓虞初九百之篇，士大夫或弗能知，故剟剽以爲助，不幾乎三之一矣。支壬則云子弟輩皆言，翁既作文不已，而掇録怪奇，又未嘗少息，殆非老人頤神繕性之福，盍已之。余受其説，未再越日，膳飲爲之失味，步趨爲之局束，方寸爲之不寧，精爽如癡。向之相勸止者，懼不知所出，於是逌然而笑。豈吾緣法在是，如駛馬下臨千丈坡，欲駐不可。姑從吾志，以竟此生。異時惛不能進，將不攻自縮矣。支癸謂劉向父子彙羣書《七略》，班孟堅采以爲《藝文志》，小説類定著十五家，最後虞初《周説》九百四十三篇，出於稗官街談巷語道聽塗説者之所造，今亡矣。《唐史》所標百餘家，六百三十五卷，《太平廣記》率取之不棄也。予既畢《夷堅》十志，又支而廣之，通三百篇，不能滿者，才十有一，遂半《唐志》所云。三志甲謂櫰子偃孫，羅前人所著稗説來示，如徐鼎臣《稽神録》、張文定公《洛陽舊聞記》、錢希白《洞微志》、張君房《乘異》、吕灌園《測幽》、張師正《述異志》、畢仲荀《幕府燕閒録》七書，多歷年二十，而所就卷帙，皆不能多。三志甲才五十日而成，不謂之速不可也。三志乙謂兹一編頗得之卜者徐謙，謙瞽雙目，而審聽强記。客詣其肆，與之言，悉追憶不忘，倩傍人書以相示。昔徐仲車耳聵，而四方事無不周知，謙豈其苗裔耶！賢愚固不可同日語，而所以異則同。三志景謂郡邑必有圖志，鄱陽獨無，而《夷堅》自甲施于三景，所稡州里異聞，乃至五百有五十，它時有好事君子，采以爲志，斯過半矣。三志丁則云人年七八十，幸身康寧，當退藏一室，早睡晏起，繙貝多旁行書，與三生結願，否則邀方外雲侶，熊經鴟顧，斯亦可耳。至於著書，蓋出下下策，而此習膠𢎥不能釋，固嘗悔哂，猛臧去弗視，乃若禁嬰孺之滑甘。未能幾何，留意愈甚，雖有傾河摇山之辯，不復聽矣。三志戊謂子不語怪力亂神，非置而弗問也。聖人設教垂世，不肯以神怪之事詒諸話言，然書於《春秋》、於《易》、於《詩》、於《書》皆有之，而左氏内外傳尤多，遂以爲誣誕浮誇則不可。三志己謂一話一言，入耳當卽録，而固有因循而失之者。如滕彦智、黄雍父所言一二事，至今往來於襟抱不釋也。三志庚考徐鉉《稽神録》，辨楊文公《談苑》所載蒯亮之事非是。三志辛云予嘗立説，謂古今神奇之事，莫不同者。今乃悟此語爲不廣，而證以蜀士孫斯文，及《幽明録》中賈弼事。三志壬引昌黎公明鬼，謂《夷堅》所記不能出其所證之三非。三志癸言《太平廣記》、《類聚》之誤。四志甲辨「夷堅」爲臯陶别名。至四志乙則絶筆之志，不及序。惟支壬、三志丁兩序，意略同。而數序自詫其速者，亦不甚相遠云。

尤袤遂初堂書目　小説類

《夷堅志》。

陳振孫直齋書録解題第十一卷

《夷堅志》，甲至癸二百卷，支甲至支癸一百卷，三甲至三癸一百卷，四甲四乙二十卷，大凡四百二十卷。翰林學士鄱陽洪邁景盧撰。稗官小説，昔人固有爲之者矣。游戲筆端，資助談柄，猶賢乎已，可也。未有卷帙如此其多者，不亦謬用其心也哉！且天壤間反常反物之事，惟其罕也，是以謂之怪。苟其多至於不勝載，則不得爲異矣。世傳徐鉉喜言怪，賓客之不能自通與失意而見斥絶者，皆詭言以求合。今邁亦然，晚歲急於成書，妄人多取《廣記》中舊事，改竄首尾，别爲名字以投之，至有數卷者，亦不復删潤，徑以入録，雖叙事猥釀，屬辭鄙俚，不恤也。

馬端臨文獻通考經籍考卷二百十七

《夷堅志》，甲至癸二百卷，支甲至支癸一百卷，三甲至三癸一百卷，四甲四乙二十卷，大凡四百二十卷。

陳櫟勤有堂隨録

《夷堅志》乃容齋洪景盧邁，又號野處，謚文敏公。借以演史筆，虚誕荒幻，明明如此。今謂莊、列爲虚誕荒幻而廢之，可乎？此二字出《列子》「夷堅聞而志之」一句，謂未嘗見其事而記之耳。「夷堅」即《左傳》中所謂庭堅，即皋陶也。凡三十二志。趙與時《賓退録》述其序意甚詳，説「夷堅」二字亦一序。今坊中所刊廑四五卷，後面多有益于人，不盡荒誕，惜無原本。

楊士奇文淵閣書目卷十一　盈字號第六橱

《夷堅志》一部十八册。殘闕。《夷堅志》一部十二册。闕。《夷堅志》一部十二册。闕。《夷堅志》一部十二册。闕。

焦竑國史經籍志卷四下

《夷堅志》四百二十卷。洪邁。

趙琦美脈望館書目　來字號　子　小説

《夷堅志》十一本。

陳第世善堂藏書目録上

《夷堅志》四百二十卷。洪邁。

朱睦㮮萬卷堂書目卷三　小説家

《夷堅志》二十卷。宋洪邁撰。

胡應麟少室山房類藁卷之百四

讀夷堅志五則

洪景盧《夷堅志》四百二十卷，卷以甲、乙、丙、丁爲次，每百卷周而復始。四甲迄四癸，通四百卷，餘二十卷，則洪殁而未盈百也。余少讀《鄱陽經籍考》，則遍詢諸方弗獲，至物色藏書之家，若童子鳴、陳晦伯，皆云未睹。蓋瑯琊長公，亦不省有是書矣。武林雕本僅五十卷，而分門别類，紊亂亡章。余固知非野處之舊，然亡從一參考之。癸未入都，忽王參戎思延語及，云：「余某歲憩一民家，睹敝篋中是書鈔本存焉，前後漶滅，亟取補綴裝潢之，今尚完帙也。」余劇喜，趣假録之。王曰：「無庸，子但再以筆叢餉我可矣。」余持歸，竟夕不能寐，篝燈披讀，迺知此特四甲中之一周，爲卷凡百。每篇首綴小引，其後先次第，大都洪氏舊裁。餘卷三百二十，竟不可得，然其梗概臚列也。自漢迄唐，書之簡帙重大者，什不存一。《太平廣記》五百卷，宋世之書，今逸其數卷，茫無要領。而此編以荒唐瑣綴，尚巍然四分之一，非藏書家至快極愉哉！因亟題其後，俟異日校而梓之。

武林刻本《夷堅志》，不知始自何時，以余所得百卷參之，蓋亦洪氏之纂，匪後人僞托也。其敍事氣法相類如一。意南渡宋亡之後，原書散軼，剞劂者難於補亡，又卷帙繁，迄工不易易，故摘録其中專志奇詭事，自餘冗碎，咸汰弗録。且臚列門類，以便行世。其書僅五十卷，益余藏鈔本，則合《夷堅》所存，尚百五十卷也。第刻本統于四百卷摘出，則余藏百卷中，同者固當什二三。今閱之，迺無一重見，則刻本尚難據爲洪書，姑識以俟考。

余鄉從王參戎處得鈔本洪志，其首撰甲至癸百卷皆亡，僅支甲至支癸十帙耳。迨其中己辛壬等帙，又三甲中書，蓋支志亡其三，而三志亡其七矣。四志百卷，竟亡繇物色。武林本或從初志摘出，或卽初志而妄析門類，未可知。余既幸是書存世，猶悵悵欲睹其全，真無厭之欲也。第野處文譽噪一時，《容齋隨筆》等筆力錚錚，而《夷堅》猥薾彌甚，疾行亡善迹，信矣。王質景文《夷堅別志》世不傳，而余得《夷堅續志》四卷，蓋本朝人録也。

談者率以《廣記》五百卷所輯，上自三皇，下迄五季，宜靈怪充斥簡編。而洪以一人耳目，一代見聞，逐千載而角之，其誕曼亡徵，固勢所必至也。今閲此書紀載，不僅止語怪一端，凡禨祥夢卜，瑣雜之譚，隨遇輒録。以逮詩詞謔浪，稍供一笑，靡不成書。其卷帙易盈而速就，職此故也。然取數至四百餘，亡論靈怪不足徵，卽叢談傅會，不啻什之五六，惜無從起而質之。宋有國二百年耳，野處宦達南渡，其事僅僅百載餘，而怪力亂神，紛然若是，去莊、列之夷堅幾何哉！余生肅皇帝季，世濟承平。今馬齒半百，奇衺詭異事，自生平未一睹焉。則傳之耳者，率誕妄足推矣。迺余遇志怪之書，輒好之，無異于洪氏也，豈野處之爲是！姑假以優游晚歲，若蘇長公之談鬼耶！余嘗欲取洪書，芟其非怪而附録者，與往籍已見而並收者，洎宋元諸小説及國朝祝希哲、陸浚明等編，分類以續《廣記》一書，大都亦五百餘卷。雖靡關理亂，而或裨見聞，猶勝洪之售欺于天下也。

胡應麟少室山房筆叢卷二十九丙部九流緒論下

洪景盧《夷堅志》四百二十卷，今傳止五十卷，他不可考。惟王景文《夷堅别志序》，尚可以知其纂輯之概，因録之。序曰：志怪之書甚夥，至鄱陽《夷堅志》出，則盡超之。余平生所書，略類洪公，始讀《左傳》、《史記》、《漢書》，稍得其記事之法，而無所施，因志怪發之。久之習熟，調利滋溉，玩不能釋。閒自觀覽，要不爲無補於世。而古今文章之關鍵，亦間有相通者，不以是爲無益而中畫。愈裒所見聞益之，事三百七十，卷二十四，今書之目也。余心尚未艾，久之，則將浸於《夷堅》矣。凡《夷堅》所有復見者删之，更生佛之類是也；凡《夷堅》所有而未備者補之，黄元道之類是也。其名仍爲《夷堅》，而别志之，辯於鄱陽也。得歲月者紀歲月，得其所者紀其所，得其人者記其人，三者并書之備矣。闕一二亦書，皆闕則弗書。醜而不欲著姓名者婉見之，如《夷堅》確夢之類是也；醜而姓名不可不著者顯揭之，如《夷堅》人牛之類是也。其稱某人云，又某人得諸某人云，若己所見，各識其所自來，皆循《夷堅》之規弗易也。其異也者，筆力瞠乎其後矣。觀此序，則洪志義例可推，其敍事當亦可喜，今所傳甚猥淺，蓋殘缺之中，又雜以僞矣。

又卷三十五己部二酉綴遺上

洪景盧《夷堅志》，有甲至癸一百卷，又有支甲至支癸一百卷，三甲至三癸一百卷，四甲至四癸二十卷。所謂支甲、支癸者，卽支諸臯之支，洪段好奇相類，故門目亦倣之。

朱國楨湧幢小品第十八卷

《夷堅志》原四百二十卷，今行者五十一卷，蓋病其煩蕪而芟之，分門别類，非全帙也。

四庫全書總目卷一百四十二

《夷堅支志》五十卷，編修汪如藻家藏本。宋洪邁撰。邁所著《容齋隨筆》已著録，是書所記，皆神怪之説，故以《列子》「夷堅」事爲名。考《列子》謂「大禹行而見之，伯益知而名之，夷堅聞而志之」，正謂珍禽異獸，如《山海經》之類。邁雜録仙鬼諸事，而名取於斯，非其本義，然唐華原尉張愼素已有《夷堅録》之名，則邁亦有所本也。陳振孫《書録解題》稱《夷堅志》甲至癸二百卷，支甲至支癸一百卷，三甲至三癸一百卷，四甲四乙二十卷，共四百二十卷。趙與旹《賓退録》亦載《夷堅志》三十二編，凡三十一序，不相重複。各節録其序之大略，頗爲詳備。此本僅存自甲至戊五十卷，標題但曰《夷堅志》。以其序文校與旹之所載，乃支甲至支戊，非其正集，惟與旹記支丙作支景，謂避其曾祖之嫌名。而此仍作丙，殆傳寫者所改歟！胡應麟《筆叢》謂所藏之本有百卷，核其卷目次第，乃支甲至三甲，共十一帙，此殆胡氏之本又佚其半也。朱國楨《湧幢小品》不知爲志中之一集，乃云《夷堅志》本四百二十卷，今行者五十一卷，蓋病其煩蕪刪之，則誤之甚矣。陳振孫譏邁爲謬用其心，其説頗正。陳櫟《勤有堂隨録》則謂邁欲修國史，借此練習其筆，似乎曲爲之詞。然其中詩詞之類，往往可資採録；而遺聞瑣事，亦多足爲勸戒，非盡無益於人心者。小説一家，歷來著録，亦何必拘於方隅，獨爲邁書責歟！

錢謙益絳雲樓書目卷二　小説類

《夷堅志》十册。洪邁。田叔禾家翻宋刻《分類夷堅志》五十一卷。

黄虞稷千頃堂書目卷十二　小説類補

宋洪邁《夷堅志》七十卷。原一百卷，今存甲、乙、丙、丁、戊、庚、癸七集。又《夷堅三志》三十卷。原一百卷，今存己、辛、壬三集。

錢曾述古堂藏書目卷三

洪邁《夷堅志》四十八卷。

徐乾學傳是樓宋元本書目　宙字二格

宋本元印《夷堅志》八十卷。洪邁。　二十四本。

倪燦宋史藝文志補

洪邁《夷堅支志》七十卷。原一百卷，今存甲、乙、丙、丁、戊、庚、癸七集。《夷堅三志》三十卷。原一百卷，今存己、辛、壬三集。《類編夷堅志》五十一卷。以下失名。

金檀文瑞樓書目卷五　宋人小説

《增補夷堅志》五十卷。宋鄱陽洪邁著。

錢大昕洪文敏公年譜

紹興二十九年，己卯，三十七歲。《夷堅志》當成於是年。

乾道二年，丙戌，四十四歲。

十二月，兼同修國史兼實録院同修撰。是月十八日，序《夷堅》乙志二十卷，合甲乙二書，得六百事。

乾道七年，辛卯，四十九歲。

在贛州任。是歲江西饑，贛適中熟，公令移粟濟鄰郡。五月十八日，序《夷堅丙志》二十卷，凡二百六十七事。

乾道八年，壬辰，五十歲。

在贛州任。五月，重刻《夷堅志》。較會稽本去五事，易二事，其它亦頗有改定處。

淳熙七年，庚子，五十八歲。

在建甯任。七月，又刻《夷堅志》於建甯。

紹熙四年，癸丑，七十一歲。

是歲《夷堅壬志》二十卷成。癸志序云：九志成，年七十有一。

紹熙五年，甲寅，七十二歲。

《夷堅支志乙序》云：紹熙庚戌臘，從會稽西歸，至甲寅之夏季，《夷堅》之書緒成辛、壬、癸三志，合六十卷，及支甲十卷，才八改月，又成支乙一編。

阮元揅經室外集卷三

宋洪邁撰，影宋鈔本。案《夷堅志》十集，每集二十卷。支志十集，每集十卷。三志十集，每集十卷。四志甲乙二集二十卷，共四百二十卷。小説家唯《太平廣記》爲卷五百，然卷帙雖繁，乃搜輯衆書所成者。其出於一人之手，而卷帙遂有《廣記》十之七八者，唯有此書，亦可謂好事之尤者矣。邁每集各自爲之序，唯四乙未成，不及序。計序三十一篇，篇各出新意。趙與旹嘗撮各序大指，載於《賓退録》。此本甲志序已佚，餘三序存，與《賓退録》所舉相合。每卷之下注明若干事，每事亦必注明某人所説，以著其非妄。書中神怪荒誕之談，居其大半，然而遺文軼事，可資考鏡者，亦往往雜出於其間。《四庫全書》所收者，乃支志五十卷，與此不相涉。此本卷首有元人沈天祐序，稱建學所存舊刻閩本殘闕，承本路府判張紹先之命，以浙本補全者。邁與兄适、遵皆皓之子，名位著述皆相埒，世所稱鄱陽三洪是也。邁亦有弟二人，一景裴名邃，一景何不知其名，皆見於此書。

汪士鐘藝芸書舍宋本書目　子部

《夷堅志》甲、乙、丙、丁四集。八十卷。

邵懿辰四庫簡明目録標注卷第十四

《夷堅支志》五十卷。宋洪邁撰。原書四百二十卷，初十集，以甲、乙等十干記，次以支甲、支乙等記，次以三甲、三乙等記，次以四甲、四乙等記，凡三十二編，此乃其支甲至支戊五集也。

嘉靖間刊本。　黄丕烈有殘宋本壬志、癸志各八卷，十行，行十八字。　乾隆中刊巾箱本，甲至癸，分上下，共二十卷，係掇拾而成，非原第也。　竹汀云：嚴久能以宋板《夷堅志》四册見示，元人重修本也，有沈天佑序，似即阮鈔甲、乙、丙、丁四集，或後人分類之本。

附録：嚴久能有甲、乙、丙、丁四集，凡八十卷。　宋本，半頁十二行，行二十三字，又一本，半頁十行，行十八字，星詒。

《夷堅》甲志二十卷，乙志二十卷，丙志二十卷，丁志二十卷。　阮氏有影宋鈔本。　瞿有《孝慈堂目》有元人鈔本《夷堅志》，存六十卷十二册，失戊集十卷，己集後五卷，庚集前五卷，壬癸集全。　文氏三世閲，汪鈍翁手跋。

朱學勤結一廬書目卷三　子部

《夷堅志》八十卷。　宋洪邁撰。　影寫宋季閩刊本。　《夷堅支志》五十卷。　宋洪邁撰。　影寫明嘉靖間刊本。

俞樾九九消夏録卷五

宋洪邁《夷堅志》，甲至癸二百卷，支甲至支癸一百卷，三甲至三癸一百卷，四甲四乙各十卷。以十干編次之書，殆無多於此矣。今《四庫》著録者，止支甲至支戊五十卷。吾湖陸氏又得甲、乙、丙、丁四集而刻之，蓋卷袠既繁，流傳日久，遂至散佚不全，甚可惜也。

諸家序跋

沈天佑序

《夷堅志》乃番陽洪公邁之所編也。公廣覽博聞，好奇尚異，游宦四方，採摭衆事，集成此編。分甲、乙、丙、丁四志，每志有二十卷，每卷十一二事或十三四事，譬諸小道，亦有可觀。載考其序，乃知此志鏤板不一，有蜀本，有婺本，有閩本，而古杭亦有本，公隨所寓鋟梓。今蜀、浙之板不存，獨幸閩板猶存于建學。然點檢諸卷，遺缺甚多。本路張府判紹先提調學事，勉予訪尋舊本補之，奈閩板久缺，誠難再得其全。幸友人周宏翁，於文房中尚存此書，是乃洪公所刊于古杭之本也。然其本雖分甲乙至壬癸爲十志，似與今來閩本詳略不同，而所載之事，亦大同小異。愚因摭浙本之所有，以補閩本之所無。兹遇廉使相公陳先生居濟分司來此，益加勉勵，遂即命工鏤板，四十有二，始完其編，庶不失洪公編葺之初意。由是《夷堅志》之傳于天下後世，可爲全書矣。此下原闕十五字。掾古杭一齋沈天佑序。

田汝成序

《夷堅》之名，昉於《莊子》，其言大鵬寥闊而無當，故託徵於夷堅之志。所謂寓言十九者，此其首也。有宋洪公景廬，仍其名而爲之志，雜採古今陰隲冥報可喜可愕之事，爲四百二十卷。史氏稱其博極載籍，而稗官《虞初》，靡不涉獵，信哉！今行于世者五十一卷，蓋後人病其繁複而加擇焉，分門別類，非全帙也。或謂神怪之事，孔子不語，而勒之琬琰，不亦謬乎其用心乎！予則謂宇宙之大，事之出于億料之外者，往往有之，若姜嫄之孕，傅巖之夢，獨非大神大怪者哉！而垂之六經，非漫誣以資談謔者，固仲尼之所存筆也。然則不語者，非不語也，不雅語以駭人也。苟殃可以懲凶人，祥可以濾吉士，則雖神且怪，又何廢於語焉！何也？蓋治亂之軸，不握於人，則握于天。天有常運，人有常經。天亂其運則善惡倒植，人亂其經則賞罰無章。天亂則人治之，於是乎爵于朝，戮于市，播于大誥，而鑄于刑書；人亂則天治之，於是乎翼于無形，呵于無聲，錫奪其貲基，而延縮其壽夭。是惟天人交輔，以持世故，彝倫所以常存，而乾坤賴以不毁也。人之爲治也，顯而易見；天之爲治也，幽而難明。略其易見而表其難明，此《夷堅志》之所由作也。夫人分量有限，而嗜望無涯。苦海愛河，比比沉汩。不慑之以天刑，而喻之以夙賦，則覬覦者何觀焉！故知忠孝節義之有報，則人倫篤矣；知殺生之有報，則暴殄弭矣；知寃對之有報，則世讎解矣；知貪謀之有報，則併吞者惕矣；知功名之前定，則奔競者息矣；知婚姻之前定，則踰牆相從者恧矣。其他賑饑拯溺，扶顛擁孺，與夫醫卜小技，仙釋傍流，凡所登録，皆可以懲凶人而獎吉士，世教不無補焉，未可置爲冗籍也。景廬以文學世家，而其父皓，仗節使虜，不辱其身。三子述之，伯仲競朗，咸歷清貫，名震一時。史氏以爲忠義之報。則《夷堅》所志，豈種種矯誣者哉！洪君子美者，景廬之遥胄也，爲太保襄惠公之元孫，秀雅而文。刻是書而傳之，庶幾乎不墮手澤之遺者。後昆繩繩，則洪氏之食報猶未艾也。嘉靖二十五年正月。

沈屺瞻序

耳目之聞見有限，而書册之記載無窮，《山海》搜奇，《齊諧》志怪，非不索隱鈎元，窮極幼眇，然欲其事不涉荒唐，而其文足資採覽者，則莫若《夷堅》一書。是書也，或謂夷姓堅名，實創此志，宋番陽洪邁，特踵而增之。或謂洪氏所自作，而借《夷堅》以名其書。皆不具論。第觀其書，滉瀁恣縱，瓌奇絶特，可喜可愕，可信可徵，有足以擴耳目聞見之所不及，而供學士文人之搜尋摭拾者，又寧可與稗官野乘同日語哉！余嘗購得善本，欲以付剞劂，未之逮也。而周君有同志焉，晨窗午夜，讎勘矻矻不倦，訂疑刊誤，釐然秩然。視原刻之魚魯雜糅，荒穢彌目，不啻撥雲見青，理解冰釋，斯豈非洪氏之功臣，而藝林之快舉也哉！書成示余，余曰：「祖生雖先我著鞭，余固樂睹是書之成也。」因爲撮其大凡，述其勤敏，以公當世之同好云。乾隆戊戌六月中澣，仁和沈屺瞻序。

何琪序

昔之志怪異者，昉於《齊諧》一書，其後則吴均之續紀、干寶之《搜神》、張師正之《述異》、錢希白之《洞微》，皆此類也。然其見聞所及，隨得即書，莫洪文敏《夷堅志》若矣。按《文獻通考》，是書卷編十干，爲卷四百二十，又《賓退録》謂其積三十二篇，凡三十一序，各出新意，不相重複。其一篇爲文敏絶筆之作，不及序，故缺焉。夫以神奇荒怪之事，委巷叢談之語，蓋儒者所不道。然觀古經傳之所稱，後世史書之所録，并莫得而廢焉，亦惟是善善惡惡之心而已矣。且史載文敏使金，金欲用舊禮，文敏執不可，千載之下，其忠毅令人可想。則夫片言隻字，猶當視爲拱璧而珍惜之。陳氏振孫謂其猥褻鄙俚，豈篤論哉！問嘗考《太平廣記》，李昉諸臣且奉敕編纂矣，矧是編非盡如《廣記》之浮誕不經，僅取悦人耳目而已也。惜乎歷年久遠，散佚既多，周君信傳，承先世之清芬，憫昔賢之墜緒，既刻《七修類稿》成，復取是書，重加釐正，仍以十干編之。是則雖非舊本，亦猶愈於陶九成之《説郛》存十一於千百耳。異日捉麈者借爲談助，操觚者于焉取材，則周君之功，有足多矣。乾隆戊戌立秋後十日，何琪書於小山居。

嚴元照跋

洪文敏《夷堅志》，以十干爲次，爲卷二百。支志、三志亦以十干爲次，爲卷各百。四志止於乙，爲卷二十，共四百有念卷。古來小説家未有如是之多者也。全書久已散佚，《四庫全書》所鈔支志自甲至戊五十卷，亦不可得見。徐氏《傳是樓宋元版書目》載有八十卷，乾隆壬子，見於蘇州山塘錢氏萃古齋，以錢萬四千得之。自甲至丁八十卷，册端有玉蘭堂，辛夷館諸印，知出自長洲文氏。又有季滄葦印記，季氏書籍後悉歸徐氏，則此雖無健庵印記，知卽徐目所載者，無可疑也。此係宋時閩本，元人以浙本修補，見卷首元人一齋沈天佑序。序中紀年一行，則已爲俗子剜去矣。書内尚有奪葉，其所補有以宋版補者，有元人所栞補者。凡宋版所補，皆其原文；元人所補，多取支志、三志之文竄入之。如甲志所載無紹興以後事，而所補乃及於慶元，此其證也。陸務觀有詩推重此書，而陳直齋則極譏之，要之論以直齋爲正。其中間有可以裨風雅資考鏡者，當別擇之。此書每集，文敏自爲序，序各一意，趙與旹嘗撮其大旨，載於《賓退録》。今甲志序已失，乙、丙、丁志序尚存。文敏遺文散佚，此三序者，甚可寶也。此本非今世所刊行者，世人莫得睹，因重録此，以爲之副。行款字畫，補版奪葉，一遵原文。自去年初秋始，至今年上巳後乃畢功。此八九月中，以抱疴輟者月餘，以憂思輟者又月餘。計無事以嬰吾衷，而從事於硯削間，曾無多日，追惟往事，撫卷興嘆，而況乎宵寒鐙青，有相依於鵶呼鬼嘯之中之一人乎！後之君子，見此書者，其將謂予何！嘉慶九年歲次閼逢困敦春王三月六日，歸安嚴元照書於芳茉堂。

謄寫時有錯謬，卽隨筆改正，鈔畢復以朱筆校勘一過。宋本字畫漫滅，有可以揣得者補之。其絶無筆畫可見者，勿敢率爾也。其漫滅處，往往爲不學者潤飾而誤，予已悉糾正之。予此本，視宋刻固應勝之。嚴元照修能氏書。

又

嘉慶十年之夏，豆麥爲積雨所壞，蠶事不及十分之一。正難枝梧，又與族孽搆訟，不無虚糜錢帛。至六月中，已無一文看囊錢矣。錢唐何夢華過我，取此書原本以示阮芸臺侍郎，遂以銀錢五十餅易去。中郎既往，虎賁猶存，不得不倍加珍惜。夢華亦影鈔一部，予又託夢華借鈔文瀾閣所藏支志，未知可得否？閏六月初五日，蕘㒶生書。時大風一晝夜餘未止，寒甚。

黄丕烈跋

《夷堅志》甲、乙、丙、丁四集，宋刻本由萃古齋售於石冢嚴久能，今又爲何夢華買出，其歸宿未知在何處。余所藏宋刻，有《夷堅》支甲一至三卷，七八兩卷，皆小字棉紙者。《夷堅》支壬三至十共八卷，《夷堅》支癸一至八共八卷，皆竹紙大字者。近又得《夷堅志》乙一至三卷，此本係舊鈔。支甲至支戊五十卷，支庚、支癸二十卷，又三志己十卷，三志辛十卷，三志壬十卷，取兩集以配全，而其□俱不全本也。每見近時坊刻稱《夷堅志》者，大都發源於是，而面目又改矣。天壤甚大，未識洪公所著《夷堅》各種，其宋刻能一一完全否！癡心妄想，其有固未可必，其無亦安敢必邪！嘉慶丁卯正月六日，復翁丕烈識。

陸心源序

《夷堅志》甲至癸二百卷，支甲至支癸一百卷，三甲至三癸一百卷，四甲四乙各十卷，總四百二十卷，見陳振孫《書録解題》。明以後流傳甚罕。胡應麟博極羣書，衹據王景文《夷堅别志序》知其義例而已。《四庫》所收支甲至支戊五十卷，民間頗不易得。所通行者，有明仿宋刊分類《夷堅志》五十卷，蓋宋人摘録之本。坊刻二十卷本，雖從原書摘出，又出分類本下。是不但全書不存，卽正集二百卷，若存若亡者亦數百年。阮文達得宋刻甲至丁八十卷，影寫進呈。阮氏得之吾郡嚴久能，後歸吴門黄蕘圃，蕘圃歸于汪閬原，閬原歸于胡心耘。余從胡氏得之，中有玉蘭堂印，衡山文氏舊藏也。《列子》曰：「大禹行而見之，伯益知而名之，夷堅聞而志之。」夷堅之名，蓋取諸此。自來志怪之書，莫古于《山海經》，按之理勢，率多荒唐。沿其流者，王嘉之《拾遺》，干寶之《搜神》，敬叔之《異苑》，徐鉉之《稽神》，成式之《雜俎》，最行于時。然多者不過數百事，少者或僅十餘事，未有卷帙浩汗如此書之多者也。雖其所載，頗與傳記相似，飾說剽竊，借爲談助，支甲序已自言之。至于文思雋永，層出不窮，實非後人所及。自甲志至四甲，凡三十一序，各出新意，不相複重，趙與旹《賓退録》節録其文，推挹甚至。信乎文人之能事，小説之淵海也。琴希洪君，搜刻先世遺書，不遺餘力，聞余得是書，寓書慫恿梓行，因付手民，以塞洪君之意云。光緒五年，歲在屠維單閼陽月，歸安陸心源撰。

又跋

《夷堅》甲志二十卷、乙志二十卷、丙志二十卷、丁志二十卷。宋刊元印本，前有古杭一齋沈天祐序。每葉十八行，每行十八字，版心有刊工姓名。《夷堅志》四百二十卷，或刊于蜀，或刊于婺，或刊于杭。此八十卷，則刊于建甯學者。至元而蜀、浙之版已亡，惟建版尚存，缺四十三版。張紹先爲福建提學，命天祐尋訪舊本，因從周宏羽借得浙本，補刊完全。此則元修後印本也，《四庫》未收。阮文達始從嚴久能借録進呈，卷中有季振宜藏書朱文長印，芳椒堂印白文方印、竹塢二字朱文長印、玉蘭堂白文方印、辛夷館印朱文方印、元照之印白文方印、嚴氏久能朱文方印、張氏秋月字香修一字幼憐朱文方印、香修二字朱文方印、梅溪精舍白文方印、阮元之印白文方印、阮元伯元朱文方印、錢塘嚴杰借閱白文方印、何元錫借觀記白文方印、江左二字朱文長印、厚民二字朱文方印、元照私印朱文方印、嚴氏修能朱文方印、陸師道手録《賓退録》一條于目後及卷一末，小楷極精。案：竹塢、辛夷館、玉蘭堂，皆文衡山印。江左，季振宜印。芳椒堂，嚴久能印。香修張氏，久能姬人之印也。

又跋

新編分類《夷堅志》，甲集五卷、乙集五卷、丙集五卷、丁集五卷、戊集五卷、己集五卷、庚集五卷、辛集五卷、壬集五卷、癸集五卷。題曰鄱陽洪邁景廬紀述，建安葉氏祖榮類編。明刊，板心有清平山堂四字。葉祖榮仕履無攷，當是南宋末人，各家書録皆未著録。甲集分忠臣、孝子、節義三門。乙集分陰德、陰譴、禽獸三門。丙集分寃對報應、幽明二獄、欠債、妬忌四門。丁集分貪謀、詐謀、騙局、姦淫、雜附妖怪五門。戊集分前定宴婚、嗣息、夫妻三門。己集分神仙、釋教、淫祀三門。庚集分神道、鬼怪二門。辛集分醫術、雜藝、妖巫、卜相、夢幻五門。壬集分奇異、精佈、墳墓三門。癸集分設醮、冥官、善惡、僧道惡報、入冥五門。每門又各爲子目。朱國楨《湧幢小品》云:"《夷堅志》本四百二十卷,今行者五十一卷,蓋病其煩蕪删之。當卽指此本也。原書四百二十卷,今惟存甲至丁八十卷,宋刊爲愚所得,已經刊入十萬卷樓叢書。支甲至支戊五十卷,爲四庫所收,民間絶少傳本。坊刊巾箱本掇拾叢殘爲之,缺略尤甚。此本猶宋人所輯,當見四百二十卷全書。其所甄録,出于今存八十卷及支志巾箱本之外者甚多。不但全書崖略,可以考見,卽宋人遺聞佚事,亦往往賴此以存,未可以删削薄之也。

張元濟跋

洪文敏著《夷堅志》,據陳振孫《書録解題》,甲至癸二百卷,支甲至支癸一百卷,三甲至三癸一百卷,四甲四乙二十卷,大凡四百二十卷。《宋史·藝文志》僅録甲、乙、丙六十卷,丁、戊、己、庚八十卷者,蓋未見全書也。卷帙繁多,積久散逸。元陳櫟《勤有堂隨録》謂坊中所刊廑四五卷。明楊士奇《文淵閣書目》雖有四部,然均注殘闕。胡應麟《少室山房類稿》則稱今止存武林雕本五十卷,暨王參戎之鈔本百卷,其他均不可得。惟陳第《世善堂書目》有全書四百二十卷,爲自宋迄今官私藏目所僅見,然是書前後流傳之端緒無可考見,殊未敢信。朱國楨《湧幢小品》又稱今行者僅五十一卷，且謂病其煩蕪而芟之，分門別類，非全帙云云，是卽建安葉祖榮之《新編分類夷堅志》，與胡氏所見之武林雕本，蓋同爲一書。有明嘉靖清平山堂刊本亦極罕見，其書雜取諸志，融冶爲一，《四庫全書提要》指爲志中之一集，蓋亦未睹其書也。《四庫》著録，亦僅原書之支甲至支戊。惟徐乾學《傳是樓宋元版書目》有《夷堅志》八十卷，後爲嚴元照所得，爲甲、乙、丙、丁四志，版刻於宋，中有元人刊補之葉，竄入支志、三志之文。按沈天佑序，謂洪公刊於古杭之本分甲乙至壬癸爲十志，又謂杭本與閩本詳略不同，所載之事亦大同小異。又謂摭浙本所有，補閩本所無，是或杭本彙輯諸志，並無支志、三志之別，沈氏遂任取若干以補其缺，亦未可知。要之，沈氏所見祇甲、乙、丙、丁四志，又與此四志大同小異之十志，其餘固均已無存矣。嚴氏之書後以歸阮文達，而自留所録副本。阮氏影寫進呈，其刊本展轉歸於陸心源。心源刊之，此四志始復行於世。乾嘉之際，吴縣黄丕烈藏書最夥，先後得宋本支甲、支壬、支癸若干卷，又舊鈔支甲至支戊五十卷，支庚、支癸二十卷，三志己辛壬各十卷。宋本不知散落何處，而舊鈔百卷暨嚴氏所録副本八十卷，均歸吾友湘潭袁伯夔。洪氏所著四百二十卷，今存於天壤者僅此矣。涵芬樓所藏凡四本：一明姚江吕胤昌本，無刊版年月；一清周信傳本，刊於乾隆四十三年；一明建安葉祖榮分類本，刊於嘉靖二十五年；一明鈔本，無年月。吕、周二本均以甲乙編次，分爲十集，惟吕本稱《新刻夷堅志》，集各一卷。周本稱《夷堅志》，分一集爲上下而不分卷。吕本多於周本者凡二十四事，而周本所獨有者亦十八事。然所分十集，甲乙次第，與黄氏所藏之支志、三志並同，亦與胡應麟所得四甲中之一周，支志亡其三，三志亡其七者相合。黄氏謂取兩集以配全，而其□俱不全本，不知明人先已爲之。黄氏舊鈔與吕、周二本互有增損，是必當時傳鈔之訛。明人刻書，大都以意改竄，此蓋欲泯其殘闕之迹，故並支志、三志之名而削之。今《四庫全書》僅存支甲至支戊，使非睹黄氏舊鈔，又誰知支庚、支癸及三志己、辛、壬之尚在人間乎！建安葉氏本與明鈔本同出一源，詞句略殊，門類悉合。雖於原書篇第盡已更變，而所輯各事見於今存各卷中者，頗有異同，足資攷訂。江陰繆小山前輩嘗取黄氏舊鈔校正吕、周二本，慫恿印行。余思文敏遺著，冠冕説部，飄零墜失，讀者憾焉，因有輯印全書之意。伯夔既以所藏嚴、黄二本假余，乃盡發涵芬樓所藏，參互校讎。陸氏所刊初志固多是正，而黄氏支志、三志之訛文奪葉，藉各本以補正者，亦自不少。建安葉氏分類本所輯，不見於今存百八十卷中者，尚有二百七十七則，因輯爲二十五卷，名曰《志補》。此爲洪氏原書，後人分類編次，雖仍甲乙之稱，已非舊貫，固不能辨其出於何志矣。見聞所及，如趙與旹之《賓退録》，阮閲之《詩話總龜》，周密之《志雅堂雜鈔》，岳珂之《桯史》，唐順之之《荆川稗編》，焦竑之《焦氏筆乘》，江瓘之《名醫類案》，徐𤊹之《榕陰新檢》，王沂之《稗史彙編》，陳廷桂之《歷陽典録》均有采輯。又續得三十四事，輯爲一卷，名曰《再補》。此則諸書徵引，標所從出，故亦知爲文敏原書也。惟原書所引，並無標題，此係依事仿擬，非文敏原文。古人箸述及收藏書目涉及是書者，咸加採録，並彙輯諸本序跋，附列於後。綜計全書存者，爲初志甲、乙、丙、丁，支志甲、乙、丙、丁、戊、庚、癸，三志己、辛、壬，益以蒐補之二十六卷，僅逮原書之半。今者世不經見之書日出不窮，安知此已佚之本，異日不復見於世！即不然，掇拾叢殘，賡續有得，亦可輯爲三補四補，以饜讀者之望。此則區區之願，有待於海内賢哲之助者已。庚申臘月，海鹽張元濟跋。

夷堅志人名索引

王秀梅　編

例　言

一、凡《夷堅志》正文及其補遺所出現的人名(包括少數神話傳説人物)，除與故事情節無直接關係者及序言、詩詞、典故中的人名外，其餘一概收録。

二、所收人物，凡可以推知其姓名者，均以姓名立目，其他稱謂如字、號、封爵、謚號、綽號等等，附注于後，用圓括號標出，並出參見條目。例如：

　　岳飛(岳武穆、岳少保)

　　岳武穆　見岳飛

　　岳少保　見岳飛

凡無法考知其名姓者，則以書中所用名立目。

三、凡帝王、后妃及宗室諸王，以書中所用名立目，不另出姓名條目。后妃則附注其所屬皇帝謚號。

四、同姓名的人物，或僅有姓氏而無名字的人物，附注籍貫、職官、從屬關係等，用方括號標出，以便區分，不出互見。

五、本索引採用四角號碼檢字法編排，各條下所列，依其前後次序，分别爲集目、卷次、頁碼。凡同一人物在同一頁不同故事中重見者，則另注明重出次數。例如：

　　孫儔　支景 2/891(2)

支景 2 爲《夷堅志》支景志卷 2，891 是頁數。(2)表示出現在同一頁兩則故事中。

六、後面附有筆畫檢字表,以便查閲。

七、《夷堅志》爲志怪小説,涉及的人物極爲複雜,既有見于正史的達官貴人,宿儒名士,亦有不見經傳的平民小吏,婦人孺子,甚至還有子虚烏有之類的傳説人物,且洪邁在寫作中,很多人物都稱其字號、封號或官職,没有寫出姓名。爲方便讀者,編者根據有關史傳典籍,盡力做了一些考證工作,但限于《夷堅志》本身的體例以及編者的學力,難免會有錯誤或不妥之處,尚希讀者指正。

0010_4 童

26童伯虞　見童括
27童久中
　支甲 4/744
30童宗説(夢弼)
　三壬 3/1488
34童漢臣
　支甲 7/765
40童七
　支景 5/916
44童夢弼　見童宗説
童蒙(敏求)
　補 9/1628
52童括(伯虞)
　支甲 6/758
57童邦直
　丁 19/693
77童貫
　甲 13/116
　甲 18/156
　補 21/1746
80童八八
　支丁 8/1034
87童銀匠
　乙 20/353
88童敏求　見童蒙

0021_1 鹿

21鹿何
　丁 11/630

龐

20龐統制
　三補 /1806
30龐安常
　甲 10/83
40龐太保
　補 18/1720
61龐顯忠
　補 18/1721

0022_2 廖

72廖剛(用中)
　甲 10/88
廖氏〔衡山人〕
　丁 15/661
77廖用中　見廖剛
90廖少大
　支丁 3/985
廖少四
　支丁 3/985

0022_3 齊

10齊三
　甲 2/13
　三己 3/1331
齊三傑
　三壬 10/1548
齊五
　三壬 10/1542
13齊武義
　補 7/1612
17齊琚(仲玉)
　甲 4/32
24齊先生
　乙 6/231
25齊生〔王傳表弟〕
　甲 12/101
齊仲玉　見齊琚
30齊宜哥
　甲 2/13
　三己 3/1331
33齊述
　甲 14/120
40齊希莊
　丙 16/499
72齊氏〔何一妻〕
　三壬 10/1542

0022_7 方

00方序
　甲 9/75
10方二弓手
　支庚 10/1213
方五
　支癸 9/1287
方可從
　補 4/1577
17方務德　見方滋
方子張
　支乙 5/830
　支景 2/890
方子材　見方千里
方君〔嘗爲鄂州蒲圻宰〕
　丁 17/681
20方禹
　支甲 3/733
方千里(子材)
　支癸 1/1226
方稚川　見方洪
26方釋之
　乙 11/279
　乙 12/285

28方從政
丙 5/405
30方客〔婺源人〕
甲 4/31
34方洪(稚川)
支甲 4/737
36方澤
補 19/1727
37方次雲　見方翥
方逸
甲 9/75
方粢
支景 6/928
38方滋(務德)
乙 13/294
丙 17/511
丁 2/553
支甲 4/737
支乙 5/831
40方十四郎
三辛 4/1412
方九
支丁 7/1023
方大昌
支庚 2/1151
方大年
支庚 2/1151
方大常　見方典
方希覺
乙 4/211
44方翥(次雲)
支戊 2/1065
46方如海
補 17/1713
47方朝散
乙 11/272
48方松卿
三壬 2/1483
50方夫子
三壬 2/1476
三壬 2/1477
53方盛
支丁 5/1003
55方典(大常)
甲 15/135
72方臘(聖公)
三己 7/1359
補 1/1557
補 3/1569
方氏〔秀州魏塘人〕
乙 20/356
方氏〔婺州浦江人〕
丙 10/446
方氏〔王彥太妻〕
支乙 1/796
方氏〔其女因痘疹壞目〕
三己 10/1379
77方與
甲 15/135

高

高〔程汝楫同鄉〕
補 8/1623
00高廣聲　見高遹
10高百之
乙 12/286
17高子潤
支景 5/918
高子勉　見高荷
高君贄
甲 5/41
21高師魯　見高公泗
高稟
支癸 2/1236
23高俊
甲 12/105
25高生
支景 5/915
高伸
丁 3/557
26高嵲
支甲 4/738
27高魯王
甲 1/8
37高遹(廣聲)
丙 10/447
38高遵約
甲 1/8
40高南壽
補 3/1570
44高荷(子勉)
丙 18/518
丁 16/675
高世定
丙 12/470
高世令
乙 8/246
高某〔吳興人〕
丙 20/532
50高中
補 20/1739
51高指使
丁 13/645
60高思道

丙 6/416
高景山
乙 3/203
62高縣尉
支癸 7/1276
72高氏〔陳樸母〕
丁 6/584
高氏〔劉恕妻〕
支甲 5/751
高氏〔周僕妻〕
支甲 6/757
高氏婦
三辛 9/1455
77高屠
三辛 10/1459
80高公儒
乙 2/200
高公泗(師魯)
丁 17/682
88高敏信
乙 20/355

商

24商德正
支景 10/961
商侍郎
補 24/1769
60商日宣
支戊 5/1090
支癸 4/1253

席

00席衮
三辛 5/1420
10席天佑
三辛 5/1420
席晉仲　見席旦
30席進儒
丁 16/672
40席大光　見席益
席七郎
丙 9/441
44席某〔宣贊舍人〕
丙 14/482
60席旦(晉仲)
甲 5/39
乙 12/284
80席益(大光)
甲 5/39
丙 4/397
丙 9/441

0023_0 卞

72卞氏〔扈宣贊妻〕
支景 4/912

0023_1 應

17應孟明(仲實)
支乙 10/870
25應仲實　見應孟明
40應寺丞
支癸 5/1256

0023_2 康

21康師
補 14/1678
康師尹
支癸 6/1266
24康德休
支甲 2/727
37康滑
乙 3/203
44康花七
丁 3/563
47康奴
三壬 2/1478
60康國太夫人〔高遵約妻〕
甲 1/8
64康財
丁 1/542
80康義仲
支癸 5/1259

0023_7 廉

30廉宣仲　見廉布
40廉布(宣仲)
乙 15/313

0024_7 慶

22慶巖定應師
丁 7/605
27慶修
支景 4/909
40慶喜
支景 4/913
支丁 5/1002
44慶老(龜年)
乙 13/297(2)
47慶奴
支戊 6/1097
58慶敷
乙 3/206
60慶國夫人〔邢孝陽姑〕

補 17/1711

0026_7 唐

00唐立夫　見唐文若
唐文宗
乙 13/293
唐文若(立夫)
支庚 9/1207
17唐君〔廣西漕使〕
支庚 3/1158
20唐信道　見唐閎
24唐德宗
支景 7/936
唐德明
丁 18/690
25唐仲友(與正)
支庚 10/1217
再補 /1794(2)
30唐憲宗
甲 2/14
唐富
補 3/1575
40唐大
補 4/1583
唐太宗
支癸 8/1278
唐堯封(嘉猷)
丙 7/424
唐嘉猷　見唐堯封
44唐革
三己 8/1366
57唐耜
丙 3/385
60唐四娘
支甲 5/745
72唐氏〔永康青城山人〕
丙 3/386
唐氏〔佘生妻〕
補 9/1627
77唐閎(信道)
甲 13/116
甲 19/170
甲 20/177
乙 10/264
乙 11/274
丙 14/487
唐閎
乙 11/279
唐民
乙 20/361
唐與正　見唐仲友
79唐勝
丁 19/698
80唐八郎
丙 3/390
唐翁
丁 6/589

0028_6 廣

21廣順公
三己 10/1379

0029_4 麻

53麻成忠
補 3/1579

縻

21縻師旦(周卿)
支景 8/945
補 25/1777
77縻周卿　見縻師旦

0033_6 意

47意奴
甲 15/132

0040_0 文

00文彥博(文潞公)
丙 2/377
05文靖公　見吕夷簡
10文玉
支景 6/926
文百一
支景 6/927
12文廷世
三辛 8/1446
30文安公　見洪遵
文安公　見宋白
文定公
補 15/1690
文定公　見張齊賢
34文法師
支癸 4/1253
35文迪
支景 6/927
37文潞公　見文彥博
47文懿公　見孫抃
50文惠公　見陳堯佐
文惠公　見洪适
72文氏〔永州人〕
丙 1/370
文氏〔餘杭人〕
丙 16/500

0040₁ 辛

00辛棄疾(幼安)
　支戊 8/1114
24辛幼安　見辛棄疾
37辛次膺(企李)
　甲 15/131
60辛思齊
　支癸 2/1235
80辛企李　見辛次膺

0040₃ 率

25率生
　三壬 3/1491

0040₆ 章

17章子厚　見章惇
　章君〔鼎州龍陽縣令〕
　支戊 8/1118
21章穎(茂獻)
　支戊 2/1063
22章幾道　見章僅
24章僅(幾道)
　乙 11/278
　章德文
　支景 1/886
25章生
　補 9/1627
　章仲駿　見章騆
26章得象
　支乙 4/826
32章澄
　支甲 7/764
34章濤
　支景 1/886
　支景 1/887
38章裕
　丙 12/464
42章彬
　三辛 10/1460
43章越
　支景 1/887
44章茂獻　見章穎
46章楫
　補 18/1720
50章申公　見章惇
　章惠仲
　乙 12/282
62章縣丞
　支乙 5/828
77章騆(仲駿)
　支乙 7/844
　補 15/1690
　補 20/1738
90章惇(子厚、章申公)
　乙 11/277
　支乙 5/828
　補 13/1667

0063₁ 譙

72譙氏
　支癸 6/1263

0071₄ 雍

10雍璋
　補 15/1690
40雍友文
　支癸 9/1293
　雍吉
　支戊 3/1071
44雍孝聞
　甲 20/176

0090₆ 京

43京娘
　三己 4/1329

0121₁ 龍

07龍郭僧
　丁 9/613
10龍丕顯
　丁 12/635
　龍雱
　乙 20/355
　龍可(仲堪)
　丙 14/486
25龍仲堪　見龍可
36龍澤
　丁 9/613
37龍深父　見龍大淵
40龍大淵(深父)
　乙 18/342
　乙 20/355
44龍世清
　乙 20/355
80龍全
　丁 9/613
83龍鐵師
　丁 9/613
99龍瑩
　丁 3/562

0128₆ 顔

　顔〔店家〕

三己 2/1314
21顏師魯(幾聖)
三己 6/1346
三補 /1806
22顏幾聖 見顏師魯
27顏魯子
支景 9/949
顏魯中
三補 /1806
顏叔平(景宴)
支景 9/948
43顏博文(持約)
乙 3/207
顏棫
三補 /1806
50顏忠訓
丁 14/656
54顏持約 見顏博文
57顏邦直
三壬 10/1542
60顏景宴 見顏叔平
72顏氏〔湖州烏程鎮居民〕
補 4/1582
79顏勝
三己 7/1358
86顏知縣
三己 5/1337

0164_6 譚

03譚詠
甲 17/149
12譚瑞
三壬 10/1541
21譚師一
支甲 7/768
24譚積
甲 3/25
補 10/1640
34譚法師
支庚 6/1181
72譚氏〔吳棋妻〕
甲 10/84
80譚曾二
支丁 7/1023

0180_1 龔

10龔三
支癸 5/1259
18龔政
三辛 9/1451
25龔仲山 見龔濤
27龔犂匠
支庚 8/1195
30龔滂
丙 11/459
龔實之 見龔茂良
34龔濤(仲山)
乙 18/338
44龔茂良(實之)
支景 7/937
支庚 3/1158
67龔明之(熙仲)
補 1/1551
72龔氏〔世爲醫〕
丙 18/520
龔氏〔其妻生怪子〕
丁 19/696
龔氏〔姜處恭妻〕
支景 4/906
77龔熙仲 見龔明之
龔輿
支甲 5/746

0212_7 端

02端端
三壬 5/1503

0460_0 謝

00謝充甫
乙 14/300
謝亮
丙 18/516
謝六
丁 3/562
03謝誠甫 見謝祖言
10謝石(潤夫)
補 19/1724(2)
補 19/1725
再補 /1788
17謝子肅 見謝深甫
20謝受之
支庚 6/1182
21謝師稷
補 23/1762
24謝侍御
補 10/1639
25謝生〔溫州民〕
丁 19/700
謝生〔江州民〕
三壬 5/1504
27謝嚮
丁 5/580
謝伋(景思)
丁 16/673

31謝源明(用光)
支景 3/901
34謝達
甲 10/87
37謝潤夫 見謝石
謝深甫(子肅)
支景 9/951
謝祖言(誠甫)
乙 14/300
謝軍九
支景 7/934
40謝希旦
甲 13/114
謝七
丙 8/430
44謝某〔南城縣小吏〕
補 1/1553
謝權甫
乙 4/218
47謝妃〔宋孝宗妃〕
補 12/1660
謝極
支乙 10/873
60謝四
三壬 9/1534
謝景思 見謝伋
64謝時亨
支癸 5/1260
67謝眼
丁 12/640
72謝氏〔臨州民〕
丁 18/687
謝氏〔馮妍母〕
支丁 4/996
77謝用光 見謝源明
謝巽(與權)
甲 2/16
丁 12/641
謝與權 見謝巽

計

10計晉道
支丁 9/1041

0466_0 諸

44諸葛文之 見諸葛賁
諸葛廷瑞(諸葛侍郎)
三己 6/1345
諸葛侍郎 見諸葛廷瑞
諸葛賁(文之)
三壬 9/1537

0742_7 郭

00郭主簿
補 2/1558
郭高叔 見郭堯
郭京
丙 14/482
02郭端友
丙 13/475
10郭二
三辛 9/1456
郭三雅
甲 20/182
郭三益
乙 4/217
郭元章
甲 5/40
郭雲
支丁 1/974
支丁 1/975
補 12/1660
12郭璞(景純)
支丁 7/1020
支戊 2/1068
17郭子應
乙 8/247
郭子鈞 見郭權
郭邵州
乙 19/352
20郭秀才〔宿遷人〕
支甲 2/722
郭秀才〔張政婿〕
補 6/1606
郭信
丁 6/583
23郭允迪
丁 14/659
25郭仲荀
甲 3/25
26郭伯象 見郭象
郭伯宗 見郭林
郭自明
乙 10/265
27郭象(伯象)
支丁 8/1028
28郭倫
補 14/1676
郭繪
乙 10/265
31郭沺
乙 7/239
乙 10/265
支乙 7/846

35郭漣容
乙 7/239
40郭九德
乙 20/358
郭大
甲 19/171
郭大任
支丁 1/974
郭大夫
三壬 2/1483
郭堯(高叔)
支乙 8/856
44郭世興
支乙 1/798
郭某〔迪功郎〕
丁 5/574
郭某〔成都人〕
支丁 7/1024
郭權(子鈞)
乙 1/190
補 25/1782
郭林(伯宗)
支乙 7/846
47郭都統
支丁 1/970
60郭見義(光化)
三補 /1806
郭杲
補 25/1775
郭景純 見郭璞
64郭時
丁 14/657
67郭昭
甲 20/182
71郭頤正
支景 5/920
72郭氏〔趙清憲妻〕
甲 19/171
郭氏〔平江人〕
乙 17/331
郭氏〔張拱妻〕
丙 18/521
郭氏〔閻義方鄰居〕
支乙 6/837
郭氏〔店主〕
三壬 4/1494
郭氏〔楊元禮母〕
三壬 9/1538
77郭同升
乙 7/239
郭熙
乙 20/360
80郭公〔鳳州通判〕
支丁 7/1025
88郭節士
支丁 7/1020
郭簽判
丁 4/568
90郭光化 見郭見義

0821_2 施

施〔道士〕
丙 6/411
10施三嫂
丙 11/457
施元之(德初)
丙 20/531
24施德遠
支丁 6/1018
支庚 10/1218
施德初 見施元之
30施宣教
三己 6/1345
施永
支甲 4/742
34施逵
三壬 5/1506
36施溫舒 見施小路
40施大任 見施鉅
44施華
三壬 10/1544
72施氏〔丁餗妻〕
丙 7/422
施氏〔黄廓妻〕
支乙 10/872
81施鉅(大任)
支丁 6/1018
90施小路(溫舒)
支景 2/895
99施滎
補 10/1638

0844_0 敦

00敦立
乙 2/202
30敦濟
乙 2/202
80敦義
乙 2/202

0864_0 許

00許亢
丁 1/540
許彦回 見許顔
許彦周 見許顗

許六
支景 5/916
01許顔(彦回)
補 6/1598
10許二
三壬 6/1514
許三
三壬 6/1514
許元(惠卿)
甲 14/124
支戊 8/1111
17許及之(深甫)
丙 6/417
三壬 2/1480
許子交
支戊 8/1116
許子大
甲 3/26
許子中　見許叔容
許子推
三辛 10/1463
許君〔轉運使〕
甲 10/85
20許舜舉　見許良佐
21許顗(彦周)
乙 4/215
補 6/1598
許經
支戊 7/1110
22許鼎臣
三己 5/1342
許幾(先之)
支丁 5/1010
24許先之　見許幾
許德和
丁 19/700
許升
支庚 1/1139
27許將
甲 9/81
許叔微(知可)
甲 5/38
補 18/1717
許叔容(子中)
乙 2/200
30許安石
補 6/1600
許安世
支乙 4/825
許良佐(舜舉)
支景 8/944
許寶臣　見許慈明
36許洄
支癸 10/1300
37許深甫　見許及之
38許道壽
丁 9/609
許道人
補 /1790
40許十二娘
乙 4/213
許大郎
支戊 7/1110
許吉元
乙 14/304
許七
三己 2/1317
許真君
支甲 6/759
44許執中
補 6/1600
50許中復
乙 4/213
許惠卿　見許元
53許成
支丁 4/997
58許軫
支景 10/964
60許國梁
支乙 10/871
許四七
三補 /1807
72許氏〔餘干人〕
三壬 9/1536
77許與權
三辛 2/1396
80許慈明(寶臣)
三己 5/1340
86許知可　見許叔微
90許光仲
支癸 6/1269
許炎
甲 3/26

0968_9 談

03談誼
丙 9/437
40談大公
支庚 4/1167

1000_0 一

30一窠蜂　見張遇

1010_1 三

44三藏

支乙 9/867

正

30正宗
三己 9/1371

1010_3 玉

00玉童
補 6/1605

1010_4 王

王〔饒氏婦〕
丁 19/696
00王主簿
三壬 8/1531
王立
丁 4/571
王立之(聞禮)
支景 2/895
王亨之 見王訢
王亨道
支庚 10/1213
王彦謨
支戊 2/1062
王彦霖 見王巖叟
王彦齡 見王齊叟
王彦禮
三己 3/1322
王彦太
支乙 1/796
王彦楚 見王珩
王彦輔 見王得臣
王彦光 見王葆
王齊叟(彦齡)
三壬 7/1519
王齊賢
補 19/1727
王高
乙 3/209
王育卿
支戊 2/1066
王慶老
丙 11/459
王慶長
補 15/1688
王慶曾 見王次翁
王唐翁 見王絢
王亦顏
支庚 8/1197
王意娘
丁 9/608
王文老
乙 2/199
王文林(宜之)
支庚 5/1173
王文卿(侍晨)
甲 8/66
丙 14/487
丁 6/582
支乙 5/832
支丁 10/1049
王六
支景 7/933
王六八
支丁 8/1031
王稟
三補 /1804
01王龍光(天寵)
甲 18/158
王顏(原名仁伯)
支甲 5/748
支戊 8/1114
02王訢(亨之)
乙 17/326
04王詵(晉卿)
乙 3/206
支戊 2/1062
07王翊
支丁 7/1024
王韶
丁 7/592
08王敦仁
乙 9/261
10王一〔建陽民〕
丁 6/585
王一〔建康豐民〕
三辛 6/1427
王二〔隴州人〕
支甲 1/715
王二〔結竹渡邊民〕
補 3/1569
王三〔方城民〕
甲 15/131
王三〔上饒民〕
支乙 1/802
王三〔牙儈〕
支乙 7/852
王三〔嘉興奉賢鄉民〕
支丁 6/1013
王三〔台州仙居民〕
補 12/1656
王三〔平城秀才〕
支庚 4/1168
王三郎

支乙 3/819
王三十
甲 8/71
王三恕
支庚 10/1217
王三錫
支景 2/889(2)
王正邦
三辛 3/1405
補 15/1686
王正卿
支丁 2/980
王五七
支癸 1/1224
王元之 見王禹偁
王元懋
三己 6/1345
王元量
甲 11/91
王元卿(叔端)
支丁 2/979
支戊 4/1080
王霽
甲 8/69
王平甫 見王安國
王天寵 見王龍光
王天常
甲 1/8
王百娘
支丁 1/969
王晉卿 見王詵
王晉卿〔王彥謨子〕
支戊 2/1062
王靄
甲 2/13
王雲〔簡州守〕
丁 14/657
王雲〔淮民〕
支甲 2/724
王雲〔成都駛卒〕
支甲 9/782
11王珏(德全)
支丁 3/987
支庚 5/1173
王珩(彥楚)
甲 8/68
三己 1/1310
王冀公 見王欽若
12王發
三辛 6/1430
王廷
丙 17/510
補 19/1727
13王武功〔京師人〕
支景 3/902
王武功〔河北人〕
補 16/1697
王珹
補 6/1602
王琮
丙 9/441
王瓘〔武經郎〕
丙 9/441
王瓘(瑩夫)
支景 3/904
16王琨
丙 4/394
17王丞 見王楫
王承可 見王鈇
王承信
三辛 7/1440
王盈(茂謙)
支乙 2/810
王子雲 見王縉
王子真 見王荃
王子簡
甲 11/99
王習
丁 12/641
王君〔郡守〕
丁 14/659
王司户
支癸 7/1272
王乙〔都昌吴氏夫〕
補 1/1554
王乙〔田僕〕
三補 /1810
18王瑜
支乙 9/866
王政
支甲 10/792
20王垂(仲共)
丁 19/693(2)
支甲 10/793
王秀才〔上饒徐氏婿〕
支丁 6/1011
王秀才〔羅森師父〕
三辛 7/1441
王禹偁(元之)
丁 18/690
王舜卿
支戊 2/1062
王千一姐
補 22/1754

王季先
支癸 8/1281
王季德　見王尚之
王季夷　見王嵎
王季明
三己 7/1352
王季舉　見王稱
王季羔
丙 16/502
王季光
支戊 3/1076
支戊 3/1077
王稚川　見王濆
21王順伯　見王厚之
王上舍〔建康人〕
支庚 8/1194
王上舍〔福州人〕
三己 5/1337
王衎之
支庚 3/1153
王仁伯　見王顔
王行之
補 17/1709
王行中
丁 3/559
王師
支癸 5/1260
王師心(與道)
補 1/1551
王師道(深之)
甲 19/166
王秬叔　見王堅
王縉(子雲)
乙 20/361
22王巖叟(彦霖)
三壬 7/1519
王刊(夢錫)
甲 14/119
王山
三己 1/1306
三己 1/1310
王樂道　見王耕
王繼先
丙 18/514
補 25/1780
王崧(壽茂)
支景 3/903
王稱(季舉)
補 14/1677
23王參元
支景 6/927
王獻可(補之)
丁 14/658
三辛 1/1386
王俊
補 10/1639
王俊明
乙 14/301
24王先
支甲 4/741
王先生〔長沙人〕
丁 4/568
王佐〔成忠郎〕
支庚 5/1175
三辛 4/1416
王佐〔鎮江三酒庫務監〕
補 15/1686
王德(王少保、威定公)
丙 16/500
支乙 9/866
王德〔旗兵〕
支戊 5/1091
王德廣
支癸 2/1232
王德言　見王倫
王德璋
支庚 7/1188
王德柔
支甲 2/721
王德全　見王玨
王侍郎
丁 2/551
支景 5/918
王侍晨　見王文卿
王勉夫
支甲 2/726
王稹
丁 17/680
25王生〔紅巾軍〕
甲 15/129
王生〔蔡居厚親戚〕
乙 6/232
王生〔成都孔目吏〕
丙 3/389
王生〔濟南人〕
丁 2/547
王生〔池陽士人〕
支甲 7/767
王生〔徽州婺源武口人〕
支甲 9/780
王生〔畫工〕
支乙 8/853

王生〔攝尉〕
支景 9/948
王生〔新淦人〕
三己 2/1315
王生〔餘干屠者〕
三壬 9/1536
王生〔永嘉富人〕
補 5/1595
王仲言 見王明清
王仲孺
支癸 3/1241
王仲弓
三壬 6/1514
王仲衡 見王希吕
王仲寅 見王寅祖
王仲禮
丁 15/668
王仲澤 見王渥
王仲共 見王垂
王仲賢 見王嘉賓
王伸道 見王晌
王傳
甲 12/101
補 15/1688
王純(良肱)
乙 3/210
26王自正
再補 /1789
王得臣(彦輔)
支乙 4/826
王嵎(季夷)
支景 3/903
支丁 3/991
王和甫 見王安禮
王和尚〔濟南人〕
支景 4/909
王和尚〔武陵人〕
支景 10/960
27王龜齡 見王十朋
王伋
支丁 4/995
王將明 見王黻
王粲然
乙 19/345
王綯(唐翁)
甲 18/159
王叔端 見王元卿
王叔明
支癸 9/1292
28王以寧
支景 5/922
王作德 見王日休
王倫(德言)
乙 18/341
丁 12/639
支庚 8/1194
三辛 3/1407
王復
甲 18/156
王僧老
支甲 10/791
王從事
丁 11/631
30王宜之 見王文林
王宣
支甲 3/732
支景 7/934
王宣子
支甲 10/793
支乙 5/835
支乙 6/841
支乙 10/870
支景 1/882
支景 5/922
支戊 10/1128
支庚 1/1141
支癸 1/1223
補 11/1648
王寓
丁 12/636
王進
補 19/1725
王之望(瞻叔)
支甲 6/757
支乙 7/850
王安石(荆公)
丙 19/523
丁 7/595
支乙 4/822
支景 10/961
支庚 3/1153
三壬 6/1511
王安道 見王居常
王安禮(和甫)
支景 3/904
王安中(履道)
甲 20/183
乙 14/307
支丁 10/1045
王安國(平甫)
支庚 10/1215
王富
支丁 5/1002
王容(南强)
支戊 8/1113

支戊 8/1114
王審言
乙 20/358
王良佐
支癸 3/1239
王良肱　見王純
王定國　見王欽若
王寅(東卿)
三己 5/1337
王寅祖(仲寅)
支戊 4/1083
補 12/1656
王宗愈(希韓)
支景 8/943
王寀(輔道)
丁 7/592
三己 8/1367
31王溉(巽澤)
丁 19/700
三壬 5/1504
王福
支甲 7/766
32王淵
三辛 3/1407
王沂公
支景 7/938
王添章
三己 3/1326
33王浪仙
丁 1/538
王浚明　見王曉
王補
丙 18/514
王補之　見王獻可
34王湛(深之)
乙 5/226
王洧
甲 3/21
王法師
支戊 6/1101
王汝明
甲 14/123
35王清叔　見王卿月
王清臣
乙 6/233
王漕
乙 7/239
王迪
補 9/1630
36王遇
支戊 7/1103
37王涅(仲澤)
補 10/1641
王洞先
支景 3/898
王渙
補 24/1768
王次翁(慶曾)
丙 12/472
丁 2/547
王濆(稚川)
丁 2/552
王深之　見王師道
王深之　見王湛
王祖德
乙 20/360
王通判〔撫州通判〕
丁 3/555
王通判〔淄川通判〕
三己 1/1307
王運使
補 5/1591
38王汾叟
支戊 8/1114
王游
支庚 10/1215
王潊(將明)
甲 3/27
王道
補 12/1658
王道亨
乙 5/225
王道士
補 22/1756
王道奴
支丁 6/1016
王道夫
支丁 7/1022
王道成
三壬 7/1517
王道人〔邵武軍人〕
丁 15/664
王道人〔居復州〕
補 13/1670
40王十六郎
三辛 9/1457
王十五
乙 17/327
丁 14/660
王十朋(龜齡)
乙 1/194
乙 4/218
丁 11/628
支景 8/942
支庚 10/1216

王大〔僧元暉父〕
支甲 1/713
王大〔嘉興奉賢鄉民〕
支丁 6/1013
王大〔吴江匠人〕
支庚 4/1167
王大〔劉樞幹僕人〕
三壬 3/1485
王大〔王大夫僕〕
補 5/1588
王大辯
三己 9/1376
三辛 3/1402
王大夫
補 5/1588
王大光
支甲 6/761
王太尉
支乙 8/855
王太醫
支甲 10/791
王友諒
支甲 8/772
王友聞
支甲 8/772
王左丞
補 10/1638
王直夫
支丁 9/1039
王克己
三辛 8/1444
王克中
丁 3/559
王希韓　見王宗愈
王希吕(仲衡)
支庚 4/1165
王南强　見王容
王南卿
支庚 3/1153
王志行
丙 2/375
王志舉
丙 2/376
王嘉賓(仲賢)
支景 3/897
王嘉叟
支景 6/930
王壽茂　見王崧
王七六
支丁 8/1032
王七公
補 22/1754
王真人
乙 9/258
王真真
丁 4/564
王賁之
三辛 8/1442(2)
三辛 8/1443
王櫰
甲 18/162
41王樞使
甲 7/61
42王彭年
乙 4/212
王荆公　見王安石
43王榕
支庚 3/1154
44王荃(子真)
丁 4/565
王菲
乙 2/199
王藻
補12/1662
王夢錫　見王刊
王萬石
支甲 10/793
王萬樞
支丁 8/1031
王蘭〔妓女〕
支庚 3/1160
王蘭〔商人〕
補 6/1604
王茂升　見王益
王茂謙　見王盈
王葆(彦光)
丙 12/466
支景 3/897
王恭之
三己 9/1372
王恭人
乙 3/206
王恭簡　見王剛中
王老志
乙 10/267
王老娘
補 10/1643
王楚卿
支戊 2/1062
王某〔永康軍導江縣人〕
甲 17/147
王某〔轉運使〕
乙 7/239

王某〔簽判〕
乙 10/266
王某〔朝士〕
丙 16/502
王某〔提刑〕
丁 2/549
王某〔南豐主簿〕
丁 3/562
王某〔明州士人〕
支丁 6/1011
王權
甲 19/175
支戊 7/1106
王蘊
乙 20/356
王林
補 5/1595
45王椿
支庚 10/1215
46王坦
支甲 10/791
王覿復 見王本
王媪〔下渡人〕
支甲 6/759
王媪〔爲過椿年送葬者〕
支庚 5/1171
王相之
丙 2/374
王楫〔王丞〕
支丁 2/979
支庚 4/1164
47王姐
支乙 10/874
王朝議
補 8/1621
王嫂
三辛 2/1398
王耀
丙 14/482
王超〔忠詡郎〕
支景 4/912
王超〔走卒〕
補 25/1776
48王翰
乙 19/344
王敬甫
支庚 1/1141
50王中孚 見王弗
王夫人〔李振妻〕
甲 14/122
王夫人〔藍公佐妻〕
補 21/1749
王夷
支戊 5/1088
補 6/1605
王本
丁 2/548
王忠彦
甲 2/12
三己 3/1323
王貴〔岳飛部將〕
甲 15/132
王貴〔舟師〕
乙 3/203
王貴〔泉州都監〕
乙 13/298
王貴〔成忠郎〕
補 11/1647
王東鄉
補 24/1768
王東卿 見王寅
52王揆
支乙 10/874
王播之
支癸 1/1226
53王輔道 見王寀
王成
支乙 3/812
55王弗(中孚)
甲 17/148
王耕(樂道)
支丁 9/1038
56王揖
支甲 8/772
王押班
三辛 3/1408
57王邦佐
丙 1/367
60王日休(作德)
丁 1/540
王日嚴
三壬 2/1482
王旦(明仲)
乙 18/339
王國光 見王尚賓
王四
丁 8/601
王易之
甲 2/12
三己 3/1324
王鼎
三壬 7/1517
王昺
乙 15/311

王思明
丁 17/680
王田功
丁 5/578
王晏
支戊 3/1072
王甲〔捕魚爲業〕
支戊 9/1124
王甲〔善醫酒〕
三壬 6/1508
王昌祖
補 5/1593
王員外
支甲 1/718
王景文
三壬 7/1517
王景伊
支庚 10/1218
61王顯道　見王喚
64王曉(浚明)
丙 17/511
支癸 5/1254
補 3/1571
王曉〔驛舍主管〕
丁 2/553
王時亨　見王剛中
67王明〔臨川市民〕
支甲 5/752
王明〔統制〕
支庚 4/1165
王明〔齋僕〕
補 19/1726
王明仲　見王旦
王明清(仲言)
三己 6/1344
王晌(伸道)
乙 12/285
丁 5/576
王喚(顯道)
乙 2/200
丙 10/452
丙 17/508
王瞻叔　見王之望
喚王嗣宗
支戊 8/1083
68王盼
丙 7/421
王晦叔　見王灼
70王壁(炳文)
甲 20/178
71王厚
丁 7/592
王厚之(順伯)
支景 8/941
支丁 10/1046
支戊 6/1096
支戊 10/1131
支庚 10/1213
三補/1807
王槩
甲 16/139
72王剛中（時亨、恭簡）
乙 10/266
支戊 9/1122
支癸 1/1223
補 9/1633
王瓜角
補 6/1607
王氏〔鄭畯妻〕
甲 16/143
王氏〔翟秀才乳婢〕
乙 2/197
王氏〔王詵孫女〕
乙 3/206
王氏〔張績妻〕
乙 4/217
王氏〔洪州分寧人〕
乙 5/226
王氏〔婺源雲溪人〕
乙 16/317
王氏〔琅邪人〕
丙 16/506
王氏〔吉撝之妻〕
丁 12/639
王氏〔廣昌人〕
丁 20/701
王氏〔源河縣上源村人〕
支甲 2/720
王氏〔泗東城富室〕
支甲 2/723
王氏〔鄂渚人〕
支甲 8/775
王氏〔梁小二妻〕
支甲 9/784
王氏〔桐林灣人〕
支乙 6/836
王氏〔朱琮妻〕
支乙 7/847
王氏〔巨室〕
支景 3/899
王氏〔陳甲妻〕
支景 4/909
王氏〔李元佐女婿

家〕
支景 7/936
王氏〔太陽步人〕
支戊 4/1082
王氏〔黄唐佐妻〕
支戊 7/1107
王氏〔臨川人〕
支戊 10/1131
王氏〔鹿城人〕
支庚 1/1138
王氏〔麟州守〕
支庚 3/1153
王氏〔余先生妻〕
支庚 9/1205
王氏〔修千福寺者〕
支癸 4/1251
王氏〔信州人〕
三辛 6/1427
王氏〔汪十四妻〕
三辛 10/1460
王氏〔黄松妻〕
補 23/1759
王氏〔樂平人〕
三補 /1807
王質
支丁 3/988
77王堅(柜叔)
乙 10/264
三辛 8/1443
王兒
三己 6/1345
王周南
再補 /1797
王月卿
支戊 2/1062
王展世
三己 3/1325
王履道 見王安中
王居安(簡卿)
支癸 10/1297
王居常(安道)
甲 7/62
王聞禮 見王立之
王醫
甲 9/73
王卿月(清叔)
支乙 4/821
王巽澤 見王漑
王與道 見王師心
78王監之
支丁 4/999
79王勝
乙 16/321
80王八〔嘉興王大子〕
支丁 6/1013
王八〔僕人〕
三己 2/1316
王八郎
丙 14/484
王全
乙 3/203
王益(茂升)
支乙 2/810
王翁〔進賢縣人〕
支景 10/962
王翁〔亳人〕
補 6/1607
王翁〔陳煥之友〕
補 15/1688
王念經
支庚 7/1188
王夔
支景 8/942
王公〔鄱陽人〕
支甲 8/773
王公明 見王炎
81王銍(性之)
丙 18/519
83王鉞
丁 2/548
85王鈇(承可)
甲 3/21
甲 11/96
丁 2/548
丁 2/549
86王錫文
乙15/310
王知軍
丙 13/473
王智興
丙 19/524
87王録曹
支甲 10/791
王銘
補 23/1765
王欽若(定國、王冀公)
支癸 10/1294
88王簡卿 見王居安
王敏仲
丙 2/380
王節
三辛 10/1464
90王小三
三壬 6/1513

王小哥
丙 19/525
王小將
乙 18/340
王小七
三壬 6/1513
王少保　見王德
王尚功
乙 19/346
王尚之(季德)
支丁 1/975
補 12/1660
王尚賓(國光)
支乙 2/810
王省元
丙 16/503
王炎(公明)
支癸 2/1231
91王炳文　見王璧
95王性之　見王銍
97王灼(晦叔)
三壬 7/1517
(2)
三壬 7/1518
(2)
三壬 7/1520
(2)
99王瑩夫　見王瓘
王燮
補 17/1710
王滎郎
支乙 8/855

1010_7 五

40五十三姐
補 16/1697

1010_8 巫

17巫子先　見巫伋
27巫伋(子先)
丁 10/621

1014_1 聶

00聶慶
丁 12/637
10聶百三
支癸 8/1284
17聶君
支乙 10/875
22聶山
補 13/1670
26聶伯茂
三壬 2/1478
28聶從志
丙 2/379
30聶進
丁 15/663
40聶賁遠　見聶昌
57聶邦用
乙 14/299
60聶昌(賁遠)
丙 9/442
三壬 2/1478
聶圖南
丙 2/380
聶昂
丙 9/442
聶景言
乙 6/234
72聶氏〔汀州民〕
丁 12/637
77聶用之
丙 9/442
80聶公輔
支乙 1/800

1020_0 丁

丁〔僧人〕
丁 19/694
00丁六翁
支庚 1/1137
02丁端叔　見丁逢
06丁謂(丁晉公)
支丁 7/1026
支癸 10/1294
補 21/1747
10丁二郎
支甲 8/772
丁晉公　見丁謂
丁可
支景 9/952
17丁承信
三壬 2/1476
丁子章
再補 /1796
丁子和
支甲 10/794
24丁先民
支丁 7/1026
36丁湜
支丁 7/1026
37丁逢(端叔)
支景 9/952
44丁某〔鄂州大吏〕
支甲 8/772
47丁朝佐

丁 2/551
60丁邑宰
三辛 6/1426
64丁時發
支庚 6/1181
72丁氏〔洪慶善妻〕
甲 11/92
丁氏〔德興民〕
支庚 1/1137
77丁居易
支戊 2/1063
85丁餗
丙 7/422
90丁小大
甲 8/65
98丁愉
丙 7/422

1021_0 兀

43兀朮
補 18/1720
兀朮妻室
三壬 7/1516

1021_1 元

00元章簡　見元絳
16元聰
支癸 8/1279
27元絳(章簡)
甲 6/51
32元淨
丙 16/498
44元英　見元周材
53元成
補 22/1756
67元暉
支甲 1/713
72元氏〔程一妻〕
三辛 3/1407
77元周材(英)
丁 10/621
80元善與
支戊 2/1067
支戊 2/1068

1021_4 霍

02霍端友(霍侍郎)
乙 7/243
乙 19/349
17霍子盤
支癸 3/1242
20霍秀才〔吴興士子〕
丁 11/634
霍秀才〔長興人〕
三壬 9/1539
21霍虎(和卿)
支庚 4/1161
24霍侍郎　見霍端友
26霍和卿　見霍虎
27霍將軍　見霍光
72霍氏〔張道僧祖母〕
支景 10/961
霍氏〔胡儔租其屋〕
三辛 3/1405
90霍光(霍將軍)
支戊 3/1075

1022_7 万

23万俟卨
甲 15/132

1024_7 夏

00夏主簿
支戊 5/1086
夏廑(幾道)
丁 1/541
10夏二
三辛 2/1398
夏二娘
丁 7/596
22夏幾道　見夏廑
25夏生〔饒州郡牙校〕
丁 14/656
夏生〔弓手〕
支乙 9/861
26夏伯恭
三辛 3/1403
27夏侯恪
補 4/1583
44夏棋童
乙 3/206
71夏巨源
支丁 5/1003
72夏氏〔德興人〕
支庚 1/1138
80夏義成
支甲 9/786
84夏鏵
甲 6/52

1040_0 于

23于允升
三己 4/1330
25于仲德
丁 20/708

28于倣
三辛 3/1404
36于澤
補 13/1665
72于斷
丁 20/708

1040_4 要

10要二
丁 9/615

1040_6 覃

10覃霈
支景 5/920
24覃先生
支庚 4/1166

1060_0 石

00石應龍
支甲 6/759
25石仲堪
丁 19/693
26石保義
甲 12/101
27石倪
甲 20/178
支甲 6/758
石叔獻
支甲 5/752
37石逢時
支庚 9/1205
40石大秀才
支庚 9/1205
石士志
三補 /1808
44石耆翁
三壬 7/1522
47石起宗
丁 11/629
丁 11/630
50石本
乙 17/332
72石氏〔京師開茶肆者〕
甲 1/7
石氏〔會稽人〕
甲 3/21
石氏〔白承節母〕
三辛 6/1433
石氏〔趙師簡妻〕
三補 /1808

1060_1 晉

00晉高祖
三補 /1805
晉廢帝(海西公)
支丁 1/970
晉文公
丙 10/453

1060_3 雷

00雷度(世則)
丙 9/445
30雷宣
三壬 5/1504
44雷世則 見雷度

1062_0 可

27可久
甲 4/30
28可從世
三補 /1805

1080_6 賈

00賈彦孚 見賈思誠
09賈讜(從義)
乙 19/344
三壬 6/1514
補 24/1769
10賈正同
支丁 8/1030
22賈循
支庚 2/1150
25賈生
補 19/1732
26賈伯洪
支癸 6/1264
28賈從義 見賈讜
30賈安宅(爍)
支甲 4/738
44賈懋
補 24/1770
46賈如愚
乙 4/218
53賈成之
乙 19/344
補 24/1769
60賈四娘子
補 6/1607
賈思誠(彦孚)
甲 15/128
62賈縣丞
丙 14/487
97賈爍 見賈安宅

1090_0 不

30不室里
支甲 1/714

1090_4 粟

40粟七官人
支庚 2/1147

1111_7 甄

27甄倜
支甲 6/761
29甄儻
支甲 6/761
72甄氏〔金陵民〕
支甲 10/790
84甄錡
支甲 6/761

1113_2 璩

90璩小十
三己 2/1316

1118_6 項

00項彦
支癸 10/1296
10項王　見項羽
17項羽(項王)
丙 2/373
丁 15/668
三辛 8/1446
30項宋英
甲 4/35
37項通
三辛 6/1430
40項十
三辛 6/1431
44項某〔辰州通判〕
支戊 4/1082
47項超
三辛 6/1431
60項國華
支癸 9/1291
67項明
支甲 4/739
77項興
三壬 6/1509

1123_2 張

00張〔醫生〕
甲 2/16
張〔台州黃巖縣村民〕
甲 7/55
張〔鎮江金壇縣民〕
甲 16/137
張〔泉州客商〕
三己 2/1318
張充
三己 3/1327
張彦文　見張大經
張彦偉　見張續
張彦和
丁 3/556
張彦清
三辛 9/1451
張彦澤
甲 2/16
張彦華
丙 1/367
張商英(天覺、無盡)
乙 14/300
丁 3/558
丁 10/623
支甲 6/759
張齊賢(文定公)
甲 15/129
張廣
支甲 4/738
張文寶
支甲 3/733
張文吉
丙 14/483
張文規(正夫)
乙 4/211
張六翁
丁 6/590
01張顔
丁 9/612
02張端慤(正父)
甲 11/96
03張詠(張忠定公)
支甲 4/738
支庚 9/1208
三壬 5/1507
張誠
支癸 4/1247
07張詡
支乙 10/874
張詢
三己 3/1327
張調(和中)
支甲 5/751
08張敦
丁 2/546

張謙中　見張有
10張一〔建陽鄉民〕
丁 5/575
張一〔張壽朋父〕
支庚 5/1175
張二〔番陽賣粥者〕
丙 11/462
張二〔密州諸城人〕
支甲 8/773
張二〔武陵民〕
支景 10/960
張二〔張七姐鄰居〕
三己 9/1375
張二〔益陽店主〕
三辛 10/1464
張二郎
乙 19/350
張二十四
補 24/1774
張二大夫
支乙 7/845
張二姐
支丁 9/1041
張二公
甲 9/74
張三〔唐州方城縣典吏〕
甲 14/130
張三〔店主〕
三壬 3/1489
張三八翁
補 7/1609
張三公
三辛 7/1437
張正叔
支戊 2/1061
張正夫　見張文規
張正倫　見張維
張正父　見張端慤
張王　見張俊
張五〔真陽縣民〕
乙 4/211
張五〔休寧獵户〕
乙 18/341
張五〔村巫〕
支癸 1/1224
張五〔饒州兵家子〕
補 16/1702
張五三
補 3/1568
張五七娘
支戊 4/1080
張元〔看墓者〕
甲 20/183
張元〔善作詩〕
三壬 5/1506
張元晉
支甲 6/760
三壬 3/1487
張元英
補 14/1681
張元幹　見張楠
張元中
丙 11/457
張耳(趙王)
三己 8/1360
張天師
丙 3/390
丙 10/446
丁 4/570
丁 13/647
補 20/1736
張天師　見張虚靖
張天祐
三壬 4/1492
張天覺　見張商英
張晉英　見張濤
張晉彦　見張祁
張霖
支癸 4/1248
11張麗華〔陳後主妃〕
支庚 8/1199
12張發
支戊 8/1116
張飛(益德)
三壬 7/1516
13張職方
三壬 7/1516
14張珪
丁 15/666
張琦〔滎州刺史〕
甲 9/80
張琦〔江淮間起義者〕
支乙 4/825
16張聖　見張圓覺
17張珁(子温)
丁 16/669
支丁 4/994
支丁 8/1030
支庚 1/1139
補 6/1604
張鄧公　見張士遜
張承事〔湖州人〕
支丁 2/982

張承事〔寓客〕
支丁 4/993
張焄
支景 2/895
張子韶　見張九成
張子正
支戊 4/1079
張子戩　見張致遠
張子功　見張勛
張子理　見張振之
張子能　見張邦昌
張子温　見張玘
張子剛　見張鋭
張子問　見張津
張子智　見張貴謨
張君〔幹官〕
丙 3/383
張君〔府留守〕
支甲 1/717
張君〔邑宰〕
支甲 5/748
張郡王　見張俊
18張珍奴
丁 18/688
張政
補 5/1606
張致遠(子戩)
丙 13/480
20張季直
丁 18/689
張維(正倫)
甲 1/3
三辛 6/1431
張維永　見張成憲
張維濟(汝楫)
乙 2/197
21張虚靖(張天師、張真人)
支戊 9/1121
三己 9/1374
張卨
支甲 9/784
張虞卿
甲 15/129
張比部
支戊 6/1096
張師孟
三補 /1810
張師川　見張增
張師韓
三己 5/1343
張師中(吉甫)
支癸 1/1233
22張任國
再補 /1797
張岸
補 4/1586
張循王　見張俊
張幾仲　見張近
張山人
乙 18/342
補 2/1565
23張允蹈
補 5/596
張獻可
三壬 7/1516
張俊(張郡王、張循王、張王)
甲 11/102
乙 13/298
丙 16/500
丁 14/654
支乙 5/829
支戊 4/1084
張稽仲　見張叔夜
24張先生
三己 6/1347
張甝
甲 1/1
張德
甲 13/111
張德庸
支乙 10/873
張德章　見張得象
張德禮
三補 /1804
張德昭
甲 17/153
張德隆
支癸 4/1252
25張生〔秀州外科醫生〕
支乙 5/828
張生〔撫州民〕
支景 9/955
張生〔婺源懷金鄉巫者〕
支丁 4/995
張生〔楚民〕
支丁 9/1039
張生〔莆田人〕
支戊 2/1066
張生〔金華縣人〕
支庚 3/1158
張生〔豫州靖安縣

居者〕
補 14/1679
張仲固　見張堅
張仲卿
支乙 1/799
張佛兒
甲 7/55
張績（彦偉）
乙 4/217
26張伯豪
支乙 4/826
張鬼子
丙 13/478
張得一
補 13/1666
張得象（德章）
三壬 5/1500
張儼
乙 1/187
張保義
支乙 9/862
張魏公　見張浚
張嵲（巨山）
甲 18/160
張和哥
三辛 3/1403
張和中　見張調
張和中　見張宗淑
張和尚
乙 12/281
27張侯〔龍州刺史〕
三己 1/1309
張魯卿
支庚 8/1195
張叔夜（稽仲）
乙 3/205
丙 16/500
30張寧
丙 16/501
張永年
丁 5/581
張進〔文迪鄰居〕
支景 6/927
張進〔老兵〕
支庚 4/1165
張守中（持正）
支癸 6/1263
張安世
支乙 6/840
張安國　見張孝祥
張宏
支戊 5/1092
張客〔餘干鄉民〕
丁 15/666
張客〔鄂岳間居民〕
補 5/1590
張定
支丁 4/996
張定夫　見張杓
張定叟　見張杓
張寅
丙 4/394
張宗正
甲 16/141
丙 4/397
張宗淑（和中）
丙 14/482
張宗臣（漢卿）
三壬 10/1548
31張汪
丁 2/550
張福娘
補 10/1641
張遷善
支甲 5/750
32張淵
三辛 1/1391
張淵道（清河公、張公）
甲 6/48
甲 13/115
甲 13/116
乙 5/224
乙 13/291
乙 16/318
丙 14/483
丁 11/631
張澄（如瑩）
丁 2/552
張近（幾仲）
支乙 5/829
支癸 10/1301
張遜
三己 6/1345
33張溥
支丁 2/977
張浚（張魏公）
乙 12/283
丙 2/375
丙 4/399
丙 15/492
丙 16/501
丙 17/508
丙 18/516
丁 1/540

支甲 8/770
支景 2/894
支丁 10/1050
三壬 7/1516
補 19/1727
三補 /1810
張述
三壬 7/1516
34張法師
三辛 9/1457
張漢英
支戊 1/1056
張漢卿 見張宗臣
張汝楫 見張維濟
張濤(晉英)
支乙 8/859
張濤 見張次山
張達道
乙 14/299
35張沖浚
乙 6/236
張津(子問)
乙 4/216
36張遇(一窠蜂)
乙 12/281
丙 9/442
補 1/1554
37張渥
乙 5/224
張次山(濤)
支丁 2/981
張祁(晉彥)
丙 4/394
丙 16/504
張通
乙 5/225
張通判〔舒州人〕
支庚 3/1159
張通判〔南京〕
三己 8/1362
張逢辰
補 17/1707
張運(南仲)
乙 4/211
乙 19/350
支甲 4/741
支癸 7/1272
三己 10/1378
張資
補 11/1649
38張祥
支景 1/885
張道僧
支景 10/961
張道士〔建州人〕
丙 5/401
張道士〔鄂州人〕
三辛 10/1461
39張淡
乙 18/335
40張十
乙 2/198
張九
乙 5/223
張九成(子韶)
甲 10/84
甲 19/167
支乙 2/810
補 4/1584
補 15/1694
張大經(彥文)
支甲 6/760
三壬 3/1487
張大奇
支乙 6/836
張大用
三己 5/1343
張士信
三辛 6/1431
張士儼
三辛 6/1431
張士倜
三辛 6/1431
張士佺
三辛 6/1431
張士遜(鄧公)
支癸 10/1295
張臺卿 見張閣
張才甫
三己 7/1352
張堯佐
支甲 5/751
張在一
支乙 3/818
張克公
丁 13/650
張有(謙中)
甲 6/51
張有〔軍校〕
丁 12/637
張南仲 見張運
張燾(張忠定公)
丙 2/379
張嘉績(成叔)
支庚 1/1142

張吉甫　見張師中
張壽彭
三補 /1813
張壽昌(朋父)
支丁 8/1028
張壽明　見張疇
張壽朋
支庚 5/1174
支庚 5/1175
支庚 10/1214
張七
甲 7/61
張七姐
三己 9/1375
張雄飛
三己 3/1328
張去爲
支乙 6/840
支癸 9/1290
張真
丙 19/530
張真人　見張虛靖
張木匠
支庚 9/1208
41張垣
支丁 2/977
42張彬
丁 16/672
43張栻(欽夫)
支甲 5/749
支景 2/894
三辛 8/1445
44張藻
丙 9/441
張夢孫
乙 2/197
張花項
支乙 5/828
三壬 9/1537
張茂老
支癸 5/1254
張恭壯
支乙 9/868
張孝純
甲 1/5
三補 /1805
張孝祥(安國)
丁 16/669
支乙 6/841
補 19/1728
張孝芳
支乙 4/822
張世寧
支丁 7/1022
張世顯
支戊 1/1059
張芸叟
支景 2/895
補 9/1634
張廿二
支甲 3/735
張廿三
三辛 6/1432
張某〔洪州學正〕
丙 13/478
張某〔韶州通判〕
丁 2/549
張某〔幹官〕
丁 16/673
張楠(元幹)
支乙 8/858
46張如瑩　見張澄
張相公
支甲 1/712
47張慤
補 18/1717
張朝議
甲 11/95
張胡子
支乙 10/875
張杓(定夫)
支景 2/894
張杓(定叟)
支乙 2/807
支丁 6/1012
補 16/1704
48張增(師川)
支丁 1/972
50張聿
乙 4/216
張推官
三辛 3/1409
張夫人〔范茂載妻〕
乙 12/281
張忠定公　見張詠
張忠定公　見張燾
張貴謨(子智)
支戊 3/1074
51張振之(子理)
支丁 7/1020
支丁 7/1022
支戊 6/1097
支庚 5/1175
補 5/1592
53張咸

甲 8/69
張成乙
補 16/1702
張成叔　見張嘉績
張成憲(維永)
乙 17/330
54張持正　見張守中
張拱
丙 18/520
張拱之
支戊 4/1084
57張邦昌(子能)
甲 2/11
丁 7/593
支庚 10/1216
補 18/1719
張抑
乙 11/274
張擇
補 10/1637
57張靜應
丙 5/406
58張掄
三辛 7/1437
張掄才
乙 3/207
張撫幹
乙 16/322
60張國弼
補 17/1712
張四〔徽州婺源民〕
支乙 1/797
張四〔臨安薦橋民〕
支丁 3/991
張四〔崇安人〕
三己 6/1348
張四〔臨川村民〕
三壬 4/1492
張四〔荆南民〕
補 4/1586
張四官人
補 12/1656
張思順
支丁 7/1023
支戊 2/1063
支癸 7/1273
支癸 7/1275
三己 10/1378
張思永(曼修)
支癸 7/1272
張曼修　見張思永
張甲
支庚 1/1140
張圓覺(張聖、張鋤柄)
支丁 10/1049
支丁 10/1050
支戊 1/1054
三壬 2/1482
張景
支戊 3/1072
張景巖
支癸 1/1227
61張顯正
支甲 4/743
張顯祖
支癸 3/1241
64張時
三辛 6/1429
張時濟
支庚 8/1195
張疇(壽明)
支丁 7/1019
張勛(子功)
補 16/1704
66張暘叔
三壬 5/1501
71張阿感
支戊 4/1080
張愿
支丁 3/987
張馬姐
三己 4/1328
張巨山　見張嵲
72張氏〔顧德謙妻〕
甲 20/180
張氏〔洪邁妻族〕
乙 6/236
張氏〔開茶肆者〕
乙 11/275
張氏〔處州龍泉米舖〕
乙 12/289
張氏〔臨江軍富户〕
乙 17/326
張氏〔紀爽妻〕
乙 17/329
張氏〔永康青城山人〕
丙 3/386
張氏〔南豐曾氏舅母〕
丙 10/448
張氏〔餘干村民〕
丙 11/460

張氏〔楊侍郎妻〕
丁 7/594
張氏〔吉撝之續妻〕
丁 12/639
張氏〔胡生妻〕
丁 12/640
張氏〔恩州屠牛者〕
丁 16/673
張氏〔余寧一兒媳〕
丁 16/676
張氏〔靖安縣民〕
支景 7/937
張氏〔葉吉甫妻〕
支景 8/946
張氏〔平江細民〕
支戊 4/1080
張氏〔余元量妻〕
支戊 10/1129
張氏〔西鄉富民〕
支庚 2/1151
張氏〔臨江軍新喻縣屠者〕
支癸 5/1261
75張體仁 見詹體仁
張腆
丁 17/679
77張堅(仲固)
補 17/1707
張盥
丁 13/646
張風子
丙 18/513
張鳳
補 20/1739
張周孫
乙 4/211
張朋父 見張壽昌
張屐信
支景 1/886
支景 1/887
張閣(張臺卿)
丁 10/623
78張臨
三補 /1802
79張騰
丁 10/623
80張八
丙 6/417
張八叔
乙 17/325
張八公
三辛 2/1396
張益德 見張飛
張翁〔邢州富人〕
乙 7/242
張翁〔湖州市民〕
支乙 9/867
張翁〔逢汝霖姻家〕
支庚 8/1195
張翁〔鼎州緣羅市漁者〕
三辛 4/1415
張無盡 見張商英
張無無
三壬 2/1482
張義方
三壬 7/1516
張舍人
乙 20/353
張會卿
支癸 1/1229
張公 見張淵道
張公子
甲 8/65
84張鋤柄 見張圓覺
張鎮
支甲 4/738
支甲 6/757
85張銖
丙 9/442
87張欽夫 見張栻
88張鋭(子剛)
乙 10/263
支戊 3/1073
補 18/1716
張敏中
丁 15/661
90張小二
甲 7/56
張小五
三壬 9/1540
張小娘子
支乙 5/828
張少保
丙 14/483
張常先
丙 16/500
張尚書
補 6/1603

1164₆ 硬

77硬脚道人
支癸 10/1294

1173_2 裴

裴〔道士〕
丙 19/525
00裴度(裴晉公)
甲 2/13
10裴晉公 見裴度
24裴侍郎
補 14/1680
40裴九
支庚 1/1142
44裴老
再補 /1784
72裴氏〔江湖間富室〕
三辛 8/1446
裴氏〔彭生妻〕
三辛 10/1464

1180_1 冀

50冀夫人〔張浚母〕
三補 /1811

1223_0 水

10水三
乙 8/250

1241_0 孔

00孔彥璋
支甲 1/713
孔彥舟
三辛 4/1411
10孔元舉
甲 16/140
25孔生
支景 10/961
47孔都
丁 14/656
51孔揩
支甲 5/748
60孔思文(孔勞蟲)
丁 13/647
67孔昭德
甲 17/153
99孔勞蟲 見孔思文

1249_3 孫

孫〔居鄒平驛〕
乙 16/300
孫〔魏塘鎮人〕
支丁 6/1013
孫〔考試官〕
支庚 10/1218
00孫彥亨
支丁 10/1045
02孫端朝
丙 1/365
10孫三
三己 9/1372
孫百朋
丙 7/422
16孫强甫 見孫行中
17孫君〔成都法曹〕
支癸 1/1222
18孫致思(得之)
三辛 4/1411
19孫瑺
支丁 4/999
20孫禹功
支丁 4/999
21孫仁
支庚 3/1153
孫何
支癸 10/1294
孫行中(强甫)
丁 11/630
22孫鼎臣
支丁 4/996
支丁 4/997
23孫稽仲 見孫紹遠
24孫先生
丁 17/680
孫德俊
丁 8/605
孫儔
支景 2/891(2)
25孫仲益 見孫覿
26孫自虛
補 18/1721
孫鬼腦 見孫斯文
孫俁
丁 3/556
孫得之 見孫致思
27孫紹
丁 12/637
孫紹遠(稽仲)
三辛 7/1434
28孫從之(逢吉)
支庚 10/1218
30孫宗鑑
支景 6/924
孫宣仲 見孫甫
31孫福
三辛 7/1440
34孫淇
支丁 6/1014

35孫洙(巨源)
甲 4/33
37孫湦
甲 11/94
甲 17/151
孫次山
支癸 1/1222
孫逢吉 見孫從之
38孫道
支丁 5/1007
孫肇
補 10/1639
40孫十郎
三壬 8/1526
孫九鼎(國鎮)
甲 1/1
補 11/1647
補 11/1649
孫士道
乙2/549
孫希
丙 6/413
孫志康 見孫鰓
孫古
丙 7/419
孫雄飛
甲 10/84
孫真人 見孫思邈
孫賁(公素)
補 9/1634
42孫斯文(孫鬼腦)
丙 4/393
44孫革
丁 3/563
丁 4/564
孫廿二
三壬 9/1533
孫某〔酒監〕
支庚 3/1153
46孫旭
丙 15/492
孫鰓(志康)
丁10/622
孫覿(仲益)
乙 7/245
47孫慤
丁 3/562
孫朝請
補 8/1620
50孫抃(文懿公)
丙 4/393
孫青
三壬 6/1509
53孫甫(宜仲)
丁 3/561
54孫拱
丙 6/412
56孫提舉
支戊 2/1066
60孫思邈(孫真人)
支丁 8/1027
孫黯
乙 7/243
孫國鎮 見孫九鼎
孫固(温靖公)
甲 20/178
61孫點(與之)
甲 20/178
支甲 6/758
66孫晛
乙 7/239
71孫巨源 見孫洙
72孫氏〔菜户〕
支庚 4/1167
孫氏〔許洄妻〕
支癸 10/1300
74孫尉
乙 4/217
77孫與之 見孫點
80孫愈
丁 4/564
孫義叟
三辛 4/1411
孫公素 見孫賁
86孫錫
甲 4/33
孫知縣
支戊 2/1062
87孫愬
丁 3/562
丁 4/564
88孫敏脩
乙 18/340
90孫小九
支景 8/944
孫少魏
支景 6/925
支景 6/926
孫肖之 見孫惔
92孫判官
支景 2/890
95孫悚
丁 3/556
97孫恪
丁 3/556

丁 3/561
99孫惔(肖之)
乙 15/313

1269_4 酥

12酥酥兒
丙 15/495

1314_0 武

00武康民
支庚 5/1174
武唐公(武道人)
丁 14/656
10武三郎
三壬 10/1543
武元照(武真人)
丁 14/653
17武承規(子正)
甲 2/18
武子正　見武承規
21武師亮
丁 3/555
38武道人　見武唐公
40武真人　見武元照
57武邦寧
支庚 5/1174
59武掞
甲 2/19
80武八官
支癸 2/1231

1610_4 聖

80聖公　見方臘

1623_6 强

24强休父
丙 19/526
强幼安
甲 15/133

1710_7 盈

17盈盈
三己 1/1306

孟

00孟庾(富文)
乙 19/345
孟廣威
三辛 4/1417
17孟子開　見孟必先
孟君〔洛都守〕
支甲 2/728
21孟處義(去非)
丁 11/627
30孟富文　見孟庾
33孟必先(子開)
支甲 4/742
36孟温舒
甲 10/86
甲 10/87
38孟滋
支乙 7/849
40孟去非　見孟處義
48孟檢法
補 10/1636
60孟思恭
支乙 6/840

1712_0 刁

02刁端禮
支景 5/917

1712_7 鄧

02鄧端若
三壬 5/1505
10鄧琉
支景 2/889
14鄧珪
支甲 7/769
20鄧秀才
乙 16/322
鄧秉
補 4/1586
24鄧倚
三補 /1806
25鄧生〔邵武光澤縣富民〕
支景 2/890
鄧生〔推吏〕
三辛 4/1417
27鄧約
三壬 1/1471
28鄧似愷
補 20/1739
30鄧安民
甲 20/179
35鄧禮
支甲 6/757
36鄧温伯　見鄧潤甫
37鄧潤甫(温伯)
三壬 1/1470
鄧洵武

乙 7/244
鄧洵仁
甲 2/11
38鄧道
三壬 5/1502
40鄧直清
三壬 5/1505
三壬 5/1506
三補 /1801
鄧希坦
支甲 7/765
鄧志宏 見鄧肅
44鄧若拙
支癸 9/1294
鄧某
丁 19/698
45鄧椿年
三壬 1/1470
46鄧如川 見鄧增
48鄧增(如川)
支甲 4/744
鄧教授
乙 19/344
50鄧肅(志宏)
甲 9/77
57鄧�
支甲 5/752
60鄧思齊
三壬 6/1509
鄧景文
三壬 2/1483
補 25/1778
77鄧關五
三己 5/1336
鄧興詩
支甲 7/765
80鄧八嫂
丙 10/448

耶

25耶律氏〔越國王妃、兀朮妃〕
補 18/1720

1714_7 瓊

10瓊王 見趙仲儡

1720_7 了

08了詳
支丁 6/1015
10了元
支癸 10/1295
30了宣
乙 17/328
33了心
乙 3/206
34了達
甲 13/117
35了清
支庚 1/1137
38了祥〔蜀僧〕
支癸 4/1246
了祥〔安國寺長老〕
支癸 6/1267
支癸 10/1300
補 21/1743
40了爽〔鄱陽永寧寺僧〕
支乙 6/841
了爽〔東湖薦福寺長老〕
支癸 9/1289
了齋
丁 15/666
44了蒙
補 25/1779
46了如
丁 15/665
88了銓
三辛 1/1392

1721_4 翟

14翟珪
丁 12/637
20翟秀才
乙 2/197
34翟汝文(翟忠惠公)
補 18/1714
46翟楫
乙 17/325
50翟忠惠公 見翟汝文
68翟畋(無逸)
支癸 3/1244
72翟氏
支癸 5/1259
80翟八姐
支乙 1/802
翟翁
補 18/1718
翟無逸 見翟畋

1722_7 酈

17酈瓊
丙 4/394

1740_7 子

37子深
支庚 2/1144

1742_7 邢

10邢正夫
補 24/1768
20邢舜舉(良輔)
丁 13/644
30邢之綷
丁 10/621
邢良輔 見邢舜舉
40邢大將
乙 14/307
44邢孝肅(懷正)
甲 13/114
邢孝陽
補 17/1710
72邢氏〔晏肅妻〕
甲 19/169
78邢監酒
三己 5/1341
90邢懷正 見邢孝肅

1750_6 鞏

00鞏庭筠
支甲 4/743 (2)
60鞏固
乙 11/274

1750_7 尹

10尹二
支甲 9/783
40尹大郎
支癸 6/1262
72尹氏
支甲 2/722

1762_0 司

36司澤
三己 3/1325
71司馬季思 見司馬伋
司馬倬(漢章)
丁 16/673
丁 16/676
司馬伋(季思)
丁 16/673
支癸 10/1301
司馬漢章 見司馬倬
司馬溫公 見司馬光
司馬公 見司馬光
司馬光(司馬溫公、司馬公)
丙 1/365
支景 6/925

1762_7 邵

00邵康節 見邵雍
邵雍(康節)
甲 20/179
13邵珹
三補 /1806
23邵允蹈
乙 5/223
26邵伯
甲 15/129
30邵宏淵
支戊 8/1117
邵宗益
丁 14/658
37邵運使
支景 5/917
邵資深
支庚 7/1189
40邵南
甲 3/25
43邵博(公濟)
甲 20/179
60邵昱
甲 18/160
80邵公濟 見邵博

1790_4 柔

47柔奴
支丁 2/978

1918_0 耿

23耿弁
丁 19/696
60耿愚
丙 8/435
64耿時舉
丙 17/511

2022_7 喬

50喬貴妃〔宋徽宗妃〕
補 2/1558

2026_1 信

25信生
支庚 2/1147

2033_1 焦

17焦務本
三己 3/1326
24焦德一(吉甫)
支癸 9/1291
40焦大郎
補 11/1649
焦吉甫　見焦德一
44焦老
支乙 4/825
72焦氏〔饒民妻〕
三辛 9/1456
90焦惟和
三己 8/1360

2040_7 季

25季生
補 17/1709
37季祖(忠訓)
支癸 6/1263
40季友直
補 20/1739
48季松
支癸 10/1297
50季忠訓　見季祖

2071_4 毛

00毛辯(崇甫)
支庚 10/1218
10毛三五
支庚 5/1170
11毛璿
甲 15/134
12毛烈
甲 19/168
22毛崇甫　見毛辯
38毛遂
支庚 10/1219
毛道人
三壬 1/1474
60毛景
甲 15/131
72毛氏〔顏忠訓妻〕
丁 14/656
80毛公
補 20/1736
87毛欽望
丙 17/511
90毛惟彰
支庚 5/1170
毛惟讙
支庚 5/1170
毛惟脩
支庚 5/1170

2110_0 上

30上官彥衡
丙 7/421
支乙 6/839
上官彥成
支景 8/947
三辛 9/1454
再補 /1793
上官仁(公祿)
支丁 3/991
上官之才
支乙 6/839
上官氏〔余百三妻〕
支癸 8/1281
上官公祿　見上官仁

2121_0 仁

88仁簡
支癸 2/1237

2121_1 能

04能訥
乙 9/259
21能仁
支戊 6/1096
40能太丞
乙 9/259
46能相老翁
丁 3/557

2121_7 伍

17伍子胥
支景 5/920

盧

00盧彥仁
補 14/1681
10盧天驥
甲 14/123
20盧秉(仲甫)
支癸 2/1232
補 14/1681
21盧熊
甲 13/115
25盧生
三辛 9/1452
盧仲禮
三己 8/1365
盧仲甫　見盧秉

40盧奎
甲 13/115
60盧國英
支景 10/962
71盧匠
三辛 5/1425
72盧氏〔章濤妻〕
支景 1/886
77盧覺參
乙 19/345
92盧忻
補 11/1646

2122_0 何

何〔藥販〕
三己 2/1313
00何文縝 見何㮚
04何麒(子應)
乙 14/299
10何一
三壬 10/1542
何一之 見何萬
何五孜
支景 3/899
何百九
支景 3/899
何晉之
補 7/1614
11何琥
丁 18/690
17何子應 見何麒
何子楚 見何薳
20何信
支甲 5/745
21何師韞
三壬 2/1479
何㮚(文縝)
乙 7/243
乙 14/302
丙 3/390
丁 8/606
三壬 7/1522
22何任叟 見何若
23何俌(德輔)
乙 11/278
24何德輔 見何俌
何德揚
補 20/1734
何偉
三辛 1/1393
25何生
丙 1/371
何仲立
支戊 1/1059
何仲濟
支戊 1/1059
26何伯壽 見何鑄
何伯明 見何作善
27何叔達
甲 3/22
何叔存 見何湛
28何作善(伯明)
支景 8/944
34何洗
支戊 10/1128
何湛(叔存)
支景 10/958
何法師
補 16/1698
何汝聽
三壬 3/1485
35何清源 見何執中
37何次翁
支乙 6/836
何逢原(希深)
丙 17/510
40何大師
乙 11/277
何太宰
支庚 6/1182
何希深 見何逢原
何志同
乙 6/231
41何頡之(斯舉)
丁 18/690
支癸 3/1240
42何斯舉 見何頡之
44何萬(一之)
支景 4/910
何薳(子楚)
丙 10/453
補 21/1747
何燕燕
支乙 9/866
何執禮
補 12/1657
再補 /1785
何執中(清源王、何清源)
甲 11/97
丁 10/623
支景 10/958
補 18/1721
何若(任叟)
丁 10/621

何蓑衣
補12/1657
再補 /1785
何某〔餘杭縣吏〕
支癸 1/1228
47何愨
補 24/1767
50何屯田
支乙 10/876
60何異(同叔)
三辛 3/1406
72何氏〔資中衙校〕
甲 18/159
何氏〔薛季宣甥〕
丙 1/364
何氏〔虎州石城人〕
補 13/1665
77何隆
補 2/1565
何同叔　見何異
80何公極
支庚 5/1173
三辛 1/1393
何翁
甲 10/82
何慈
甲 17/151
84何鑄(伯壽)
甲 15/132
支癸 1/1229
90何少義
支乙 10/870

2122₁ 行

02行端
三壬 7/1520
34行滿
丁 12/636
42行機
支乙 6/842
50行本
支癸 7/1272
87行欽
支甲 8/776
支丁 9/1041

2122₇ 衛

17衛承務
支戊 3/1072
21衛師回　見衛淵
衛經
三壬 3/1486
24衛勳
三己 9/1376
25衛仲達(達可)
甲 16/136
32衛淵(師回)
支甲 2/726
34衛達可　見衛仲達
40衛校尉
三壬 6/1511
43衛博
乙 12/285
72衛氏〔趙監廟妻〕
補 8/1616

2123₄ 虞

虞〔翁十八郎妻〕
丁 19/696
00虞主簿〔建安人〕
支甲 3/731
虞齊年　見虞祺
虞育　見虞任
10虞一
支丁 3/980
17虞丞相　見虞允文
虞孟文
丙 15/491
22虞任(育)
丙 3/390
23虞允文(并甫、虞丞相)
甲 17/148
甲 17/150(2)
乙 7/244
乙 20/350
丙 3/389
丙 17/512
27虞叔曹
三己 8/1363
34虞祺(齊年)
甲 17/147
乙 1/186
乙 14/301
48虞栟
支庚 6/1184
72虞氏〔林乂妻〕
丙 9/438
80虞并甫　見虞允文
虞公亮
丙 3/389
88虞策
丙 9/438

2124_1 虒

12虒瑫
補 14/1681

2128_6 顓

34顓祐
補 7/1614
72顓氏
補 7/1613
77顓舉
補 7/1614

2131_7 虢

03虢誠
三辛 9/1451
26虢和
三辛 9/1451

2133_1 熊

00熊彦誠
支甲 10/791
三辛 5/1424
三辛 9/1458
10熊二
支甲 3/732
37熊祖顯
三壬 9/1533
44熊若訥
丁 5/577
熊若水
支丁 6/1015
熊某
支景 9/955
57熊邦俊
三辛 9/1458
60熊四郎
丁 5/575
67熊明
支甲 3/732
72熊氏〔饒州郡民〕
支庚 8/1201
熊氏〔餘干萬春鄉民〕
三辛 7/1436

2140_6 卓

72卓氏〔楚民張生妻〕
支丁 9/1039

2171_0 比

10比干
補 23/1761

2172_7 師

00師立
乙 8/248
師文
支庚 9/1206
17師豫
支乙 5/834
21師仁
支庚 9/1206
34師滿
支乙 6/839
37師深
丙 3/388
師逸
丁 5/575
88師範
支乙 9/868

2190_3 紫

44紫姑
支乙 5/834

2190_4 柴

10柴天因
乙 19/349
25柴生
丙 5/402
30柴注
甲 8/67
72柴氏〔樊國均妻〕
甲 13/111
柴氏〔鄱陽民〕
支甲 8/776

2191_2 紅

47紅奴兒
丙 6/412

2210_8 豐

46豐相之
補 25/1780

2220_7 岑

00岑文秀
補 12/1654

2221_4 任

00任廱
丁 7/591
任齊(乳香)
丙 19/525

任慶長
三壬 7/1516
任文薦
支戊 5/1089
任諒(子諒)
乙 18/336
10任元理 見任質言
任天用
三己 8/1367
17任子諒 見任諒
20任信孺 見任古
22任乳香 見任齊
24任德翁 見任伯雨
26任伯雨(德翁)
丙 17/512
任伯顯 見任良臣
任臯
丙 3/382
30任之奇
三己 10/1380
任良臣(伯顯)
甲 8/70
丙 11/461
32任遜
支景 10/964
37任迥
補 16/1698
38任道元
支戊 5/1089
支癸 4/1253
40任大亨
三己 10/1380
任古(信孺)
甲 18/160(2)
丙 17/512
72任質言(元理)
丙 17/512
74任隨成
丙 10/453
84任鑄
支丁 10/1045

崔

02崔訓練
三辛 8/1445
10崔二
支乙 2/805
崔三
支乙 2/805
17崔子明
支戊 10/1132
26崔伯陽 見崔公度
34崔浹
甲 10/86
崔婆
乙 9/262
37崔祖武
甲 2/19
45崔椿
三壬 1/1473
50崔春娘
三補 /1801
80崔公度(伯陽)
補 17/1709

2277_0 山

00山童
補 16/1697
山彥德 見山明遠
67山明遠(彥德)
支甲 10/788

2290_0 利

21利處厚 見利慥
94利慥(處厚)
三補 /1806

2290_4 欒

24欒先生
補 18/1720
27欒紹先
支乙 2/807

欒

10欒正夫
支癸 3/1240

2291_3 繼

12繼登
丙 11/456

2300_0 卜

40卜吉卿
三己 7/1358

2313_4 獃

38獃道僧
再補 /1785

2321_0 允

42允機
支丁 7/1021
支庚 5/1175

2324_2 傅

00傅庸
支甲 7/764

10傅三
三已 2/1319
傅元魯　見傅汶
傅元瞻　見傅淇
17傅乙
三已 4/1330
傅子淵　見傅夢泉
20傅秀才
支庚 3/1156
22傅崧卿
丁 8/606
30傅汶(元魯)
支庚 3/1157
34傅淇(元瞻)
支庚 3/1157
37傅次張　見傅敞
傅選
甲 2/16
支乙 5/832
38傅道人
補 12/1654
40傅九
三已 4/1332
傅太常
三壬 9/1536
傅七郎
三已 4/1332
44傅夢泉(子淵)
三已 9/1372
三辛 8/1445
傅世修
甲 13/110
46傅楫
支庚 3/1156
60傅墨卿(國華)
甲 7/58
傅國華　見傅墨卿
61傅旺
支甲 10/791
72傅氏〔興仁府乘氏縣豪家〕
甲 18/159
傅氏〔江陵人〕
再補 /1792
80傅全美
支乙 10/876
傅愈
甲 10/87
98傅敞(次張)
支景 3/901

2325_0 臧

00臧主簿
三已 10/1378
臧慶祖
支戊 10/1129
24臧德材(愷之)
補 21/1749
92臧愷之　見臧德材

2420_0 斛

44斛世將
丙 6/412

2421_7 仇

30仇寓
乙 17/328
57仇邦俊
支丁 8/1034
80仇悆
丙 12/470
86仇鐸
乙 17/328

2423_1 德

27德紹
三補 /1810
53德輔
丁 6/589

2424_1 侍

44侍其如岡
支景 10/958
侍其旺
三已 4/1328

2426_0 儲

25儲生
甲 14/123
支庚 8/1196

2500_0 牛

20牛信
乙 15/314
38牛道人
甲 2/19

2520_6 仲

11仲彌性
支庚 10/1213
17仲子
支景 1/884
78仲監稅
丙 9/440

80仲并
甲 10/84

2523_2 儂

86儂智高
甲 8/71

2590_0 朱

朱〔醫生〕
甲 2/16
00朱亨甫
補 6/1606
朱彦
丁 20/705
朱彦誠
補 22/1753
朱彦才
支丁 7/1023
朱彦博
補 13/1673
朱彦則　見朱思
朱彦明
丙 13/476
朱慶
補 6/1600
朱唐卿
三辛 7/1435
朱文郁
支庚 2/1150
朱襄
丁 20/705
朱褒
丁 20/705
朱京
丁 20/705
01朱聾三八
三辛 6/1432
02朱新仲　見朱翌
07朱諷
支甲 8/777
08朱敦儒(希真)
甲 3/22
三壬 7/1520
10朱二
丙 12/466
朱二十八
補 19/1724
朱三
支癸 8/1283
朱元
甲 9/73
朱元勣　見朱南功
朱元晦　見朱熹
朱夏卿
支景 1/882
朱天錫
補 10/1641
11朱蜚英
三辛 5/1419
13朱琮
支乙 7/847
14朱琪
支乙 1/798
17朱丞相　見朱勝非
朱翌(新仲)
甲 10/83(2)
丙 10/451
支景 1/882
朱玘
乙 8/247
乙19/344
朱子文
乙 11/276
朱子發
支景 1/885
朱子淵
支景 2/893
朱子壽
支庚 9/1208
朱翜
支景 1/882
朱君〔通判〕
乙 18/340
20朱儕
支景 1/883
朱秀
丙 15/494
朱喬年　見朱松
21朱偃
支景 1/883
朱倬(漢章)
乙 3/208
朱師古　見朱時敏
22朱彪
支甲 9/785
23朱俊
支乙 1/798
24朱先覺(大知)
三己 7/1355
朱德初
支景 10/958
25朱生〔宿遷人〕
支甲 2/722
朱生〔鄱陽人〕
支甲 3/735

朱仲山
支乙 3/818
朱仲宣
三辛 8/1442
朱仲河
三己 7/1355
三己 7/1356
朱仲有
三辛 1/1392
朱佛大
丙 15/496
26朱細四
三辛 1/1392
27朱龜蒙
支丁 4/1000
朱魯公 見朱勝非
28朱從龍
支甲 2/723
三己 4/1330
朱從簡
補 11/1650
30朱安國
補 19/1725
朱安恬
三辛 1/1392
朱寄兒
補 10/1641
32朱遜
補 10/1641
34朱漢章 見朱倬
朱漢臣
丙 11/456
37朱洞真
三辛 4/1415
朱深道 見朱耘
38朱道人〔原爲弓手〕
三壬 7/1523
朱道人〔善治病〕
再補 /1796
40朱大知 見朱先覺
朱圭
乙 4/211
朱才英
三辛 5/1419
朱南功(元勣)
支戊 10/1132
朱希真 見朱敦儒
朱熹(元晦)
支庚 10/1217
三壬 2/1477
朱七〔湖州大錢村農民〕
支景 3/900
朱七〔萬春鄉農民〕
三辛 7/1436
朱真人
丙 2/375
丙 2/378
44朱藻
支庚 5/1176
朱莘老
丁 10/619
朱廿一
三辛 7/1437
朱其
三己 4/1328
48朱松(喬年)
乙 16/317
50朱推官
三辛 4/1416
朱夫人〔席大光母〕
丙 9/441
朱忠靖公 見朱勝非
51朱振
支丁 3/991
朱耘(深道)
三辛 5/1419
52朱撝
三己 5/1341
53朱軾(器之)
丁 20/705
57朱邦禮
支丁 9/1041
60朱四〔屠者〕
支甲 8/772
朱四〔婺民〕
支丁 4/999
朱四〔景德鎮貧民〕
三己 9/1375
朱思(彥則)
支景 5/915
朱甲
支戊 8/1112
朱景先 見朱銓
61朱顯
支景 6/931
64朱睎顏
丙 13/481
朱時敏(師古)
支癸 5/1257
補 18/1718
66朱器之 見朱軾
71朱巨川
支丁 2/983

72朱氏〔黄則妻〕
支甲 7/764
74朱肱
再補 /1789
75朱陳僧
補 9/1629
77朱履
丙 19/524
朱熙緝
支庚 3/1159
78朱監酒
支丁 6/1012
79朱勝非(朱魯公、朱忠靖、朱丞相)
丁 7/592
丁 7/593(2)
支景 1/882
補 3/1570
83朱鐵郎
補 11/1647
87朱欽成
再補 /1786
88朱銓(景先)
補 10/1641
90朱少卿
支庚 9/1208
朱省郎
支甲 8/777
97朱煥叟
補 10/1640

2590_6 种

38种道人
三辛 4/1416

2599_6 練

21練師中
丙 7/421

2600_0 白

17白承節
三辛 6/1433
25白生〔户曹〕
甲 3/21
38白道士
支癸 5/1257
47白起
支戊 1/1056

2610_4 皇

53皇甫
支癸 5/1257
皇甫自牧
乙 15/314
皇甫法師
甲 4/29
皇甫世通
丙 16/501
補 19/1727

2641_3 魏

00魏彦良
丙 8/430
魏彦成 見魏安行
魏康侯
補 14/1682
03魏贇
支癸 6/1268
10魏二官人
支戊 2/1067
魏璋
支丁 2/978
11魏矼(邦達)
支庚 7/1190
17魏子正 見魏羔如
魏君
丙 2/373
21魏師誠
三己 3/1322
22魏幾道 見魏志
25魏生〔眼醫〕
三己 2/1319
魏生〔縣尉〕
補 23/1761
27魏叔介
丙 10/449
30魏安行(彦成)
支乙 9/865
支庚 1/1141
魏客
三辛 9/1453
魏良臣 見魏道弼
38魏道弼(良臣)
丙 10/448
丁 10/621
支戊 4/1084
40魏十一
補 10/1640
魏南夫 見魏杞
魏志(幾道)
乙 20/361
魏真人
三辛 7/1435
47魏杞(南夫)

乙 18/341
丁 14/655
支戊 4/1079
三己 7/1354
57魏邦達　見魏砿
60魏國夫人〔林攄母〕
甲 6/51
魏昌賢
支丁 6/1016
79魏勝
三己 3/1321
三己 3/1326
補 5/1594
80魏翁
補 6/1607
魏羔如(子正)
支丁 3/991
支戊 4/1079

2691₄ 程

程〔殿前副〕
支景 7/932
00程立
補 4/1578
程亨孫
丙 11/461
程亮
三辛 9/1451
程卞八
支乙 7/850
程唐
補 23/1761
07程詢
三補 /1810
10程一
三辛 3/1407
程三
支甲 3/736
程三客
三己 2/1314
程正道
甲 3/20
程平國
補 2/1564
程百二
三己 9/1375
程百三
三辛 2/1396
程可久
三補 /1810
12程發
支丁 5/1008
程副將
三壬 6/1512
16程聰
乙 15/312
20程信
支乙 3/813
程季常
三補 /1810
21程虔婆
三己 2/1315
程衡
補 18/1720
程虞卿
支甲 10/794
程師回
乙 7/241
乙 15/315
程師孟(公闢)
甲 6/52
22程山人
三辛 5/1425
程樂道　見程覺
25程生
三辛 8/1442
程佛子　見程翁
26程伯高
乙 15/312
程伯固
三己 5/1341
程皐
補 25/1781
27程叔清
補 1/1557
30程濂
三壬 6/1510
程進夫
三壬 6/1510
程進道
甲 8/70
32程巡檢
三辛 7/1438
34程汝楫
補 8/1623
程法師〔姜禁蛇〕
支戊 6/1097
程法師〔張村人〕
三辛 6/1429
36程遇
丙 4/397
37程選
乙 15/311
程資忠
甲 3/22

38程道士
甲 20/102
40程七〔僕人〕
乙 8/253
程七〔程百三父〕
三辛 2/1396
42程彭壽
三壬 6/1510
程彬
甲 3/20
44程華
三辛 7/1437
55程慧新
三辛 10/1464
60程國老
支景 8/947
程國器
三辛 5/1422
程思
三壬 6/1510
程景陽
支庚 9/1209
72程氏〔大儈〕
乙 14/304
程氏〔染工〕
丙 11/460
程氏〔新建村居民〕
丙 11/460
程氏〔余嘉績妻故夫〕
支乙 3/814
程氏〔余六七郎妻〕
支景 2/893
程氏〔樂平人〕
支景 6/931
程氏〔鄱陽民〕
支景 7/938
程氏〔何衝民〕
支戊 10/1129
三辛 7/1437
程氏〔臧慶祖妻〕
支戊 10/1129
程氏〔徐熙載母〕
三辛 4/1418
程氏〔德興獵户〕
補 4/1578
77程覺(樂道)
支戊 8/1111
三己 5/1343
80程翁(程佛子)
丙 11/460
程公闢　見程師孟
86程知萬
支景 7/938

2692$_2$ 穆

00穆度(次裴)
支癸 1/1234
37穆次裴　見穆度
44穆茂才
甲 3/16

2694$_1$ 釋

36釋迦
支乙 9/868

2711$_7$ 龜

80龜年　見慶老

2712$_7$ 歸

30歸宗
乙 5/226

2713$_2$ 黎

20黎秀才
丁 7/596
38黎道人
支庚 8/1200
40黎大方
支戊 5/1093
53黎盛
甲 10/87

2720$_7$ 多

40多喜
三補 /1813

2721$_2$ 危

28危微
三壬 1/1470
72危氏
丙 16/506

2721$_7$ 倪

00倪彦忠
三己 3/1321
10倪正父　見倪思
33倪治
乙 14/305
44倪廿二
三己 3/1321
60倪思(正父)
三壬 1/1468
71倪巨濟
乙 14/305
72倪氏〔徐彦長妻黨〕

丁 3/556
97倪輝
甲 17/147

2722_0 向

00向彦章
支景 10/964
10向元仲　見向仲堪
向元伯
乙 6/231
補 20/1734
17向子諲(伯共)
甲 13/109
三壬 7/1520
向子豪
甲 12/107
向子長　見向久中
25向生
支庚 7/1186
向仲德　見向士俊
向仲堪(元仲)
支景 10/963(2)
26向伯共　見向子諲
27向久中(子長)
乙 6/228
30向宥
三辛 4/1413
32向瀟(巨源)
補 8/1619
40向十郎
補 20/1733
向士俊(仲德)
再補 /1799
向士肅
補 8/1619
向友正
支景 10/963(2)
71向巨源　見向瀟

2723_4 侯

00侯彦
支丁 10/1044
10侯元功　見侯蒙
41侯栖筠
補 18/1718
44侯蒙(元功)
甲 4/33(2)
侯孝友
支乙 5/833
侯林
支乙 9/861
47侯都事
補 21/1745

2724_7 殷

40殷七七
支丁 10/1046

2725_2 解

10解三師
三壬 10/1544
23解俊
支戊 8/1117
31解潛
補 14/1675
32解沂　見解忠
37解洵
補 14/1675
40解七三姐
三壬 10/1544
44解蓮奴
甲 17/148
50解忠(本名解沂)
三己 3/1325

2725_7 伊

30伊憲文
三辛 4/1410
72伊氏〔鍾相妻〕
三辛 4/1411

2726_1 詹

詹〔童行〕
支癸 5/1256
00詹亢宗(道子)
丙 10/447
支庚 3/1155
詹慶
三壬 4/1496(2)
詹六
丁 15/664
10詹元善　見詹體仁
詹晉卿　見詹騤
16詹聰
三辛 6/1429
25詹生
丁 20/706
33詹必勝
補 20/1739
37詹通
支庚 2/1151
38詹道子　見詹亢宗
40詹直
補 1/1552
詹志永

再補 /1796
詹七
丁 15/664
44詹林
三己 4/1334
詹林宗
乙 8/252
三補 /1809
三補 /1811
46詹媪
三辛 8/1449
50詹惠明
補 1/1552
64詹時升
丁 5/580
72詹騤(晉卿)
支庚 3/1155
詹氏〔秦昌時妻〕
乙 12/286
詹氏〔余知權妻〕
支乙 3/814
詹氏〔會稽巨室〕
支庚 3/1154
詹氏〔鄱城人〕
三辛 8/1449
詹氏〔蕪湖人〕
補 1/1553
詹氏〔饒州民〕
補 16/1702
75詹體仁(元善、張體仁)
支丁 7/1019
支景 2/892
94詹燁
支甲 4/741
99詹燮
支甲 4/741

2731₂ 鮑

00鮑府史
支庚 9/1203
鮑六
三補 /1804
50鮑貴
支癸 1/1225
60鮑回
支庚 9/1204
77鮑同
支庚 9/1204
鮑冏
支庚 9/1204

2732₇ 鄔

38鄔道士
三壬 8/1527

2742₇ 鄒

00鄒應龍(景初)
支戊 7/1103
三壬 1/1470
鄒廣成
支庚 9/1204
10鄒亞劉
支景 1/884
21鄒仁
支癸 9/1289
鄒師孟
三己 4/1329
26鄒侃
支癸 9/1289
40鄒圭
補 10/1641
41鄒柄
甲 9/78
47鄒極
丙 9/444
60鄒景初　見鄒應龍
72鄒氏〔筠州新昌縣民〕
丁 2/545
鄒氏〔焦德一母〕
支癸 9/1291
77鄒醫
支丁 10/1045
80鄒益
甲 9/73
鄒兼善
支甲 6/756
鄒曾九
三壬 10/1541
86鄒智明
支景 2/888

2760₃ 魯

10魯晉卿
支甲 9/785
11魯瑑
丙 7/424
17魯子禮
支景 4/908
魯郡夫人〔孫巨源女〕
甲 11/95

40魯九
支庚 9/1207
60魯四公
支癸 8/1283
64魯時
乙 11/276

2762_7 郇

00郇康孝王 見趙仲御
10郇王 見趙仲御

2771_2 包

40包大常
丙 12/470
72包氏〔鄱陽人〕
支甲 3/736
包氏〔汴梁人〕
支庚 8/1196
77包履常
支乙 2/809
包興
補 2/1565

2772_0 勾

01勾龍渙
支丁 2/977

2791_7 紀

10紀三
三己 3/1326
40紀爽
乙 17/329

2792_0 絢

20絢紡(公素)
甲 9/74
80絢公素 見絢紡

2792_2 繆

50繆夫人〔羅春伯母〕
支丁 4/998

2796_2 紹

34紹洪
支甲 10/790
紹禧
支景 7/938
67紹明
乙 10/270
90紹光
支甲 6/760

2824_0 徽

00徽廟 見宋徽宗

2825_3 儀

11儀珏
三補 /1815

2828_1 從

60從四
支甲 9/781

2829_4 徐

徐〔武康山野叟〕
支景 3/898
徐〔程汝楫同鄉〕
補 8/1623
徐〔開藥寮者〕
三己 6/1348
00徐立道
三壬 9/1540
徐彥思 見徐偲
徐彥長
丁 3/556
徐賡
甲 19/166
徐賡之
丙 9/437
08徐謙
支癸 8/1280
支癸 8/1282
三辛 9/1453
10徐三〔圃人〕
支乙 3/817
徐三〔烏程縣村民〕
乙 20/356
徐正封
補 8/1619
徐五秀才
三己 2/1312
16徐聖俞
三辛 5/1419
三辛 5/1421
三辛 5/1424
17徐子至 見徐大倫
徐君〔撫州宜黄縣宰〕
支乙 9/861
19徐琰
乙 18/338
20徐俯(師川)
甲 17/152
乙 16/319
徐信
補 11/1651

徐千一
支庚 10/1212
徐千二
支庚 10/1212
徐秉鈞
丙 5/406
21徐處仁(擇之)
乙 2/202
徐師
補 25/1779
徐師川　見徐俯
23徐允恭
三辛 6/1432
徐俅
三辛 7/1437
24徐德詮
乙 18/335
徐勉
丙 5/403
徐升甫　見徐搏
25徐生〔衢州人〕
丙 6/414
徐生〔袁州醫生〕
再補 /1790
徐仲時
乙 15/311
26徐伯禄
支甲 7/767
徐偲(彦思)
乙 15/315
27徐叔永
甲 10/89
徐叔義
補 4/1586
28徐以寧
支甲 6/760
30徐宗振
支甲 7/765
徐之寅
三己 4/1330
34徐遠
支甲 7/766
徐達可
支甲 7/767
35徐神翁
甲 2/16
37徐澹然(希孟)
支癸 2/1232
徐次游
支乙 8/855
徐逢原
乙 18/335
38徐道亨
三壬 8/1527
40徐十三
支乙 9/866
徐十七娘
丙 5/406
徐九
支庚 5/1170
徐大倫(子至)
支乙 8/855
支乙 8/856
徐大郎
丁 10/618
徐大聲
支乙 3/815
徐大夫〔兩浙副漕〕
丙 18/516
支乙 4/826
徐大夫〔富陽東梓人〕
補 13/1668
徐大忠
支戊 5/1091
徐大防
支甲 7/765
徐希孟　見徐澹然
徐存真
支景 4/912
徐志道
三壬 9/1540
徐吉卿　見徐嘉
徐嘉(吉卿)
丙 17/510
丁 13/652
徐真素
三壬 8/1526
41徐楷
甲 20/178
支甲 6/758
44徐兢(明叔)
乙 8/250
徐喆
補 9/1635
徐世傑
丙 12/468
徐世英
丙 12/468
徐廿一
支庚 10/1212
45徐樓臺
丁 10/618
47徐朝奉
支乙 9/866

50徐中車
支丁 9/1039
徐忠
乙 2/198
三壬 8/1531
52徐蟠
丁 15/661
55徐搏(升甫)
支景 8/944
56徐揚
丙 9/437
徐擇之 見徐處仁
60徐國華
甲 17/151
徐四
三辛 10/1465
徐昌言
甲 13/110
乙 18/338
67徐明叔 見徐兢
72徐氏〔馬民彝妻〕
乙 17/333
徐氏〔蔡直夫妻〕
丙 9/445
徐氏〔余嘉績續娶妻〕
支乙 3/814
徐氏〔余仲庸住其庵廬〕
支乙 3/816
徐氏〔俞紳妻〕
支景 7/936
徐氏〔盛栗妻〕
支丁 2/979
徐氏〔上饒人〕
支丁 6/1011
徐氏〔婺州富户〕
支戊 6/1100
徐氏〔蔡彦超妻〕
三壬 1/1475
徐氏〔韓羽妻〕
三壬 10/1543
77徐熙載
支丁 1/969
三辛 5/1418
徐叟
丙 6/414
徐問真
支庚 6/1184
徐具瞻
支庚 7/1192
80徐八
補 24/1774
徐公〔王時亨外祖父〕
補 9/1633
87徐鋒
支丁 7/1026
徐欽鄰
乙 17/333
88徐簡叔
丙 7/427
徐竿
乙 9/261
97徐輝仲
補 6/1606

2835_1 鮮

10鮮于夫人〔司馬倬妻〕
丁 16/676
33鮮述
乙 1/186

2891_6 稅

50稅中定
乙 1/186

3010_7 宜

47宜奴
乙 12/282

3020_1 寧

00寧立之 見寧全真
寧文
支庚 3/1152
寧六
支甲 5/746
10寧三十
三辛 10/1461
20寧秀才
三壬 10/1544
21寧行者
支甲 8/774
34寧婆兒
支庚 3/1152
72寧氏〔詹林妻〕
三己 4/1334
77寧兒〔韓世忠妾〕
乙 17/330
80寧全真(立之)
補 22/1750
90寧賞
三己 1/1304

3021_1 完

01完顏亮
支甲 1/714
支甲 1/718
支甲 2/724
支甲 8/776
支乙 1/797
支景 4/909
支丁 9/1037
支丁 9/1039
三己 5/1339
三己 8/1367
三壬 6/1511

3021_4 寇

17寇子隆
丙 4/391

3021_7 扈

17扈司户
乙 5/226
30扈宣贊
支景 4/912

3022_7 房

00房彦謙
丙 15/494
房玄齡(梁公)
丙 15/494
20房秀才
三己 3/1320
24房偉
丙 2/377

3023_2 永

91永悟
支乙 6/842

3030_1 進

00進童
補 24/1771
47進奴
補 22/1754

3034_2 守

27守約
丙 2/378

3040_1 宇

00宇文子英
支庚 5/1169
宇文虛中
丁 14/658
宇文仲達
甲 7/59
宇文時中
丙 2/376
宇文氏
丙 2/373
宇文粹中
丙 18/518

3040_4 安

07安郊
支景 6/925
21安仁
三壬 5/1507
安行老　見安自强
安處厚
支景 6/924
26安自强(行老)
支丁 2/978
支丁 2/979
安自牧
支丁 2/978
30安安
支丁 6/1012
44安勸
支丁 2/981
57安静
三辛 9/1455
安邦
支景 6/925
60安昌期
甲 8/71
72安氏〔京師人〕
丙 7/420
74安勵
支丁 2/978
77安兒
支丁 2/978

3060_6 富

60富昌齡
甲 8/69
90富小二
補 21/1742

3071_2 騫

24騫先生
丙 19/529

3080_1 蹇

40蹇大

支景 1/884

定

75定體
支庚 2/1145

3080_6 竇

37竇初
支庚 5/1169
41竇樞
支癸 6/1262

竇

00竇卞(審度)
甲 17/147
18竇致遠
支丁 9/1040
30竇宜哥
甲 13/114
竇審度 見竇卞
60竇思永
甲 13/114
72竇氏
甲 3/23
80竇公邁
乙 3/205

3090_1 宗

00宗立本
甲 2/12
三己 3/1323
10宗一
支癸 8/1279
27宗紹
支丁 7/1020
30宗密
乙 3/207
33宗演
甲 6/48
34宗達〔永寧寺僧〕
乙 19/352
宗達〔羅源山寺僧〕
支戊 1/1058
50宗本
甲 9/77
丁 8/607
60宗回
甲 5/36
61宗顯
三辛 9/1454
72宗氏〔張維繼妻〕
三辛 6/1431
77宗譽
甲 15/128
宗印
丙 4/396
91宗悟
支丁 1/969

3090_4 宋

00宋高宗（光堯太上皇帝）
丙 4/398
支甲 5/750
支甲 8/770
支景 4/907
支丁 4/1000
支庚 9/1206
支庚 10/1216
支癸 9/1290
三辛 7/1437
宋文彥
三辛 9/1451
宋六
三己 6/1345
07宋毅
三辛 6/1431
10宋二
補 17/1710
宋正國
三辛 9/1451
宋震
支乙 7/851
15宋臻
三己 6/1345
17宋翬
甲 10/86
宋君〔徽猷閣待制〕
乙 7/239
21宋衛
丙 18/514
26宋白(文安公)
丙 19/522
27宋叔海 見宋瀚
28宋似孫
丙 3/382
宋徽宗(徽廟)
甲 6/50
甲 11/98
甲 20/177
乙 5/225
丙 13/479
丙 15/494
丁 17/677
支乙 4/823

支丁 10/1048
支戊 9/1119
補 3/1574
補 18/1719
補 19/1725
補 19/1729
補 21/1748
補 23/1761
30宋安國(通甫)
乙 16/321
丁 4/568
丁 18/691
補 17/1711
35宋神宗
甲 4/34
37宋渙
丙 19/522
宋通甫　見宋安國
38宋瀚(叔海)
三補 /1811
宋道華
乙 11/273
宋道人
支甲 9/779
40宋大
補 15/1690
宋太宗
三補 /1805
宋太祖(藝祖)
支丁 10/1043
宋才成
補 14/1680
宋真宗
三己 6/1344
宋柱光
三壬 7/1518
42宋樸(鎮甫)
丁 2/552
44宋孝宗
三辛 2/1397
三辛 7/1437
三壬 2/1480
三壬 3/1485
補 12/1660
再補 /1786
再補 /1789
50宋中正
支甲 1/718
52宋哲宗
支丁 1/973
60宋國寶
三己 3/1325
宋固
乙 5/223
補 5/1594
66宋貺(益謙)
補 14/1677
72宋氏〔王俊妻〕
丙 17/511
宋氏〔武陵城人〕
三辛 4/1416
77宋用臣
丁 17/678
補 13/1672
80宋益謙　見宋貺
宋令文
支癸 8/1281
宋善長
丙 12/467
81宋棨
丙 19/522
84宋鎮甫　見宋樸
90宋少卿
支丁 8/1031

3111₀ 江

00江六三
支乙 8/860
10江一
乙 14/304
江巫
三辛 5/1425
江元亮　見江渭
江元綽
丁 10/618
14江珪
丙 16/502
支戊 4/1085
17江璆(鳴三)
丁 1/542
18江致平
丁 3/557
20江舜明
丁 8/618
江秉鈞
丁 19/694
24江侁
支丁 4/994
江佐
支丁 4/994
江德林　見江楠
25江仲謀
支庚 4/1168
28江給事
丁 11/629

30江安行
甲 10/85
江安世
丙 5/406
江定國
甲 9/79
31江源
丁 10/618
36江渭(元亮)
支庚 8/1198
37江邈(遐舉)
丙 8/436
支戊 4/1085
江遐舉 見江邈
40江友
支丁 10/1045
44江廿三
三辛 2/1398
江楠(德林)
丁 18/687
47江楹
甲 10/85
50江忠
支癸 9/1291
60江四
支庚 10/1214
江景淵
甲 9/79
67江鳴三 見江璆
71江匠
甲 7/61
三己 2/1318
74江陸
乙 10/267
77江同祖
支景 1/880
支景 1/881
90江少虞
甲 19/167

3111_4 汪

00汪充之 見汪義端
汪彥章 見汪藻
汪彥及 見汪勃
汪應辰(聖錫)
甲 9/74
甲 11/95
支戊 10/1133
補 25/1776
汪膺新
乙 17/327
汪文林
三己 5/1341
10汪一
三壬 10/1545
汪二
支庚 4/1166
汪二十一
甲 9/74
汪三〔僕人〕
乙 8/253
汪三〔鄱陽石頭鎮人〕
三壬 10/1546
12汪廷瑞
支丁 4/995
汪廷俊 見汪伯彥
16汪聖錫 見汪應辰
17汪丞相 見汪伯彥
汪及之
支庚 6/1184
汪乙
支甲 3/734
18汪致道 見汪叔詹
20汪季英
三辛 5/1422
21汪經
三辛 5/1421(2)
24汪先
丙 19/525
汪德輝
支癸 1/1229
25汪生
丁 4/566
汪仲嘉 見汪大猷
26汪伯彥(廷俊、汪丞相)
甲 11/96
支丁 5/1010
汪保
三己 10/1378
27汪叔詹(致道)
甲 20/176
30汪安行
丁 16/674(2)
32汪澄
丁 15/662
34汪汝紹
支丁 5/1009
支丁 10/1048
汪遠之
支庚 6/1184
37汪渙
丙 6/418
38汪澈(明遠、汪莊敏

公)
丙 1/370
支甲 10/789
支丁 4/1000
40汪十四
三辛 10/1460
汪大郎
丙 19/526
汪大猷(仲嘉)
支景 8/945
補 9/1633
汪友良
再補 /1793
汪堯臣
甲 4/32
汪希旦
丙 12/464
汪有三
補 22/1757
42汪櫄
支乙 7/850
43汪檝 見汪茂通
44汪藻(彦章)
甲 12/104
乙 16/319
汪莊敏公 見汪澈
汪茂良
支丁 4/1001
汪茂通(檝)
支丁 5/1007
汪勃(彦及)
三壬 6/1515
47汪朝議
支景 8/943
50汪忠
再補 /1799
53汪成
甲 1/3
60汪早
支丁 4/995
汪杲
支丁 4/1000
62汪蹈
丙 11/459
67汪明遠 見汪澈
72汪氏〔董述妻〕
甲 12/107
汪氏〔祈門人〕
甲 14/126
汪氏〔董國慶母〕
乙 1/191
汪氏〔邊公式祖母〕
乙 17/325
汪氏〔婺源石田村民〕
乙 17/327
汪氏〔王坦妻〕
支甲 10/791
汪氏〔黄裳妻〕
三己 6/1351
80汪義端(充之)
三壬 6/1515
汪義和(會之)
三壬 6/1515
汪會之 見汪義和

3112_7 馮

馮
甲 9/75
00馮京(當世)
丁 18/686
06馮謣
丙 16/506
07馮詢(季周)
丙 15/494
10馮一飛
支庚 2/1149
馮震武
補 10/1641
17馮子春
支丁 7/1024
20馮季周 見馮詢
26馮伯起
三辛 1/1391
41馮妍
支丁 4/996
44馮某〔秦昌時婿〕
乙 12/286
46馮觀國
丙 19/528
50馮忠嘉
三辛 3/1405
60馮四
三壬 1/1471
64馮時行(當可)
丙 2/373
71馮長寧
補 6/1607
72馮氏〔徐秉均妻〕
丙 5/406
馮氏〔陳桷母〕
丁 6/582
馮氏〔無錫人〕
再補 /1797
80馮八官

乙 18/337
90馮當可 見馮時行
馮當世 見馮京

3119_6 源

源
甲 1/6

3126_6 福

30福安
支丁 5/1004
60福國太夫人〔席大光母〕
甲 5/40

3128_6 顧

00顧彥成
甲 7/59
顧六耆
支乙 5/829
02顧端仁
支乙 1/798
10顧百一
支丁 2/978
17顧子端
三辛 3/1405
24顧德謙
甲 20/180
顧待問
補 3/1579
36顧況
支丁 1/969
38顧海
支乙 1/798
47顧超
丙 12/464
72顧氏〔孫拱妻〕
丙 6/412

3190_4 渠

25渠生
支癸 2/1220

3213_4 濮

00濮六
三己 2/1317
10濮五
三己 2/1317

3215_7 淨

66淨嚴遂
丁 10/623

3216_9 潘

潘〔黃尖嶺仙人〕
支景 2/892
潘〔程汝檝同鄉〕
補 8/1623
08潘謙叔
支丁 9/1042
10潘璋〔樂平醫士〕
支乙 7/850
潘璋〔興元統制〕
支庚 6/1179
潘元寧
支丁 10/1043
16潘璟(温叟)
甲 8/69
17潘承宣
丙 6/411
潘子賤 見潘良貴
潘君
甲 11/98
20潘秀才
丁 13/646
23潘紱
丙 5/402
24潘先生(潘見鬼)
支丁 5/1002
25潘生〔其父無首而活〕
支景 5/917
潘生〔富民〕
支庚 4/1162
潘仲達
支癸 3/1240
27潘叔玠 見潘景珪
潘叔昌 見潘景憲
30潘良貴(子賤)
甲 13/109
潘良顯
三己 5/1343
34潘法慧
乙 13/293
36潘温叟 見潘璟
潘涓
三壬 5/1500
40潘十六娘
支庚 5/1171
44潘夢旂
三己 7/1356
46潘樫
丁 11/628
50潘忠翊
支庚 2/1147

53潘成
補 20/1734
60潘見鬼　見潘先生
潘甲
支丁 3/986
潘昌嗣
支庚 2/1149
潘昌簡
支庚 6/1182
潘景珪(叔玠)
三己 6/1347
潘景憲(叔昌)
三壬 9/1537
72潘氏
丁 19/699

3390_4 梁

01梁顏
補 12/1661
02梁新
三己 8/1361
10梁元明
乙 5/224
乙 9/262
乙 10/270
17梁丞相　見梁克家
梁子正　見梁俊彥
梁子英
甲 18/157
21梁師成(梁太傅)
支丁 10/1047
補 23/1765
23梁俊彥(子正)
丙 13/479
丁 18/684
25梁仲禮
丙 13/479
梁傑
支景 8/946
26梁緄(大仲)
支戊 5/1089
支癸 4/1253
支癸 10/1298
補 20/1736
30梁宏夫
支丁 4/994
36梁況之　見梁竑
38梁道人
乙 14/306
40梁大仲　見梁緄
梁太傅　見梁師成
梁克家(梁丞相)
丁 11/630
支丁 10/1050
梁竑(況之)
支景 6/925
43梁戴
補 12/1660
44梁執中
支戊 10/1132
47梁起道
支景 8/943
56梁揚祖
支景 10/963
57梁邦俊
三己 6/1350
梁輈
支乙 10/870(2)
71梁頤吉
乙 20/355
72梁氏〔東平人〕
乙 9/262
梁氏〔潼州人〕
支甲 2/725
梁氏〔饒州民〕
支戊 3/1076
77梁興
丁 13/649
80梁企道
支丁 4/993
支戊 2/1062
梁公　見房玄齡
87梁鄭公
支景 7/938
88梁敏彥
丙 13/479
90梁小二
支甲 9/784
梁尚書
補 18/1714

3411_2 沈

00沈亮功
乙 3/209
沈度(公雅)
丙 6/416
丁 17/683
沈文
丙 5/409
沈六
三己 4/1332
沈該(守約)
支丁 3/989
02沈端叔
補 11/1645

10沈一
補 7/1613
沈二八
補 7/1610
沈三
支癸 3/1248
沈元用 見沈晦
12沈延年
支景 6/928
17沈子輿 見沈點
沈君〔揚州節度推官〕
丙 10/447
21沈虚中(太虚)
甲 18/164
沈虞卿 見沈揆
沈崇真
支丁 3/989
24沈先生
丙 9/442
沈德和 見沈介
沈休文 見沈約
沈緯甫
丁 11/633
25沈生
三壬 3/1486
沈傳
乙 19/351
沈傳曜 見沈昭遠
26沈自强
乙 10/270
沈自求
乙 10/270
27沈將仕
補 8/1621
沈烏盆
補 24/1772
沈約(休文)
支乙 9/867
30沈守約 見沈該
沈安之
丙 1/364
沈富
甲 14/125
31沈濬(道元、道原)
甲 20/177
乙 1/193
35沈清臣
支景 2/892
37沈祖仁
甲 6/51
38沈道元 見沈濬
沈道原 見沈濬
沈道人
支景 3/898
40沈十九
乙 17/332
沈大夫
支癸 9/1286
沈太虚 見沈虚中
41沈樞(持要)
甲 16/144
甲 19/172
44沈若濟(洞元先生)
丁 10/622
沈廿一
支丁 6/1012
46沈媪
三壬 6/1508
50沈貴
補 24/1771
52沈揆(虞卿)
支庚 1/1141
支庚 5/1172
54沈持要 見沈樞
56沈押録
丙 7/425
60沈見鬼
丙 17/507
61沈點(子輿)
補 20/1735
67沈暉
支戊 3/1075
沈昭遠(傳曜)
乙 4/215
支乙 9/868
68沈晦(元用)
甲 19/167
乙 2/197
三壬 3/1484
72沈氏〔薛季宣鄰人〕
丙 1/364
沈氏〔浙西人〕
丙 19/529
75沈體仁
乙 10/269
80沈八
支庚 4/1167
沈全
支甲 4/742
沈介(德和)
丙 5/408
沈公
支庚 8/1201
沈公雅 見沈度

3412_7 滿

80滿義
支甲 9/780
90滿少卿
補 11/1649

3413_1 法

00法廣　見葉道人
02法端
支乙 6/842
10法震
補 13/1674
16法聰
支乙 5/833
17法瓊
補 24/1773
18法珍
支乙 3/812
20法信
三己 2/1318
26法程(無枉)
補 18/1715
32法淨
三己 2/1312
38法海
丁 12/637
法道
甲 7/55
40法希
三辛 2/1400
45法椿
支戊 1/1057
60法嵩
補 4/1581
法恩
丙 12/470
77法堅
支癸 6/1267

3413_4 漢

13漢武帝
支庚 9/1203

3414_7 凌

10凌二
支戊 10/1134
25凌生
支庚 5/1175
43凌戩
丙 4/397

3418_1 洪

00洪應賢　見洪邦直
洪慶善　見洪興祖
02洪端
甲 3/21
08洪旂(粹中)
乙 14/303
10洪豆腐
支戊 5/1093
12洪璞
支乙 8/855
17洪丞相　見洪适
洪子翼　見洪偱
洪子中　見洪伋
洪子錫　見洪圭
19洪琰
支乙 8/855
20洪喬
支乙 3/819
洪禹之
支丁 5/1003(2)
洪舜臣
支庚 1/1139
洪季立　見洪烜
洪季韶
三辛 6/1432
21洪偃
支癸 10/1298
23洪偐
支癸 10/1298
洪偱(子翼)
支丁 5/1006
洪紱
丙 11/459
24洪皓(忠宣公)
支戊 5/1008
25洪生
支乙 8/855
洪仲堪
支乙 7/850
支丁 4/994
洪佛護
再補 /1789
26洪偲
三壬 5/1500
洪儼
支戊 8/1118
洪皋之
支乙 6/843
三壬 5/1501
三壬 5/1502
三壬 9/1534
27洪脩之

支庚 6/1185
洪伋(子中)
支乙 7/849
支景 1/885
支丁 7/1025
支庚 2/1149
支癸 1/1229
洪佋
支乙 3/819
28洪价
支丁 5/1003
洪份
支戊 7/1107
32洪适(文惠公、丞相)
支甲 4/737
支甲 10/789
支乙 7/846
支戊 5/1088
支戊 5/1089
支戊 5/1092
三壬 6/1513
補 19/1724
補 19/1726
補 19/1727
34洪邁(洪内翰)
支丁 10/1048
三辛 9/1453
37洪迅
支乙 7/846
38洪洋
乙 14/303
洪遵(文安公)
支乙 3/817
支戊 5/1088
再補 /1792
40洪圭(子錫)
支甲 6/755
洪内翰 見洪邁
42洪樸
乙 14/303
43洪城
甲 16/142
洪榕
支丁 5/1007
44洪懋
支乙 6/838
洪權
支景 5/920
46洪槔
支甲 10/791
補 8/1621
47洪櫸
支乙 6/847
50洪中
支庚 6/1185
洪中孚
支庚 9/1210
洪惠英
支乙 6/841
54洪拱
支戊 5/1093
56洪輯
再補/1789
57洪邦直(應賢)
甲 13/112
乙 15/309
支景 8/944
支丁 4/994
支丁 4/995
支戊 8/1112
60洪四十翁
三辛 6/1433
洪景高
支乙 7/846
支庚 6/1183
洪景裴
丁 13/645
丁 17/680
支乙 5/829
支乙 5/833
支景 2/891
支丁 1/970
支丁 1/972
支丁 8/1029
支丁 10/1043
補 9/1635
洪景先
補 10/1641
洪景徐
支乙 6/839
洪景韋
支乙 7/847
洪景陳
支戊 3/1071
支戊 5/1093
72洪岳
甲 5/38
77洪興祖(慶善)
甲 11/91
甲 11/92(2)
甲 11/93(2)
甲 11/94
79洪勝
三辛 6/1429
90洪粹中 見洪旉

91洪烜(季立)
支乙 3/819
94洪爟
甲 16/142
乙 9/260

3426_0 褚

40褚大
補 1/1556

3430_4 達

00達磨
丁 3/557

3440_4 婆

77婆兒
補 17/1710

3512_7 清

10清可
支景 4/910
31清河公　見張淵道
清源王　見何執中
61清顯
支景 10/963

3530_0 連

25連仲舉
支癸 5/1255
連生
三辛 2/1394
31連潛
甲 11/95
40連南夫
甲 14/120
50連惠
支丁 7/1022
90連少連
支癸 5/1255

3611_7 温

05温靖公　見孫固
27温叔皮　見温革
40温大
丁 12/637
44温恭
補 21/1747
温革(叔皮)
甲 19/173
50温青
補 16/1699
80温益
甲 6/51
94温慥
支癸 10/1301

3612_7 湯

10湯三益
丁 6/588
湯平甫　見湯衡
12湯廷直
乙 14/301
14湯璹(君寶)
支甲 5/748
17湯丞相　見湯思退
湯君寶　見湯璹
18湯致遠　見湯鵬舉
21湯衡(平甫)
支景 5/918
23湯允恭
支乙 8/853
24湯岐公　見湯思退
34湯法先
丁 4/569
40湯七娘
補 4/1577
60湯思退(湯岐公、湯丞相)
丙 17/512
丁 7/595
補 19/1727
61湯顯祖
支乙 8/853
72湯氏〔闞喜妻〕
乙 11/275
77湯鵬舉(致遠)
乙 14/301
湯居實
三辛 1/1389
80湯公輔
補 21/1749

3621_0 祝

祝〔藥販〕
三己 2/1313
00祝六
三壬 8/1530
01祝評事
支庚 3/1156
10祝震亨　見祝東老
17祝君〔宜黄丞〕
支乙 8/861(2)
22祝仙人　見祝大伯
25祝生
丁 6/582

27祝紹先
甲 14/125
30祝客
三己 1/1314
37祝次籌
支戊 9/1122(2)
40祝大伯(祝仙人)
甲 3/24
祝大郎
補 7/1610
祝太保
支戊 7/1104
祝堯卿
支庚 9/1209
50祝東老(震亨)
支戊 9/1122(2)
支戊 9/1125
72祝氏〔蘭溪人〕
丙 5/407
祝氏〔董漢卿妻〕
支戊 9/1122
祝氏〔台州黃巖人〕
支庚 2/1148
88祝鑰
丁 16/674

3630_2 邊

24邊德明 見邊簝
30邊安野
乙 10/270
邊簝(德明)
三壬 2/1483
三壬 4/1498
32邊沂
三壬 4/1498
57邊換師
三己 7/1356
72邊氏〔陳彥亨妻〕
乙 2/197
80邊公式 見邊知白
86邊知白(公式)
乙 17/325
乙 17/332
三辛 4/1416

3712_0 洞

10洞元先生 見沈若濟
40洞真法師 見黃在中

3712_7 滑

44滑世昌
支癸 2/1230

3714_0 淑

淑〔薛良朋妻〕
丙 1/366

3721_0 祖

11祖珏
支甲 6/760
祖璿
甲 12/107
27祖翺
乙 20/354
32祖淵
甲 15/128
60祖昱
三補 /1810
祖圓
支癸 4/1246
79祖勝
甲 14/123
支庚 8/1196

3722_7 祁

12祁酥兒
三辛 1/1386

3730_2 迎

77迎兒
支丁 2/981

3730_2 過

45過椿年
支庚 5/1171
64過疃
支庚 5/1171

3730_4 逄

34逄汝霖 見逄時澤
64逄時澤(汝霖)
支庚 8/1195

3772_7 郎

22郎巖
丁 20/701

3814_7 游

26游伯虎
支癸 8/1279
30游淳僕
支乙 5/832

37游祖武
三壬 4/1494
72游氏〔寧六弟婦〕
支甲 5/746
游氏〔范斗南妻〕
支丁 8/1029
游氏〔福州城西居民〕
支癸 8/1278
游氏〔無錫人〕
再補 /1791

3815_1 洋

22洋川公
甲 2/13

3815_7 海

10海王三
支甲 10/787
海西公 見晉廢帝
30海瀛
支庚 5/1175
57海蟾子
丁 4/565
77海印
支丁 7/1021

3819_4 涂

00涂文伯 見涂四友
10涂正甫 見涂楷
涂正勝(士表)
三壬 4/1495
20涂千里
丙 12/469
30涂濟
三壬 1/1472
40涂大經
三壬 1/1472
三壬 4/1495
涂大任
三壬 1/1472
涂大節
三壬 1/1472
涂士表 見涂正勝
41涂楷(正甫)
甲 20/178
60涂四友(文伯)
支乙 2/810
涂四岳
支乙 2/810
72涂氏〔袁從政續娶妻〕
丁 18/689
90涂光
支乙 2/810

3830_6 道

30道淳
三辛 7/1439
44道著
補 23/1759
80道益
丁 14/656

3850_7 肇

24肇仕豫
乙 16/320

3912_0 沙

74沙助教
乙 1/188

4000_0 十

60十四機宜
乙 13/298

4001_7 九

10九天玄女
乙 7/237
44九華天仙〔巫山神女〕
乙 13/291

4003_0 太

太〔鹽商〕
三補 /1815
26太和冲夷先生 見羅晏

4010_0 士

55士慧
三補 /1803

4010_1 左

13左琅
丁 1/540
30左良
丁 1/540
支戊 6/1098
53左輔
支戊 6/1098

4010_6 査

查〔白干人〕
支癸 5/1259
72查氏〔荆南民〕
丙 4/398

4022_7 有

50有貴
甲 12/106

希

66希賜
甲 10/84

南

34南法師
三己 7/1359
77南舉
支乙 2/807

4024_7 皮

46皮場大王
支乙 5/828

4033_1 志

37志通
丁 4/569

4040_7 支

40支九
乙 8/250
支友璋
三己 3/1324
72支氏
三己 3/1324

李

李〔泉州客商〕
三己 2/1318
李〔程汝楫同鄉〕
補 8/1623
李〔沈將士友〕
補 8/1621
00李主簿〔濟州山口縣〕
甲 1/5
李主簿〔武昌〕
丙 12/471
李立
丁 18/691
李彦聖
支癸 7/1273
李彦威
補 4/1584
李彦勝(興宗)
三辛 1/1390
李商老
支乙 4/827
李康時
三壬 7/1523
李應行
三壬 7/1523
李應辰　見李拱
李唐卿(子勉)
支乙 8/853
李忞
甲 17/148
李文
支乙 1/803
李文中
三壬 7/1523
李辛
甲 3/20
李亨嘉
支甲 2/726
李辯老
支癸 3/1240
李言
支丁 5/1006
02李端彦
乙 18/339
李端愿
甲 4/34
04李謨(茂嘉)
甲 16/141
乙 8/254
05李靖(李衛公)
丁 11/628
08李敦仁
甲 9/77
09李麟
支癸 1/1226
10李一
丁 19/697
李二
補 5/1590
李二婆
補 25/1775
李二郎
三己 9/1373
李二十一
三壬 10/1547
李三〔手工〕
丁 7/598
李三〔少年〕

支景 1/884
李三〔饒州市人〕
支景 9/952
李三〔赤山屠户〕
三辛 10/1462
李三英
乙 1/194
李正之
支景 8/944
李正甫
甲 14/118
李正路 見李彌遜
李五郎
支癸 2/1233
李五七〔衢州人〕
支乙 4/820
李五七〔池州人〕
補 15/1692
李丕
甲 17/152
李元功
支乙 2/811
李元崇(景山)
丙 11/456
李元佐
支乙 9/862
支乙 9/864
支景 7/932
支景 7/934
支景 7/936
支景 10/959
李元禮
丁 2/554
李天佑
三辛 10/1460
李平
補 2/1564
李平仲 見李處度
李平叔
三己 8/1363
李西美 見李璆
李百全(幾道)
甲 10/82
甲 10/83
李石(知幾)
丙 2/374
李晉仁 見李祐
李不逮
丙 1/368
11李彌倫
甲 6/46
李彌遜(似之、原名彌遠,字正路)
甲 6/46
甲 7/58
丁 12/636
李彌遠 見李彌遜
李彌大(似矩)
甲 6/46
乙 9/258
李彌性
甲 6/46
12李廷珪
補 13/1667
14李琦
丁 13/645
17李孟
支庚 9/1206
李璆(西美)
甲 17/150
李弼
丁 5/573
李弼違
丙 3/383
李邴(漢老)
乙 13/297
李子慶
支癸 7/1274
李子山
三辛 9/1451
李子勉 見李唐卿
李子和
補 20/1740
李子永
三己 8/1364
三己 8/1366
三己 8/1368
李子約 見李撰
李子大 見李耆碩
李子壽 見李耆俊
李乙(申叔)
甲 4/30
李翼
支癸 4/1250
李柔
支甲 4/741
18李政
支戊 4/1083
20李秀才〔鬼入其家〕
乙 14/307
李秀才〔嵩山人〕
丙 6/413
李舜舉
三辛 7/1436
李季(次仲)

乙 1/194
乙 13/294
乙 16/324
李季長　見李舒長
李季言　見李綸
李秉(德叟)
支景 6/929
李統領
補 10/1639
李維能
丙 7/420
21李順
丁 13/646
李能一
乙 3/209
李衛公　見李靖
李處度(平仲)
乙 11/279
李處仁
甲 3/24
李處全(粹伯)
支丁 10/1043
李頻
支丁 8/1030
李衡老
乙 7/244
李師尹
乙 15/311
22李川
三己 3/1325
李嵩(夢符)
甲 3/24
李鼎
丁 19/693
丁 20/704
李幾道　見李百全
李邕
三壬 10/1548
李山甫
支庚 8/1196
李利見
乙 8/246
李利用(賓王)
丙 13/476
李綬
支景 6/926
支戊 6/1095
23李允升
丙 1/370
李巘
補 19/1731
24李侁
支庚 4/1166
李德
支丁 10/1045
李德升　見李擢
李德遠
丙 14/486
丙 14/487
李德叟　見李秉
李德粹　見李摭
李儔
補 24/1767
李僖
補 24/1767
李勳
支景 9/950
李稙
乙 5/227
李結(次山)
三壬 6/1512
補 2/1561
25李生〔德安府人〕
甲 17/152
李生〔陳述古婿〕
乙 3/204
李生〔醫生〕
丙 3/387
李生〔浮梁人〕
丙 11/462
李生〔饒州郡吏〕
支乙 3/812
李生〔魏南夫表弟〕
支戊 4/1079
李生〔臨安人〕
支戊 6/1101
李生〔宇文子英表弟〕
支庚 5/1169
李生〔吉州人〕
補 8/1618
李生〔徽州歙縣人〕
補 16/1697
李仲詩
支景 7/936
支景 8/941
李仲永　見李椿年
李秩
支丁 1/969
26李白(太白)
甲 15/134
李伯珍　見李大異
李伯魚
支景 3/897
李伯紀　見李綱

李鼻涕
補 19/1730
27李豹子
三壬 5/1507
李修武
甲 13/109
李綱(伯紀)
甲 9/77
乙 1/187
乙 2/201
丙 7/422
李叔永
支乙 8/857
28李似
支癸 1/1225
李似之　見李彌遜
李似矩　見李彌大
李復(履中)
支戊 10/1127
李綸(季言)
乙 1/187
丙 6/413
30李宜哥
三壬 6/1509
李進
支甲 3/733
李安
支甲 4/742
李安行
三壬 7/1523
李定
丁 1/540
李賓王　見李利用
李宗言
補 25/1777
31李源會
支庚 7/1192
李福
丁 10/620
33李浚
支丁 5/1004
34李漢老　見李邴
李祐(晉仁)
支丁 5/1009
李婆
支甲 2/722
35李清臣(邦直)
甲 11/94
補 15/1689
補 15/1690
36李遇
丁 13/645
37李淑人〔方務德妻〕
支庚 5/1173
李次仲　見李季
李次山　見李結
三壬 6/1512
補 2/1562
李邃(夷曠)
支景 6/930
38李遂夫　見李田
李道登
支甲 5/745
40李十
丙 17/509
李十五
支甲 4/741
李十六
支乙 2/805
李大川
丁 8/600
李大夫
補 4/1581
李大東
支景 10/960
李大異(伯珍)
三壬 2/1481
李大猷　見李莫
李太白　見李白
李士美　見李邦彥
李克己
三己 6/1349
李希亮
乙 1/189
李希聖
支庚 7/1187
李有烈
三己 10/1383
李南金
乙 5/227
乙 15/311
李皮匠
三辛 3/1403
李吉
丙 9/443
李壽卿
支景 1/881
李壽翁　見李椿
李七
三壬 3/1489
李去僞
補 24/1767
41李樞
丙 7/426
丙 7/427

補 23/1764
44李夢説
支丁 10/1044
李夢旦
支丁 10/1044
李夢符 見李嵩
李薦
乙 14/301
李萬
支庚 4/1165
李蒙
三辛 4/1415
李茂嘉 見李謨
李芝
丙 2/376
李孝壽
乙 9/257
三辛 3/1402
李姥
補 4/1580
李茇
丁 18/690
李莫(大猷)
丁 18/691
李耆碩(子大)
支癸 8/1284
李耆俊(子壽)
支癸 8/1284
李耆壽
支癸 8/1285
李某〔贛州寧都縣吏〕
乙 7/242
李某〔鄱陽縣吏〕
丙 11/458
李楠
支戊 2/1065
李林甫
支景 6/925
支戊 5/1093
45李妹
三己 1/1309
李椿(壽翁)
補 4/1585
李椿年(仲永)
支乙 4/824
支戊 10/1133
三己 10/1382
補 19/1726
46李覯民
丙 19/528
李如晦(晦叔)
甲 1/9
三己 1/1311
李媪
支甲 4/739
李媿
乙 20/353
李賀(長吉)
乙 11/272
47李狗子
三壬 5/1507
李郁(光祖)
乙 7/240
支乙 6/839
李猴子
三壬 5/1507
李朝孺
補 23/1761
李朝隱(兼美)
支景 5/920
48李松
支庚 9/1210
49李妙
支戊 3/1071
50李中孚
丁 16/676
李中行
三壬 7/1523
李申叔 見李乙
李夫人〔王德妻〕
丙 16/500
李夫人〔吕辯老母〕
支癸 3/1243
李夷曠 見李邈
李摭(德粹)
丙 1/371
李忠
丁 9/614
李忠孝
三辛 4/1411
李泰發 見李光
51李振
甲 14/121
53李成〔江淮農民起義首領〕
甲 10/82
支乙 6/842
三己 8/1366
補 3/1570
李成〔畫家〕
乙 20/360
李成季 見李昭玘
54李持
三己 5/1340

李拱(應辰)
三補 /1806
55李扶(助國)
補 9/1632
李捧
補 21/1742
李悲
乙 20/361
57李擢(德升)
丙 1/372
李邦
補 21/1747
李邦彦(士美)
乙 7/244
丙 13/479
三己 9/1371
李邦直 見李清臣
李抱真
乙 20/359
李撰(子約、少帥公)
甲 6/46
丁 12/636
李耔
支丁 3/988
60李四娘
丁 7/598
李易
支庚 9/1206
李晟
補 14/1679
李田(遂夫)
補 4/1578
李甲〔南劍州順昌縣民〕
支戊 1/1052
李甲〔處州民〕
補 7/1615
李昌言
三辛 4/1412
李回(少愚)
甲 2/16
甲 7/54
甲 11/97
李員外
補 11/1649
李果(同升)
支乙 2/811
李景
支甲 7/765
李景山 見李元崇
李景淵
三己 9/1369
61李顯祖
支癸 6/1266
62李縣丞
補 12/1658
李縣尉
補 10/1643
67李明微
丙 5/401
李昭玘(成季)
甲 19/170
68李晦叔 見李如晦
李晦之
補 23/1765
71李驤
丙 19/523
李巨源
甲 7/61
丙 15/497
補 4/1586
李長吉 見李賀
72李氏〔張維濟兒媳〕
乙 2/197
李氏〔劉總妻〕
乙 13/290
李氏〔成都人〕
丙 2/378
李氏〔華亭丞妻〕
丙 2/379
李氏〔臨川人〕
丙 10/448
李氏〔建昌人〕
丙 18/515
李氏〔泉南人〕
丁 12/643
李氏〔趙生妻〕
丁 13/649
李氏〔新城縣民〕
丁 19/697
李氏〔水陽民〕
支乙 8/854
李氏〔董性之母〕
支景 5/921
李氏〔臨安縣民〕
支丁 3/984
李氏〔潘甲妻〕
支丁 3/986
李氏〔清泉鄉人〕
支庚 1/1139
李氏〔璩小十妻〕
三己 2/1316
李氏〔真州人〕
三己 10/1381

李氏〔吴仲權妻〕
三壬 1/1469
李氏〔德興人〕
三壬 5/1507
李氏〔黄坡縣民〕
三壬 6/1509
李氏〔龔明之祖母〕
補 1/1551
李氏〔大庾嶺民〕
補 4/1583
李氏〔豫章人〕
補 24/1772
74李助國　見李扶
77李用之
三辛 4/1415
李同升　見李果
李陶真
丙 11/455
李履中　見李復
李熙仲
支庚 2/1150
李叟
支丁 2/978
李閎祖
支戊 7/1103
李醫
甲 9/73
李興
支戊 3/1077
李興宗　見李彦勝
79李勝〔廬州匠人〕
丙 12/464
李勝〔李持僕〕
三己 5/1340
80李八叔
甲 10/89
李全
丁 2/551
李金
支甲 10/792
李金吾
支甲 1/716
李鏞
丙 19/525
李兼美　見李朝隱
李善
丁 19/695
李善學
支甲 6/757
李公彦
甲 11/95
李公擇　見李常
84李鎮
丁 2/552
86李知言
三壬 9/1534
李知幾　見李石
李知縣
三補 /1812
李知命
甲 16/139
李智仲
支庚 2/1150
支庚 10/1214
87李愬
甲 2/14
李舒長(季長)
甲 18/161
88李篙師
支甲 7/767
90李小一
支癸 8/1282
李少愚　見李回
李光(泰發)
補 25/1776
李光祖　見李郁
李尚仁
甲 3/21
李尚書
丁 20/707
李常(公擇)
支景 6/930
李粹伯　見李處全
97李輝
甲 11/97

4050_6 韋

00韋高(尚臣)
補 10/1642
韋應物(韋蘇州)
乙 13/297
乙 18/338
44韋蘇州　見韋應物
90韋尚臣　見韋高

4051_4 難

00難言
支甲 1/713

4060_1 吉

52吉撝之
丁 12/639

4060_5 喜

40喜真
三己 2/1315

47喜奴
支乙 1/798

4064_1 壽

10壽正
三己 2/1318
80壽普
補 4/1579

4071_0 七

44七姑子
支甲 6/761

4073_2 袁

00袁彥忠
補 5/1594
袁彥隆
支甲 9/780
10袁二十五秀才
乙 17/325
袁可久
甲 1/2
20袁孚(仲誠)
丁 17/679
補 3/1566
25袁仲誠　見袁孚
袁仲舉
丙 2/377
28袁復一
丙 5/401
袁從政
丁 18/689
36袁昶
甲 1/2
44袁世成
支乙 2/811
45袁衲
乙 9/261
72袁氏〔宜黄縣人〕
丁 19/697
袁氏〔從四妻〕
支甲 9/781
80袁公輔
支乙 2/811

4080_1 真

15真珠族姬
補 8/1624

4080_6 賁

79賁勝
甲 19/173

4090_0 木

00木廣莫
甲 20/176
17木子正
丁 11/628
44木蘊之
丁 11/628(2)

4090_3 索

50索忠
丁 4/567

4090_8 來

30來之邵
乙 20/358
40來喜
乙 3/206
三辛 7/1441

4091_6 檀

72檀氏
甲 5/41

4192_0 柯

00柯庭堅
甲 14/123
26柯伯詹
支庚 2/1144
72柯氏〔蔣教授母〕
乙 2/196
柯氏〔邵陽店主〕
三辛 10/1465

4212_2 彭

00彭六
三壬 10/1547
02彭端
三補 /1806
16彭聖錫
支庚 9/1209
17彭盈
丁 6/587
彭玘
乙 7/239
彭子從　見彭合
彭子明
三壬 10/1547
21彭師
三辛 2/1399
24彭先
支庚 1/1136

25彭生
三辛 10/1464
彭仲訥
支丁 10/1046
彭仲光
支乙 7/845
30彭富
補 3/1576
34彭法師
支乙 3/815
彭汝礪(器資)
支癸 10/1295
補 6/1599
補 6/1601
40彭大辨
支乙 7/845
彭大任
三辛 5/1418
44彭世亮
三辛 9/1415
彭世昌
三己 10/1377
66彭器資　見彭汝礪
72彭氏〔孫佋妻〕
支乙 3/819
77彭居士
支癸 6/1267
80彭合(子從)
支景 5/922
83彭錄
甲 17/154
88彭篘
三辛 4/1411

4241_3 姚

08姚謙
支庚 10/1216
12姚廷袞
支庚 10/1216
20姚舜明
乙 4/219
21姚卓
支甲 5/750
姚師文
丁 20/704
姚穎
三己 10/1379
25姚仲
甲 17/152
26姚伯受　見姚祐
27姚將仕
支乙 7/846
30姚宏
乙 4/219
乙 16/324
姚宋佐
支景 9/954
34姚祐(伯受)
支景 10/957
40姚志新
三壬 5/1506
50姚中
三壬 5/1505
62姚縣尉
支景 2/890
64姚時可
支庚 10/1216
72姚氏〔詹言鄰居〕
補 1/1552
姚氏〔貢院前開店者〕
補 11/1647
77姚叟〔建昌新城人〕
支甲 7/764
姚叟〔村民〕
支丁 2/980
姚與善　見姚錫
86姚錫(與善)
補 24/1771
姚知縣
丙 14/487
90姚當時
補 24/1771

4252_1 靳

21靳師益
甲 20/181
30靳守中
甲 20/181

4301_0 尤

00尤袤(延之)
補 19/1727
支戊 6/1095
10尤二十三
丙 7/427
12尤延之　見尤袤

4313_2 求

44求某〔右從政郎〕
三己 5/1341

4385_0 戴

戴〔李元祐家童〕

支景 10/959
14戴確
乙 20/357
21戴顗
支甲 5/747
24戴先
支庚 7/1188
30戴之邵(才美)
支甲 8/770
40戴才美　見戴之邵
44戴世榮
丁 4/569
48戴松
支戊 8/1115
72戴氏〔無錫富家〕
甲 16/141
戴氏〔趙善宰母〕
支甲 6/758

4410₄ 董

董〔藥販〕
三己 2/1313
00董彥國　見董正封
董彥明　見董燿
董應夢
乙 16/319
10董二
甲 7/60
董二十八秀才
丙 14/482
董二娘
補 22/1754
董三
補 2/1565
董正封(彥國)
支癸 2/1237
董元廣
支戊 9/1122
董元卿　見董國慶
董天進
三壬 2/1479
董醇父　見董居厚
12董璞
乙 15/309
14董瑛(堅老)
丁 16/673
20董秀才
丙 11/458
21董穎(仲達)
乙 16/319
董經
支癸 6/1266
23董參政
三己 7/1353
董綷
支乙 3/815
24董侁
三辛 2/1396
董德
丁 19/700
董德元(體仁)
支景 5/921
25董生
補 17/1710
董仲達　見董穎
董仲堪
乙 1/191
董仲巨　見董漢卿
26董白額
甲 13/112
28董儀
支戊 3/1076
董縱矩
甲 17/151
30董守約
支戊 10/1129
三辛 5/1424
董良史
甲 10/83
董宗安
三壬 2/1482
33董述
甲 12/107
34董漢卿(仲巨)
支戊 9/1122
35董禮
補 11/1646
38董道士
甲 14/121
40董南一
支丁 8/1030
董七
三壬 3/1491
41董梧州
丙 11/457
44董埜
補 24/1773
48董松
補 23/1759
50董中甫
支乙 1/797
53董成二郎
支乙 1/800
60董國慶(元卿)
乙 1/190

董國度
補 14/1676
董昌朝
丁 11/630
62董縣尉
支景 7/934
64董時敏
甲 4/32
72董氏〔洪源人〕
乙 15/308
董氏〔南豐人〕
丁 20/703
董氏〔鄱陽人〕
支癸 1/1229
董氏〔胡三妻〕
三己 9/1374
董氏〔樂平民〕
補 20/1736
74董助教
補 9/1630
75董體仁 見董德元
77董堅老 見董瑛
董風子
三壬 8/1525
董居厚(醇父)
三壬 1/1468
83董猷
支庚 6/1185
90董小七
支甲 9/786
94董爟(彥明)
甲 14/121
95董性之
支景 5/921

4410_7 藍

17藍子升 見藍喬
20藍喬(子升)
甲 15/133
21藍師稷
丁 11/627
支甲 2/724
23藍獻卿
丁 20/703
27藍叔成
丁 11/628
補 12/1658
30藍良輔 見藍公佐
47藍姐
丙 13/473
72藍氏〔吳輝妻〕
丁 5/576
藍氏〔官妓〕
丁 18/687
藍氏〔內侍〕
支庚 2/1146
80藍公佐(良輔)
補 21/1749

4411_2 范

00范彥輝
甲 19/172
范文正公 見范仲淹
02范端臣(元卿)
乙 12/282
三己 5/1339
三己 7/1354
三辛 1/1387
范端智
三辛 1/1387
06范譖(昌言)
支景 5/920
08范謙叔 見范致虛
10范一卿 見范斗南
范至能 見范成大
范五
支甲 2/722
范元卿 見范端臣
范石湖 見范成大
11范礪
補 14/1682
13范武翼
三辛 10/1462
17范子珉
丙 6/410
范子由 見范處義
18范致虛(謙叔)
支景 1/885
丙 4/396
20范信之
三壬 8/1526
21范處義(子由)
三辛 1/1393
三辛 9/1451
三壬 1/1468
范師厚
補 18/1714
范師道
補 23/1763
24范德静
補 14/1682
25范生
支景 7/937

范仲淹(范文正公)
支癸 10/1295
范仲藝(東叔)
補 14/1682
范佛勝
甲 20/182
30范之綱
支丁 2/981
范之才
甲 3/26
范安
支乙 7/846
范宏甫　見范鏜
范寅賓
甲 9/443
34范斗南(一卿)
支丁 8/1029
范汝爲
甲 19/175
甲 20/182
丁 5/580
支景 8/945
三壬 5/1507
36范渭(茂載)
乙 12/281
38范滋
甲 17/152
范道欽
支丁 9/1035
40范十五
三壬 5/1501
范直清
甲 10/86
范存誠
丁 17/679
范友
甲 13/115
44范萬頃
丁 7/596
范茂直
乙 12/282
范茂載　見范渭
范荀
支甲 6/760
46范觀光
支甲 6/760
50范接骨
支乙 7/845
范東叔　見范仲藝
53范成績
支景 9/949
范成大(至能、石湖)
丙 17/511
支景 2/893
支景 9/949
56范擇善　見范同
60范昌言　見范謂
61范旺
甲 20/182
72范氏〔何慈妻〕
甲 17/151
范氏〔張鎮母〕
支甲 4/738
范氏〔朱遜妻〕
補 10/1641
77范同(擇善)
丁 10/621
范同翰
甲 14/119
80范義超
三辛 9/1452
89范鏜(宏甫)
甲 10/87

4412_7 蒲

20蒲舜美　見蒲大韶
40蒲大韶(舜美)
甲 16/142
86蒲知微
甲 16/142

4421_4 花

10花不如
補 10/1636

莊

17莊子上　見莊安常
莊君平
乙 1/188
30莊安常(子上)
丙 15/497

4422_7 芮

10芮不疑
三辛 5/1423
60芮國瑞　見芮煇
芮國器　見芮燁
94芮燁(國器)
丁 16/675
97芮煇(國瑞)
丙 1/369

藺

68藺敭

乙 6/228

蕭

00蕭諄
支甲 5/746
蕭文佐
丙 1/368
蕭六郎
丙 20/534
10蕭三娘
丁 4/565
20蕭統(昭明太子)
支乙 9/867
21蕭何(蕭相國)
支乙 9/864
24蕭德起 見蕭振
蕭侍郎〔婺州守〕
三辛 6/1432
30蕭淳禮
支甲 5/746
40蕭七
三壬 6/1513
46蕭相國 見蕭何
50蕭擴
甲 4/35
蕭忠彦
丙 1/368
51蕭振(德起)
甲 4/35
57蕭邦貢
丙 1/367
60蕭國梁
乙 20/354
99蕭榮
三己 3/1321

4424_7 蔣

00蔣六郎
支庚 5/1171
02蔣訓練
支甲 3/732
10蔣二
三壬 6/1513
蔣三郎
三辛 4/1412
蔣天佑(德誠)
乙 13/294
11蔣璿
甲 5/43
21蔣師望
支庚 2/1148
蔣穎叔 見蔣之奇
22蔣山長老
三辛 6/1428
23蔣參政 見蔣芾
24蔣佑
三補 /1809
蔣德誠 見蔣天佑
25蔣生
補 13/1673
26蔣保
甲 4/31
27蔣叔明 見蔣靜
30蔣濟
丁 4/566
蔣寧祖
甲 5/43
蔣之奇(穎叔)
甲 9/80
蔣安禮
乙 19/346
蔣良輔
支甲 6/755
37蔣通判
甲 5/40
40蔣存誠
丙 5/403
44蔣芾(蔣參政)
丙 9/441
蔣世永
甲 10/89
48蔣教授
乙 2/195
57蔣靜(叔明)
甲 1/2
60蔣員外
甲 7/54
77蔣堅
支甲 10/788

4426_0 猪

61猪嘴道人
補 19/1731

4433_1 燕

04燕詁
支丁 2/976
10燕三
甲 16/143
燕五
三己 4/1333
27燕仰之
乙 9/261
34燕達
支丁 2/976

38燕道人
補 13/1671
72燕氏〔晏之獻家乳媪〕
甲 16/142

4433$_3$ 慕

30慕容彥逢
乙 10/263
慕容嵓卿
丙 10/454
慕容夫人
補 13/1670

4439$_4$ 蘇

00蘇彥質
乙 20/361
蘇庠(養直)
三壬 7/1520
蘇文瓘
丙 13/480
蘇文定公　見蘇轍
蘇文忠公　見蘇軾
17蘇子瞻　見蘇軾
蘇子美　見蘇舜欽
20蘇舜欽(子美)
乙 17/331
25蘇生
支庚 1/1141
26蘇魏公　見蘇頌
30蘇客
三己 4/1332
31蘇灝
甲 20/183
38蘇道夫
支癸 1/1223
40蘇内翰　見蘇軾
44蘇黄門　見蘇轍
50蘇東坡　見蘇軾
53蘇軾(東坡、子瞻、蘇文忠公)
甲 2/13
甲 2/14
甲 10/87
甲 11/97
甲 12/105
甲 20/177
乙 10/269
乙 14/306
丙 4/392
丙 10/453
丙 13/477
丁 18/686
丁 18/690
支乙 4/825
支乙 5/835
支乙 6/837
支乙 6/840
支景 2/895
支丁 10/1047
支庚 6/1184
三己 6/1351
三己 8/1366
補 13/1669
補 13/1674
補 23/1765
補 25/1780
58蘇軫
補 25/1777
蘇轍(蘇文定公、蘇黄門)
乙 10/270
支癸 7/1270
補 13/1673
71蘇長
補 3/1567
80蘇養直　見蘇庠
81蘇頌(蘇魏公)
三辛 3/1405
90蘇光庭
支戊 7/1106

4440$_0$ 艾

07艾毅
三壬 5/1503
40艾大中
支甲 10/793
72艾氏〔撫州民〕
支景 9/955
80艾公子
支庚 7/1192

4442$_7$ 萬

44萬恭人
乙 3/206
萬廿四
支庚 7/1187
60萬景川
三辛 7/1438
72萬氏〔餘干人〕
支庚 9/1210

4443$_0$ 莫

00莫主簿
支癸 4/1247

17莫子純
支戊 7/1103
莫子蒙
丙 17/510
丙 17/511
24莫儔(壽朋)
甲 3/22
26莫伯甄
丙 8/431
莫伯虛
三辛 3/1409
30莫寅
丁 8/602
32莫澄
丙 8/431
40莫壽朋　見莫儔
50莫夫人〔張浚母〕
支丁 10/1050
莫東
丙 8/431
60莫果
丙 8/431
72莫氏〔鄭通判妾〕
乙 2/200
莫氏〔湖州月河人〕
支景 3/904
86莫知録
乙 2/200
90莫少虛
三壬 7/1522
莫少俞
支戊 1/1059

樊

10樊三官
丁13/649
27樊將仕
補 19/1724
60樊國均
甲 15/110
68樊噲(舞陽侯)
丙 2/373
72樊氏〔盧熊母〕
甲 13/115
90樊光遠
乙 3/209

4445_6 韓

韓〔酒家〕
三己 6/1348
00韓彥直(子温)
乙 17/330
丙 16/500
三辛 3/1408
再補 /1795
韓彥古(子師)
三壬 3/1484
補 15/1685
再補 /1787
韓文公　見韓愈
10韓二
三己 2/1316
韓元翁
支甲 1/719
13韓球
甲 16/142
14韓璜(叔夏)
丙 18/516
三壬 7/1520
17韓羽
三壬 10/1543
韓子師　見韓彥古
韓子扆　見韓公裔
韓子温　見韓彥直
韓子蒼　見韓駒
韓君〔郡守〕
丙 4/393
韓郡王　見韓世忠
20韓秀
甲 8/70
韓信
支丁 9/1039
21韓師厚
丁 9/608
23韓參
甲 8/70
24韓德高
三辛 8/1443
韓縝(韓莊敏)
支丁 1/973
25韓生
乙 7/239
韓純彥
支丁 10/1047
26韓總
三補 /1805
韓總領
支乙 9/863
27韓叔夏　見韓璜
30韓之美
丁 18/690(2)
35韓洙
丁 7/596
37韓退之　見韓愈
44韓蘄王　見韓世忠

韓莊敏　見韓縝
韓世良
甲 11/97
韓世忠(韓郡王、韓咸安、韓蘄王、韓相)
甲 1/9
甲 11/97
甲 19/175
乙 3/204
乙 16/321
乙 17/330
乙 17/331
丙 16/500
丁 5/579
丁 5/581
丁 6/583
支乙 1/798
支乙 1/803
支景 7/936
支景 9/949
支庚 10/1215
三己 1/1311
三己 8/1361
補 25/1780
韓世旺
支庚 10/1215
45韓椿年
再補 /1784
46韓相　見韓世忠
50韓夫人〔李邦直妻〕
甲 11/94
韓抃
甲 20/179
53韓咸安　見韓世忠
60韓國夫人〔撒八妻〕
丁 9/608
韓昌黎　見韓愈
72韓氏〔鄱陽民〕
乙 19/352
韓氏〔范寅賓妻〕
丙 9/443
77韓昷(知剛)
乙 5/220
韓駒(子蒼)
乙 7/240
乙 16/319
丙 19/524
80韓愈(退之、昌黎、文公)
甲 2/14
甲 10/86
乙 6/233
支乙 5/835
韓公裔(子扆)
丙 18/514
丁 14/654
86韓知剛　見韓昷
88韓範
三壬 2/1483
90韓小五郎
補 13/1674
韓粹彦
支丁 10/1047
94韓慥
丁 6/587
丁 7/595

4450_4 華

00華慶長　見華延年
12華延年(慶長)
支甲 4/739
47華奴
丙 1/368

4453_0 英

44英華
甲 12/101
乙 2/196
丙 14/487
丁 19/692

4460_0 苗

17苗子野　見苗仲先
25苗仲先(子野)
甲 2/14
60苗團練
乙 13/298

4460_1 菩

30菩察
支甲 8/778

4460_4 若

35若冲
甲 19/171

4471_1 老

44老杜　見杜甫
老蔡　見蔡京

4472_7 葛

葛
支甲 4/739
00葛立方(常之)

甲 11/93
葛立像
三已 7/1358
17葛玥
支丁 9/1037
20葛秀
補 11/1647
21葛師夔(鳴道)
乙 8/252
35葛沖
丁 4/565
37葛邲(楚輔)
補 4/1579
補 20/1737
44葛萬
三已 3/1321
葛楚輔 見葛邲
67葛鳴道 見葛師夔
90葛常之 見葛立方

4473_1 藝

37藝祖 見宋太祖

4474_1 薛

00薛度
甲 15/127
17薛弼(直老)
乙 5/220
乙 6/235
丙 1/365
丙 6/413
20薛禹玉 見薛大圭
薛季宣(士隆)
丙 1/364
丁 12/641
薛季益 見薛良朋
22薛山
丙 9/443
23薛允功
甲 5/39
25薛仲藏 見薛鋭
薛倩
支戊 9/1123
26薛和夫
支庚 7/1193
28薛徽言
丙 1/364
30薛寧仲
丙 1/366
薛良朋(季益)
支丁 7/1020
補 19/1727
31薛沄
丙 1/364
丁 12/641
40薛大圭(禹玉)
支景 5/922
支丁 1/975
支癸 1/1223
薛士隆 見薛季宣
薛直老 見薛弼
薛奎(簡肅公)
支癸 1/1223
薛嘉言
丙 1/365
44薛某
丙 16/502
50薛忠
支景 4/906
60薛昂
丙 19/523
88薛鋭(仲藏)
丁 17/682

4477_0 廿

80廿八
支庚 10/1213

甘

10甘百九
三壬 10/1541
30甘寧
丁 2/547
40甘太尉
支丁 1/970
72甘氏〔鄒曾九妻〕
三壬 10/1541
77甘同叔
支甲 10/792
80甘美
乙 13/294
90甘棠
丁 17/677

4480_1 共

10共工氏
支甲 4/737

楚

00楚襄王
乙 13/291
45楚椿卿
乙 15/311
72楚氏
支景 3/899

4480₆ 黄

黄〔行者〕
甲 17/146
黄〔李一妻〕
丁 19/697
黄〔胡氏妻〕
丁 19/697
黄〔福唐道人〕
支戊 1/1054
黄〔考試官〕
支庚 10/1218
00黄立中
支甲 5/746
黄亮
甲 20/183
黄彦
支景 8/941
黄彦發
三辛 1/1388
黄彦節
補 1/1549
黄齊賢
三壬 2/1483
三壬 3/1486
三壬 3/1487
三壬 3/1488
三壬 4/1498
黄庭堅（山谷、魯直）
甲 2/13
甲 16/142
乙 3/204
丙 18/518
支乙 10/876
三壬 7/1522
黄廓
支乙 10/872
黄唐（雍父）
支乙 4/821
支庚 10/1213
支庚 10/1218
黄唐佐（堯臣）
支戊 7/1107
黄文明
支甲 4/744
黄雍父 見黄唐
黄六
三壬 1/1472
黄六娘
補 20/1739
01黄顔
支景 8/941
黄襲
甲 2/17
04黄竑
支乙 2/809
05黄靖國
丙 2/379
08黄敦立
丙 14/488
10黄一
支癸 6/1265
黄二〔賣果者〕
支戊 4/1079
黄二〔賣漿民〕
三己 9/1376
黄三
乙 14/304
黄至一 見黄静
黄五
三壬 1/1472
黄瓌
支庚 1/1143
黄元功 見黄森
黄元受 見黄鉞
黄元道（達真）
乙 12/285(2)
乙 12/286
乙 12/289
丙 15/491
丁 6/588
支甲 7/769
黄元翰 見黄士傑
黄平國 見黄衡
黄戛 見黄安道
黄頁
支景 8/941
黄貢
乙 8/247
13黄琮（子方）
甲 6/50
17黄子方 見黄琮
黄子元 見黄燾
黄子强
支癸 5/1258
黄子由 見黄由
17黄君〔何文縝同舍生〕
乙 7/243
黄君〔温州瑞安尉〕
丁 11/633
黄司業
甲 9/75
補 20/1739

20黃秀才〔福建人〕
甲 13/114
黃秀才〔陳才輔姐丈〕
丁 5/581
黃季蓬 見黃瀛
21黃行者
三辛 4/1414
黃衡(平國)
甲 5/39
黃師憲 見黃公度
黃經臣
補 1/1549
22黃豐
丙 16/506
黃彪父 見黃彪
黃彪(彪父)
丁 11/628
黃巖卿
支丁 5/1003
黃山谷 見黃庭堅
黃崇
丁 5/573
黃巢
乙 2/547
支乙 5/835
黃繼道
支庚 1/1143
24黃德琬
丁 5/575
丁 5/579(2)
丁 6/584
丁 6/586
丁 6/587
丁 6/588
黃德潤 見黃洽
黃德昭
支癸 8/1278
25黃生〔臨川畫工〕
丁 20/701
黃生〔分寧縣人〕
支甲 6/759
黃生〔閩中人〕
三辛 1/1389
黃仲秉 見黃鈞
黃伸
丁 8/601
26黃伯淵
三壬 7/1518
黃伯華 見黃裳
27黃彝甫 見黃揆
黃彝卿
補 16/1701
黃魯直 見黃庭堅
黃紹先 見黃祝
30黃瀛(季蓬)
支丁 4/1000
黃永(宋泳)
支戊 9/1126
黃安道(後改名黃戛)
丁 16/670
黃定
支戊 8/1113
支戊 8/1116
黃寅(清之)
支丁 2/976
黃宗德 見黃則
黃宋泳 見黃永
黃宋翰 見黃薦可
33黃必美
丙 5/406
黃溥
支乙 2/811
黃述
乙 3/203
34黃法師
支乙 1/799
黃汝能
甲 18/165
黃汝楫
補 3/1569
黃達真 見黃元道
黃達如
丁 6/582
丁 6/586
黃婆
三壬 6/1514
35黃清之 見黃寅
36黃温甫
甲 9/78
黃祝(紹先)
支戊 6/1101
37黃渙(景亨)
支乙 8/859
黃祖清
支甲 7/764
黃通理
丁 4/569
黃通判
丁 19/694
黃資深
丁 20/701
38黃洽(德潤)

支癸 10/1300
黃祥
支乙 7/848
黃道士
支庚 9/1208
40黃十一娘
甲 13/114
黃十翁　見黃大言
黃左之
支甲 7/767
黃大言(黃十翁)
丙 8/432
黃士傑(元翰,後改名光弼)
乙 9/259
黃士安
乙 9/259
黃士宏
支景 4/913
黃堯臣　見黃唐佐
黃在中(洞真法師)
丙 10/448
黃志從
丁 19/693
黃燾(子元)
支乙 10/872
黃杰
支乙 10/872
黃森(元功)
乙 20/358
支庚 1/1140
41黃楷
支戊 7/1107
44黃薦可(宋翰)
甲 10/88
黃若訥(敏仲)
支乙 2/807
黃若虛
支甲 10/788
黃某〔日者〕
甲 8/69
黃某〔新昌令〕
乙 6/228
黃某〔宣贊舍人〕
丙 8/429
50黃中
三辛 8/1448
黃由(子由)
三辛 8/1447
三壬 5/1500
三壬 6/1515
52黃揆(彝甫)
支庚 3/1155
支庚 3/1157
57黃靜(至一)
支戊 9/1125
60黃日新
支乙 10/871
支乙 10/872
支乙 10/873
三壬 1/1471
三壬 2/1480
黃旦
支癸 3/1243
黃冕仲　見黃裳
黃昇
丙 9/443
黃景亨　見黃渙
黃景祥
三辛 8/1447
62黃則(宗德)
支甲 7/764
支乙 10/873
66黃賜
乙 19/344
67黃野人
丙 15/492
68黃晦叔　見黃炎
72黃氏〔郭端友妻〕
丙 13/476
黃氏〔盱江人〕
丁 19/694
黃氏〔南豐富室〕
支甲 4/744
黃氏〔高州人〕
支景 2/892
黃氏〔開客邸者〕
支丁 3/991
黃氏〔都昌民〕
支庚 8/1201
黃氏〔平江士人〕
三己 5/1338
黃氏〔曹三妻〕
三己 9/1375
黃氏〔林紹先母〕
補 23/1762
黃氏〔臨川民〕
三補 /1806
77黃閱
補 3/1570
黃履
丁 6/584
甲 9/76
黃履中
甲 9/74

黃開〔新城士人〕
三壬 2/1480
補 10/1636
黃開〔南城人〕
三壬 2/1480
補 10/1636
黃開〔黃汝楫子〕
補 3/1570
黃閣
補 3/1570
黃民瞻
支戊 2/1067
黃輿〔萸岡民〕
三辛 10/1465
黃輿〔郡守將〕
補 1/1550
79黃滕
甲 1/5
80黃翁〔德興民〕
支庚 6/1180
黃翁〔卜者〕
三壬 1/1471
黃念四
補 11/1646
黃谷〔彬人〕
支甲 10/792
黃谷〔福建古田人〕
補 23/1762
黃公度（師憲）
丙 15/490
支戊 6/1096
支戊 9/1125
支戊 9/1126(2)
83黃鉞（元受）
甲 9/74
84黃鑄
三壬 5/1506
87黃鈞（仲秉）
丙 1/369
丙 2/377
丙 17/511
補 15/1686
88黃筌
乙 20/360
黃敏仲　見黃若訥
黃節
丁 7/598
90黃小二
甲 12/105
黃光弼　見黃士傑
黃裳（伯華）
支戊 8/1115
黃裳（冕仲）
甲 6/50
支戊 10/1133
支癸 10/1295
黃裳〔醫生〕
支癸 4/1248
三己 6/1351
三己 7/1355
三己 10/1378
三辛 3/1403
三壬 6/1514
黃棠
補 3/1572
黃炎（晦叔）
三壬 5/1501
91黃焯
三己 10/1378

4490_1 蔡

蔡〔泉州商客〕
三己 2/1318
00蔡彥超
三壬 1/1475
蔡卞
支乙 4/822
支景 6/924
蔡康積
甲 14/124
支戊 3/1073
蔡文饒　見蔡嶷
蔡京（元長、蔡魯公、老蔡、蔡氏）
甲 9/73
甲 10/88
甲 16/138
甲 18/156
乙 5/223
乙 6/231
乙 10/263
丁 5/579
丁 6/582
丁 7/595
丁 10/623
支乙 4/822
支景 6/924
支丁 10/1047
支戊 9/1120
支癸 3/1243
三己 6/1351
補 13/1670
補 23/1765
再補 /1792

10蔡二
三己 6/1350
蔡五〔下邳樵夫〕
支丁 9/1036
蔡五〔鈞州人〕
三己 9/1373
蔡五〔鄱陽石門〕
三壬 10/1542
蔡元忠
丁 6/583
蔡元長　見蔡京
14蔡確(蔡忠懷公)
支癸 10/1295
17蔡承務
補 16/1697
蔡子高　見蔡巒
蔡子玉　見蔡振
蔡乙
支甲 9/783
20蔡秀才
丁 2/546
21蔡衛
丁 16/669
蔡衡
甲 11/93
乙 6/231
22蔡巒(子高)
三壬 7/1521
24蔡德
支丁 4/1000
蔡待制
丁 14/659
25蔡生
丙 12/465
蔡倩娘　見蔡嬑
27蔡倫
甲 16/138
蔡絛
乙 10/267
支丁 10/1047
蔡魯公　見蔡京
28蔡攸
甲 2/14
甲 11/93
乙 6/231
30蔡宣
支庚 4/1166
蔡安持
乙 7/239
蔡定夫　見蔡戡
40蔡十九郎
丙 7/424
蔡直夫
丙 9/445
蔡七
支癸 3/1245
蔡真人
甲 7/57
支乙 7/762
43蔡戡(定夫)
甲 14/124
支戊 3/1073
44蔡嬑(倩娘)
支甲 7/762
蔡嶷(文饒)
甲 3/25
蔡櫕
丁 16/669
50蔡忠懷公　見蔡確
51蔡振(子玉)
甲 9/81
蔡攄
支戊 4/1081
59蔡掞
支甲 7/765
72蔡氏〔黃亮妻〕
甲 20/183
蔡氏〔陳玠妻〕
支乙 10/875
蔡氏〔漢陽軍人〕
支戊 5/1093
蔡氏〔永州人〕
三辛 5/1422
蔡氏　見蔡京
77蔡居厚
乙 6/232

4490₃ 綦

00綦亢
乙 20/358
27綦叔厚　見綦密禮
30綦密禮(叔厚)
丙 14/489

4490₄ 葉

00葉亮
丁 5/580
08葉謙亨(伯益)
丙 11/461
支甲 10/793
三壬 2/1480
葉議
丙 5/402
10葉三郎
補 7/1611

葉正則　見葉適
葉元卞
支景 8/942
葉百一
支甲 4/737
13葉武
甲 9/78
葉武仲
三辛 5/1422
16葉璟
三己 4/1355
17葉子羽　見葉子儀
葉子儀(子羽)
丙 5/406
葉子中　見葉岳
葉子由　見葉祖義
葉子昂
支甲 10/789
支景 8/942
支戊 2/1064
葉子長
三己 10/1380
葉君禮
乙 14/303
21葉行己
丁 13/651
24葉德孚
丁 6/587
25葉生〔景德寺寓士〕
三壬 3/1490
葉生〔處州士人〕
三壬 4/1493
葉生〔郁大友〕
補 3/1574
26葉伯益　見葉謙亨
27葉將
丁 13/650
22葉叔羽　見葉翥
30葉宜之
支景 3/905
葉適(正則)
支乙 4/824
支庚 10/1213
葉審言　見葉義問
葉良貴　見葉棨
31葉濬
丙 12/464
34葉洪
三壬 3/1487
37葉祖洽
甲 9/76
葉祖義(子由)
支景 6/925
葉初
支癸 7/1274
38葉道士〔天慶觀道士〕
丙 5/401
葉道士〔遂昌人〕
丙 6/410
葉道人(法廣)
三辛 7/1437
40葉大嫂
支丁 3/984
葉大夫
丁 14/659
葉堯明
補 20/1739
葉克己
丁 13/650
葉南夫
三辛 1/1393
葉吉甫
支景 8/946
葉七
三己 9/1375
葉七七
三己 10/1380
葉真常
三壬 8/1530
葉森
三己 6/1348
44葉翥(叔羽)
三己 6/1347
葉夢得(少蘊)
甲 8/69
丁 12/638
丁 14/658
葉薦
補 6/1608
葉若谷
甲 5/41
葉世寧
補 6/1600
50葉青
支庚 6/1178
60葉昉
支景 3/905
葉黯(晦叔)
甲 7/57
三辛 1/1391
67葉昭州
支乙 10/870
68葉晦叔　見葉黯
71葉愿

支丁 3/985
72葉氏〔嚴州人〕
丁 18/684
葉氏〔建昌人〕
支乙 10/874
葉氏〔鼎州民〕
三辛 4/1413
葉岳(子中)
丁 16/675
74葉助
甲 8/69
77葉熙績
三壬 5/1503
葉民極
三壬 5/1503
80葉義問(審言)
乙 17/333
補 17/1707
83葉鐵
丁 5/580
90葉少藴　見葉夢得
97葉恪
甲 9/76
99葉棨(良貴)
丁 12/642

4491₀ 杜

10杜三
乙 7/242
14杜琳
丙 4/395
21杜師旦
支景 1/882
25杜生
丁 7/596
28杜牧(牧之)
丁 18/690
杜牧之　見杜牧
31杜涇
支甲 2/720
50杜申
支甲 7/769
53杜甫(老杜)
甲 5/37
丙 13/479
60杜昌言
補 12/1656
63杜默
丁 15/668
三辛 8/1446
77杜屠
三辛 6/1428
80杜令史
丁 9/612
杜會
支景 4/908

4491₄ 桂

00桂彦栗　見桂縝
10桂百祥
乙 15/313
24桂縝(彦栗)
甲 3/23
丙 18/517
30桂安雅
丁 8/606
桂安時
甲 3/24
47桂奴
三壬 10/1543
80桂八十三承事
甲 3/23

4499₀ 林

00林亮功
甲 6/50
林彦振　見林攄
林應趾
支丁 7/1025
林文潛
丁 16/674
10林三
支景 1/886
三辛 10/1460
林三命　見林開
林正甫
三壬 5/1501
林五
三己 6/1345
林五十六
乙 1/188
林靈素
甲 1/7
甲 20/177
丙 15/494
丙 18/518
三己 9/1369
補 20/1737
林平甫　見林衡
林天和　見林孝雍
林百五
補 10/1642
林百七
補 10/1642
12林廷彦

丙 12/469
16林聰(審禮)
補 10/1636
17林承信
乙 2/201
林子元
支丁 4/993
林子安
支庚 1/1141
林子長
三壬 10/1548
林君〔教授〕
丙 12/464
林君〔福州老儒〕
支甲 6/757
林君〔通判〕
支戊 4/1085
林邵
丁 7/591
20林秀實　見林森
21林行者
支戊 1/1058
林衡(平甫)
丙 1/370
24林德新　見林又
林偉
補 24/1773
林特起
支癸 4/1253
25林生
支癸 10/1297
林積
甲 12/100
26林自誠
支丁 4/993
27林紹先
補 23/1762
30林憲
支庚 1/1142
林宇長
三辛 1/1393
林安宅(居仁)
丁 17/682
林宏昭
甲 5/42
林審禮　見林聰
林寶慈
支庚 3/1158
31林酒仙
乙 17/331
32林巡檢
補 23/1763
35林迪功
甲 5/44
37林通判
支景 5/919
40林乂(材臣)
丙 9/438
丁 12/643
補 1/1549
林大鼐(梅卿)
丙 16/506
支庚 3/1158
林士華
支癸 10/1299
林直卿
支甲 10/792
林才中
丁 16/669
林森(秀實)
支丁 6/1016
42林機(景度)
丙 16/501
補 3/1571
44林茂先
甲 12/101
林孝雍(天和)
甲 18/158
林黄中
支戊 8/1114
林某
補 2/1563
林蘊之
支丁 4/993
林材臣　見林乂
48林梅卿　見林大鼐
50林夫人
支景 9/950
51林攄(彥振)
甲 6/51
補 24/1773
60林景度　見林機
61林顯謨
丁 7/591
67林明甫　見林敳
68林敳(明甫)
甲 5/42(2)
72林劉舉
三己 10/1379
林氏〔余嗣親戚〕
乙 5/220
林氏〔鍾士顯婦翁〕
乙 16/322
林氏〔明州富民〕
支戊 5/1086

林氏〔平江人〕
三辛 1/1389
77林居仁 見林安宅
林熙載
甲 5/36
林又(德新)
甲 12/100
林開(三命)
支戊 9/1125
80林翁要
丙 13/475
林錞
支癸 4/1249
林無無
支癸 10/1299
林公桀
丁 1/542
90林小姐
三己 4/1332

4594_4 樓

44樓材
甲 5/38

4621_4 猩

46猩猩八郎
補 21/1743

4640_0 如

20如皎
支丁 3/984
50如本〔明禧禪院僧〕
支戊 4/1081
如本〔東湖薦福寺僧〕
支甲 10/791
79如勝
丁 1/539

4680_6 賀

44賀蘭鋈
乙 20/359
50賀忠
支甲 3/729
72賀氏〔江安行妻〕
甲 10/85
賀氏〔海州朐山人〕
補 24/1772

4692_7 楊

楊〔武康山野叟〕
支景 3/898
00楊主簿
支甲 7/766
楊立之
三己 8/1361
楊高尚
補 15/1691
楊應誠
丁 14/658
楊文叔 見楊緯
楊文昌
支癸 4/1249
楊文公 見楊億
楊六
支癸 4/1251
04楊勍
甲 20/178
甲 20/182
補 3/1570
05楊靖
甲 18/156
06楊韻(可人)
支庚 10/1213
07楊望才(希吕)
丙 3/386
10楊一
丁 1/542
楊一公
補 3/1580
楊二
三辛 2/1399
楊二郎
補 21/1741
楊三娘
補 10/1643
楊玉環 見楊太真
楊五
支甲 3/733
楊五三
三壬 4/1496
楊五郎
三己 4/1333
楊元禮(翼之)
三壬 9/1538
楊元素 見楊繪
楊可人 見楊韻
13楊戩
乙 19/347
支乙 5/830
支丁 1/972
17楊子静
支丁 1/974
補 19/1728
楊翼之 見楊元禮

18楊政
支乙 8/857
20楊秀才
支甲 9/779
楊億(楊文公)
三己 9/1344
楊季達　見楊希仲
楊么　見楊太
21楊師錫
甲 17/147
24楊先生
三辛 4/1417
楊德一
三補 /1802
楊侍郎
丁 7/594
楊緯(文叔)
丙 14/485
25楊生
丁 15/666
楊伸(居之)
三補 /1809
楊仲弓
支甲 5/745
楊朱
補 9/1631
26楊和王　見楊存中
28楊從望
丙 3/387
楊從善
丁 9/608
楊繪(元素)
補 13/1674
30楊宜中
支戊 1/1052
楊客
丁 6/588
31楊遷(深道)
支甲 10/794
34楊漢卿
支乙 2/806
35楊迪功
丙 19/529
37楊洵
丙 14/485
楊次皐
補 14/1677
楊深道　見楊遷
楊通〔匠人〕
丙 12/464
楊通(貫之)
支甲 8/771
38楊道珍
支癸 8/1280
楊道士
支乙 6/837
楊道人
甲 19/173
40楊十二郎
三辛 10/1464
楊九巡
支丁 4/993
楊大方
支癸 4/1250
楊大同
甲 13/111
楊太(楊么)
三辛 4/1411
楊太傅
三辛 1/1388
楊太真(玉環)
支景 1/887
楊布
補 9/1631
楊希仲(季達)
丙 3/384
楊希呂　見楊望才
楊有成
支乙 6/836
楊存中(和王)
丁 11/627
支丁 8/1031
三壬 6/1511
楊吉老
支景 8/940
三己 8/1361
楊壽子
支乙 10/875
楊真人
支癸 3/1242
43楊朴(公全)
甲 18/157
甲 18/158
甲 18/159
44楊廿一
三壬 9/1540
楊某〔資州人〕
支癸 2/1236
楊某〔土豪〕
支甲 10/793
47楊均
甲 20/179
楊起(成翁)
丙 3/382
48楊松望

丙 3/387
50楊推官
補 15/1690
楊抗(抑之)
乙 13/294
楊泰望
丙 3/387
53楊成
支癸 6/1268
楊成翁　見楊起
55楊抽馬
三壬 2/1483
57楊抑之　見楊抗
60楊四
三壬 8/1526
67楊暉
甲 14/120
楊昭然
三壬 8/1526
三壬 8/1529
三壬 8/1530
三壬 8/1531
71楊原仲　見楊愿
楊愿(原仲)
乙 16/324
72楊氏〔趙士周妾〕
乙 3/206
楊氏〔上官彥衡妻〕
丙 7/421
楊氏〔唐州相公河人〕
丙 12/485
楊氏〔番陽人〕
丙 19/530
楊氏〔南城人〕
丁 20/703
楊氏〔閻觳母〕
支乙 6/838
楊氏〔李三妻〕
支景 9/952
楊氏〔郭雲妻〕
支丁 1/974
楊氏〔徐氏婿〕
支丁 6/1011
楊氏〔福州海商〕
支癸 3/1239
楊氏媪
丙 3/385
77楊民望
丙 3/387
楊居之　見楊伸
楊貫之　見楊通
80楊八
支乙 8/864
楊翁
補 25/1775
楊普賢
補 14/1677
楊公全　見楊朴
楊僉判
補 10/1643
87楊欽
支乙 5/835
90楊惟忠
甲 2/16(2)
楊光
支丁 6/1018
支癸 2/1236
94楊忱
丙 3/387
97楊恂
乙 13/294

4722_7 郁

郁
甲 16/137
40郁大〔吳江民〕
支庚 5/1172
郁大〔平江民〕
補 3/1574

4732_7 郝

21郝師莊
丁 14/659
30郝完父
三壬 7/1521
40郝大夫
補 1/1550
43郝娘
三辛 2/1399
74郝隨
支丁 1/973
90郝光嗣
甲 19/174

4762_0 胡

00胡亶
支乙 8/857
胡彥才
支庚 7/1191
胡襄(季皋)
丙 9/440
胡六
丙 11/457
08胡詮(邦衡)

支戊 9/1126
10胡一姊
三辛 9/1456
胡二
支景 7/935
胡三〔裴九姪婿〕
支庚 1/1142
胡三〔浮梁民〕
三己 9/1374
胡五
丁 8/603
胡瑋
丁 12/637
胡天祐
丙 12/464
胡元壽 見胡儔
胡元質(長文)
丙 1/369
丙 10/448
丙 17/511
胡百一
三辛 6/1427
胡百能
三己 8/1363
胡霖卿 見胡涓
12胡延輝
支庚 10/1214
胡飛英
三己 5/1342
13胡琣
支戊 5/1092
16胡璟(德藻)
丙 15/496
支庚 6/1180
17胡承議
支癸 6/1264
胡子文
甲 6/47
20胡秀才
支景 6/930
胡舜陟(汝明)
乙 9/261
胡季皋 見胡襄
23胡獻可
乙 19/349
24胡德
丁 4/570
胡德藻 見胡璟
胡儔(元壽)
三己 5/1340
胡儔(友直)
三辛 3/1405
25胡生〔蜀州人〕
丙 3/383
胡生〔尉氏縣人〕
丁 12/640
胡生〔劉庠鄰人〕
支甲 1/717
胡生〔浮梁畫工〕
支戊 10/1133
胡仲仁
三辛 6/1428
胡仲徽
支戊 2/1061
三己 5/1342
26胡得一
三壬 4/1495
27胡修撰
甲 3/25
胡脩然
甲 2/16(3)
胡叔平 見胡克己
28胡价
甲 8/70
30胡沆
支庚 6/1183
胡永孚
乙 9/255
胡憲(原仲)
三壬 2/1480
胡宏休
支庚 6/1182
31胡濬
甲 8/72
34胡滿
乙 15/309
胡漢臣
丙 5/405
胡汝明 見胡舜陟
胡達
乙 4/211
36胡涓(霖卿)
乙 11/273
37胡逢原
三辛 10/1464
40胡十
支戊 6/1098
胡九齡
三辛 10/1459
胡大夫〔石頭鎮人〕
支癸 5/1259
胡大夫〔常州人〕
丁 3/558
胡大本
三己 6/1349

胡友直　見胡儔
胡直孺(少汲)
甲 3/25
丁 10/618
胡克己(叔平)
甲 4/34
胡雄
丁 10/622
42胡栝
丁 10/618
44胡廿二
支癸 7/1276
胡廿四
三辛 6/1428
胡權
丙 16/505
47胡朝散
支丁 5/1003
胡朝舉
支景 6/928
48胡教授
丁 4/569
57胡邦衡　見胡詮
胡邦寧
丁 16/674
61胡顯
補 16/1700
71胡原仲　見胡憲
胡長文　見胡元質
72胡氏〔毗陵人〕
乙 2/195
丙 6/413
胡氏〔妻孕不産〕
丁 19/697
胡氏〔壕口田家〕
丁 20/702
胡氏〔項明妻〕
支甲 4/739
胡氏〔樂平人〕
三辛 6/1432
胡質夫
丁 18/686
77胡用宗
補 12/1652
80胡愈
甲 17/155
胡曾一
三辛 6/1428
胡乞買
補 9/1631
88胡鑰匠
補 7/1611
90胡少汲　見胡直孺
96胡煌
支甲 2/724

4762_7 都

16都聖與　見都潔
37都潔(聖與)
甲 11/95

4792_7 柳

柳〔黄埭人〕
甲 7/56
17柳子厚　見柳宗元
25柳仲恭
支丁 2/976
27柳約
補 9/1630
30柳永(耆卿)
乙 19/350
柳宗元(子厚)
支景 6/927
支戊 5/1093
44柳耆卿　見柳永
50柳夫人〔李子約妻〕
甲 6/46
99柳榮
丙 1/369

4895_7 梅

10梅三
甲 8/71
24梅先
甲 11/91
32梅溪子
三辛 5/1421
44梅世昌
三辛 3/1405

4928_0 狄

02狄訓練
支丁 8/1033
13狄武襄　見狄青
22狄偁
甲 13/109
50狄青(狄武襄)
甲 13/109

4942_0 妙

00妙應大師
乙 12/285
乙 20/353
支癸 7/1277
妙辨

支乙 3/812
32妙湍
丁 3/559
妙淨
支乙 3/816
33妙心
支乙 9/868
補 1/1550
38妙海
支癸 3/1239
46妙觀道人
補 19/1728
77妙印
甲 15/128

4980_2 趙

趙〔湖州教授〕
丙 7/425
趙〔余主簿妻〕
丙 16/500
趙〔善化縣人〕
支戊 4/1084
趙〔宗室子〕
三辛 8/1449
00趙主簿〔湘陰主簿〕
支乙 10/869
趙主簿〔浮梁人〕
三辛 1/1392
趙立
支甲 2/723
趙亮夫(茂德)
三補 /1814
趙彥文(子游)
補 12/1664
趙彥平 見趙善宰
趙彥珍(後改名彥典)
三辛 3/1403
支癸 7/1275
支癸 7/1276
趙彥膚(公碩)
支戊 10/1132
趙彥遷(儒林)
支癸 9/1288
趙彥清
丙 8/435
趙彥澤
支丁 5/1005
趙彥通 見趙哲
趙彥中(大本)
三己 5/1340
趙彥成
補 22/1751
趙彥典 見趙彥珍
趙應之
甲 4/29
趙應道
補 12/1653
趙諄
丁 13/649
02趙訓武
三補 /1814
03趙詠道
三壬 7/1522
08趙敦本 見趙不韋
趙敦臨
甲 11/95
10趙二
補 1/1557
趙三
支景 10/962
趙三使
支戊 4/1081
趙王 見張耳
趙五
補 4/1583
趙五觀察
乙 16/323
趙霈(公時)
乙 20/354
趙元卿
乙 9/256
趙元鎮 見趙鼎
趙再可 見趙思
趙再思
補 1/1552
趙晉臣 見趙不迂
趙不訥
丁 19/696
趙不設(侍父)
丙 19/526
丙 19/527
趙不刊
三己 5/1342
趙不他
乙 18/337
趙不魯(季和)
三辛 3/1402
趙不流(子和)
支甲 5/752
三己 6/1348
趙不騫
乙 3/206
趙不迂(晉臣)
三壬 6/1515

趙不韋(敦本)
乙 15/310
趙不易
支乙 5/833
趙不忲(武翼)
三己 5/1340
13趙武翼　見趙不忲
14趙珪
三辛 9/1454
17趙丞相　見趙汝愚
趙玘
乙 10/266
趙承之　見趙鼎臣
趙子璋
乙 7/241
趙子山
再補 /1793
趙子和　見趙不流
趙子瀓
乙 16/323
趙子游　見趙彥文
趙子直　見趙汝愚
趙子恭
三己 7/1359
趙子春
丁 12/636
趙子顯　見趙公稱
趙子舉(升之)
乙 6/235
乙 6/236
丙 16/504
20趙禹錫
補 23/1765
趙季和　見趙恬
趙季和　見趙不魯
趙季父
補 24/1771
21趙行之　見趙希哲
趙儒林　見趙彥遷
趙衛公　見趙雄
趙師珏
支乙 8/853
趙師碩
三己 6/1346
趙師縉(明叔)
支丁 5/1005
趙師古
支庚 7/1193
趙師堪
三補 /1803
趙師恭
支乙 8/853
趙師揆
三壬 9/1533
趙師輴
支景 4/913
趙師景
支甲 5/747
趙師簡
三補 /1808
趙師熾
三補 /1802
22趙豐
甲 17/148
趙鼎(元鎮)
補 25/1776
趙鼎臣(承之)
支癸 1/1227
趙繼章
補 20/1738
23趙參政
三己 3/1326
趙縮手
丙 2/377
24趙德麟
支景 8/945
趙德勤
三辛 3/1407
趙侍父　見趙不設
趙升之　見趙子舉
25趙生〔寓居衡湘〕
丁 13/649
趙生〔宗室〕
支景 8/945
趙生〔丐者〕
補 3/1673
趙仲儡(瓊王)
乙 3/206
趙仲御(郇康孝王、郇王)
丙 8/435
丁 7/594
趙積智（後改名趙用）
支景 10/958
26趙伯
甲 9/80
趙伯兀
乙 6/236
趙伯璘
甲 1/7
甲 2/13
趙伯虛
丙 9/443
趙伯儀

丙 7/421
趙伯禔
乙 7/241
趙伯泠
支乙 8/853
趙伯驌 見趙憲
27趙叔温
支庚 7/1190
28趙從中 見趙進
趙從善
支乙 9/866
三己 7/1355
三壬 2/1483
30趙宥之
丁 19/696
趙進(從中)
支丁 19/696
趙進道
乙 18/339
趙進臣 見趙士遏
趙憲(伯驌)
再補 /1786
趙安人〔范武翼妻〕
三辛 10/1462
趙富翁
補 7/1614
趙良臣
甲 18/163
趙密
丁 4/564
34趙法師
支丁 1/971
趙汝泰
支甲 7/764
趙汝愚(子直、趙丞相)
乙 16/318
支甲 6/757
支景 1/882
支丁 1/974
支戊 1/1057
三辛 1/1390
三補 /1811
趙汝昌
支甲 6/758
趙達(莊叔)
丙 2/374
趙婆
丙 9/443
35趙清獻 見趙抃
趙清憲 見趙挺之
趙清臣 見趙善澄
37趙祖壽
補 18/1714
趙祖堅
支乙 5/831
趙禄
乙 8/246
趙通判〔其女葬樂平〕
支甲 8/774
趙通判〔宗室〕
三辛 8/1444
38趙洤
支甲 4/744
趙道之
甲 12/102
40趙十二官
三壬 3/1490
趙十三
支丁 8/1032
趙十五嫂
補 4/1585
趙十七
支癸 8/1281
趙九齡
丙 14/486
趙大
丁 4/568
趙大夫
補 8/1618
趙大本 見趙彦中
趙太尉
再補 /1793
趙士
三辛 7/1439
趙士珖
乙 2/202
趙士岍
支丁 1/971
趙士㷆
乙 12/286
趙士遏(進臣)
丙 8/429
趙士堯
丙 1/371
趙士藻
乙 4/217
趙士驪
丙 8/435
丁 7/595
趙士周
乙 3/206
趙克敞
乙 3/205

趙希皋
三補 /1808
趙希哲(行之)
三壬 2/1482
趙希戚
三補 /1809
趙有光
補 24/1767
趙喜奴
三辛 9/1452
趙壽兒
三辛 3/1409
趙雄(趙衞公)
支戊 4/1083
44趙莊叔　見趙逵
趙茂德　見趙亮夫
趙茂之
甲 4/29
趙葫蘆　見趙公衡
趙老
丙 3/390
趙某〔知縣〕
丁 1/542
趙某〔鄧州新鄉人〕
補 12/1663
趙某〔福州人〕
再補 /1797
47趙都監
乙 18/340
50趙中甫　見趙思誠
趙中興　見趙哲
趙抃(清獻)
支癸 1/1223
趙表之　見趙令衿
51趙振甫
乙 13/296
52趙挺之(清憲)
甲 19/171
乙 9/256
乙 14/306
趙哲〔被張渥殺死〕
乙 5/224
趙哲(原名中興)
丙 11/458
趙哲(彦通)
補 19/1726
54趙持
乙 19/344
57趙邦材
支癸 5/1258
58趙撫幹
乙 2/202
60趙四
支甲 2/724
趙思(再可)
支景 10/958
趙思誠(中甫)
支癸 3/1245
62趙縣君
補 8/1618
66趙嚴
支景 2/891
67趙明叔　見趙師縉
趙野
甲 1/7
趙路分
支丁 5/1006
趙鄂
支景 8/941
71趙愿
甲 15/127
72趙氏〔洪邁姑丈〕
乙 6/236
趙氏〔劉公佐妻〕
乙 11/279
趙氏〔魏道弼妻〕
丙 10/448
趙氏〔戴世榮妻〕
丁 4/569
趙氏〔王二妻〕
支甲 1/715
趙氏〔浦城人〕
支甲 8/1029
趙氏〔宗室女〕
支癸 6/1263
趙氏〔高縣尉妻〕
支癸 7/1276
趙氏〔朱撝妻〕
三己 5/1341
趙氏〔宦族〕
三己 9/1369
趙氏〔泉州人〕
三辛 3/1402
77趙用　見趙積智
趙學古
補 11/1646
趙興
補 5/1588
趙與權
乙 2/202
78趙監廟〔寄居建昌〕
丁 8/603
趙監廟〔宗室〕
補 8/1616
趙監廟〔饒州天寧

寺監廟〕
補 22/1756
趙監押
三己 6/1348
80趙令
三補 1802
趙令族
乙 16/322
趙令衿(表之)
甲 2/17
趙善廣
乙 15/310
趙善文
甲 5/43
趙善仁
乙 12/285
趙善璉
丁 14/655
趙善理
三己 5/1341
趙善俊
補 25/1775
趙善秳
支甲 7/764
趙善宰(彦平)
支甲 6/758
趙善澄(清臣)
三壬 8/1529(2)
趙善著
支丁 7/1020
趙善扛
丁 8/607
趙善戎
補 3/1573
趙善蹈
補 23/1759
趙善鐻
補 1/1550
趙公碩 見趙彦膚
趙公衡(趙葫蘆)
支景 4/911
趙公稱(子顯)
乙 1/193
趙公時 見趙霈
趙公頤
支景 8/947
81趙頒之
補 21/1748
86趙知軍
支丁 6/1016
趙知縣
三己 6/1346
88趙簡公
三壬 2/1480
90趙懷德
支丁 6/1014
趙常道
三補 /1810
趙粹中
三辛 2/1397
92趙恬(季和)
支癸 8/1281

5000_6 中

40中左
乙 3/206

申

00申彦臣
補 13/1670
21申師孟
三辛 8/1446
24申先生
支癸 9/1293
72申氏
丙 18/513

車

60車四
甲 16/138

史

史〔道人〕
三己 4/1331
00史忞
丁 4/571
史言方
丁 19/693
10史五
支甲 8/776
17史丞相 見史浩
史君〔眉山士人〕
甲 20/179
34史浩（直翁、史丞相）
甲 6/45
乙 18/341
丁 7/595
40史直翁 見史浩
43史載之 見史堪
44史堪(載之)
補 18/1718
史老翁
補 2/1562
50史本

支戊 6/1097
53史威
甲 16/142
90史省斡
支甲 9/781

5023_0 本

22本偁
甲 7/59

5033_3 惠

15惠璉
乙 14/299
惠臻
支庚 7/1186
17惠柔
三壬 7/1522
18惠瑜
丁 3/562
25惠純夫
三壬 9/1538
30惠宗禪師
三壬 7/1519
34惠洪
支景 8/943
35惠清
甲 15/132
40惠吉
甲 9/78
44惠恭
甲 10/89
67惠明
三辛 3/1405
惠照
支丁 7/1021
77惠月
乙 17/328
80惠毓
三壬 9/1538

5033_6 忠

30忠宣公 見洪皓
38忠道
甲 10/88

5040_4 婁

00婁彦發
三壬 10/1546
補 21/1745
10婁夏卿
支乙 5/828
21婁虡
丁 7/594

5050_3 奉

77奉闍梨
丙 12/469

5090_4 秦

10秦二娘
乙 8/250
17秦丞相 見秦檜
20秦秀才 見秦檜
22秦彪
支甲 8/772
24秦德立
丙 11/462
26秦伯陽
三己 7/1353
27秦絳
丙 8/433
40秦奎
支庚 6/1179
秦梓(楚材)
乙 1/191
丁 10/620
44秦堪
支甲 4/738
秦楚材 見秦梓
45秦棣
乙 15/311
乙 16/323
46秦觀(少游)
甲 10/87
補 2/1559
47秦奴
乙 19/347
48秦檜(秦丞相、秦氏、秦秀才、秦益公、秦長脚)
乙 4/216
乙 9/261
乙 12/285
乙 16/319
丙 15/496
丙 16/500
丙 16/501
丁 5/577
丁 5/579
丁 6/586
丁 10/621
支乙 4/824
支景 2/894
支景 9/949
補 14/1678

補 25/1776
50秦忠
三己 1/1305
60秦國大長公主〔成閔兒婦〕
丙 6/411
秦昌齡
乙 12/285
丙 16/502
丁 6/588
支乙 4/824
秦昌時
乙 12/285
丙 10/447
支乙 4/824
71秦長脚　見秦檜
72秦氏〔張鎮妻〕
支甲 4/738
秦氏〔開銀舖者〕
支癸 6/1263
秦氏　見秦檜
80秦益公　見秦檜
90秦少游　見秦觀
秦焞
丁 6/588
94秦熺
丙 16/501
支乙 4/824

5103_2 振

86振錫
乙 17/332

5178_6 頓

72頓氏〔劉五妻〕
丁 13/647
77頓聞詩
支景 6/924
80頓公孺
支丁 8/1027

5202_1 折

72折氏
支庚 3/1153

5320_0 成

00成彦信
支丁 1/970
23成俊
支戊 3/1070
72成氏〔趙珪妻〕
三辛 9/1454
77成閔
三己 3/1325
成閔
丙 6/411

威

30威定公　見王德
50威惠廣祐王
支癸 6/1269

盛

00盛彦
補 5/1594
盛庶(復之)
支丁 7/1024
盛章
支丁 2/979
支丁 8/1027
補 3/1574
10盛栗
支丁 2/979
14盛珪
支庚 7/1187
17盛子東　見盛杲
20盛采
支丁 2/978
24盛特夫　見盛挺
25盛生
支庚 2/1151
26盛臯
三壬 9/1534
28盛復之　見盛庶
37盛次仲
再補 /1789
38盛肇
乙 13/295
40盛木
支丁 2/979
52盛挺(特夫)
支丁 2/979
60盛杲(子東)
支丁 2/979
支戊 4/1089

戚

00戚彦廣
支丁 9/1035
戚方
支乙 5/828
支景 4/911
44戚蘇娘
支丁 9/1035
戚世顯

支景 4/912

5500_0 井

00井度
甲 13/117

5533_7 慧

03慧斌
支乙 9/867
37慧通
乙 17/332
77慧月〔崇聖寺長老〕
三辛 5/1421
慧月〔西湖妙果寺僧〕
三辛 5/1424
79慧勝
甲 20/178

5560_0 曲

02曲端
三己 3/1325
38曲逆侯　見陳平

5560_6 曹

00曹庭堅
支丁 6/1014
10曹一
三己 4/1333
曹三
三己 9/1375
曹三香
補 13/1665
曹元寵
支乙 6/840
曹雲
乙 11/278
12曹延
三辛 10/1463
14曹功顯　見曹勛
20曹秀才
支癸 2/1235
曹季本　見曹耘
21曹仁傑
補 18/1722
22曹利建
補 20/1740
曹利用
補 20/1740
25曹紳
甲 14/120
32曹巡檢
補 20/1737
38曹道冲
三己 8/1367
曹道人
三壬 8/1525
40曹太尉
支癸 4/1246
曹布子
支甲 2/725
44曹廿一
支癸 1/1224
47曹轂(覺老)
甲 7/62
51曹耘(季本)
三補 /1814
53曹成
補 1/1549
64曹勛(功顯)
支乙 6/840
補 7/1614
三補 /1814
72曹氏〔蘄師益妻〕
甲 20/181
曹氏〔被判死刑〕
乙 4/214
曹氏〔建昌軍人〕
丁 19/696
曹氏〔資州楊某妻〕
支癸 2/1236
曹氏〔陳定國妻〕
三辛 5/1422
曹氏〔張士倜妻〕
三辛 6/1431
77曹覺老　見曹轂
曹與善
丙 11/455
88曹餘慶
支癸 1/1227
90曹惟吉
乙 1/186
曹火星
三辛 4/1411

5580_6 費

38費道樞　見費樞
41費樞(道樞)
丙 3/384
44費孝先
甲 13/109
80費翁
三辛 9/1454
90費小二
三辛 9/1454
費小三

三辛 9/1454

5602_7 揚

60揚國公 見劉光世

5609_4 操

44操執中
三辛 6/1432
80操全
三辛 5/1419

5702_7 邦

00邦彦
支景 2/888
支景 2/889

5725_7 静

00静應處士 見羅晏
21静師
乙 7/241

5798_6 賴

17賴子儀
三壬 5/1502
24賴先知山人
三壬 1/1470
40賴希真
三壬 5/1503
72賴氏〔黄谷妻〕
補 23/1762

5804_0 撒

80撒八太尉
丁 9/608

5819_4 蜍

00蜍充
乙 1/186

6001_4 睢

24睢佑卿
三己 3/1320

6010_0 日

00日言
三辛 3/1409
30日宗杲
乙 13/297
86日智
甲 7/55
乙 2/197
日智道
乙 14/302

6011_3 晁

02晁端揆
丁 15/665
25晁生
支甲 8/777
30晁安宅
甲 15/129
33晁補之(無咎)
甲 11/95
50晁夫人〔葉助妻〕
甲 8/69
晁夫人〔東平梁氏主母〕
乙 9/262
72晁氏〔鄧州大族〕
甲 15/129
晁氏〔蘄春太守妻〕
支甲 4/742
80晁無咎 見晁補之

6012_7 蜀

44蜀薩
支戊 1/1054

6021_0 四

43四娘
甲 11/97

6022_7 易

10易二十三
支乙 10/869
25易生
三辛 9/1453
90易當世
補 3/1570

6033_0 思

67思眼
支癸 1/1224

恩

10恩平郡王
支丁 2/979

6033_1 黑

77黑風大王
甲 1/9
支甲 2/721

6040_0 田

00田慶孫

丁 15/662
田庠
丁 9/614
01田龍圖
三己 1/1306
10田二官
支癸 1/1222
田二翁
支庚 10/1212
17田乙
三壬 10/1545
21田師中
甲 20/176
田穎叔
支景 10/962
23田俊
支乙 1/801
38田道人
丁 11/626
44田世輔
支景 10/964
田世卿
丁 3/561
47田轂
丁 15/661
72田氏〔洪邁妻祖母〕
乙 6/236
田氏〔方城人〕
丙 14/484
田氏〔唐州民〕
補 17/1709

6040_4 晏

08晏敦復(景初)
補 25/1781
10晏元獻 見晏殊
15晏殊(元獻)
甲 16/142
30晏安恭 見晏肅
50晏肅(安恭)
甲 19/169
60晏景初 見晏敦復

6043_1 吴

吴〔耿弁妻〕
丁 19/696
吴〔藥販〕
三己 2/1313
吴〔泉州客商〕
三己 2/1318
00吴彦柔
支戊 7/1108
吴彦周
丁 15/667
吴庚
支丁 2/977
吴慶長
乙 14/305
吴六
支甲 5/752
支癸 9/1287
08吴説(傅朋)
甲 14/122
補 2/1564
10吴二
丁 15/1667
吴正仲 見吴幵
吴正之 見吴信
吴五承事
支丁 2/977
吴五郎
補 6/1606
吴五戒
支癸 5/1256
吴元濟
甲 1/3
吴元翰 見吴圻
吴雱(遠澤)
三己 5/1342
支癸 1/1226
吴雲郎
支戊 4/1078
12吴璞
丁 16/676
13吴琯
支乙 8/858
14吴琦
三辛 1/1388
16吴醜兒
補 16/1695
17吴琛
補 15/1687
吴弼
再補 /1795
吴子南
補 5/1596
吴子野 見吴復古
吴君〔轉運副使〕
甲 20/179
吴君〔録參〕
丁 2/549
吴君〔分寧宰〕
補 18/1714
吴君與 見吴公誠
吴己正

乙 1/194
18吳玠(少師)
甲 17/152
丙 2/375
支戊 3/1073
三辛 4/1410
補 18/1716
吳璲
甲 3/21
19吳璘
三辛 4/1410
20吳秀才
支庚 10/1216
吳信(正之)
補 1/1549
吳信叟 見吳秉信
吳秉信(信叟)
乙 10/266
乙 19/346
21吳仁傑
補 1/1550
補 1/1552
吳虎臣 見吳曾
吳行成
三己 10/1378
吳幵(正仲)
乙 19/348
吳師彦
支癸 8/1285
22吳任鈞
補 2/1562
吳鼎
乙 12/283
23吳傅朋 見吳説
24吳德充 見吳公才
吳德秀
支乙 2/806
25吳仲廣
支戊 9/1123
吳仲弓
甲 14/120
吳仲權 見吳鎰
26吳伯秦 見吳溱
吳臯
支甲 2/723
27吳郛
三壬 5/1506
吳約(叔惠)
補 8/1616
吳叔惠 見吳約
28吳復古(子野)
甲 10/87
甲 15/134
吳僧伽
丁 8/605
30吳宜之
支癸 2/1234
吳滂(潤甫)
乙 11/278
吳宇
甲 2/17
吳客
三己 4/1332
吳良史
支庚 7/1188
31吳濬
乙 11/278
32吳沂
支甲 6/759
吳祈
三辛 4/1410
吳巡檢
再補 /1794
34吳斗南
支景 3/899
吳法師
支景 4/908
吳漆匠
三辛 6/1430
吳漢英
支庚 6/1180
吳逵(公路)
甲 16/145
甲 20/183
乙 4/216
吳遠澤 見吳雱
35吳溱(伯秦)
支庚 6/1180
支癸 5/1256
支癸 5/1258
36吳温彦
丙 10/452
吳澤
支戊 4/1078
支癸 8/1285
37吳潤甫 見吳滂
吳淑
三壬 5/1506
吳淑姬
支庚 10/1217
吳祖壽
乙 19/348
吳邈
乙 4/211
38吳滋

支戊 4/1078
吳道子
支癸 5/1257
吳道士
三己 7/1357
吳道士〔南昌法籙〕
三壬 8/1528
吳道夫
乙 1/192
40吳十郎
支癸 3/1238
吳九
支癸 9/1296
吳大〔爲王元懋泛洋貿易〕
三己 6/1345
吳大〔結屋墜梯折腰〕
補 24/1773
吳大明
三辛 5/1418
吳大同
乙 11/278
吳直
支癸 4/1253
吳克明 見吳中
吳梓
補 14/1682
42吳圻(元翰)
乙 2/201
43吳棫(材老)
乙 10/264
44吳芾(明可)
丁 19/699
吳燕王
甲 1/8
吳孝先 見吳曾
吳廿一
三辛 6/1432
吳廿二
三辛 7/1440
吳廿九
支丁 4/997
吳材老 見吳棫
吳棋
甲 10/84
46吳如松
支甲 4/744
47吳垌
丙 4/395
吳超
支乙 1/803
補 5/1594
50吳中(克明)
支乙 10/874
吳夫人〔王安石妻〕
丙 19/523
吳夫人〔唐輿正母〕
再補 /1794
52吳挺
支丁 7/1024
53吳成忠
丙 16/501
吳感
甲 12/100
60吳昉
甲 7/59
吳呈俊
三己 10/1379
吳國夫人〔洪皓嫂〕
支戊 5/1088
吳四娘
補 10/1638
吳景華
三補 /1807
61吳旺
丙 12/465
67吳明可 見吳芾
吳明甫
支庚 7/1189
72吳氏〔趙士驪妻〕
丁 7/595
吳氏〔臨川縣人〕
丁 20/703
吳氏〔李生岳丈〕
支戊 4/1079
吳氏〔鄂州富民〕
支庚 1/1136
吳氏〔信州人〕
支庚 9/1205
吳氏〔李應行妻〕
三壬 7/1523
吳氏〔王乙妻〕
補 1/1554
77吳周輔
三辛 5/1418
三辛 5/1419
吳居甫
支丁 4/999
吳醫
補 22/1750
吳民瞻
補 8/1616
吳興舉
甲 18/157

80吴翁〔興化民〕
支景 9/951
吴翁〔餘干帽匠〕
補 2/1562
吴翁〔臨安賣魚者〕
補 16/1695
吴曾(孝先)
三辛 5/1418
吴曾(虎臣)
乙 7/240
支乙 2/808
吴公誠(君與)
甲 8/64
吴公佐
支丁 9/1036
吴公才(德充)
丙 12/471
吴公路　見吴逵
86吴知閤
補 8/1620
吴智甫
丁 16/671
88吴鎰(仲權)
支乙 2/808
三壬 1/1468
三壬 1/1475
吴篆
三壬 1/1475
吴敏
三己 6/1345
吴敏叔
補 10/1640
90吴小員外
甲 4/29
吴少師　見吴玠
吴光庭
三壬 7/1520
97吴輝
丁 5/576
99吴榮
支甲 5/752

6050_4 畢

00畢應
三辛 6/1430
34畢造
乙 7/237

6060_0 吕

吕
甲 5/38
00吕彦能　見吕援
吕彦升
支景 1/882
支景 3/897
補 21/1746
吕辯老
支癸 3/1241
支癸 3/1242
支癸 3/1243(2)
10吕正愍公　見吕大防
吕元圭
補 12/1654
11吕棐
丁 12/641
17吕丞相　見吕頤浩
22吕仙翁　見吕洞賓
吕山友
丙 9/438
24吕先生　見吕洞賓
吕德卿　見吕大年
25吕生(吕匾頭)
補 18/1715
吕仲及　見吕企中
吕使君〔邕州〕
支甲 3/729
吕使君〔蜀客〕
支戊 9/1122
26吕伯固
三壬 5/1503
27吕叔炤
支景 9/948
30吕安浩
補 10/1642
吕安老　見吕祉
31吕源
乙 9/261
吕祉(安老)
乙 4/216
丙 13/480
33吕述卿
支景 3/905
37吕洞賓(吕仙翁、吕翁、吕真人、吕公、吕先生、回道人)
甲 1/8
甲 6/49
乙 14/300
乙 17/325
乙 19/350
乙 20/357
丙 2/377
丙 4/391

丙 8/435
丁 8/604
丁 18/689
支甲 6/755
支乙 7/844
支庚 9/1204
支癸 4/1252
支癸 10/1299
三己 6/1351
三辛 3/1405
三辛 4/1415
補 12/1652
補 12/1653
補 12/1654
補 12/1655
補 12/1656
補 12/1657
補 13/1665
再補 /1792
呂汲公　見呂大防
呂逢辰
補 10/1642
呂郎中
支甲 5/747
40呂九齡
支戊 8/1113
呂大防(正愍公、汲公)
支景 6/925
補 10/1641
呂大年(德卿)
支景 3/900
支景 4/907
支景 4/910
支景 4/913
支景 5/920
支丁 3/984
支丁 3/985
支丁 3/991(3)
支庚 4/1161(2)
補 14/1682
呂吉甫
甲 6/52
呂真人　見呂洞賓
45呂椿年
支景 3/900
支景 3/901
支景 4/908
50呂夷簡(文靖公)
三壬 2/1482
呂忠穆　見呂頤浩
51呂揩
補 21/1749
52呂援(彥能)
支景 3/904
支丁 3/989
60呂景山
補 10/1641
67呂明
支庚 6/1184
71呂愿中
丁 2/547
補 25/1776
呂匾頭　見呂生
呂頤浩(忠穆、呂丞相)
甲 13/109
乙 5/225
丙 15/494
支庚 10/1215
補 10/1215
補 14/1682
72呂氏〔江定國母〕
甲 9/79
呂氏〔梁輈祖其屋〕
支乙 10/870
呂氏〔秀州人〕
支景 4/909
呂氏〔許升妻〕
支庚 1/1139
78呂監稅
丙 9/440
80呂企中(仲及)
三壬 2/1482
呂翁　見呂洞賓
呂令問
補 25/1776
呂義卿
支景 3/898
支景 4/907
呂公　見呂洞賓
90呂少霞
乙 18/338
94呂忱中
乙 12/285

回

38回道人　見呂洞賓

昌

20昌禹功　見昌永
30昌永(禹功)
丙 1/369

6080₆ 圓

40圓真

支丁 3/989
91圓悟
支景 4/909

員

00員彥材
丙 3/390
10員一
支景 1/884
14員琦
丁 5/577
丁 6/583
支庚 4/1165
61員顯道 見員興宗
77員興宗(顯道)
丙 3/390

6090₆ 景

20景季淵
三壬 7/1518
38景祥〔洪福寺僧〕
甲 7/56
景祥〔寶峰寺僧〕
支乙 9/862
支乙 9/863
補 14/1679
72景氏〔建州江外民〕
丙 4/397

6091₄ 羅

00羅彥章
三壬 1/1470
羅彥國
乙 5/223
02羅端視 見羅頌
10羅三
三壬 10/1546
羅正甫
支戊 2/1064
羅正臣
支癸 6/1266
17羅鞏(伯固)
甲 7/58
支乙 6/836
20羅維藩
支甲 7/769
24羅儔老 見羅畸
25羅生
三辛 7/1441
羅仲寅
三壬 10/1546
26羅伯固 見羅鞏
40羅赤脚 見羅晏
羅森
三辛 7/1441
50羅春伯 見羅點
60羅晏(羅赤脚、静應處士、太和沖夷先生)
丙 2/375
61羅點(春伯)
支乙 2/806
支丁 4/998
支丁 4/999
三壬 1/1470
64羅畸(儔老)
甲 6/52
甲 9/77
72羅氏〔張維妻〕
三辛 6/1431
81羅頌(端視)
補 1/1557
87羅欽若
支甲 7/766

6102₇ 眄

61眄眄
三己 5/1341

6138₆ 顯

21顯仁皇后
乙 3/209
支甲 7/767
77顯用
丁 8/607

6204₉ 呼

12呼延通
三己 8/1361

6404₁ 時

00時康祖
再補 /1795(2)
21時衍之
丁 18/690
23時俊
支戊 7/1105
24時俠
丁 16/675
25時仲亨
丙 20/532
30時適
丙 20/532

6624₈ 嚴

30嚴安

支甲 2/724
40嚴克誠
支甲 6/759
嚴真
支乙 9/866
44嚴蘧
支庚 10/1217
嚴老翁
支丁 9/1037
50嚴泰伯
支乙 10/872
60嚴四
支乙 4/821
62嚴縣丞
三辛 1/1392
72嚴氏
三補 /1806
80嚴翁
支甲 4/740

6650_6 單

40單志遠
支丁 9/1037

6702_0 明

25明生
支甲 1/713
38明道人
三壬 5/1506

6706_2 昭

67昭明太子　見蕭統

6716_4 路

14路瓘(君寶)
丙 13/479
丁 18/684
17路君寶　見路瓘
37路通判　見路時中
64路時中(當可、路通判)
乙 6/232
乙 7/237
丙 5/403
丙 13/479
丁 18/684
三己 8/1362(2)
補 5/1594
90路當可　見路時中

6722_7 鄂

30鄂守
甲 20/176

6802_1 喻

10喻天祐
支甲 9/782
27喻叔奇　見喻良能
30喻良能(叔奇)
乙 10/268(2)
34喻汝礪(迪孺)
丙 2/380
35喻迪孺　見喻汝礪
40喻真官
支丁 2/983
44喻葆光(如晦)
乙 10/267
46喻如晦　見喻葆光
71喻陟
補 12/1654
72喻氏〔汪櫄妻〕
支乙 7/851

7022_7 防

77防風氏
支戊 7/1106

7121_1 阮

10阮玉
乙 19/344
20阮秀才
支戊 2/1066
40阮十六
三己 4/1329
77阮閱
丙 15/495
80阮公明
支丁 3/988

7122_0 阿

25阿失打
支甲 1/715
阿失里
支乙 1/797
26阿保機
甲 1/6
28阿徐
支丁 6/1013
29阿伴
補 16/1701
80阿全
補 15/1693

7124_0 牙

10牙哥

三己 4/1328

7132_7 馬

00馬彦達　見馬識遠
02馬訓練
三辛 8/1445
03馬識遠(彦達)
乙 19/345
07馬望兒
乙 19/350
10馬元益
甲 15/132
12馬登(遂良)
三壬 6/1511
17馬玿(中玉)
乙 20/359
馬子充　見馬擴
馬子約　見馬純
22馬仙姑
甲 14/127
24馬先覺
丙 7/426
25馬純(子約)
支丁 10/1050
26馬保義
三辛 8/1443
27馬叔靜
甲 4/31
馬紹京
甲 17/148
30馬進
丁 2/547
三己 8/1366
馬之奇
支庚 7/1189
33馬述尹
丙 7/426(2)
38馬遂良　見馬登
馬道人
三己 2/1315
40馬大夫
甲 17/148
馬希言
丙 17/510
馬吉
乙 7/241
47馬超
補 9/1633
50馬中玉　見馬玿
馬擴(子充)
甲 20/184
馬肅夫
丙 7/426
馬忠玉
丁 16/671
72馬氏〔楚椿卿妻〕
乙 15/311
馬氏〔范旺妻〕
甲 20/182
馬氏〔南禪氏寓客〕
乙 14/302
馬氏〔村巫〕
支丁 3/986
77馬居中
支戊 4/1083
馬民彝
乙 17/333
80馬會叔
三己 6/1346
88馬簡
甲 13/116

7210_0 劉

劉〔開藥肆者〕
丙 14/489
劉〔福唐道人〕
支戊 1/1054
劉〔獄醫〕
支庚 10/1219
劉〔泉州商客〕
三己 2/1318
劉〔酒家〕
三己 6/1348
00劉立道　見劉彦適
劉立道　見劉大中
劉立義
支景 10/961
劉亨
丙 20/535
劉齊
甲 1/7
劉彦立
三壬 3/1488
劉彦脩　見劉子羽
劉彦宏　見劉丹
劉彦適(立道)
丙 11/456
劉彦沖　見劉子翬
劉方明　見劉昉
劉高尚
乙 8/254
劉庠
支甲 1/717
劉廂使
甲 1/5

劉廣
支癸 8/1284
劉襄(子思)
甲 15/131
01劉龍圖
丁 2/553
04劉詵
支庚 3/1152
07劉望之(夷叔)
丙 17/512
10劉一
支乙 6/836
劉一止(行簡)
三己 9/1371
劉一郎
三辛 10/1464
劉三郎
三己 9/1374
劉三娘
丁 2/552
劉正彦
乙 9/260
劉正夫 見劉孝題
劉正甫 見劉孝韙
劉亞夫
丁 7/598
劉五〔神堰漁者〕
支丁 9/1036
劉五〔荆南人〕
丁 13/647
劉五郎
丙 2/375
劉元中
丙 5/405
劉元八郎
支戊 5/1086
劉平國 見劉宰
劉可
支癸 10/1295
劉醇叟 見劉堯夫
12劉延慶(劉少保)
乙 11/275
支丁 4/993
劉延仲
補 19/1730
13劉武忠
支景 4/912
支庚 4/1165
三辛 5/1420
14劉珙(共甫)
支景 8/944
補 19/1727
17劉盈之
支丁 2/983
劉豫
丙 17/509
丙 20/532
丁 7/597
補 6/1607
劉承節
支甲 3/730
劉子文 見劉總
劉子羽(彦脩)
丙 17/509
劉子翬(彦沖)
甲 17/154
劉子禮
三壬 2/1477
劉子思 見劉襄
劉子固
乙 20/358
劉子昂
乙 5/222
丁 20/706
支甲 5/751
劉子昭 見劉輝
18劉改之 見劉過
20劉舜臣
支乙 7/851
劉信叔 見劉錡
劉季裴(少慶)
補 14/1684
劉季孫(景文)
丙 10/453
21劉順
乙 14/302
劉能真
補 12/1658
劉行簡 見劉一止
劉處約
支庚 3/1152
劉師道(顯道)
三己 3/1322
劉經絡
三壬 9/1535
22劉巖叟
支癸 6/1264
劉穩
丁 5/577
丁 7/586
23劉允(厚中)
甲 14/118
支景 7/938
補 7/1615
劉獻卿 見劉策

劉綍(穆仲)
乙 13/290
乙 19/347
24劉先主　見劉備
劉先生
補 22/1756
劉先覺　見劉溥
劉侁
三壬 2/1479
劉備(劉先主)
甲 15/129
劉德遠　見劉旦
劉侍老
乙 13/290
劉供奉
乙 16/319
25劉生〔德安府人〕
甲 17/152
劉生〔陝西人〕
丁 9/614
劉生〔南城人〕
丁 18/687
劉生〔畫工〕
三辛 1/1388
劉生〔饒人〕
三辛 8/1442
劉仲馮　見劉奉世
劉仲敏
甲 15/135
劉純仁
三壬 6/1510
26劉自虛
支癸 10/1298
劉伯山
支乙 4/827
劉儼
乙 19/344
劉和
丁 5/575
劉穆仲　見劉綍
劉總(子文)
乙 13/290
27劉將軍
支甲 1/714
劉彝孫
甲 8/69
劉幻
補 19/1729
劉檠
補 10/1640
劉粲民(光世)
甲 7/57
30劉注
三壬 5/1504
劉守真
補 22/1755
劉宰(平國)
支景 9/949
劉安
甲 14/123
劉安上
補 13/1665
劉安世(器之)
補 2/1563
劉之翰
支景 10/964
劉良士
補 17/1708
劉實(若虛)
乙 3/209
三己 5/1343
劉宗仙
丁 10/637
劉宗爽
丁 10/625
33劉溥(先覺)
三壬 5/1504
34劉法
乙 9/260
劉法師
甲 11/92
支庚 8/1199
36劉温
丙 19/522
劉混康
丁 4/565
支乙 6/838
劉澤
三己 6/1347
劉昶
支乙 7/851
三辛 3/1408
37劉逸民
支丁 9/1041
劉過(改之)
支丁 6/1015
劉通判
三己 5/1339
劉逢
三己 8/1363
劉郎中
丁 15/661
38劉泠然
乙 7/244
劉道昌

丁 2/551
40劉十二
支甲 4/740
劉十九
丁 14/660
劉十八
丁 19/697
劉九
支丁 7/1021
劉大中(立道)
丙 18/517
劉大用
支戊 3/1071
支戊 3/1072(2)
支戊 8/1116
支戊 8/1117
劉大臨
支丁 8/1031
劉太初
甲 15/127
劉士彥
丁 4/565
劉左武
丁 10/625
劉希范
丙 20/532
劉堯夫(醇叟)
支乙 10/872
劉堯舉
丁 17/683
劉友端
支丁 1/973
41劉樞幹
支庚 3/1155
支癸 10/1297
三壬 3/1484
三壬 5/1501
43劉式
甲 14/120
44劉懋
補 11/1647
劉莘老 見劉摯
劉孝題(正夫)
補 15/1688
劉孝韙(正甫)
補 10/1640
劉姑
乙 16/317
劉摯(莘老)
支景 6/925
劉若孫
三壬 3/1486
劉若虛 見劉實
劉蓑衣
乙 14/299
丁 6/588
三壬 2/1477
劉共甫 見劉珙
劉某〔鄞縣宰〕
乙 10/266
劉某〔進奏官〕
乙 18/340
劉某〔通州海門人〕
丁 3/560
劉某〔禁衛典首〕
丁 9/611
劉植
三壬 6/1510
46劉觀
丁 17/683
劉恕
支甲 5/751
47劉好古 見劉敏求
劉超
支景 7/934
三辛 4/1411
50劉中
三辛 3/1408
劉夫人〔洪邁外姑〕
丙 14/684
劉夫人〔劉奉世妻〕
乙 19/348
劉夷叔 見劉望之
劉晝生
支甲 5/749
劉奉世(仲馮)
乙 19/348
53劉甫
丙 6/413
56劉拐子
補 12/1658
60劉昉(方明)
甲 14/118
支景 7/938
補 7/1615
劉旦(德遠)
支甲 5/750
劉四秀才
支甲 4/737
劉四九
補 16/1701
劉思恭
三壬 2/1477
三壬 4/1497
劉景

甲 14/118
丁 2/546
劉景文 見劉季孫
61劉顯道 見劉師道
62劉縣丞
乙 8/253
64劉暐
支乙 10/873
66劉器之 見劉安世
67劉明哥
支癸 5/1260
劉昭
支景 1/886
71劉厚中 見劉允
劉原甫 見劉敞
72劉氏〔張文吉妻〕
丙 14/483
劉氏〔媒媪〕
丙 16/500
劉氏〔張克公妻〕
丁 13/650
劉氏〔王成妻〕
支乙 3/812
劉氏〔清塘村人〕
支景 7/939
劉氏〔樂平南原富室〕
補 7/1611
劉氏〔饒州皂角巷民〕
補 16/1702
劉氏〔高君贊岳父〕
甲 5/41
74劉尉
丁 8/602
77劉居中
乙 13/296
劉居晦
支癸 5/1260
劉叉
乙 6/233
劉聞詩
三壬 2/1483
劉丹(彦宏)
三壬 5/1504
劉開
支乙 10/871
78劉監税
補 16/1701
80劉翁〔屠者〕
支癸 4/1248
劉翁〔醫生〕
三辛 4/1414
劉令
乙 4/217
劉無言
支戊 5/1093
劉普
乙 17/332
劉舍人
三壬 6/1508
劉公佐
乙 11/279
84劉錡(信叔)
丁 6/583
支景 9/950
86劉錫
再補 /1790
劉知縣
支戊 10/1131
87劉録事
丙 6/412
劉翔
甲 6/53
88劉敏求(好古)
甲 8/68
劉策(獻卿)
支乙 10/871
90劉小五郎
丙 2/375
劉少慶 見劉季裴
劉少保 見劉延慶
劉光遠
三己 3/1330
劉光世(揚國公)
乙 11/275
劉光世 見劉燊民
97劉輝(子昭)
三辛 2/1401
98劉敞(原甫)
三壬 7/1520

7210₁ 丘

00丘文昭 見丘鐸
17丘子安
三壬 1/1475
20丘秀才
支景 9/955
22丘岑
支丁 4/998
丘鼎
支景 9/953
23丘秘校
支乙 4/820
24丘德彰

支丁 9/1037
25丘生
乙 12/282
30丘宗卿
三辛 7/1434
31丘濬
甲 17/152
72丘氏〔南豐民〕
丁 19/697
86丘鐸(文昭)
乙 8/251
88丘簡
三壬 4/1494
98丘悦
丁 2/552

7277_2 岳

00岳商卿　見岳霖
10岳震
丙 15/496
岳霖(商卿)
丙 15/496
支庚 10/1217
11岳珂
再補 /1798
12岳飛（岳武穆、岳少保）
甲 15/131
甲 15/132
丙 1/365
丙 15/496
丁 13/644
支甲 4/773
支景 1/881
支戊 6/1098
三辛 4/1411
再補 /1798
13岳武穆公　見岳飛
三辛 4/1411
21岳師禹
支庚 7/1193
40岳七楚雲
三壬 7/1521
80岳翁
支庚 7/1193
90岳少保　見岳飛

7421_4 陸

02陸端信　見陸蘊
陸端禮　見陸藻
陸新
補 15/1687
10陸二翁
支庚 1/1137
17陸弼
丁 14/657
陸子静　見陸九淵
20陸維之
乙 1/193
24陸德
甲 14/123
支庚 8/1196
25陸生〔臨川漆匠〕
支景 2/889
陸生〔饒民〕
支景 8/940
陸仲舉
丁 3/557
26陸佃(農師)
乙 3/209
27陸象山　見陸九淵
30陸瀛
乙 11/274
陸寶
乙 3/209
38陸道姑
支戊 8/1111
40陸九淵（子静、象山）
支乙 7/849
支庚 10/1213
三己 9/1372
三己 10/1377
三辛 8/1445
44陸藻(端禮)
支丁 1/968
陸蒙之
支乙 3/819
陸蒼
支景 3/901
陸蘊(端信)
支丁 1/968
50陸青
三辛 10/1461
55陸農師　見陸佃
60陸思俊
支景 4/909
71陸長源
補 4/1586
72陸氏〔會稽人〕
甲 2/15
陸氏〔郭三雅妻〕
甲 20/182
陸氏〔陳祖安甥女〕
丙 12/465

76陸陽(義若)
丁 10/619
80陸義若 見陸陽

7422_7 隋

96隋煬帝
支丁 3/991

7529_6 陳

陳〔台州黄巖人〕
甲 7/55
陳〔老儒〕
乙 3/209
陳〔青田人〕
丙 5/403
陳〔建昌麻源僧〕
支景 2/888
陳〔泉州商客〕
三己 2/1318
00陳亨伯 見陳遘
陳亨明 見陳杲
陳亮(同父)
三壬 3/1487
陳彦亨
乙 2/197
陳彦武
乙 2/197
陳彦才
丙 5/403
陳彦存 見陳損
陳彦忠
支甲 8/775
陳方
三辛 1/1387
三辛 3/1404
陳方石
甲 18/164
陳應求
丙 15/490
支戊 6/1096
陳康伯(魯公)
補 19/1727
陳慶
支癸 3/1244
陳唐
補 25/1778
陳文叔
三辛 10/1463
陳文卿 見陳郁
陳襄(述古)
乙 3/204
陳六〔賣舟者〕
甲 18/156
陳六〔田僕〕
丁 5/575
陳六奇
支癸 9/1292
02陳氈頭
支戊 1/1053
陳訓練
支丁 9/1041
03陳誠甫 見陳正
05陳靖寶
支丁 9/1036
06陳諤(蹇叔)
支景 4/910
07陳望
甲 20/182
10陳二〔金華民〕
支乙 8/860
陳二〔鄭四僕〕
支景 5/919
陳二〔不逞之徒〕
三己 3/1325
陳二〔鄱陽人〕
三壬 10/1546
陳三〔獄級〕
支甲 9/783
陳三〔建昌民〕
支景 2/888
陳三〔皮匠〕
三壬 8/1529
陳正〔陳國佐父〕
甲 5/37
陳正(誠甫)
三壬 9/1538
陳正敏
丙 13/478
陳王猷
甲 19/174
陳五〔秀州民〕
甲 4/32
陳五〔樂平民〕
支癸 5/1259
陳五〔鄱陽民〕
三辛 7/1439
陳五君
支戊 7/1107
陳黿
補 23/1767
陳元(長卿)
支乙 10/869
陳元〔侯官人〕
支丁 10/1050
陳元功 見陳敏

陳元承　見陳𤣱
陳元齡
支庚 10/1217
陳元忠　見陳少魏
陳元輿　見陳軒
陳元父　見陳甲
陳丙
甲 16/138
陳霆
補 25/1778
陳平(曲逆侯)
三辛 10/1463
陳天輿
支庚 3/1159
陳可大
丁 1/541
陳百五
三辛 9/1457
陳百四
三辛 9/1457
陳不矜　見陳道光
11陳孺(漢卿)
三壬 2/1480
支乙 6/841
12陳瑀
支庚 5/1170
14陳礶
丙 10/447
17陳丞〔臨江丞〕
丁 15/664
陳丞相　見陳俊卿
陳珦(中玉)
甲 2/13
陳瓊玉
甲 14/122
陳了翁
甲 9/80
陳承信
甲 7/56
陳子象(省之)
補 23/1765
陳子損
補 25/1778
陳子輿　見陳希點
陳子輝
丁 5/574
18陳玠
支乙 10/875
陳致明
支庚 6/1182
20陳秀才〔常熟人〕
支乙 2/804
陳秀才〔弋陽人〕
支乙 7/848
陳秀才〔金華人〕
支庚 3/1158
陳秀才〔汀江人〕
支癸 7/1273
陳秀才〔鼎州民葉氏婿〕
三辛 4/1413
陳秀才〔程衡婿〕
補 18/1720
陳秀公　見陳升之
陳舜民
丙 1/369
陳信仲　見陳愈
陳季靈
補 15/1686
陳季若
甲 12/106
21陳師則
支丁 6/1012
22陳樂天
丙 6/411
23陳俊卿(陳魏公、陳丞相)
支甲 6/757
支戊 2/1064
支戊 2/1065
支戊 6/1096
支庚 3/1158
補 23/1762
24陳德
丙 1/367
陳德應　見陳橐
陳德廣　見陳堯道
陳德光　見陳體謙
陳升之(秀公)
丁 5/578
25陳生〔胡倚然道友〕
甲 2/16
陳生〔華亭縣吏〕
甲 11/93(2)
陳生〔醫生〕
丙 3/387
陳生〔廣陵人〕
三己 1/1305
陳生〔童行〕
三辛 6/1426
陳仲禮
三己 6/1349
陳仲夷
支癸 9/1286
陳傳

乙 1/194
陳使君
支戊 6/1095
26陳伯和 見陳如塤
陳保義
乙 3/206
陳魏公 見陳俊卿
27陳阜卿 見陳之茂
陳魯公 見陳康伯
陳約父
三補 /1810
陳叔晉 見陳騤
28陳從古
丁 4/566
30陳永年
丁 9/613
陳之柔
三己 8/1360
陳之茂(阜卿)
乙 12/285
乙 18/341
陳適用
支乙 10/876
陳安行
支丁 1/969
陳安國
甲 14/119
陳良器
甲 5/38
陳定國〔樂平人〕
三辛 5/1419
陳定國〔大庾丞〕
三辛 5/1422
陳蹇叔 見陳諤
31陳涉
補 21/1747
陳源
支景 4/907
32陳祈
甲 19/168
33陳述
甲 10/85
陳述古 見陳襄
34陳法師
支丁 10/1044
陳漢卿 見陳孺
陳汝錫
丙 5/402
丙 5/404
陳達善
三壬 9/1534
陳婆〔鄱陽民〕
三辛 2/1400
陳婆〔江州民〕
補 1/1557
35陳遘(亨伯)
甲 3/25
37陳祖言
甲 5/38
陳祖安
丙 8/431
丙 12/465
陳遹
丁 1/542
陳通
甲 7/59
丁 1/539
38陳道士
補 25/1779
陳道人〔衡州人〕
丁 20/707
陳道人〔楚州人〕
三壬 2/1477
陳道光(不矜)
支甲 7/762
39陳逍遥
支庚 9/1207
40陳十一郎
甲 18/156
陳十四
丁 12/638
陳大猷
支戊 7/1107
陳太
補 6/1603
陳才輔
丁 5/580
陳堯佐(文惠公)
甲 2/13
陳堯咨
支丁 8/1030
陳堯道(德廣)
乙 20/358
陳内侍
乙 16/319
陳希亮
補 13/1669
陳希顔
補 19/1728
陳希夷 見陳摶
陳希黯
三辛 1/1389
陳希點(子與)
支甲 4/739
陳吉老

乙 7/240
陳七
乙 4/218
陳七翁
三壬 5/1504
陳去非 見陳與義
陳真人
甲 7/60
41陳櫄
甲 2/16
42陳樸
丁 6/584
44陳夢應 見陳萬頃
陳夢兆 見陳茂林
陳夢和 見陳筑
陳萬頃(夢應)
支戊 7/1107
陳茂
丁 6/589
陳茂英(隙知縣)
三己 5/1336
三己 5/1337(2)
陳茂林(夢兆)
甲 17/153
陳藏器
再補 /1793
陳恭公
支丁 3/985
陳莘
三辛 4/1414
三辛 4/1417
陳孝家
支庚 4/1162
陳老翁
支庚 4/1166
陳世材
丙 8/603
陳世則
補 25/1780
陳某〔青田小胥〕
丙 5/403
陳某〔荆山莊主者〕
丁 5/577
陳某〔侍御史〕
丁 14/653
陳某〔邑丞〕
支戊 1/1059
45陳棣
丙 5/404
丙 5/408
46陳如塤(伯和)
支乙 10/876
陳媳婦
丁 9/611
47陳郁(文卿)
乙 2/197
陳朝老
支甲 3/731
陳馨奴
三己 6/1346
陳桷(元承)
丁 6/582
支景 9/949
50陳中玉 見陳珦
陳泰
支癸 5/1254
陳青
三辛 2/1395
陳忠顯
三辛 2/1399
陳由義
丁 10/624
陳櫜(德應)
甲 3/21
陳東
甲 7/57
51陳振
丁 7/594
陳軒(元輿)
丁 6/584
補 13/1666
55陳搏(希夷)
丙 1/366
支乙 4/825
56陳損(彥存)
支乙 5/835
補 19/1728
57陳邦光
乙 6/233
60陳昉
支甲 3/735
陳日華 見陳曄
陳國佐 見陳公輔
陳國濳
支乙 2/804
陳四
甲 18/161
陳四翁
三辛 4/1413
陳晟
丁 6/584
陳思恭
乙 16/321
陳昇
甲 13/116

陳甲(元父)
甲 17/150
陳甲〔種菜者〕
支景 4/909
陳昌言
補 13/1668
陳杲(亨明)
甲 7/58
64陳曄(日華)
三己 7/1352
67陳昭
甲 14/123
68陳晦叔　見陳輝
71陳長三
支景 10/961
陳長卿　見陳元
72陳騤(叔晉)
支癸 10/1300
陳氏〔陳德應女〕
甲 3/21
陳氏〔藍喬母〕
甲 15/133
陳氏〔秀州人〕
甲 19/173
陳氏〔楊村鎮人〕
丙 2/376
陳氏〔錢令望妻〕
丙 7/423
陳氏〔居戚里〕
丙 14/485
陳氏〔袁從政妻〕
丁 18/689
陳氏〔其女産怪胎〕
丁 19/696
陳氏〔新淦民〕
丁 19/699
陳氏〔于斷妻〕
丁 20/708
陳氏〔海陵人〕
支甲 9/786
陳氏〔水陽民〕
支乙 8/854
陳氏〔秀州魏塘人〕
支景 5/916
陳氏〔李元佐家乳母〕
支景 7/936
陳氏〔福州江南民〕
支戊 1/1056
陳氏〔古田富家婦〕
支戊 3/1071
陳氏〔婺州富户〕
支戊 6/1100
陳氏〔平江人〕
支庚 5/1173
陳氏〔王文林妻〕
支庚 5/1173
75陳體謙(德光)
支甲 10/792
77陳同父　見陳亮
陳叟
支丁 2/978
陳興
乙 3/206
陳興義(去非)
三壬 7/1520
80陳翁
支甲 4/743
陳念三
補 1/1556
陳愈(信仲)
乙 20/361
補 2/1558
陳尊
甲 15/128
陳普
丁 6/585
陳善
支景 4/907
陳曾二
補 17/1710
陳公亮
支丁 1/974
陳公任
支戊 1/1059
陳公輔(國佐)
甲 5/37
補 10/1642
83陳鐵鞭
支乙 5/832
86陳知縣　見陳茂英
87陳録曹
乙 7/241
88陳筑(夢和)
甲 6/51
陳敏(元功)
甲 7/62
三壬 2/1476
支庚 4/1162
90陳小八
三辛 10/1465
陳少魏(元忠)
再補 /1783
陳省之　見陳之象
陳炎

丙 7/424
94陳忱
甲 17/152
陳慥
補 13/1669
陳爟
甲 5/38
甲 6/48
97陳焕
補 15/1687
陳輝(晦叔)
乙 15/314
99陳瑩中
三己 9/1369

7621_3 隗

00隗六
支甲 8/776
26隗伯山
三壬 6/1513

7622_7 陽

40陽大明
乙 3/208
丁 8/603

7712_7 邱

00邱六
三壬 1/1472
40邱十六
三壬 1/1472

7714_8 闞

40闞喜
乙 11/275

7721_6 覺

24覺升
甲 5/37
77覺聞
支乙 9/868
覺闍黎
補 25/1780

7722_0 陶

陶〔藥販〕
三己 2/1313
25陶生
支乙 3/818
26陶侃
支丁 8/1034
27陶象
丙 16/498
32陶淵明
支庚 9/1204
34陶婆
乙 18/340
50陶中丞
支乙 4/826
陶忠
支景 4/911
61陶顯
支景 4/911
72陶氏〔劉宰妻〕
支景 9/949
陶氏〔詹慶妻〕

周

周〔劉十八妻〕
丁 19/697
周〔鄧禮傭工〕
支甲 6/757
00周亮
丙 12/464
周彦廣　見周淙
周彦保　見周召
周彦程
三辛 9/1451
周彦約　見周綰
周康州
乙 8/253
周庭彦
三己 4/1335
周六
支丁 9/1036
01周龍章(冠卿)
支乙 2/811
09周麟之(茂振)
丁 15/665
10周三
支戊 4/1080
周二十
支庚 6/1178
周三〔南城田夫〕
支甲 5/747
周三〔村巫〕
支癸 8/1283
周三〔鳳州民〕
三壬 10/1547
周三畏
甲 15/132
周五
支丁 8/1033
周元特　見周操

周石(後改名吕齡)
支戊 8/1113
周石(介卿)
支庚 10/1217
周西瑞 見周琥
11周琥(西瑞)
丁 1/541
周礪
支乙 6/843
12周瑞娘
補 10/1642
17周子及 見周洎
周子中
補 22/1755
周子明
丁 9/610
周子美 見周公才
周召(彦保)
支乙 2/811
周君
丁 15/665
周君舉 見周孝若
周司户
支景 4/911
18周瑜(公瑾)
丁 18/690
20周秀才
支甲 2/722
周舜元(濟美)
丁 2/549
周舜臣
丁 3/555
周穜
甲 8/69
21周虎
支癸 8/1279
周師厚
乙 1/194
周紫芝(少隱)
三己 8/1366
補 1/1554
23周參政 見周葵
周綰(彦約)
甲 20/179
24周先生
補 23/1759
周德
甲 7/59
周德材
三辛 10/1463
周升卿 見周階
25周生〔餘干鄉民〕
支庚 8/1195
周生〔隆興府樵舍鎮富人〕
補 22/1754
周生〔録事參軍〕
補 25/1776
30周濟美 見周舜元
周永
支庚 10/1219
周永真
丙 11/455
周官人
丁 3/561
周寶
支丁 10/1046
33周必大(益公)
支丁 5/1003
周濱(東老)
甲 9/80
周淙(彦廣)
支甲 2/724
三辛 3/1404
34周祐
補 2/1564
35周禮
支乙 7/849
36周洎(子及)
三補 /1807
37周冠卿 見周龍章
周選伯 見周權
40周十翁
三己 4/1334
周十四郎
補 10/1642
周九
支庚 6/1178
周梓
三辛 3/1404
44周莊仲
丙 7/425
周茂振 見周麟之
周孝孫
支庚 6/1184
周孝若(君舉)
支乙 2/811
周執羔(表卿、周尚書)
丁 15/665
三己 4/1334
三己 4/1335
周葵(周參政)
丙 15/493
丁 14/566

周世亨
甲 7/61
三己 2/1318
周權(選伯)
支景 6/928
周柟
丁 19/693
周模
三辛 8/1445
47周轂
丁 1/541
周狗師
支乙 3/816
周格非
甲 3/26
50周史卿
甲 6/52
周表卿 見周執羔
周貴章
支癸 6/1266
周東老 見周濱
56周操(元特)
丙 9/437
丙 17/510
60周四
三己 2/1319
周吕齡 見周元特
周昌時
丙 15/490
67周昭卿 見周熺
71周階(升卿)
乙 1/191
72周氏〔娼〕
甲 6/51
周氏〔向子褰妻〕
甲 12/107
周氏〔蔣教授妻〕
乙 2/196
周氏〔方城人〕
乙 11/274
周氏〔司法官〕
乙 18/338
周氏〔徐大倫妻〕
支乙 8/855
支乙 8/856
周氏〔縉雲人〕
支丁 8/1031
周氏〔鄱城人〕
支庚 7/1189
周氏〔平江民〕
三己 7/1357
周氏〔趙希哲繼妻〕
三壬 2/1482
77周舉
丙 6/415
周闢
三己 10/1378
80周八
三辛 10/1466
周益公 見周必大
周翁〔平江市人〕
支景 6/927
周翁〔絲帛主人〕
補 6/1603
周介卿 見周石
周美成
三壬 7/1521
周公瑾 見周瑜
周公才(子美)
甲 6/49
87周欽
丁 9/610
90周少隱 見周紫芝
周少陸
支癸 6/1267
周尚書 見周執羔
94周熺(昭卿)
支甲 6/758
97周恂
三辛 5/1420

7726_4 屠

90屠光遠
補 18/1715

7726_7 眉

22眉山巢谷
乙 10/269

7727_2 屈

21屈師
丙 19/528
24屈先生
三辛 5/1423
44屈老娘
三辛 4/1416

7736_4 駱

25駱生
丁 9/610
52駱撥發
三辛 8/1445

7740_0 閔

72閔氏〔聞十三妻〕
支甲 3/730

7740_1 聞

06聞韻奴
支甲 3/730
27聞修
乙 19/349
40聞十三
支甲 3/730
80聞人廉夫
補 5/1592
聞人舜民
支癸 3/1244
聞人伯封 見聞人堯民
聞人堯民(伯封)
支癸 3/1244
聞人邦華
補 5/1592
聞人邦榮
補 5/1592
聞人興祖(餘慶)
丁 7/594
聞人餘慶 見聞人興祖

7744_7 段

00段彥舉 見段敏
段文昌
甲 2/14
07段毅夫
補 19/1726
10段二十八
甲 8/70
段元肅
乙 6/234
11段瓌(德鎮)
丙 19/527
17段承務
補 18/1714
24段德鎮 見段瓌
30段家女
乙 20/361
段宰
甲 3/22
33段浚儀
甲 1/1
35段油
三己 7/1352
38段祥
支甲 3/734
40段去塵 見段拂
53段成式
補 14/1680
55段拂(去塵)
丁 10/621
72段氏
補 17/1713
88段敏(彥舉)
補 1/1549

7760_2 留

00留彥彊 見留怙
10留正(留丞相)
三己 6/1345
17留丞相 見留正
81留矩
丙 6/410
90留光
丙 6/410
94留怙(彥彊)
丁 19/692

7760_6 閭

72閭丘天用
支癸 3/1243
閭丘十五
補 3/1572
閭丘觀
丙 5/402

7777_2 關

10關雲長 見關羽
17關羽(雲長)
支甲 9/782
關子東 見關注
30關注(子東)
甲 12/104
甲 15/133
丙 8/428
支乙 9/868
支景 3/899
33關演
丙 8/428
40關壽卿 見關耆孫
44關耆孫(壽卿)
甲 17/150
乙 20/360
丙 3/388
丙 4/391
丙 4/392
丙 19/529

7777_7 閻

00閻忞
丙 3/383

17閻君〔襄陽知縣〕
丙 14/486
33閻皺
支乙 6/837
40閻大翁
三辛 7/1439
43閻榕
丙 10/448
50閻中孚
支甲 2/726
60閻四老
丁 13/650
72閻氏〔揚州節度推官沈君妻〕
丙 10/448
80閻義方
支乙 6/837

7778_2 歐

40歐十一
甲 10/90
72歐氏〔齊三妻〕
甲 2/13
三己 3/1331
76歐陽〔鎮江酒官〕
丁 4/568
歐陽文彬
支戊 5/1089
歐陽使君
丁 15/664
歐陽伯樂
三己 7/1353
歐陽修(歐陽公)
支庚 6/1184
歐陽暄
支甲 5/746
歐陽問
支甲 5/748
歐陽公 見歐陽修

7790_4 桑

25桑仲
支景 1/885
支景 2/891
40桑大夫
補 10/1643

7923_2 滕

00滕彦智
丁 18/684
補 9/1629
25滕純夫
乙 2/199
35滕迪功
三己 6/1346
40滕南夫 見滕愷
67滕明之
丁 9/609
72滕氏〔楊惟忠夫人〕
甲 2/16
滕氏〔京師人〕
甲 16/143
92滕愷(南夫)
乙 2/198

8010_4 全

21全師
乙 14/304
70全壁
三辛 1/1389

8010_9 金

00金彦行 見金安節
17金君卿
丙 13/477
支丁 7/1021
21金師
乙 11/277
25金生
三辛 6/1433
26金伯虎
三補 /1807
30金安節(彦行)
甲 16/145
34金法師
支庚 5/1169
44金堪(初名谷)
支戊 10/1128
60金四
甲 8/64
80金谷 見金堪

8012_7 翁

00翁彦國(端朝)
甲 3/25
翁商友 見翁起予
02翁端朝 見翁彦國
19翁璘
補 12/1660
24翁德廣(仲實)
支丁 8/1031
25翁仲實 見翁德廣
37翁通判
補 12/1657
翁粢

丁 5/573
39翁澥
支丁 1/974
支丁 5/1005
40翁十八郎
丁 19/696
翁吉師
丁 6/585
47翁起予(商友)
丁 3/558

8022_1 俞

00俞彦輔　見俞一公
10俞一郎
甲 6/46
三己 4/1331
俞一公(彦輔)
甲 4/31
俞正臣
支丁 6/1011
支庚 5/1173
17俞子清　俞澂
20俞舜凱
乙 4/211
俞倞
丁 11/632
俞季梁　見俞梁
俞集
乙 13/293
22俞山人
再補 /1792
24俞德茂　見俞森
25俞仲才　見俞傑
俞佚
支丁 5/1004
俞傑(仲才)
三壬 9/1537
俞紳
支景 7/936
33俞梁(季梁)
三己 7/1356
34俞逵
三壬 9/1537
38俞瀹
支丁 5/1005
俞澂(子清)
三辛 9/145
40俞森(德茂)
三己 7/1355
71俞長吉
乙 17/333
80俞翁
甲 9/76

8025_1 舞

76舞陽侯　見樊噲

8033_1 無

41無枉　見法程

8033_3 慈

50慈惠
支甲 1/716
98慈悦
丙 8/434

8040_4 姜

00姜彦榮
支甲 3/735
姜廉夫(子簡)
支庚 4/1162
姜廣
支癸 7/1272
姜六一
支丁 8/1032
10姜至之　見姜潛
姜五
補 22/1753
12姜廷言
支景 5/919
支庚 5/1170
17姜子簡　見姜廉夫
20姜孚言
支景 5/919
21姜處恭(安禮)
支景 4/906
姜處厚
支庚 5/1170
姜師仲(補之)
丙 8/429
30姜安禮　見姜處恭
31姜潛(至之)
支庚 4/1164
33姜補之　見姜師仲
35姜迪
丙 7/419
40姜圭玉
三辛 7/1435
姜七
三己 2/1313
三己 2/1314(2)
44姜夢强　見姜景淳
姜夢炎　見姜景和
47姜好古
支庚 4/1164

53姜成
三己 5/1340
60姜景和(夢炎)
三己 6/1349
姜景淳（後更名夢强）
三己 6/1349
72姜氏〔王太醫妻〕
支甲 10/791
姜氏〔贛縣農民〕
支癸 7/1271
姜氏〔樂平南衡人〕
三己 6/1349
姜氏〔王大辯妻〕
三己 9/1376
77姜居實
支癸 1/1227

8050₁ 羊

00羊六
三壬 10/1542
20羊舜韶
支乙 1/798

8055₃ 羲

35羲冲遠　見羲太初
40羲太初(冲遠)
三辛 8/1448
77羲熙年
三壬 8/1526

8060₁ 普

12普瑞
乙 6/232
35普清
再補 /1792
77普聞
丁 8/607

8060₁ 善

34善祐〔鄱陽渚田院主〕
支庚 2/1144
善祐〔黟僧〕
支庚 2/1145
60善旻
甲 12/107
77善同
甲 15/128
88善鑑
支戊 4/1079

8060₆ 曾

曾〔樂安人〕
支癸 5/1254
02曾端伯　見曾慥
10曾三
三辛 10/1459
曾工曹
甲 2/15
曾五哥
三辛 10/1459
曾天游　見曾開
17曾子宣　見曾布
曾君
三己 9/1371
21曾紆(公衮)
丁 14/658
24曾德泰
丁 8/605
27曾魯公　見曾公亮
28曾徽言
乙 6/231
37曾通判
乙 18/338
40曾布(子宣)
補 13/1667
51曾打銀　見曾匠
63曾賤狗
補 1/1556
71曾匠(曾打銀)
支景 2/888
72曾氏〔南豐人〕
丙 10/448
77曾開(天游)
補 1/1552
80曾無敵
補 3/1570
曾悆
支庚 4/1162
曾公亮(魯公)
丁 11/630
補 3/1566
曾公衮　見曾紆
90曾小六
支癸 5/1254
曾尚書
支乙 2/804
94曾慥(端伯)
乙 8/253

8073₂ 養

40養皮袋
三己 6/1347

8090_4 余

00余主簿
丙 16/500
余應求(國器)
乙 19/349
支庚 9/1205
余六七郎
支景 2/892
05余靖
補 23/1762
10余二秀才
三辛 3/1403
余三乙
補 3/1574
余元量
支戊 10/1129
余石月
乙 19/349
余百三
支癸 8/1280
17余丞相 見余深
18余玠
支庚 1/1143
余玠卿
支戊 6/1097
20余禹疇
支甲 7/767
余秀才〔貴溪人〕
支丁 7/1022
余秀才〔德興人〕
支庚 9/1207
余千鍾 見余宏
21余倬
支戊 6/1097
22余山人
支庚 2/1150
24余先生
支庚 9/1205
25余生〔老吏〕
三壬 1/1475
余生〔潭州人〕
補 9/1627
余仲庸 見余鏞
余仲滔
丁 15/663
26余伯益 見余鎰
余儼
支戊 6/1097
27余紹祖
支甲 6/756
30余寧一
丁 16/676
余永觀
乙 17/327
余宏(千鍾)
支景 8/942
37余深
甲 18/162(2)
40余嘉績
支乙 3/814
余去病
丁 19/693
46余觀音
三己 2/1318
50余泰亨
支乙 3/815
54余持國
支戊 8/1112
60余日章
甲 18/162
余國器 見余應求
余四
三辛 7/1440
67余暉
三補 /1807
余昭祖 見余嗣
余嗣(昭祖)
乙 5/220
72余氏〔黄士傑母〕
乙 9/259
余氏〔汪澄妻〕
丁 15/662
余氏〔豫章武寧人〕
丁 19/669
余氏〔閻瓛妻〕
支乙 6/837
余氏〔樂平梅浦胡秀才妻〕
支景 6/930
余氏〔任大亨妻〕
三己 10/1380
余氏〔富室〕
三壬 5/1507
79余勝
甲 20/182
80余翁
甲 7/60
余鏞(仲庸)
支乙 3/813
支乙 3/816
支乙 3/817
支景 2/894
三己 9/1371
84余鑄

支甲 7/767
86余知權
支乙 3/814(2)
88余鎰(伯益)
支乙 3/815
99余棨古
支乙 3/814

8211_4 鍾

00鍾離子(鍾離翁、鍾離先生)
乙 12/287
支丁 10/1043
支丁 10/1050
補 12/1664
鍾離先生　見鍾離子
鍾離修
三己 3/1323
鍾離茂
三辛 5/1422
鍾離翁　見鍾離子
鍾彦昭　見鍾炤之
26鍾伯仁
支丁 1/970
40鍾大宥
三壬 8/1527
鍾士顯　見鍾世明
44鍾世若
支甲 7/768
鍾世明(士顯)
乙 16/322
丁 6/587
46鍾相
三辛 4/1411
60鍾四
三壬 8/1529
鍾昂
三辛 4/1411
67鍾明
補 2/1561
72鍾氏
支乙 3/812
97鍾炤之(彦昭)
支丁 1/969
支癸 1/1226

8315_3 錢

02錢端脩　見錢時敏
09錢讜(允直)
支乙 5/830
支乙 5/833
補 9/1635
10錢二嫂
支丁 6/1013
錢五八
乙 17/332
錢丙
補 15/1693
錢不孤
支丁 8/1029
12錢瑞
乙 17/333
17錢君
甲 2/14
錢君用
支丁 5/1002
21錢處和
丙 3/389
錢師魏　見錢良臣
錢師愈
甲 17/154
23錢允直　見錢讜
錢參政　見錢良臣
25錢仲本
甲 14/124
支戊 3/1073
支戊 7/1109
錢伸之
支戊 3/1076
27錢仰之(林宗)
支戊 3/1075
錢紹彭
支甲 4/743
30錢良臣(師魏、錢參政)
支癸 4/1246
補 1/1552
40錢大任　見錢堪
錢嘉貞　見錢履道
錢吉老
甲 17/154
錢真卿
補 9/1635
43錢博聞
補 9/1635
44錢蓋(公載)
支戊 7/1109
三壬 5/1503
錢堪(大任)
支戊 3/1076
錢藰
支乙 7/847
錢萃
支庚 1/1143

錢某
補 11/1647
錢林宗　見錢仰之
47錢起
支癸 1/1226
50錢肅之
三壬 5/1503
64錢時敏(端脩)
丁 10/621
77錢履道(嘉貞)
支甲 1/712
80錢令望
丙 7/423
錢合夫　見錢符
錢公載　見錢蓋
88錢符(合夫)
甲 5/40
錢竽
丙 6/411
90錢炎
補 22/1755

8471_1 饒

12饒廷直(朝弼)
丁 18/685
23饒俊
乙 19/350
37饒次魏
三壬 1/1473
40饒大中
支乙 10/872
46饒相
丁 16/671
47饒朝弼　見饒廷直
50饒惠卿
丙 10/447
72饒氏〔撫州述陂人〕
丙 12/468
饒氏
丁 19/696
饒氏〔臨川人〕
三壬 2/1479
80饒金酉
支丁 5/1003
87饒邠
丁 18/686

8612_7 錦

24錦先
支癸 6/1268

8640_0 知

24知德慶
三補 /1806
72知剛夫
三補 /1807
88知策
補 4/1583

8660_0 智

17智勇
支景 6/928
34智禧
支癸 8/1280
60智圓
支景 6/926
62智則
支丁 6/1014
80智全
支庚 5/1169
91智炬
三己 7/1359

8713_2 銀

77銀兒
甲 9/79

8718_2 欽

16欽聖憲肅皇后〔宋神宗后〕
甲 12/107

8742_7 鄭

鄭□〔興化人〕
乙 20/354
鄭〔學官〕
支甲 4/739
鄭〔沈將士友〕
補 8/1621
00鄭主簿
補 8/1620
鄭立之
支戊 1/1058
鄭亨仲(資政)
甲 13/112
支景 1/887
鄭庚
補 3/1570
鄭雍(公肅)
甲 13/115
鄭六十
丁 9/612
02鄭端
三己 10/1381
07鄭望之(顧道)

補 13/1667
鄭毅夫 見鄭獬
10鄭二〔武陵民〕
支景 10/960
鄭二〔乳母鄭氏子〕
支庚 3/1159
鄭元禮
三壬 3/1485
13鄭琯
支丁 3/985
14鄭僅(鄭修敏公)
補 13/1667
21鄭師孟
乙 12/284
鄭麋(景寔)
乙 3/205
支戊 2/1064
支戊 2/1065
支庚 3/1157
22鄭僑(惠叔)
丁 11/629
支丁 6/1018
支癸 10/1300
23鄭綰
支景 3/899
24鄭俠(介夫)
丙 13/477
鄭升之
甲 13/113
25鄭純一
三辛 7/1438
26鄭伯膺
支景 6/931
支庚 5/1173
三辛 1/1392
鄭和叔
乙 4/215
鄭穆(閎中)
甲 16/143
27鄭修敏公 見鄭僅
鄭甸
甲 1/16
甲 3/26
鄭紹勳
三己 6/1347
30鄭安恭
乙 12/284
鄭良(少張)
甲 10/85
鄭良臣
補 20/1739
鄭宗説
支乙 3/816(2)
31鄭顧道 見鄭望之
33鄭必彰 見鄭著
34鄭法詢
甲 19/174
鄭達夫 見鄭居中
35鄭清卿
支庚 8/1197
37鄭深道(資之)
甲 11/96
鄭通判
乙 2/200
鄭郎
補 2/1565
鄭資政 見鄭亨仲
鄭資之 見鄭深道
38鄭道士〔建昌〕
丙 14/487
鄭道士〔常熟〕
支乙 2/804
鄭道人
支丁 10/1048
40鄭十五
支癸 5/1260
鄭大郎
支癸 4/1248
鄭大成
支戊 2/1065
鄭太師
補 20/1737
鄭南(明仲)
丙 20/533
補 16/1701
鄭嘉正
丙 13/478
鄭樵
甲 9/81
41鄭嫗
支癸 4/1248
44鄭夢得
三壬 3/1486
鄭莊
支景 9/952
鄭英
丙 12/464
鄭著(必彰)
支丁 6/1011
鄭某〔衢州人〕
甲 2/15
鄭某〔福州人〕
丙 9/444
鄭林
甲 4/28

47鄭獬(毅夫)
乙 1/194
丁 16/669
鄭超
支戊 7/1104
50鄭夫人〔章濤姑〕
支景 1/886
鄭惠叔 見鄭僑
鄭泰娘
甲 16/143
鄭東卿
甲 9/81
60鄭昉
三壬 3/1486
鄭四〔台州仙居人〕
支景 5/919
鄭四〔福州懷安民〕
支癸 4/1252
鄭圓
三辛 4/1412
鄭景寔 見鄭湶
63鄭畯(敏叔)
甲 16/143
67鄭明仲 見鄭南
鄭明之(晦道)
補 13/1667
68鄭晦道 見鄭明之
72鄭氏〔張子能夫人〕
甲 2/11
鄭氏〔李處仁妻〕
甲 3/24
鄭氏〔竇永思妻〕
甲 13/114
鄭氏〔張腆妻〕
丁 17/679
鄭氏〔劉庠妻〕
支甲 1/717
鄭氏〔趙汝泰妻〕
支甲 7/764
鄭氏〔王瑜妻〕
支乙 9/866
鄭氏〔福州富民〕
支戊 1/1054
鄭氏〔乳母〕
支庚 3/1159
鄭氏媪
支景 3/898
鄭氏八娘
丙 15/490
77鄭周延
乙 20/353
鄭閎中 見鄭穆
鄭居中(達夫)
乙 1/189
78鄭監税
三己 6/1348
80鄭八
三辛 1/1390
鄭人傑
支癸 7/1274
鄭介夫 見鄭俠
鄭公肅 見鄭雍
88鄭敏叔 見鄭畯
90鄭小五
支乙 7/851
鄭少張 見鄭良
鄭少卿
支癸 2/1236
鄭棠
支戊 2/1065
92鄭判官
乙 6/228
94鄭爟
丁 16/669
97鄭鄰
甲 4/28
98鄭爚
支戊 2/1064

8762_2 舒

舒〔獄醫〕
支庚 10/1219
00舒亶(信道)
補 22/1751
03舒誼(周仁)
支戊 8/1113
18舒致政
支景 10/961
20舒信道 見舒亶
25舒傳明
支庚 9/1210
28舒從義
三辛 7/1434
40舒七
支癸 6/1268
44舒懋
丁 9/611
48舒嫩四
支甲 5/746
72舒氏〔餘干人〕
支庚 9/1210
舒氏〔樂平人〕
三壬 6/1510
舒氏〔王彥齡妻〕
三壬 7/1519

77舒周仁　見舒誼
80舒翁
甲　15/132

8822$_0$　竹

53竹威惠侯
丁　5/578

8822$_7$　簡

50簡肅公　見薛奎

8824$_0$　符

02符端禮
補　25/1777
15符建中
支癸　3/1244
72符氏
甲　16/137
74符助教
丁　10/619

8877$_7$　管

13管瑊
三壬　1/1469
21管師仁
丁　2/546
25管生
三己　6/1347
57管輅
三辛　4/1416
72管氏〔信州永豐民〕
支乙　1/801
管氏〔饒州城民〕
支戊　3/1076
88管範
甲　7/61
99管榮之
支癸　4/1247

9000$_0$　小

10小五郎
補　1/1557
21小紅
丙　19/522
26小釋迦
支甲　5/748
47小郗先生
乙　1/194
乙　8/254
丙　6/414
小奴
丙　10/449

9001$_4$　惟

40惟直
支癸　6/1266

9003$_2$　懷

18懷政
乙　1/193
60懷景元
甲　2/14

9020$_0$　少

24少帥公　見李撰

9021$_1$　光

40光堯太上皇帝　見宋高宗

9021$_6$　党

40党大夫
支甲　8/775

9022$_7$　尚

40尚奎
支乙　9/867

常

18常琉
支甲　2/727
60常羅漢
丙　3/385
72常氏〔羅椿卿妻〕
乙　15/311
86常知班
乙　18/340

9090$_4$　米

24米侍郎　見米友仁
40米友仁(米侍郎)
支庚　8/1198

9106$_1$　悟

30悟室
甲　1/6
乙　9/259
71悟長老
支丁　3/980

9196$_0$　粘

37粘罕
三補　/1805

9202_1 忻

27忻解元
補 13/1666

9408_1 慎

86慎知禮
補 9/1634

9708_6 懶

25懶牛
支景 10/960

9892_7 粉

62粉縣主〔趙仲御孫女〕
丙 8/435

9905_9 憐

99憐憐
三己 5/1342

9932_7 鶯

99鶯鶯
甲 3/22

9990_4 榮

00榮應辰
支景 4/912
44榮茂實 見榮薿
榮薿(茂實)
支景 4/912
52榮授辰
支景 4/912
54榮拱辰
支景 4/912
58榮撫辰
支景 4/912
76榮陽
補 23/1766
88榮簡
支景 4/912

筆畫檢字表

這個檢字表是匯集《夷堅志人名索引》中人名稱謂的第一個字，依筆畫部首排列的。後面數目字是各單字的四角號碼。

一　畫

一　1000_0

二　畫

丁　1020_0
七　4071_0
九　4001_7
了　1720_7
刁　1712_0
十　4000_0
卜　2300_0

三　畫

三　1010_1
万　1022_7
上　2110_0
兀　1021_0
于　1040_0
士　4010_0
子　1740_7
小　9000_0
山　2277_0

四　畫

不　1090_0
中　5000_6
五　1010_7
井　5500_0
仁　2121_0
仇　2421_7
元　1021_1
允　2321_0
勾　2772_0
卞　0023_0
太　4003_0
孔　1241_0
少　9020_0
尤　4301_0
廿　4477_0
支　4040_7
尹　1750_7
文　0040_0
方　0022_7
日　6010_0
木　4090_0
比　2171_0
毛　2071_4
水　1223_0
牛　2500_0
王　1010_4

五　畫

丘　7210_1
包　2771_2
可　1062_0
司　1762_0
史　5000_6
四　6021_0
左　4010_1
本　5023_0
正　1010_1
永　3023_2
玉　1010_3
甘　4477_0
申　5000_6
田　6040_0
白　2600_0
皮　4024_7
石　1060_0

六　畫

伍　2121_7
任　2221_4
仲　2520_6
伊　2725_7
全　8010_4
光　9021_1
共　4480_1
危　2721_2
向　2722_0
吉　4060_1
回　6060_0
多　2720_7
如　4640_0
守　3034_2
宇　3040_1
安　3040_4
曲　5560_0
朱　2590_0
有　4022_7
江　3111_0
竹　8822_0
米　9090_4
羊　8050_1
老　4471_1
艾　4440_0
行　2122_1

七　畫

何　2122_0
余　8090_4

利	2290_0
吳	6043_1
呂	6060_0
妙	4942_0
完	3021_1
宋	3090_4
岑	2220_7
巫	1010_8
希	4022_7
志	4033_1
忻	9202_1
成	5320_0
折	5202_1
李	4040_7
杜	4491_0
汪	3111_4
沈	3411_2
沙	3912_0
求	4313_2
狄	4928_0
車	5000_6
辛	0040_1
邢	1742_7
邦	5702_7
防	7022_7
阮	7121_1

八　畫

京	0090_6
侍	2424_1
來	4090_8
卓	2140_6
呼	6204_9
周	7722_0
奉	5050_3
孟	1710_7
季	2040_7
宜	3010_7
宗	3090_1
定	3080_1
尚	9022_7
屈	7727_2
岳	7277_2
忠	5033_6
易	6022_7
昌	6060_0
明	6702_0
林	4499_0
武	1314_0
房	3022_7
法	3413_1
知	8640_0
祁	3722_7
花	4421_4
芮	4422_7
迎	3730_2
邵	1762_7
邱	7712_7
金	8010_9
阿	7122_0

九　畫

信	2026_1
侯	2723_4
俞	8022_1
南	4022_7
姚	4241_3
威	5320_0
姜	8040_4
思	6033_0
施	0821_2
昭	6706_2
柔	1790_4
柴	2190_4
查	4010_6
柯	4192_0
柳	4792_7
段	7744_7
洞	3712_0
洪	3418_1
洋	3815_1
皇	2610_4
盈	1710_7
晒	6102_7
眉	7726_7
种	2590_6
紅	2191_2
紀	2791_7
耶	1712_7
胡	4762_0
范	4411_2
英	4453_0
苗	4460_0
若	4460_4
要	1040_4
計	0460_0
郇	2762_7
郁	4722_7
韋	4050_6

十　畫

倪	2721_7
党	9021_6
凌	3414_7
唐	0026_7
員	6080_6
夏	1024_7
孫	1249_3
師	2172_7
席	0022_7
徐	2829_4
恩	6033_0
悟	9106_1
振	5103_2
晏	6040_4
晉	1060_1
晁	6011_3
時	6404_1
栗	1090_4
桂	4491_4
桑	7790_4
殷	2724_7
海	3815_7
涂	3819_4
留	7760_2
真	4080_1
祝	3621_0
祖	3721_0
秦	5090_4
翁	8012_7
粉	9892_7
索	4090_3
耿	1918_0
能	2121_1
袁	4073_2
逄	3730_4
郎	3772_7
郝	4732_7
馬	7132_7
高	0022_7

十一畫

商 0022_7
婆 3440_4
婁 5040_4
寇 3021_4
崔 2221_4
常 9022_7
康 0023_2
張 1123_2
從 2828_1
惟 9001_4
戚 5320_0
扈 3021_7
斛 2420_0
曹 5560_6
梁 3390_4
梅 4895_7
清 3512_7
淨 3215_7
淑 3714_0
率 0040_3
畢 6050_4
章 0040_6
符 8824_0
粘 9196_0
紫 2190_3
絢 2792_0
紹 2796_2
莊 4421_4
莫 4443_0
處 2124_1
許 0864_0
連 3530_0
郭 0742_7
都 4762_7
陸 7421_4
陳 7529_6
陶 7722_0
鹿 0021_1
麻 0029_4

十二畫

傅 2324_2
喬 2022_7
喜 4060_5
單 6650_6
喻 6802_1
善 8060_1
富 3060_6
寋 3071_2
屠 7726_4
强 1623_6
彭 4212_2
惠 5033_3
揚 5602_7
敦 0844_0
景 6090_6
普 8060_1
曾 8060_6
智 8660_0
欽 8718_2
渠 3190_4
温 3611_7
湯 3612_7
游 3814_7
焦 2033_1
無 8033_1
猪 4426_0
猩 4621_4
盛 5320_0
硬 1164_6
程 2691_4
税 2891_6
童 0010_4
舒 8762_2
華 4450_4
菩 4460_1
覃 1040_6
賁 4080_6
賀 4680_6
費 5580_6
進 3030_1
鄔 2732_7
鄂 6722_7
酥 1269_4
閔 7740_0
隋 7422_7
陽 7622_7
項 1118_6
馮 3112_7
黄 4480_6
黑 6033_1

十三畫

圓 6080_6
廉 0023_7
意 0033_6
慈 8033_3
愼 9408_1
楚 4480_1
楊 4692_7
源 3119_6
滑 3712_7
睢 6001_4
義 8055_3
聖 1610_4
董 4410_4
萬 4442_7
葛 4472_7
葉 4490_4
虞 2123_4
蜍 5819_4
蜀 6012_7
解 2725_2
詹 2726_1
賈 1080_6
路 6716_4
達 3430_4
過 3730_2
道 3830_6
鄒 2742_7
隗 7621_3
雍 0071_4
雷 1060_3
靳 4252_1
頓 5178_6

十四畫

壽 4064_1
寧 3020_1
廖 0022_2
廣 0028_6
榮 9990_4
滿 3412_7
漢 3413_4
熊 2133_1
獃 2313_4
甄 1111_7
福 3126_6

種 2291_4
端 0212_7
管 8877_7
綦 4490_3
翟 1721_4
肇 3850_7
聞 7740_1
静 5725_7
臧 2325_0
蒲 4412_7
舞 8025_1
裴 1173_2
褚 3426_0
趙 4980_2
銀 8713_2
齊 0022_3

十五畫

儂 2523_2
儀 2825_3
劉 7210_0
德 2423_1
慕 4433_3
慶 0024_7
慧 5533_7
憐 9905_9
撒 5804_0
樂 2290_4
樊 4443_0
樓 4594_4
歐 7778_2
潘 3216_9
練 2599_6
滕 7923_2
蔣 4424_7
蔡 4490_1
虢 2131_7
諸 0466_0
談 0968_9
鄧 1712_7
鄭 8742_7
閭 7760_6
鞏 1750_6
養 8073_2
魯 2760_3
黎 2713_2

十六畫

冀 1180_1
操 5609_4
燕 4433_1
盧 2121_7
穆 2692_2
蕭 4422_7
衛 2122_7
錢 8315_3
錦 8612_7
閻 7777_7
霍 1021_4
賴 5798_6
駱 7736_4
鮑 2731_2
龍 0121_1
龜 2711_7

十七畫

儲 2426_0
徽 2824_0
應 0023_1
戴 4385_0
檀 4091_6
濮 3213_4
璩 1113_2
縻 0029_4
繆 2792_2
薛 4474_1
謝 0460_0
蹇 3080_1
鍾 8211_4
韓 4445_6
鮮 2835_1

十八畫

瓊 1714_7
歸 2712_7
簡 8822_7
聶 1014_1
藍 4410_7
豐 2210_8
顏 0128_6
顓 2128_6
魏 2641_3

十九畫

懷 9003_2
懶 9708_6
寶 3080_6
羅 6091_4
藝 4473_1
譙 0063_1
譚 0164_6
邊 3630_2
關 7777_2
難 4051_4
龐 0021_1

二十畫

嚴 6624_8
竇 3080_6
繼 2291_3
藺 4422_7
蘇 4439_4
覺 7721_6
釋 2694_1
闞 7714_8

二十一畫

灌 3411_4
顧 3128_6
饒 8471_1
鶯 9932_7

二十二畫

酈 1722_7
龔 0180_1

二十三畫

欒 2290_4
顯 6138_6